JN092982

惣十郎浮世始末

木内昇

中央公論新社

目次

惣十郎浮世始末

第一章　天（あめ）の火もがも

一

夜空が深緋（こきあけ）に染まっている。

半鐘（はんしょう）が、けたたましく鳴り響いていた。

初春月の凍（い）てつく風に煽（あお）られ、海鼠壁（なまこかべ）の破れ目から蛇が舌を出すようにして火が噴き出していた。屋根には十番組を組の纏（まとい）が高く上がっている。その下で火消人足たちが鳶口（とびぐち）を振るい、風下の表店（おもてだな）を壊していく。彼らの「やぁーっ」という勇ましい掛け声が、あたり一帯を震わせていた。

服部惣十郎（はっとりそうじゅうろう）は、駆け通しで上がった息を収めようと、口を結んで鼻から深く気吹（いぶき）をした。焦げ臭さの中に、鉄漿（かね）に似た酸（す）いにおいを嗅ぎ取り、かすかにむせる。

「しかし、えれぇ派手に熾（おこ）ったものだね」

うなじを叩きつつ、傍らでやはり息を弾ませている佐吉（さきち）に言うと、

「これでも、だいぶ鎮まってきたんですが」

彼は人差し指で鼻頭を弾きながら答えた。動じると、決まってこの癖が出る。

佐吉は、惣十郎が北町奉行所定町廻同心（じょうまちまわりどうしん）に据わった折から従えている小者である。この晩、

火事の騒ぎを聞きつけて、八丁堀まで報せにきたのもまた彼であった。

目の前で激しく燃えている興済堂は、浅草阿部川町に古くから店を構える薬種問屋で、主人は四代目藤一郎という。この界隈は惣十郎の受持ゆえ、大店の主人はたいがい見知っているのだが、藤一郎については店を継いで間もないこともあって、遠目に姿を見た限りだった。

「店の者は逃げたのか」

「それが、わからねンで。幸い藪入りですから、奉公人は出掛けたでしょうが」

佐吉が眉の端を下げる。惣十郎は野次馬を見渡すも、炎に照らされているのは物見高さと恐れの入り交じった面ばかりで、焼け出された御店者らしき姿は見出せない。

「ちっとばかし、あたりを探ってきな」

顎をしゃくって命ずると、佐吉は承知というふうに頷いて背を翻した。

「きゃぁー、きゃぁー」

遠くから雄叫びが聞こえてきたのはそのときで、振り向けば、る組の纏を高く掲げた一団がこちらへ迫ってくるところだった。

「またかえ」

惣十郎はうんざりし、鼻から息を抜いた。

る組の受持は下谷車坂町や御簞笥町だが、助勢と称しては、近場の火事にしょっちゅう首を突っ込んでくるのだ。場が荒れて堪りませんや、と十番組の頭取がこぼすのを、惣十郎も何度か耳にしている。

「邪魔だっ、散れ、散れっ」

勇み肌の連中が、集まった野次馬を蹴散らして踏み込んでくる。ひとりの人足が列から抜けて、向かいの店(たな)に掲げてあったを組の消札(けしふだ)を勝手に取り去り、る組のものへと架け替えた。消札は、どの組の仕事かを示すための標(しるし)で、火消たちは火事場に着くや、消口に近い家屋の軒先にこれを提げて功名とするのだった。

　を組の人足がすぐに気付いて、

「あとから来てなにしやがるっ。うちの纏が上がってるのが見えねぇか」

　と、屋根の上を指し示す。

「うるせぇ、すっこんでろ。てめぇらに任せちゃ、消せる火も消えねぇやな」

　る組の纏持(まといもち)が伝法(でんぽう)に切り返し、纏を高く掲げるや、それまで鳶口を振るっていたを組人足たちが持ち場を離れて刺し子の袖をまくり上げ、る組の連中に突っかかっていく。

　惣十郎は眉間(みけん)を揉んだ。三十路(みそじ)をいくつも過ぎると、こうしていたずらに力み返った連中を見ているだけでどっと疲れる。そもそも手柄争いの攻防で鎮火が遅れることを、奴らは勘定に入れていないのだ。係り合いにもなりたくないが、廻方(まわりかた)としてこの場にいるからには見て見ぬ振りもできぬ。詮方(せんかた)なく、「を」と「る」の半纏(はんてん)の間に割って入り、

「よさねぇか。おめぇたちゃ、火を消しに来たのか、それとも喧嘩をしに来たのか。ったく、けしからねぇ野郎どもだね」

　蠅(はえ)でも追うように手を振ると、

「やっ、服部の旦那……」

　途端に一同、身をすくめる。

「そら、旦那もこうおっしゃることだし、帰(けえ)った帰った」

　を組の者がここぞとばかりに歯を剝(む)いた。

「なにも帰れとはおっしゃってないぜ。ねぇ、旦那」

い組の連中が、それをせせら笑った。ただでさえ血の気が多いところへ持ってきて、盛っている火を受けているものだから、人足たちの顔はいずれも閻魔(えんま)のごとく真っ赤に燃えている。

「手分けして当たりゃいいだろう。先に纏を上げたのはを組だ。軍配はどうしたってを組に上がる。それでも助勢するってんなら、る組は男を上げるが、どうする」

　惣十郎が問うや、る組の連中は束の間喉に餅でも詰まったような顔になったが、

「よし、鳶口を持った者はを組に従え。竜吐水(りゅうどすい)の支度だ」

　頭(かしら)が役を振ると、人足たちは鼻を鳴らしながらも、すみやかに持ち場に散った。

「毎度やり合って、よく飽きねぇな」

　ひとりぼやいたところへ、佐吉が戻ってきた。家主の冨田嘉一(とみたかいち)と、御店者らしき若い男を連れている。嘉一は印半纏に紺股引(ももひき)という火事場の拵(こしら)えで、惣十郎を見付けると、五十過ぎの痩せぎすの体をふたつに折った。

「どうもご面倒様でございます。大変なことになりまして。火の不始末にはくれぐれも気をつけるよう再三申し渡してあったのですが、面目次第もございません」

　一帯の表店から裏店(うらだな)まで差配している家主だけに、めっぽう恐縮している。惣十郎は首肯しながら、嘉一の隣でうなだれている若い男に目を流した。

「この者は、興済堂の手代(てだい)で信太(しんた)と申す者にございます。藪入りで出掛けておったそうですが、帰ってきたところ、このありさまだったようで」

　信太は、虚(うつ)ろな目をこちらに向けてこそいたが、惣十郎が見えているのかいないのか、会釈のひとつもしない。

「御難(ごなん)だったな。他の奉公人はどうだ。中にいるってこたぁなかろうね」

藪入りは、小正月過ぎに奉公人たちに与えられる休養日である。多くは実家(さと)や宿元に帰るなどして羽を伸ばす。

「今朝方、揃って店を出ております。翌朝に戻るというのが、うちの習いで」

耳を寄せて、どうにか聞き取れるほどの声で信太は答えた。

「ただ、旦那様と番頭さんは毎年、店に居残っておられるのですが……」

番頭は、先代の頃から仕えている古参で所帯も持たぬから、例年藪入りの日も変わらず店に留まっている。主人も同様、この日は帳場の整理などにあてている――口ごもりながらも信太は説いた。

「お前さんは、どうして早く戻った」

惣十郎が訊(き)くと、

「手前は故郷(くに)が上州(じょうしゅう)でして、そうたやすくは帰れません。代わりに、知り合いのところに泊まるつもりでしたが、相手が留守にしておりまして、詮方なく……」

彼は目を伏せて答えた。「知り合い」と言葉を濁したのは女がらみだからだろうと、惣十郎は見当をつける。

店は、通りに面して間口五間、奥に内蔵が続いた造りだと信太は続けた。蔵には百味簞笥(ひゃくみだんす)が並んでおり、主に番頭が薬を量るのに使っている。奉公人は蔵から中庭を挟んだ離れで寝起きしているが、信太の他に小僧が三人、女中がひとりきりだという。主人は、表店の二階を居室にしているらしい。

「店主の身内も二階かえ」

「いえ。旦那様はお独(ひと)りにございます」

信太の言葉を引き取って、嘉一が続けた。

「四代目藤一郎さんは、齢(よわい)二十五と若(わこ)うございましてね。先代が亡くなってのち、慌ただしく興済堂をお継ぎになって、当初はだいぶ戸惑っておいででしたが、番頭さんがまことに面倒見のいい方で、こまごまとお教えになって。だいぶ様になってきたところでございましたよ」

「四代目の姿も見えないかえ」

首を巡らし、惣十郎は佐吉に訊く。

「へえ、四代目も番頭もおりませんで」

佐吉が返したその横で、信太の顔が漉(す)いたばかりの紙のごとく真白に変じていった。奉公先の店が焼け、主人も逃げ遅れたかもしれぬとあっては明日から路頭に迷う。信太の虚ろな様は、店が焼けた動揺ばかりではなく、己の将来が一晩で灰燼(かいじん)に帰した落胆によるものなのだろう。

そのとき、迅雷(じんらい)のごとき手ごわい音が響き渡り、地面が大きく揺れた。惣十郎は息を詰め、興済堂を仰ぐ。梁(はり)が焼け落ちたらしい。屋根が大きく崩れて、もうもうと煤(すす)が舞い上がっている。

火消人足たちは鳶口を振るうのをやめ、一丸となって水をまきはじめた。梁が落ちたおかげで、火の勢いが弱まったのだ。

「佐吉、お前は四代目と番頭の顔を見知っているか」

「へえ、よく存じております。薬種屋はほうぼう出入りしておりますので」

彼は気まずそうに鬢(びん)をかいた。

佐吉は幼い頃、疱瘡(ほうそう)に罹(かか)っている。ために見事なあばた面(づら)で、今からでもこれを治す薬が出ぬものかと、薬種屋と見れば立ち寄るのが半ば習いになっていた。二十六にもなって面(つら)なぞ気にすることもなかろうと惣十郎が呆れるたび、「へぇ、ごもっともで」と恐縮はするのだが、薬種屋通いが収まる気配は見えない。

「したら、もう一巡り廻ってきてくれめぇか。この人出だ。四代目も番頭も中にまぎれてっかもしれねぇから」

　火事場に目を転ずると、を組の纏持が煤で真っ黒に塗り変わった顔で、

「きゃあーきゃあー」

と、叫んでいる。火事場へ向かう段に唄う「木遣り」をわざわざ火の鎮まった屋根の上で発するあたり、を組手柄の勝ち鬨のつもりだろう。

「あたしはあの雄叫びがどうも苦手ですよ。鵺でも鳴いているようでね。生け贄を火と一緒に飲み込んだ鵺が、ああして鳴いている様が勝手に思い浮かんじまうんですよ」

　嘉一がつぶやいて、身震いした。

「そういや俺も、こんまい頃に婆様から聞かされたな。火事ってなぁ鵺の仕業だ。化け物が火を使って人を食らうんだ、ってな。まぁ、童に火の用心をさせるための教戒話だったんだろうが」

　軽口で応じたとき、最前まで真白だった信太の顔が赤黒く変じ、玉の汗が額にぷつぷつ浮かぶのが夜目にもはっきり見えた。

「すまねぇ、縁起でもねぇ話をしたね」

　惣十郎は信太に詫びたが、彼はこちらに目を向けることもなく、ただ小刻みにかぶりを振った。

　風が鎮まるとともに、火は徐々に息絶えていった。燻っている火種がわずかに白い煙をあげていたが、あと半刻もあればすっかり消し止められるだろう。

「よおっ、を組っ」

野次馬の中から、火消の健闘を称える声があがる。

「る組もいるぜぇっ」

負けじとる組人足が声を張る。一方で、

「勘弁してくれよ。うちは去年見世を出したばっかりなんだよ」

泣きそうな顔で火消たちに恨み言を唱えているのは、鳶口で叩き壊された店の主人だろう。これに、

「馬鹿言うなえ。命が助かっただけでも、ありがてぇと思いな」

喧嘩腰で応じるを組人足の傍らでは、る組人足が、まだ燻っている木っ端を拾い、眉毛に押し当ててわざと軽い火傷を作っている。火の粉を浴びたと見せるこの火傷痕は、先陣切って働いた証となって益荒男振りを上げるとかで、吉原あたりの妓からとかくもてはやされるらしい。

「おい。中を検めてぇのだが、を組の頭ぁ呼んできてくれめぇか」

あちぃあちぃと身を仰け反らせて、顔に火傷をこさえ合う人足たちに呼ばうと、

「へぇ、すぐに」

彼らは慌てふためいて踵を返した。

これと入れ替わるようにして、佐吉がこちらへ向かってくるのが目に入る。急いでいるのだろうが、人混みをうまくすり抜けられずほうぼうにぶつかっては、そのたび律儀に頭を下げている。相変わらず、不器用を絵に描いたような身のこなしだ。実直に務めを果たす男ではあるが、機転や気働きという点ではだいぶ劣る。ただその性分が、捕物の上で不思議と案外な成果を挙げることもままあった。

「旦那、あの、ちょいとこちらへ」

佐吉は、嘉一に支えられるようにして佇(たたず)んでいる信太から離れたところへ、惣十郎を誘(いざな)った。

「番頭らしき者が、見付かったようでございます」

「そうかえ、どこにいた」

訊くと、彼はついと信太へ目を遣(や)り、

「内蔵にいることはいたようですが、縄で縛られていて……もう」

声を潜めて告げ、首を横に振った。

「あの……こいつぁ加役(かやく)にお任せしたほうが、よろしんじゃございませんかね」

続けて上目遣いでそう言ったのは、この火事が単なる火の不始末ではなさそうな雲行きになってきたからだろう。火付けとなれば、火付盗賊改方(あらためかた)の出番となる。番方(ばんかた)の御家人で組織された御先手組(おさきてぐみ)が兼ねているため、奉行所内では「御先手」や「加役」と呼ばれる一隊だ。かつては勇猛と恐れられもしたが、昨年天保十二年より、老中首座(ろうじゅうしゅざ)の水野越前守忠邦(みずのえちぜんのかみただくに)が大掛かりな幕政改革をはじめてのちはさほど重きを置かれなくなり、町人たちにはこれを軽んじる者もあった。

「なに、先にこっちが出張ったのだ。差配を担っても差し支えねぇだろう」

火消たちのような縄張り争いは趣味ではない。ひとつでも多く手柄を立てて、上の覚えをよくしようという欲もない。ただ、乗りかかった船だ、という気持ちが惣十郎の中では常に強く働いている。いずれの出来事も、立ち会ってしまったのなら終(しま)いまで見届けたいという不可思議な興味をかき立てられるのだ。

佐吉があからさまにこの件から手を引きたがっているまことの理由は、おそらく仏を目の当(まあ)たりにするのを恐れてのことだろう。詮方なく惣十郎は、

「中は俺が検分するから、お前はその間に梨春(りしゅん)を呼びに行ってくれ。それで唯泉寺(ゆいせんじ)まで付き添

ってやんな。あとからこっちで、仏を運ぶからさ」

そう指図したのだが、佐吉はいっそう顔をこわばらせ、

「口鳥（くちとり）先生でございますか……」

と、及び腰でつぶやくのだ。

「そうなんでもかんでも怖がっちゃあ仕事にならねぇよ。さっさと行かねぇかっ」

乱暴にどやしつけると佐吉は飛び上がり、返事もそこそこに駆け出した。

「しようもねぇ。逃げ足だけは速（はえ）ぇな」

ぼやきながらも惣十郎は、嘉一の傍らにいる信太のもとへとって返す。

「これから中を検めるが、お前さん、一緒に来てくれめぇか」

まずは仏の身元を明らかにしなければならない。それには、店の者の顔を見知っている信太に確かめてもらうよりなかった。


惣十郎と信太は、いを組の頭に誘われ、ところどころ水たまりのできている店の中へと踏み入った。焼けた材が熱を蓄えているせいか、寒風に煽られて芯まで凍えた体が、たちまち火照（ほて）りはじめる。

頭はまず、表店から続く内蔵へと進んだ。

「壁が熱を蓄えておりますからね、触らねぇでくだせぇよ」

蔵の中までは火も及ばなかったらしいが、分厚い壁はそばに寄るだけで顔や首筋がちりちり痛むほどに熱していた。歩を進めるごとに舞い上がる煤が目に沁みる。あたりに漂う鉄漿に似たにおいは、あまたの薬種が焼けたことによるものなのか。

「あっしらが入(へぇ)ったときにゃあ蔵の戸は開いておりまして、そこへ煙が流れ込む格好になったようで、中は一寸先も見えねぇほど真っ白でござんした」

頭の述懐に惣十郎は頷き、蔵戸から煙の晴れた内部を覗き込んだ。三間四方ほどの小さな蔵である。その壁一面に並んだ百味箪笥にもたれかかるようにして、番頭らしき初老の男が座している。事切れているのは、目を見開いたままぴくりとも動かぬその様から容易に知れた。

惣十郎は雪駄(せった)履きのまま蔵に上がり、番頭に近づく。佐吉の告げた通り、後ろ手に縛られているのを確かめ、戸口の前で唇を噛(か)んで身を硬くしている信太に向き直った。

「番頭かどうか、検めてもらえるか」

できうる限りの柔らかな口調で告げる。

すると信太はどういうものか、表店へと鋭く目を走らせたのだ。それから放心の態(てい)で下駄を脱ぎ、蔵に上がった。

「あっ、床も熱いですよ」

頭が声を掛けたが、信太の耳には届かなかったらしい。薬種を扱う問屋だけに、蔵に入るときは平素履物を脱いでおり、こんなときでもその癖が出たのだろう。

信太は、いたずらに左右に揺れる不確かな足の運びで番頭の前まで進むと、その場にくずおれた。

「……番頭さん」

あたかも患い臥(ふ)せっている者にでも呼びかけるようにしてつぶやくや、深くうなだれ、肩を震わせた。

惣十郎は信太を気遣い、そっと蔵を出た。頭が仏に手を合わせてからささやく。

「盗賊かなにか知らねぇが、酷いことをしやがる。番頭をここに縛っておいて、盗みでも働いたのか……。証を消すためだけに火を付ける輩も少なくないですからね。蔵に煙が溜まって、かわいそうに息ができなくなっちまったんでしょう」

惣十郎は頭に倣い、番頭に軽く手を合わせてから一礼した。

その拍子に、信太の脱いだ下駄が目に入った。しばしこれを見詰め、顎をさすってのち、傍らにしゃがんでおもむろに手に取った。指の腹で下駄の台をさすり、その指がまとったにおいを嗅ぎ、さらに下駄に鼻を寄せて嗅いだ。

「旦那、なにをなすってンです」

頭の訝しげな声が降ってくる。惣十郎は下駄を置いて立ち上がり、

「なに、さすがに興済堂ともなると、お仕着せでも桐の上物を支度するんだね。偉ぇもんだと思ってさ」

さっぱり返してから、

「火元は店のほうかね」

と、頭に問うた。

「へえ、さようで」

「なにか変わった点はあるか。気付いたことでもなんでもいいが」

「そうですな。ただの火付けにしちゃあ燃え方が格別に激しいとは思います」

答えて頭は、梁を指した。屋根の裂け目から月が顔を出している。

「芯まで黒くなってるのが見えるでしょう。あの太い梁がわずかな刻にここまで炭になるってのは、なかなか見られませんから」

惣十郎は「そうか」と受けて、今一度、信太の下駄に目を落とした。

ひとりの人足がもんどり打って転げ込んできたのはそのときで、

「かっ、頭、もうひとりおりやしたっ」

彼は声を裏返し、店のほうを指したのだ。内蔵にひざまずいていた信太の体が、びくりと大きく波打ったのが見えた。

「ここの店主か」

訊くと、人足は猫頭巾（ねこずきん）をとって、困（こう）じたふうに額をかいた。

「それが、火に巻かれたようで、面相も風体もまるきり判じ得ねぇんで」

惣十郎は表店に踏み入り、そこに、梁の下敷きになったらしい黒焦げの仏を見た。人足の言う通り、これでは誰だか確かめようがない。

「ここは帳場のあたりか」

内蔵の戸を出たところに佇んだきり動こうとしない信太に、大声で呼びかける。彼は、首をすくめるふうにして頷いた。いかにも世慣れていない若い者に、無惨な骸（むくろ）を見せるのはさすがに殺生（せっしょう）に思え、近くまで来てよくよく検めてくれと無理強（じ）いすることはしなかった。

「店主の他に、店に残った者の心当たりはあるか」

念のため訊くと、信太は弾かれたように背筋を伸ばし、それまでとは打って変わって明瞭な口振りで返したのである。

「いえ。旦那様より他にはございません。帳場を使うのも旦那様だけですから、亡くなったのは旦那様に違いございません」

こちらと目を合わせようともせぬ信太の様子を、惣十郎は静かに見澄ます。顎をひとなでして

のち、

「そうかえ。したら、念のためこっちで検めさしてもらおう。頭、すまねぇが、どちらの仏も唯泉寺に運んでくれるか」

腰を低くして頼むと、

「へぇ。すぐに支度させまさ」

頭は嫌な顔ひとつせずに請け合い、人足たちに戸板を手配するよう指図した。

あとは信太をどこに預けるか。詳しい話も訊きたいが、先に唯泉寺で検屍に立ち会ったほうがよかろうと惣十郎は判じる。

「お前さんは宿がなかろう。今宵は番屋に泊まるがいいよ。俺も改めて訊きてぇことがあるからさ」

告げるや、信太の頬が細かに震え出した。

「なに、訊くといっても、たいしたことじゃあねぇのだ。なにせ、仏の菩提所を捜さなきゃならねぇからな。それに、明日の朝には他の奉公人たちも戻ってくる。そのときこの顚末をお前さんから話したほうが、みな、気を減らさねぇだろう」

やれやれ、と伸びをしつつ、あえてのんびりと付け足した。信太がそっと息を吐いた音が、不穏な静けさの沈殿した焼け跡を縫っていく。

信太とともに表に出ると、野次馬はすでにあらかた消えていた。火事となると勇んで物見に出張るが、火が消し止められるや芝居の幕が下りでもしたように、とっとと家路につくのだから現金なものだ。

後片付けを差配している嘉一に、自身番屋で一晩預かってくれと信太を託し、半刻ほどかけてよくよく焼け跡を検分したのち、惣十郎は堀割に沿って歩を進めた。東本願寺の甍が月明かりに照らされ、水面のように輝いている。ここを東に抜けると広小路、その向こうは大川だ。

仏は大八車で運んだらしく、小路にはまだ新しい轍の跡がくっきりついていた。この刻から検屍をはじめるとなると、八丁堀の役宅に戻れるのは夜深になるだろう。身を刺す寒風にぶるりと大きく震えた拍子に、炙った干魚と熱燗が目の前にちらついて、惣十郎は慌ててかぶりを振った。

「梨春に、しかと調べてもらわねぇとな」

己に言い聞かせ、足を速める。

唯泉寺の山門では長提灯を手にした佐吉が待っており、惣十郎を見付けるや、足音もかしましく駆け寄ってきた。

「口鳥先生はもうお着きです。仏も先ほど、湯灌場に運ばれました」

この寺は境内に湯灌場の小屋が設えられており、今宵のような事件が出来した折には、町医の口鳥梨春を呼んで検屍をしてもらうのを惣十郎は常としていた。

「あっしもご一緒したほうが、よろしゅうございましょうかね。こちらでお待ちすることもできますが」

佐吉がまた、尻込みをする。

「よろしゅうございましょうかね、じゃねぇのだ。俺が立ち会うのだから、お前が手伝わねぇでどうする」

一喝すると、彼は首をすくめた。

「ですがね、旦那。あっしはどうも、口鳥先生が恐ろしいんですよ。白皙っていやぁそうなんでしょうが、線が細い上にいつだって青白いお顔で口数も多くぁねぇ。胸の内がまず見えません。なんだか、この世の者とも思われねぇってンですかね。薄気味悪くて」

口を極めて語る佐吉を見遣り、怖がりもここまで来るとひとつの芸だと惣十郎は内心嘆じている。取り合わずにいると、佐吉はさらに言を重ねた。

「口鳥先生はいつもすうっと現れちゃあ、黙々と骸を検分なさるでしょう。そのご様子も、身の毛がよだつといいますか……」

「すうっと現れるってぇけどな、お前が呼びに行ったから梨春はここへ来たんだろうが。なにも黄泉国(よみのくに)から勝手にやって来たわけじゃあるめぇよ」

くどくどと逃げ口上を連ねる佐吉をうっちゃって、惣十郎は湯灌場へと向かった。

梨春はすでに、燭台(しょくだい)を引き寄せて検屍をはじめていた。血道(ちみち)が透けて見えそうな白い肌、妙に整った顔立ち、黒々とした総髪。細身に黒木綿を着流し、襷(たすき)掛けした袖から覗く腕も女のように白く細い。確かにどこか浮世離れした妖しさをまとって見えるが、ひとつの見落としも生まぬよう炯々(けいけい)と目を光らせるその姿は、惣十郎にはむしろ清廉に感ぜられた。

口鳥梨春は米沢の出である。三年ほど前に江戸へ出てきて、いっとき惣十郎の役宅敷地内に設えた借家に住まっていた。今は鉄砲洲(てっぽうず)で医者の看板を掲げている。国許(くにもと)では町医の吉田元碩(よしだげんせき)について医術を学び、ことに蘭方(らんぽう)医学に関しては秀でた知識を得ていた。惣十郎とは歳も近く気も置けぬことから、なにかと頼みにしている。

「どうだね、塩梅(あんばい)は」

声を掛けると、梨春は会釈をしてから、

「少し気に掛かることがございます」

神妙な面持ちで番頭を指し示した。

「こちらの方ですが、煙に巻かれて亡くなった、と火消の頭から伺っております。ただ、どうも違うのではないか、と」

「火事で死んだじゃあないかね」

惣十郎は、懐から手控帳を取り出す。

「おい、佐吉。ここへ来て、梨春の見立てを書き留めつくんな」

帳面を掲げてみせたが、佐吉は手を揉み合わせて戸口に立ちすくんだままだ。

「早くしねぇかっ。夜が明けちまうぞっ」

すると梨春が薬籠の中から小振りな壺を取り出し、佐吉に寄って手渡したのだ。

「こいつを鼻の穴のまわりにお塗りなさい。だいぶ気がまぎれますから」

いつも梨春が持ち歩いている胡麻油だろう。彼自身が検屍をする折は使わぬが、立ち会いの者を気遣って、骸のにおいが鼻につかぬよう勧めるのだった。

佐吉は言われるがまま胡麻油を鼻に塗り、口の中で経文らしきものを唱えながらのろのろと近づいてきた。惣十郎から手控帳を受け取ると、渋々といった態で矢立を取り出す。

「煙を吸って亡くなられた方は、口や鼻の中に灰が入り込んでいるものでございます。しかし、この方には一切それが見られない。つまり、火が熾ったときにはすでに息絶えていたということになるかと」

「やっ」

佐吉に耳元で頓狂な悲鳴をあげられて、惣十郎は図らずも肩を放り上げる羽目になった。

「お前はなんだってそう、なんでもかんでも動じるのだっ」

叱りつけると佐吉は、六尺近い大きな体を丸虫さながらにこごめた。

「しかし、俺が見た分にゃあ、どこにも傷はなかったようだが」

「ええ。金創も打撲痕もございません。ただ、縛られた手首にも擦り傷ひとつないのは妙だと感じまして。息があれば、なんとか縄を解こうと手を動かすはずですから。それに、煙に巻かれて亡くなった方はたいがい肌が薄い紅色に染まるものですが、この方はだいぶ黄みがかっている」

惣十郎は再び番頭に目を落とす。最前は気付かなかったが、燭台を近づけると、なるほどその肌は枯れ葉色に近い。

「毒か」

つぶやいた惣十郎に、梨春が頷いた。

「この肌の色に変ずるとなると、猫いらずかなにかを含んだのか、と」

薬種問屋ゆえ、薬の扱いに長けた者は多かろうが、誰がなんのために番頭を殺めたのか。店主も同様に毒を盛られたのだろうか。藪入りを狙ったのは、奉公人が出払ったところで暗々裏に事を運ぶためか。

あまたの憶測が、惣十郎の頭の中を忙しなく巡る。

こめかみを揉んでいると、梨春は薬籠の中から銀の簪を一本取り出した。彼はおもむろに番頭の口に手を突っ込んでこじあけ、簪を喉の奥に差し込んだ。

「うあっ、いっ、痛ぇ」

仏の身代わりにでもなったつもりか、佐吉がうめく。惣十郎はほとほと呆れ果て、鼻から盛大に息を抜く。

梨春はしばし間を置いたのち、銀簪を抜いた。燭台の灯りにかざしてみると、簪の先が黒く色を変えている。

「間違いないでしょう。銀がこうして黒くなるということは、毒を含んだ証かと。爪も、青ずんでおりますから」

ふむ、と喉を鳴らし、惣十郎は店主らしき仏に目を移した。

「あちらさんは、なにか、身元の証になるようなものはあったかね」

「それが、なかなか……。おそらく油でもかけられたのか、毀傷が激しゅうございまして。ただ、身元の証になるかどうか、象牙の根付が焼け残っておりました。それと、珍しい入れ歯をされておりますね」

惣十郎は伸び上がり、骸を覗き込む。

「入れ歯、か」

梨春も、はじめて目にする代物だという。表面は金で覆われ、針金で両隣の歯に引っ掛けて据え付けたものだ、と彼は仏の口中を指して説いた。

入れ歯といえば、仏師が黄楊の木で造作したものがおおかたである。金を使うことはめったになく、その技に通じた者もそう多くはない。

「市中でこういう細工をしておる見世があるとは、私も存じませんで。西国では、異人が技を持ち込んだ金の入れ歯が出回っていると噂に聞いたことはありますが」

梨春の言を受け、惣十郎は佐吉に向き直った。

「興済堂の得意先は漢方医だったな」

「へえ。四代続いておる暖簾でございますから、ここいらの漢方医はほとんど興済堂を使っておりますよ」

「蘭方医は出入りしていなかったかえ」

「さぁ、そこまでは……」

佐吉は心覚えを突き出そうとでもするように、こめかみを人差し指で弾く。これを、梨春が控えめに補った。

「蘭方医は漢方医からよくは思われておりませんから、同じ薬種屋に出入りすることは、あまりございませんでしょう」

彼が医学を習得した米沢藩は、九代藩主上杉鷹山が至って開明的であり、また、疱瘡の流行を防ぐ目当てもあって、早くから蘭方医学を奨励してきた。むしろ江戸のほうが医術については因循な考えの方が上に立っておられるようで苦慮しております、と梨春は時折眉尻を下げてこぼしている。

将軍家お抱えの奥医師のほとんどが漢方医であることも、江戸の医学を旧守にしている所以なのだろう。蘭方医学を頑なに拒む向きも少なくないのである。加えて三年前、幕府の鎖国政策を非難した高野長英や渡辺崋山といった蘭学者が捕らえられるという、いわゆる蛮社の獄が起きてからは、蘭学や蘭書に対する取り締まりも厳しくなってきている。

「いずれにせよ、信太とやらに子細を訊くしかございませんね」

しかつめらしく言う佐吉の面には、一刻も早くここを出たいという本音がありありと浮かんでいる。

「容體書は私がまとめておきますので、よろしいところでお任せいただければ」

佐吉の内心を察したらしい梨春が、気を利かせて告げた。彼は常々、ひとり黙々と行ってこそ、死者の声を漏らすことなく確かな検屍ができるのだと語っているから、こちらが席を外したほうがやりやすかろう——そう判じて惣十郎は、あとを梨春に委(ゆだ)ねることにして小屋を出たのである。

提灯に火を入れようとする佐吉を、

「この月明かりだ、いらねぇよ」

と押しとどめ、境内を横切る。

山門に差し掛かったところで、石段を軽やかに上ってくる影を見付けた。「やっ」と、佐吉が懲りずに腰を引き、

「よお、来たか」

と、惣十郎は影に呼びかけた。

「へえ。ちょいと込み入った用事に手間ぁとられてまして。火事のことは今さっき耳に挟んだものですから、こんな刻になっちまって申し訳ござんせん」

小腰を屈(かが)めた男に、

「どうで吉原(なか)にでもしけ込んでたのだろう」

軽口を叩くと、

「へへっ。そんな金ぁございませんよ」

彼は、片方の口角をくいと持ち上げた。

小兵(こひょう)で引き締まった体軀(たいく)、身のこなしも軽やかなせいか、三十路も近いのに、遠目には若造らしく見える。それでも刀の切っ先を思わせる眼光の鋭さは、隠しようがなかった。

「よくここがわかったな」

惣十郎が嘆ずると、彼は目をたわめた。

「どうもただの火事じゃあねぇように聞き込んだものですから、湯灌場におられるんじゃねぇか、と。下に湯灌場買いが溜まってましたんで、追っ払っておきやした」

　検屍が入ると、どこで聞きつけるのか、仏の着物だの懐中物だのを持ち帰り、柳原土手あたりで古手として売り払うのを生業としている連中が集まってくるのだ。

「そいつぁ、ご苦労だった」

「で、わっちはなにをいたしやしょう。難を逃れた手代が、元鳥越の番屋にいると聞きましたが」

　相変わらず、早耳の上に察しがいい。

「信太という男だ。明日の朝、子細を訊きに行くから、少し気にしておいてくれ」

「承知しやした。ふけねぇように見ておきやしょう」

　こちらの意図を説かずとも汲んでもらえるから、指示を出すのがなにしろ楽だ。

　もとは浅草界隈で名代の巾着切としてならしたこの完治を、惣十郎が岡っ引にと引き抜いたのも、その炯眼と機転を見込んでのことだった。

　完治はちらと佐吉を見遣り、ふっと不敵に笑うと、再び影になってまたたく間に闇に溶けた。挑発するような彼の態度が癪に障ったのだろう、佐吉は八丁堀に戻るまで、岡っ引を使うことへの不満を、諫言らしく言葉を選んで唱え続けた。

　奉行所は、同心が一存で岡っ引や下っ引を囲うことをかねてより禁じている。とはいえ墨引の内を南北合わせて十人ほどの定町廻同心で見廻るのでは、当然ながら手が足りぬ。これを補うためには致し方ないとして、内々に手先を雇うことは今のところお目こぼしで済んでいる。

　一方で小者は奉行所にも届けてある正式な奉公人ゆえ、佐吉は己の職分が脅かされるようで落ち着かないのだろう。おまけに、完治とは性分からしてまるきり違うこともあって、よけい疎ましく感じるのかもしれぬ。

佐吉はさんざっぱら岡っ引という日陰の役目を腐した挙げ句、組屋敷の木戸門をくぐるなり、おくびを出して言った。

「旦那、あっしはどうも胸が悪くなってきましたよ。鼻につけた胡麻油に酔ったのかもしれやせん。すみませんが、先に休ませていただきます。今宵は夢見が悪そうだ」

「おいっ、母屋に送りもしねぇで主人より先に休む奴があるか」

庭の一角に据えた借家に駆け込む佐吉の背に、惣十郎は吠えた。

同心の役料はたった三十俵二人扶持と雀の涙だが、屋敷を構えるに十分過ぎるほど広い敷地が与えられる。土地を遊ばせておいても詮無いため、ここに借家を建てて生計の足しにしている者が多かった。

七年前に亡くなった父も敷地内に九尺二間の借家を数棟建て、惣十郎がこれを引き継いでいる。いっとき梨春に貸していた一軒は、彼が鉄砲洲に移ってから空店になっており、他の一軒には佐吉を住まわせている。小者の役料は雇い主である同心の懐から出るが、月に一分余りと些少だ。とても暮らせぬから、食住の面倒を見ることになる。母屋に置いても構わぬが、年老いた母がいて、なにかと気遣うことも多かろうと一戸を与えているのだった。

惣十郎は、音を立てぬよう玄関戸を引き開けた。雪駄を脱ぎ、袂から手拭いを出して足を叩いていると、すいすいと小気味いいすり足が廊下を伝ってくる音が聞こえてきた。やがて手燭の灯りが、三和土を仄明るく照らす。

「お帰りなさいまし」

お雅が、奥をはばかりつつ小声で言う。

「まだ起きてたのか。先に寝ていて構わぬと、幾度も申してきたろう」

もうすぐに丑の刻という頃合いである。お雅はしかし、くいと顎を上げて返した。

「お帰りをお待ち申し上げていたわけではございません。きれいな月夜ですから眺めているうちに、ついついこんな刻になってしまっただけにございます」

右の鬢がわずかに潰れている。おおかた、手枕でもして船を漕いでいたのだろう。こんなことで強がることもあるめぇに、と惣十郎はこみ上げる笑いを奥歯を噛んで押し込めた。

「ただいま、濯ぎ桶をお持ちしましょう」

腰を上げかけたお雅に、

「いや、それより熾った炭を七輪に移して、持ってきつくんな」

頼むと彼女は束の間怪訝な顔になったが、すぐに支度を整え、赤々と炭の燃える七輪を玄関口から表に出した。湯屋はとうに仕舞った刻ゆえ、炭のにおいをまとって身を濯ぐのだ。湯灌場に通った折は、座敷に上がる前にこうして炭をまたぐのが、いつしか習いになっている。

「なにか、おあがりになりますか」

体を叩いてから上がり框に足を掛けると、お雅が訊いてきた。

「いや、明日も早ぇからとっとと寝るさ。寝しなに食うと、胃の腑が重くなるしな」

答えるや間髪を容れず、

「寄る年波には勝てませんね」

と、お雅は憎まれ口を叩いた。お前さんこそ、二十三といやぁ立派な年増だぜ、と軽口を返しかけたが、こんな夜更けに剣突を食わされるのも厄介だから、惣十郎はおとなしく羽織の紐を解く。

「そういやさっき、お前さんのお父っつぁんに会ったぜ」

「さいですか。まだ生きてンですね」

「そういう言い方をするな。頼みになるぜ、嘉一さんは。今宵も番屋に、ひとり、預かってもらったさ」

お雅は聞き流すことにしたらしい。淡々と着替えを手伝いはするが、うんともすんとも言わぬからどうも気詰まりになって、

「母上は、もうお休みになったかえ」

と、惣十郎は話を転じた。

「ええ。戌の刻にはお休みになりました。今日はお庭を少し歩かれたんですよ」

ついさっきまでの仏頂面を剝ぎ取り、彼女は穏やかな笑みを湛える。

お雅は妙なことに、惣十郎の母である多津を実の親より慕っていた。母もまた、足腰が弱ったせいもあるのだろうが、お雅を格別頼みにしており、「お母様」なぞと呼ばせている。元来柔和で、代々の奉公人にも心安く接してきた母だが、とりわけお雅のことは気に入っているようだった。

惣十郎が着替えを済ますやお雅は、

「夜具の支度は整えてございます。では、お休みなさいませ」

と素っ気ない挨拶をして、さっさと座敷を出て行った。

惣十郎はそのまま寝所に入り、夜着に潜り込む。ふうっと大きく息を吐いたところで、「いけねぇ、忘れてた」と飛び起き、座敷にとって返して仏壇の前で居住まいを正した。

父の位牌と、その隣に控える、ひと回り小さな妻の位牌に手を合わせる。

妻の郁が亡くなったのは三年前のことだ。所帯を持って、二年も経たぬうちのことだった。その折に、郁に付いて服部家に入ったお光佐という下女にも暇を出し、一年ほど佐吉に身の回りの世話を頼みつつ母とふたりで暮らしていたところ、嘉一が、ひどくきまりが悪そうな顔で相談を持ちかけてきたのだった。

――うちの出戻りを、下女としてお宅に置いていただけないか。

お雅のことは、惣十郎が廻方を任された時分から知っている。十八で本所の乾物屋に嫁いだものの三年で離縁され、実家で燻っていたのだ。

「もうどこにも縁づきたくねぇと強情張りましてね。まぁ離縁された理由が理由ですから、私も強くは言えない。といって、このままじゃ、うちの中がやたらかさつきますんで、どこかでお役に立てれば少しは気がまぎれるんじゃないか、と。旦那にお願いすることでもないんですが」

汗を拭き拭き遠慮がちに願い入れた嘉一にほだされ、惣十郎は、お雅を下女として迎え入れることにしたのである。ちょうど母の足が弱ってきた折で、役目で家を留守にする間のことがなにかと案じられたから、惣十郎にとっても嘉一の申し出は渡りに船だった。

実際お雅は、朝から晩までくるくるとよく働いてくれるし、母との折り合いもいい。おかげで、日々旨い飯にありつけ、屋敷の中は常にせいせいしている。床の間に花なぞ生けてあると、勤めで気が張っているときでも、ふと肩の力が抜けるようで具合がよかった。

惣十郎は寝所に戻り、改めて夜着に潜り込んだ。天井を睨みつつ、今宵の出来事を頭の中で整頓していく。集めた小石を、色や形、大きさで分けて、ひとつひとつ小箱に仕分けていくのに似たこの作業が、同心という務めにおいて、なにより興が乗るところだった。

漢方医御用達の薬種問屋、番頭が含まされた毒、店主の金（かね）の入れ歯、手代の下駄――小箱に分けたそれらを組み合わせ、筋立てていくうちに、惣十郎はいつしか眠りに落ちたらしかった。

二

前夜どんなに遅くなっても、長年の習いで、明六ツには勝手に体が目覚めてしまう。廻方を任される以前、見習同心だった当時は朝五ツに奉行所に上がっていたため、朝湯に浸かる刻を勘定に入れると、それが頃合いなのである。

まだ薄暗い座敷では、佐吉と母の多津が話し込んでいた。その傍らで、お雅が手際よく給仕をしている。郁が逝ってから、役宅での飯は佐吉とともにとるようになっていた。お雅も支度がいっぺんで済むから楽だろうと、これを続けている。

「母上、お加減はいかがですか」

膳につくや、惣十郎は姿勢を正して訊いた。

「ええ。寒い時季はどうしても痛みが出ますけれど、この頃は緩む日もありますから、だいぶ楽ですよ」

足をさすりながらも、母の口振りは常と変わらず朗らかである。

と、佐吉が得意げに口を入れたのだ。

「今、お多津様から入れ歯の話を伺っていたのです」

扱っている事件の子細は身内にも話してはならぬと日頃から言い含めてあるのに、母だけはその限りではないと勝手に決めつけているのか、彼はたびたび役目の相談やら愚痴やらを漏らす。

惣十郎は眉間に畝を作り、佐吉を睨み付けた。そこでようやく己の失態に気付いたらしく、彼は肩をすぼめてうつむいた。

「入れ歯の材に黄楊を使う理由を説いていたのです。黄楊というのは、木の中でもとりわけ硬く頑丈で、口の中を清めもしますから、入れ歯に向いているのですよ」

代わって子細を語る多津に、惣十郎はさも感心したふうに頷いてみせた。

十手を預かって長くなれば、人体に関することにはどうしたって詳しくなる。骸の検法がしたためられた指南書『無冤録述』にはひと通り目を通すし、場数を踏んでくればおのずと知識もつく。入れ歯に使う黄楊には浄化作用があることも当然ながら頭に入ってはいたが、惣十郎は、多津の前ではそれをおくびにも出さない。

母には、幼い頃より幾多の教えを受けてきた。同役にあった父以上に、お役目のことから暮らしにまつわるさまざまな事々、中でも生きる上での構えのようなものを、繰り返し説かれてきたのである。

欲を出すな、分をわきまえろ、一度取りかかったことは手を抜くことなく終いまでやり遂げろ、そうして、なにがあっても人を憎むな——。

罪人を挙げることを手柄とする同心という役目を賜った息子に、人を憎むな、と唱えるのも妙な話だが、どういうものか惣十郎の内に、この一節が背骨のごとく通ってしまった。同心の中には出世のために、捕らえた咎人を半ば強引に重罪人に仕立てあげる向きもあるが、惣十郎はそうした顕示ができない。上役の覚えがめでたいとは言えぬのも、このあたりの方略におもねることがないせいかもしれぬ。

健やかな湯気を立てている蕪の汁物で目を覚まし、鰯の丸干しに頭からかぶりつく。と、佐吉

が、

「あれ、けど妙だな」

と、不意につぶやいたのだ。

「なんだ、歯でも欠けたか」

おざなりに受けると、

「あっしの歯じゃございません。興済堂の主人なんですがね、確か、金物には触れられないと、言ってたように思うんですが」

惣十郎は、箸を止めた。

「そいつぁ確かか」

眉をひそめると、佐吉は鰯をむしりながら、「へえ」と顎を引いた。

「ふた月ほど前、店を見廻ったとき、なんの話の折だったかは忘れましたが、言ってたんですよ。私は金物に触るとかぶれますから十手持ちにはなれません、って」

仮に佐吉の話がまことならば、興済堂の店主が金の歯を入れているというのは辻褄が合わぬ。

「もしかすると、ただの軽口のたぐいだったかもしれませんが」

佐吉が鼻頭を弾きながら繕う。

「まぁ、いい。そいつもこれから、信太に訊いてみるさ」

飯を汁物で飲み下しながら、焼け落ちた店に入ろうともせず骸を見もせずに、「あれは旦那様だ」と言い切った信太の、追い詰められたような顔つきを、惣十郎は思い起こしている。

支度を済ませたところで、折良く顔を出した髪結いに月代を剃らせ、八丁堀銀杏に結い直してもらってから、佐吉と連れだって亀島町（かめじまちょう）の湯屋（ゆうや）へ向かった。昨夜の澱（おり）をさっぱり洗い流すつもりだったが、湯屋の門口が見えてきたところで、

「今日はやめだ」

と、惣十郎は踵（きびす）を返した。佐吉は「えっ」と声を裏返すも、行く手に目を向け、得心したふうにひとつ頷いた。

湯屋の前に、吟味方（ぎんみかた）与力、志村兵衛門（しむらひょうえもん）の小者が立っていたのである。

市中の湯屋は与力衆と見れば融通を利かせ、朝に限っては女湯に通すよう計らう。男湯は朝から賑（にぎ）わうが、女は暮れ時にしか入らぬ。ために、他に気兼ねなく湯浴（ゆあ）みができるという仕組みであった。

同心も時に女湯に通される。湯船に浸かって壁越しに男湯での会話を気付かれずに聞くことができるから、市中の噂を仕入れるのに存外役に立つのだ。

「男湯に入れば済むことじゃございませんか。それに、与力衆とも付き合いはしておいたほうがよろしいですよ。そうそう永（なが）のお暇（いとま）を申し渡されることがないとはいえ、同心は一年切り替えの抱席（かかえせき）でございますからね」

廻方は与力を上役に持たず、同心のみで組織されている。そのせいか、いっそう付き合いが億（おっ）劫（くう）になるのだ。

「お前に言われなくともわかってるさ」

佐吉は、役所内での立ち回りとなると、時折こうして当を得たことを言う。同心と一蓮托生（いちれんたくしょう）である小者という己の身の上を案じての諫言でもあるのだろう。

惣十郎は別段、与力衆を忌み嫌っているわけではない。賢明で物わかりがよく、職分も見事に

こなす切れ者も多々いるのだ。ただ単に面倒なのである。奉行所の外で、与力に対してふさわしい挨拶をするにしても、追従(ついしょう)を交えつつ当たり障りのない世間話をするにしても、ろくな言葉が浮かばず気まずい沈黙になることがままあるからだ。

「他の奉公人たちが帰ってきてるかもしれねぇから、先に興済堂に寄ってから番屋で信太に子細を訊こう」

役所内の厄介なしがらみ話をとっとと打ち切り、惣十郎は足を速める。

興済堂の焼け跡にはすでに近所の者が集まって、片付けをはじめていた。彼らは惣十郎を見付けるや、藪入りを終えて店に戻った奉公人たちを先刻自身番屋に連れて行きました、と我先競って伝えてきた。

「そいつは助かった。恩に着るぜ」

礼を述べると、町人たちは一様に誇らしげな顔になる。上役に胡麻を擂(す)る暇があるなら、廻方として受け持っている町で顔が利くよう努めたほうが、仕事を運ぶ上ではるかに役に立つ。

「佐吉。番屋についたら、奉公人たちに今回の件で心当たりがねぇか訊くんだ。俺は、信太と差しで話をするからよ」

元鳥越町の番屋では、小僧三人と女中ひとりが途方にくれた様子で居すくんでいた。いずれもまだ十五になるかならぬかといった年少者で、女中は目を真っ赤に泣きはらしている。

「故郷(くに)が遠国(おんごく)の者があったら、話を聞いたあとで口入屋(くちいれや)を頼んでやんな」

惣十郎は佐吉に耳打ちし、番をしていた嘉一に、

「ご苦労だったな。変わった様子はなかったか」

と、奥の間を顎でしゃくった。

「へえ。夜のうちはことりとも音がしませんでしたが、今朝は早くから起き出して、他の奉公人を慰めておりました」

嘉一は寝ずの番を買って出てくれたのだろう、目が赤く濁っている。界隈で長く家主を担っている彼は、「そろそろ隠居してもいい頃合いですが、娘ばかり三人で、上のふたりは他家に縁づいちまって、末のお雅はあの通りですから」と、首筋を揉みほぐしながら、よくぼやいている。

信太は、奥の間にぼんやり座していた。月代や髭が伸びたせいか、一晩でだいぶ老け込んだように見える。

「昨夜っからろくに食ってねぇだろう。この近くに、朝から旨い蕎麦切を食わせる店がある。少し出よう」

惣十郎は朗らかに声を掛け、半ば強引に信太を表へ連れ出す。

門前町を御蔵前に向かって歩いている中、背後に足音を聞いた。ひたひたとついてくる。半身を開いて確かめると、岡っ引の完治が影のように付き従っている。惣十郎は軽く頷いてみせ、片町に建つ蕎麦屋の暖簾をくぐった。

まだ朝五ツ過ぎということもあって、店内は閑散としている。

「蕎麦切と、あと適当に見繕ってくんな」

出迎えた女将に告げて、奥の小上がりで信太と差し向かう。

「あの店は長ぇのかえ」

惣十郎は相手の構えを解くようにして、ゆるりと訊いた。信太は依然として虚ろだったが、やがて訥々と語りはじめた。

彼が興済堂へ奉公に上がったのは、十四のときだという。実家は上州の農家で、いわば口減らしのため江戸に出された。口入屋を介して奉公先が決まったときは、薬種のことなどひとつも知らなかった。

それでも番頭は、手取り足取り根気強く仕事を教えてくれた。当時店を仕切っていた先代も、なにしろ温厚で面倒見がよかったから、奉公人はもちろん、出入りの医者や本草家にも慕われていたのだと、信太は懐かしげに目を細めた。

「四代目が継いだのはいつのことだ」

「一年前に先代が亡くなってからでございます。きっと先代は天寿を察しておられたんでしょう、その少し前に養子をとって」

惣十郎は眉根を寄せる。

「養子か。実の子じゃあねぇのだな」

「へえ。先代はお内儀さんを早くに亡くしたとかで、お子はおられませんでした」

四代目の出自も、先代といかな縁があったのかも、信太は知らぬという。ただ、古医方に通じていること、薬種については相応に知識があったことから、信を置かれたのではないかと、やはりどこか心ここにあらずな様子で語った。

惣十郎は腑に落ちぬものを覚える。昨夜火事場で、命を落としたのは店主であると明言したはずなのに、信太の息遣いは、悼むでも哀しむでもおびえるでもなく、強い憤りのみを孕んでいるように感ずるのである。

お待たせ致しました、と朝から威勢のいい女将の声とともに、膳の上に蕎麦切だの佃煮だの奴だのが並んだ。

「どれも旨いぜ。その壺の山椒を揉んでかけるといい」

信太は力なく頷き、「では、遠慮なく」と断って、まずは豆腐を口に運んだ。途端に目元を弛(ゆる)め、ほうっと息を吐く。

「なんにせよ、食わなきゃはじまらねぇからな」

惣十郎は励ますように言って、信太が腹を満たしていくのに、しばし付き合った。若いだけあっていい食いっぷりだとおだて、場がいくらかほぐれたところで、身を乗り出すとやにわに切り出した。

「お前さんは、昨晩、藪入りから戻ったら、すでに店が燃えていたと言ったね。そいつぁ確かか」

信太の箸が止まった。口元がかすかに引きつっている。

「へえ。上州までは帰りませんが、内藤新宿にいる同郷の者を訪ねておりまして、一晩泊めてもらうつもりでおりました。ところが先方が出掛けなければならなくなったとかで、詮方なく夜のうちに帰ると、あの火事で……」

声を裏返しながらも、信太は淀(よど)みなく語る。昨夜の述懐と微妙に異なるのは、おそらく、なにかしらの辻褄が合うよう、番屋で筋立てを考えたからだろう。

「あの火事は、どうも油をまいたところに火を付けたんじゃねぇかと思えてな。煤の出方とあの激しい燃え方は滅多(めった)なことじゃあねぇという見立てもあってさ」

「そう、でござい、ましたか」

信太の声が不用意に途切れる。惣十郎はさらに身を乗り出し、彼を睨み上げた。

「それでな、俺にゃあひとつ引っ掛かってることがあるのだ。お前さんの下駄だが」

土間に揃えて置かれた桐の下駄を、惣十郎は顎でしゃくった。

「お前さん、昨夜、内蔵に上がるとき、その下駄ぁ脱いだろう。大事な薬種をしまってあるから、下駄履きで入るなと番頭から言われてたんだろうね。癖で、とっさにそうしちまったんだと思うが」

信太の唾を飲み込む音が、閑散とした店内に妙に大きく響いた。

「足形に湿っていたのだ。嗅いでみたら油のにおいがした。お前さんは昨夜、油が一面にまかれたところを、歩いたんじゃあないのかえ」

信太の体が瘧のように震え出す。

「さ……さようなことは」

かろうじてそれだけ答えたが、あとは擦れて声にならない。

「いいか、信太。火付けは火罪だぜ。俺は正真なところ、火焙りになるような罪人を扱いたくはねぇのよ。温情で言ってるわけじゃあねぇぞ。番所ってのはな、やたらと書かなきゃならねぇ文書が多いのだ。ひとり牢に入れるにしたって、捕物書を俺が書いて大番屋に送るだろ。そこで罪が認められれば、今度は一件証文ってやつを書いて、番所で入牢証文をもらい受けなきゃならねぇ。手続きが込み入ってるのよ」

すみやかに自白するよう説くつもりが、これから書くことになるだろう雑多な文書を思い浮かべるうちに、うっかり愚痴めいてしまった。

惣十郎は、この文書作りがなにしろ苦手なのだ。書式に倣って漏れなく書いたつもりでも、年番方同心から不備を指摘され突っ返される。公事となれば、吟味方同心から、「もそっと丁寧に書かぬか。汚くて読めぬ」と、やはりやり直しを食らう。

そんなに不満があるなら、口で伝えるから吟味方なりなんなりが書き改めてくれ、と幾度思ったか知れぬ。書き直しに刻をとられ、肝心の廻方が留守になってもいいのか、と申し立ててまでしたが、ならばいっぺんで真っ当な文書を上げろと言い返され、あえなく矛(ほこ)を収めたのである。

「人には得手不得手がある。俺は廻方は向いてるさ。町をうろつくのが好きだからな。あんな堅っ苦しい番所に詰めて、四角四面の書き物をしてるよりずっといい。だから、文書作りは誰かに押しつけられねぇものかと常々考えているのよ」

延々続く惣十郎の愚痴に、信太は目をしばたたいている。混沌とした話の運びも、彼を当惑させたのだろう、最前までのこわばりも解けている。これを逃さず、惣十郎は畳み掛けた。

「つまりな、お前が正真なところを語ってくれねぇと、俺は幾度も文書を書く羽目になる。頼むぜ、俺を助けると思ってさ」

信太はうつむき、唇を噛んだ。長い沈黙が挟まる。その身に力がこもっていくのが見て取れた。やがて彼は面(おもて)を上げ、唾を飲み込んでから慎重に言葉を差し出した。

「手前の下駄が湿っていたとすれば、新宿までの往(い)き来で汗でもかいたのでしょう。よく脂臭いと言われますから、桐油(とうゆ)のようなにおいがしたかもしれません」

惣十郎はそっと肩を落とす。どうやら信太は、あらかじめ定めた道筋から降りる気はなさそうだ。

「昨夜(ゆうべ)の火事が火付けだという見立てがあるならば、蘭方医学に係りのある者の仕業かと存じます。このところ、蘭方医と漢方医のいがみ合いが、日に日に激しくなっております。うちは漢方医に薬種を卸しておりましたから、目を付けられたのでしょう」

「恨みを買っての火付けってことか」

「ええ、蘭方医の連中は、いずれも気性が荒(あろ)うございます。奥医師も漢方医で占められておりますから、なかなかご自分たちの医学が認められません。そうした焦りから、嫌がらせをする者も中にはおります」

再び頑なに閉じてしまった信太を前に、惣十郎は話を詰めることを一旦諦めた。

「そうかえ。わかった。そら、まだ料理が残ってるぜ。食っちまいな」

店を出たところで、これからどうする、と訊くと信太は、

「しばらく新宿の知人の家に身を寄せます」

と、これも前から支度してあったようにすんなり答えた。

「そうか。まぁ番屋に居続けるのも気詰まりだろう。ただ、訊きてぇことが出るかもしれねぇから、所を教えといつくんな」

信太が偽りなく教えるとも思えなかったが、このますんなり放免すればかえって怪しまれるだろうと、惣十郎は手控帳を取り出し、信太の語る内藤新宿の「富坂(とみさか)」という小間物屋の名を書き留める。

「番屋の小僧たちに声を掛けていくかえ」

「いえ。私はこのまま失礼します」

素っ気なく断って、すぐに後ろを向けた信太を惣十郎は呼び止めた。

「そういや、四代目は金物に触れられなかったんだってな」

振り返った信太は、なんの話だというふうに首を傾げたが、ややあって「へえ」と頤(おとがい)を引いた。

「生まれつきだそうで、金物に触るとかぶれるのだとおっしゃっていました。ですから、店でも薬種の容れ物や薬匙(やくさじ)は木か土器(かわらけ)に変えておりました」

そうかえ、と応じながら、佐吉の覚えもそうそう馬鹿にしたものじゃあねぇなと惣十郎は胸の内で嘆じている。

「したら、気をつけて行きな」

信太が遠ざかっていくのを見送っていると、影がすいと寄ってきてささやいた。

「わっちゃこのまま、あいつを追います」

惣十郎は完治に頷き、手控帳に書いた小間物屋の屋号を彼に示して、

「馴染みの店かもしれねぇ。おかしな動きをしたら引いてくるんだぜ」

口早に指示をした。

信太と別れて自身番屋へ戻ると、小僧たちへの聞き取りはあらかた終わったらしく、佐吉は嘉一と口入の相談をしていた。女中は府中の産で実家に戻るというが、小僧三人はいずれも、他の店で世話になりたいと考えているらしかった。

「どうだえ、なにか心当たりのあるようなことを言っていたか」

惣十郎は、佐吉を番屋の外に連れ出す。

「まったく寝耳に水といった様子で、いずれにしても火付けにゃ係りはないですよ。ただ店主からはさんざん、気をつけろ、とは言われていたようです」

「気をつけろ、ってのは、なににだ」

「蘭方医の連中だそうです。なんですか、医学館を逆恨みしている蘭方医も多いそうで。興済堂は、医学館にも品を納めておりましたからね。中には、店を閉めろと脅してくるような者まであったとか」

医学館は、漢方医を目指す者が学ぶ医学校で、浅草向柳原に門を構えている。もとは多紀元

事を担っている。

孝なる奥医師の開いた私塾だったが、寛政の頃より官学となった。今も多紀家が世襲によって督事を担っている。

「蘭方医学と漢方医学か」

惣十郎はつぶやいて、顎をさする。

昨今、蘭学への風当たりは強く、奉行所でも同心たちは、異国の言葉を使った看板を取り締まるよう言い渡されている。ことに躍起になって規制を命じているのは、天保十年に目付として蛮社の獄を率いた、現南町奉行の鳥居甲斐守耀蔵である。一方、北町奉行の遠山左衛門尉景元はこれに重きを置いてはいない。惣十郎もまた遠山に倣い、目くじらを立てて取り締まることはしなかった。

「このところ、双方だいぶ反目が激しくなっていると噂に聞きますからねぇ」

佐吉は小僧たちから内情を聞き出した己の手柄を誇るように、したり顔で告げた。

「まぁな、蘭書をめぐっては多様な意見が出てるようだが、医学まで及ぶかねぇ」

「ってこたぁ、火付けは蘭方医学を志す者の仕業ってぇことでございますな。医学館と張り合うとなれば、さしずめ伊東玄朴の門下か、坪井信道の門下か……」

佐吉はこちらの話に耳も貸さず、江戸で高名な蘭方医を挙げ、その門下生が一件を企てたと見立てを述べた。

「どうかね。そう簡単なことでもねぇように、俺は思うがね」

「しかし、奉公人らも口を揃えておりますし、きっと蘭方医の仕業ですよ」

こめかみに血道を浮かべて断言する佐吉をしげしげと見詰め、惣十郎は嘆息する。

「お前のように素直な者ばっかりだと、俺の役目もだいぶ楽になるんだがな」

「え……そいつはどういった意味で」

「さて、俺はこれから番所に行って、この一件を文書にして報じなけりゃあならねぇ。面倒くせぇな。逐一書面にしたって、事件が片付くわけでもねぇのによ」

「毎回、そうおっしゃいますね」

佐吉が面白い見世物でも眺めるように肩を揺らしたから、惣十郎は容赦なく命ずる。

「お前はその間に梨春のところへ行って、容體書を引き揚げてきつくんな」


道三堀に沿って行くと、北町奉行所が見えてくる。黒渋塗りの長屋門脇の道端で梅がほころびかけているのを見付け、惣十郎は足を止めた。

己の悪筆ぶりは、他から非を打たれるまでもなく、重々承知している。勢いに乗じて素早く筆を走らせれば筆跡のまずさをごまかせるのではないかといっとき試しもしたが、字の汚さに拍車が掛かっただけであった。「今一度、手習所からやり直してはいかがじゃ」と同役の者たちから鼻で嗤(わら)われることも茶飯事なのである。

梅の花を見上げて、ひとつ溜息を吐(つ)く。しばし佇んでのち、成田屋の暫(しばらく)よろしく首を回して気を入れ直し、大股で銭瓶橋(ぜにがめばし)を渡った。北町奉行所は今月非番であり、表門は閉じているため、脇に設えられた小門をくぐる。

北と南の奉行所はひと月ごとに月番が替わる。もっとも非番といっても公事を行わぬだけのことで、その間、与力同心が休みをとれるわけではない。廻方は受持の町を巡り、吟味方は出入筋、吟味筋とも調べ物に勤しむ。表門こそ閉めてはいるが、駆込訴(かっこみうったえ)に備えて小門は開けており、随時受付が行われている。

玄関へと続く庭には、水が打たれていた。濡れた那智黒の玉石が陽に煌めく景色は、どういうものか惣十郎の心を常に解きほぐす。いかに厄介な事件を抱えていても、浮世は世知辛いことばかりでもなかろうと、目の前が仄明るくなるようなのだ。墨引の内にはあまたの者が住み、それぞれの暮らしがある。心楽しい時もあれば、打ちのめされることも、不遇を託つこともあるだろう。一生を順風の内に送ることはかなわぬが、それでも誰しもその生涯で、こうして煌めく刹那があるのではないか――無数の玉砂利に、そんなことを教えられた気になるからかもしれぬ。

履物を脱ぎ、使者之間を過ぎて溜之間へ差し掛かったところで、

「惣十郎、久しいのう」

と、声が掛かった。

悠木史亭が、目尻に深い皺を刻んでこちらに歩んでくる。白髪交じりの髪は、また一段と薄くなったようだ。月代の上の銀杏が、だいぶ心許なかった。

「今日は詰所で勤めか」

訊かれて惣十郎は、首をすくめるようにして頷いた。

「そう、あからさまに苦い顔をすな」

彼は柔らかくたしなめてから、声を落として訊いてきた。

「もしや興済堂の件か」

「もうご存じか。早耳ですな」

「なに、えらく派手な火事だったと耳に挟んでな。役目柄、あちこちから報が入ってくるのよ」

史亭は例繰方同心である。例繰方与力に従い、咎人の罪状や事件の経緯を整理して判例を書面にまとめるという、聞くだけで体がむず痒くなるような役を担っている。

それにしても興済堂の一件は出来したばかりであったから、例繰方まで伝わっていることが惣十郎にはいささか案外だった。

「店主が犠牲になったと聞いたが」

惣十郎は顎を引き、

「確かに骸はあがりましたが、店主かどうかは、まだなんとも」

答えるや、史享は首を突き出すようにした。

「店主ではない、と申すか」

「面相を判別しかねたのと、店主の条件にそぐわぬところもいくつかございまして。少々厄介なことになりそうだと見当して、今は信太という手代を泳がせております」

「手代が火付けをしたかね」

「いや、信太はおそらく、この一件の企てには係り合っておりません。ただ、なんらかの事情をたまさか知ってしまったと私は見ておりますが、はてどうですか」

「他人事のように言う奴があるか。相変わらずじゃのう、おぬしは」

史享は呆れた様子で言って、小さく笑った。

「それはそうと、お義父上様」

惣十郎はあたりをはばかりながら、潜め声を出す。

「もうすぐに郁の命日にございますれば」

途端に史享の面に影がさす。

「御番所内では、義父上と呼ぶでないと申しておろう。菩提所に参る日取りはおぬしに任せるゆえ」

素っ気なく告げるや、彼は背を翻した。

惣十郎が定町廻同心に就いたばかりの頃、史享も同役にあったのだ。廻方は同心において花形ともいえるお役で、若くしてこれを任された惣十郎を、史享はとりわけ言祝(ことほ)いでくれたのだった。歳はひと回り以上離れていたが妙に馬が合い、勤めの上での悩みや迷いもだいぶ聞いてもらった。史享の仕事ぶりは、廻方の中でも抜きん出ていた。罪人を捕らえることに躍起になるというよりも、犯罪の芽を先に見付けて摘み取ることに重きを置いていたのだ。彼独自の姿勢に惣十郎は感じ入り、これを手本にすると決めたのだった。

その史享から、ひとり娘の郁と一度会(お)うてみぬか、と請われたのは、五年前のことだ。唐突な申し入れに戸惑うも、敬慕する先達からの頼みを断れるはずもなかった。

郁は十七という齢(よわい)より、はるかに幼く見えた。色白のまん丸な頰に、ぽってりした唇、二重の幅が広いせいか眠たげな様子に見える。けっして美人ではなかったが、親しみやすく愛嬌のある面立ちだった。

——母を早くに亡くしたゆえ、不調法で世間知らずな娘だが、心根はよいぞ。

史享はそのとき誇らしげに語ってから、

——親の欲目だがな。

と、慌てて付け足した。郁はその傍らで、こそばゆそうにうつむいていた。父娘の様があまりに微笑ましく、

——これは承知せんとならんだろう。

惣十郎は腹を括(くく)った。刹那、長らく想いを寄せてきた女の顔がよぎったのを、未(いま)だ生々しく覚えている。見習同心の頃に見初めた女人だが、身分も違えば年上で、しかも所帯を持っていた。

だから想いは告げていない。ただ、役目の折に語らうのをささやかな楽しみとしてきたのである。

郁と祝言を挙げたのちも女への恋慕は薄れることなく、むしろ生涯手に入らぬと思えば憧憬めいたものまで加わって、惣十郎の胸を焦がし続けた。郁に申し訳ない、という気持ちは、しかし湧きはしなかった。一緒になり、連れてきた下女共々、服部家で面倒を見ている——夫としての役目は果たしていると安んじていたのだ。

夫婦になって一年余りは、穏やかな日が続いた。奉行所内で大きな配置換えがあり、史享が例繰方同心に役替となったのは、その頃のことだった。

定町廻を長く勤めた古兵は、臨時廻同心に転補されることが多い。豊富な経験を糧に、廻方の指導に当たる役目である。ことに史享の働きは目覚ましかったため、与力に身上がりするのではないか、とそんな噂まで交わされていた。それだけに、栄転とは言いがたい役替に周囲は首を傾げたのだ。役所の人事はなにかと偏りや歪みが生じるものだが、あまりに不可解な差配に、惣十郎も掛ける言葉が見付からなかった。

——どうも当てが外れたようじゃ。

しかし史享はその折、弱く笑っただけで恨み言のひとつもこぼさなかった。

郁が身罷ったのは、それから一年もしないうちのことである。下女と他行して家に戻るや気分が優れぬと言い出し、その晩から高熱にうなされた。医者に診せても病名すらわからぬというありさまで、癒えることなく四日後に呆気なく息を引き取った。

口元や首のあたりに小さな水疱がいくつかできていたから、疱瘡に罹ったのかもしれぬと医者は怪しんでいたが、はっきりしたことはやはりわからないようだった。

このとき惣十郎は、郁の死を嘆くより先に、史享にどう詫びればよかろうという動揺に見舞われたのだ。妻のことを、崇めてやまぬ先達からの預かり物といった程合いにしか見ていなかった己に気付き、その無慈悲さにおのずと身がすくんだ。

――御難続きだな、悠木様は。左遷の上、ひとり娘も亡くされたのだと。

同心たちの心ない噂話は、惣十郎にも粘っこくまとわりついた。しかしいかに詫びても史亭は、

――おぬしのせいではない。天命じゃ。

力なく返すだけで、まともに取り合ってはくれなかった。母の多津も責めを覚えて、史亭に宛てて文を書き送ったようだが、返事の代わりに惣十郎が、

――これで互いに遠慮ができては、わしが辛い。もう、郁の話は出さずともよい。

と、史亭から釘を刺されて終いだった。

命日が近づくと、郁との暮らしにどこか虚ろだった己を責め苛む心情になる。惣十郎は気持ちを切り替えんと背筋をうんと伸ばして詰所に入り、まっすぐ文机に向かった。嫌なことはとっとと済ますが吉だ。

「お、みみずが這い出すぜ」

筆の穂先を墨に浸すや、詰所にいた同心たちが惣十郎の手元を覗き込んでからかった。

三

信太が、品川宿の旅籠に落ち着いて四日が経った。完治は、奴とは廊下を隔てた斜め向かいに部屋をとって様子を窺っている。今のところ、目立った動きはない。

馴染みの店かもしれねぇ、と惣十郎は内藤新宿の「富坂」なる小間物屋の屋号を示しながら耳

打ちしてきたが、女じゃあねぇな、と完治は初手から察していた。浅草の御店者が、三里も隔たった新宿に馴染みを作るとは思えなかったのだ。名の通った老舗の手代となれば、そうそう店を空けることもできぬから、女は近場に置くだろう。怪しみつつ後を付けると、信太は新宿とは異なる方角に歩を進め、この品川に落ち着いたのである。

――誰か連れてくりゃよかったな。

完治は岡っ引として惣十郎に従ってからこっち、常時、二、三人の下っ引を使っている。これぞと目を付けた腕達者をくどき、惣十郎から手札をもらって雇い入れるのである。手札さえあれば、御用の一端を担う者としてほうぼうで通りがいい。いずれも、浮世の裏の裏まで知り尽くした連中だから、なにかと融通が利いた。

――少なくとも、あの佐吉よりはずっと役に立つ。

惣十郎はどこか掴み所のない男だが、役人の割には話のわかる出来物だ。ただ、佐吉なんぞを小者として長らく側に置いていることだけは解せなかった。

「お客様、よろしゅうございますか」

廊下に女の声が立った。完治は細く襖を開ける。宿の女将が、信太の部屋の前に膝を突いている。

「お目に掛かりたいというお方が階下にいらしてますが、いかがしましょう」

信太が顔を出し、

「通してください」

と、低く答えた。女将が会釈して階段を下りていってから程なくして、腰に両刀手挟んだ男が信太の部屋へと入っていった。かかとを叩き付けるようなその歩き方に、

――たいした使い手じゃあねぇな。

と完治は見た。剣術を相応に極めた者ならば、平素の歩き方からして、おのずとすり足になるものだ。しかしこれで、ここ数日の退屈からようやく解かれそうだと、完治はぐいと伸びをしてから首の骨を鳴らした。

忍び足で廊下に出、信太の部屋の襖に耳を近づけてみたが、漏れ聞こえる話し声はあまりにかすかだった。「命じた通りに事を運んだか」と居丈高に訊く浪人風情の声と、それに続けて金子(きんす)を受け渡ししているようなやり取りはどうにか聞き取れたが、子細は藪の中である。ただいずれにしても、信太が何者かに命ぜられて動いていることは確かだろう。

――とっとと、しょっ引いちまうか。

同心の十手のように朱房(しゅぶさ)こそつかぬが、完治も懐に十手を呑(の)んでいる。逐一惣十郎の許しを得ずとも、怪しいと睨んだ者を一存で引っ張ることくらいはできる。

しかし浪人者が、一件の首謀者とも思えなかった。単なる使いで信太を訪ねたらしいことは、その目配りの拙さからもたやすく察せられた。逡巡(しゅんじゅん)していると、

「しかし、どうして番頭さんまで……。手前は得心がいきません」

信太の震え声が伝ってきた。根深い憤りを孕んでいるのは、その声色から知れた。

「抗(あらが)われては厄介だと、先に始末をしたのだろうよ。俺は、番頭のことはあずかり知らぬ。当夜、手伝(てつど)うただけだからな」

そう返した浪人者の声は、巻物を読み上げでもしているように平板だ。

「いずれにせよ、お前も同罪なのだから、つまらぬことで騒ぎ立てず、その金で親孝行でもしてやれ」

「つまらぬこと……手前は番頭さんに、計り知れぬほど恩があるのです」

「そいつは俺の知ったことじゃあない」

浪人者が大小を取り上げる気配を察し、完治は滑るように自室へ戻った。

――どうする。

忙しなく算段する。下っ引を連れてこなかったことを、再び悔いた。

――どっちに付くか。

信太は激した物言いからして、おそらく大元の計には係り合っていない。となれば、このまま張ってもたいした埃は出ない。

素早く宿代を支度し、これを延べたままの夜具の上に置くと、完治は身支度して待った。襖が開く音に続き、床を蹴るような足音が立ったのを確かめてから、肘掛け窓に寄る。街道筋に浪人者が現れたのを見付けるや、飛ぶように階段を下りていった。

浪人者は、さして急ぐふうもなく海っ端をそぞろ歩いてのち、北へと歩を進めた。裾の擦り切れた仙台平の袴、色褪せた紺木綿の衿もひどく垢染みている。歳は二十歳をいくつか出たところだろう。広い背中に、股立ちをとった袴から覗く脛も鋼のようでいかにも頑健そうだが、身のこなしはからきしだ――奴のあとに従いながら、完治は片方の口角を吊り上げる。

左右に大きく頭を振って、あたりを見遣る落ち着きのなさといい、ふんぞり返って歩く様といい、下手な芝居でも見ているようだ。長らく巾着切として生計を立ててきた完治は、己の存在を消し去ることに専心してきた。ために、「俺はここだ」と言わんばかりの大仰な仕草で悪目立ちしている者が、とりわけ愚物に映るのだった。

――目だけ動かしゃあ十分見えるのによ。物見遊山に来てるわけでもあるめぇに。

心中で毒づきながらも、一件の首謀者はこんな能なしをなにゆえ使いに選んだのか、と思量する。やがて、下手に足がつかぬよう、使い捨てても構わぬ者を宛てたのだろうと結論づけた。

いずれにせよ、奴はこののち、雇い主に首尾を告げに行くはずなのだ。

ところが、本所は両国橋詰の裏店まで戻るや、男は油障子を閉め切って、表にまで聞こえる大鼾をかきはじめたのである。

――いけねぇ。見立てが外れたか。

完治は蒼くなったが、ここでうろたえても埒は明かぬ。急ぎ、下っ引の与助という、日頃は植木や虫を商う棒手振を生業としている若いのを呼んで浪人者を見張らせ、「動きがあれば、服部の旦那に報せろ」と命じるや、八丁堀へと駆けた。

惣十郎は奉行所に出て留守だったが、四半刻ほど木戸口で待っていると、佐吉を伴って戻ってきた。完治は事の顚末を報じ、

「わっちが、見当を違えたようで」

と素直に詫びる。佐吉が、溜飲が下がったような顔で、鹿威しよろしく頷いた。やはり愚物は仕草が大きい。

「いや、お前の判じは違っちゃねぇさ。信太は、さらに追ったところでなにも出ねぇだろう。番頭の件で浪人者を責め立てたのがわかりゃ十分だ。それから、奴が内藤新宿にゃあ行かなかったってぇこともな」

惣十郎は懐から手控帳を取り出し、改めて広げて見せた。

〈新宿　小間物屋　富坂〉

みみずがのたくったような文字で、そうしたためられてある。

「こいつぁ信太の意趣返しじゃあねぇかと、俺は見てる。この富坂ってぇ小間物屋に逃げ込んでるのが、おそらく火付けの張本人さ。信太は、なにか思うところがあるのだろう。だから俺は、一旦逃がした」

言う意味が、うまく汲めない。惣十郎は常より、ひとつひとつ筋道立てて説くことをしない。数段抜かして話を進める。完治自身も物事の先を読むのは得手だと自負しているが、惣十郎には、さらにその二、三歩先を行かれることがたびたびあった。

「そこでだ、佐吉、お前の出番だぜ」

惣十郎の声に、完治は思わず「えっ」と喉を鳴らした。この虚けに、どんな出番があるというのか。

「興済堂に繁く出入りしてたのぁ、この中じゃあ佐吉だけだからさ」

「そりゃそうですが……あっしはなにをしたらよろしンでしょう」

佐吉が訊いても惣十郎は、これから見世物でも楽しもうといった顔で、悪戯っぽく笑んだだけだ。どうも質が悪い。

「今から佐吉と一緒に行ってくれめぇか」

命ぜられて完治は、

「……わっちがですか」

と、鼻の頭に皺を刻んだ。佐吉と一緒に動くくらいなら、ひとりのほうがはるかに勝手がいい。佐吉も一丁前に、口をへの字にひん曲げている。

「たまにゃあ、手を携えて事に当たるのも悪かぁねぇだろ。新宿は俺の受持じゃねぇからよ、出物があれば、ここまで連れてくるんだぜ。その段に俺が出て行くからさ」

出物の見当がついているらしいのに、惣十郎はやはり子細を語らぬ。信を置かれていないのだろうか、と疑いもする。そのくせ、こうして一切を任せてくるのが、完治には不可解だった。

——相変わらず、底の知れねぇお方だな。

しかし惣十郎の、その見通しの悪さが気に入って、こうして付き合っている己もよくよく物好きだ、と完治は片眉を上げる。


富坂という小間物屋は、存外たやすく見付かった。

宿の並ぶ街道筋から小路を入ったどんつきに佇む、間口二間ほどの小さな店である。商いには不向きな場所ながら、身を隠すにはもってこいだろうと、完治は初手から裏道を探ったのだが、

「小間物屋と言うたであろう。かような奥まったところにはなかろうよ」

佐吉は顎を突き上げ、とってつけたような武家言葉で難癖をつけてきた。惣十郎の前では猫をかぶっているが、完治に対してはこうして居丈高に出る。業腹だが、躍起になるほどのことでもないから万事受け流している。代わりに、

「旦那のおっしゃる出物とやらが潜むとしたら、人目につく街道筋は選ばねぇだろう」

と、あえて伝法な口を利いてやる。

八丁堀から内藤新宿まで、両者ひと言も話さず黙然と歩いてきて、ようやっと口を開いたと思えば互いに喧嘩腰である。

——面倒くせぇなぁ。

惣十郎の謎かけをここから解かねばならぬのに、佐吉に逐一動きの意図を問われるのかと思えば、溜息も出る。

宿は、小間物屋から延びた小路に建つ一軒に決めた。どんつきまで見渡せる二階の部屋が空いていたのはよかったが、佐吉と同室に放り込まれた。

「他に空きがございませんで」

飯盛女(めしもりおんな)はかまびすしく詫びながら、饐(す)えたにおいのする麦飯に、すまし汁かと見まごう薄い味噌汁、見事に焦がした干魚を載せた膳を運んできた。

「お酒、おつけしましょか」

白粉(おしろい)もまだらな顔に、女は野放図な笑みを浮かべる。「そうじゃな」と、鷹揚(おうよう)に頷きかけた佐吉を、「いや、今はいい」と完治は素早く制し、窓の外に目を移した。

女は、佐吉が浅草辺から来たと聞き出すや、やれ去年の暮れは浅草で三尺も雪が積もったそうじゃな、上野大仏堂で火が出て仏像が焼けたそうじゃな、と唾を飛ばしている。完治はすっかり辟易(へきえき)したが、佐吉は「よう存じておるの」なぞと権柄尽(けんぺいず)くに応えている。

これ幸いと、女の相手は奴に任せて、完治は一件について思案に潜る。

信太はおそらく、計の大元には係り合っていない。運悪くその場に居合わせたかなにかで、偶然企てを知ってしまった。火付けについても、じかに手を染めていない。ならばなぜ、惣十郎に事の次第を訴えず、何者かに命ぜられるがまま動いたのか。誰かを庇(かば)っていると見るのが妥当だが、惣十郎は信太の行いを、意趣返しだと言った。とすれば、誰への意趣返しなのか。

あの火事が起こる前、なにごとかを言い含められた信太は、その段で番頭の死んだことを知っていたのだろうか。それとも火が消し止められたのちに、はじめて番頭まで犠牲になったことを知ったのか。

「そこの小間物屋は古いのかえ」

完治は、小路のどんつきに店があることにたった今、気が付いた、といったふうを装って、飯盛女に訊いた。女は佐吉相手に、堺町葺屋町の火事で市村座は浅草のあたりに移るそうですね、なぞと相変わらず座敷で聞き囓ったらしい話を繰り出していたが、

「ああ、富坂さんですか」

完治のほうへ、たるんだ首を伸ばした。

「あたしがここで働くより前からございましたね。ここらの女は、たいていあそこで化粧の品を支度しますよ」

「わっちも土産にひとつ買っていくかな」

不審に思われぬよう空言をつぶやくと、

「お前にもそんな女があるのかね」

と、佐吉が馬鹿正直な冷やかしを放ってきた。これに構わず、完治は女に訊く。

「店主はどんな方かね。わっちゃ小間物に疎ぇから、店で詳しく訊きてぇのだが」

「とっても親切な方ですから、安心なさいまし。いろいろ教えてくださいますよ。女の細腕であの店を切り盛りしてきただけあって、頼みになる方なんですよ。宿が暇なときには、買い物がてらお由さんと話すのが楽しくてね。あ、お由さんってのが、お店の主人なんですがね」

この宿場で働く女たちの憩いの場でもあるのだ、と彼女は付け足した。

「あの店を女ひとりで。へぇ偉ぇもんだな。人の出入りはまったくないかえ」

「ええ。お客の他はないと思いますよ。お由さん、器量好しですから、情夫のひとりやふたり、いてもおかしくなさそうですけどね」

宿の帳場で聞き込んでも、富坂は三年ほど前から女主人がひとりで仕切っているとのことだっ

た。飯をかき込んでから覗いてみると、なるほど、櫛巻(くしま)きの婀娜(あだ)っぽい年増が店の奥で鏡など磨いている。二階が居室のようだが障子が閉(た)ててあり、中の様子は窺えない。また長い見張りになりそうだとうんざりしていたのだが、翌日の夕刻、窓から小路を張っていた完治は、知った顔を見付けて息を呑んだ。

　信太のもとに現れた浪人者である。

「おい、佐吉」

　部屋にだらしなく寝そべっている佐吉を呼ぶや、呼び捨てにされたのが気に食わぬのか、彼は物言いたげな顔をした。

「早くこっちへ来い。出物があるかもしれねぇ。おめぇはその役を申しつかったろ」

　剣突を食らわすと、彼はのそのそと窓辺に体を寄せた。

　浪人者は躊躇(ちゅうちょ)なく富坂に足を踏み入れ、入口脇の階段を上っていった。やがて二階に灯が点(とも)り、障子にふたつの影が映る。お由とかいう店主はつい今し方まで、あたりを窺うように門口をうろついていたから、すでに何者かが二階にいたのだろう。

「む。二階に、誰か、いるな」

　窓から身を乗り出した佐吉が、己の炯眼を誇るような口振りで、誰が見てもわかることを言った。完治は佐吉に応えず、影の動きを見澄ます。

　ふたりは対座して、なにごとかを語り合っているふうだった。隙間風かなにかで灯心が揺れるのだろう、影は不意に大きくなったり横に形が流れたりと、妖しい変化(へんげ)を続けている。

「薄気味悪(わり)ぃな、あの影の揺らぎは」

　佐吉がぶるりと震え、

「富坂には人の出入りはないと、ここの女中は言ってたが、誰か住んでるのかね」

怖々と首をすくめた。完治は悪戯心を起こし、両の手首を胸の前でだらりと垂らして見せてから、

「こいつが棲んでるのかもしれねぇぜ」

おどろおどろしい声音で言ってやった。佐吉は束の間息を詰めたが、

「くだらねぇ。そんなはずはなかろう」

と、引きつった笑みを作る。

そのとき、影のひとつがやにわに立ち上がり、すいと障子が開いたのだ。男がぬっと顔を出し、座敷に籠もった火鉢の熱を逃そうとでもいうのか、扇子で宙をあおいだ。

薄闇の中に、面相がぼんやり浮かび上がる。

「ひぃっ」

いきなり佐吉が声を跳ね上げたから、

「でけぇ声を出すな。勘付かれるだろっ」

完治は慌ててたしなめたのだが、佐吉は窓枠にしがみついたきり、魚籠の中の魚のように身を震わせている。

「出やがった……化けて出やがったよ。この世に未練があるんだよ。そりゃそうさ、あんな死に方をしたんじゃあ、浮かばれるもんも浮かばれねぇもの」

うめくや腰が抜けたのか、這って座敷の隅へ行き、夜着を頭から引っかぶった。

「おい、なにがどうしたよ」

「遺恨があるんだよ。あんな黒焦げにされたんだものな。祟りたくなるのも道理だよ」

念仏を唱えはじめた佐吉に呆れながらも、完治は一切を解する。

──なるほど。店主は死んじゃあいめぇと、旦那は踏んでたのか。

惣十郎が、佐吉を連れて行けと命じたのは、興済堂の店主の顔を見知っているという理由からだったのだろう。

──したって、富坂ってぇこの小間物屋は、信太が教えた店だ。

しかし信太は、品川へ向かった。彼はなにゆえ、店主が忍ぶこの富坂を惣十郎に教えたのか。そんなことをするくらいなら、なぜ火事の日に、惣十郎に事件の一切を訴えなかったのか。因果を繋ごうとすると、たちまち道を見失う。まるで振り出しに戻ったようで落胆を覚える。

──それに、店主が生きていたならば、黒焦げだったという骸は何者なのか。

懐疑が沸々と煮立っていたが、ともかく今は一旦頭を冷やして、現れ出た店主を浅草まで引いていく算段をしなければならない。完治は座敷の隅で震えている佐吉を打ち見、渋面でこめかみを揉む。相棒が佐吉では、うまく運ぶはずのことまで頓挫しそうだ。

手立てを探りつつ小路に目を落とした完治は、そこで安堵の息を漏らした。浪人者を下っ引に見張らせていたのが、功を奏したのだ。

「与助、こっちだ」

声を殺して呼びかける。与助は日頃棒手振をしているだけあって耳ざとい。顔を上げ、意外そうに目を瞠ったのち、素早く二階に上がってきた。

「親分もこちらでしたか」

部屋の隅で丸まっている佐吉に怪訝な一瞥をくれてから、彼は完治の隣に腰を下ろした。

「しばらく動かなかったんですが、使いがきたと思ったら、すぐにこちらへ向かったもので、あっしも追ってきた次第で。服部の旦那にはあとで報せに行くつもりでしたが、だいぶ遠くまで出張るんで少々持て余していたところでした」

「いや、助かったぜ。で、その使いってなぁ、どんな風体だった」

「それが、どうも医者のようでしてね。ただ、町医というより、もう少し格が高そうに見えました。髪も剃ってましたし」

剃髪の男が帰って間もなく奴が裏店を出たから、なにか言付かってここまで来たに違いない、と与助は付言した。

――医者らしき人物か……。

頭に留めつつ、灯りに浮かぶ浪人者の影に目を遣る。身過ぎ世過ぎとはいえ駒のごとく動かされることのさもしさを思い、しかしまた、己も惣十郎の手足となって働いていることに気付く。

――いや、わっちゃただ動かされるだけの者にゃあならねぇ。

ひとつひとつの事案に己の意思を通せば、他人に使われたとしても駒とはならぬ。

「ここでしょっ引いたほうがいいだろう。遠国に逃げられでもしたら、お手上げだ。興済堂の店主を、浪人共々引こう」

完治は与助にささめき、佐吉へと首をひねった。

「佐吉さん、ここはわっちに任せて、八丁堀へひとっ走りして事の次第を服部の旦那に報せてくださいませんか」

猫なで声で頼んだ。捕物の基本は、先に足手まといを取り除くことだ。

四

暮れ六ツ、早めに役宅に戻った惣十郎は、久方ぶりに母の多津と夕餉をとったのち、自室で手焙りを引き寄せて、浅草茅町の板元、須原屋で仕入れた読本を繰っていた。炭の燃える香ばしいにおいに包まれていると体の芯まで温まるようだ。母は厨の片付けを終えると寝所に入った。お雅も惣十郎の夜具を延べてのち、自室に籠もっているらしい。静かな夜だ。文字を追ううちまぶたが重くなってきた。

突然、木戸が乱暴に開く音が響き渡ったのは、もうすぐ夜四ツになろうという頃だった。程なくして駆け込んできたのは佐吉である。彼は、玄関口で声も掛けずに座敷まで上がり込んでくると、

「旦那、あっしはとんだものを見ましたよ」

と、蒼白な顔で報じたのだった。

——やはり奴さん、生きてたか。

惣十郎は、己の見立てが的を射たことに安堵し、佐吉に言った。

「木戸に体ごとぶつかったような音だったぜ。乱暴なことぉしやがって。壊れたら、修繕代はお前に持ってもらうからな」

蒼ざめていた佐吉の顔が朱に変じる。

「勘弁してくださいよ。旦那からは、月に一分しか頂いてないんだ。そこらの下女よりずっと安く使われてンですから」

「人を吝ん坊みてぇに言うな。どこも小者はその金でやってんだ。役目柄、口利き料だのなんだの旨い目も見てるだろう」

返すと佐吉は、しばし小者の役得に考えを巡らすふうに目玉を上に向けていたが、「やっ、そんな話じゃねぇんで」と身を乗り出した。

「化けて出たんですよ、興済堂の主人が」

惣十郎はとりわけ信心の薄いほうだが、市井の者の多くが狐狸妖怪のたぐいを畏れつつも信じていることは承知している。

――したって童じゃあるめぇし、ここまで他愛ねぇたぁな。

細かに震えている佐吉を、しげしげと見詰める。

「完治はどうした」

「へえ。与助がちょうど来まして、ふたりで残ると申しまして。あっしは、この珍事を一刻でも早く旦那に報せなきゃならねぇと、一散に駆けてきた次第です」

誇らしげに佐吉が語るのに頷きながら、命じた通り、完治は藤一郎を自身番屋まで引っ張ってくる気なのだと了した。夜闇の中、長い道のりを連れて歩くのは物騒だから、おそらくは明けてすぐ新宿を出る心づもりなのだろう。

「ご苦労だった。明日は早くに番屋に行くから、今のうちに休んでおきな」

佐吉をねぎらい、惣十郎は広げたままの読本を静かに閉じた。


二本差しが怖くて目刺しが食えるか――そう言い交わされるほど、武士は昨今、町人から軽んじられている。ただし町奉行に限っては未だ恐れられており、その配下にある与力同心も同様だった。十手を見せれば、たいがいの者はおとなしく指図に従う。そこで刃向かわれて、市中で大立ち回りを繰り広げるようなことがあっては、同心も岡っ引も形無しなのだ。あいつは捕物が下手だと極印を押される。そうならぬよう周到に外堀を埋め、罪人をうまく説いて従わせるのもまた、廻方の腕の見せ所なのだった。

完治なら巧みに事を運ぶだろう、と惣十郎は早朝から自身番屋に詰めて、のんびり待っている。狐狸妖怪のたぐいは信じぬが、これと見込んだ人物は骨の髄まで信用すると決めているのだ。

「あっしも、つい完治に任せちまいましたが、あいつぁなにをする気ですかねぇ」

佐吉は盛んに気を揉んでいるが、おおかた完治は、佐吉を厄介払いした上で与助とふたり捕物に及ぶことにしたのだろうと思えば、口の端が緩んだ。

「四代目藤一郎は、先代の子じゃあねぇらしいが、出自を詳しく知っているかね」

茶を運んできた嘉一に訊く。

「詳しくは存じませんが、先代と懇意だった方の周旋でしょう。店に入ってひと月も待たずに、跡目を継がせましたから」

これまでほうぼうで聞き込んで、すでに得ていた事柄しか出てこない。小さく息を吐いたとき、

「しかし化けて出る前の藤一郎は、江戸者じゃあない気がしますけどね。周防の話を懐かしそうに語ってましたし」

佐吉が、うっそりと漏らした。

「おい、そいつをなぜとっとと言わねぇのだ」

「したって、もう死んだ者のことですし」

不満げに彼は口を尖らせる。

「周防から出てきたと言ったのかえ」

「いや、はっきりそうとは言いませんで。ただ、言葉尻が跳ね上がるような癖のある話し方でしたから他国者だろう、と」

周防。誰ぞの周旋。そのふたつが係り合っているのかどうか。

顎をさすっていると、「そら、入れ」と鋭い声が表から聞こえてきた。油障子が勢いよく引き開けられ、完治が姿を現す。

そのあとに続いて番屋に足を踏み入れた男を見るや、佐吉は喉を引きつらせ、嘉一もまた、「えっ」と声を裏返した。

藤一郎は神妙に頭を垂れ、完治に指図されるがまま番屋の板間に膝を突く。これに続いて、浪人風情が不服面でどっかとあぐらをかいた。一件の使いを万事担っていたのはこの男なのだろうと、二十歳かそこらにしか見えぬ若造の横顔を惣十郎は用心深く見詰める。

「騒がれなかったかえ」

完治に耳打ちすると、

「へえ。与助が役に立ちました」

彼は番屋の表に仁王立ちしている与助に目を遣った。日夜桶を担いで市中を巡っているせいか、与助は一際がたいがいい。大男の上、肩が大きく張り出し、まくり上げた袖から覗く腕には幾多の瘤が隆起している。雷門の風神雷神を思わせるその体軀は、捕物で相手をひるませるに十分なのだ。

「斎木という名だそうで」

完治は浪人者を顎でしゃくってから、

「刃向かわれるかと用心しましたが、どうで片棒担いだだけの使いっ走りです。正直に話せば重罪にはならぬと告げたところ、呆気なく釣れました。小心の質なのか、両刀も素直にこちらに預けて、獄門だけは勘弁してくれと、道中しつこいほどに訴えてきやしたぜ」

小声でそう報じた。惣十郎は頷いてのち一旦表に出、与助に駄賃を握らせた。彼は腰を折って受け取るや、完治に軽く会釈だけ放って踵を返した。

市中では、下っ引がおおっぴらに捕物に携わることは少ない。市井にまぎれて隠密で探る役ゆえ、面が割れてはまずいのだ。廻方の同心が、下っ引だと一目で見分けられるよう定められた標しは、白い鼻緒の履物ただひとつである。

惣十郎は番屋に戻り、藤一郎の真向かいにしゃがんだ。

「さて、お前がどうしてここへ呼ばれたか、もう察しはついているだろう」

藤一郎はしばし目を泳がせていたが、やがて重い口を開いた。

「あの……富坂に私がいると、どうしておわかりになったので」

それが、真っ先に彼の口から出た言葉だった。惣十郎は不審を覚える。藤一郎はまず、あの火事について申し開きをするだろうと想見していたからだ。富坂を教えたのが誰なのかを、彼は気にしている。報の出所が確かであれば観念せねばならぬと、おびえているのだろう。惣十郎はそう見当し、

「信太が、すべて話してくれたさ」

思い切って鎌をかけた。信太はとうに行方をくらましていようから、意趣返しをされることもなかろう。藤一郎は束の間案外そうに目を瞠り、やがてうめき声をこらえるようにして歯を食いしばった。

斎木という浪人者が血相を変えて、

「俺はしかと口止めしましたぜ。あんたから預かった金も渡したんだ」

と藤一郎に口走ったせいで、一件の首謀者が彼であることが、かえって明らかになってしまった。

惣十郎は、ぐいと身を乗り出す。

「店に火を付けたのは、お前だね」

藤一郎が深々とうなだれる。嘉一と佐吉が、同時に息を呑んだ。

なぜ、そんなことをしたのか——罪人を捕らえた折、同心の多くはまずそこを衝く。動機から順を追って検めれば、奉行所にあげる文書も整いやすい。だが、惣十郎は常より動機を後回しにしてきた。罪を犯した者の心の動きに軸を置くと、事件の核心をまず見誤るからだ。

「俺がこれからふたつばかし訊くから、神妙に答えろよ。ひとつに、番頭に手を掛けたのもお前か。ふたつに、もう一体出た骸は誰だ」

惣十郎は取り調べの言葉を、至って簡潔にすることを心掛けている。

芝居よろしく、己のささやかでひとりよがりな人生訓を交えて滔々(とうとう)と罪人を説く同輩もあるが、それを野暮と嫌った。一方で、相手の心情に必要以上に寄り添いながら、動機から丁寧に経緯(いきさつ)を聞き出し、話を詰めていくことも、禁じ手としている。

育った土地も職分も違う、ほとんどはじめて会ったような者相手に腹を割って語り合ったところで、そうそうわかり合えるはずもない。つまりこちらが語れば語るほど、相手に言い訳を考える刻をくれてやるようなものなのだ。

唇を嚙んで黙していた藤一郎が、おもむろに顔を上げた。

「私が継いでから、あの店は左前でして……しかし長く続いた薬種問屋ですから、早々に閉めるわけにもいきませんで、火事ならばみな諦めてくれようと……」

途切れ途切れに語りはじめた藤一郎を、

「動機に逃げるな。俺が訊いたことに、まっつぐ答えるんだ」

惣十郎は冷ややかに制した。藤一郎は、こちらを不満げに見遣ったが、目を泳がせたのちにおずおずと答えを差し出した。

「番頭は邪魔立てしたので、詮方なく」

「薬を盛ったか」

訊くと、彼はぎこちなく顎を引いた。その隣で斎木が、自分はそこには係り合っていないというふうにかぶりを振っている。

「番頭の手首が縛られてたが、死んだのちに縄を掛けたのか」

「ええ。盗賊に見せかけようと、あのように……」

「毒を盛るなら、奉公人たちも同様に始末できたのじゃあねぇか」

すると藤一郎は眉をひそめ、身を震わせた。

「そのような殺生なこと……。誰も手に掛けたくなかったから、藪入りの日を選んだのです。それであるのに、番頭が店に居座って仕事を続けているものですから……」

惣十郎はひとつ頷いて、質問を続ける。

「では、もう一体の骸は誰だ」

藤一郎はうつむいて黙っている。斎木に向くと、彼は泡を食って叫んだ。

「俺は知らねぇ。運べと命ぜられて運んだだけだ」

惣十郎は今一度、藤一郎に向き直る。

「藤一郎、火付けに加えて番頭を殺めたとなりゃあ、お前はいずれにしても火罪だよ。どうしたって、地獄の穴に蹴落とされるのだ。この際だ、余さず吐き出しちまいな。閻魔への土産は少ねぇほうが、向こう岸で楽ができるぜ」

しかし藤一郎は頑なに「知らぬ」と言い張るのだ。その必死の形相は、とてもシラを切っているとは見えなかった。

——裏に、誰かいやがるな。

惣十郎は顎をさする。

「まことに、私の知らぬ男なのです。あの晩、運び込まれて……」

こいつは、思っていたより根が深そうだと身構える。

「誰が骸を運んできたんだえ」

訊くと、彼は斎木を目で指した。

「俺も運べと頼まれただけだ」

憤然と返した斎木に、

「誰に頼まれた」

惣十郎はすかさず問う。

「赤根(あかね)という男だよ。赤根数馬(かずま)ってぇ医者さ。俺が仕官口を探しているのを知って、仕事を頼んできたんだ」

「医者……」

反復したとき、それまで黙していた完治が口を開いた。

「その赤根ってぇ奴は、両国橋詰のお前の裏店に出入りしている剃髪の男かえ」

斎木はひゅっと喉を鳴らし、顔を跳ね上げた。住処（すみか）まですでに嗅がれていることに動じたのだろう。

「赤根は今、どこにいる」

惣十郎が畳み掛ける。

「知らねぇ。用があるとき、向こうから訪ねてくるだけで。それに、こたびがはじめてもらった仕事だしな」

斎木は前のめりに答えた。藤一郎を窺うと、彼は赤らんだ顔をうつむけている。

「藤一郎。お前も赤根とやらに頼まれた口か。それとも共に一件を企てたのか」

重ねて問うても、忙（せわ）しなく目を泳がせているばかりで答えようとしない。惣十郎が斎木を顎でしゃくって、

「この男を使って信太に金を渡したそうだが、その金も赤根が支度したってことだな」

言うや藤一郎は勢い込んで、

「いやっ、それは私が支度をっ」

と口走ってから、己の失態を悔いるように唇を噛んだ。大罪をしでかした割には、細部にまで気が回っていない。裏で糸を引いているのがどれほどの者かは知れぬが、藤一郎を焚（た）き付けて動かすのは、赤子の手をひねるよりたやすかろう。

「あの晩、信太が店に早く戻って、算段が狂ったのだろう。信太の落ち着き先を聞き出し、金を渡して口止めした」

藤一郎が、色を失っていく。彼は信太が一部始終を白状したと思い込んでいる。もう一押しだ。惣十郎は憐れみを面（おもて）に浮かべ、柔らかな声に切り替えた。

「しかし仮にも信太は、いっときでもお前の下で働いていた手代だぜ。恩義は十分にあるはずだってぇのにな。桐の下駄をお仕着せで与えるあたり、興済堂の店主は気前のいい男だと俺は感心していたさ」

興済堂のお仕着せがどんなものか、惣十郎はほとんど知らぬ。あの晩、信太の下駄を見た限りである。

「それだってのに、金だけ受け取って主人を売るってなぁ、道理が通らねぇな」

同情も露わに続けると、藤一郎は拳を握って声を震わせた。

「……私は、あの店での仕事が嫌で仕方なかった」

そもそも薬種問屋など継ぐ気はなかったのだ、と彼は続ける。一族が医業に携わる家の産だから、幼い頃より薬種を学ぶ機には恵まれたが、微塵も興味が持てずにいた。江戸に出たのも、己の新たな扉を開くものに出会えるのではないかという、青臭い期待をもってのことだった。

「故郷はどこだえ」

訊いた惣十郎に、

「周防大島にございます」

藤一郎は殊勝に答えた。佐吉が「やはりそうだろう」とばかりに、大きく頷くのが目の端に映る。

「ひとりで出てきたかえ」

「……叔父がこちらにおりますので」

「それが赤根か」

推量のままに問うと、藤一郎は目を泳がせてのちうつむいた。

「興済堂の跡継ぎにと、叔父は私を推しまして、口を糊(のり)するために仕方なく店主に収まったのですが……」

番頭に教わって薬種はひと通り覚えたものの、藤一郎は算盤(そろばん)勘定が苦手だった。帳場に座すのも億劫で、江戸に出る折に深間(ふかま)になった女が営む新宿の小間物屋にしけ込んでは、番頭から使いに出された信太に呼び戻されていたのだと、彼は盆の窪(くぼ)まで見えるほどに深くうなだれた。

赤根数馬という叔父は、故郷で医学を修めたのち、長崎、京、江戸と渡って学問を続けていたらしい。藤一郎は、自在に遊学する叔父への憧れもあって、彼を頼りに江戸に上ったのだという。

「赤根はなにゆえ、お前を興済堂の跡取りに据えたのだ」

惣十郎の問いに、藤一郎はますます困じた様子で肩をすぼめた。

「私に稼ぎがないのを案じてのことだったか、と。路銀はとうに使い果たしておりましたし、江戸に入ってのちの暮らしは叔父に面倒を見てもらっておりましたので、否やを唱えることもできず……」

「こたびの火付けも断れなかったか」

間髪を容れずに重ねると、藤一郎は呆気なく肩を落とした。

しかし、赤根とやらの目当てが皆目わからぬ。なぜ興済堂を焼かねばならなかったのか。例の骸を藤一郎だと見せかけることに、どんな意味があるのか――。

藤一郎に問いただしても、彼は、まことに知らぬと首を横に振るばかりである。

「叔父はこたびの件について、一切子細を言わぬのです。悪いようにはせぬから、と煙に巻くばかりで。私も店をやめとうございましたから、黙って従いましたが」

すると、番屋の隅にへばりついていた佐吉が、

「悪いようにはせぬ、ってぇ台詞（せりふ）は、悪巧みをしてる者が言うもんですよ。芝居（しばや）ではたいていそうですから。ねぇ、旦那」

と、得意げに嘴（くちばし）を挟んだ。惣十郎の背後で、完治が小さく舌打ちしたのが聞こえた。

骸は、赤根自ら運んできたものらしい。

「駕籠（かご）に乗せてきましたよ。夜着で簀巻（すま）きみてえにしてありましてね。俺は駕籠から降ろして店に運び込めと言いつけられたんだが、抱えた途端ひんやりしたもので、だいぶ驚きました。骸を運んだ駕籠かきには、病人だと騙（かた）ってましたから」

斎木の述懐を聞いてから、惣十郎は藤一郎を睨（ね）め付ける。

「その面相にも、まるで心当たりはなかったかえ」

「へえ。まったく存じません。叔父からも、なにも聞かされませんで」

どうも埒が明かぬから、惣十郎は赤根の住処を教えろと藤一郎に命じたのだが、

「それが、わからぬのです」

と、彼は悄然（しょうぜん）として返すのである。

「わからねぇはずねぇだろう。医者というなら、どこぞで看板を掲げてるはずだ」

「かつては小日向（こひなた）に一軒持っていたのですが、私が興済堂の店主に収まってからしばらくしてそこを引き払い、行方知れずになりまして。案じていたところ、火事の少し前、夜半に店を閉めたのちに訪ねてきたのです。どこにいたのだと訊いても、うやむやにするばかりで。火事のあとも、新宿で落ち合う手はずになっておったのですが……」

藤一郎は言って、斎木を目で促した。

「当面新宿には行けぬからひとりで国許（くにもと）に落ちるよう伝えよ、と俺は言伝（ことづて）を頼まれて、あの小間

物屋まで出向いた次第で」

打ち明けた斎木の様子からして、嘘を吐いているとは見えなかった。

それにしても、いかで叔父の頼みとはいえ、万事あやふやな口車に乗って、よくあんな大事をしでかしたものだ。藤一郎の浅はかさに呆れつつ、惣十郎はここらが潮時だと判じて、やおら腰を上げた。佐吉に藤一郎たちをしばらく見張っているよう命じ、番屋の障子を開ける。

「完治」

呼んで、ふたりして表へ出た。

「これまでの話で、なにか気に掛かるところはあるかえ」

「へえ。奴らが騙っているとは見えませんで。踏み込んだときもえれぇ慌てようでしたし、聞けば富坂は、もともと藤一郎の女がやっている店ですから、厄介な企みを懐に抱いていたら、容易に足が付くようなところに身は寄せねぇでしょう」

信太の様子と梨春の検屍の結果から、てっきり藤一郎が首謀者だと睨んでいたが、どうやら惣十郎の見当は外れたらしかった。

「与助が斎木を張っていた折、医者らしい剃髪の男の出入りがあったそうで。今の話と、符牒が合うように思いますが」

「それが赤根かね」

「おそらくは」

完治は目だけで頷いてから、

「斎木は泳がせておいたほうがよかったかもしれやせん。また赤根が姿を現したかもしれねぇのに」

己の読みを苛むようにこぼした。

「いや、藤一郎を江戸から逃して、一件が露呈せぬよう計らったところで斎木の役目は終いさ。赤根の周到さからして、斎木を使い続けることはしねぇだろう。それこそ足がつかねぇよう、十二分に気をつけているはずだ」

完治はしかし、腑に落ちぬ顔だ。

「なんだ。気になることがあるなら言いな」

「へえ。信太のことで。この件は信太を引いたほうが正しかったかもしれねぇと」

品川に落ちた信太を残し、斎木を追った自身の判じに、彼は拘泥しているのだった。

「いや、信太はこの件にゃ噛んでねぇさ」

「それにしちゃあ、動きが妙です。一旦は藤一郎に累が及ぶのを阻むような空言を口にしておきながら、あくる日には藤一郎の居所を暗に旦那に示しやしたぜ」

惣十郎は懐手して、片笑んだ。

「人の気持ちなんざ、一刻もあればまるきり違う向きに転がっていくもんだ。だから厄介で面白ぇのよ」

完治はやはり、不得要領な顔をしている。

「その場では動顛して、とっさに店主の言いつけに従っちまった。だが、番屋で一晩過ごすうち、番頭から受けた恩がべらぼうに浮かんできたのだろう。信太が番頭の骸にすがった様が芝居なら、とうに市村座あたりから引きが来てるさ」

藤一郎にしても同じだ。叔父だという赤根数馬にそそのかされ、店を焼いた。手を染めたきっかけは、奴の語った通り、あの老舗を仕切る苦労が辛抱ならなくなったからだろう。ただ、奉公人には累が及ばぬよう、藪入りの日を選んだ。奴はそういう温情を見せる一方で、先代の頃から店を守ることに尽力し続けた番頭には容赦なく毒を盛った――。

――到底、同じ者の仕業とは思われねぇ。

だがそれこそが浮世の常であり、こうして真相に向けて一枚一枚皮を剝(は)いでいく上での妙味だった。

赤根が何者かの骸を運び込み、藤一郎が油をまいた。折悪(あ)しく信太が戻ったのは、その段だったのだろう。店の様子がおかしいと気付いて、信太は帳場へと向かう。一面にまかれた油の上を歩く羽目になった。

そこで藤一郎が、どうやって信太を言いくるめたかは知れぬ。ただ、蘭方医の恨みを買ったがために店に火を付けられた、と口裏を合わせることに、彼はどういうものか従った。他の奉公人たちにも、藤一郎は前もって、蘭方医との確執を吹き込んでいたのだろう。そんな確執が、まことにあったのかは知れぬが――。

「いずれにしても、こいつは存外、根が深(ふけ)ぇ一件かもしれねぇ。梨春からあがってきた容體書を、俺も今一度よくよく検めてみるさ。完治、お前にも、当面この件で働いてもらうことになりそうだ」

ともかく、骸の正体を明らかにしなければはじまらない。

考えていたよりもはるかに厄介なことになりそうだと惣十郎はひとつ息を吐き、鈍色(にびいろ)の雲がたなびく空を見上げた。

完治は、惣十郎に命ぜられ、藤一郎と斎木の身柄を大番屋に引き渡した。佐吉と一緒に行けと言われてうんざりしたが、惣十郎は「あぁ、これから捕物書を書かなきゃならねぇのか」と頭を抱えていたから、これに抗弁するわけにもいかなかった。

同心なんぞというものは、罪人を挙げれば手柄として喜ぶのだと思い込んでいたが、惣十郎に限ってはどうやら違うらしい。このたびも番屋に戻って、すっかり意気地をなくしている藤一郎に向き合うや、

「お前がやったにゃあ違ぇねぇとなれば、俺も目こぼしするわけにゃあいかねぇ。こっから大番屋に送って取り調べってぇ段取りになるが、今のうちに申し開きしておくこたぁねぇか」

と、わざわざ酌量を求めるように呼びかけたのだ。

完治は惣十郎に付いてから、いくつもの山を経てきたが、罪人を追い詰めるところまでは生き生きしている彼は、牢に送る段になるや必ずこうして精彩を欠き、挙げ句、奉行所内での文書の多さを愚痴りはじめるのだった。

藤一郎はすっかり観念したのか、なんの申し開きもしなかった。代わりに、

「叔父にそそのかされたのだとしても、火付けをした私は死罪となりましょうか」

と、さざれ石を踏んだときのような、軋んだ声を絞り出した。

「そいつぁ、吟味方に委ねるよりねぇが……まぁ、俺も事の諸相を知りてぇからさ、早ぇとこ赤根を見っけてみるさ」

惣十郎は囲碁の手合わせの日取りでも決めているような、のどかな口調で答えたのだった。

自身番屋を出しな、

「済んだら、うちへ来つくんな」

惣十郎に耳打ちされたから、完治は大番屋を出たのち一旦佐吉と別れることにした。八丁堀へ

戻るところまで共に動くのは、いかにも億劫だったのだ。

「ちょいと野暮用があるんで」

と、佐吉に断って一歩踏み出すや、

「お前が信太を追ってりゃ、赤根って男の足取りが知れたかもしれないな」

したり顔で彼はつついてきた。こめかみがぴくりと跳ねたが、ここでやり合っても詮無いと、完治は苦笑いで受け流す。

惣十郎が奉行所から戻る刻を計り、完治は六ツ半に組屋敷の木戸をくぐった。お雅という、絵に描いたように無愛想な下女に誘われ、座敷に落ち着く。

惣十郎は、必ずこうして母屋へ通してくれるのだが、岡っ引が同心の屋敷を訪ねても門口で応対されることが多いのだと、溜まり場で年嵩の御用聞きが語っていた。

八丁堀界隈には、同心から手札を預かった連中が溜まって、情報交換する場がいくつかあるのだ。世で起こる事犯というものは、てんでばらばらのようでいて、不思議とその時々の流れを汲んでいる。派手な押し込みがあれば、続けざまに盗人が現れる。無益な試し斬りが人の口に上れば、これを真似する者が出てくる。

――罪と知りながら手を染めるってぇのは、よっぽどのことなのにな。

完治はそのたび、首を傾げる。そのよっぽどのことに踏み切ろうというのに、己の芯からの衝動に従うこともせず、人真似でお茶を濁しているのが、どうにも解しがたいのである。

――まぁ、巾着切も誰かがはじめたものだ、他人のこたぁ言えねぇが。

惣十郎が現れるのを座敷で待ちながら、胸の内でつぶやいた。完治には、巾着切を罪と感じる意識が以前から希薄だった。実際、強盗には極刑が科せられるが、巾着切と空き巣は死罪にまではそうたやすく至らない。やられるほうにも落ち度がある、という論なのだった。

青梅縞(おうめじま)の着物に琥珀織(こはくおり)の帯と一目で巾着切とわかる格好で堂々と獲物を狙い、こじりが詰まっていそうな者は避けて財布を掏(す)ると、そこからいくらか抜いて、また相手の懐に戻しておくのだ。やられたほうは、巾着切に遭ったことすら気付かぬように仕事をした。

ために、相手にドンとぶつかっては、「や、すまねぇな」なんぞと言いながら懐から抜いている輩(やから)を見ると、「馬鹿め」とつい声が漏れる。相手の目に己の姿を焼き付けるような真似を、派手にしているからだ。

――あとで財布がないと気付いたときに、お前の顔が真っ先に浮かぶ仕組みをわざわざ作ってどうするえ。

そんな嘲(あざけ)りが、浮かぶのである。

完治が、己の経てきた道筋に思いを馳せていると、惣十郎が現れた。首筋から頬にかけて上気しているから、湯でもくぐってきたのだろう。

「お前がなかなか来ねぇから、先に浸かってきたよ。亀島町の湯屋(ゆうや)に腕のいい三助がいてさ、垢(あか)がごっそり落ちるのだ」

彼は楽しげに告げてから、

「ご苦労だったな」

と、改めて完治をねぎらった。

「これで落着となりゃあよかったが、太(ふて)ぇ根っこが土中に残ったようなのが厄介だ。お前、手先も使って、赤根ってぇ男のことをこのまま調べてくれめぇか」

「承知しやした」

どこから探ればよかろうと完治が思案をはじめるや、

「医学塾を端から当たっていくといい。赤根数馬の名で通したかは怪しいが、なにかしら出るだろう」

惣十郎が手早く指図した。

「番頭じゃねぇほうの骸が、外科道具を持ってたと梨春の容體書にあったからさ」

梨春というのは、検屍のたびに湯灌場に現れる、やけに線の細い町医だろう。

「げか……ですか」

「あぁ、俺もよく知らねぇが、病人に手術ってのを施すときに使う、小せぇ刃物のことらしい。帯に挟んであったと。梨春が言うには、普段持ち歩くようなものじゃあねぇらしいから、診療からの帰りだったのか、とっさに帯に隠したものか……」

「その道具は、医者ならたいてい持ってるものなんでしょうか」

「いや、蘭方医しか持たねぇだろう」

特異な道具なら、持ち主の目星をつけるに役立つかもしれぬ。

「医者がらみの件なら、いっそう早く片付けなきゃならねぇ。人の命を扱う者たちだ。仮に、この一件の裏に権勢争いなんぞが潜んでいたとすりゃあ事だ。そんなくだらねぇことに係り合って療治を後回しにされちゃあ困るからさ」

惣十郎がこうした、いかにも教本じみた正論を吐くのは珍しい。何年か前に妻女を病で亡くしていることと係りがあるのだろうかと思い巡らせたが、詮索めいたことを口にするのも野暮だから、完治はそれとなく話を一件に戻した。

「あの……わっちゃ、信太のことで、どうにも引っ掛かることがあるんです。しつけぇようですが」

佐吉に嘲られたからでもないが、完治には、この一件での信太の動きがやはりどうにも解せないのだ。

「藤一郎の言うに従って、骸は主人だと言い切った信太が、一晩明けるや、その主人を売るような真似をする——そこまでの振り幅が心裏に起こるものでしょうか」

そう問うたとき、

「失礼致します」

折悪しく廊下から声が掛かった。細く開いた襖の隙間から身を滑り込ませたお雅は、茶漬けを載せた膳を手にしている。

「これは旦那、夕餉がまだでしたか」

完治が恐縮すると、

「お前の分だよ。食ってねぇだろ」

惣十郎はゆるりと目尻を下げた。

つるりとした面長、身丈もあって姿勢もいいせいか、惣十郎は三十五、六という歳の割には若く見える。顔立ちも親しみやすくはあるのだが、黒目の色が灰がかって妙に薄く、それが完治には時折、空恐ろしく感じられた。彼の目がどこを見ているのか、なにを捉えているのか、見失うからだ。

「その香の物は旨いぜ。お雅が漬けたんだが、そんじょそこらの料理屋でも味わえねぇよ。なぁ、お雅」

朗らかに語りかけた惣十郎に反して、お雅は気無面だ。彼女に接して間もない当初は、岡っ引だとこちらを下に見ているのだろうと腹も立ったが、惣十郎に対しても突っ慳貪なのを知り、そもそもがそういう質なのかと得心した。阿部川町で家主をしている嘉一の三女で、出戻りらしい。嫁ぐ前までは明るく気が利き、阿部川小町と評判だったと噂に聞くが、今のお雅は器量はともかく、性分はまるで変じている。

「お多津様が大事に手入れなさってきたぬか床に、私はただ大根だの茄子だのを仕込んでいるだけにございます」

お雅が伏し目がちに答える。謙遜しているというより、見当違いな称揚は傍迷惑だと言わんばかりの態度である。

「そうは言っても、ぬか床を育てて、漬ける頃合いを計ってんのは、お前さんだろ」

ぬか漬けになぞこだわることもなかろうに、惣十郎は執拗である。

「漬ける頃合いとおっしゃいますが、漬物というのは古漬けでも浅漬けでもおいしくいただけるんですよ。確かな作法というものは定まってございません」

お雅もまた、しつこく打ち消す。両者そこまで躍起になるようなことでもなかろうと、すっかり置いてけぼりにされた完治は鼻白む。と、惣十郎が顎をさすり、

「なるほどね。確かな作法はねぇ、か」

つぶやくなり、思案に潜ってしまった。こういうときの彼は、強固な壁を身の回りに張り巡らしているようで、声を掛けることもためらわれる。

「病によって、用いる医術も変わってきているのだろう。どちらがいい悪いじゃねぇのに、そこで諍いになっちまうのもな」

蘭方医学と漢方医学のことを言っているのだろうかとうっすら察したが、ぬか漬けの話からどう繋がったのか判じ得ず、完治は思わずお雅を窺った。彼女は、惣十郎の脈絡のない話運びには慣れているのか、眉のひとつも動かさず、

「冷めちまいますよ」

と、完治に向かってぞんざいに言ってから、茶漬けを目で指した。

「へえ。したら、遠慮なく」

碗(わん)を取り上げると、香ばしい鰹節(かつぶし)の向こうから、仄(ほの)かにまろみある香りが立ち上った。するするすると、出汁(だし)の滋味が身に染み渡る。茶をぶっかけただけの茶漬けしか口にしたことのなかった完治は、その旨さに舌を巻いた。

「うちの茶漬けはさ、茶じゃねぇのよ。鰹節と昆布でとった出汁をかけるんだ」

惣十郎が目をたわめている。現(うつつ)に戻ってきたらしい。

「なるほど、昆布か。鰹節だけじゃあねぇなってぇとこまでは、知れたんですが。いや、驚きやした。こんなに旨(うめ)ぇ茶漬けを食ったのははじめてです」

素直に感心すると、

「だとよ、お雅」

惣十郎は誇らしげに彼女に告げた。が、そのときお雅はすでに立ち上がっており、

「どうぞ、ごゆっくり」

素っ気ない言葉を残すと、あっさり座敷を出て行ってしまった。

襖がすいと閉められたのを見届けて、惣十郎がゆるりと話を戻した。

「お前には、信太が臭(くせ)ぇように思えるかね」

完治は慌てて碗を置いたが、

「食いながらにしな。冷めちまいますよ」

と、惣十郎は最前のお雅の言い回しそのままに言って、さもおかしそうに笑った。

「火付けに手は染めてねぇでしょう。ただ、なにかしら係り合ってたんじゃねぇかと。誰しも心変わりはございますが、どうも信太の変じようには合点がいかねぇんで」

「俺が佐吉を用いているのは、どうしてだか、わかるかえ」

完治の問いかけにまったく沿わぬことを、惣十郎は唐突に口にした。佐吉のことなぞ、今はどうでもよかろうと完治は訝りつつも、この際だと長らく腹に溜まっていた鬱憤を遠慮なく吐き出す。

「それこそ、とんとわかりませんで。こう言っちゃなんですが、役に立ってるんでしょうか。新宿の小間物屋で藤一郎を見付けたとき、あいつぁ化けて出たと本気で言ったんですぜ」

ひと息に言うと、惣十郎は苦く笑って、「しようもねぇ野郎だね」と首をすくめた。

「だが、佐吉が役に立つのは、そこなのさ」

「……そこ、ってぇと、狐狸妖怪のたぐいを信じ切ってるところですか」

「いや、そうじゃあねぇさ。簡単に言やぁ、物事の裏に潜むものを勝手に読み取らねぇとこさ。興済堂が焼けて、主人が焼け死んだ。ところが、死んだはずの主人が現れた――まぁ、そこで化けて出たと思うのはあいつの足りねぇとこでもあるんだが、奴から上がってくる報はさ、まっさらなのよ。見た者の推量がまぎれ込んでねぇのだ」

見たままを、色を付けずに惣十郎に差し出す、ということだろうか。そんな童の使いのような仕事を買っているというのか。

「まっさらな事実だけだから、俺がひとつひとつの事柄を並べて整理していくのに都合がいいのだ。事件が出来する。なぜそうなったか、解き明かすのは俺たち人だ。となれば、己が培った物の見方や考え方を礎にする。その礎が、十人いれば十人とも違うってことを忘れて、他者を解しようとするところから間違いははじまる」

惣十郎はそこでひと口茶をすすり、続けた。

「もうひとつに、人ってのは存外、てめぇの心の内をわかってねぇのよ。そいつがなにより厄介だ。ひとつの信念に沿ってまっつぐ動いてくれりゃあ、こっちも読みやすいんだが、どうもそうはいかねぇ。こたびの信太のようにさ」

「信太が翻ったのは、なにかしらきっかけがあったからじゃあないんでしょうか。当初は計に噛んでいたものの途中で外された、ってぇようなことが」

「いや、誰の目にも明らかな契機がなくとも、翻るこたぁあるんじゃねぇかな」

完治は、やはり腑に落ちなかった。どう動くか惑うことはあっても、己の考えが大きく変わるには、なにか明白なきっかけがあるはずだ。が、あの晩信太は自身番屋に留め置かれ、誰とも接しなかったのを、張り付いていた完治は確かめている。

「己の心の内がわからねぇなぞ、妙な道理だってぇ顔だね」

惣十郎は、かすかに口角を持ち上げた。

「仮に、だ。宵の部屋に蛾がまぎれ込んできて、燭台のそばを飛び回る。その羽ばたきで灯心が揺れて、ふっと消える……まぁ、そこまで強ぇ風は起こらねぇだろうが、なんらかのはずみで消えるとする。一瞬で暗闇に沈んだその座敷で、それまで向かい合って和やかに話していた相手への憎悪が、不意にありありと浮かび上がるようなこともあるんじゃねぇかと俺は思う」

「脈絡もなく、憎しみが湧くってぇことですか」

「いや、もともと己の内にあった相手への憎しみに気付くと言やぁいいか。見ねぇようにしてきたことが、なにかの拍子に立ち現れちまうようなことが、ある気がするのだ」

惣十郎の目には燭台の灯が映っている。やはり黒目は灰がかって薄く、なにを見ているのか、窺い知れない。

「その暗闇でなにか起こったとして、仮に動機だの日頃の係り合いだのから一件を探ろうとすれば、たちまち八方塞がりになる」

確かに、蛾の羽ばたきで灯りが消えたから人を殺めた、という経緯（いきさつ）は、誰にも読めぬだろう。例えば、男女が一所に並んで死んでいたとする。それを「相対死（あいたいじに）があった」と推量を交えて報じられては、探察のはじめの一歩を過つ（あやま）。男と女がいれば、必ず間に色恋沙汰が挟まっているという道理なぞ、この世にはないからさ、と惣十郎は続けた。だから俺にとっては、見たままを運んでくる佐吉のような者は重宝なのだ、と。

「俺やお前は、裏の裏まで読もうとしちまうだろう。佐吉を間に置くことで、うまいこと塩梅（あんばい）が保てるのさ」

そうでしょうか、と疑問を挟みたかったが、完治は奥歯を噛んで封じた。

「ことにお前は世の裏っ側をくぐってきた身だ、深いところまで読める。先回りして動くことにも、俺は助けられてるさ」

慰めるように言われ、御用聞きとしての矜持（きょうじ）がかえって揺らいだ。

「だからこたびはお前に、赤根の探索を頼むのだ。鰹節（かつぶし）の裏にもうひと味潜んでることにも、しかと気付くのがお前さんだ。お雅はきっと、甲斐（かい）があったと喜んでるぜ」

こちらの不満を察したらしく、明るく補われ、完治はなにも言えなくなった。

「不思議なもんだね。同じことを同じように経てもさ、思いや行いってのは、人によってまるきり変わってくるんだからな」

惣十郎の目が、また宙をさまよう。見えない壁が、彼のまわりを囲う。

「同じように疫病に見舞われて、無惨な形で親兄弟を亡くしても、そこで自棄になって道を踏み外す者もあれば、ひとりでも多くを救いたいと医学を修める者もある。持って生まれた性分の違いだと言ってしまえばたやすいが、そこには、蛾が灯りを消した程の、人目にはつかねぇような細かなきっかけが山と積まれているのだ」

惣十郎はそこで湯飲みを取り上げ、茶で口を湿らせた。

「そういう、積み重なった細かなものをひとつも見ようともせずに、己が万事正義を司ってるってぇ面で他者を裁く奴こそが、俺は真の罪人だと思ってる」

誰に言うともなく言って、惣十郎は片笑んだ。

風が吹き込んだのか、燭台の灯が心許なく揺れている。

五

品川の宿を出て、東海道をあてもなく歩いた。六郷川に差し掛かったところで、信太はつと足を止め、川原に腰を下ろした。

「これから、どうしていこうか」

水面に向けて、ひとりごつ。故郷に帰るつもりはない。生まれ育った村は貧しく、霜害や水害があればたちまち食い詰めた。その上、天保となって程なく大飢饉(だいききん)に見舞われ、信太は口減らしのために十三を待たず奉公に出されたのだった。

はじめて足を踏み入れた江戸は、すべてが華やかで、そうしてすべてが速かった。人々の動きも、話し方も。信太は国訛(くになま)りがなかなか抜けず、早口でまくし立てる江戸者たちの言葉をうまく聞き取ることさえできなかった。店でもまごつくばかりで、ふたつの奉公先から早々に暇を出された。

興済堂に拾ってもらったのは、十四のときだ。先代は懐が深い優しい人だったし、なにより番頭が根気強く信太に仕事を教えてくれた。

「もたついた話し方で申し訳ありません」

それまでの奉公先でさんざん嗤われたから、信太ははじめにそう断ったのだ。と、番頭は小首を傾(かし)げ、

「お前の話し方は、もたついちゃいませんよ。あったかみがあるし、親しみやすい。お前をここまで育ててくれた土地の言葉だ。大事にしなさい」

そう言って、けっして貶(おとし)めるようなことはしなかった。

「この店でのお前の仕事は、薬を売ることだ。その知識を、しっかり身につければいいんだよ」

その日から信太は、番頭について日々懸命に仕事をした。ここが唯一の己の居場所だと信じたのである。店を仕舞ったあとも、扱っている薬種の名を覚えるために、遊びにも出ず部屋に籠もって学び続けた。おかげで客から信を置かれるようになり、手代に上がるのも早かった。

ただ、店にしがみついた分、年頃になっても馴染みのひとりも、気の置けぬ友人さえも持てなかった。だから藪入りの日は、毎年持て余していたのだ。故郷に帰れるわけでなし、気軽に訪ね

ていける仲の知人も江戸にはいなかったからだ。

信太は藪入りになると、なにをするわけでもなく、ひとり浅草界隈をうろついて刻を潰した。金の苦労は嫌と言うほど身に染みついていたから、団子のひとつも買わなかった。興済堂では相応に堂々としていられたが、華やかで威勢のいい江戸者たちに交じるといたたまれなくなって、夜を待たずに店に戻ることも少なくなかった。

番頭ははじめこそ、「もう戻ったのか。明日の朝まで休んでいいんだよ」と驚いていたが、思うところがあったのか、翌年からはなにも言わなくなった。代わりに、風鈴蕎麦や天ぷらを食べに連れ出してくれた。

「ひとりで食っても旨くないから、付き合ってくれないか」

と、その都度番頭は頼む形をとったが、きっとこちらを気遣ってのことなのだろう、と信太はありがたく馳走になった。この恩は必ず仕事で返そうと誓いながら食う飯は、格別に腹を温めるものだった。

あの晩も、いつものごとく信太は早めに店に戻ったのだ。裏口から入ると表店に番頭はおらず、一年前に店主に座った藤一郎が見知らぬ男たちとなにかを話し合っていた。不審に思い、下駄を脱いで上がったのだが、床が濡れていたから驚いて声をあげてしまった。

藤一郎がこちらに気付いて目を瞠り、

「なぜ、お前がいるんだ」

と、震え声で訊いてきた。信太は毎年早くに戻っていたが、店主になって間もない藤一郎は、その習いを知らなかったのだ。

「この店は燃やさねばならん。私は死んだということにしておくれ」

突拍子もないことを言われて声も出なかった。藤一郎たちの足下に、誰かが横たわっているのが見えた。

「ともかく、私が死んだことにならないと収まらない。また他で店を出すから」

支離滅裂な話である。どうとも答えかねて突っ立っていると、藤一郎の後ろから剃髪の男がこちらに踏み出し、鋭く告げた。

「蘭方医に脅されて、ここでは商いを続けられなくなったのだ。お前も早くここから出るんだ」

「あの……番頭さんはどちらに」

混乱の中で、信太はかろうじて訊いた。

「先に出た。店を新たな場所に移す段取りを進めてもらっている」

剃髪の男が答えた。番頭も承知の上なのか、と幾分安堵しつつも、

「私はこののち、どうすれば……」

と、思わずつぶやいてしまった。

「新たな店の支度が調(ととの)ったら、必ず迎えに行く。お前も近くにいちゃあ危ないから、そうだな、品川の当麻(とうま)という宿にいておくれ。この男が、当面の金を渡しに行く」

藤一郎は言って、剃髪の男の後ろに控えた浪人風情を指した。

「その代わり、ここで見たことはけっして他言するんじゃないよ」

それからの一切は、頭の中に靄(もや)が掛かったようにおぼろだった。ただ、先に出たはずの番頭が殺められていた現(うつつ)ばかりが身を刺し抜いた。あの男たちが手を下したのだろうか。ぜんたい、なんのために。藤一郎は、どう係り合っていたのか——。

見当もつかなかったが、自身番屋で一晩過ごすうち、どういうものか、やたらと藤一郎特有の

目の動きが頭に浮かんだのだった。彼は常に、目が泳ぐのだ。客と接するときも、奉公人に指図を出すときも。

「旦那様、お客様に対するときは、相手の目の少し下あたりを見詰めるのがよろしゅうございますよ」

番頭が幾度か藤一郎を諫める のを、信太は耳にしている。それは信太自身も、店に入った当初、たびたび受けた指南だった。

「まっすぐ目を合わすと、威圧を覚える方もおいでです。が、目を合わさぬのは失礼に当たります。ほんの少し目を伏せて見るようにすると、お客様も話しやすいようでございますから」

信太はこの教えをすぐに取り入れたのだが、藤一郎は面倒くさがって受け流した。そうしていつまで経っても目を泳がせるばかりだったから客は頼りなく感じたのだろう、店はまたたく間に左前になった。信太の他にいた手代も他店に移っていった。藤一郎はそれでも姿勢を改めず、それどころか再々新宿の小間物屋に入り浸り、仕事から逃げたのだ。見かねて信太は、番頭に憤懣を漏らしたことがある。

「旦那様が商いに身を入れぬのは、お望みになった仕事ではないからでしょうか」

番頭も相当に腹を立てているはずだと思ったが、彼は意外にも笑って返したのである。

「お前は、この仕事に望んで就いたかね」

番頭に訊かれ、信太は口ごもった。薬種問屋に勤めたいと、つゆも思ったことはなかったからだ。ただただ食うために得た仕事だった。

「誰もが望み通りの仕事に就くわけじゃあない。むしろ、否応なくその役を負っているものさ。家業を継がねばならぬ者もあれば、お前のように口入屋に言われて門を叩く者もある」

信太は肩をすぼめて、うつむいた。

「私だってそうさ。たまたま、この店に入ったのだ。そう考えると、たいていの者は望みとは異なる道を生きているのかもしれん。しかし、そいつは嘆くことじゃあない。望まぬけれど与えられたその仕事を、面白くなるところまでやってみるのもまた醍醐味さ。十分に価値のあることだと私は思うがね。きっと旦那様も、いずれそのことに気付くはずだ。私やお前と同じようにね」

あの晩、自身番屋でまんじりともせず過ごすうち、番頭のこの言葉が幾度も脳裏をよぎった。そのたびに藤一郎の、おどおどと目を泳がせる様がちらついた。一旦は凪いでいた、藤一郎への粘つくような嫌悪と苛立ちがふくれ上がるのを、信太は止めることができなかった。

あの同心に一切を伝えることもできたが、藤一郎たちの企ての全貌は知れなかったし、番頭が亡い今、信太はもう一度、己のいられる場所を見出さなければならなかった。

川原の石をひとつ拾って、川に投げる。波紋はまたたく間に押し流されて消えた。

浪人者から得た金が、懐にはある。汚い金だが、それでも信太は生きていかねばならなかった。実家から厄介払いされ、江戸ではひとりの友も馴染みもできなかった。ただ八年の間、遮二無二仕事をしてきたその日々が、今の信太を静かに支えていた。

「あの店で、俺はあれだけ踏ん張れたんだものな。もっと生きて、面白く思えるところまで生きていかなきゃな」

醍醐味、と口にしたときの、日頃の柔和な様とは異なる、精悍で雄々しかった番頭の目が浮かんだ。

信太は立ち上がり、川面を走る風を思うさま吸い込むと、再び力強く歩き出した。

第二章　銀も金も玉も

一

ひどく静かだった。人の暮らしが潰えると、こうまで音がなくなるものか——。

口鳥梨春は、生まれ育った出羽国村山郡の畦道に佇む幼い自身の後ろ姿を見詰めている。まだ壮悟と名乗っていた頃の姿だ。

あたりでは鳥も鳴いていたろうし、風も吹いていたのだろう。けれど、十になったばかりの梨春には、慣れ親しんだ景色のすべてが、黄土色の膜に覆われて息を止めてしまったとしか感じられなかった。

疱瘡が村に忍び込んだのは、夏越の祓が済んで間もない頃らしかった。村長の幼い娘が高熱を出して息を引き取った、と聞こえてきて程なく、立て続けに病みつく者が出たのである。いずれも傷寒を発したが、中に水疱を生じる者が出て、「疱瘡じゃっ」と村人たちは震え上がった。

どの家も固く戸を閉ざし、息を殺して疫病が去るのを祈った。最上紅花を京や江戸に卸す目早という仲買をしていた梨春の家も同じく商いを休み、一家は表に出ることさえも控えたのだ。

にもかかわらず、ふたつ上の兄が熱を出した。そこからは、あっという間の出来事だった。兄が亡くなり、ふたりいた妹も相次いで逝った。祖母と父が一日遅れで息を引き取り、家族の看病に当たっていた母が最後に倒れた。どういうものか梨春だけは、わずかに熱が出ただけで、八日ののちに快癒した。痘痕も、脇腹あたりにかすかに残ったきりである。

「壮悟、わだすはきっと治っがら」

熱にあえぎ、声を嗄らしながらも、母はそう言って微笑みかけた。梨春が村中駆けずり回ったにもかかわらず、ひとりの医者も往診に応じてくれなかったのを慰めようとしたのだろう。

「村の者がうちば避げんのはわがる。けんど、医者は病の者を救うのが役目ではねぇんだすか。こっだなのは、おがしい」

幼い梨春は、だんだんと呼吸が間遠になっていく母にしがみついて泣いた。喉が卸し金で磨り下ろされたように痛かった。

——これは夢だ、いつも見る夢なのだ。

自らに言い聞かせ、目を覚まそうともがく。辛い記憶ほど幾度も繰り返し立ち現れることを、夢の中でやり切れなく思う。

遠くから艾売りの声が聞こえてきた。梨春はその声を足がかりに、ようよう夢から這い出る。煤けた天井に、霞を帯びた春の光が巡っている。ほうっと息を吐くと、一気に音が戻ってきた。忙しない江戸者たちの声があたりに満ちていく。

半身を起こし、思うさま伸びをした。書見をしていたつもりが、緩んできた陽気に溶かされ、いつしか午睡をしたものらしい。文机の上に広げたままになっている蘭書の写しを整えていると、開け放った戸口からひょいと顔を出した者がある。

「よぉ、梨春、いるかえ」

服部惣十郎だ。市中見廻りの途中、時折こうして気まぐれに立ち寄るのである。俺の毎日ぁ役人と罪人に囲まれてっからさ、たまにゃそっから逃れたくもなるのよ、と彼はたびたびうんざりした顔で語るが、そのくせ自身の役目を至極好んでいることを、同じく医者という己の仕事に魅入られている梨春は密かに感じ取っている。

「茅町だの池之端だのに雛見世が立って、えれぇ混み合ってるよ。公儀が倹約を強いて華美なひな人形は禁じてるが、時季の楽しみごとはどうしたって欠かせねぇものな」

惣十郎は言いながら遠慮なく上がり込み、徳利を畳に置いた。

「豊島屋の白酒だ。うっかりしてたが、今年ももう売り出される時季になったんだね。もらいものですまねぇが、いつも世話になってる礼に持ってきた」

同心は、町方から折々に付け届けがあると聞く。ことに商家などは、なにか困りごとが出来したときに便宜を図ってもらえるよう、日頃から顔を繋いでおくのだろう。役料はさほどでもないが、付け届けでだいぶ潤っている同心もいると、これも梨春は噂で耳にしたことがあった。

「鎌倉河岸の豊島屋ですか。あすこで白酒が売り出されると、毎年怪我人が出るほど混み合うと聞きますが」

「ああ。あらかじめ引き替えの切手を配って、そいつと交換で売ってんだが、それでも押し合いへし合いだから堪らねぇやな。まぁ、桃の節句の白酒は豊島屋と決めてる者が多いからな」

江戸者は楽しみごとには労力を惜しまない。梨春が江戸に出て来てもっとも嘆じたのは、そのことだった。

十になった年に親兄弟を亡くした梨春は、村に居続けることがままならなくなった。その歳で目早を継げるはずもなかったし、疱瘡に冒された家の者と関わろうとする村人もいなかったからだ。為す術なく、父の遺したわずかな金を懐に、故郷をあとにした。米沢にいる縁者を頼って、ひとり山を越えたのだ。どうにか人並みに朝晩の膳に向かえるようになったのは前髪がとれた頃で、それまで梨春の暮らしには、季節も行事も行楽も、なにひとつなかった。

「お、そいつぁ例の書物かえ」

惣十郎が、文机に目を遣って訊いた。

「ええ。写しを私なりに読んでみようと思いまして。『波留麻和解』と『和蘭語法解』のおかげでなんとかなっております」

『波留麻和解』は蘭和辞書、『和蘭語法解』は蘭語文法書である。語数で言えば、天保四年に仕上がった『ヅーフハルマ』なる蘭和辞典のほうがはるかに多いのだが、写しでさえもなかなか出回らない。

梨春がまだ惣十郎の借家に住んでいた三年前、『ヅーフハルマ』の名を出すと、彼はすぐに浅草の書肆に原本がないか訊いてくれたのだ。須原屋伊八が店主を務め、屋号を青藜閣とするその店は、杉田玄白と前野良沢による『解体新書』を板行した須原屋市兵衛同様、須原屋茂兵衛から暖簾分けした板元である。梨春が江戸に来て最初に、今文机に広げている蘭書を板行できないかと持ちかけた店でもあった。

――須原屋でも手に入らねぇそうだ。借り受けるだけで、百両近く掛かるというぜ。

代わりにこれを写せと言って、惣十郎は『和蘭語法解』を手渡してくれたのだった。

「その蘭書にゃ疱瘡の治療法も書かれてンだろ。そいつが知れ渡れば、童が疱瘡で苦しむこともなくなるかもしれねぇな」

「無論です」と返したかったが、疫病に限らず病には万全の治療法など存在しないのではないか

と疑いはじめている梨春は、

「そうなるとよいですが」

と、気弱な返事をするよりなかった。

「まぁな、だいぶ古くっから棲み着いてる疫病だ。向こうさんも、そうたやすく手打ちにゃしねぇだろうが」

こちらの戸惑いを察したのか、まるで疱瘡に意思でもあるかのような口振りで、惣十郎は場を和ませた。

梨春が訳を試みている蘭書は、独逸の研究者フーフェランドがまとめた小児医療書を、サクセが蘭訳したものの写しである。米沢の藩医を務める堀内素堂が、疱瘡治則の記述を中心に和解してきた。おおかたはすでに訳し終えており、素堂はこれを、江戸の書肆で板行すべく動いている。

「仰せの通り、こうした疫病というのは年ごとに症状が変じるようにございます。ひどい水疱ができることもあれば、高熱で呆気なく命を奪うていくこともある。人によってその現れ方も異なります。確かな療治の法がないからこそ、多くの文献を世に出し、考究を重ねることが肝要かと」

米沢に移ってのち医学の道に進んだ梨春は、この蘭書板行のための板元探しに勇んで手を挙げ、江戸へ上ったのだ。が、天保の飢饉を経て、倹約令はじめ諸法の改革がなされているさなかであり、ことに蘭学に対する取り締まりが厳しいこともあって、蘭書を進んで出そうという板元はなかなか見付からなかった。

梨春は厨に立って煎じ茶を支度し、惣十郎の前に置く。彼は湯飲みを覗き込むと、怖々とした様子で訊いた。

「また変わり種かえ」

「蓬を煎じたもので血の巡りをよくします。癖のない味ですから、ご案じ召されず」

「俺ぁ体だけは丈夫だからさ、番茶でいいんだけどな」

ぼやきながらも惣十郎はひと口すすった。処方に役立てようと、梨春は手の空いたときに本草を用いて独自の茶を試作している。これを試すのは、もっぱら惣十郎の役目になっていた。

「昨年の末に、書物問屋仲間が禁停になりましたが、このあと出板物を検めるのはどこが担うのかと案じております」

「そうさな。しばらくは町年寄の中に書物掛を置くことになりそうだが……どうだろうね。おそらくは公儀がなんらかの取り締まりをするようになるのじゃあねぇかと、番所の内じゃささやかれてるが」

惣十郎は浅草辺の書肆に顔が利く。ために、素堂が訳した小児医療書の板行についても相談に乗ってもらっていた。

「つまりは、御公儀が認めたものでなければ、板行できなくなるかもしれぬ、ということにございましょうか」

これまでは書物問屋仲間に行事なる役目があり、ここで内容を検めたのち板行に至るという手順であった。行事の判じで不用意に撥ねられる書物もあったから、株仲間の解散令が出た折には、これで世に出せる蘭書の幅も広がるだろうと梨春は安堵したのだ。が、惣十郎は、

「株仲間解散は競争に枷を作らねぇためのものだろうが、書物についちゃ、異国の書まで間口を広げるのはよくねぇってぇ頭が御上にゃありそうだがな」

と、初手から危ぶんでいたのだ。

「まだ町触れが出てねぇから、今のうち板元に手回ししたほうがいいかもしれねぇ。公儀が医書の検閲をするとなりゃ、どうしたって漢方医が出てくるだろうからさ」

惣十郎の見立てに、梨春は肩を落とす。流派が異なるとて、医学に携わる者は反目すべきではない。手を携えて、もっともふさわしい治療法を見出していくものだ。梨春も、米沢で弟子入りした町医、吉田元碩の下ではじめは漢方医学を学び、そこから蘭方医学へと手を広げたのである。

「そう憂鬱（ゆううつ）な顔をするな。年末に株仲間解散のお触れが出たせいで、どの板元も慌ただしくしているから控えていたが、俺もまた須原屋にでも掛け合ってみるからさ」

惣十郎に励まされ、梨春は幾分曇りが晴れた。礼を述べるつもりだったのに、

「疫病も飢饉も、けっして防げぬものではないと、私は信じております」

あたかも宣するような言葉が転げ出てしまった。惣十郎が蓬茶を飲む手を止めて、まっすぐこちらに向く。

「日照りや冷害、嵐や地震といった天災は、確かに人智（じんち）の及ばぬところで起こるものにございます。疫病もまた、いつどこでどのように起こるか、見立てはかないません。けれどこれを天災と片付けて、諦めてはならぬのです。御上や医者が、ただぼんやりと手をこまねいていれば、それは天災ではなく、人災となりましょう」

かつて故郷（くに）を出て、這々（ほうほう）の体（てい）で米沢にたどり着いた折、目の前に広がっていた景色が鮮明に甦る。黄金に輝く稲穂の波と、健やかな人々の笑顔に接し、梨春はその場にくずおれ、泣きじゃくったのだった。

米沢藩で疱瘡が蔓延（まんえん）したのは、今から五十年ほど前、寛政七年だ。このとき上杉鷹山は、領民

に手当金を与え、貧しい者も医療が受けられるよう施策を講じた。さらには、江戸から津江栢寿なる疱瘡治療に長けた医者を呼び、病を抑えるための知識を藩医や町医に与えたのである。未だ在所には、「栢寿様のようなお医者がほしい、痘面になるとも死にやしまい」と唄う者があるほどだ。

天明の飢饉の折も、鷹山は素早く米の備蓄を民に命じ、代用食となる野草を挙げて広く示した。そうやって食物を繋ぐ間に、凶作をまぬがれた越後から米を取り寄せたのである。この方策をもとにして編まれた「かてもの」という手引書に倣い、米沢藩は天保の飢饉を、ひとりの餓死者も出さずに乗り越えたのだった。

梨春が医学の道に進んだのは、鷹山のこうした政に心打たれたことが大きい。天の仕業である疫病や飢饉には抗えないと思い込んでいたが、工夫次第で人を救う道は拓けると気付かされたからだった。己も知恵を蓄えることで、二度と再び大切な命を奪われることなく済むのではないかと、目の前が開けたような心持ちになったのだ。

「疫病は、人心を遠ざけます。病を持ち込んだ者が割り出され、あたかも大罪人のごとく裁かれる。罹患した者は村の者から白い眼で見られる。ただ運悪く患っただけなのに、その家族まで疎んじられる。まことにやり切れぬものでございます」

疫病に取り憑かれ、塵芥のように扱われた挙げ句、なんの覚悟もないままに呆気なく命を取られるのだ。麻疹も疱瘡も目には見えぬから、避けようがない。誰しも罹る恐れがあるのに、罹った者を責め苛む。人と人の間に溝を生み、それが憎悪へと転じる。人というのは、得体の知れぬ禍事に巻き込まれたとき、それを誰かのせいにせずにはいられぬ生き物なのかもしれぬ。

「ことに幼い者にはなんの罪もございません。これを救う法があれば、漢方といわず蘭方といわず用いるべきか、と。そこで反目しておれば天災は人災となりますゆえ」

惣十郎は黙して頷いた。漆黒より幾分淡いその瞳は、穏やかな温みを覚えるもので、梨春を常に落ち着かせる。

「佐吉もあの歳になってまだ、あばたを気にしてっからな。疱瘡に罹った当時のことは覚えてねぇというが」

惣十郎は顎をさすった。

「確か、三つか四つのときに患われたとか。私も幾度か詳しく伺おうとしたのですが、逃げられてしまいまして」

梨春が返すと、惣十郎はなにがおかしいのか、ぷっと吹き出した。あいつの怖がりは度を越してるからな、とつぶやいてのち、ふと顔を曇らせた。

「佐吉はあの性分だからあばたを気にするくれぇで済んでるが、江戸で流行った折にゃ、疱瘡患者を出した家の者が責めを覚えて自ら命を絶つようなこともあったさ」

そうしてしばし、なにごとかに思いを馳せるように視線を宙にさまよわせてから、ぽつりと言った。

「郁も、疱瘡だったのかねぇ。今じゃ確かめようもねぇが」

ご新造様が亡くなったのは、梨春が江戸に出てくるひと月ほど前のことだったらしい。須原屋に勧められて惣十郎の借家に入った当初、朝晩の挨拶すら気兼ねするほど家中は重い気配に包まれていたのだ。

「二月の祥月命日にゃ毎年、菩提所に参るんだが、悠木様がさ、手をこう合わせて、『すまぬ』と墓石に詫びるんだよ、必ず」

悠木史亨という内役の同心が、妻女の父親なのだ。かつては廻方を務めていた人物で、その仕事ぶりには大いに感化されたと、惣十郎は以前語っていた。

「詫びなきゃならねぇのは、俺のほうなのにな。郁を死なせちまったんだから」

悠木様が墓石に詫びるたび、針で突かれたように体のあちこちが痛むのだ、と彼は続けた。

「お前さんがあとひと月早くうちに住まっていたら、郁は助かったかもしれねぇな」

「……私でお役に立てたかどうか」

惣十郎の面持ちは、妻女を救えなかったことを心底悔いているようにも、永遠に明らかにできぬ謎を抱え続ける苦しみに耐えているようにも見えた。

〽草履けんじょ　草履けんじょ
　橋の下の菖蒲は　折れども折られず
　刈れども刈られず

表から童たちの歌が流れ込んでくる。なんの屈託もないその声に梨春が耳を傾けていると、

「今日はさ、お前さんに見てもらいてぇものがあって持ってきたのだ」

惣十郎はカラリと口調を切り替えて、袂から革袋らしきものを取り出した。だいぶ煤けて汚れている上、ところどころ穴まで空いている。

「興済堂の跡地で、店を直すための普請をはじめたろ。そこに入ってる大工がめっけたのだ。地面を均してたら、こいつが出てきたんだと」

惣十郎は巾着の口を慎重に開く。煤だか泥だかわからぬ黒い粉が畳に散った。中から出てきたのは、長さ六寸ほどの細い管だ。

「こいつがなんだか、わかるか」

梨春は手渡された管を、よくよく見澄ます。汚れを払うと、どうやら銀管のようだ。

「これは、どなたの持ち物ですか」

「わからねぇのだが、例の正体の知れねぇ骸のものじゃなかろうかと思ってね。検屍の折に象牙の根付が帯に挟まってたろ。あの根付に革の紐がくっついていてたんだが、そこにぶら下がってた革袋かもしれねえ。帯にも外科道具を仕込んでたというから、その一種じゃあねぇかと、お前さんに見てもらうことにしたんだよ」

梨春は、改めて銀管に目を落とす。

「……確かなことは申せませんが、もしかすると痘苗を扱う道具かもしれません」

「とうびょう……ってなぁ、なんだえ」

「疱瘡に罹った者の膿疱(のうほう)の痘痂(とうか)を採取して、この銀管を使って、罹患していない者の鼻の穴に吹き込むのです」

説くや惣十郎は身震いし、二の腕をさすった。

「おいおい、どんな責め苦だよ。そんなことをすりゃ、あっという間に疱瘡が蔓延するよ。佐吉が聞いたら卒倒するぜ」

「いえ、これは種痘(しゅとう)と申しまして、疱瘡予防のための、れっきとした手法なのです」

梨春は慌てて付言した。

銀管で疱瘡患者の痘痂を砕いたものを鼻に吹き込み、数日のうちに発熱すれば免疫が作られた証(あかし)となる――人痘(じんとう)種痘と称されるこの手法は、すでに五十年ほど前、秋月(あきづき)藩医の緒方春朔(おがたしゅんさく)が成功させている。

「昨年、伊東玄朴先生も、人痘種痘を試みて成功したと聞いておりますが、必ずしも万全とは言えぬため予防法としてはなかなか根付かぬようで」

梨春が告げると、

「象先堂か」

惣十郎は、玄朴が御徒町に開いた蘭学塾の名を口にし、腕組みをした。

「あすこは真っ先に完治が当たったが、赤根数馬を知った者はなかったな」

「例の、火付けの首謀者ですか」

阿部川町の興済堂一件を企んだらしい四代目主人、藤一郎の叔父を、惣十郎は未だ捜しているのだった。

「うむ。完治に医学塾を片っ端から探らせてンだが、どうにも当たりがねぇのだ」

珍しく難航しているらしい。

もっとも惣十郎は、罪人を挙げたところで高揚を表したことがない。その推量が的を射たのを佐吉あたりが言祝いでも、「確かに落着はしたが、細けぇとこまですべて見通せたわけじゃあねぇもの。どこかに必ず見立てと違った事実が交じってるさ。俺ぁ千里眼じゃあねぇからな」と、淡々と返している。別段気取ってそう語っているわけではなく、一件落着してもなお、摑み損ねた真実がないかと気を張り続けているように梨春には見えた。

──存外、厄介な性分だ。当人は、好きでいつまでも引きずるのかもしれぬが。

「蘭方医学を学んでいる者でしたら、なにかしら繫がりがあるように思いますが。漢方医に比べると学ぶ場所が限られておりますし、顔を合わせる機会は相応に多うございます」

そう告げながらも梨春は、内心首を傾げている。確かに漢方と蘭方では目指す医術は異なるが、漢方医御用達の薬種問屋に火付けをするほどの遺恨や確執があるとも思えなかったからだ。

こちらの戸惑いを気取ったのか、惣十郎がすっと声を落として言った。

「ことによっちゃ、漢方医かもしれねぇけどな。手を下したのはさ」

梨春はいっそう戸惑う。

「しかし、興済堂は漢方医御用達の薬種問屋にございますが……」

「だからさ。遺恨の果てに火を付けられたとなりゃ、どうしたって蘭方医に目が向くからな。その種痘とやらが、なにかしら係り合ってるのかもしれねぇしな」

治痘術についても、漢方医を育成する機関である医学館には池田瑞仙が起こした痘科があり、必ずしも蘭方医の独占するところではない。伊東玄朴は肥前の後ろ盾があり、同じく蘭方医として名高い坪井信道は長州の藩医に用いられてはいる。といってそれが、漢方医の権勢を脅かす理由になるとは考えにくかった。

梨春が応えずにいると、

「ともかくじっくり探ってみるさ。あんなことが再々あっちゃ、たまらねぇからな」

惣十郎はさっぱりと言って話を収めた。梨春は頷き、銀管を返そうと差し出す。

「こいつは、お前さんがしばらく預かっておいてくれねぇか」

「私が、ですか」

「ああ。番所にはさ、盗品だの欠所品だの雑物を預かる仕組みがあるんだが、また面倒な手続きがいるんだよ。品物ひとつひとつに小札をつけて年番方に渡すんだが、字が読みにくいだのなんだの、難癖つけられっからよ。骸から出た外科道具を預けた段で、俺ぁ精根尽きたよ」

ことに銀管の用途を説くとなれば、文書も長くなる。確実にやり直しを食らう自信がある、と惣十郎はなぜか胸を張って明言した。

「しかもさ、雑物はたまに失せるってンだから始末が悪ぃのだ。蔵の戸棚に保管するんだが、値の張る品が入るとさ、与力同心が結託してこっそり売っ払ったりしてるんだぜ」

惣十郎は鼻の頭に皺を寄せたのち、

「こいつぁここだけの話だよ。番所の恥だからな」

と、悪戯っぽい笑みを覗かせた。

戸口から、「先生、おいでですか」と声が掛かったのはそのときで、首を伸ばすと、一丁先の裏店に住む老爺が困じ果てた様子で佇んでいる。お客人ですか、出直して参りましょう、と恐縮する老爺に梨春は笑みを向け、

「どうかなさいましたか」

柔らかに問いかけた。

「へえ。うちの奴がまた癪を起こしまして。だいぶ苦しいと申しておりますんで」

老爺は惣十郎を気にしながら、いっそう頭を低くして告げる。

「わかりました。すぐ伺います」

「助かります。あっしは一足先に戻っておりますんで」

老爺が慌ただしく背を翻すや、惣十郎は刀を手に立ち上がった。

「今宵にでも、ありがたく頂戴します」

薬籠を支度しながら、白酒の徳利に目を遣って礼を述べた梨春に、

「ちゃんと薬礼は取るんだぜ」

と、惣十郎は案じ顔で返した。貧しい者に限っては無料で診ているのを、彼は耳に挟んだのだろう。時折検屍を頼んでくるのも、他に適当な者がいないということもあろうが、おそらくこち

らの懐具合を案じてのことなのだ。「番所には届けてねぇ仕事だから些少ですまねぇ」と惣十郎は常々恐縮しながらも、いくらか包んだものを律儀に届けてくれる。

「巷で名医と称されるのは、どういった医者かご存じですか」

ふと思い立って、梨春は訊いた。

「そりゃあ、病を治す医者だろう」

惣十郎は怪訝な顔でこちらを見下ろす。

「残念ながら異なります。無論、私はそうあることを目指しておりますが……」

預かった銀管を、文机脇の小抽斗に慎重にしまってから続けた。

「名医と称されるのは、初手の見立てより悪しき結果を生まぬ医者なのです。それには初診の折に、いかな病に対しても『これは助からぬ』と告げてしまうのがよいそうです。そのまま亡くなれば見立ての通り。うまくして治れば、医者の手柄となる」

一方で、必ず治してみせると懸命に取り組んだ挙げ句、それが報われぬと、あたかも医者が殺したように責め立てられる。

惣十郎は黙して聞いたのち首をすくめ、

「因果な商売だな、医者ってのも」

そう漏らして、力なく笑った。

惣十郎は、梨春の裏店を出ると、まっすぐ浅草茅町に足を向けた。池之端から移ってこの町に見世を構えた書肆、青藜閣こと須原屋伊八に立ち寄るためだった。

「梨春が係り合ってる蘭書の件を、確かめてやらねぇとな」

おのずと軽くなる足取りの言い訳をするように、ひとりごちる。

浅草御門から日光道中に沿ってずらりと並んだ表店(おもてだな)の一軒に足を踏み入れる段、惣十郎は両の手で鬢(びん)をなで付けた。一種の願掛けで、これを欠かしたことはない。須原屋の敷居をまたぐや、店の中を素早く見渡す。板間の文机に突っ伏すようにして文字を追っている冬羽(とわ)を見付け、安堵の息を吐(つ)いた。

「おや、これは服部の旦那」

店主の伊八が、いかにも人のいい笑みを向けてきた。その声も冬羽の耳には届かぬのだろう、変わらず一心に校合摺(きょうごうずり)を睨んでいる。

「見廻りでございますか」

「ああ。例の米沢の蘭書の件で寄ってみたのだ。どうだろうかと思ってね」

冬羽を目の端に収めつつ、伊八に答えた。

「童のための医書にございますな。まだ訳本を拝見しておりませんので、なんとも。おおかた仕上がっているそうで、序文を坪井信道先生に、と内々に話はしておるのですが」

なるほど、名のある蘭方医のお墨付きとなれば、売れ行きも見込めるだろう。伊八は商いの上で実入りのいい書物を第一と考え、一方で冬羽は良質な書物を出すべきだとの理念がある。夫婦で向いている方向が異なるのが、書肆を営む上でいい塩梅なのだろう——そう得心するや、惣十郎の胸奥が錐(きり)で揉まれたようになった。

——まったく、年甲斐もねぇ。

己に舌打ちしたくもなる。

「ただ、昨年末の御触れで書物問屋仲間が禁停になりましたから、私どもも今のところ手をこまねいているような具合でして」

伊八が弱々しく漏らした。

「まぁ、蘭書はただでさえ厄介だからな」

医学書についても、今後、厳しく精査されることになるかもしれぬ。

そのとき、板間に低い唸り声が立った。目を転じると、冬羽が頭を抱えている。いつものことだからか、伊八は一瞥もくれない。

「ここは、さすがに直してもらわないといけないよねぇ。この字じゃないもんねぇ」

傍らの板木をなだめるようにさすりつつ、冬羽が嘆息する。

「戯作者に校合摺を渡す段、ああして先に検めるんですが、ひとり言がうるさくってかないませんや。奥でやってくれりゃいいんだが、あすこが落ち着くようで。せめてもちっと身なりを整えてくれりゃ、店としても体裁がいいんですがね」

伊八は内緒話でもするように、口元に手をやってこぼした。

鬢だけでなく髱からも、後れ毛が飛び出している。粗末な木綿の袷の袖を、肘が出るまでまくり上げ、化粧っ気のない顔は眉さえきちんと剃っていない。ふたりの子を育て上げているのに、まるで手習いをはじめたばかりの童のように、仕草のすべてがおぼつかなかった。

視線を感じたのか、冬羽はくるりとこちらに振り向き、惣十郎を見付けて、その切れ長の目を瞠った。

「あら、旦那。いらしてたんですか」

伊八が眉をひそめる。

「今更、なんだ。最前から、ここで話をしていたろう。お前、そこにいて耳に入らぬわけもなかろうに」

冬羽は文机に向かうと、まわりの音がかき消えてしまうらしい。身なりに構う暇さえ惜しんで一心不乱に書を編む姿は惣十郎には物珍しく、また、とかくまぶしく映るのだ。

――こういう女と所帯を持ったら、退屈しねぇだろうな。

いつの頃からそんなふうに思うようになったものか、惣十郎自身、定かでない。ただ、焦がれる想いが漏れ出さぬよう、慎重に時を重ねてきたのである。

「米沢の、梨春が手伝ってる書をさ、どうしたもんかと相談に来たのだ」

伊八に語ったことを、冬羽にも改めて伝えた。

「そりゃあ、もちろんうちでやりますよ」

冬羽は二つ返事で、朗らかに返した。伊八が、安請け合いはするな、とばかりの渋面を作ったが彼女は構わず、

「幼子が疫病で持って行かれることほど辛い思いはないですからね。お子もかわいそうですけど、親も一生自らを責め続けますでしょう。ちっとも悪かないのにね」

と、湿った溜息を吐き出した。

「これを防ぐ法が書かれてあるんなら、板行しなきゃなりません。それに、口鳥先生が一番にうちを選んでくださったんだ。これに応えなきゃ男が廃るってもんですよ」

冬羽は、伊八をぐいと睨み上げて言を重ねた。相変わらずの嬶天下に、惣十郎の口の端がほころんだ。

もっとも梨春が須原屋の門を叩いたのは、堀内素堂の訳が仕上がる前のことらしいから、彼は本にするためめぼしい書肆に当たりをつけていただけだったのだろうが、冬羽は子細を聞くや原

本も見ずに板行を引き受け、さらには江戸に来たばかりで宿に寝起きしていた梨春を惣十郎に引き合わせた。下手な宿に住むより旦那のとこにいるほうが無難だよ、と八丁堀の組屋敷に建つ借家を惣十郎の許しを得ずして勧めたのだった。

冬羽の、ある種強引な世話焼きには再々驚かされてきたが、梨春の件に限っては感謝するよりなかった。おかげで事件が出来した折、正確な検屍を頼むことがかなっている。

「それより旦那、陶玄とかいう祈禱師をご存じですか。近頃、よく口に上るんですが」

蘭書板行の約束を濁す目当てか、伊八が不意に話を変えた。

「どこの寺の者だえ」

「どうですか、僧侶ではなく、神職のようなことを聞きましたが。霊力があるとかで、護符を売っているようでしてね。一筆したためてもらうと、たいがいのことはかなうってンですよ」

惣十郎は苦く笑った。そういう騙り者は時世を問わず現れ出るものだ。ことに天保はじめの飢饉からこっち、不景気に加えて公儀が倹約令で民を縛っているから、「息苦しい浮世に救いの手を差し伸べる」なんぞと吹聴して、一儲けする連中もちらほら出てきている。

「なんでも、北勢四十八家の出で、上野宮様とも懇意だとかなんとか」

陶玄とやらが、上野東叡山寛永寺貫首の輪王寺宮と懇意と聞いて、惣十郎は笑みを仕舞った。北勢四十八家は伊勢の由緒ある豪族だが、まことに宮様と係りがあるのだろうか。霊力を吹聴するくらいであればうっちゃっておくが、宮様の名を勝手に出して人寄せしているとなれば大事になりかねず、これを捨て置くことは難しかった。

「そやつの河岸はどこか知ってるか」

「それが、定まった所はなく、日ごとに場を変えて現れるようでして」

伊八が答えたのに重ねて、

「運良く出会えれば幸せになれるとかなんとか、近所じゃ言ってますけどねぇ」

冬羽が小馬鹿にしたように言った。

「冬羽さんは、そういうたぐいは信じねぇか。板元でも護符を売り出して儲けてるところは、いくらだってあるだろう」

惣十郎が訊くと、冬羽は目の前の蠅を追うように大きく手を振った。

「鯰絵だの疱瘡神だのを摺ってるとこはありますけどね、どのみち気休めですよ。そんなものを摺る暇があるなら、地震や疱瘡について、しかと考究した書物を出したほうがいいってもんですよ」

伊八が口をへの字に折った。

「うちの女房にゃあ現しかございませんでね。暗がりを怖がるくらいが、女はかわいげがあるんですがね」

そういうところも、俺と似てるかもしれねぇな、と惣十郎は目を細めて冬羽を見詰める。

「うちの佐吉みてぇに、夜深に高箒を幽霊と見間違えて悲鳴をあげてるような奴も困りもんだがな」

惣十郎が返すと、伊八は遠慮がちに笑みを作り、冬羽は喉の奥まで見せて笑った。

須原屋を出て、浅草御門を抜けながら、

——完治に少し調べさせるか。

と、惣十郎は腹の内で算段している。身分を騙る者はたいてい、得体の知れぬ闇を抱えている。面倒なことになる前に、陶玄とやらに釘を刺しておいたほうがよかろう。

まことに願いがかなう護符があったら俺はなにを願うかね――歩くうち、柄にもない想念が湧いた。すぐに冬羽の顔が浮かんで、惣十郎は慌ててかぶりを振った。

「ええ、噂にはなってます。ひと月ばかし前から浅草辺をうろついてるようですね。わっちもまだ、見たこたねンですが」

その晩、八丁堀まで訪ねてきた完治に陶玄の件を訊くと、彼はさすがに早耳で、子細をすでに摑んでいた。

年の頃は四十路に近いこと。恰幅がよく、品のある福相、温厚な語り口の上にじっくり話も聞いてくれるらしく、接した者は口を揃えて好人物だと評していること。

「護符を書いてもらうと、まるで憑きものが落ちたように悩みごとが消えるってぇ評判ですがね、単に話を聞いてもらってせいせいするだけじゃあねぇかと、わっちゃ見てますが」

完治の口振りは、いささか棘を孕んでいた。言葉に拠らず、行いをもって役目をこなしてきた彼からすれば、口八丁な人物はとりわけうさん臭く映るのだろう。

「祈禱だの呪術だのは、どんな時世でも絶えねぇんだからおかしなもんだね」

惣十郎は言って、お雅の支度したぬる燗を完治に差し向ける。

「生きてるのが嫌ンなるような辛ぇ思いは、誰もしたくはないですからね。護符の一枚でそれがご破算になるなら、安いものだと思うんでしょう。まぁ太ぇ商売ですよ」

「奴ぁ出自を、北勢四十八家と触れ回ってるそうだが、軍記物に出てくるような家柄で、祈禱師ってなぁどうだろうね」

完治はかしこまって、惣十郎の徳利を猪口で受けつつ返した。

「わっちが聞いたところじゃあ、伊勢楠木家の末裔だとか、なんとか」

「伊勢楠木か。確かに北勢四十八家のひとつだが、もう絶家になってるはずだぜ」

どうも怪しい。城主まで務めた家柄だが、はるか昔、小牧長久手の戦で当主が命を落とし、そののち家を継いだ者はいないというのが定説なのだ。

「なんでも、その生き残りだとかなんとか。平家落人の末裔だと騙る者がたまに出ますが、あれと似たようなものでしょう」

「貴人との縁を騙って死罪に処された者もあるんだから用心に越したこたねぇさ。享保の頃にいた天一坊ってぇ騙り者なんぞ、八代吉宗公の御落胤だと吹聴したらしいが、これが偽りだと知れて打首獄門になってるさ。ともかく、宮様との係りが法螺ならばすぐに改めるよう、陶玄とやらに早めに申し渡したほうがいい。騙り者に縄を掛けるのは、俺ぁ気が乗らねぇからさ」

完治は、ひとつ頷いてから返した。

「したら、陶玄の件も探っておきやしょう。せいぜい小金稼ぎが目当てでしょうから、こっちで収めちまいます」

同心が出て行くと町奉行の支配となって、定法に沿った手続きが入り用になる。ために、小さな諍いや身内間での窃盗といった小事については逐一奉行所に上げず、岡っ引が手際よく片付けることも少なくなかった。こたびの一件も完治が行ってたしなめれば、宮家と係りがあるなぞと大法螺を吹くような真似はすぐによすだろう。

「それで旦那。例の赤根の件ですが」

完治は猪口を膳に置き、居住まいを正した。

「四谷の医学塾にひとり、周防大島から出てきた男がいたと聞き込みました。名は覚えてねぇってンですが」

火付けを指示した赤根数馬の居所を突き止めるため、彼は虱潰しに医学塾を当たっている。浅草界隈からはじめて、その範囲はすでに四谷まで及んだらしい。

「吟味の折にも藤一郎は、赤根の居所は知れぬと答えたそうだから、庇っているわけじゃねぇのだろう。名を変えてるかもしれねぇから、その男を追ってみろ」

「それが、三年前に辞めたっきり、今はどこにいるか知れねぇってンです」

「大きな塾かえ」

「ええ。あのあたりじゃあ大所帯です。ただ漢方医学を教えているそうで」

うっすら予見していた漢方医の線が浮かび上がって、惣十郎は小さく唸った。となれば、赤根ひとりの企てではなく、なにかしらの組織が絡んでいるのかもしれぬ。

——どこからたぐり出せばいいか。

顎をさすった拍子に、怪訝な顔でこちらを窺っている完治が目に入った。

「なんだえ」

「……いや」

「なんだ、言えよ」

すると完治は、上目遣いでつぶやいたのだ。

「いえ、なにがおかしいのだろう、と」

「……俺が笑ってるように見えたかえ」

完治は目をしばたたき、「ええ、そりゃあ」と言いさして、口をつぐんだ。

しばし沈黙になったところで、廊下に「失礼致します」と、お雅の声が立った。彼女は徳利を

載せた盆を手にして座敷に入り、膳の脇に膝をつくと、

「なにかお召し上がりになりますか」

と、完治に訊いた。突っ慳貪を通り越して、喧嘩腰にすら聞こえる。完治もさすがに眉をひそめ、

「いや、そろそろお暇しますんで」

素っ気なく断った。場がむやみに凍てついたのを溶かそうと、

「佐吉はいねぇのか」

惣十郎はお雅に訊く。奴は暮六ツに役宅に戻って飯をかき込むや、そそくさと母屋を出て行ったのだ。

「最前、出掛けていきましたよ。なんでも、いい鍼灸師がいるとかで」

「また、あばた療治かえ。懲りねぇな」

長らく一緒にいて見慣れているせいか、佐吉のあばたが惣十郎には気にならないどころか、目に入らなくなっている。その昔、雀斑を散らした娘が、「毎日自分の顔を見てっとさ、雀斑が見えなくなるんだよ。あんたに言われて、そういやそんなもんがあたしの顔にはついてたね、って思い出すようなありさまでさ」と、茶屋で話しているのを耳に挟んだことがあるが、存外そんなものだろう。佐吉ばかりが、しつこく気にしているのだ。

「あたしも明日、お多津様から使いを頼まれましたから、昼の間少し出ます」

家の者の前では母を「お母様」と呼んで親しんでいるお雅は、客前ではこうして呼び名を改める。この折り目正しさは彼女の美質だが、時に息苦しくもなる。

「そうかえ、行っといで」

あっさり答えて、猪口を手にした惣十郎に、お雅は物言いたげな目を向けた。

「なんだ、なにか都合が悪いか」

「いえ」

短く返して彼女は、丁寧に辞儀をすると座敷を出て行った。それを潮に完治も腰を上げた。

「赤根の件、このまま探ってみます。陶玄とやらは与助たちも使って、少し脅かしてやりましょう」

「あまり手荒なことはしてくれるなよ」

完治がかすかに顎を引いて出て行ってから、惣十郎は残った酒を猪口に注ぎ、障子の隙間から覗いている朧月を見上げた。

二

お雅は朝餉を済ませてのち、そっと裏庭に出て、飛び石の上に小皿を置いた。出汁をとったあとの鰹節と、魚のアラを細かく刻んだものが載っている。その場にしゃがんでしばらく待っていると、生垣の隙間から、三毛猫がひょこっと顔を覗かせた。

「おいで。今朝はアラがあるよ」

三毛は尻尾をピンと立ててお雅に寄り、その膝頭に頭をこすりつけてきた。なでてやると、いっそう強く体を押しつけてくる。そうして挨拶を済ますや、小皿に顔を突っ込んで一心不乱に食べはじめた。

「これから浅草まで行かなきゃなんないんだ。実家に行くんだよ。嫌だな。でもお母様のお使いだから、仕方がないよね」

三毛に向けて、お雅はつぶやく。

「桜餅をさ、作ったから持って行けっておっしゃるから」

多津は毎年、塩漬けにした桜の葉を使って、桃の節句に桜餅を作る。長命寺の桜餅は大勢並んでなかなか買えないし、せっかく郁に教わったんだもの――亡くなったご新造様の名を口にして、自ら厨に入るのだ。先頃命日だったから、桜餅も供養として作っているのかもしれない。

水で伸ばした小麦の粉に餅粉を加えた生地でこし餡を包み、塩気のある桜葉を巻いたその菓子は、売り物でもおかしくないほど美味で、お雅はこの時季の楽しみにしているのだが、実家に持って行けと多津に命ぜられることだけは荷厄介だった。

「嘉一さんには、惣十郎が日頃お世話になっていますからね」

多津はそう理由を添えるけれど、実家に寄りつかぬお雅を案じての気遣いなのだろうと思えば、きまりが悪かった。

「家族と反りが合わなくたって、あたしは別段、苦しくも辛くもないのにね。ここにいるのが、なにより幸せなのに」

三毛は早々に食べ終えて、おかわりを所望するように、またお雅に体を寄せる。

「だって惣十郎様のお側にて、お世話ができるんだもの。もっとも惣十郎様は、あたしがどこへ行こうがなにをしようが、まったく気に掛からないようだけれど」

思わずつぶやいてしまってから、お雅は慌ててあたりを見渡した。誰もいないのを確かめて、そっと安堵の息を吐く。

お雅が惣十郎を知ったのは、彼が廻方になった六年前のことだ。家主をしている父のもとを町廻の折に訪ねることがあったから、おのずと顔見知りになった。惣十郎のさっぱりした気性と、周到に役目に当たる姿、反して人懐っこさの滲む笑顔に、お雅は魅入られたのだった。

役人というのはふんぞり返っているものとばかり思い込んでいたが、惣十郎は罪人に対しても声を荒らげることさえないのだと聞いた。まるで世間話でもするようにして子細を聞き出すから偉ぇもんだと、父はたびたび感心していたのだ。

――そんなに優しくしてたんじゃ、悪い奴らに裏をかかれますよ。

実家にいた頃、一度惣十郎に言ったことがある。想いが募れば募るほど、どういうものか、お雅は素直な口が利けなくなる。素っ気ない態度をとってしまう癖が治らず、それが自分でも忌まわしかった。

――俺はね、母上に「人を憎むな」と教わってきたから、厳しく当たれねぇのさ。

そのとき惣十郎は打ち明けたのだった。いかにも雄々しい三十路の男が、母親の言いつけを守っているのかと思ったら妙におかしくなって、笑みがこぼれるのを抑えるためにお雅は渾身の力で口を引き結んだ。

――それに、罪人の行状をどれほど正しく掘り起こせたとしてもさ、俺たちは必ず裏をかかれているのだ。奴らの心の内までくまなく見通すことはできねぇもの。

彼は飄々と付け足した。罪人をしょっ引いては手柄を誇る、それまで知った同心たちとは明らかに佇まいが違っていた。

――出来した事件がどうにか片付いたとしても、その経緯にゃ、俺の推量とは異なるところがきっと交じってる。それに蓋をして、挙げた罪人の数を数えて喜んでるようじゃあ、いつまで経っても半人前だ。

惣十郎の浮かれた姿を、お雅は見たことがない。所帯を持つことになったと父に告げに来たときでさえも、彼はまるで他人事のように冷静だったのだ――。

まだ十八だったお雅は、惣十郎がご新造様を迎えると聞いて、総身が凍りつくほどに動じたものだった。もっとも、お役人と一緒になれるはずもないと悟っていたから、惣十郎と所帯を持ちたいと願っていたわけではなかった。ただ、憧れて親しんでいた男（ひと）が、見知らぬ女の手に渡ってしまうことが無性に苦しかったのだ。

惣十郎が祝言を挙げたと聞いてからすぐに、お雅は本所の乾物屋に縁づいた。「先様（さきさま）がどうしてもお前を欲しいっておっしゃるんだよ。大店（おおだな）だから安泰だろう」という母の言葉に黙って従ったのだ。相手が惣十郎でなければ、誰でも同じことだった。ちょうど嫁に行く年頃だったし、近所の男たちのちょっかいも疎ましかったから、お雅はさっさと嫁ぎ先に逃げ込んだのである。

――ここで商いを手伝って、子でもできれば、惣十郎様のことなどすぐに霞（かす）むさ。

日夜、自分に言い聞かせていたのだ。

昔を振り返っていたら胸に黒雲が湧き出したから、お雅はそれを振り払うようにして勢いよく立ち上がり、厨に戻った。桜餅を並べた重箱を風呂敷に包んでいると、

「気をつけて行っておいで。ゆっくりしてくるんだよ」

笑みを浮かべた多津に声を掛けられた。お雅は曖昧に頷いてから屋敷を出、阿部川町へと向かう。人が多い日本橋は避けて江戸橋を通る。大伝馬町（おおでんまちょう）をまっすぐ突っ切り、千代田稲荷の前で手を合わせた。

――どうか、実家で嫌な心持ちになるような出来事がないように。

胸の内で切に唱える。一礼してから鳥居をくぐり、小走りに路地をたどった。馬喰町（ばくろちょう）を抜け

ると、風に潮の香りが濃くなる。両国広小路を右に見つつ御門を経て、浅草へと足を踏み入れた。

ここから先は、どうもうつむき加減になる。知った顔に会わないようにと念じていたのに、新旅籠町に差し掛かったところで、

「あれっ、お雅ちゃん」

甲高い声に呼び止められた。歩を緩めて恐る恐る窺うと、葱を手にしたお太恵が小走りで向かってくるのが見えた。

――よりにもよって……。

お雅は内心苦虫を噛み潰す。

「久しいねぇー。どうしてたんだえ。近頃とんと姿を見かけないから、うちの人とも案じてたんだよ」

お太恵は幼馴染みだが、昔からどうも馬が合わない。意地悪をされるわけでもないのに、一緒にいると体中の精を抜かれたようにぐったりしてしまうのだ。今は町内の大工のところに嫁いで、子も三人か四人産んだと聞く。

「あんたがさ、離縁されたって聞いて、もう驚いちゃってさ。だって、男であんたに惚れなきゃおかしいって言われてた、浅草一の器量好しなんだもの」

お太恵は胸に手を遣って、暑苦しい案じ顔をこちらに突き出した。お雅は苦く笑って、「そんなたいそうなもんじゃないよ」と適当にあしらったが、お太恵は首をねじ切らんばかりの勢いでかぶりを振るのだ。

「ううん。ほんとだよ。あたしのまわりの男たちは、みんなあんたに懸想してたんだから。うちの亭主だって、若い頃はあんたに夢中だったんだよ」

ひと息に言ってから小首を傾げ、

「といっても、なんだかんだで、あたしに落ち着いたんだけどねぇ」

と、含み笑いでささめいた。

「でもさ、あんたの嫁ぎ先の、あの本所の大店の旦那だって、あんたにベタ惚れだったって聞いたけどね。そりゃそうだよ、器量だけじゃない、料理もうまけりゃ、家のことはなんでもそつなくこなすってんじゃないか。非の打ち所がないんだから」

町でお前を見初めてね、どうあっても嫁に迎えたいと手を尽くしたんだよ——亭主だった男は、祝言を挙げた晩に打ち明けた。こうしてお前と一緒になれて、夢がかなったよ。これから商いにもいっそう身を入れなきゃな。ありがてぇことだ。そう言って、お雅の手を握ったのだ。

実際、男はお雅が自慢だったのだろう。得意先への挨拶に連れて回り、知人を呼んではお雅に酌をさせた。そうして常に、優しい言葉を掛けてくれた。

慈しんでもらっている、と感じはしたけれど、お雅は、ただ自分というものの容れ物を男が愛でているだけなのではないか、との怪しみが拭えなかった。桐箱の中に精魂込めた作陶があるのに、蓋を開けようともせず箱をなでさすっている様を見るようで、居心地が悪かったのだ。

それでも嫁いできたのだ、家のために努めようと腹を決めていたのだが、三年目に三行半を突きつけられた。

——阿母さんが言うから詮方ないよ。私は、この店を継ぐ身だ。跡継ぎができないじゃあ、どうしようもないんだよ。

男はそれから、お雅への想いには一点の曇りもないのだと延々と語ったが、そんなことはどうでもよかった。ただ、これまでひとつひとつ積み上げてきた己という存在が、子を産めぬというそのことだけで、黒く塗り潰されてしまったことを、ひたすら不可思議に感じていた。

「お雅ちゃん、今は実家（さと）にいないんだろ。女中奉公に出てるって噂に聞いたけど」

お太恵が舐（な）めるような目で、こちらを覗き込む。

「うん。奉公に出てるほうがあたしに合ってるみたいでさ。じゃ、少し急ぐから」

お雅が歩きはじめると、同じ方角だから、とお太恵はぴたりと横についてきた。

「でもね、お雅ちゃん。亭主を持つってのはいいもんだよ。男から大事にされて守ってもらえるってのは、なにしろ心強いもの。うちの亭主はたくましくって優しくて、あたしは果報者だと毎日思うもの」

亭主自慢だの夫婦仲のよさだのを吹聴する者ほど、家の中にいざこざを抱えているものだ――お太恵の言を受け流しながら、お雅はそんなことを考えている。

「子もやんちゃ盛りだけど、ほんとにかわいいよ。だからお雅ちゃんにも幸せになってほしいんだ」

あんたの幸せとあたしの幸せを一緒にするな、と腹の奥底で毒づいた。

「あのね、ちょいと耳に挟んだんだけど、子ができなくて離縁されたんでしょ」

思わず、お太恵の顔を見た。今の台詞をどういう意図で吐き出したのかと、確かめずにはいられなかったのだ。悪意をもって口にしたようには見えない。といって、心底案じているなら、こちらが打ち明けたわけでもないことに、無遠慮に首を突っ込むような真似はしないだろう。

――鈍いんだろうね、万事に。

お雅はとっとと結論づけた。世の上澄みをぼんやり泳いでいるような、こういう手合いは一番質（たち）が悪い。でも当人は、上澄みの下に沈殿している厄介な事柄を見ずにいられるから、きっと生きやすいのだろう。

——ちっとも羨ましくないけどね。

胸の内で唱えて、小さく嘆息した。

「お雅ちゃん、あのね、陶玄って祈禱師が、最近このあたりを巡ってるんだよ。うまく出会えて護符をお願いするとね、話を聞いてくれて、万事うまくいくように願を掛けてくれるんだって。それで長患いの病が治ったって人もいるらしいよ」

お太恵はなんの話をはじめたのかと、お雅は眉をひそめる。

護符を配ったり卜いをしたりする者は、特にこうした不穏な時世になると、どこからともなく現れ出るものだ。けれどお雅はけっして手を出さない。高いことを言われる上に、ろくな御利益がないからだ。

「ね、今度護符をお願いしてみたらいいよ。心配だったら、あたしが一緒に付いていってやってもいいからさ」

こちらが気無面を貫いていても、お太恵は執拗に食い下がる。

「いいよ。取り立ててお願いするようなこともないし」

離縁されて実家に戻ったときは腐ったが、惣十郎の家に雇われて快い暮らしができている。むしろ、いい嫁を演じていた頃の仮面を剝ぎ取って、願った場所で働ける今のほうがずっとせいせいしているのだ。

「そんな……あるでしょ、お願いすること。子を授かれる体にしてもらうんだよ。どんなに器量好しでも、料理や縫い物に長けてても、今のままじゃあいいところには嫁げないもの。幸せになれないよ」

真っ正面からお太恵に言われ、お雅の中でなにかが爆(は)ぜた。ふーっと大きく息を吐き出してから、ゆるりと口を開く。

「うちではさ、あたしが小さい頃からたまに福笑いで遊んでたんだ。お父っつぁんが新しもの好きだから仕入れてきてさ」

お太恵は首を傾げ、目をしばたたく。

「あたしはあれが苦手でさ、目隠しをとって仕上がりを見ると、いっつもひどいありさまさ。姉さんたちはうまく作るのにね」

唐突に話を変えられて、束の間戸惑いを見せたお太恵は、再びべたついた案じ顔を作った。お雅が密かに抱えてきた負い目を、打ち明けるとでも思ったのだろう。

「でもね、その福笑いだってあんたの面(つら)よりはマシだった。あたしの心配より、そのなんとかいう祈禱師に頼まなきゃなんないことは、あんたのほうがありそうだけどね」

ひどいことを言っている――その自覚はあったが、雑言を止めることはできなかった。お太恵は、ぽかんとこちらを見上げている。その隙にお雅は早足で歩き出す。

ややあって後ろから、

「人がっ、心配してやってるのにっ」

と、甲走(かんばし)った声が響いてきた。

「心配してくれなんて、誰が頼んだよ」

お雅はつぶやき、いっそう足を急がせた。

実家へと続く路地をうつむいたまま小走りで行き、油障子を引き開けて飛び込んだ。

――よかった。お太恵の他には、誰にも見付からなかった。

お雅は肩の力を抜いたが、お太恵がすぐに最前の一件を近所に触れ回るだろうから、早々に用事を済ませて帰るに越したことはないと、慌ただしく奥へと声を掛ける。

「おや、誰かと思えば」

奥の間から出てきたのは、母のお蔦だ。一年ぶりに顔を見せたのに、驚くでも喜ぶでもなく、戸惑いを口の端に滲ませている。母はとりわけ世間体を気にする。婚家を追い出された娘がこうしてうろつくのを、快くは思わないのだろう。

「お多津様が、これ、持って行けって」

お雅は土間に佇んだまま風呂敷包みを解いて、お重を取り出す。母は応えず、土間に降りて素早く油障子を閉め、外からの視線をまず遮ってから、ようやくお雅に向いた。

「まぁそんなところに突っ立ってないで、お上がりよ」

ぞんざいに声を放ると、とっとと厨に入ってしまった。桜餅を渡すだけで帰りたかったが、お重の中身を移さねばならなかったから、お雅は渋々下駄を脱ぐ。

「お父っつぁんは」

「自身番にでも行ってるんじゃないかね。雛見世が立つと、巾着切も増えるからさ。見廻るとかなんとか言ってたよ。そんなの、家主の役目じゃないのにね。廻方にでもなったつもりかねぇ」

いかでささやかな話でも、こうして皮肉を交える。お雅はそういう母の性分を嫌っていたが、自分もまた同じような癖があることに、出戻ってから気が付いた。それが時折無性に腹立たしくなる。なにに対しての腹立ちなのかわからないから、よけいに苛立つのだ。

「こう陽気がいいと、竈に火を入れるのも億劫でね。暑いのは御免だからさ」

母はそう言い、やかんと湯飲みを運んできた。朝沸かしたから平気だよ、と言い訳がましく唱えてから、お雅の前に置いた湯飲みに冷や水を注ぐ。

昔から家事の一切を拒んできたのが母だった。家のことは、ふたりの姉とお雅の三人でこなしてきたのだ。おかげで煮炊きも掃除も洗濯も、お雅は十二になる頃には、ひと通りできるようになっていた。しかも三姉妹の中で目鼻立ちが極めて整っていたから、嫁にほしいという申し出が引きも切らなかった。母はそれを、至極自慢に思っていたらしい。お雅ばかりをかわいがり、

「立派な嫁ぎ先を見付けないとね。十人並みの姉さんたちとは、お雅は出来が違うんだから」

と、姉たちの前でも平気で言った。

ふたりの姉はそれもあって、次第にお雅を遠ざけるようになり、早々に他家に縁づいた。残されたお雅は、母の期待に背かぬよう一心に努めた。自分を大切にしてくれる母に恩返ししなければ、という妙な使命感に当時は囚われていたのだ。

「さすが、あたしの子だね」

と、なにかにつけて褒められるたび誇らしく感じていたのだが、今思えば、それは呪いの言葉だったのかもしれない。

自分の気持ちに蓋をして乾物屋に嫁いだのも、大店の嫁として精進したのも、姉たちのように母を悲しませてはいけないという思いがあったからだ。

それだけに、離縁されて家に戻ったときの、母の言葉に耳を疑ったのだ。

「まったくお雅にゃ、とんだ恥をかかされたよ」

まるで別人のように冷ややかな口振りだった。さすがにそのときは、父の嘉一が母の言いように怒って懇々と説教をしていたが、以来お雅は家の中で一切口を利かなくなった。見かねた父が、

惣十郎と話をつけてくれるまで、殻に閉じこもり続けたのだ。

　お雅は湯飲みの水を口に含む。金気くさくておいしくない。きっとチンチンに沸いているのに、なおも火に掛け続けたのだろう。もったいないことをする。

「どうだえ、服部の旦那のお宅は」

　とってつけたように母が訊いた。

「どうってこともないけどね」

　お雅は素っ気なく答える。未だに母と話すのは苦痛だから、皿を所望して、とっとと桜餅を移し替えた。さて帰ろうと、空になった重箱を風呂敷に包んだところで、折悪しく父が帰り、お雅を見付けて目を丸くした。

「来てたのか。ちょうどよかった。服部の旦那に今度お目にかかったとき、言伝（ことづて）ようと思ってたんだが」

　嘉一はそう言いながら座敷に上がり、お雅の向かいに腰を下ろした。

「お前に縁談が来てるんだよ」

　唐突に言われ、お雅は手にしていた重箱を取り落としそうになる。

「ありがたい話でね、うちに婿養子に入ってもいいってんだ。茅町に須原屋さんってぇ書肆があるだろ。そこに出入りしている彫師で、板木を彫ることは続けてぇが、その傍らで家主の仕事を手伝うってんだ」

　喜色をたたえて語る父に、お雅は眉をひそめる。町役人として多忙な家主が、彫師の片手間に務まるものだろうか。もっとも番太郎なんぞは、自身番屋の隣で見世を開いたりもしているが――と、そこまで考えて、「縁談」というひと言が内耳（ないじ）にこだまし、ハッと背筋を伸ばす。

「お前のことは前から知ってるらしくてな、離縁の経緯も話したんだが、それでもいいと言ってくれたよ。お前がその男と一緒になって、ここに戻ってくれれば俺も安泰なんだが、どうだえ」

お雅は、今日ここに使いに出されたことを、はじめて幸運に思った。縁談の話を先に惣十郎に告げられ、暇を出されることにでもなったら、父を恨んでも恨み切れない。

「その話、惣十郎様に伝えるようなことがあっちゃ、困りますからね」

声を尖らせて、真っ先に制した。

「あたしには、お多津様のお世話という大事な役目があるんです。それをおっぽり出すわけにはいかないんですよ」

母が怪訝な顔をこちらに向けたのが、目の端に映った。なにも奉公先の老女に義理立てすることもないだろう、とそんな腹の内が透けて見える。

「だがね、このままずっと服部の旦那のお世話になるわけにもいかねぇだろう」

筋張った首を伸ばし、父はこちらを覗き込むようにした。最前のお太恵の言葉が甦る。人並みの幸せを、父もまた押しつけてくるのか。

——なんだってみんな、あたしを定まった型に押し込めようとするんだろう。

膝に置いた手を、強く握りしめる。お雅は、気を落ち着けてから言った。

「あたしは、一生惣十郎様のお屋敷で勤めるのでもいいと思ってます。前にも言ったはずですよ、もうどこにも縁づくつもりはないって」

「したって、お前……」

嘉一は眉を八の字にする。

「俺も阿母さんも、いつまでも生きてられるわけじゃねぇし」

「あたしはもう家を出て働いてます。お父っつぁんたちの臑を囓ろうなんて、これっぽっちも思っちゃいませんよ」

父は困じたふうに母を見た。かつてお雅に舞い込むよりどりみどりの縁談を嬉々として選っていた母はしかし、後れ毛をかき上げるばかりでなにも言わない。

「正真なところ、俺もこの歳で家主を続けるのがしんどくてな。誰か継いでくれめぇかと思ってるんだよ」

心許なげに請われ、いささか気持ちが揺れた。それでもやはりお雅は、本意ではない道を行くのは二度と御免だった。自らで納得して選んだ生き方ならば、いかな苦労も困難も耐えられる。自分をごまかしながら日々を送る苦痛に比べれば、心持ちがずっと軽いはずなのだ。

「ほんとに、思い通りにならないねぇ」

そのとき母が溜息に交ぜて吐き出した。

「なんだろうねぇ、うちはみんな跳ねっ返りで。天に唾したわけでもないのに、娘たちのせいで、あたしは不幸だよ」

娘たちのせい――総身が震えたが、お雅はすんでのところで、せり上がってきた罵声を飲み込んだ。もう、なにを言っても遅いのだ。呼吸を整えると、おのずと多津の笑顔が浮かんだ。

「それじゃ、あたし、そろそろ帰らないといけないから」

風呂敷に包んだ重箱を手に、立ち上がる。父が悄然としながらも、

「旦那によろしくな」

と言ったから、お雅は今一度、

「縁談のこと、けっして惣十郎様に言わないでくださいよ」

強く念を押した。下駄を突っかけて表に出しな、

「ったく、なんなんだろうねぇ」

という母の呆れ声に背中を小突かれた。


「まぁ、なんですか。どうってこともねぇような野郎でしたよ」

完治の住まう田原町（たわらまち）の裏店を訪ねてきた与助は、脛（はぎ）を揉みながら言った。この時季はつつじの苗を売り歩くらしく、「虫売りは楽ですが、植木は重くてかないませんや」と、顔を合わせるたびぼやいている。

「素直に改めそうかえ」

完治が訊くと、与助は軽やかに頷いた。

「気弱そうな男でしたからね。宮様と懇意だなぞと滅多（めった）なことを言うんじゃねぇとたしなめたら、目に涙を浮かべましてね」

「……泣いたってのか。四十路の男だろ」

「へえ。あっしも驚きましたが」

陶玄に釘を刺す役目を、完治は与助に託したのだ。棒手振（ぼてふり）を生業としている与助なら、運良く辻で行き合うこともあろうと踏んだのである。目論見（もくろみ）通り、茅町の小路で護符を書いていた陶玄を見付け、彼は手際よくこれを戒めたのだった。

「人垣ができてたんで、すぐに察しがつきやしたが、札のひとつもさげねぇで、道っ端に置いた床几（しょうぎ）に座ってるだけでしてね。形（なり）もなんてことねぇ着流しで、なんだって奴が神仏のように崇められてるのか、とんとわかりませんで」

陶玄とは品のいい福相の人物だ、と完治は噂に聞いていたのだが、与助曰く、小太りで冴えない風体の男だったという。とはいえ、護符をいただこうと列をなした人々は、藁にもすがらんといった必死の形相であったし、大勢の前で叱りつけるのも気の毒だから、人払いをしてから、「商いをするのは構わぬが、宮様との縁を騙ると大事になりかねねぇぞ」と、噛んで含めるように諭したのだと彼は付け加えた。

「こたびに限っては温情で見逃してやるから改めろと言いましたら、すっかり萎れたもんですから、すぐ放免しました」

誇らしげに語る与助を、

「そいつぁご苦労だった。どっから湧いて出た奴か知らねぇが、どうですぐに河岸を変えて、ここいらからは消えるだろう」

完治はそうねぎらったのだが、桜が見頃を迎えた頃、与助の身辺で奇妙なことがたびたび出来するようになったのである。

はじめは、ほんのささやかな変事であった。長屋の前に置いた商売道具の植木鉢が割られる、天秤棒を担いで町を流していた折に見知らぬ童に石を投げられる――たまたまだろうと気にもせずにいたのだが、仕入れたばかりの金盞花が無惨に踏み荒らされたのを見るに至り、なにかしら意図があっての仕業だと疑わぬわけにはいかなくなった。

「金盞花は用心のために、うちの土間に入れておいたんですよ。それなのに……。あっしが坂本町の植木店まで出張っていた日で、家の者も留守にしていた隙を狙われたようでして」

陶玄の仕業ではないか、と与助は言うのだ。他に恨みを買うような心当たりはない、と。完治はしかし、ちょいと諭されただけで涙ぐむような男が、こんな質の悪い嫌がらせをするだろうかと訝った。

「あっしら廻方の手先になってる者は時に恨みを買いますが、こういうこたぁはじめてで、嬶や子になにかあっちゃならねぇと案じてまして。情けねぇことですが」

完治は独り身だが、与助は所帯持ちだ。妻子に累が及ばぬよう気を配るのは、大黒柱として当然のことだろう。

「陶玄とやらは、まだここらで護符を売り歩いてるのか」

「へえ。たまに向島まで出張ってるようですが、浅草寺や東本願寺のあたりをうろついてます。懲りねぇ野郎で、昨今は家系図まで示して客を引いてるようで」

完治は耳を疑った。護符を売るのは構わぬが身上を偽るのはよせ、と与助はたしなめたのだ。そもそも、「霊力」とやらで評判をとっているのであれば、そこまで出自にしがみつく理由もないはずだった。

「嫌がらせが陶玄だとして、おめぇの長屋をどうやって知った。それに、石を投げてきたのは知らねぇ餓鬼だと言ってたろ」

「そうなんですが、どうも薄気味悪くて」

確かに、奇妙な話ではある。完治は首を鳴らしてから、太く息を吐き出した。

「よし。わっちが行こう。陶玄とやらに、じかに詰めてみるさ」

畝を作っていた与助の眉間が、幾分開く。彼は力なく頭を垂れ、

「まったく不甲斐ねぇことで」

と、広い肩幅を折り畳むようにした。

完治はその日から、与助を連れて日夜浅草界隈を歩き回った。

――赤根の件も探らなきゃならねぇのに、つまらねぇ騙り者に手間取るたぁな。

内心、苦り切っている。与助は見た目こそ偉丈夫だが、商いをしているだけあって当たりが柔らかい。ために、軽んじられたのだろう。ここは自分が出て行って、きつく申し渡すよりなかろうと、完治は煩わしさを脇に置き、歩を進めている。

東仲町から瓦町、八名川町までくまなく見廻りながら、世に起こる事件の軽重に、ぼんやり思いを巡らした。

先の興済堂一件のように根が深いものから、陶玄の件のようなささやかなものまで、扱う事件には幅がある。だが、いずれの悪事もはじめはほんの小さな火種なのだ、と惣十郎は折に触れ口にする。その火種が徐々に大きくなって、表に現れ出たときにはひどく醜い炎となっている。そこまで変化た化け物を成敗するより、火種に敏く気付いてとっとと消すのが、本来は俺たち同心の腕の見せ所なのだ、と。

確かに、刃傷沙汰が起きてからようよう動いたところで、咎人を捕らえて同心の手柄にすることはできても、失われた命は二度と戻りはしない。

「しかし、蛾が灯りを消した刹那に他人の胸中に立ち現れる存念なぞ、わかりようもねぇけどな」

つい漏れたひとり言を、

「あっ、親分。いやしたぜ」

与助の鋭い声がかき消した。

浅草御門に近い福井町の一角に、人垣ができている。重なり合う頭の隙間から窺うと、短冊を手にした焙烙頭巾の男が、小振りな床几に腰掛けている。

「孫は病みついてもう二年にもなりまして、お医者様に診せても、なんの病かわからぬと言われるばかりでございます。うちは女所帯で、お銭も底をつきまして、これからどうしていったものか」

向かいに佇んだ老女が涙ながらに語るのに、陶玄らしき男が緩やかに頷いている。与助の報じた通り、小太りの上、薄ぼんやりした目鼻立ちで、いかにも御しやすそうに見える。与助に禍をなしているのは、まことに奴なのかと完治は密かに怪しんだ。

「これまで苦労をされましたな。もうご案じ召されますな。護符を書きますから、必ず令孫の病はよくなりますよ」

陶玄が微笑みながら穏やかに告げると、老女は人目もはばからず嗚咽した。

奴はおもむろに筆を執り、朱印の捺された短冊に「病魔退散　伊勢楠木　陶玄」と書き、それを恭しく天にかざすようにした。惣十郎ほどではないが、かなりの悪筆だ。あんな代物で願いがかなうと本気で信じられる者のほうが、完治には不可解だった。

「北勢四十八家の氏を逐一書いてるのか」

完治は、与助に耳打ちする。

「どうやらそのようで。そら、あの床几の脇に置かれてるのが、奴の家系図ですよ」

偽家系図が昨今流行っているから、それに乗じたのだろうが、この手の騙りで牢に送られた者がいるのを知らぬのだろうか。

「この護符に今、御霊が宿りましたゆえ、肌身離さずお持ちくださいまし」

陶玄から受け取った護符を胸に押し抱き、老女はしつこいほどに礼を述べた。

「礼なぞ結構ですよ。人助けは私の生きるよすがでしてね」

「でも、あの、お代はどのようにすれば」

「そうまでおっしゃるなら、冥加銭という形で頂戴しましょう」

「さいですか。不調法で存じませんが、いかほど包めばよろしんでございましょう」

「一枚銀八十匁から賜っております」

値を告げる段になると、陶玄は妙に厳然とした口調になった。老女は息を呑み、完治もまた眉をひそめる。あんな紙切れが八十匁。ひと月はゆうに暮らせる額である。

「ひでぇ商売だな」

与助にささやくと、彼は渋い顔で頷いた。

「それでも御利益を信じて、たいていは懐から絞り出すそうですよ。多く払えば、それだけいい目を見られるってんで」

「神だの仏だのってなぁ徳がおありだろう。金の多寡で施しを変えるはずもあるめぇ。わっちら巾着切だって、貧しい者からは盗らねぇし、富んだ者相手でも財布ごと取り上げるような真似はしねンだから」

老女は困り果てた様子で縮こまっている。ただでさえ男手を欠いて、暮らしに詰まっているのだ。八十匁もの金を、たやすく出せるはずもない。

「お代をいただかずにお渡ししても、私は構わぬのですが……」

陶玄は、奥歯に物が挟まったような調子でつぶやいた。即座に、人垣の中から男の声が立つ。

「無料でもらえば禍事を誘い込むってさ」

「俺の知り合いも、それでひでぇ目に遭ったよ。無料なぞ盗人と同じだものな」

別の男が、それに答える。完治は声のほうを見澄まし、頬かむりをしたふたりが大仰に頷き合うのを見付ける。妙に芝居がかった節回しだ。

――陶玄の商いにゃあ仲間がいるのか。

与助が掛け合った折には陶玄ひとりだったのだろうか、それとも与助が奴の仲間に気付かなかっただけか――。

男らの言葉を打ち消すでもなく、陶玄はいかにも申し訳なさそうな顔で老女を見上げている。

順番待ちの者たちから、

「なにしてんだっ。早く払いな」

「こっちも先(せん)から番を待ってるんだ。とっとと済ませておくれ」

と、せっつく声が飛びはじめる。老女はますます途方に暮れた様子で、うなだれた。仕方なく完治は人垣を分け、陶玄の前にずいと進み出ると、老女から護符を取り上げて声を張った。

「楽な商売だな。こんな下手な筆跡(て)で、ちょいと書いて八十匁か」

周囲が一斉にざわめく。が、完治の風体で、岡っ引と知れたのだろう。表立った非難の声は聞かれなかった。

「ここに伊勢楠木とあるが、おめぇさん、まことに係りがあるのかえ」

護符をかざして言ってやると、陶玄はその下ぶくれの顔を赤くふくらませた。

「うちの者が先だって、おめぇさんを訪ねてたしなめたはずだ。宮様と縁があるなぞと滅多なことを言うと、下手すりゃお縄になるんだぜ」

改めて厳しく言い渡してから、完治は老女に向き直る。

「婆さん、こんなまがい物に使う金があるなら、病みついてるってぇ孫のために、いい医者を探して呼んでやることだ」

そのとき、傍らで震え声が立ち上ったのだ。

「わ、私は、嘘なぞついておらん。宮様に拝謁したこともあるのじゃ」

ひどく小さな声だったが、陶玄はこの期に及んでなお、輪王寺宮と懇意だと言い張るのだった。

完治は眉間を揉んだ。

「そうかえ。したら御番所を通して確かめねぇとならねぇな。これからうちの手先が、八丁堀までひとっ走りして、このこと旦那に伝えるが、いいか」

凄んでみせると、陶玄は唇を噛んでうつむいた。周囲から、「なんだ、宮様に呼ばれて江戸に来たってのは嘘か」と、訝る声があがる。ここでさらに追い込むのは得策ではなかろうと踏んで、完治は陶玄の側に寄ると声を低くして告げた。

「今ならまだ間に合う。こっちで収めてやっから、ここでの商売はこのくれぇにしとくんだ。身の上を騙ってまでするようなことじゃねぇだろう」

すると陶玄は驚いたふうに目を瞠（みは）り、口元を醜く歪めたのである。なぜ己が立（た）ち退（の）かねばならぬのか、と心底怪しんでいるのが見て取れ、完治はおのずと身構えた。

――こいつは、相当に危うい質（たち）かもしれねぇ。

同じ咎人でも、悪事を働いていると承知の上で手を染める者のほうが、存外御しやすいのだ。引っ捕らえる段、申し開きだのごまかしだのをしたところで、こちらが証拠を挙げれば造作もなく縄に掛かる。興済堂の火付けに関わった両人なぞ、そのいい例である。

厄介なのは、自分で自分に暗示を掛けている者だ。如何物師（いかものし）に多いが、おそらく初手はちょっとした出来心で嘘を吐（つ）くのだ。が、続けるうちに己の中で、その嘘がまことになってしまう。他人を陥れているという引け目まで消え失せる。この陶玄もおそらく、まことに自分は名家の出であり、たぐいまれな霊力を得た特別な存在ゆえに、そこらの町人たちとは分限が違うのだと、自ら信じ切っているのだろう。

与助が仁王立ちして、

「どうします、親分。服部の旦那に伝えにいくなら、すぐにでも向かいますが」

大声で言って、陶玄を睨（ね）め付けた。奴が嫌がらせの張本人だと信じ込んでいるだけに、冷静ではいられぬのだろう。陶玄もまた唇を嚙み、与助を睨（にら）み上げている。

完治は与助に向けて、小さく首を横に振った。こういう輩（やから）に真っ当に対したところで、さしたる効き目はないのだ。

「なにもわっちらは、おめぇの霊力とやらを疑ってるわけじゃあねぇのだ。ただ、その力がまことなら、おめぇの出自がどうであろうが、係りがねぇことなんじゃあないのかえ」

野次馬の中にいた頬かむりの男らが、わずかに間合いを詰めてくる。与助の商売道具を荒らしたのも奴らかもしれぬが、今は丸腰だ。それに衆目のある中で暴れはしなかろうと、完治はさらに陶玄に寄って言葉を継いだ。

「特異な力で勝負して浮世を渡ってんのに、おめぇが出自にこだわる理由（わけ）が、わっちにゃあわからねぇのだ。生まれを盾に取るのは、己の力だけじゃあなにもできねぇと自ら触れ回ってんのと一緒だぜ。仮にも人を救うのを眼目にしてンなら、そんな薄みっともねぇ真似はよせ」

完治は、最前老女から奪い取った護符を陶玄に突っ返した。が、奴は唇を嚙んでうつむいたきり、受け取ろうとしない。

「そら。おめぇの護符だ。婆さんは、これに出す金はねぇっていうから返すぜ」

陶玄に護符を押しつけたときだった。

「いっ、痛いっ」

一声悲鳴をあげ、奴は胸を押さえて床几から転がり落ちたのである。

「えっ」

と、傍らの与助が声を裏返し、完治もまた、なにが起こったのかと息を詰めた。なにしろこちらは、奴の胸あたりに護符を軽く当てただけなのだ。

「陶玄様っ」

頬かむりの男らが、大仰に叫んで駆け寄る。

「なんてことをなさるんだ。無辜の者に残忍な乱暴を働くなぞ」

男のひとりが、噛みついてきた。陶玄は依然、胸を押さえ、悶え苦しんでいる。

「陶玄様はお体が丈夫ではございません。それを突き飛ばすなぞ」

もうひとりが声を荒らげる。与助は動じた様子でこちらに向いたが、完治は舌を打ち鳴らしてから頭上で手を叩き、

「さ、芝居は終ぇだ。散れ、散れっ」

人垣に向けて、言い放った。人々はみな、唖然としている。頬かむりの男たちもまた、目をしばたたいている。

三下がよく使う手なのだ。ちょっとした揉み合いにもかかわらず、怪我をしただのなんだのと因縁をつけ、相手から薬礼を巻き上げるのである。

完治は一切取り合わず、病とは縁のなさそうな陶玄の丸い体を睥睨したのち、いたたまれぬように身をこごめている老女に向かい、

「ともかく医者を探すことだ」

手早く告げると、さっさと背を翻した。

「あの頬かむりのふたり、おめぇが最初に陶玄を諭しに行ったときもいたか」

「いや、見なかったですがねぇ」

歩きながら訊くと、与助は首をひねった。

「したら、陶玄の力を信じてる奴らを取り込んだのかもしれねぇな」

「いや、しかし陶玄が現れてから、まだふた月も経ってませんぜ。そうたやすく信じて、片棒担ぐもんでしょうか」

完治は懐手して、首を鳴らした。

「さあな。わっちゃ、これまで他人を信じたことが一切ねぇから、霊力があろうがなかろうが、他所様（よそさま）の言うがままを鵜呑（うの）みにするこたぁねぇけどな」

「えっ、誰のことも信じねンですか」

与助が、驚きと落胆の入り交じった様子で問うた。長らく完治の仕事を手伝ってきたのに己は信も置かれていないのかと、不満が面（おもて）に色濃く浮かび上がっている。

「岡っ引をしてっと、そんな気にもなるさ。咎人を詰めるだろ、奴ら、必ず嘘を吐（つ）くさ。事件の核じゃねぇところでも、てめぇを少しはよく演じてぇって肚（はら）なのか、都合よく話を作る。他人を守るための嘘なら清いもんもあるだろう。だが、てめぇを守る嘘は、ただただ浅ましくて薄汚ねぇさ。そういう襤褸布（ぼろきれ）みてぇな嘘を聞き続けてみろ。他人なんぞ信じるもんじゃあねぇって気にもなるさ」

与助は腑に落ちぬふうだったが、

「まぁ、さような考え方もございますな」

と、表向きは納得して見せた。そのとき、

「あの……もうし、親分さん」

と、背中にしゃがれ声が立った。見れば、最前の老女が息を切らして追ってくる。土気色の顔は痩け、木綿の単衣はところどころ擦り切れている。

「先刻は、ありがとうございました」

深々と頭を下げられ、

「いや、出しゃばってすまなかったな」

完治は当たり障りのない返事を放る。

「あの……こんなことを親分さんに伺うのもなんですが、お医者を、どなたかよいお医者を、ご存じないでしょうか」

おずおずと老女は切り出した。

孫が病みついてからこっち、医者にはさんざん診せた。けれどいずれも匙を投げられた。舌も診ずに助からぬと判じる医者もいて、そのくせ高い薬礼をとる。療治もしてもらえぬのに金を払うくらいなら御利益のある護符を求めようと、毎日町を歩き回って、ようよう本日陶玄に出会えたのだ――。

その護符を得る機を完治が阻んだわけだが、老女の語り口に恨みがましさは滲んでいなかった。ただただ、孫を救いたいという一心で追いかけてきたらしいことは、その真剣な面持ちからも察せられた。

「病というが、どこが悪いんだえ」

完治は怖がらせないよう声を和らげる。

親分は目つきが鋭いですからね、たいていの罪人はひと睨みですくみ上がりますや――与助からは、事あるごとにそう言われている。

「始終熱を出しておりまして、頭が痛いと、のたうち回るようなこともございます」

与助が「そいつぁ気の毒だ」とつぶやく。彼も子を持つ親だから、老女の気掛かりが痛いほどわかるのだろう。

完治はしばし頭の中で心当たりを探り、やがて黒衣に身を包んだ白皙の面立ちに行き着いた。その人となりを詳しく知っているわけではないが、惣十郎が信を置いているのだから腕は確かなはずだ。

「鉄砲洲に口鳥梨春ってぇ医者がいる。知恵者らしいから診てもらうといい。完治から勧められたと言やぁ、薬礼も高ぇこたぁ言われねぇはずだ」

老女は、「くちとり先生」と口の中で繰り返すと、ようやく愁眉を開いた。

くどいほどに礼を述べて老女が立ち去ったのち、

「親分も、存外お優しンですね」

与助が早速茶化した。完治はムッと押し黙り、大股で歩き出す。

「そう照れずとも、よろしいじゃあござんせんか」

「くだらねぇことを言うな」

「だって、口鳥先生の所を教えただけでなしに、親分もお名をお伝えになったでしょ。珍しいな、と思いやしてね」

言われてみれば確かに、素性の知れぬ者に己の名を告げることは一切してこなかった。まわりには「田原町の親分」で通っており、「完治」と名で呼びかけるのは惣十郎くらいだ。巾着切だった時分も、岡っ引となって咎人を追う身になった今も、己というものを消したほうが動きやすく、名だの出自だのは取るに足らないことだと信じているからだ。少なくとも、陶玄のように騙りまでして己を大きく見せるより、影になったほうが勝手がいい。

「わっちゃこれから、服部の旦那のとこに行くからよ。口鳥先生の名を出しちまったから、断っておかねぇとな」

完治が言うと与助は、

「へえ。したら、あっしは商いに戻ります。親分にゃあお手間を取らせましたが、これであいつも懲りて、ちょっかいを出してくることはねぇでしょう」

霧の晴れた顔で返した。

「ああ、そうだな」

頷きながらも完治は、かすかな不穏も覚える。護符を突っ返されたのを逆手にとって、周囲の同情を引くような真似をする者が、あっさり矛を収めるとも思えなかったのだ。とはいえ、取り巻きもけっして切れ者とは見えなかったから、暴れたところでたいした災禍は起こせぬだろう。

「ああいう手合いは、たやすく騙りをやめねぇさ。そうしねぇと生きていかれねぇところまで来てるのだろう。根っこっから改めさせるのは無理だが、旦那の受持の町から消えてくれりゃ、こっちの仕事は済むからな」

完治は答えて、澱（おり）を流すように長く息を吐き出した。

どこからか、灌仏会（かんぶつえ）の経文が聞こえてきている。

三

惣十郎が奉行所の詰所に入るや、同役の崎岡伊左衛門（さきおかいざえもん）が寄ってきて、

「お前、完治という男を使っておるか」

と、出し抜けに訊いてきた。

「なんだ、藪から棒に」

小者の佐吉は奉行所に届けてあるが、岡っ引はじめ手先は、同心が内々に手札を渡している者たちだ。幕政改革が進められているさなかであるから、同心の一存で手先を使うことが改めて禁じられたのだろうかと束の間身構えるも、次に聞こえてきたのは案外な報（しら）せであった。

「いやな、お前と完治の名を出して、ここへ直訴してきた者がある」

惣十郎の喉が、「へっ」と、おくびのように波打った。

「訴状というより、密告状と言うたほうが正しいか。その完治とかいう男の悪行が、あまたしためられた書を出してきたらしい」

崎岡は、当番与力から預かったという紙の束を差し出した。ざっと数えたところ、二十通近くある。筆跡はまちまちで、複数の者による仕業だと知れた。ただし書かれた内容はほぼ同じだ。要は、完治が陶玄なる神官に乱暴を働き、それがために陶玄は医者がかりになったというものである。

「どうだ、心当たりはあるか」

陶玄に釘を刺せと、惣十郎は確かに完治に命じた。だが、あの完治が理由（わけ）もなく手荒な真似を

するとも思えなかった。

「陶玄という祈禱師が上野宮様と懇意だと吹聴しているようでな、どうも怪しいから手先に調べさせていたのだが……。しかしそいつはここに書かれたような神官じゃあねぇぜ。ただの騙り者にゃ違いねぇのだが」

「なるほど、悪事を働いた者が、それを取り締まった者を恨んで苦情を申し立てておるということか。反公事(かえりくじ)のようなものだな」

訴人はひとりだったという。当番与力に、これを読んでほしいと紙の束を差し出した。奇妙な訴えゆえ、吟味より先に廻方に問い合わせがきたらしい。

「手先の行状を直訴してくるというのも、滅多なことではないからな。さっさとしょっ引けば、こういう厄介にも見舞われずに手柄となるものを、お前は罪を起こさせぬよう用心するばかりよ。手ぬるいことをしておると、相手は増長するぞ」

ひとりでも多く罪人を挙げることに躍起になっている崎岡は、呆れ顔を見せた。

薄気味悪いのは、いずれの書面にも完治の名が記されており、さらには彼を使っているのが惣十郎であると明記されていることだった。完治と諍いがあったにせよ、それを自身番屋に届けるでもなく、奉行所に直訴してくるのは例を見ないことだったし、こうして複数の書がいっぺんに届くのも奇っ怪であった。

「なんでも、その完治とやらの来歴も、訴人は語ったらしい。もとは巾着切をしていた破落戸(ごろつき)に、十手を持たせるのはいかがなものか、と唱えておったそうだが」

「どういった風体の者か聞いておるか」

「年嵩の男だと。町人風の形(なり)だったようだ」

惣十郎は、当番与力が控えた訴人の名も検めたが心当たりはなかった。十日ほど前にこの一件の始末を報じにきた完治も、特段手こずったようなことは言っておらず、護符をもらいに来ていた老女に梨春の所を教えたと詫びたきりだったのだ。詫びることじゃねぇよ、と惣十郎がなだめても、旦那の許しを得る前に一存で報せちまいましたから、と彼はしきりに恐縮していた。一事が万事この調子で筋を通すのが完治ゆえ、難事があれば惣十郎に告げたろうし、そもそもが訴状に書かれたような無体を働くとも、やはり思えなかった。

その晩のうちに佐吉に呼びに行かせ、八丁堀の屋敷で、惣十郎は完治と差し向かった。訴状の件を告げると、

「御番所に……ですか」

彼は眉をひそめた。

「俺ぁお前さんのこたぁよーく知ってる。理由もなく乱暴狼藉(ろうぜき)を働くような者じゃあねぇと、信じてるさ」

信じる、と完治は口の中で小さく反復してから、鬢(びん)をかきつつ、首を前に落とすような会釈をした。

「しかし訴え出た者がいるからには、俺も一応調べなきゃあならねぇからさ」

「旦那にまでご迷惑をお掛けしちまって申し訳ござんせん。わっちが、下手ぁ打ったばっかりに」

「よほど揉めたかえ」

「ちょいとたしなめただけですが、突き飛ばしただの、痛(いて)ぇだの、騒がれまして」

惣十郎は、奉行所に届けられた訴状を完治には見せなかった。作り事にせよ、当人が目にすれ

ば、気を腐らすだろうと判じたからだ。

「お前の名だのも書かれてあるし、こいつぁちょいと捨て置けねぇからさ」

いつもの座敷に通したのだが、この日は佐吉も同席している。完治はきまりが悪いのか、しばし言い淀んでから打ち明けた。

宮様と懇意だという騙りはよせと与助が陶玄を諭したところ、商いの品を壊されたり、町で石を投げられたりするようなことが続いた。どうやら陶玄の仕業らしいというので完治がじかに掛け合った――。

惣十郎は首をひねる。先だって完治が梨春の件を伝えに来たとき、与助の災難については一切口にしなかったのだ。

「俺はその経緯（いきさつ）、聞いちゃいねぇが」

「へえ。こっちで収めるつもりで動いてやしたんで。だいぶ強く言いましたから、てっきり奴ぁ河岸を変えたんだろうと見てたんですが……。このところ、浅草辺には現れてねぇようですし」

いつになく心許なげな完治を、

「勝手に判じちゃあいけないよ。逐一旦那に報せなきゃさ」

ここぞとばかりに佐吉が責め立てる。完治は片眉こそぴくりと跳ね上げたが、佐吉の言を受け流し、「ただ、与助が」とぽつりと漏らした。

「与助がどうかしたかえ」

「あのあと、どうも商いがうまくないようで。商売道具を壊されることはなくなったんですが、これまで昵懇（じっこん）だった客にも、そっぽを向かれるようになったとかで」

「それも陶玄の仕業だってのか」

惣十郎が訊くと、完治はかすかに首をひねった。

「そうとも言い切れねぇので、わっちもどうしたもんかと考えていたところで」

すかさず佐吉が口を入れる。

「与助は商う品をしょっちゅう変えるだろ。虫を売ったり植木を売ったり。棒手振ってのはさ、豆腐でも青物でも、ひとつのものを根気よく売ったほうがいいんだよ。そのほうが重宝されるんだ。売り手が浮気してっとさ、客も浮気するんだぜ」

得意げにまくし立てる佐吉に構わず、完治は神妙な面持ちで惣十郎に告げた。

「妙な噂でも、ばらまかれてるのかもしれやせん」

与助もまた、臑に疵持つ身である。今でこそ熱心に働いているが、若い頃はのらくら者で、懐が寒くなると誰彼なしに喧嘩をふっかけては金を巻き上げていたらしい。腕っ節が強いから、若気の至りで図に乗ってもいたのだろう。浅草の飯屋で暴れていたところを完治に取り押さえられたのを契機に、それまでの暮らしからすっぱり足を洗って堅気になったと聞いている。

「噂ったって、誰が流すんだい。その、陶玄とかいう祈禱師が触れ回ったところで、みなが買わなくなるまでのことがあるとは思えねぇけどな」

佐吉は完治の言うことに対して、あくまで否やを唱えたがる。

「おそらく取り巻きのような連中がいるんじゃねぇかと。護符を売っていたときも、明らかに陶玄と気脈を通じてるような者が人垣の中におりやしたんで。一味なのか、信徒なのかしれやせんが」

「信徒ねぇ……」

惣十郎は、どんよりとつぶやいた。そいつが絡んでいた日には、まず面倒なことになると相場が決まっている。

「佐吉、おめぇ明日っから浅草辺で聞き込んでみろ。完治は与助と近しいと知れてっから、ここで完治が動けば、やぶ蛇になるだろうからさ」

命じると佐吉は、そのどんぐりのような目を不器用にしばたたきつつ訊いてきた。

「え……なにを聞き込むんでしょう」

惣十郎は、凝然と佐吉を見遣る。

「お前……ここで今までの話を聞いてたろっ。なにをって、与助についての妙な噂が広まってねぇか探るんだよっ」

どやしつけると、佐吉はたちまち小さくなった。平素であれば口の端に皮肉な笑みを浮かべる完治は、顔を暗くして黙然と考え込んでいる。

「姿を見ねぇんで安んじてたが、まわりの連中を煽って動かしてたのか」

ややあって、珍しく苛立ちを浮かべ、彼はそうひとりごちた。


惣十郎は翌朝早く、亀島町の湯屋に足を運んだ。幸い女湯が空いていたから、そちらに通してもらい、男湯の会話に耳をそばだてる。

永代寺で成田山不動尊がご開帳になったから見に行ったぜ、と自慢する者があれば、わっちゃ増上寺の黒本尊を拝みに行ったよ、と他の者が声をあげる。些細なことでもこうして張り合うのが、江戸者の厄介なところであり、面白いところでもある。

――信心ってなぁ、猫も杓子も持つものだが。

惣十郎は、石榴口から射し込む朝日を見詰める。湯船から立ち上る湯気は、束の間陽に煌めいてのち、また闇へと吸い込まれていく。

──ひとつことに入れ込むと、手前らだけが善になっちまうのかもしれねぇな。

ご開帳と聞けば、宗派にこだわらず物見に出掛け、夏越の祓だの玄猪の祝いだのと風物を慈しみ、お天道様が見ていると自らを戒める。どことなく行き当たりばったりの信仰は江戸者の常であるが、そのいい加減さは案外理に適っているのかもしれぬ。願は懸けても過信はせずに、あとは己で引き受けると腹を決め、じっくり生きていけりゃあ十分だ。

あれこれ思いを巡らしているうちに茹であがりそうになったから、洗い場に出て三助を呼んだ。重蔵というこの三助を、惣十郎は長らく贔屓にしている。

「これは旦那。今日は、おひとりでござんすか」

肥肉の体を揺すり、重蔵は惣十郎の背後にしゃがんだ。

「ああ。佐吉にゃ、朝早くから町を廻らせてっからな」

「お忙しそうで結構でございます」

「俺の役目が忙しいってこたぁ、世の中が物騒だって証さ。商売人みてぇに喜べねぇのが難だ。このところゆっくり湯に浸かってねぇから、今日は俺の垢で、人形のひとつやふたつ、作れっかもしれねぇぜ」

冗談口を叩くと、重蔵は「ふふふっ」と、童のような笑い声をあげた。

「時に、阿母さんは達者かえ」

重蔵は、この近くの裏店に母親とふたり暮らしである。彼が四十の声を聞いたはずだから、母親は還暦あたりだろう。

「へえ。達者にしております。あっしが留守の間、ほうぼう出歩いているもので気骨は折れますが」
重蔵は固く絞った手拭いで、惣十郎の背中をこすりながら返した。この力加減が絶妙なのだ。ぐいぐいと強く擦っているのに痛みはなく、それどころか体の凝りまで取り去ってくれるような心地よさである。なんでも、背中や腕の筋に沿って手拭いを動かすのがコツらしく、「人の体にも流れってもんがありますんで」と彼は常々語っている。

「出歩けるってこたぁ、足腰がしっかりしてるってぇことさ。冥加なことじゃあねぇか。うちは、足がすっかり弱っちまってな」

「お多津様が……さいですか」

母もよくこの湯屋に通っていたから重蔵とも顔見知りだが、昨今はお雅に介添を頼んで行水で済ませている。

「親が弱ってくとこぁ見たかぁねぇやな。ことに母親ってなぁ辛ぇもんだね。親父が逝ったときにゃ、立派な往生だったとすんなり送れたが、母上のことは心穏やかに送れねぇ気がする」

惣十郎の言葉に、重蔵が深く頷く気配を背中に感じた。

「歳月ってなぁ、酷な意地悪をしやがりますねぇ。親子の上下を、逆さにしちまうんですから」

今度は惣十郎が静かに頤を引いた。幼い頃より崇めていた存在を介護するのは、胸苦しいものだ。強く厳しかったときの面影を重ねては、もうその姿は二度と戻らぬという現を突きつけられるからだろう。

――母上には細けぇことまで躾けられたから、俺の拠り所みてぇになっちまってんのかもしれねぇな。

辛気臭くなりそうだったから、惣十郎はカラリと話題を変えた。

「どうだえ、近頃気に掛かるような噂はあったかえ」

二六時中湯屋に詰めている重蔵の耳には、客たちの交わすさまざまな噂が入ってくる。彼はしばし考えるふうをしてから、

「さいですなぁ、陶玄とかいう祈禱師のことは、よく話に上っておりますなぁ」

と、のどかな口振りで答えた。

重蔵は女湯でも垢を擦るから市井の噂については大小問わず詳しいが、真っ先に陶玄の名を口にしたほどだから界隈での評判は相応に高いのだろう。

「奴の書く護符とやらには、よっぽど御利益があるんだな」

惣十郎が話を合わせると、「さいですなぁ」と、重蔵は曖昧に濁してから、

「それよりもこの頃は、陶玄を虐げる者があるとかで、かわいそうだと憐れむ声が多うございますなぁ」

のんびり返したのだった。

曰く、陶玄は謂れのない乱暴を受けて、医者がかりになった。しかも騙り者との極印まで押され、護符を配ることもままならなくなってしまった。人を救いたい一心ではじめたことなのに、なにゆえこんなひどい目に遭わねばならぬのか。陶玄に無体を働いているのは、悪評高い破落戸である。おおかた後ろ暗い過去を背負って生きているから、陶玄への妬ましさが勝って邪魔立てするのだろう――。

「そいつぁ、誰が言ってるのだ」

「誰、ってぇこともないようですが、巷にゃそんな話が広まってます」

「で、その陶玄に乱暴を働いた破落戸ってのの名も知れてるのかえ」

「へえ。与助とかいう棒手振だそうですよ。もとは渡世人で、人を殺めたこともあるとか。植木かなにかを商ってるそうですが、商いの品も盗品だらけらしくて」

惣十郎は大きく息を吐いた。人を殺めたなぞと根も葉もない虚言が広まったがために、与助は避けられるようになったのか。

自らはか弱く虐げられているふうを装い、虚聞を流しては人々の義憤を駆り立て、巧みに標的を攻撃させる——狡猾なそのやり方に、惣十郎の背筋がぞっと唸った。

「おや、冷えますかね」

重蔵が案じ声を出した。

「いや。そうじゃあねぇのだ。時に、お前さんはその噂、どう思う」

「……はて、どうですか」

彼は背中を擦る手を止めぬまま答える。

「ここじゃ毎日いろんな噂が飛び交っては消えていきますから、いちいち引っ掛かってはおられません」

重蔵のように、巷の噂と相応の隔てを保てる者はともかく、たいていは造作もなくそれに呑まれる。一度浸かるとなかなかにおいが抜けぬ硫黄泉のような具合で、信じる、信じぬという個々の意思とは裏腹に、噂の膜越しに件の者を見てしまうのだ。

与助が人殺しのはずもなければ、売り歩いている品が盗品のはずもないと、冷静に受け流している向きもあろう。けれどそうした者もまた、妙な煙の立ったところにわざわざ近づくことはしない。植木や虫を売る棒手振は、他にもあまたいるのである。

晩になって役宅に戻ってきた佐吉もまた、重蔵が告げたものと同様の風聞を報じた。

「与助だけでなく、完治の名も人の口に上っているようで。もとは他人の懐からくすねていたような野郎が、偉そうに十手を振り回しているとかなんとか、口汚く罵る者もありましたよ」

完治がしくじれば、溜飲が下がった顔を臆面もなく見せるのが、いつもの佐吉であるのに、今日に限っては浮かぬ顔をしている。珍しいこともあるものだ、と覗き込んだ惣十郎に、

「ここまでされることとなんでしょうかね」

と、佐吉は首をひねってみせた。

「完治も与助も、陶玄に身上を騙るなと説いただけでござんしょう。それさえやめれば咎め立てはしねぇと温情を見せたのに、大勢を巻き込んで意趣返しするってのが、あっしにゃどうもわかりませんで」

しばし鼻頭を弾いてから、

「あ……ってこたぁつまり、陶玄はまことに北勢四十八家の出で、上野宮様と係りがあるってぇことか。それを嘘だと言われて、腹を立ててンでしょうかねぇ」

はたと首を起こして唸った。

「いいね、お前は太平楽で」

惣十郎は薄く笑う。

「え、あっしが、なんですか。なんとおっしゃいました」

身を乗り出した佐吉をうっちゃって、惣十郎は思案を巡らす。理由は知れぬが、出自や身分というものが、自身の触れ回っている霊力以上に陶玄の拠り所となっているのだろう。そこを衝かれて、頭に血を上らせたに違いなかった。

惣十郎は翌朝早くに奉行所に上がり、例繰方の詰所に顔を出した。まだひと気のない部屋では、悠木史亭が端然と座して筆を走らせている。昔から変わらぬ精勤ぶりに、こちらの背筋も伸びる。声を掛けると、史亭は手元の文書をさりげなく隠し、

「惣十郎か。早いのう」

と、目尻に皺を刻んだ。

「悠木様こそ」

笑みを返すと、

「片付けねばならぬ書類が溜まっておってな」

彼は首をすくめた。例繰方がまとめる判例は長く引き継がれ、吟味や捕物の過程で参照されるものゆえ、隅々まで気を配って仕上げねばならぬ。史亭はとりわけ几帳面で、十分な手間を掛けて仕上げるため、おのずと詰所にいる刻も長くなるのだろう。

「今、少しよろしゅうございますか。智泉院一件について伺いとうて参ったのでございますが」

史亭は筆を置き、

「昨年のか」

と、こちらに体ごと向き直った。

「ええ。寺社奉行であられる阿部伊勢守様が、智泉院持八幡別当だった日啓をお取り調べになったという一件にございます。その一端は耳にしておるのですが、なにゆえ日啓が裁かれることになったのか……。そもそも日啓はいかようにして、将軍家と通じたのか、ご存じであればご教示願えぬかと存じまして」

「今日は雪でも降るやもしれんな。おぬしが早出した上に、常より興味がないと言うてはばから

なかった、信仰のことを訊いてきおった」

史亭は軽口でこれを受けてのち、

「伊勢守様がお裁きにならなければ、今なお日啓は権勢を誇っておったろうな」

と、宙を見詰めてつぶやいた。

昨年、将軍家と親密な間柄にあった日啓なる僧侶が、寺社奉行、阿部伊勢守正弘の命で召し捕られ、その子息共々刑に処されたのである。大奥のみならず十一代将軍徳川家斉までも取り込んだ日啓の手腕がいかなるものだったのか、陶玄の一件を抱えている惣十郎には気に掛かったのだ。

史亭は、日啓の来歴について詳しく知っていた。

もとは、牛込にある仏性寺なる小さな寺の僧侶だったこと。その頃から、奥女中の帰依を受けていたこと。文化の頃にはすでに、大奥のみならず上様までも日啓に祈禱を願うようになっていたこと。

「花沢という老女がたいそうな信心家でな、日啓のことを上様にお伝えしたようじゃ」

当時日啓は、下総国中山法華経寺地中智泉院の住職に座っており、将軍徳川家斉は、この寺を将軍家の祈禱所として護符の献上を受け、さらには日啓に独礼まで許したという。

「独礼というと、日啓が単身で上様に謁見できたということにございましょうか」

「その通りじゃ。奥女中がこぞって日啓に傾倒しておったゆえ、上様も御台様もその意を汲まれたのであろう」

日啓の身内であるお美代が家斉のお手付きとなって子を産んだことも、日啓の立場を優位なものとしたらしい。将軍家の祈禱所であれば、奥女中たちは上様の代参という名目で外出を許されるようになる。貴人が多く訪えば智泉院の格も上がり、日啓はあたかも高僧のごとく振る舞いはじめる。そのうち、老女花沢に請われるがまま、口寄せなどもするようになったらしい。

「口寄せ……そのような力が、日啓とやらにはあったのでございましょうか」

惣十郎の問いかけに、史享は薄い笑みを浮かべた。

「さてな。まことのことは誰にもわからぬ。ただ、大奥のみならず上様も、日啓を信じたということだけは確かじゃ」

証しようもないことゆえ、日啓の霊力を偽りとすることはたやすい。一方で、まことだと言い切ってしまうこともできる。霊力だの妖言だのが厄介なのは、いかに手を尽くしても、まったくの嘘偽りだと断罪することがかなわぬ点にある。

口寄せという術を使うようになった日啓は、巧みに家斉の不安を煽った。お城には秋葉明神の怨念がこもっている、歴代の公方様の尊霊が災いをもたらしている――これにおびえた家斉は、日啓に請われるがまま徳ヶ岡八幡を建立するのである。

日啓の欲心はしかし、それでも収まることはなかった。さらなる仏閣を建立すべく大奥に働きかけたのだ。ここに至って幕閣は、日啓の妖言に翻弄され、意のままに動かされている大奥をこのまま放置することをよしとせず、大鉈を振るうと決めたらしい。あたかも、日啓に心酔していた徳川家斉が薨去するのを待ち構えていたように、昨年天保十二年、寺社奉行に座った阿部正弘をして、日啓を捕らえしめたのである。

「罪状は、どのようなものでございましたでしょうか」

「女犯としたようじゃが、要は上様や大奥と日啓を切り離すことが目当てゆえ、いかようにでも罪科は仕立て上げる腹づもりであったろう。政が妖言で左右されるようになっては始末に負えんからな」

日啓は遠島、その子息、日尚は日本橋三日晒しの刑に処されている。

「奥女中は信心深い方が多いと伺いますが、しかし上様が、なにゆえそこまで心酔されたものか」

惣十郎の問いに、「上様はご病気がちであられたからの」と、史亭は答えた。

「それに将軍の座に就かれた折に立った噂も、気にされておったのやもしれぬな」

徳川家斉は、先代家治の世子、家基が十八歳という若さで逝去したため養子に入り、将軍職を継いだ。その当時、人々の口から口へと伝わったのは、家基は老中、田沼意次の陰謀で、毒を盛られたのではないか、との噂であった。日啓は、家斉の病は家基の祟りによるものだと告げ、不安をかき立てたらしい。

「生きていく上で確かなものを手に入れたいと願うのは、身分に関わりなく、誰しも同じなのであろうな」

史亭は、心なし声を落として続けた。

「それであるのに、この世には確かなことなぞ、ひとつとしてないのじゃ。いかに善行を積んだとて、災厄が降りかかってくることはある。誠心で勤めていたのに、奈落へ突き落とされることもある。どこへ怒りをぶつければよいのか、わからぬようなことが、浮世にはままある。なにかにすがりたくなるのも必定よ」

惣十郎は、そっと頭を垂れた。大切なひとり娘である郁を亡くしたことを、史亭が思い浮かべているように感じたのである。そうして、嫁に迎えた郁を護れなかったのは、惣十郎自身なのだ。申し訳ございません、と喉元まで出掛かったが、すんでのところで飲み込んだ。その話はすな、と幾度となくたしなめられてきたからだ。

「日啓は不安を煽ることで、政まで操ろうとした。ゆえに遠島に処された。しかし、なにかを信ずることは必ずしも悪とは言えぬ。信ずることで救われるのであれば、それもひとつの知恵であると、わしは思うが」

史亭は、誰かを探すようにはるか遠くへ目をさまよわせる。

「しかしそれが、明らかな騙りだとすれば、人心を惑わすことになりかねません」

「いや。真偽のほどは二の次なのだ。ただ信じるか否か。それだけのことよ。おぬしとて、一途に信ずるものはあろう」

なぜか真っ先に母の顔が浮かんできて、惣十郎は身をすくめた。

「いつ飢饉に見舞われるか、疫病や火事で命を落とすか、一寸先もわからぬのが浮世よ。思い通りにいかぬことも山とある。立っていることすら難儀なこともあろう。人は、木っ端よりも脆い。さまざまな辛苦に見舞われて、目に見えぬものにすがるのは、おかしなことではないと思うがな」

惣十郎は黙って頷いた。史亭に策を請うつもりであった陶玄の件も、そっと飲み込む。

「朝から無駄話とはいいご身分だな。申し付けた文書は仕上がったのか」

突然甲走った声が背後に響いた。振り向くと例繰方与力の駒井伴之輔が、戸口に仁王立ちしてこちらを睨んでいる。例繰方与力は若手が就くことが多い。いずれ吟味方を任されるときのため、判例を頭に叩き込むのだ。中でも駒井はまだ二十四と若い。

「は。ただいま」

史亭が素早く頭を下げた。

「私が伺いたいことがございまして、邪魔をしたのでございます」

急いで惣十郎は申し出たが、史亨に、なにも言うな、と目で制された。

「ったく、仕事が遅いくせに、無駄口だけは一人前じゃ」

駒井は忌々しげに言い、床を蹴るようにして背中を向けた。

四

菖蒲売りの声が町に行き交う頃、完治がひとつの報せを運んできた。陶玄は深川大和町の表店を根城にしている、というのである。

完治の悪行を唱える訴状が奉行所に出され、与助の商いが悪評によって阻まれる中、彼は密かに探索を進め、陶玄の居所を突き止めたのだった。近頃では、自分たちの訴えを奉行所が認めたと陶玄一派は言い触らしているらしく、さしもの完治も黙ってやり過ごすことはできなかったのだろう。

「奴の訴状は吟味方にも渡ってねぇが。なにからなにまで嘘で固めて楽しいのかね」

嘆息しつつも惣十郎は、奉行所支配にならぬよう、初手に温情をかけた己の判じを悔いた。

「わっちがはじめにしかと締めてりゃあ、今頃は河岸を変えてたでしょうが」

完治が苦々しげに言った。陶玄は意地になっているのか、未だ浅草を離れずに商いをしているのも異様に思える。

「で、大和町にはひとりで住んでるのか」

「いえ。『豆よし』ってぇ豆腐屋の二階に転がり込んでいやした」

「一派の者か」

「それが、どうもそうじゃあねぇようで。国言葉で話してますんで、よくは聞き取れねンですが、店主は陶玄を『いの字』と、ぞんざいに呼んでまして。陶玄も、親しげに接しておりやす」

同郷の者の店に寄宿しているということか。ただ豆よしの店主は、陶玄が祈禱師を名乗って商いをしていることを知らぬのではないか、と完治は続けるのだ。

「まさか。浅草じゃ、すっかり通った名だぜ」

「ええ。おそらく陶玄の名は耳にしていても、陶玄と、てめぇの店に住まわせてる男が同じ者だとは気付いちゃいねぇのかもしれねぇと」

どうも、ややこしい話になってきた。

「わかった。したら、お前はこのまま、豆よしを探ってみろ。俺は例の婆さんに当たってみるかな」

「え……孫が病みついてるってぇ婆さんですか」

「ああ。珍しくお前が名を告げた相手だ」

完治は訝しげに目を細めた。

「あの婆さんが、わっちの名を陶玄に伝えたってぇことですか」

「はて、どうだかな。善意が仇になることたぁ、この世にゃいくらでもあるからよ」

不得要領な顔で完治が帰ってのち、惣十郎は、陶玄を早々に追い込むべく、頭の中で算段を巡らした。そうして翌朝、膳につくや佐吉に声を放ったのだ。

「飯が済んだら梨春のところに行くぜ」

お雅から汁物を手渡されていた佐吉は危うく椀を取り落としそうになり、

「あっしもお供しなきゃなりませんか」

と、懲りずに及び腰になった。「主人の供をするのがお前の役目じゃねぇのか」と喉元までせり上がってきたが、幾度となく発してきた叱責に、己の舌も唇も倦んでいるらしく声にはならない。代わりに、朝靄を一気に吹き飛ばさんばかりの大きな溜息が出た。

「昨日、お雅が言われたんですって」

剣呑な雰囲気を察したのか、多津がさりげなく話を変える。惣十郎はおのずと居住まいを正し、母に向き直る。

「買い物に行った佃煮屋のおかみさんにね、うちには完治って渡世人が出入りしているようだけど、気をつけないといけないよって案じられたというんですよ」

惣十郎は頬を歪め、お雅を見遣る。彼女は上目遣いにこちらを窺ってから、気まずそうに顎を引いた。

「陶玄と係りがあるようなことは言ってたかえ」

「いえ。そのようなことはなにも。ただ、完治さんは盗みもすれば乱暴も働くと噂になってる、と」

平素は、近所の女房たちと道端で立ち話をすることさえ、鬱陶しがるお雅である。噂話など受け流すのが常なのに、こうして母に伝えたということは、その噂とやらが聞き捨てならないほど辛辣なものだったのかもしれぬ。

うんざりするような野郎だな——惣十郎は眉間を揉んだ。真っ向勝負を挑むでもなく、逃げるでも隠れるでもなく、塗り固めた嘘で己を守っている。そうして自ら手を下すことはせず、周囲を焚き付けて、攻撃してくるのだ。罪人に接しても平静を保ってきた惣十郎だが、陶玄のやり方には珍しく嫌悪の情がちろりと熾った。

「信じるほうも信じるほうだ」

思わずひとりごちると、多津が聞き咎めて、こちらを見詰めた。

「陶玄とかいう祈禱師の護符は、とても評判がいいそうですね。それを手に入れれば、どんな願いもかなうとか」

不安にさせるだけだから、母には役目のことは一切話さぬと、惣十郎は決めている。が、このときは、胸奥にわだかまっている不可解を、つい口にしてしまった。

「霊力があるとは思えぬのに、話を聞いてくれて、護符を書いてもらえるという、それだけのことで相手を信じられるものでしょうか。それとも、北勢四十八家という来歴に魅入られてしまうのか」

仕事ぶりや人となりに実際触れて信を置くというのならともかく、嘘かまことかわからぬ評判だけで人々がここまで奴に入れ込むのが、惣十郎には合点がいかぬのだ。

多津は、息子の言葉を受け止めてから、

「聞いてくれるからですよ」

と、そっと声を差し出した。

「こうして生きて、暮らしていく中で、私たちはさまざまな思いを抱きますでしょう。やり切れなさや、恥ずかしいこと、腹立たしいこと、不甲斐ないこと——胸の内で渦巻くそうした嫌な心持ちとずっと一緒に暮らしていくのは辛いものです。どこかでそれを手放したいと願う方は、この空の下にはたくさんいると思いますもの」

「でもそいつは、身内に話したほうが、たやすく落着するんじゃあないですかね」

惣十郎は控えめに首を傾げる。

「嫌なこと、憂鬱なことほど、近しい人や大事な人には話せないものですよ」

多津の言葉に、傍らにいたお雅が、長いまつげを伏せるようにして頷いた。

「……それじゃあ近しい意味がないようだ。なんでも、胸に抱えていることは話していただかないと」

母は、なにかしらの鬱憤や煩悶を抱えているのだろうかと惣十郎は案ずる。すると、多津はぷっと小さく吹き出し、

「それ、そのお顔」

と、手の平で惣十郎を指した。

「そういう案じ顔を見たくはないのですよ。ことに近しい人には、いつでも健やかにいてほしいですからね」

人々がこぞって陶玄に話を聞いてもらうのは、自邸の敷地に溜まった塵を、他山に捨てにいくようなものなのだろうか。

「しかし、あの護符はどうもまがい物ですよ。願いなんてかないませんでしたからね」

佐吉が不意に割って入った。

「陶玄の護符では願いがかなわねぇと、どうしてお前がわかるのだ」

怪訝に思って惣十郎が訊くや、佐吉は唇を内側に巻き込んで口を引き結んだ。どこまでもわかりやすい男である。

「お前……護符を買ったね」

重ねて言うと、彼は観念したふうに懐から短冊を取り出した。密かに持ち歩いていたのだろう、すでに黄ばんで縒れている。呆れた野郎だな、と惣十郎が言うより先に、

「呆れた」

お雅が低くつぶやいた。途端に佐吉は泡を食って取り繕う。

「どんなものかと聞き込むうちに、どうにも気になっちまいまして。したって、商いがうまくいっただの、病が治っただの、御利益を語る者が多勢いるんですぜ」

「だからよ、陶玄はそういう噂をばらまく手合いをまわりに置いてるんだよっ。どうで願いがかなってねぇ奴には、もうしばらく待てば望み通りになるとかなんとか言って、あしらってンだろうよ」

母の前だというのにうっかり伝法に怒鳴ってしまい、惣十郎は咳払いでごまかす。

ふと、以前梨春が語っていた「名医」の話が頭をよぎった。初診の折に最悪の見立てをしておけば、患者が助からなかったとしても医者が責められることはない、というあれだ。陶玄はそれとは反対に、希望しか示さない。現では万事が願うままに運ぶことなぞないのに、「いつかはかないます」と、結論を先延ばしにすることで、霊力の真偽をうやむやにしているのだ。

「このあばたがどうにかなるんじゃねぇかと、魔が差しました。すいやせん」

佐吉がしおしおとうなだれた。

「お前が気にしてるほど、他人はお前の顔なぞ見てねぇのだっ」

惣十郎が吐き捨てると、多津が重ねてなだめた。

「そうですよ。ちっとも気にすることじゃないですよ。私だって、皺だの染みだのがだいぶできているでしょう」

「いやぁ、皺とあばたじゃあ……」

言いさして、佐吉は声を飲み込む。

「その話はもういいから、早く食っちまいな。梨春のところへ行くんだからよ」

惣十郎が言うと、佐吉はぶるりと大きく震えた。

朝餉をかき込み、口を漱ぎがてら白湯を飲んでから、雪駄を突っかけた。門口まで見送りに出たお雅に、

「留守の間、くれぐれも用心しろよ。妙な奴がお前さんにつきまとうようなことがあっちゃ事だ。そうだ、買い物はしばらく与助に頼もう。あいつも持て余していようから、駄賃を弾めば快く引き受けるだろう」

告げると彼女はかぶりを振った。

「平気ですよ。そんな大袈裟なことをしていただかなくたって」

しかし惣十郎はむしろ、お雅が留守の間に母に禍が及ぶのを恐れているのだ。

「ともかく、陶玄が騒いでるうちは、そうするんだ。お前さんはうちの家族も同然なんだから、狙われねぇとも限らねぇ」

するとお雅は目を瞠り、どういうものか頬を赤らめてうつむいてしまった。

「……なんだ、どうした」

また怒らせてしまったろうか、と覗き込んだところで、

「旦那、空が怪しくなってきましたぜ」

と、表から佐吉の声がした。敷居をまたいで見上げると、なるほど、西の空が薄鼠に濁っている。

「よし、急ごう」

惣十郎は裾をからげて、大股で行く。人を急かしておいて佐吉は、

「ともかく与助に頼むといいよ」

門口にへばりついて、最前惣十郎が言った台詞を、お雅に向けて繰り返していた。

鉄砲洲近くまで来たところで、雨雲に追いつかれた。梨春の店に飛び込むと、

「やぁ、降られましたな」

折良く部屋にいた彼は、すぐさま手拭いを支度してくれた。

「こいつが出しなに愚図愚図しやがるもんだから、あと一歩ってとこで、雲との追掛っ競に負けちまった」

惣十郎は、軒先に佇んだきり中に入ろうとしない佐吉を顎でしゃくった。雨粒を払ってから上がり框に腰掛け、梨春が竈の前に立とうとするのをまず押しとどめる。

「茶はいらねぇぜ、遠慮じゃなくて」

断って、早速用件を切り出した。

「完治の引き合わせだと言って、ここへ婆さんが来なかったかえ」

「ええ。半月ばかり前でしたか、はじめていらっしゃいましたよ。私は完治さんのお顔を見知っている程度ですから、うちを勧められたと聞いて、案外に思いましたが」

「孫を診てくれってぇ婆さんだろ」

「はい。この正月に十になったばかりの坊でございます。長患いで、ずいぶん痩せ細って、ご自身の力では立つことも難しいご様子でございました」

梨春の語るところによれば、老女とその娘、孫ひとりの所帯だという。男の子は二年ほど前から頭痛がとれず、時に高熱を出しては譫言を発して痙攣する。ほうぼうの医者に診せるも病の名

さえわからぬままに匙を投げられ、きっと狐でも憑いたのだ、祓ってもらうよりなかろうと隣近所の女房たちから口々に言われて、すがる思いで陶玄を訪ねたらしい。

　そこで護符に払う金もなく困じていたところへ、完治が現れたというわけか。

「で、お前さんが診て、どうだった」

「私も最初脈をとったときはさすがに、これは手の打ちようがないかもしれぬと頭を抱えました。なにしろ、今にも消えてしまいそうに脈拍が弱かったものですから」

　加えて皮膚も乾き、ところどころ逆むけのようなめくれが見られ、舌には苔もなかったという。梨春はまず、解熱作用のある柴胡剤を飲ませた。が、熱は下がらず、痙攣も収まらない。そこで、次に麝香を試してみたのだと語った。

「じゃこう、ってなぁ、なんだえ」

「雄の麝香鹿の腹のところにある、香嚢の中身を乾燥させた生薬にございます。活性を促す作用があって、蘭方医がよく用いる薬になります。これを幾那という解熱剤の煎汁で溶いたものを飲ませたのです。坪井先生が似た症状の方をこれで治したと聞いたことがありまして、試してみよう、と」

　坪井先生とは、蘭方医として名高い、坪井信道のことだろう。

「それで、塩梅はどうだった」

「ええ。痙攣はすぐ収まりまして、程なく譫言も鎮まりました。ただ頭痛がいささか残っておりますので、それが落ち着くまでは往診を続けるつもりにございます」

　惣十郎は、梨春の文机を取り囲むように積まれた書物に目を遣る。

「やはり漢方より蘭方のほうが、療治の面では確からしいのかもしれねぇな」

つぶやくと、梨春は緩やかにかぶりを振った。

「こたびは蘭方の術に拠りましたが、漢方のほうが有益な症状も多々ございます。双方の知識があれば、その分、施術の幅が広がるというだけのことで、どちらか一方が優れているという話ではございません。ただ、根治を目指すのならば」

彼は一旦そこで言葉を切り、自分の喉元から臍にかけて人差し指をすいっと走らせた。細く真っ白な指の残像が、黒木綿の着物に清らかな線を描く。

「腹を切って臓腑を検める術を、医者の多くが会得せねばならんでしょう」

未だ軒先から動こうとしない佐吉が、「ひっ」と喉を引きつらせたのが聞こえた。

「おい。そんなとこに突っ立ってねぇで、入らねぇか」

惣十郎がどやすと、佐吉は肩をすぼめたのち、口の中でなにやら呪文をこねながら敷居をまたいだ。

「腹を割いちゃ、そこでお陀仏だろ。腑分けってことかえ」

「いえ。腹を開いて、臓腑にできた悪いものを取り除く術がございます」

途端に佐吉がおびえ声を出す。

「そんな手妻みてぇなこと……。そもそもやられるほうは痛くってかないませんや。切腹だって、痛くねぇよう腹に刃を突き立てたら、すぐに首を落としてやるのが武士の情けだと聞きやすぜ」

「麻沸散というものがございます。曼陀羅華と草烏頭を主にした薬で、これを飲むと気絶したようになりまして、どこを切っても痛みは感じません。その間に腹を開け、術を施せば、目が覚めたときには病巣が取り除かれているという仕組みにございます」

佐吉は身震いし、惣十郎もまた、いかで痛みを感じぬとはいえ、そんな得体の知れない薬を体に入れるのは御免だと鳥肌を立てた。気を失ったきり、戻ってこられなかったらたまったものじゃあない。

外科術を扱った蘭書の訳本はすでに数出ており、『解体新書』の他にも、大槻玄沢が、独逸人医師の著した外科書を杉田玄白と共に訳した『瘍医新書』や、同じく玄白の意向で『解体新書』を翻刻した『重訂解体新書』がある。さらに和蘭通詞から医者に転じた楢林鎮山は、商館医から学んだ知識などをもとに『紅夷外科宗伝』として板行している——梨春は珍しく饒舌にそう語ったのち、一段声を落とした。

「かつてシーボルトは、長崎にてさまざまな手術を行ったと聞きます。私も一度、間近でその仕事を見とうございました」

「仮にお前さんが、西欧の医学を修めようとシーボルトに弟子入りでもしていたら、今頃は伝馬町に繋がれてたかもな」

惣十郎は軽口のつもりであったが、梨春は複雑な面持ちになった。

文政の頃、商館医として来航した独逸人医師フィリップ・フランツ・フォン・シーボルトは、長崎に鳴滝塾を開き、蘭方医学を広めた。が、帰国時に日ノ本の地図を持ち出そうとしたとして罪に問われ、国外追放に加え再渡航禁止を命ぜられたのだ。この地図を渡した罪で捕らえられた天文方の高橋景保は、翌年獄死している。他、シーボルトと関わったとして、ことに蘭学振興の面で有為の士が刑に処された。

「しかしシーボルトが医学にもたらした功績は、まことに大きなものなのです。聞くところによれば、長崎では頭部を切開する手術も行ったそうで」

外科術について語り続ける梨春を、

「も、もう、そのあたりでよしておくんなせぇ。胸が悪くなりそうだ」

と、佐吉が遮った。見れば、顔からすっかり血の気が引いている。

「お前の肝っ玉は小指の先っくれぇの大きさしかないんだろうね。腹を切開しなくったって、俺にはそれが見えるよ」

笑いはしたが、むつかしい医学の話は惣十郎も解するのに手間取っていたところだから、これを潮に話を戻した。

「完治が引き合わせたその婆さんに、ちょいと訊きてぇことがあるのだ。所を教えてくれるかえ」

梨春は戸惑いを浮かべつつ、

「浅草の、福川町の裏店でございますが」

告げたきり、しばし言い淀んだ。老女がお縄となるようなことに関わったのかと案じているらしい。ために惣十郎は、老女を訪ねる理由を梨春に説いた。

「完治がここを教える段、珍しく自らを名乗ったんだが、その後に完治を名指しで筆誅する書が番所に届いてな。陶玄の仕業だろうが、どうやって完治の名を摑んだのか、少し気に掛かっているのだ。完治は誰彼構わず名乗るような奴でなし、役目柄、下手に目立つような野暮もしねぇからさ」

「つまり、お糸さん……あ、そのお婆さんはお糸さんとおっしゃるんですが、お糸さんが陶玄とやらに完治さんのお名を伝えたとお疑いになっている、と」

梨春はいっそう神妙な様子で訊いた。

「お疑い、ってほどのことじゃあねぇのだ。一応経緯を訊いておこうと思ってね」

お糸とかいう老女が、陶玄の手先となって完治の名を聞き出したとは考えにくかった。実際、彼女の孫は梨春の療治を受け、快方に向かいつつある。恨む筋合いはない。

ただ、陶玄か、もしくは彼と係りのある人物に、完治の名を漏らした者があるとなれば、どうしても老女の線を疑わぬわけにはいかない。ために、老女がなにをどこまで陶玄側に告げたのか、一応確かめておきたかったのだ。

「ともかく、婆さんに訊いてみるさ。怖がらせるようなことはしねぇから安心しな。なにしろ完治は俺の大事な右腕だからね、仕事がしにくくなっちゃあ、困っちまうんだ」

言うや、傍らで佐吉が不満げに鼻を鳴らした。それに気付かぬ素振りで、惣十郎は表に目を遣る。どうやら通り雨だったらしい。雲間から陽が射している。

「したら、ちょっくら訪ねてみるかな」

「はい。私も、明日にはまた往診に伺うつもりです」

「そうか。そいつも伝えておこう」

惣十郎が腰を上げると、

「あのっ、薬礼は坊が快癒した折に、まとめていただくことになっておりますから。私の生計(たつき)は十分に立っておりますので」

梨春は慌てて付け足した。困窮者から薬礼を取らぬことを常々惣十郎はたしなめてきたから、患者に支払いの件を問いただすようなことがあっては憐れだと、用心したものだろう。

「口鳥先生は、いずれやっちまうんじゃないでしょうかねぇ」

梨春の店(たな)を出て福川町へ向かう道すがら、佐吉が重々しくつぶやいた。

「やるって、なにを」

聞き返した惣十郎に、彼はあたりをはばかるように目を走らせてから言った。

「なにって、人を殺めちまうんじゃないでしょうかねぇ」

「馬鹿を言うな」

「したって、腹を開けてぇだの、臓腑を見てぇだの、危なっかしいことばっかり言ってますよ」

おびえる佐吉を横目に見ながら、漢方医が蘭方医を異端として遠ざけるのは、単に療治法の違いだけでなく、人に与えられた天命に対する考え方の違いなのかもしれぬ、と惣十郎はうっすら思った。経絡（けいらく）で体の調子を判じて薬餌（やくじ）で整えることと、臓腑をいじって悪いものを取り除くことでは、病への向き合い方に大きな隔たりがある。蘭方医学というのは、それこそ神仏が与えた個々の運命（さだめ）に抗うような禁忌ではないのか――梨春の前では口が裂けても言えないが、手術とやらは、惣十郎にとってもいささか恐ろしい気配を覚えるものだった。

福川町の自身番屋に寄って番太郎を捕まえ、お糸の名を出すと、すぐさま長屋に案内された。

井戸端で洗い物をしていた若い女に、

「お糸さんに御用だ」

と、番太が声を掛けるや、女は惣十郎の腰に差した十手に目を留めて蒼くなった。

「盗みですか」

低く訊いてきたのは、過去にお糸とやらがそんな罪を犯したからかもしれぬ。

「そうじゃねンだ。坊の具合はどうかと思ってね。鉄砲洲の医者が来てンだろ。あれを引き合わせたのがうちの手先だから、ちょいと気になってさ」

惣十郎が返すと、女は弾かれたように立ち上がり、深々と頭を下げた。なにか言おうと口を動

かすのだが、喉が震えてうまく声にならないようだった。胸を乱暴に叩いて息を整えてから、女はようやく、

「息子のために、このたびはまことに……」

声を絞り出したが、あとはむせび泣くばかりになった。

坊の母親だという女を促し、裏店の敷居をまたぐと、病人がいる家特有の饐(す)えたようなにおいが鼻腔(びこう)を突いた。

坊は敷布に臥しており、その脇に婆さんがちんまりと控えている。女が惣十郎のことを耳打ちするや、老女はこちらに向かい、ごつごつした手を拝むように擦り合わせた。

「阿母(おっか)さんが口鳥先生のお名を聞いてきたときは、診せる気なんざなかったんですよ。どうせまた、薬礼だけとられるんだろうと思いましてね。ところが、今までの苦しみが嘘みたいにみるみるよくなりまして」

坊を見遣って、女はまた目尻を拭った。物珍しげにこちらを見詰める坊に向け、惣十郎は、

「よかったなぁ。きっともうすぐ、表を駆け回れるようになるぜ」と微笑んだ。坊がそれに応えて、笑みを浮かべる。

「もう陶玄の護符にゃ用はねぇな」

それとなく口にすると、老女は悄然と頭を下げた。女はそれを横目に見つつ、

「阿母さんが悶着(もんちゃく)を起こしたようで申し訳ございません。完治さんとおっしゃる方に助けていただいたようで」

と詫び、これに続けて老女が言った。

「あのあと、陶玄様にもお騒がせしたお詫びを申し上げました」

偶然浅草で行き合った陶玄に、完治に教えてもらって訪ねた梨春の療治がとてもよく、孫が快復しつつあること、もし病で困った方がいたら鉄砲洲の口鳥先生を訪ねるよう伝えてあげてはいかがか、とも告げたらしい。惣十郎は、誇らしげに笑む老女に頷きつつ、密かに溜息を吐いた。

——善意ってなぁ、どうしてこう、いつも的外れな働きをするのかねぇ。

お糸は陶玄に完治の名こそ伝えたが、巾着切という彼の前歴は知らぬようだった。つまり陶玄は、信徒とやらを使ってほうぼうへ聞き込み、完治の過去を掘り起こしたということだ。奴が、来歴で相手を吊し上げられると考えたのは、おそらく自身がもっとも衝かれたくないところだからだろう。

「そうか。そいつはいいことをしたな」

惣十郎はそれだけを老女に返し、腰を上げた。「明日また口鳥先生が来る。大事にしろよ」と告げ、嬉しそうに坊が目を輝かせたのを確かめてから敷居をまたいだ。

「梨春の名まで知れちまったか」

歩を進めながら、重くつぶやく。一度は去った黒雲が、懲りずに西の空に湧き出している。

五

皐月も末に差し掛かり、江戸は、賑やかな時季を迎えつつあった。両国川開きに続いて、水無月朔日には富士がお山開きとなる。誰もが富士のお山に登って頂に建つ浅間社まで行かれるわけではないから、たいがいは家の神棚に菓子を供え、砂利場の浅草富士や駒込の富士神社に参ることで、富士詣とする。そうやって、身に降りかかる障りを祓うのだ。

「川開きが近いせいか、えらく人が出てますな。今年は倹約令で、山王祭(さんのうまつり)もだいぶこぢんまりと行うよりなくなったそうですからね、花火くらいは派手に打ち上げてほしいもんです」

町廻りのさなか、佐吉が言った。福川町のお糸に子細を聞き込んで以来、どこかで陶玄を捕まえられぬかと、惣十郎は路地を行きつつ目を光らせている。だが、奴はなかなか姿を見せぬ。完治曰く、このところ豆よしにも戻っていないらしい。

「富士講の次は、大山詣(おおやまもうで)ですな。社(やしろ)に奉納する木太刀(きだち)をもう売り出してますよ」

大山は相模国(さがみのくに)にある霊山である。富士や伊勢は遠方で、長旅になる上、路銀も馬鹿にならぬ。ために江戸では、程近い大山へ参る大山講が盛んだった。出立前に大川で水垢離(みずごり)して身を清め、納め太刀という大きな木刀を背負って山に登り、無病息災を願うのである。

「あっしも一度、大山に詣でたいものです」

町の活気に乗せられて浮かれる佐吉を横目に見つつ、陶玄の件を収める方策に惣十郎は考えを集めている。しょっ引くにしても、信徒だか取り巻きだかが多勢いるとなれば、慎重に動いたほうがいいだろう。単なる暴れ者と違って、やり方が陰湿な分、禍(わざわい)が案外なところに飛び火しないとも限らない。

「服部の旦那」

不意に後ろから声が掛かった。振り向いて、とっさに惣十郎は鬢をなで付ける。須原屋の伊八と冬羽の姿が、そこにあったのだ。

「揃ってお出掛けかえ」

冬羽は珍しく、紅などさしてめかし込んでいる。こうするといかにも老舗の女房らしく見えるが、冬羽特有の面白味がかき消されてしまったようで、少々惜しい気がした。

「書肆の集まりがございましてね。例の株仲間解散から、板行までの流れがだいぶ変わりましたでしょう。他とすり合わせをしておかないと、あとあと面倒ですから」

伊八が言い、「まことに厄介ですよ」と、冬羽が口を尖らせる。書物の流通についても、そろそろ町触れが出るような話は聞くが、もう半年もはっきりせぬでは書肆もたまらないだろう。

「これまで書肆が持っていた板株が、取り消しになりましたでしょう。このままですと、類版が他所で出ても文句が言えなくなってしまいます。書き手も板元も守られなくなるだけでなしに、出板全体が荒れますのでね」

伊八が遠慮がちに告げるや、冬羽が鼻息も荒く続けた。

「それにこたびの御触れで、絵組を工夫したり、多色にしたり、紙を選んだり、そうやって手間暇掛けるのは贅沢だからよせってんですから呆れてものも言えませんよ。彫師や摺師に手を抜けと言われてるも同然なんですから。そこはあたしたち板元が、必死に工夫を重ねて、精魂込めて築いてきたとこなのに。なんですか、倹約のためなら書物なんぞいらないってことなんでしょうかね。ことに戯作を主に出している書肆は頭を悩ませてます。合巻や人情本が御上から睨まれてンですから」

人情本に関しては、北町奉行の遠山景元も去年のうちに、風紀の面から絶板にするようにと老中、水野忠邦に伺書をあげている。南町奉行、鳥居耀蔵に反して、倹約令が出されたのちも芝居や祭りを禁ずることに否やを唱えてきた遠山だけに、その上申はいささか案外であった。これを受けて廻方も、人情本を取り締まるよう申し渡されているため、憤る冬羽を前にして惣十郎は肩身が狭い。

「うちもうちで、蘭書の扱いがこののちどうなるか、気掛かりでしてね」

伊八が妻を制すように、穏やかな口振りで話を戻した。

「梨春も、例の医学書がいつ板行できるか、気を揉んでるんだがな」

惣十郎が返すや、なぜか伊八と冬羽が曇った顔を見合わせたのだ。

「どうしたえ、板行が難しくなったか」

「いえ、旦那にお伝えしたものか……」

言い淀んだ伊八の代わりに、冬羽が忌々しげに告げた。

「口鳥先生は藪医者で、法外な薬礼をとるんだって。そう書かれた紙がまかれてンですよ。まぁ、あたしたちはお人柄を知ってますから、受け流してますけどね」

「五日程前ですか、夜のうちに店の門口に挟んであったんですよ。あたり一帯にまかれていたようで」

伊八が続いて、眉の端を下げる。惣十郎は嘆息してから、つい皮肉な感慨を漏らした。

「陶玄ってなぁ、まことにマメだねぇ」

「陶玄……例の如何物師(いかものし)ですか」

冬羽が訊いてきた。

「まぁ、奴の仕業と決まったわけじゃあねぇが。今のところ、俺の推量だ」

「しかし、なんだって口鳥先生まで悪く言うんでしょうかね。よくわからねぇな。互いに顔を合わせたこともねぇのに、逆恨みもいいところですよ」

佐吉が、鼻頭を人差し指で弾いて首を傾(かし)げる。

確かに梨春は陶玄に、なにひとつ係り合っていない。ただ、坊の療治に当たっているというだけだ。それでも陶玄からすれば、自分の商売を邪魔する敵と映るのだろう。陶玄の護符がなくとも救われると、梨春が証してしまったからだ。

「嫌ったらしい男だこと。悪口(あっこう)を書いて、ばらまくだなんて」

冬羽が、うんざりしたふうに吐き捨てた。

「そうだ、こっちも、陶玄は如何物師だと書いた紙をまいちゃどうですか」

おだをあげた佐吉に、「奴と同じ土俵に上がってもしょうがあるめぇよ」と、惣十郎はかぶりを振る。

「しかし口鳥先生は、完治や与助と同じく旦那と懇意の方ですし、終(しま)いにゃ旦那の悪評がばらまかれるようになりますよ。そもそも奴が、宮様と懇意だなぞと触れ回って、なんの御利益もねぇただの紙切れで高い金をとってんのがいけねンですから、放っておいていいはずはありません」

佐吉は未練がましく、懐から陶玄の護符を取り出した。

「まだ、そんなもんを持ち歩いてんのかっ」

惣十郎が叱りつけるや、冬羽が佐吉の手元を覗き込み、

「やだっ、この人ったら護符を買ってるよ」

声を跳ね上げ、佐吉の肩を勢いよく叩いた。伊八が驚いて、「おいっ。失礼なことをすな」と冬羽の袖を引く。

「だって、まんまと騙されてンだもの」

伊八にそう返した冬羽の口元は、笑いをこらえるように震えている。

「ま、まがい物かどうか、手ずから確かめるのも、あっしらの役目ですから」

妙な負けん気を起こして、佐吉が苦しい言い訳をした。

「でもさ、必ず願いがかなうって口上で売り出してンなら、かなわなかったときには、お銭(あし)を返

してほしいよね」

冬羽は口を尖らせる。

「馬鹿を言うな。信心ってのは、見返りを求めるようなものじゃあないだろう」

伊八がたしなめるも、冬羽は目を三角にしてやり返すのだ。

「そりゃ神仏に願うときは、見返りなんて考えませんよ。『いつも見守ってくださり、ありがとうございます』って、お礼をするのがお参りだもの。でもその陶玄とやらは、霊力で願いをかなえるって言ってンでしょ。かなわなけりゃ約束と違うってことになりますよ。うちが、板行すると伝えた書物を、先にお代だけいただいて上梓せずにいるようなもんですよ」

「それとこれとは違うだろう」

伊八が呆れたふうにいなしたその横で、佐吉が思い詰めた顔で護符を睨んでいる。その姿を見て、惣十郎に妙案が閃いた。

「しかし成果が出る時期を先延ばしにされちゃ、金を返してもらいようもねぇだろ。霊力があるんなら、願いがかなう時期まで見えてるだろうになぁ」

あえて声を張って言ってみる。佐吉が、護符を持つ手にいっそう力を込める。

「それにしても、この護符、どこかで見た気がするんですがね」

伊八が言って、冬羽の隣にぴたりと寄り添い、護符を覗き込んだ。惣十郎は、胸中がにわかに波立つのを必死に抑える。

「そうか。あれだ、大山講の御札だよ。そら、毎年、将吉さんが詣でてるだろ」

「確かにあの御札に似てるねぇ」

冬羽は頷き、惣十郎に向き直った。

「将吉さんっていう、うちに出入りの彫師が、人を募って毎年大山に詣でてるんですよ。帰ってくると、いっつも宿で出る精進料理の自慢ばかりで、信心なんだか、物見遊山なんだか、わからないんですけどね」

捺された朱印の位置や形までそっくりだ、と冬羽は続けてから、

「でも、大山様でいただける御札は、こんな下手くそな字じゃあないですよ」

護符を人差し指で弾いて、冷ややかに付け足した。惣十郎は自分のことを言われた気がして、首を縮める。

「陶玄は大山と係りのある者なんですかねぇ。北勢四十八家の末裔だというから、出自は伊勢だとばかり思ってましたが」

佐吉が改めて護符に見入ったところで、

「そうだ、将吉さんといえば」

と、冬羽がぽんと手を打った。

「旦那のところのお雅さん、まだ返事をいただけないようなんですが、どんな塩梅でしょうかね。将吉さん、首を長くして待ってるんですよ」

「返事……なんの返事だ」

「あら、旦那のお耳にゃ入ってませんか。縁談ですよ。将吉さんってのはうちが頼みにしてる彫師でしてね。昔っからお雅さんに懸想してたとかで、私らが橋渡しして嘉一さんに縁談を申し入れたんです。お雅さんにも伝わってると思うんですけどね」

冬羽はそれから、将吉という男がいかに誠実で仕事熱心かを滔々（とうとう）と説いた。

「お雅さん、阿部川小町って評判だったでしょ。将吉さんはね、お雅さんが一度縁づいたあとも

一途に想ってたんですって」

「三十路になったばかりだったかな。寡黙ですが、なにしろ気のいい男です。お雅さんを泣かせるようなことはしませんよ」

伊八も太鼓判を押した。

「ほう。そいつぁいい話だな。したら、俺からも早く返事するよう、お雅に伝えるよ」

惣十郎が返すや、佐吉が泡を食って口を挟んだ。

「いや、旦那。返事をしてねぇってことは、その気がねぇってことですよ。それに、せっかくお多津様との相性もよろしいのに」

「まぁな。確かにお雅が抜けると、うちは痛手だ。なにより飯が旨ぇしなぁ」

するとすかさず伊八が、

「そいつは羨ましい。誰かさんのように、うどんを水から茹でるようなことはなさらないのでしょうな」

言って、冬羽をちらと見遣った。

完治は行商人風に身なりを改め、豆よしの軒先に立った。このところ店を張っているのだが、陶玄がいっかな姿を見せぬから、正面切って店主に探りを入れることにしたのである。とはいえ、白の鼻緒も鮮やかな岡っ引の出で立ちでは用心されるだろうと、形を変えたのだった。

いらっしゃい、と揉み手をしながら出てきた店主に、「旨そうだな」と、真白な豆腐の漂う桶を覗き込んで返した。

「豆がいいですからね、旨いですよ」

赤銅色に焼けた顔をほころばせ、彼は胸を張った。

「豆か。他の豆腐屋とは違うかね」

「ええ。故郷から運んできてますから。うちが一から土地を耕して育ててきた豆で、風味は格別でさ」

「故郷はどこだえ」

「相州ですよ。うちは代々、大山の麓の伊勢原に店を構えてるんですが、本家は兄が継ぎましてね、ならば手前は江戸で一旗揚げようと出て参りまして」

大山は詣でる者が絶えない霊山だ。宿坊では精進料理を出すと聞いたこともある。

店主は完治の手元に目を遣ってから、

「鍋をお持ちじゃないなら、ここで召し上がっていただくこともできますが」

と、土間に置かれた床几を指した。陶玄が用いているものとよく似ている。

「したら、一丁もらおうか」

完治が床几に腰を下ろすや、すぐに店主は豆腐を載せた皿を運んできた。

「ひと口目は薬味を使わず、豆腐本来の風味と舌触りをご堪能くださいまし」

こちらが購ったものだ。どう食おうと勝手だろうに、逐一指図されることほど七面倒なものはない。だが同時に完治は、得たりと密かにほくそ笑んだ。こういう手合いは、商いの品を褒めればたやすく胸襟を開く。口もなめらかに動くはずだ。

「こいつぁとんでもなく旨ぇな。江戸じゃなかなか食えねぇ逸品だ」

ひと口含んで大仰に感心してみせると、店主は餌を前にした犬ころよろしく息を荒くして、総身に喜色をみなぎらせた。

「しかしこの豆ぁ、相州からどうやって運んでくるのだ。人でも雇ってるのかえ」

完治は豆腐に目を落としたまま、さりげなく訊く。

これまで大豆は本家の手代に運んでもらっていたのだ、と店主は完治に説いた。ところが、今年に入って奉公人がふたり欠けたせいで、使いを出すことができなくなったと兄から報せてきたらしい。

「うちもあっしと嬶だけの店ですからね、はて困った、と頭を抱えていたところ、使いを買って出た者がありまして。伊兵衛ってぇ、こんまい頃から兄弟みてぇに育った男です。ただ、豆を届けたはいいが、もう故郷には帰らねぇと言い出しまして。しょうがねぇから、ひとまず上に」

と、店主は二階を指さした。なるほど、それで彼は陶玄を、「いの字」なぞと親しげに呼んでいるのか。つまり、北勢四十八家の出というのも騙りなのだ。上野宮様と懇意というのは駄法螺だとすぐに知れたが、来歴にひとつとしてまことが含まれていないことに、陶玄のただならぬ屈託を見たような気になって、完治は怖気を震う。

「どうして戻らねぇと言い出したんです。こんなに旨ぇ豆腐に関われるのは、誉れですけどね」

完治の追従に、店主は相好を崩した。

「伊兵衛の家は、代々大山の御師なんです。大山道に宿坊を構えてましてね」

大山詣に訪れた人々に宿を支度し、山を案内する御師であれば、立派な神職だ。なにもわざわざ祈禱師を名乗って、道端でまがい物の護符を売ることもあるまい。

「ただ、あいつもあっしと同じく次男坊で、御師の役目は兄さんが継いでるんでさ。伊兵衛は裏方で、掃除だの飯の支度だのをするばっかりで、それが面白くなかったんでしょう。飛び出してきたようなんですよ。いい歳して、なにしてんだか」

結局、大豆を運んできたのも山を下りる口実でしかなかったのだろう、と店主は肩を落とす。

「毎日うちの床几を持って出ていくんですが、まったくどこをほっつき歩いてんだか。店賃は納めてくれるんで好きにさせてますけど、暇ならせめて店の手伝いでもしてくれりゃ助かるんですが」

やはり陶玄は、祈禱師の看板を掲げていることを店主には秘しているらしい。

「でも、あいつが御師を任されなかったのは、次男ってことだけじゃねンですけどね」

完治が首を傾げてみせると、彼はひとつ息を吐いてから続けた。

「御師ってのはね、登拝客をお社まで案内して差し上げるのが務めです。現世から霊験あらたかな地へ橋渡しをする尊い役目なんですよ。あいつの兄さんは、控えめだが学識も徳もある。だから贔屓にしてる客も多い。それもあいつには、面白くなかったんでしょう。生まれを嘆くばかりで、少しも精進しませんで。いくつになっても半人前で」

店主は、向かいの屋根の上で盛んにさえずる、二羽の四十雀を仰いで続けた。

「山には御師が百人からいるんです。いずれも自らの役目に誇りをもって務めてます。己に、ではなく、役目にね。でもあいつは、己が世間に認められて、敬われることを望んできたんでしょう。精進より、名を成すことが先に来ちまってンですよ」

彼は、桶の中で泳いでいる豆腐に目を落とした。

「豆腐作りってなぁ奥が深くてね。山で作るのと、町場で作るのじゃあだいぶ勝手が違うんです。暑さ寒さや湿気が異なるんでしょうな。お天道様のご機嫌を伺いながら、水の量や大豆を煮る刻を細かに変える。毎日同じことをしてるようで、一日たりとも同じことをした日がないんですよ」

店主はそこで、困じたふうに額をかいた。

「でも、あいつには、あっしが毎日同じことを繰り返してると見えてンだろうな」

完治は豆よしを辞すと、その足で八丁堀に向かった。すっかり日が長くなって、石町の暮六ツの鐘はまだ鳴らぬ。惣十郎の屋敷を訪ね、いつもの座敷に通されて事の次第を報じると、

「やはり大山の者か」

惣十郎がすんなり返したから、面食らった。

「ご存じだったんですか」

「いや、陶玄の護符が大山で配るものに似てると聞いてな。なるほど御師の家の出だというなら得心がいくな」

「しかし、それならなおさら、あんな騙りをするこたぁねぇはずですが。金儲けが目当てというばかりでもねぇようですし、意地になってるようなしつこさも奇妙です」

不可解を口にした完治に、惣十郎は苦く笑ってみせた。

「まぁな。こうありてぇという思いは誰しも持つが、陶玄はその軸が世間様なのかもしれねぇな。見栄や嘘で塗り固めて、世間の目から己を守ってきたんだろう」

そうやって、勝手に虚像を作る分には罪にはならぬ。ただ、嘘を重ねていけば、どこかでほころびが生ずる。ことに上野宮様といった貴人を巻き込めば、獄門に処されることもある。

「奴はね、梨春の名も出して、非を唱えた書をばらまいてるらしいよ」

惣十郎に聞かされ、完治の肌が粟立った。与助への嫌がらせにはじまり、完治を名指しした訴状を奉行所に出し、さらには口鳥梨春をも筆誅しているとなると、異常でしかない。作り上げた

虚像を守るために、些細な障りも片っ端から取り除いて、奴はこれまで生きてきたのだろうか。世のすべてが己の味方であろうはずもないのに。

「わっちが、口鳥先生の名を出したばっかりに、申し訳ねぇことをしやした」

「いや。かえってよかったさ。俺はこれで風向きが変わると思ってる。このところ佐吉も、ひとりで見廻りに出してるしな」

惣十郎がなにを見通しているのか摑めず、完治は子細を訊こうとした。が、それを察したように彼は、「まぁ見てな」と、悪戯っぽい笑みを浮かべ、

「で、その豆腐は旨かったかえ」

と、素早く話を変えた。まったく人が悪い。

「いやぁ、陶玄の来歴を引き出すのに気が行って、味なぞわかりませんでしたよ」

あえてぞんざいに返すと、

「お前もまだまだだね」

惣十郎はさもおかしそうに笑い、

「おい、お雅っ」

と、やにわに奥へ呼んだ。それから完治に向き直り、「飯を食っていけ」と言う。

「佐吉の分が余っちまってな、今朝方お雅に雷を落とされたんだ。そういうことは先に言っていただかないと困ります、だと」

どっちが主人だかわからねぇな、と完治は笑いを嚙み殺す。

程なくして、襖を細く開けて顔を覗かせたお雅に、

「佐吉の分、完治に片付けてもらおう」

こちらがまだなんの返事もしないというのに、惣十郎は気忙しく命じた。お雅が頷いて厨に戻ってから、完治は訊いた。

「佐吉はまた薬種屋ですか」

「いや、ここしばらく福川町の自身番屋に詰めさせてンだ」

「なにか御用ですか」

「見張りをさせてる。用心に越したこたぁねぇからな。福川町にゃ、例の、孫が病みついてる婆さんが住んでっからよ」

「……陶玄が婆さんに、なにかしてくるってぇことですか」

「さて、どうだかな」

惣十郎は他人事のように言ってから、ふっと笑みを漏らした。

「それに佐吉も役目とは別に、陶玄に訊きてぇことがあるらしいからさ。俺にゃはっきり言わねぇが、何度か陶玄に談判もしてるみてぇだぜ」

相変わらず、完治には話が見えない。

「佐吉が陶玄に、なにを談判するってンです。いや、それより陶玄を見付けたなら、しょっ引けば済むことじゃあねぇですか」

「そうたやすいことじゃあねぇさ。信徒とやらがあまた付いてるうちは、手ぇ出しても割を食うだけだ。そのうち、取り巻きも退いていくだろうから、まぁ見てな」

得々として語る惣十郎に反して、完治はまったく釈然としない。

「そろそろ与助にも、佐吉と一緒に番屋に詰めてもらうかな。ここんとこ買い物からなにから手伝ってもらって助かったさ。それだってのに、与助の計らいを俺がうっかり忘れっちまってさ」

惣十郎が自分の額を撲ったとき、「よろしいですか」と廊下から声が掛かって、お雅が膳を運んできた。一目見て、「お」と声が出たのは、鰹の塩焼きが載っていたからだ。

「うちじゃ初物だぜ。卯月頭に出回る初鰹は高ぇから手が出ねぇが、今の時季なら値も下がる。与助がさ、知り合いの魚屋に話をつけて、今朝方融通してくれたのよ。俺は朝餉に、刺身を辛子酢で食ったよ」

惣十郎が自慢げに鼻の穴をふくらませたその横で、お雅は頬をふくらませた。

「鰹は足が早いですから、朝に仕入れて昼前までにいただかないとお腹を下します。それで、今日の朝餉は必ずみなさん揃ってくださいと前々から申し上げていましたのに、佐吉さんの分が余ってしまって」

惣十郎は鬢をかきつつ、お雅に詫びる。

「許せ。完治が食うから無駄にゃあならねぇだろう」

「でもお刺身でいただくのが、この時季は一番おいしゅうございます。脂が乗った秋の戻り鰹でしたら焼いてもいいですけど」

いつもは冷ややかでぞんざいな態度しかとらぬ女が、今日に限って、どこか甘えたふうな柔らかさを孕んでいる。珍しいこともあるものだと窺っていると、惣十郎が、「いけねぇ、俺ぁもうひとつ忘れてたよ」と、膝を叩いてお雅に向いた。

「お前さん、縁談が来てんだろ。向こうさんが首を長くして返事を待ってるとよ。早く返事をしてやんな」

途端にお雅は、凍りついたように総身を硬くした。笑みが、見る間に消えていく。血の気が引く、とはよく言ったもので、今の今まで薄紅色だったその頬が、またたく間に真白に変じていく様子から、完治は目が離せなかった。

「……お父っつぁんに聞いたんですか」

「なんだ、嘉一さんとは話してンのか。したら嘉一さんは乗り気なんだな。俺は、その彫師と仕事をしてるってぇ須原屋から聞いたのだ。お前さんをずっと一途に想ってきたんだと。真面目で仕事熱心ないい男らしいぜ。家主の跡目も継いでもらえりゃ、願ったりかなったりだろう」

お雅は唇を嚙んで、膝に置いた手を強く握りしめた。その拳が、細かに震えていた。

「あたしは、いいんです。ここでのご奉公がありますから」

声も心なしか震えている。

「いや、所帯を持つのなら仕方あるめぇよ。うちは他の下女を雇い入れればいいことだ。ありがてぇ話じゃねぇか。そんなに想ってくれる相手があるってこたぁさ」

惣十郎が明るく返すや、蒼白だったお雅の顔に落胆の色が広がっていった。いや、落胆ではない。深い絶望だ。

――へえ……そういうことか。

これまで思いも掛けなかったお雅の本心に図らずも触れてしまい、完治は密かに動じる。とともに、いっかなお雅の想いに気付いていないらしい惣十郎を、意外な思いで見詰めた。

――捕物となるとあれほど才気走った推量をするのに、色恋にゃあ疎ぇのだろうか。

惣十郎の鈍感な話運びに、お雅が傷ついていく様を見るのも忍びなく、

「それじゃ、遠慮なく」

そう断って、完治は鰹に箸を伸ばす。せっかくの初物なのに、ふたりの間に挟まれて味がまるでわからぬ。

「ともかく、あたしのことはいいですからっ。うっちゃっておいてくださいな」

「いや、そういうわけにもいかめぇよ。須原屋も案じてっし、なにより、その彫師とやらが待ちぼうけを食って憐れだ」

「そうですか。でしたら、お父っつぁんを通してはっきりお断りを申し上げます」

「お前、会いもしねぇで、そりゃ殺生だぜ」

嚙み合わない会話が続いていく。完治は音を立てぬよう汁をすすって、鰹だの白飯だの、めったにお目にかかれぬ馳走を乱暴に流し込んでいく。

六

陶玄の悪評が立ちはじめたのは、それからひと月もしないうちのことだった。皮肉にも、大山詣の木太刀を担ぐ者が市中にあふれるさなかであった。

陶玄って祈禱師は、とんだ食わせ者だっていうよ。

巷で、そんなささやきが交わされるようになったのだ。奴が浅草界隈の路地に現れても、近頃では人垣ができることはおろか、護符を頼む者の姿もまばらになった。一時は、講が開けるほどいた信徒も日に日に数を減らし、今は初手からいる頰かむりの男ふたりが付き従うばかりである。

「どうやら口鳥先生の悪口(あっこう)を広めてるのが陶玄の一味だと、そんな噂が立ったようでしてね。ひでぇこと言いやがる、と奴らのやり口に息巻く者が多々あったそうで」

ここ数日、佐吉とともに福川町の自身番屋に詰めている与助が報じた。

「口鳥梨春をこき下ろしたのが、仇(あだ)となったってわけか」

つぶやいた完治に、与助が頷く。

「藪医（やぶい）だ金の亡者だなんだと悪し様（あざま）に書いて配ったようですが、口鳥先生の往診を受けてる家は、ここらじゃ少なくないですからね。そいつがまるっきりの偽りだってこたぁ、すぐ知れまさぁね」

惣十郎は、口鳥梨春の名が陶玄に知れたことを、「かえってよかった」と言い、どこか安穏と構えていたが、こうなることを見越していたのだろうか。

「しかし、どうして口鳥を悪し様に言っているのが、陶玄だと知れたのだえ」

さんざん騙りをしてきた男である。口鳥を筆誅したにしても、知らぬ存ぜぬで空とぼけそうなものだと完治は訝しむ。

「佐吉さんですよ」

与助が笑いをこらえるように、小鼻をひくつかせた。

「あっしはこのたびはじめて佐吉さんとともに動いたんですが、いやぁ、あんなに頭ン中と行いがまっつぐ繋がってる者があるんですね。驚きましたよ。うちの餓鬼のほうがまだ、こざかしいってなもんで」

佐吉は、陶玄の護符を買っていたらしい。そのこと自体、完治は驚き入ったが、さらに彼は町で陶玄を見付けるたび、「護符に込めてもらった願は、いつ頃かなうのか」と、執拗に訊いているのだという。

「霊力を謳（うた）っているなら、かなう時期も見えるはずだ、結果を出さねば嘘だ、とこうですよ。それを聞いた他の者も、いつかなうのか、と陶玄に見立てを請うようになりましてね。当然、奴はしどろもどろになる。そこで佐吉さんが言ったんですよ。あの坊は護符に頼らずとも、口鳥先生に診てもらって病が癒えてきたのにな、って」

これを聞き咎めた者が、その経緯を佐吉から聞き出し、もしかすると口鳥梨春の悪評を流しているのは陶玄一派ではないかとの憶測を立てた。ひとりがつぶやいた憶測は、人の口から口へと伝わるうち、たちまち揺るがぬ事実となる。そうなると、自分も護符をいただいたが願いはかなっていない、という声がほうぼうで湧き出す。「願はいつ現になるのか」という佐吉の問いをうやむやにしてかわす陶玄の態度と相まって、それまで無邪気に信じていた者たちまで怪しみの目を向けるようになる。

「佐吉は、そういう策を旦那から授かって、行いに移したんじゃあねぇのか」

「あっしも初手はそう勘繰ったんですが、どうも違うようで。単に、高ぇ金を払った護符の効き目がねぇことが、気に食わなかったようですよ」

佐吉は物事の裏にあるものを勝手に読み取らぬ、そこを買っているのだと、かつて惣十郎は語っていた。このたびは、佐吉のその性分を巧みに利用したのかもしれぬ。

――怖ぇお方だな。

完治は、そっと首をすくめる。

「しかしなんだって旦那は、あっしらに福川町を見張らせてンでしょうかねぇ。口鳥先生が三日にあげず坊の店に通ってきてるからかもしれやせんが、したって、陶玄がじかに先生を詰めたところで、どうにもならねぇような気がしますがね」

与助が目玉を上に向け、腕組みをする。惣十郎は、己の推量をすべて伝えて指示することをしない。逐一謎かけのように一片だけ告げる。まるでこちらの力を試されているようで、完治は面白くない。

「いや、陶玄の狙いは口鳥じゃあねぇだろう。おそらくは、例の婆さんだ」

追い詰められた陶玄が次にどう出るか、惣十郎はそれを見通して、与助と佐吉を福川町の自身番屋に置いているのだ。

人望があり、医者としての知識や技を会得している口鳥に、真っ向から詰め寄るような胆力は、陶玄にはないだろう。それよりも、坊の快復は口鳥の力ではなく、自分が願を懸けたからだとするよう、婆さんを懐柔するつもりではないか――。

推し量ったそばから、「くだらねぇ」と、ぼやきが漏れた。そうまでして奴はなにを守ろうとしているのか。人々から崇められんと己を飾るうちに、浮世にはあまたの考えがあって然るべきだという道理すら、わからなくなってしまったのだろうか。

――わっちなら、うっちゃっておくがな。考えの違う者とは係り合いにならなきゃ済む話だ。

おそらく陶玄には善か悪しかない。自分に非を唱える者は有無を言わさず悪であり、余さず排除しなければならない存在なのだ。

一方で口鳥は、ただ淡々と己の仕事をしているだけだ。それであるのに、人々から崇められ信を置かれている。陶玄の流した虚聞をあっさり跳ね返すほどに。

完治はふと、陶玄が自分や与助の悪評をばらまいた折のことを思った。あのときは、陶玄に同情が集まりこそすれ、世間はその流言を疑いはしなかったのだ。

そろそろ梅雨が明けそうだな、と惣十郎が屋敷を出しなに空を見上げて言うと、

「今日は夕から降りますよ」

玄関口まで見送りに出たお雅が、冷ややかに告げた。このところ前にも増して、とげとげしい。

なにか気に障ることをしてしまったらしいが、心当たりはない。困じ果てて溜息を吐くと、

「お母様が、そうおっしゃっていましたから」

彼女は仏頂面のまま付け足した。

「そうかえ。したら、早めに戻るかな」

なるたけ明るく返して雪駄を突っかけたところで、物騒な音を立てて鼻緒が切れた。

「ついこの間、すげ替えたばかりだってのに、妙なこともあるもんだね」

片方の雪駄をひょいと持ち上げ、

「すまねぇが、すげ替えてくれめぇか」

頼むや、お雅が、

「すぐに替えの雪駄をお持ちしましょう」

と、奥へ向かいかけたから、

「すげ替えりゃ済むことだよ」

惣十郎は、これを押しとどめた。

毎日町を歩き回っているから、雪駄の裏に貼った革がすぐ駄目になる。ために、修繕に出す間に履く、替えの雪駄は備えてあるのだが、足に馴染むまで相応に刻がかかる。鼻緒くらいのことなら、すげ替えたほうが楽だと惣十郎は理由を告げた。

お雅はしかし、案じ顔を向けるのだ。

「縁起が悪うございます。出しなに鼻緒の切れた雪駄で、お勤めに向かうなぞ」

「いいんだ、俺ぁそういう迷信のたぐいは信じねぇんだから」

押し問答の挙げ句、

「知りませんよ、なにがあっても」

お雅は不貞腐って言ってから、渋々といった態で鼻緒をすげ替えた。

――こういうとき佐吉がいりゃあ、間に入ってくれるんだがな。

惣十郎は胸中でぼやく。

――福川町は与助にも張らせてることだし、佐吉はそろそろ戻すか。

算段しながら木戸門をくぐると、すいと後ろに従った者がある。佐吉の代わりに完治が、このところ町廻の供を担ってくれているのだ。

八丁堀を出て北へと向かう。大川沿いに歩を進めると、両国橋東詰めの垢離場で大山詣に発つ者たちが水に浸かって身を清めているのが見えた。「懺悔懺悔、六根清浄」と、唱える声が幾重にも響き渡っている。

「尊い職だってのにな、御師ってのは」

惣十郎は誰にともなくつぶやいた。同心に添って歩くのは、さも岡っ引だとひけらかしているようで野暮だと嫌い、完治はいつも赤の他人を装ってついてくる。が、この日は珍しく、惣十郎に低く答えた。

「奴が、福川町の婆さんを丸め込んだところで、手遅れだってぇ気がしますがね」

「そうだな。梨春の名を汚したのが運の尽きさ。かなうはずもねぇ相手を、図らずも選んじまったのだ」

しばし沈黙になった。お雅は鼻緒を、だいぶきつくすげたらしい。足の甲が痛みはじめている。

「……口鳥先生ってなぁ、さほどに腕がよろしゅうございますか」

背後に、控えめな声が立った。

「ああ。腕もいいが、医を仁術と心得てるからな。薬礼は二の次で、病人を助けようと必死さ。しかも意気込みだけじゃあなしに、実際医の道で精進している。ああいう医者は、なかなかいねぇだろう」

梨春はけれど、己が名を成すことには無頓着だ。権威を得ようという欲もない。にもかかわらず、「特別な霊力があり、宮様と懇意である」と大勢を使って吹聴し続けた陶玄を、呆気なく押さえ込んでしまった。当人は、なんの手も下さずに。

「誰かを訴えれば、その訴えがまことかどうか、訴えた側も精査される。となれば、陶玄のように嘘で固めた者は辻褄の合わぬ事柄がいくつも出てくる。目敏（めざと）い連中は必ずそこに気付くから、化けの皮が剝がれるまで、さほど刻はかからねぇもの」

惣十郎が完治に答えたとき、道のはるか先から足音もかしましく走ってくる者があるのに気が付いた。がに股の上にむやみと腿（もも）を上げているせいで、急いでいる割に進んでいない。相変わらず、ひどく不器用な身のこなしである。頭の上で髷（まげ）が節操なく跳ねている。

「旦那、よかった。行き違いにならなくて。八丁堀までお迎えにいくところでしたよ」

あがった息の下から佐吉が告げた。

「陶玄が、お糸さんの家に入りましたぜ」

「取り巻きも一緒か」

「いえ。ひとりで長屋にあがって、お糸さんとその娘と、なにやら話し込んでるようでして」

取り巻きにも見放されたのか、内々に掛け合うことにしたのか。

「与助はどうしてる」

「今のところ、様子を窺ってます」

完治が寄ってきて、ささやいた。

「旦那、とっととしょっ引いちまいましょう。奴は八方塞がりになってるはずだ。なにをしでかすか知れねぇですから」

大山講の支度で町が華やいでいることも、陶玄を脅かしたのかもしれぬ。必死に己を飾って大きく見せている者は、ただ生のままそこにあるだけで敬われるものを、許しがたく感ずるのではないか。

惣十郎は完治にひとつ頷き、足を速めた。そうしながらも、陶玄という男は、どこへたどり着きたいのかと、想像を巡らす。明快な答えは浮かばず、空疎な闇ばかりが目の前を去来している。

福川町の自身番屋が見えてきた。こちらに気付いた番太郎が、血相を変えて駆け寄ってくる。

「よかった、旦那、間に合って。早くお糸さんのとこへ行っておくんなさい。例の祈禱師が暴れ出しちまって。母親と婆さんを追い出してから、坊を抱き込んで立てこもっちまったんで」

佐吉が、短い悲鳴をあげた。

「なにゆえ暴れ出した」

「いやぁ、なにがなんだか。お糸さんのとこに通ってらっしゃるお医者のことで、母親のほうと言い争いになったようでして。あの阿母さんは、なにしろ気が強くてね。亭主を追い出すときも、えれぇ剣幕でしたよ。まぁ亭主がひどい酒飲みで、息子が病だってのに、ろくに働きもしねぇで借財ばかりこさえてましたんで、道理っちゃあ道理なんですが」

惣十郎は「そうか」と顎を引くと、丹田に力を込めた。

「誰ひとり、傷つけられねぇようにしねぇとな」

お糸の裏店がある路地には、すでに長屋連中が大勢出てきて遠巻きに様子を窺っていた。その向こう、門口で手をこまねいている与助の傍らでは、「坊を返しとくれ」と母親と老女が泣き叫んでいる。

「様子を窺ってたんですが、いきなり刃物を出したようで、すいやせん」

与助が声を裏返しながら詫びた。開いたままの戸口から中を覗くと、延べた夜具の上で陶玄に抱え込まれた坊は、まばたきも忘れたように居すくんでいる。陶玄は、坊の首筋に刃をあてがっていた。惣十郎は一旦瞑目(めいもく)し、呼吸(いき)を整えてから一歩、敷居へ近づく。陶玄が坊を抱える腕にいっそう力を込めたのが見て取れた。

「坊よ、痛かねぇか。まぁ怖がるこたぁねぇ。すぐにお前さんは、阿母さんのとこに戻れるからな」

穏やかに告げるも、坊は目を見開いたきりで、まともに頷くこともできぬ様子だ。即座に陶玄がいきり立つ。

「そうはたやすく返さぬ。この者たちがわしを陥れたのじゃ。わしの祈禱より医者に診てもらえと触れて回ったのだ」

祈禱の客が引いたのは、老女らの仕組んだ罠だとでも思い込んでいるのか。効き目のわからぬ護符よりも、医術という真っ当な手立てを選んだだけではないかと諭すこともできたが、惣十郎はそうしなかった。こういう手合いはまことのことを衝かれると、前後を忘れて激高するのが常だからだ。

「わかったよ。お前さんの言い分もあるだろう。これから番屋でじっくり聞いてやるから、まずはその坊を放しな」

「その手に乗るかっ。番屋に行けば、そのまま伝馬町に送られる」

「おいおい、馬鹿言っちゃあいけねぇよ。さてはお前、俺がどんだけ入牢証文（じゅろうしょうもん）をもらい受ける手続きを面倒に思っているか、知らねぇなっ」

惣十郎の啖呵（たんか）に、陶玄は束の間混乱したふうであったが、やがて、

「同心とはいえ、破落戸（ごろつき）を雇っているくらいだ。人を騙すのはお手の物だろう」

と、せせら笑ったのだ。

「破落戸たぁ、お言葉だね」

惣十郎は悠然と言い返す。

「俺はさ、ここにいる完治や与助とは日頃組んで動いてっから、その働きぶりがよぉくわかるのだ。破落戸なんぞじゃねぇぞ。俺にとっちゃ、役目に欠かせねぇ大事な手先よ」

言いながら惣十郎は周囲に目を配る。戸口は半間の開き、その両脇は板壁で、窓もないため中からの視線は遮られる。

「俺たち同心ってのは一代抱席だが、たいていは親の跡を継ぐんだ。外役になるか、内役になるかは、お沙汰があって決まるんだが、そういや、あの割振りってなぁ、誰がどうやって決めてるのかね」

惣十郎自身、見習同心だった己を誰が定町廻に推挽（すいばん）したのか、未だ知らずにいる。

「出自だの上役の判じだので役目が決まるのは、番所に限ったことじゃねぇ。商人でも職人でも同じだろう。しかし役を命じる者が、どれだけ正しく下役の仕事を見てるかといやぁ、これが怪しいときてる。廻方なんざ、みなてんでんばらばらに動いてっから、同輩の働きだってよくは知らねぇくれぇだ。手柄を立てりゃ知れるが、咎人を牢に放り込みゃあいいってもんじゃねぇんだよ。罪を犯す前に芽を摘める者のほうが能がある。が、そいつは目に見える手柄にゃならねぇ。

何人挙げたか、大捕物を仕留めたか、そんなわかりやすいもんでしか計られねぇのだ。結果、優れた人材が飼い殺しにされるようなことも起こる」

奉行所の顔ぶれを思い浮かべながら長広舌を振るっていると、佐吉が袖を引いた。

「旦那、御番所の愚痴はもうそのくれぇで。大勢聞いてます。外聞がよくねぇですよ」

「馬鹿っ。愚痴じゃあねぇよ。世の不条理を説いてんじゃねぇか。先年南町奉行だった矢部様にしたって、あれだけ世人の人気を集めながら、役所内の権勢争いで追い落とされちまってよ。北の遠山様、南の矢部様でいい塩梅だと思ってたのによ」

惣十郎は懐手する素振りで、両の手の平を左右に広げ、「行け」というふうにしならせた。完治が察して、そっと戸口の脇、中にいる陶玄からは死角となる位置に立つ。与助も倣って、反対側の戸口脇に身を寄せた。佐吉ばかりが、「矢部様の話も、今は結構ですよ。新しく南町奉行となられた鳥居様もきっといいお方でしょうよ」と適当な言で、惣十郎の回り続ける口を止めようと躍起になっている。

惣十郎は、坊の様子を気に掛けながら話を継いだ。

「そもそも、上役に立派な御仁が座るとも限らねぇのだ。煮ても焼いても食えねぇ奴の下で、勤めなけりゃあならねぇこともあるんだよ。もっと言やぁ、ろくでもねぇ奴に限って出世するぜ。ありゃ、どういう仕組みだろうね。世辞と追従で渡ってる者同士、惹かれ合うのかねぇ」

先だって、悠木史享を叱責した、例繰方与力、駒井の貧相な顔がよぎった。

「その能なしに、役人としての出来不出来を判じられて、下手すりゃ閑職にお役替になるってんだからたまらねぇよ」

するとと陶玄が不意に声をあげたのだ。

「わしは誰にも従わぬ。多くに認められ、崇められるだけの力を得ているのだ」

「確かに他人様から崇められりゃあ、いい気分だろう。ただ俺は、多くに認められることよりも、誰に認められるかってことのほうが肝心だと思うがな」

話に気がいっているからか、陶玄の腕が緩んだらしく、坊がわずかに体を離した。

「上からの判じに一喜一憂するばっかりじゃ面白くねぇからさ、下から上を見定めてやるのよ。するとと存外目指すところが見えてくる。俺はね、ひとりいるよ。その方に顔向けできねぇような仕事はしねぇと誓ってる先達が」

目の前に史享の顔が浮かんでいる。

「なあ陶玄。その刀を仕舞って、こっちへ出てこい。そうしねぇと俺は、うちの下女にまた叱られる羽目になるからよ」

話が思いがけない方向に飛んだからか、陶玄は目をしばたたいた。

「出しなに雪駄の鼻緒が切れてよ、縁起でもねぇから取っ替えろと言われたんだが、俺はそいつを突っぱねた。これで刃傷沙汰でも起きてみろ。それみたことかと、ますます大きな顔をされる。それでなくとも、鰹の刺身の支度があったのを俺がすっかり忘れてたから、お冠なのだ」

調子よく説いていたのに、佐吉が、

「えっ、かつっ……鰹を召し上がったんですかっ。いつですっ」

動揺も露わに訊いてきた。余計なことを言っちまった、と首をすくめつつ、惣十郎は自分の雪駄に陶玄の目を引きつけるべく、足を軽く持ち上げる。

「迷信通りに運んだら面白くねぇからさ、だから坊を放せ。お前が咎められるとしたら、宮様との縁を騙ったことくれえだ。大罪に問われぬようにしてやるからよ」

しかし陶玄は頑なにこれを拒むのだ。

「わしは、宮様を存じておる。懇意にしておるんじゃ」

もはや奴は、後戻りできないところまで追い詰められてしまったのだ。となれば、陶玄をなだめすかしておびき出すのは難しかろう。彼からすれば惣十郎は、悪事をたしなめに来た正義の者ではなく、破落戸を使って正義の行いを邪魔立てしにきた悪党なのだ。

惣十郎はひとつ息を吐く。詮方なく、陶玄の怒りの矛先をこちらに向ける手立てをとることにする。

「ならば言うが、お前の実家は大山の御師だろう。出自からなにから、すべてを騙ってるんじゃあねぇのか」

見る間に、陶玄の額の血道がふくらんでいった。野次馬から、「北勢四十八家の末裔ってのは嘘だったのかえ」と、ざわめきが起こる。これを鎮めようと、惣十郎が周囲を見回したとき、白皙の面が目に入った。

梨春だった。

おおかた、坊の往診に来たのだろう。惣十郎は軽く頷いてみせてから、再び陶玄に目を戻す。

「御師は大山に詣でる者を導く尊い役目だ。兄さんを守り立てながら、己も独り立ちできるよう精進すればよかったものを、お前は、こんなはずじゃあないと不遇だけを託って山を下りた。そうして、張りぼての己を世間に広めて、衆目を集めることに躍起になった」

陶玄が「勝手な作り事を言うなっ」と吠え、坊にあてがっていた刃をこちらに向けた。よし、と惣十郎は胸の内で唱え、奴をおびき出すべく、さらに言葉を継ぐ。

「いや、まことのことさ。豆よしの主人から聞いたからな」

完治が報じた名を出すと、陶玄の顔から血の気が引いた。

「偽の家系図なぞ作らなくとも、宮様と懇意でなくとも、お前が認められる道はあったはずだ。虚像でなくとも、生(き)のままのお前で、きっと勝負ができたと俺は思うが」

陶玄の目が吊り上がる。

「馬鹿を言うな。己のたどる道は、生まれですべて定まってしまうのじゃ。いかに努めても次男というだけで兄の後ろに控えねばならんのじゃ」

「確かにそうだ。俺たち同心も、いかな出来物(できぶつ)でも、与力に身上がりするのは容易じゃあねぇ。その上、罪人に接するから、巷じゃ不浄役人なんぞと誹(そし)られてるさ。文書が多いのも難だ。愚痴なら、いくらでも出るぜ。聞く気があるなら余さず語るが、五日や十日じゃ済まねぇぞっ」

佐吉が袖を引いたが、惣十郎は構わず続ける。

「だが俺は、己より他の者になりてぇとは思わねぇのだ。せっかくこの身で世に産み落とされたんだ、とことんまで付き合ってみるのも粋だろう。生まれた順が悪(わり)ぃだの、家柄が悪ぃだの、親兄弟に恵まれねぇだの、変えられねぇものに文句を言ってるうちに一生が過ぎちまったらもったいねぇもの」

胸を反らしてみせると、陶玄の顔が赤黒く変じた。惣十郎は素早く完治に目配せをする。完治が戸口ににじり寄る。

「なにが悪い」

陶玄が叫んだ。

「身分や役目や……生まれたときから己の意思とは関わりなく定められたものから逃れて、なにが悪いっ」

「ちっとも悪かぁねぇさ。お前がまことに欲する道を見付けたら、堂々と挑めばいいことだ。ただそこで、己を捨てることも、世の間尺に合わせて騙ることもねぇのだ。道を拓くときにゃ、不満や僻みを脇に置くもんだ。その痛みを思い出せねぇくれぇ遠くまで行けたときに、はじめて振り返ればいい話だ。俺はそいつができねぇから、愚痴を言いながらも一所で勤めてるんだが、お前のように己を騙ることはしてねぇ分、上等だと思うぜ」

挑発すると、陶玄は坊を放して立ち上がり、刃をこちらに向けたままおぼつかない足取りで土間に降りた。完治と与助が気配を察して、身構える。そこで惣十郎は、奴を正面から見据えて言い放った。

「陶玄、お前は嘘の像を作り上げて、何者かになれたかえ」

鋭い悲鳴とともに、奴は刃物を振り上げた。その勢いのまま、惣十郎に向かってくる。陶玄が敷居をまたぐのと、完治と与助が両脇から奴を押さえ込むのと同時だった。陶玄はあえなくその場に転がり、完治が素早く刃物を奪い取る。

「坊っ」

母親が叫び、長屋へ駆け込んでいく。老女は腰が立たないのか、地面にへたり込んで拝むように手を合わせている。野次馬たちから一斉にどよめきが起こった。

惣十郎は、陶玄の傍らにしゃがむ。

「よかったな、坊を傷つけずに済んだよ。これで騙りもやめちまえば、ずっと身軽に生きられるようになるぜ」

ささやいてから立ち上がると、完治と与助が陶玄の両腕を抱えて引き上げた。

「そら、道をあけつくんな」

惣十郎は野次馬を分け、佐吉に陶玄の後ろにつくよう命じてから先導して行く。これから自身番屋で取り調べ、入牢証文をとる手はずを整えねばならない。

向かう先に佇んでいる梨春に、坊を診てやってくれ、というふうに惣十郎が顎をしゃくったときだった。野次馬の中にいたひとりの男が梨春に気付き、ほっとした様子で笑みを浮かべて、辞儀をしたのが見えた。おおかた顔見知りなのだろう。男はその笑顔のまま、陶玄に目を戻した。なんということもない光景だった。

が、突如、陶玄が天を裂くような叫び声をあげたのだ。

驚いて振り向いたときには、奴は激しく身をよじり、完治と与助の手を振り払っていた。そのまま踵を返して駆け出した。後ろについた佐吉が手を広げて止めたが、これを突き倒し、まっすぐ坊の店（たな）へと向かう。すぐさま追った完治と与助に、

「押さえろっ」

叫びながら、惣十郎も駆けた。

与助が陶玄の胴に飛びついた。これをかわして奴は長屋に飛び込むと、流しに置いてあった菜切り包丁をやにわに取り上げた。座敷にいた母親も坊も、目を瞠ったきり動けずにいる。奴は座敷に駆け上がるや、坊に向けて包丁を振り上げた。

「よせっ、陶玄っ」

惣十郎の声に、奴は束の間ためらうふうを見せた。その隙をつき、完治が座敷に踏み込む。

刹那（せつな）、陶玄は坊目掛けて包丁を振り下ろした。

とっさに母親が坊に覆いかぶさる。

ザッと血しぶきが壁に飛んだ。

完治が頭から陶玄にぶつかっていき、その場に押し倒す。与助が馬乗りになって、陶玄の横っ面を力任せに殴ると、奴は呆気なく気を失った。

「梨春っ、診てくれっ」

惣十郎は、大声で呼んだ。母親は、二の腕のあたりを押さえている。その指の隙間から、血がしたたり落ちている。

「阿母さん、阿母さん」

坊が、泣き叫んでいる。老婆が這って店に戻ろうとするのを惣十郎は押しとどめ、

「今、療治に当たるから、外で待ってるんだ」

そう声を掛けて落ち着かせる。

薬籠を手にした梨春が土間に駆け込み、放り出すように下駄を脱ぐと、座敷に飛び上がった。

「腕をやられましたか」

さらしを取り出しながら訊いた梨春に、母親が苦しげに頷く。

「焼酎……どなたかっ、焼酎か酒をお持ちでないかっ」

母親の袖をまくり上げつつ梨春が大声で呼びかける。野次馬連中が次々に「あるぜ」と答え、それぞれの家に走り去った。

与助に腕をひねり上げられた陶玄を、惣十郎は睥睨し、

「番屋に連れてけ。俺はあとから行く」

と、完治に短く指示をする。陶玄は与助に担がれるようにして、引かれていった。

「傷は浅いですよ。すぐに縫ってしまいますから、大事ないですからね」

梨春は止血をしつつ、母親の気を鎮めるように励まし、真っ青な顔で泣き続ける坊に向いて、

「よく頑張りましたね。強い子だ。病ももうすぐよくなるから、なにひとつ案ずることはないですからね」

柔らかに言って、微笑みかけた。

「酒、こいつでいいですかい」

飲み残しの徳利を次々に抱えてきた長屋連中に、梨春は逐一礼を述べながら、それをさらしに含ませ、傷口を洗いはじめる。

七

流しにあったのが、長らく研がずにいた使い古しの包丁だったことが幸いした。母親は二の腕を斬られるも傷は骨に達するような深手ではなく、梨春が錆をよくよく洗って傷口を縫い合わせたところ、膿みもせず塞がったらしい。昨日抜糸をしたところです、と佐吉とともに鉄砲洲を訪ねた惣十郎は、梨春からそう聞かされた。

坊もまた、梨春がすぐに落ち着かせたのが功を奏したのだろう、動揺を引きずることなく、病も快方に向かっているという。老女ばかりが、すべて自分がまいた種だと消沈していたそうだが、

「お糸さんが思い切って完治さんに声を掛けてくださったおかげで、私は坊の療治に当たることができました」

と、梨春が励ますと、声を詰まらせて礼を述べたという。

「陶玄は伝馬町に送ったよ。刃傷沙汰を起こしちまったからな、刑は重くなるだろう。止められなかった俺の落ち度だ」

惣十郎がぽつりとこぼすと、

「私を見て、暴れ出したのでしょうか。祈禱で治すつもりが医者に横取りされたような流言を広めていたと聞きますが」

梨春は顔を曇らせた。

「俺もそう思ったんだが、お前さんの顔は知らねぇってさ。問いただしたら、奴ぁ打ち明けたよ。嗤われたからだってよ」

惣十郎があの日見た限り、野次馬の誰も嗤ってなぞいなかった。ただ、梨春に挨拶をした男が、面(おもて)に笑みを残したまま陶玄に向いただけだ。無論、陶玄を嗤ったわけではない。男とは顔見知りでさえなかったのに、なぜ自分が嗤われたと奴は思ったのか。あそこまで逆上したのか。惣十郎には不可解だった。

「捕らえられたその様を、いい気味だと嗤っていると深読みしたのでしょうか」

梨春が首を傾(かし)げたとき、相変わらず軒先から動こうとしない佐吉がつぶやいたのだ。

「あっしは、わかる気がするな」

そちらへ顔を向けると、佐吉のその先に、曇天が広がっている。

「あっしも同じなんですよ。遠くからこっちを見て笑ってる者が目に入ると、てめぇが嗤われてると、つい勘繰っちまうんでさ。このあばた面を長らくからかわれてきたもんで、癖になっちまってンですかねぇ」

馬鹿め、お前の顔なぞ誰も気に掛けちゃねぇさ、といつもの台詞を惣十郎は佐吉に放ったが、どうも語気が弱くなった。

梨春が、文机に置かれた種痘について書かれているという蘭書に目を落としてから、静かに口を開いた。

「私の故郷の田んぼには恙虫というのがおりましてね、これに刺されると高熱が出て、悪くすると命を落とします。『つつがなきよう』という挨拶がありますが、あれも、この虫に刺されぬよう、という願いから来ておるそうで。稲を育てるのは命懸けなのです。疫病がなくとも、飢饉がなくとも、この浮世を生きるというのはなまなかなことではございません。誰もが大なり小なり枷を負いながら、どうにかこうにか生きながらえているのです。佐吉さんのあばたは」

佐吉の顔を見詰めて、梨春は続ける。

「そのあばたは、佐吉さんが生死の狭間で闘って、勝ちを収めたという気高い標しにございます。誇りに思うべきものにございます。もし、それを嗤う者があったなら、その者は『生きる』ということの本当の意味を知らぬ者か、と。けっして気に病むほどの相手ではございませんよ」

佐吉は、虚を衝かれたふうに梨春を見ていたが、一旦深くうつむいたのち、ゆっくり顔を上げた。そうして、大きく息を吐いた。長らく溜め込んでいたものを解き放ったかのような、長い長い気吹だった。


その晩方、惣十郎は夕餉の前にひとり湯屋へ足を向けた。三助の重蔵を呼んで、いつものように垢を擦ってもらっている折、

「お前さんは、他の人生を考えたことがあるかね」

と、ふと思い立って訊いた。

「他の、ですか。三助とは違う仕事をしてる人生ってぇことですか。いやぁ、考えたこともねぇですが」

「性に合ってンだな、湯屋の仕事が」
するると重蔵は「はて」と首を傾げた。
「性に合ってるのかどうかも、考えたことがねぇんです。ただ、この湯屋に拾ってもらって、銭をいただいてる。贔屓にしてくださるお客もいる。となりゃ、張り切らねぇわけにはいきませんしょ」

彼はいかにも楽しげに言って、カラカラと笑った。

「垢を擦る」とひと口に言ってしまうといかにもたやすい仕事に思えるかもしれぬが、人というのはひとりとして同じ体をしていないから、銘々の特徴をよくよく見定めながら、込める力の強さや手拭いの動かし方を変えているのだ、と重蔵は続けた。

「そのうち、人の体の作りに興味が湧きましてね、筋や骨がどこにどうあるのか、学んだんですよ。あ、以前、旦那のところにおられた口鳥先生に教わりました」

かつて梨春が、惣十郎の屋敷の敷地に設えた借家に住んでいた折、よくこの湯屋に通っていた。医者だと知って、重蔵は体の作りについて詳しく訊いたのだという。

「そしたら、細かな人体図を描いて持ってきてくださいましてね。あっしは医者になるわけじゃあないですよ、って申し上げたんですが、その図で、人の体の流れみてぇなものがわかりましたんで、今も時折見返してるんですよ」

「梨春がねぇ。あいつはいろんなとこで、人を救ってンだねぇ」

惣十郎の言葉に、

「まったくで。鉄砲洲に越していかれてからはとんとお見限りになっちまったんで、寂しく思ってますよ」

重蔵は答えて、桶の湯を惣十郎の背に流しかけた。

「他の人生とやらに、あっしはまるで興味はねぇんですが」

申し訳なさそうに、重蔵が言う。

「三助ってぇ仕事をどこまで深く掘り下げられんだろうってことは、いっつも頭の隅に引っ掛かっておりやすねぇ」

「そうかえ。したら俺と一緒だな」

惣十郎が頷くと、

「さいですか。そいつぁ重畳（ちょうじょう）」

おどけた口振りで返し、重蔵は惣十郎の背中を叩いた。厄を祓うため、洗い上がりにするこの儀式も、重蔵の力加減は絶妙で、痛くもなく、反対にむず痒くもなく、背筋がしゃっきり伸びて気が入る。技を褒めると、

「うちの阿母さんが、背筋が伸びてりゃ悪運は寄ってこねぇと常々言ってるんで」

照れくさそうに重蔵は答えた。

「なるほど。深いねぇ」

惣十郎は、思わず低く唸った。


妙に厚くて柔らかいせいか、かえって寝心地の悪い布団から這い出て、完治は窓辺に寄った。熟れたにおいを逃すため、細く障子を開ける。夏の蒸した風がなだれ込んでくる。余計に暑苦しくなって、下帯ひとつの身を伝う汗を掌（たなごころ）で拭った。

白粉（おしろい）の香が近づいてくる。やがて背中にしなだれかかった体に、

「よせ、暑い」

　完治はひと言放った。

「事が済むと、冷とうなりんすなぁ」

　妓は不満げに言って、完治の二の腕をつねった。

　吉原では、小見世に登楼ると決めている。引手茶屋を通さねば登楼れぬ総籬や半籬は金が掛かるし、なにより馴染になるまで幾度も通わねばならぬのも鬱陶しかった。小見世には道中ができるような妓はいないが、揚げ代が二朱と安い上、一見でも客をとる。妓相手に酒を酌み交わしながら、世間話をするような面倒もない。

　完治は、まだ藍を残している空を見上げた。

　――破落戸か……。

　陶玄が触れ回った自分の噂が、どういうものか、頭にこびりついて離れない。

　巾着切は、なるほど罪である。だが若い時分の完治には、これを一個の技として究めているという自負があった。だからこそ、巾着切と一目でわかる青梅縞の着物で通したし、貧乏人や年寄りから盗るような無慈悲な盗みも働かなかった。

　――けどそいつは、陶玄と同じく、てめぇの勝手な了簡には違ぇねぇな。

　眉間をそっと揉んだ。

　足を洗ったのは、なにも悪事を働いていることを省みたからではない。三十路が近づくにつれ、少しずつ腕が落ちているのを感じたからだ。他人の動きに合わせて、こちらもうまく身を添わせねば、懐から抜くときに勘付かれる。その呼吸がうまく摑めなくなってきたのを、自覚したからだった。

それでも尻尾を出すことはなかったが、惣十郎に請われるまま手先になった。だいぶ前から目をつけられていたのも知っていたし、なにより、「お前の力を人の役に立ててみねぇか」という、ありきたりの殺し文句に、柄にもなくなびいたのだった。

岡っ引として働き、周囲から「親分さん」なんぞと呼ばれて、相応に地歩を固めた気でいたが、世人から見れば未だ、ただの破落戸なのだ。自分と違い、口鳥梨春の悪評は人々によってまたたく間に一蹴（いっしゅう）された。彼は、そういう仕事をしてきたのだろう。

――別段、世人から認めてもらいたくて、岡っ引をしてるわけじゃねぇさ。

己に言い聞かせる。他人の目を気にするなんざ、陶玄と一緒じゃねぇか、と。

緩やかな風が背中をさすった。振り向くと、妓が団扇（うちわ）で風を送っている。この見世には、これまで三度ほど登楼った。たいてい、この妓が敵娼（あいかた）である。

「おめぇは、どうしてここに売られた」

妓の境遇など気にしたこともなかったが、ふとそんな問いが転げ出た。めったに口を利かぬ完治の言葉に、妓は少しばかり驚いたふうだったが、朗らかに返した。

「お父っつぁんに売られましたのさ」

訊けば父親は、神田の大工だという。神田祭の折、娘を踊屋台（おどりやたい）に上げてやろうと、衣装代だの各所への付け届けだので二百両近い借金をした。おかげで妓は華やかな舞台に立てたが、金を返すために、祭りからひと月も待たずに妓楼に売られた――。

顛末を聞いた完治は、しばし呆れて声も出なかったが、やがて憐憫（れんびん）を生じ、

「そいつぁ、親父を恨むだろう」

そう慰めた。しかし妓は目を瞠り、「とんでもない」とかぶりを振るのだ。

「だって踊屋台に上がれたんですよ。あたしみたいな、器量もよくなければ、これといって取り柄もない娘が、いい衣装(べべ)を着せてもらって、みんなにきれいだねって褒められて。夢のような刻でしたよ。あたしはね、あのときの景色を今も毎日思い出すんだ。そうすっと体がふわーっと浮いてあったかくなって、この見世もなにもかも光でいっぱいに見えるんだ。一生この幸せな思い出と一緒に生きていけるんだと思ったら、ひとつも辛くないもの。お父っつぁんには恩しかないんですよ」

廓(くるわ)言葉も忘れ、妓は生(き)のままにしゃべる。ここに売られる前の、神田生まれのちゃきちゃきした娘の様を夢想する。

完治は再び窓に向き直った。かすかな藍を残していた空は、いつの間にか漆黒に塗り変わっている。

第三章　沖つ白波

一

秋になっても蒸した日が続くせいか、多津の足の具合が芳しくない。腰から爪先にかけて絶えず痺(しび)れがあって、立ち上がるのも難儀だという。お雅は朝晩、多津の足腰を揉んでいるのだが、そのたび、

「毎日悪いねぇ。夏の湿気にやられたのかねぇ。涼しくなったらよくなるだろうから、もうちょっと辛抱してちょうだいね」

しんみり詫びられ、胸苦しくなる。

「辛抱だなんて、とんでもない。あたしはお母様(かかさま)のお役に立つのが、なんにしても嬉しンですから」

せめて多津の心の靄(もや)を取り払えればと、お雅は精一杯の明るい声で答えるのだ。

親の望みに応えねばならない。子としての、それが使命なのだ――お雅は長いこと、そんなふうに思ってきた。親に恥をかかせないよう常に気を張ってきたせいで、他者への甘え方が今もよくわからない。けれど多津にだけは、肩肘張らずに接することができた。

多津はけっして恨み言や泣き言を口にしない。どんな相手にも分け隔てなく穏やかに接し、日々の事々を楽しんでいる。そういう彼女の在り方は、常に不平や不満にまみれて暮らしていた実家（さと）の母とはかけ離れており、お雅にとって至極新鮮だったのだ。

「今年は盂蘭盆会（うらぼんえ）の支度もお雅に任せっきりになって、すまなかったね」

「そんなの、お茶の子さいさいですよ。魂棚（たまだな）を買いに盆市を巡るのも楽しゅうございましたし、荷飯（はすめし）も上手に炊けましたし」

薄物の胸をぽんと叩いてみせると、ようやく多津に笑みが戻った。

「台所のやりくりも、すっかり頼んでしまって。あんたが来てくれて、まことに助かってるんだよ」

優しい目をまっすぐに向けられて、お雅はなぜだか泣きたくなる。

「そんな、あたしこそ……」

ここでお世話になれてどれほど救われているか——そう続けたかったが、声にすることはためらわれた。下手な追従（ついしょう）のように響いてしまうのを、危ぶんだのだ。多津には、濁りのない誠心で接したかった。今飲み込んだ声も本音なのだけれど、言葉にすると嘘になってしまうようで怖かったのだ。

「ものの値はここへきてだいぶ下がったんですけど、かえって厄介なことになってる気がするんです」

お雅は照れくささを押し込めるため、情緒のかけらもない台所事情に話を戻す。

八月頭に、御公儀は物価引き下げ令を出した。奢侈（しゃし）品の売り買いを禁じた倹約令に続き、銭相場公定の引き上げにともない小売物価を安くするよう命じた御触れである。物価や流通の安定を図るためのものだと惣十郎が佐吉に説いていたのを、お雅も耳にしている。

地廻りの上醤油が一升百八十八文から百七十二文に、上酢が一升六十八文から六十四文に、といった具合で、刻み煙草や半紙、ろうそくに至るまで値が下がっていた。

「厄介というのは、なにがかえ」

多津が小首を傾げる。

「安くなった分、量も減ってるんです。醤油なんぞは一升お願いしてもいくらか少ないようですし、油揚げなんて、だいぶ小さくなってしまって。それで儲けの帳尻を合わせてるんでしょうけど、こまめに買い足さなきゃならない分、勘定がとってもややこしいんですよ」

これまで十日はもっていた味噌が、九日で尽きる。豆腐は一丁買えば十分だったのに、今の大きさだと椀の中が寂しくなる。そんなことがままあって、お雅はやりくりに苦労しているのだ。

「株仲間解散や倹約令で、景気がよくなるようなことを惣十郎は言ってたけど、違うのかねぇ」

「どうでしょうか。あたしには御上の決めることはよくわかりませんけど、商人の実入りが減れば、よけいに窮する人が増えるような気もします。それに大工や左官の日銭まで抑えられてると聞きますもの。そのせいで雑な仕事をする職人が増えてるんですって。近所のおかみさんたちが、よく怒ってますよ」

お雅の話に頷いてから多津は、

「世の中が、どんどん窮屈になっていくようだねぇ」

と、二の腕をさすった。せっかく先人の築いてきた豊かな技が、この世にはたくさんあるのにね、と。

多津に按摩を施してから、お雅は慌ただしく厨に入った。惣十郎が起き出すまでに、煮炊きを済まさねばならない。米は朝だけ炊いて、晩は茶漬けか軽く温め直したものを出す。今朝はいい茄子が入ったから、これを焼いて田楽味噌と合わせた品と、お揚げと豆腐の味噌汁に香の物と決めている。料理はなにしろ手早くこなすのがお雅の流で、前掛けをしめて厨に立つや、支度が調(ととの)うまで一瞬たりとも手を休めない。

この家ではじめて多津と一緒に厨に立った折、彼女は目を丸くして言ったのだ。

「手際がいいねぇ。動きに淀みがないよ」

家事を疎(うと)み続けた母を見返すような心持ちが、今もどこかにへばりついているのかもしれない。味も盛り付けも手順も完璧にこなさないと気が済まないのだ。母が、ここでの様子を見ているはずもないのに。

「でもね、お雅。料理では、待つことも肝心ですよ。あともうひと煮立ちさせることで青菜のえぐみがとれることもあれば、一旦冷ましてから、もういっぺん火に掛けることで味が染みることもあるでしょ」

多津は、お雅の手際に感心しながらも、時折そうたしなめた。

「料理はね、そんなふうに息を詰めて、険しい顔でするものじゃないんだよ。せっかちは、なにつけても損ですよ」

料理は苦ではないけれど、好きでもない。そんなお雅の内心を見透かしたように、多津は、厨に立つことの楽しさを折に触れ語って聞かせたのだった。

膳が調ったところで、佐吉が厨に顔を出した。

「どれ。運びましょう」

そう言って、飯櫃(めしびつ)を運ぶ役を買ってくれる。少し前までは夜な夜なあばた療治に出掛けていたくれるのだ。

が、さすがに飽きたのか諦めたのか、最近ではぱったり止んで、夕餉の後片付けなども手伝って

お雅も膳を運び、起き出してきた惣十郎の膝元に据える。おはようございます、と挨拶するの

は毎朝のことなのに、胸が勝手に高鳴る。自分の執拗な恋着が、浅ましくて嫌になる。

「そういや旦那、ご存じですか。重蔵に春が来たようなんですよ」

座に着くなり、佐吉は言った。

重蔵というのは、亀島町の湯屋にいる三助のことだろう。お雅は味噌汁をよそいながら、聞く

ともなしに聞いている。

「重蔵は四十路だぜ。童じゃあねぇのだ、女のひとりやふたり、いるだろう」

あくびを噛んでから、惣十郎は佐吉に答えた。このところ多津が部屋で食事をとるようになっ

たせいか、彼は座敷でも平気で伝法な物言いをする。

「いや、それが、茶汲女なんですよ。お隆っていう、京橋の水茶屋で結構人気のあった娘です。

このたびの倹約令で、その水茶屋も閉めちまったようなんですが」

「茶汲女か。したら、だいぶ若ぇだろう」

惣十郎はぞんざいに返してから、茄子田楽にかぶりつき、「こいつぁ旨ぇなぁ」と唸った。お

雅はそっと胸をなで下ろす。

「若ぇもなにも、十八歳になるかならねぇかってとこですぜ。特段器量好しってわけでもねンで

すが、気立てもいい、機転も利くってんで、贔屓の客が多かったそうですよ。ああいうとこの女

は、傾城みてぇな別嬪より、ちょいと崩れてたほうが親しみやすいのか、客がつきますな」

佐吉は目玉を持ち上げてつぶやいてから、お雅に向けて、

「こいつは、よそからの受け売りだがね」

と、言い訳するように告げた。

「重蔵は実のある男だよ。その娘も、あいつの人となりを知って惚れたのだろう。うっちゃっておきな」

「そうですが……もう重蔵の長屋にも出入りしてるってんですから、手が早ぇですよ」

「重蔵は阿母さんとふたり暮らしだろ。娘のほうも所帯を持つとなりゃ、阿母さんに気に入られてぇとなるのが道理さ」

飯櫃の蓋を閉めかけていたお雅の手が、ぴくりと跳ねた。

――あたしは下心なんてないんだ。まことにお母様を慕ってるんだから。

胸の内で唱えていると、惣十郎がこちらに向いた。

「なぁお雅。重蔵はお前さんから見ても、実がある男と見えるだろう」

訊かれて、お雅は素直に頷く。

「ええ。お母様のことも気に掛けてくださって、足が楽になる按摩の仕方を教えてくださいますよ」

「そら見ろ。これまでいい縁がなかったのが不思議なくらいの男だよ、重蔵は」

汁物をすすってから、惣十郎はその灰がかった目を再びこちらに据えた。真顔でまっすぐ見詰められ、お雅の頬が一気に火照る。

「そういやお前さん、須原屋の縁談を袖にしたんだってな。例の彫師とかいう」

期待したものと正反対な言葉を差し出され、お雅は畳に目を落とした。縁談は、ひと月ばかり前に父の嘉一を通じて断りを入れたのだ。

「なにも俺たちに遠慮するこたないんだぜ。母上の世話もしてもらって、俺は申し訳ねぇと思ってンだから」

自分はあくまでも、惣十郎にとって奉公人でしかないのだと思ったら、喉のあたりが締め付けられたように苦しくなった。

「惣十郎様こそ」

落胆を気取(けど)られぬよう力を込めたせいで、声が変にうわずってしまった。

「いいお方はいらっしゃらないんですか。後添(のちぞ)えをおもらいになること、お考えになってもよろしいように思いますが」

お雅は自分の放った言葉に愕然(がくぜん)としながら、どうしてあたしの口はいつも大事なところで本心とかけ離れたことを吐き出すのだろうと、恨むような心持ちになる。

「お雅さんの言う通りですよ。服部の家を続けるためにも所帯を持たれたほうが」

佐吉が、神妙な顔で頷いた。自分が言い出しっぺなだけに、お雅は居心地悪くうつむくよりない。惣十郎は汁椀を置き、「まぁなぁ」と間延びした相槌を打った。

「だが、俺はもういいんだ。家のことは適当な頃合いに、養子でもとるさ」

「それじゃあ、お多津様がお悲しみになりますよ」

言い募る佐吉に、惣十郎は薄く笑った。

「俺はさ、郁になにもしてやれなかったよ。それだってのに後添えをもらって、のうのうと暮らすのも気が咎めるさ」

しばし瞑目してから、彼は静かに宣したのだ。

「俺はもう所帯は持たねぇと決めてンだ」

お雅は、背中に氷でも押しつけられたような心地になった。

「一生おひとりってぇことですか」

佐吉も目を白黒させている。

「そうだよ。何度も言わせるな。そら、早く食っちまいな。書物についての新たな町触れが出たろ。須原屋に様子も訊きに行きてぇからさ」

惣十郎は乱暴に返して、飯を頬張った。

お雅はそっと座敷を出て厨に入り、多津の分の支度をはじめた。なぜだか、惣十郎に手ひどく拒絶された気がして総身に力が入らない。

「厨に入ったら、手を止めちゃいけないんだから」

自らに言い聞かせて気を取り直す。急いで多津の膳を調え、部屋に運ぶ。「すまないねぇ」と、また詫びられて、

「お母様（かかさま）、いけませんよ。すまない、とおっしゃるのが口癖になってますよ」

と、あえて厳しい顔を作ってみせる。

「ほんとだ」

多津が肩をすくめ、互いに顔を見合わせて同時に吹き出した。お雅の身のこわばりが、静かに解けていく。

茄子田楽をひと口食（は）んで、多津は目を瞠った。

「まぁ、なんておいしいんでしょう」

親子で同じことを言ってる、とお雅はそっと笑みをこぼす。

「いい茄子だったんですが、えぐみが強かったので、味噌は甘めに味付けしたんです。しつこく

ないか少し心配なんですけど」

「ちょうどいい塩梅だよ。この足が言うことを聞いてくれたら、厨に立って田楽味噌の味付けをあんたに教わりたいくらい」

朗らかに多津は言ったが、横顔はかすかに翳って見えた。

「あたしこそ、お母様にはもっとお料理のコツを教わりたいです。どうしても、せっかちに進める癖が直らなくって」

また一緒に厨に立てたら、手を動かしながらいろんな話ができたら、どんなに楽しかろうと夢想する。

「あのね、そこの簞笥の一番上の抽斗に、料理の手順を書いたものが入ってるんだよ。私が、お義母様や実家の母から教わったことを書き留めた紙の束がね」

多津は簞笥に目を遣ってから、静かに笑んで続けた。

「もし私になにかあったら、そこを開けて見てちょうだい」

多津の言葉に、お雅は息を呑む。

「よしてください。なにかあったら、なんて。お母様は、すぐによくなりますから。そしたらあたしは一緒に厨に立って、手取り足取り教えてもらうんですから」

やけに大きな声が出てしまった。

「そうだね、気弱になっちゃいけないね」

多津はつぶやいてから、心持ちを正すように首筋を伸ばした。

「菓子作りも教えてほしいって、あんたには頼まれてたものね。もっとも私も菓子はさほど作ってこなかったからね、郁に教わったものがほとんどなんだけど」

ご新造様は、御菜よりも菓子を作ることが得手だったという。見世で買うより安くあがるし、好みの甘さに仕上げられますから、と小豆や餅粉を買ってきては、たびたび腕を振るっていたのだと聞かされた。

「お父上の悠木様が、甘党らしくてね。いっときは朝餉にお饅頭をふたつ召し上がってたんですって」

明るく笑う多津を見ながら、ご新造様はこの家で大切に慈しまれていたのだろう、と感ずる。きっと愛らしくて健やかな方だったのだ。惣十郎が二度と所帯を持たぬと決めているのも、亡くした妻を未だに深く想っているからなのだ。

「その頃は、郁が連れてきたお光佐という下女がいたから、料理は人任せにして、郁はお菓子ばっかり作ってたんだよ」

「お光佐さん……どんな方だったんですか」

名だけは耳にしていたが、めったに話に上らないから改めて訊いたところで、「出ますよー」と、佐吉の呼ばう声がした。

「すみません、お見送りをしてきます」

お雅は慌ただしく多津に一礼し、玄関へ向かう。

「母上のこと、頼むぞ」

惣十郎のいつもの声掛けに頷き、座敷に戻って膳を片付けてから、猫まんまを作って裏庭に出る。今朝は少し遅くなったせいか、三毛は敷石の上にちょこんと座って待っていた。皿を置き、すり寄ってきた猫をなでる。

「ずっとこのままここにいたい。それだけで、あたしは十分なんだ」

自らにそう言い聞かせると、三毛がミャーッと慰めるように鳴いた。

浅草茅町の自身番屋を出たところで、口鳥梨春に行き合った。惣十郎が声を掛けるより先に、

「口鳥先生っ」

と、佐吉が大声で呼ぶ。梨春が気付いて、こちらに向けて柔らかに笑んだ。

「往診かえ」

訊いた惣十郎に、

「いえ。須原屋さんに相談にあがろうと」

彼は答えて、かすかに眉尻を下げた。

書物板行についての町触れが、六月に出されたのだ。「新板書物之儀ニ付御触書」とはじまるその触書は、すべての書物は町年寄を通し、町奉行所の精査を経るよう定めたものである。それだけであれば、内々に働きかけて無益な検閲を阻(はば)むこともできたのだが、七月に入るや、医書については医学館へ草稿を回すように、との新たな御触れが出されたのである。

〈医書ノ分蔵板ニ致シ度存(たくぞんじ)候(そうろう)輩ハ　向後医学館江草稿指出　差図ニ任セ　彫刻出来之上　壱部つつ同所江相納可候(あいおさむべくそうろう)〉

つまりこののち、医書はいずれも医学館の裁可を得なければ、世に出すことがままならなくなったのだった。

医学館は漢方医育成のための官学である。これを取り仕切る多紀家も当然ながら代々漢方医で、そのことが蘭方医学書にどう影響するものか、惣十郎も案じている。

「俺も須原屋へ行くところだ」

歩き出した惣十郎に、梨春が肩を並べた。

「どうも、厄介なことになっちまったな」

須原屋への相談とは、米沢藩医、堀内素堂が訳した小児医療書のことだろうと察して、さりげなく切り出す。

「ええ、まことに」

重々しく梨春が受ける。

「須原屋はどう言ってる」

「伊八さんは、しばらく様子を見るほうがよかろう、と」

堅実な商いをする伊八であれば、そう答えるだろう。下手に御上に目をつけられては、他の書物の板行まで滞りかねない。

冬羽の考えを知りたかった。さしもの彼女も、こたびは伊八に従うことになろうか。それも致し方ないと思う一方で、上から押しつけられた決め事を軽やかに跳ね返す冬羽の姿を、惣十郎は仄かに心当てにしている。

梨春に続いて須原屋の敷居をまたぎ、書物板行に関する町触れの件を惣十郎が口にするや、伊八よりも先に冬羽が声を荒らげた。

「一から十まで了簡違いですよっ。なんのための株仲間解散だったんでしょうね」

書物問屋が禁停になって流通が滞った上に、板行できる書物の幅がいっそう狭くなった。これでは人々が自在に書物に触れる楽しみが奪われたに等しいと、こめかみの血道を波打たせて、いきり立っている。

「役者や花魁の絵を摺るのも、風紀が乱れるから駄目だってンですから驚きですよ。その上、為永春水先生まで手鎖だなんて世も末です。柳亭種彦先生なんて絶板の憂き目に遭って、失意の内にお亡くなりになったんですよ。お二方とも、世人に親しまれてきた戯作者なのに冗談じゃないですよ。そもそも、読んじゃいけない書物を、なんで御上が決めるんですよ。書肆でもないのに」

伊八が蒼くなって止めようとしても、冬羽の口は勢いよく回り続ける。

「御上が勧めるもんは、ただ無難な、面白くもなんともないものだけなんですから、書肆が従う謂れはないんですよ。あたしたちのほうが、ずっと書物のことをわかってンのにっ」

えれぇ剣幕だな、と佐吉が呆れたふうにつぶやく。惣十郎は安堵に包まれ、こぼれ出そうになる笑みをこらえる。

「フーフェランドの訳書も、やはり医学館へ草稿を回すことになりましょうか」

梨春は冬羽に訊いたのだが、これは先に伊八が答えた。

「無論、そうなりましょうな。すぐに板行の手続きをとってもよろしいのですが、仮に医学館で否やを唱えられると、ますます板行が難しくなります。一度撥ねられた書物を、改めて通すのはなまなかなことではございません。それより、時機を待ったほうがよろしいでしょう」

伊八の提言は、及び腰ゆえではなく、むしろ冷静な見立てだろう。御触れが出されて間もない今、医学館がどのような判じをするのかわからぬ中で、焦って動くのはなるほど上策とは言えぬ。

梨春はしかし、納得がいかぬ様子で、

「けれど疫病は、政の事情など汲んではくれません」

と、口惜しげに語るのだ。

フーフェランドの書では、西欧で行われている種痘について詳述されている、と梨春は続けた。

この予防法を多くが学ぶことで、少なくとも童の罹患を阻むことができるのだ、と。

「医学館にも池田痘科という、疱瘡療治を専門とする流派がございます。初代池田瑞仙は治痘の術を究め、奥医師にお取り上げになりました。私も瑞仙の書である『痘科弁要』や『痘疹戒草』からは、貴重な知識を得ております」

初代瑞仙は寛政の頃の医者だが、彼の興した痘科は今なお医学館にて引き継がれている。長きにわたり疱瘡療治に関わってきた治績をもとに、望診と舌診で、発症した患者がその後どのような変遷をたどるか、確実に見立てる道を示したのだと梨春は説いた。

「疱瘡の病態は、発疹が見える見点、それが水疱として隆起する起張、膿となる灌膿、膿が乾いて瘡となっていく収靨、その瘡蓋が落ちる落痂と変じていきます。落痂まで行けば、快復となりますが、その過程で亡くなる方も多い。池田痘科では、見点の段でどのような経過をたどるか、おおよそ見立てるための法を確立しておるのです。例えば、痘が顎にできれば順証となり、快癒に向かいます。が、頰や額に現れれば、命を脅かす逆証となります。また舌に黒い痘を発すれば、まず間違いなく死に至る。これはいずれも『面部六十位図』という池田痘科の手に成る書に著されております。痘の位置で、体の中で毒がどのように広がるか、見定める法にございます」

「疱瘡に絞って療治をしてる科が医学館にあるなら、その、なんとかいう医療書の板行も許してくれそうですがね」

佐吉がどんぐり眼をしばたたきつつ、鼻頭を弾いた。確かに、治痘専門に考究してきたのなら、フーフェランドの書は存外たやすく受け入れられるかもしれぬ。

しかし梨春の眉根は寄ったままなのだ。

「佐吉さんのおっしゃる通り、治痘に加えて予防がかなえば盤石なのです。ただ、池田痘科は今のところ、種痘を禁じておるようでして。私も先頃、そのことを知ったのですが」

梨春が答えるや、

「おかしな話ですよ。どっちも疱瘡をやっつける法なんでしょ」

と、冬羽が頬をふくらませた。首に力を入れているのか、顎が二重になっている。そういう姿も惣十郎を心楽しくする。こんなふうに万事に真っ正直にぶつかっていく日々は、きっと鮮やかな起伏に彩られているのだろうと、羨ましくも思う。

種痘は疱瘡予防のひとつの手立てだが、誤植の危うさも伴うゆえ、池田痘科はこれを禁じているという。無病の者に種痘を施すのは、壮健な体にわざわざ毒を入れるに等しく、そうした無益な行いを医療の場で為すよりも、疱瘡に罹った者をしかと治す手立てを打ち立てるべく研鑽(けんさん)すること——それが、池田痘科の方針なのだ。

「疱瘡に罹るのは天の定めであり、また生死は天命に委ねるよりない、という長らく培われた考えが根底にあるのでしょう。種痘のような人為を施すことは、理念に背くと捉えておられるのかもしれません」

梨春が長嘆息した。

「確かに予防のためとはいえ、己が種痘をするかと言えば、少々ためらいますな」

伊八が腕組みしてつぶやく。

「けど、疱瘡患者を診て、助かるか助からないか見極めるだけじゃ、辻占(つじうら)とさして変わらないですよ」

冬羽が乱暴な感慨を口にする。

「無論、症状に見合った投薬や療治は欠かせません。その域において痘科は抜きん出ております。

ただ、諸藩がすでに牛痘種痘に関心を示し、種師から技法を学んでいるさなか、いつまでもこれを容れぬというのは、いささか旧弊に存じます」

梨春の、常に静謐な横顔が、かすかに上気している。諸藩が競って種痘の術を会得せんとする動きがあるとなれば、彼が焦りを覚えるのも致し方ない。

「牛痘……牛の痘ってことですか」

佐吉が、突き出した首をひねる。

「ええ。疱瘡に罹った牛の痘漿を人に植えるのです。人痘種痘より無難で、誤植があっても命を落とすことはまずございません」

「い、いや、したって牛の膿を体に入れるなんざ……そんな薄気味悪ぃこと……」

佐吉がおびえ声を出し、伊八も身震いした。

「けっして薄気味悪いものではございませんよ。牛痘については、フーフェランドも後年これを支持し、牛痘法を一書にまとめておられます。多くの誤解を解くためにも、種痘について書かれた書が広く読まれるとよいのですが」

梨春の困惑を救うふうにして、

「そうだよ。御触れなんかに屈しちゃいけませんよ。必ずうちで板行するから大船に乗ったつもりでいてくださいな。書肆はね、浮世の習いを覆すのが役目なんだからさ」

冬羽が、ひときわ威勢のいい声をあげた。

二

小石川の伝通院近くまで来て、完治は足を止めた。

牛込通寺町から出た火が、駒込、巣鴨、西ヶ原、さらにこの小石川小日向まで焼き尽くしたのは、今年桃の節句を過ぎて間もない頃だった。寺院や武家屋敷が多い地だけに、再建にも相応の日数がかかっているのだろう、普請は未だ至る所で続いており、ほうぼうから木槌の音が響いてくる。

完治は伝通院境内にあがり、鐘楼そばの石段に腰掛けて袂から煙管を取り出した。惣十郎から日々頼まれる仕事をこなしつつ、合間に赤根数馬の行方を探っている。朱引の内の医学塾はあらかた調べたが、それらしき人物が挙がったのは四谷の漢方医学塾のみである。しかも、

――周防大島から出てきた男がいた、今は行方がわからぬ。

たったそれだけの釣果だった。

――江戸にゃ長らく住んでたようだが、ここまで足取りが浮かばねぇのは、どこぞに抱え込まれてでもいたんだろうか。

赤根という名で通していれば尻尾を捕まえられるかもしれぬが、仮に名を騙っていたとなると、これ以上探りようもない。

壁に突き当たって完治は、興済堂店主の藤一郎が「赤根がかつて住んでいた」と語ったらしい小日向を虱潰しに探りはじめたのだが、半年前の火事で多くが離散したあとだけに、これも困難を極めている。

境内の輪蔵脇で、大工らしき男たちが数人、休んでいた。完治は煙管に莨を詰めると、職人たちに寄って、「ちょいと火をもらえねぇか」と声を掛けた。一番年嵩に見える男が、呑んでいた煙管の火皿から莨を取り出し、掌で転がしながら寄ってきて、完治の煙管の火皿に載せた。一服すると、こちらの莨にうまく火が付いた。舌をくぐらせた煙を吐き出してから、完治は礼を述べ、

「普請続きでだいぶ景気はいいだろう」

と、当たり障りのない世間話をする。

「いやぁ、例の御触れであっしらの日銭も下げられちまったんで、忙しいばっかりで実入りは減ってるくれぇですよ」

年嵩の大工は、いかにも人がよさそうな恵比寿顔に不満を滲ませた。

職人の中ではもっとも稼げると言われてきたのが、大工である。が、その日銭もまた、物価引き下げ令の対象となり、一割ほども減らされたのである。

「値下げでなんでも安くはなってますが、もらえる銭まで少なくなってンですから、世話ぁないですよ」

男は下唇を突き出し、数こなさねばこれまでの実入りは保てぬからと、あからさまに手を抜く大工も増えているのだと言い添えた。

「気持ちはわからねぇでもねぇが、それじゃぁてめぇの腕も上がらねぇだろ」

完治が返すと、今の若ぇのは堪え性がないですからね、と男は嘆息した。

「あっしの若ぇ頃は、儲けなんざ二の次でしたけどね。無賃でもいいから、技を極めてぇと頭領の仕事を目ん玉ひん剝いて見てましたよ。今の若ぇのには、そこまでの根性はないんでしょうな。いただける手間賃分の仕事っきゃしません。安けりゃ安いなりのことしかしねぇんですから」

男の足下に座って休んでいる若い大工たちが目を見合わせて、そっと含み笑いを交わした。おおかた、日頃倦(う)むほど聞かされている「古株の小言」なのだろう。

「あっしはね、京でも修業をしましたからね。宮大工について。あちらは由緒ある寺社ばかりでしょ。修復なんぞはよほど気を張らなきゃならねぇ。緊張でろくろく眠れない日が続きましてね。その上、頭領が厳しいもんで、いつどやされるか、二六時中おびえながら腕を磨いたもんですよ」

若い大工たちに聞かせるように、男は誇らしげに語った。

「京で技を学んだのか。偉(えれ)ぇもんだね」

「ええ。その技を少しでも弟子たちに授けようと、手取り足取り教えてンですがね」

若い大工たちの最前の目配せの様子からして、真摯に習う者は乏しいのだろう。

「小石川は立派な寺社や屋敷が多いから、修復はいい修業の場になろうさ」

完治はなだめるように言って、もう一服した。莨の渋みが鼻の奥を刺す。

「おっしゃる通りだ。火事は禍事ですが、あっしらにとっちゃ腕を磨く機会にゃなりますな。このあたりの寺には町人たちもだいぶ救っていただいたんで、精魂込めて普請しますよ」

火事の直後は、焼け出された者が伝通院の境内になだれ込んだという。怪我人も多くあったから、小石川養生所から医者が出張って療治に当たってくれたのだ、と彼は続けた。

「町医も手を貸してくださいましてね、おかげで助かった命も多くあったはずですよ」

完治は煙管の羅宇(らお)を拳に打ち付けて灰を落としたのち、

「そういや、ここらに赤根ってぇ医者が住んでたろ。周防大島の産の。わっちゃずいぶん前に診てもらったことがあるんだが」

大工たちを見渡しつつ、赤根の名を出してみる。が、彼らは一様に首を傾げるのだ。

――まぁ、知らねぇか。

藤一郎が江戸に出てきた時分、赤根は小日向に住んでいたらしいが、そののち他所（よそ）へ越したとも惣十郎から聞かされている。

諦めて、話を仕舞いかけたときだった。

「平埜（ひらの）先生のことですかね」

年嵩の男が、ぽつりと言ったのである。

「ひらの……いや、赤根って名だが」

「京の頃は赤根さんでしたけど、江戸じゃ平埜裕真（ゆうま）って名乗ってましたよ」

煙管を持つ手が震えた。総身が、のぼせたように一気に熱を持つ。高揚が面（おもて）に出ぬよう、完治は一旦瞑目し、気を落ち着かせてから口を開いた。

「あんたが京で宮大工の修業をしてた頃の知り合いかえ」

「へえ。まぁあっしがいたのは七年ばかし前ですけどね、医者の屋敷を直せと言われて出向いたときに、応対してくれたのが平埜先生でして。その頃はまだ塾生かなにかでしたけど」

「なんて塾だえ」

「日野鼎哉（ひのていさい）さんとおっしゃる、長崎で医学を学んだってぇお医者様の塾ですよ。ちょうど京に移られて、医学塾を開いたばかりだとかおっしゃってたな」

はじめて聞く名である。

「漢方医か。その日野ってぇ医者は」

赤根は江戸で、漢方医を育成する塾に出入りしていたらしい。となれば、京でも漢方を学んでいたのではないか。

「いや。確か蘭方の医学塾と伺いましたが。もっともあっしは医学のことはからきしで、蘭方も漢方も、とんとわかりませんが」

「で、赤根……いや平埜は、今どこにいるか知らねぇか」

「はて。他所の土地に移られたのか、とんとお見かけしませんねぇ。確か、前に住んでおられた店(たな)は、このたびの火事で灰になっちまいましたよ」

年嵩の大工はのんびりと答えてから、「そら、もうひと仕事だ」と若いのに声を掛けた。


――平埜裕真。

完治が報じたその名を、惣十郎は手控帳に書き留めた。すぐに梨春に確かめたが、聞いたことはないという。ただ彼は、日野鼎哉については詳しく知っていた。

「今は京に移られたようですが、その以前は長崎にいらした方かと存じます。シーボルトの鳴滝塾で医学を学んだと伺いました。豊後(ぶんご)の産で、若い時分から帆足万里(ほあしばんり)という高名な学者のもとで和蘭(オランダ)語や舎密(せいみ)の知識を得たそうで、おそらく和蘭語にはかなり通じておられるか、と」

京では診察の傍ら医学を教えていて、蘭方医の間ではよく知られた名だという。

「医学の新たな道を拓(ひら)いた立派な方です。赤根さんとどういう縁(えにし)だったか知れませんが、興済堂の火付けにはさすがに関わりないか、と。今も京におられますし」

赤根は長崎にも遊学したそうだから、そこで日野と知己となり、京に従ったのか。それとも、ほうぼう塾を渡り歩くうち、偶然たどり着いたのか。彼が長崎や京で学んでいたのが蘭方医学だとすると、四谷の漢方医学塾にいたという周防大島から出てきた男は、別人なのだろうか。

完治は、改めて平埜の名で足取りを洗い直すという。「江戸では平埜の名で医者の看板を掲げていたのなら、必ず奴を知る者はいるはずですから」と小日向を軸に聞き込みを続けている。が、三月の大火事であたり一帯焼け野原となり、住人たちが他所に移ってしまったせいだろう。今のところ、はかばかしい成果は挙がっていない。

漢方医学と蘭方医学、双方を学ぶ者は珍しくないと梨春は言う。ただ、赤根が双方に出入りしていたとすれば、医学を究めるのとは別の目当てがあったのではないか——町廻のさなか考えを煮詰めていたところ、すぐ後ろを歩く佐吉の呑気な声に遮られた。

「日本橋あたりじゃ、呉服屋の多くが見世を閉めちまったようですよ。売れるもんがねぇって理由だそうです」

本絹や金襴といった贅沢品を売ると罰せられるでは儲けにならぬ——そう言って次々と看板を下ろしているのだという。

奢侈を取り締まるのは、廻方の役目である。惣十郎は、受持の町で奢侈品の取り締まりに力を注ぐことはしなかったが、中には己の手柄のために、商人に罪を犯させるよう仕組む非情な同心もいる。手先を使い、どうしても本繻子の帯を売ってほしいと持ちかけて、詮方なく店主がそれを売るや、同心が現れて引っ捕らえるという汚い手を使うのである。

「市村座と中村座がこの間、猿若町に移って初の興行をしたおかげで、ここらもだいぶ活気づいたと安心していたが、このまま倹約倹約じゃあ息が詰まるな」

「先だっては市川海老蔵が奢侈を咎められて江戸払いになりましたしねぇ。今年は、八朔も控えめだったようですな」

八朔はその名の通り、八月朔日に吉原の花魁が白無垢に見立てた白小袖を身につけ、客を迎える習わしである。元禄の頃からはじまったこの行事を一目見ようと、例年吉原は客でごった返す。

「金を使わなけりゃあ金が貯まるのは道理ですが、商人はしんどいですな。まともな商いができなくなっちまって」

佐吉が、前方に見えてきた日本堤に視線を投げつつ嘆息した。土手を越えると衣紋坂(えもんざか)、その先は吉原の大門に続いている。

「そうさなぁ。与助がこの時季扱う鈴虫も、去年の半分ほどしか売れねぇらしいよ」

惣十郎が返すや佐吉は、

「与助は商う品をころころ変えるのが、よくないんですよ。棒手振(ぼてふり)が浮気すると、お客も浮気するんです」

と、相も変わらぬお説をぶっていたが、

「あ……あれぁ崎岡様じゃぁないですか」

伸び上がって言ったのだ。そちらへ目を遣ると、土手沿いを、同じく定町廻の崎岡伊左衛門が歩いてくる。笑みまで浮かべ、機嫌がよさそうだ。惣十郎を見付けると、彼は「おう」と片手を上げ、揚々と近づいてきた。

「俺の受持の町に勝手に入っちゃ困るな」

軽口を放った惣十郎に、

「少し足を延ばしてみたのよ。今日はもう、ひとり挙げて大番屋へ送ったからな」

得々として彼は返した。

「お手柄だな。いかな事件だえ」

「なに、殺しよ」

崎岡は、物騒な一件を仕留めた己を誇るように顎を上げた。

「そいつぁ穏やかじゃねぇな。下手人はどんな奴だえ」

「亀島町に湯屋（ゆうや）があんだろ。あすこで三助をしてる重蔵ってぇ男よ」

えっ、と惣十郎の喉が跳ねた。子細を訊くより先に佐吉が、

「重蔵が……誰を殺めたんですっ」

と、声をひっくり返す。

「てめぇの母親さ。後ろっから殴りつけた痕があった。あの図体だろ。年老いた母親はひとたまりもねぇさ。育ててもらった恩も忘れて、ひでぇことをしやがるぜ」

「なにかの間違いだろ。あの重蔵が、そんな罪を犯すとは思えねぇ」

嚙みついた惣十郎に、

「どの口が言うんだよ。お前は常々、人ってのはいろんな面を含んでるから、容易にその者の行いを決めつけちゃあならねぇと、能書きを垂れてンだろ、頼みもしねぇのに」

崎岡は鼻を鳴らして言い返した。

確かに惣十郎は、見かけや評判だけで罪人を挙げる危うさを説いてきた。もっとも廻方は手を携えて動くわけではなく、銘々培った流儀をもって事件に当たっているため、酒の席などで惣十郎が己の信ずるところを語っても、みな茶化しこそすれ、熱心に耳を傾けることはまずない。

「無論、重蔵にも俺の知らねぇ面があるだろう。だがな、崎岡。人を殺められる者とそうでない者との間には、容易に渡れねぇ大きな溝があるんだよ。重蔵は到底、人を殺められる質（たち）とは見えねぇ」

「だからよ、そいつは、お前の見立てでしかなかろう」

崎岡がせせら笑う。総身の血が一気に頭に上ったが、息を整えてから訊いた。

「重蔵は、殺（や）ったと認めたのか」

「いや、しぶてぇ野郎で、殺ってねぇの一点張りだ。家に帰ったら死んでたんだと」

「なら、殺ってねぇのだろう」

「下手人の言うことを信用してどうする」

「下手人とどうして決めつけられるのだ。俺に今一度検めさせろ。重蔵の母親の骸（むくろ）は、今どこにある」

「余計なことをするんじゃねぇよ。亀島町は俺の受持だ。もうこの件は落着したんだ」

「馬鹿言うなっ。俺が重蔵の長屋まで行って、検めてやるっ」

惣十郎は吠えて、踵（きびす）を返した。

「重蔵は、大番屋に送ったんだ。お前がなにをしたところでもう遅いぜっ」

崎岡の胴間声（どうまごえ）が、背中に投げつけられた。

重蔵の住まいは、湯屋から一丁と離れておらぬ狭い路地に建つ裏店（うらだな）だ。訪ねたことはなかったが、母親の話や暮らしぶりを、背中を流してもらう段によく聞いていたから場所の当たりはついている。ともかくこの目で母親の骸を検めぬ限り合点がいかぬと、惣十郎は足を急がせる。

「崎岡様、お腹立ちのご様子でしたよ」

息を切らしながら佐吉が言った。

「構わねぇよ。あいつはね、数しか頭にねぇのよ。幾人牢送りにするか、そのことだけに血道を上げてるさ。どうで、よくよく調べずに挙げてンだろう」

崎岡は悪い男ではない。むしろ朗らかで気っ風（きっぷ）がよく、屈託だの屈折だのとは一切縁がなく育ったような好人物である。彼に接した多くは、嫌な印象は持たぬだろう。ただ難を言えば、薄っぺらいのだ。事件が出来（しゅったい）すると、ざっと調べて、とっとと罪人を挙げて終いにする。まことにその者が手を下したのか、事件の裏になにが潜んでいるのか、見極めようともしない。ために大番屋に送ったはいいが、吟味の挙げ句、捕違（とりちが）いだとして無罪放免となり、処罰を受けたことまである。倹約令からこっち、奢侈の取り締まりにも気を吐いており、大店を片っ端から検めては禁令を犯した者を頻繁に拘引（こういん）してもいる。

「重蔵のところは母親とふたり暮らしだ。骸は、まだ片付けちゃあねぇだろう」

佐吉に声を放ったところで、ちょうど亀島町の裏路地から、早桶（はやおけ）を担いだ者が出てくるのが見えた。

「やっ、早桶だ。どなたか亡くなったんですかねぇ」

重蔵の一件を聞いたばかりだというのに呑気な口を利いた佐吉を打ち捨てて、惣十郎は早桶屋目掛けて駆け寄ると、

「中身は、重蔵のとこの婆さんかっ」

摑みかからんばかりにして訊いた。いきなり同心から詮議を受け、棒を担いでいたふたりは面食らった様子で、

「……へえ。さいですが」

と、頷く。惣十郎は頭を抱えた。まったく余計なことをしてくれた。

「戻れ。戻って桶から出すんだ」

こめかみを揉みつつ命じると、早桶を担いだふたりは戸惑いも露わな顔を見合わせた。彼らか

らすれば、突然現れた同心に、わけのわからん難癖をつけられたも同然だろう。戻せ戻せと吠える惣十郎に、

「けど、崎岡の旦那に頼まれたんですよ。菩提所に運んでやれって」

と、先棒を担いでいた男が言い、

「八年前に婆さんの亭主がおっ死にましてね、菩提所はあっしが存じてますんで、一緒に行くことにしたんですよ」

後棒を担いでいた男が口を添えた。どうやら早桶屋は先棒を担いだ者で、後ろについているのは、同じ長屋の住人らしい。

が、今はそんなことはどうでもいいのだ。戻せというのに、くだくだしく事情を語るふたりに焦れ、惣十郎は手の届くところにいた早桶屋の額を容赦なく撲った。ペチッと間抜けな音が響き渡る。

「いいから、戻せってんだよっ。俺が今一度調べるんだからよ」

途端に早桶屋は目を剝き、

「やっ、野郎っ、撲ちやがったなっ。十手持ちだといい気になりやがって。あっしも水道の水で産湯を使った江戸っ子だ。売られた喧嘩を買わずに済ますような野暮はしねぇ。さぁ来やがれ」

言うや、担いでいた棒を勢い込んで肩から外した。盛大な音を立てて、丸桶が地面に放り出される。後棒の男が重心を失って転げた。その拍子に丸桶の蓋がずれ、端座している仏が見えた。

佐吉が大仰な悲鳴をあげる。

「馬鹿野郎っ。乱暴なことぉしやがって。祟られても知らねぇぞっ」

「こんなことで祟られンなら、あっしはとうにどうかなってら。毎回仏の手だの足だのを無理矢

理畳んで、この丸桶に押し込んでんだからよ」

体を仰け反らせ、早桶屋は不敵に笑う。肝の太さに嘆ずる一方で、「押し込んだ」という一語が惣十郎の内耳に引っ掛かった。

「この婆さんも無理矢理押し込んだのか」

「そうですよ。なにしろ両手を伸ばすような格好で硬くなっちまってたからさ。膝を抱えさせるのだって、えれぇ刻がかかったんだ。おかげできれいなお姿になったぜ。そら、見てくださいよ」

棺の中を指して、彼は得意げに言った。

手を伸ばすような格好――惣十郎は顎をさすって、考えにふける。早桶屋がいきり立った顔のまま、こちらを覗き込んだ。

「お前、名はなんてぇのだ」

惣十郎が訊くと、「才太郎（さいたろう）だ」と彼は見得を切るように首を回して答えた。

「よし、才の字。長屋に戻って、桶に入れる前の婆さんの様子を詳しく教えてくれ」

惣十郎の神妙な調子に、才太郎もひとまず矛を収めることにしたらしい。「しようがねぇな」と、ぼやいて桶の蓋を閉めた。

「戻るぜ」

棒を肩に乗せて後棒の男に声を掛け、重蔵の長屋へと続く細い路地をたどっていく。

「佐吉。梨春を呼んできつくんな」

低く命ずると、

「崎岡様と悶着になっても知りませんぜ」

佐吉は案じ顔を見せはしたが、素早く背を翻した。近頃はとんと、梨春を恐れる素振りを見せない。

長屋の路地には、ひと気がなかった。殺しがあったとなれば女房たちも、いつものように表で子供らを遊ばせたり、立ち話をしたりするのははばかられるのだろう。

早桶は土間に据えてもらい、惣十郎はまず、部屋の中を見渡した。だいぶ荒れている。敷きっぱなしの夜着に、倒れた枕屏風、長火鉢の五徳からは鉄瓶がずり落ちていた。他には古びた茶簞笥と行李、櫃に行灯があるきりだ。きれいに整頓された流しの鍋釜ばかりが、殺伐としたこの部屋で清らかな光を放っている。

「こんなことを申し上げるのはよくねぇかもしれませんが、重蔵の奴が手を上げるのにゃあ、どうしようもねぇ理由があるんですよ」

後棒の男が、恐る恐るといった態で耳打ちしてきた。名を訊くと、次郎吉といって、重蔵とは古い付き合いだという。

「どうしようもねぇってのは、なにゆえだ」

「いやぁ、重蔵の阿母さんは五年ばかし前から耄碌しちまいましてね。はじめは物忘れがあるくれぇだったんですが、この二、三年は怒鳴るわ暴れるわ、まぁ大変で。重蔵が湯屋に働きに出てる間は、長屋の女房連中が気に掛けて、なにかと面倒見てたんですが、部屋に上がっただけで盗人呼ばわりされるってんで、そのうちみな、嫌がるようになっちまいましてね……」

惣十郎は眉をひそめた。湯屋で垢を擦ってもらう段、たびたび互いの親の話が口に上ったが、重蔵は母親のことを、達者過ぎてあちこち出歩くから困ると明るく語るだけで、耄碌だの暴れるだのといった話はかけらも出なかったのだ。

「重蔵も、湯屋に働きに出るのはもう難しかろうと、半ば腹を括(くく)ってたんですよ。ところへお隆ちゃんが、重蔵が留守の間、婆さんの面倒を見てもいいと申し出てくれたそうで」

次郎吉が告げたお隆というのは、先だって、佐吉が話していた水茶屋の娘だろう。

この三月に、二十箇所余りの料理茶屋が奢侈を理由に取り払いとなり、酌取女(しゃくとりおんな)は吉原へ引き移すとする御触れが出された。えらく乱暴なお沙汰だと惣十郎は呆れたが、崎岡あたりはこれに乗じて、ほうぼう巡っては禁を破っている見世がないか、目を光らせていた。この手の同心が増えれば、落ち着いて商いをすることもかなわぬのだろう。お隆とやらが働いていた水茶屋も、御触れのあおりを受け、この五月に見世を畳んだのだという。

重蔵とは亀島町の湯屋で顔見知りになったとかで、当面暇だし、お年寄りの相手は好きだからと、お隆は毎日この長屋に通ってきていたのだと、次郎吉は続けた。

「なにしろ気立てがいい娘(こ)でね。愛想もいいから、長屋連中はみんな虜(とりこ)になっちまってさ。掃き溜めに鶴だ、なんて言う奴もありましてね」

「重蔵の阿母さんも、お隆ってぇ娘には厄介なことぁ言わなかったか」

惣十郎が訊くと、次郎吉は渋面を作った。介添をはじめた頃こそおとなしく従ったが、すぐにお隆にも罵声を浴びせるようになったらしい。下手すると、長屋の女房たちを罵っていたときよりも、さらにひどい物言いをすることもあった。それでもお隆は嫌な顔ひとつせず、けなげに重蔵の母親の面倒を見ていたという。

「若(わけ)ぇのに感心だな」

「まったくでさ。重蔵もいくらか駄賃を渡してたようですが、なかなかできることじゃあありませんよ」

次郎吉は腕を組んで、深々と頷いた。

しかしそんなお隆をも、重蔵の母親は盗人呼ばわりしたという。たいがいは自分の置き忘れなのに、元の場所に目当てのものが見えぬとなるや、「あんた、盗んだろっ」と、はじまる。長屋の連中もそれでさんざん苦労してきたから、お隆を庇って、激高する母親をなだめること再々だった。

「そうすっとますます頭に血を上らせるんで、もうお手上げでね。しかし婆さんは、なにを守ってたんですかね。あっしらのような貧乏人は、盗まれて困るようなもんは、まずねぇんですけどね」

次郎吉は自嘲めかして言い、力ない笑みを浮かべた。

惣十郎は今一度、部屋の中を見渡す。最前は気付かなかったが、神棚の真下に置かれた木組の道具が、ふと目に留まった。

「こいつぁ、なにに使うものだ」

真ん中に穴の空いた木の円盤を、高さ一尺ほどある数本の棒で支えた、ちょうど小さな櫓炬燵のような形である。

「ああ、そいつぁ組台です。婆さんの仕事道具でさ。数年前まではね、糸組師だったんですよ」

よくある組台とはいくらか形が違うからすぐにはわからなかったが、そうか、重蔵の母親は組紐を編むことを生業としていたのか。

「重蔵のお父っつぁんは腕のいい左官職人で、実入りもよかったはずなんですが、婆さんは内職を続けたんですよ。組紐ってなぁ帯締めとして使われるから、色とりどりできれいでしょ。そういうもんを作るのが楽しくてしょうがないって、よく言ってましたよ」

まだ、しゃっきりしていた頃の婆さんを思い浮かべたのか、次郎吉は目を細めた。重蔵は、ふた親の性分をしかと受け継いでいるのだな、としんみりしたところで、

「旦那、あっしゃどうすりゃいいんですか」

尖った声に小突かれて、現（うつつ）に引き戻される。早桶にもたれた才太郎が、苛立ちも隠さず、こちらを睨んでいる。

「そうだった、すまねぇ。桶に入れる前の婆さんの様子を教えてくれ」

惣十郎が命じると、「仕方ねぇなぁ」と口を尖らせつつも、まんざらでもないふうに彼は語りはじめた。

「婆さんは、頭の上に両手を掲げるような格好で仰向けに倒れてたんですよ。ちょうど撲（ぶ）たれるのを怖がってるような格好でね。そら、相手が手を振り上げると、とっさに頭を庇うでしょう。あんな様子でしたよ」

「仰向けか……。で、婆さんはどこに倒れてたのだ。おい才の字、お前、骸の役になって、見たままの格好で寝転んでみろ」

惣十郎が促すと、

「えっ、なんであっしがそんなことまでしなきゃならねぇんですよ。この婆さんとは縁もゆかりもないんですぜ」

才太郎は唾を飛ばした。詮方なく惣十郎は次郎吉を目で指したが、

「冗談よしてくだせぇよ、縁起でもねぇ」

と、彼は首をすくめてかぶりを振る。

「そら、才の字。骸に慣れてるお前さんがやったが早（はえ）ぇだろう」

「なんだえ、骸に慣れてっからって道理は。役人ってなぁたいていおかしな奴ばっかりだが、その中でも妙なのに当たっちまったね」

　聞こえよがしに言いながらも才太郎は、部屋の真ん中に据えてある長火鉢の横に寝転がった。仰向けになり、頭を庇うように手を挙げた。

「火鉢ははじめっからこの位置かえ」

　そう問うと、

「あっしは動かしてませんぜ」

　才太郎が答え、次郎吉も頷いた。惣十郎は、寝ている才太郎のまわりを見澄ます。火鉢の五徳から鉄瓶がずり落ちているのは、なにかしら争った痕跡だろうか。重蔵の店（たな）は長屋の西端で片隣だが、仮に諍いがあったとすれば、向かいや隣の者は異変に気付いたのではないか。

「次郎吉、お前さんの店はどこだえ」

「はぁ、隣になります」

「したら、争った声だの物音を聞いたろ」

「それが、なにも聞いてませんで……」

　次郎吉が答えるや、才太郎が骸を模した格好のまま鼻息荒く吠えた。

「馬鹿言うなえ。こんな安普請の長屋だぜ。うちの店はもちっとマシだが、それでも隣の夫婦の睦言（むつごと）まで聞こえてくるぜ」

　すると次郎吉は「いやぁ……それが」と鬢（びん）のあたりをかいて、うなだれたのだ。

「昨夜（ゆうべ）、嬶（かかあ）と大喧嘩になりましてね。夫婦喧嘩は犬も食わねぇってんで、この長屋じゃどこもうっちゃっておくんですが、うちの嬶は図体も声もあっしより立派でして、えれぇ剣幕で怒鳴り散らしたもんですから、さすがに長屋の連中も放っておかれなかったんでしょう。仲裁に入ったりなんだりで、大騒ぎになっちまいましてね」

次郎吉は赤らんでいく顔を隠すように、額をごしごし擦りながら説く。

「連中はてっきりあっしが女房に殺されると案じたようなんですが、蓋を開けたら隣の婆さんがこんなことになっちまって」

「そいつは何刻だ」

「はて、はじまったのは宵五ツくらいでしょうかねぇ。あとは定かじゃありません。嬶は三軒先の店で寝たようですし、あっしは酒かっくらって寝ちまったンで」

どうしようもねぇな、と才太郎が茶々を入れる。

「あとでここの家主に詳しく訊くか」

溜息に交ぜて惣十郎が漏らすや、

「いやぁうちの家主はなんの役にも立ちませんぜ。喧嘩があっても仲裁に入ったことすらなくてね。吝ん坊で、肥を売って儲けることだけしか考えてませんから」

次郎吉は鼻の頭に皺を寄せた。

裏店は共同の厠が設えてあるが、溜まった肥を農家に売ると小金が入るのだ。嘉一のように、まめに住人の世話を焼き、町役人として自身番屋での仕事もこなす家主もいれば、家主とは名ばかりで自治は住人に任せきりの者もいる。ここの家主は杖が欠かせぬ年寄りらしく、店賃さえ集められれば、あとは知らぬ存ぜぬなのだろう。

「その夫婦喧嘩のとき、重蔵は湯屋から戻ってきてたかえ」

「いやぁ、それも覚えがねンです。いたら、真っ先に喧嘩を止めそうなもんですが」

この分だと長屋連中はいずれも、次郎吉夫婦の喧嘩騒ぎに気を取られて、重蔵の店には気を配っていなかったのだろう。

惣十郎は改めて、骸の格好をしている才太郎に目を落とす。重蔵の母親には、後ろから殴りつけた痕があった、と崎岡は言った。しかし、後ろから殴られたとしたら、なにゆえ仰向けに倒れていたのか。普通に考えれば前にのめって倒れる。となれば、骸はうつ伏せになるはずだ――こめかみを揉んでいると、

「旦那、お連れしましたよ」

と、背後に佐吉の声が響いた。梨春を連れて、戻ったのだ。

「よし、才の字、婆さんを桶から出してくんな。よくよく視(み)てもらわねぇとな」

手を挙げた格好で座敷に寝そべっていた才太郎は、「ったく、人使いが荒(あれ)ぇな」と、ぼやきながらも桶の蓋をとり、中に向かって手を合わせたのち、仏の両脇に腕を差し込んで持ち上げた。佐吉に手伝わせようとしたが、目を瞑(つぶ)って一心に「なんまいだぶ」と唱えるばかりで役に立たぬ。結局次郎吉が手を貸して、婆さんを座敷にそうっと横たえた。桶の中で座していたせいで、仰向けに寝かせても膝を立てた形のままである。

「後ろから殴られて死んだってんだが、少し検めてくれめぇか」

頼むと、梨春は骸の傍らに膝を突き、こちらに向いた。

「お名は、なんとおっしゃいますか」

彼は仏に対しても名で語るのを常としている。答えあぐねた惣十郎の代わりに、

「お幸(こう)さんです」

次郎吉が答える。梨春はひとつ頷き、手を合わせてから骸を慎重に横向きにした。うなじから後頭部を丁寧に検めていたが、

「殴られた、というのは確かですか」

ややあって首をひねった。

「そうは見えねぇか」

「頭に傷があるにはあるのですが、鋭い棒かなにかで突かれた痕のように見えるので」

惣十郎は梨春の横に屈んで、後頭部の傷を検めた。確かに尖った棒で突いたように、狭い範囲で凹みができている。

「こうした痕になるには、よほど強い力で突かないと難しいでしょう。しかし突かれれば人は押される格好で前にのめりますから、ここまで深い凹みはできぬかと」

梨春はそれから、骸を仰向けに戻すと、「お幸さん、失礼致します」と断ってから着物の裾をまくった。現れ出た婆さんの足を見て、惣十郎は息を吞む。擦り傷や痣だらけだったのだ。傷には固まった血までついていた。

「おい、才の字。お前、棺に押し込むとき、婆さんの足を傷めつけたか」

納棺の折にできた傷だと惣十郎は思いたかったのだ。が、才太郎が答えるより先に、

「いえ、これは亡くなる前にできた傷かと」

梨春が遮った。痣はできてすぐは紫だが、日が経つにつれ黄色くなる。仏の足の痣は、色が均一ではないから、同時期にできたものではないだろう。それに、亡くなったあとにできた擦り傷であれば血が滲むことはない——梨春は続けてそう説いた。

「亡くなると体の下になった面が紫赤色に変じます。が、この足の痣はそれとは違う。ここを見

ていただくとわかるのですが」

そう言って、梨春は仏をそっと横向きにし、着物の肩を剝いで見せた。背中が一面、紫赤に色付いている。

「体の下になった箇所に血が集まってこうした色をなすのです。亡くなって間もなければ、向きを変えてしばらく置くと紫赤の斑の位置も移りますが、刻が経つと血が固まるので斑の位置は動きません」

「どのくらいで固まるのだえ」

「時季に拠りますが、半日ほどでしょう」

桶に座らされても背中の死斑が動かぬのは、それだけ刻が経っているからか。

「次郎吉、お幸さんが死んだのを最初にめっけた住人は誰だ」

「へえ。手前ですが」

二日酔いでがんがん鳴る頭を持て余し、井戸で顔でも洗おうと路地に出たところ、重蔵の店の油障子が開いていたのでひょいと中を覗くと、寝ているお幸の傍らに重蔵が呆然と座していた。声を掛けても返事をしないから店に入って、婆さんが死んでいるのを知った、と彼は小声で語った。

「そいつは何刻だ」

「朝靄が立ち込めてましたから、暁七ツくれえかと。長屋の連中もまだ起き出してませんでしたからね。なんですか、酒に吞まれると、不思議と短い刻しか寝られませんで。ありゃ、なんででしょうね」

——死斑の様子から、少なくとも今から半日より前には婆さんは息絶えてたってぇことか。つまり昨夜の町木戸が閉まる前だ。

重蔵は確か、湯屋の仕事が終うのはたいがい町木戸が閉まってからで、逐一木戸番に開けてもらうのも面倒だから近くに住むことにしたと、かつて語っていたのである。

「そんなに刻が経ってたんなら、なおさら湯灌しねぇとならねぇのによ。湯灌ってなぁ身を清めるためだけじゃないんだぜ。体の柔らかさを取り戻して、棺に収まりやすくするためのものでもあるんだからよ」

才太郎が鼻息も荒く言う。

「それだってのに崎岡の旦那は、すぐに菩提所に運んでやれって言うだけでよ、鋼みてぇに硬くなった仏を桶に入れるのがどんだけ苦労か、わかってねぇんだから、とんだ野暮助よ」

同心相手にここまで物怖じしない奴も珍しい、と惣十郎は場違いな感心をしたが、佐吉は泡を食って、「お前、少しは口を慎めよ」とたしなめた。

「崎岡が調べに入った段に、もうお前は呼ばれたってのか」

「そうですよ。この婆さんの息子がお縄になって、そのまま大番屋に送られることになったからね」

次郎吉は、婆さんの亡くなったことをまず自身番屋に報せた。家主がまったく当てにならないから、変事が起こると、この長屋の者はまず番屋に駆け込む。重蔵は呆けたようになってなにも語らぬし、どうしたものかと長屋連中と話し合っていたところへ、崎岡がやって来た。彼は現場に入るや、ろくに重蔵の話も聞かずに縄を掛け、手先に大番屋へ送らせた。早桶屋を呼ぶよう次郎吉に命じると、駆けつけた才太郎に菩提所に運んでやれと告げ、長屋をあとにした。日本堤で惣十郎と出くわしたのは、その段だったのだろう。

――崎岡の野郎、楽な仕事をしやがって。

惣十郎は奥歯を鳴らすも、ひとまず苛立ちに蓋をし、

「重蔵が留守の間、婆さんを看てるお隆ってのは、昨夜はいたのかえ」

次郎吉に訊いた。

「いや、いつも日暮れには帰りますからね。夜道のひとり歩きは危ねぇと、婆さんを早めに寝かせて帰ってくんです。今朝も来たようですが、この騒ぎですから帰ったんでしょう。金六町に親御さんと住んでますよ」

重蔵の母親に夕餉を食べさせ、寝付くまでお隆は付き添い、夜の帳が下りる前に帰って行く。その後、木戸が閉まったのちに戻った重蔵が、朝になってお隆が通ってくるまで面倒を見るというのが毎日の流れらしい。

「婆さんは早寝する分、早起きでね。まだ暗いうちに起き出しちまう。重蔵はほとんど寝ずに相手をして、そのまま湯屋に出て行ってましたよ」

次郎吉は言って目をしょぼつかせた。

「だからカッとなって手を上げちまうくらい、疲れ切ってたんですよ。勝手に出歩く婆さんを、抱え込んで連れ戻したりもしてましたから。だいぶ暴れるもんで、時には地面を引きずるようなこともあってね」

この痣が昨日今日だけのものではないとすると、日頃から体に傷ができるようなことが積み重なっていたのだろう。それでも惣十郎には、重蔵が母親相手にひどい折檻をするとは、どうにも思えなかった。

「婆さんが暴れるのを収めるとき、重蔵はどんな様子だった。例えば、棒だの紐だの、道具を使

うようなこたぁなかったか」

惣十郎は次郎吉に訊く。

「まさかっ。ないですよ。素手で抱えたり押さえたりするだけです」

仏の検屍を進めていた梨春が、顔を上げてこちらに向いた。

「少しお待ちいただいて、傷を詳しく調べてもよろしゅうございましょうか」

惣十郎のみならず、才太郎や次郎吉にも許しを請うように、彼はみなを見渡して訊く。

「無論だ、詳しく調べてくれ」

惣十郎が答えると次郎吉は素直に頷いたが、才太郎は仕事に滞りが出るからだろう、口を尖らせた。佐吉がそれを見咎めて、

「お前、口鳥先生が視てくださるのに、その態度はなんだっ」

と、再び声を荒らげる。むくれる才太郎に、

「すまねぇ才の字。葬っちまったら、婆さんはなにも教えてくれなくなるからさ」

惣十郎は素早く詫びた。

「着物をすべて剝がねばならぬので、私と服部様の他は、表に出ていただいてもよろしゅうございますか。お幸さんも大勢に見られては恥ずかしいでしょうから」

梨春は、あたかも婆さんが生きているかのような言い方をする。

佐吉が才太郎と次郎吉を促し、揃って表に出て行ってから、梨春はおもむろに薬籠を開き、小さな壺を取り出した。蓋を開けると、ツンと酢のにおいが鼻腔を突いた。

「少しにおいがきついかもしれません。糟醋が入っておりますので」

「糟醋……なにに使うのだ」

「これを体に塗りますと、隠れた傷も見えてまいります。死斑にまぎれて見えにくいものもございますし、このように総身の色が変じてしまうと、見落とすこともございますから」

山椒や葱白を塗っても、同じように傷を検めることができるのだ、と梨春は付け加えた。そういえば、『無冤録述』にも、これに似た検屍の術が載っていたことを惣十郎は思い出す。

梨春は仏に今一度手を合わせてから、着物を取り去り、背中や腕、腹と、丁寧に糟醋を塗っていった。半刻ほどそのままおいて様子を見ると、貝殻骨のあたりに大きな打撲痕らしき痣、足首にひねったような痣、二の腕にも絞められたような痕が、克明に浮かび上がった。どれも、生きていた頃にできた傷だという。

「普段から、誰かに撲たれるようなことが再々あったんだろうか」

重蔵が手を上げるのにはどうしようもない理由があった、と語った次郎吉の声が頭の隅をよぎる。

「ただ、これらの傷はいずれも死に至らしめるようなものとは異なります。私たちが普段、どこかにぶつけたり、転んだりしたときにできた傷と大差ないものか、と」

そう答えてから、梨春は仏の腹部を圧した。

「特に硬くなっているところも見当たらないので、腹を撲たれるなどして、臓腑を傷めたわけでもないようです」

「つまり、命に関わったのは、頭の傷だけってことか」

「私の見立てでは、そうなります」

二の腕に巻き付くような形をなした痣は、もしかすると重蔵が、暴れる母を止めようと、その体を抱え込んだときにできたものかもしれない。想像するだに、苦い溜息が出た。

と、梨春が不意に仏の右手指先にぐいと顔を寄せたのだ。

「これは、なんでしょう」

彼の指したところを見詰めると、人差し指と中指の爪の間に、木のささくれらしきものが数本刺さっている。

「楊枝でもねぇ、ただの木のめくれのようだが、なんだって爪に詰まったのか……」

梨春が細い箸様の棒で、これを抜き、においを嗅いだ。

「毒が塗られた様子もございません。ただの木片かと存じますが」

木を引っかくかなにかした拍子に、指に刺さったのだろうか。惣十郎は部屋を見渡す。年季の入った長屋ゆえ、柱も戸も毛羽が立っていて、お幸の指に詰まっていた木片がどの箇所のものか見定めるのは難しかった。

「手掛かりになるかもしれねぇ。ひとまず俺が預かっておこう」

惣十郎は言って、懐から取り出した懐紙で木片を挟んだ。


梨春はひと通り検屍を終えると、仏の着物をきれいに整え、手を合わせた。惣十郎は、表で待たせていた才太郎に、

「おい、才の字、仏のお帰りだ」

そう声を掛ける。長らく待たされて臍を曲げているのか、彼は口をへの字に折り曲げて敷居をまたいだ。

「そう仏頂面をすな。悪ぃが、婆さんをこれで湯灌してやってくれめぇか」

いくらか才太郎の袂に落とすや、彼は途端に相好を崩し、

「わかってるじゃねぇか、旦那」

と、いそいそと仏を抱えた。

「重蔵ってぇ江戸で一番の三助を産んで育てた立派な母親だぜ。とりわけ丁重に扱うんだ」

惣十郎は、早桶の棒を担いだ才太郎に向けて言う。未だ住人たちは家に引っ込んだままだが、あえて、あたり一帯に響き渡るよう声を張った。

「おうよ」

小路を行きながら才太郎は答え、後棒を担ぐ次郎吉に向けて、

「あの旦那ぁ、役人の割にゃあまぁまぁ気が利くな」

と、声を放った。惣十郎まではっきり聞こえる大声だったが、これはあえて聞かせるためではなく、単に才太郎の地声が大きいせいだろう。

「まったく無礼な野郎だ。あいつをしょっ引いたほうがいいくらいですよ」

佐吉は、憤然としている。

「いや、なかなか面白(おもしれ)ぇ奴だよ。与助の下にでもつけるか」

「えっ。冗談じゃないですよ。あんな口の悪い奴と働くのは真っ平御免です」

佐吉が泡を食って返したとき、薬籠を調えた梨春が土間に降りてきた。

「助かったよ。急に呼び出して悪かったな」

礼を言うと、彼はかぶりを振った。

「ただ、殴られて亡くなられたにしては、不可解な点が多うございます。あとは重蔵さんが当夜、何刻にお戻りになったか、それがわかれば疑いも晴れましょうが」

後ろから突いて、うつ伏せになった骸を、誰かが仰向けにしたという線もある。しかしいずれ

にしても死斑の様子からして、昨夜木戸が閉まる刻より一刻以上前になされたはずだ。重蔵がその刻にまだ湯屋にいれば、身の潔白が証せるが。

「少し調べてみるさ」

惣十郎の返事を受け取った梨春が、一礼して長屋を後にするのを見送りつつ、佐吉がつぶやいた。

「しかし、死んだのち半日ほどで斑が固まって動かなくなるってのは初耳でした」

この法は『無冤録述』にも書かれておらぬ、梨春独自の見立てである。それだけに、重蔵が長屋に戻った刻が明らかになっても、吟味の上で無実を証す材料としては弱いのが難だった。

「梨春は、幼い頃に見たんだよ。家族を亡くした折、弔いはおろか、早桶屋にすら避けられた。疫病だったからな。打つ手もなく、冷たくなった親兄弟と幾日も過ごさなけりゃならなかった。そのときの、骸の変じようが目に焼き付いてるんだと。生き返らねぇかと一心に念じて、見てたからさ」

説くと、佐吉は悄然とうなだれた。

「さて、俺はこれから番所に行く。お前、お隆ってぇ小娘の顔を知ってるんだったな」

「へぇ。幾度か見かけたことはあります」

「金六町に住んでるようだから、ちょいと行って、昨夜（ゆうべ）の様子を訊いてきな。重蔵の家を訪ねてきた者がなかったか。婆さんがどんな様子だったか」

「承知しやした」

「完治にも声を掛けて一緒に行けよ」

踵を返しかけた佐吉に声を投げると、彼は苦い汁でも飲んだような顔になった。

帰りに自身番屋に立ち寄って、重蔵の店の中のものはなにも動かすなと番太郎に命じてから、惣十郎は北町奉行所への道を早足でたどる。呉服橋を渡り、半ば駆け込まんばかりにして玄関をまたぎ、足音も高く詰所に入ると、案の定、崎岡が見習同心相手に手柄話を披露していた。彼の文机には、書きかけの一件証文が置かれている。

惣十郎は大股で崎岡に近づくと、ものも言わずに文机を引き離し、その前に立ちはだかった。崎岡はぎょっとしたふうに顔を上げたが、それが惣十郎だと知れるや、皮肉な笑みを浮かべて、まわりに集めた見習同心に向き直った。

「見ろ、俺の手柄をやっかんでる奴が来たぜ」

無駄に太い眉毛を上下させ、牛のように鼻の穴を押し広げて嘲笑する。

「馬鹿め、誰がやっかむか。ただの捕違いだってぇのに」

惣十郎が思うさま馬鹿にした口振りで返すや、崎岡は即刻こめかみの血道を波打たせた。

「捕違いたぁご挨拶だな。あれは間違いなく重蔵の仕業よ。あいつはね、死んだ母親の横にぼんやり座ってたってとこを、長屋の住人に見付けられてんだ。俺が自身番屋に立ち寄ったら、番太が慌てて報じたからよ、すぐあの場に向かったんだが、そのときもまだ重蔵は座敷に座ってたさ。まるで石になっちまったみてぇにさ。涙のひとつも見せずによ」

お前が殺ったのか、という崎岡の問いにすら、重蔵は答えなかったらしい。縄を掛けられる段になってはじめて、ひどく驚いた顔をして、「あっしじゃござんせん」と急に申し開きをしたのだという。

「……お前、仏のそばに座ってたってぇだけで、重蔵を引いたのかえ」

「骸は見たぜ。頭の後ろに殴られた痕があったろ。それが決め手よ」

「それがなんだって重蔵の仕業になるのだ」

「だからよ、重蔵が仏の隣に座ってたんだって、さっきから言ってんだろ」

駄目だ、話にならぬ。惣十郎は眉間を揉んだのち、言い放った。

「お前は、ただ下手人を挙げればいいと思ってる。数を数えることしか能がねぇから、こんな馬鹿をやらかすのだ」

腸が煮えくり返っているのに、なぜか半笑いになってしまい、惣十郎は戸惑った。怒りが度を越えると、人は笑ってしまうものらしい。

「よくよく調べもしねぇで、大番屋送りにしやがって。人ひとりの人生を、俺たちゃ扱ってんだぜ。それを、てめぇの手柄のためだけに罪人に仕立てあげては喜んでるのがお前だ。どうで手習所じゃ、数の数え方しか教わってこなかったんだろう」

鼻で笑ってやると、崎岡は顔のみならず首筋まで真っ赤にして立ち上がった。

「お前は手習所で、書き方を教わらなかったと見える。あそこまで下手な字は、書こうと思ってもなかなか書けねぇぜ。だいたいなんだ、受持でもねぇのに首突っ込みやがって。重蔵と懇意だかなんだか知らねぇが、だから殺ってねぇと思い込むたぁ、ただの贔屓目じゃぁねぇか」

確かに、重蔵の人となりを知っているがゆえに信じがたいという思いもある。まるきり縁のない者であれば、梨春を呼んでまで検屍はしなかったろう。それでも惣十郎は豪然と言い放った。

「別段肩入れして救おうとしてるわけじゃあねぇのだ。殺ってねぇと当人が言ってるのに、よく調べもせずに大番屋に送ったお前に非を打ってるんだよ、俺は」

「がたがたうるせぇな。だいたい、三助のひとりやふたり、どうってことねぇだろう。代わりはいくらでもいるさ」

崎岡の言い草に、おびただしい怒りの渦が胃の腑から脳天へと突き抜けた。総身が震え、頭の中が崎岡への罵倒であふれかえる。どこからどう詰めればよかろうと、もっとも奴に突き刺さりそうな言葉をたぐり寄せていたはずなのに、気付けば、

「垢を擦らせたら、重蔵の右に出る者はいねぇのだ。俺がどんだけ垢が出るか、お前は知らねぇから、そんな呑気なことが言えるんだよ。あれは垢なんて生ぬるいもんじゃねぇ、脱皮といってもいいくれぇだ」

わけのわからんことをほざいていた。

崎岡も、まわりを囲んだ見習同心も、ぽかんと口を開けている。怒りが極に達するとともに、惣十郎の混乱もまた極に達したらしい。

「……お前は、なにを言ってるのだ」

崎岡が呆れ声を発した途端、見習同心たちが耐えかねたように一斉に吹き出した。羞恥に顔が染まっていくのを感じつつ、惣十郎は思うさま咳払いをし、みなを黙らせる。

「兎にも角にも、今一度大番屋で重蔵を調べ直すよう計らえ。最前、重蔵の母親を検屍してもらったのだ。どうも、ただ殴られたとは思えねぇという見立てなんだからよ」

「また例の町医に頼んだのか」

崎岡は冷ややかに吐き捨てる。

梨春の存在は、廻方の同輩も知っている。惣十郎が一存で用いてはいるが、検屍の用があれば助力してくれようから俺に言え、と仲間内には伝えてあるのだ。もっとも他の廻方は『無冤録述』を片手に自ら検めるに止め、わざわざ医者を呼ぶことまではせぬため、梨春に依頼した者はまだない。

「その口鳥とかいう医者の見立てが正しいとも限らねぇだろ。俺たちの仕事にあまりよそ者を入れねぇほうがいいぜ。岡っ引や下っ引を使っておいて、言えることじゃあねぇが」

「梨春は検屍した一件を、よそで吹聴するようなこたぁしねぇさ」

すると崎岡は、これ見よがしの溜息を吐き、「わかってねぇなぁ」と、嘯いたのだ。

「次々と新たな町触れが出される昨今だ。御老中の施策が功を奏すか否か、幕吏はこぞって注視してる。誰につくかで己の出世に係り合ってくるからな。こういう政の変わり目ってなぁ、用心しねぇとさ。少しでも隙があれば、足を引っ張ろうと狙ってる御仁もあろうからさ」

厳めしい顔を作り、声を低くして崎岡は告げたが、一下役である同心の仕事が幕吏の権勢争いを左右することなぞあろうはずもない。ふん、と鼻であしらってやると、

「俺たちの失態が、遠山様の足を引っ張る材になるかもしれねぇのだ。お前にゃ、そういう役所のややこしさはわからねぇだろうが」

と、北町奉行の名まで出して愚弄する。

「てめぇの頭の上の蠅も追えねぇ奴に案じられたところで、御奉行も迷惑だろう」

惣十郎が嘲笑うと、

「なんだと」

崎岡はうめき、

「頭の上の蠅も追えねぇのはお前だぜ」

と、口角をひねりあげた。

「お前、陶玄とかいう祈禱師の捕物でしくじったろ。たかが如何物師風情に手こずって、刃傷沙汰にまでなったのはなぜだと思う。とっととしょっ引かねぇからさ」

惣十郎は喉を鳴らしたきり、黙るよりない。なんの罪もない坊の母親に怪我を負わせてしまったのは、確かに自分の詰めが甘かったせいなのだ。

「事件の真相なんぞ、俺たち同心にゃ係りのねぇことだ。怪しきはとっとと引くに越したことはねンだよ。さすれば、そいつは新たな罪を犯さずに済む。犠牲になる者も出さずに済む。しかも己の手柄になる。それをお前は、相手の出方をのんびり見てっから、ああいう羽目になるのだ」

得意げに語る崎岡の阿呆面を間近に見るうち、悪心まで催してきた。惣十郎は早々にこの話を終いにせんと、

「なんの証拠もなしに、ただ骸の傍らに座ってたってぇだけで下手人と決めつけて事が済むなら、同心なんぞいらなくなるぜ。そこらの童でもできる役目じゃねぇか」

そう返すも、崎岡はいっそう得々として顎を上げたのである。

「証拠ならあるぜ」

彼はおもむろに懐に手を突っ込み、幾重にも折り畳まれた紙を取り出した。広げると、精緻(せいち)に描かれた人体図が現れた。

「重蔵の店(たな)に置いてあったもんだ。よっぽど何度も眺めたんだろう。だいぶ薄汚れてるさ」

かつて重蔵が、人の体の作りについて梨春に訊いたと語っていた声が、惣十郎の耳に甦る。これは、梨春が描いた人体図ではないのか。

「奴はおおかた、こいつをもとに、急所を探って狙ったのだろう。頭ってのは前面より後ろのほうが脆(もろ)いと、俺たちも廻方になったとき教わったものな」

「違う。その図は垢を擦るための考究に使ってたのだ。三助としての技を極めるために、重蔵は人体を学んでたんだよ」

崎岡はしばし、惣十郎の言葉を咀嚼するように下顎を左右に動かしていたが、やがてけたたましい笑い声をあげた。

「冗談もたいがいにしろ。たかが垢を擦るのに、体の作りを学ぶ手間なぞかけるか」

「お前の性根はどこまで腐ってるんだよ。重蔵はそれだけ、三助ってぇ仕事に懸命に取り組んでたのだ。そもそも大の男が老女ひとりを殺めることこそ……」

考究するまでもなくたやすいことだと言い掛けたが、惣十郎は声を飲み込んだ。

人を生かすのは、時に至難の業となる。梨春の懊悩に接するたび、惣十郎は身に染みて思う。一方で殺生は、どんな能なしでもできる。いや、途方もない能なしだからこそ、そんな愚行をしでかすのだ。

「重蔵が人を殺めはしねぇと俺が思うのは、なにも善悪だの情だのってぇ話じゃねぇのだ。一心に励める道を見付けた者は、誰にでもできるようなことにゃ目が向かねぇものだ。ひとつの技を極めんと精進してきた重蔵が、仮に母親に手を焼いていたにせよ、浅はかな手立てをとるはずもねぇのだ」

低く語る惣十郎を、崎岡が遮った。

「人の世がそんな安易な仕組みでできてるなら、それこそ同心なぞいらねぇだろ」

この剣呑なやり取りを固唾を呑んで見守っている見習同心たちに同意を求めるように、「なぁ」と崎岡は声を放る。

「お前が、人の世のなにをわかってるんだよ。数でしか仕事の出来を判じられねぇお前がよ」

苛立ちまぎれに吐き捨てると、

「捕物に手こずってるお前なんぞより、俺はずっと働きがいいぜ」

負けじと崎岡も言い返す。

「捕違いをしては、吟味方から絞られるのを、働きがいいとは言えねぇだろ」

嗤った途端、崎岡に胸ぐらを摑まれた。惣十郎も奴の衿を力任せに引っ張る。

「おやめくださいませ。御番所の内でございますよ」

見習同心たちが慌てふためき、ふたりの間に割って入ったがために、いっそう激しい揉み合いになる。

「いい加減にせんかっ」

大音声がとどろいたのは、そのときだった。太棹の絃を思うさま撥で弾いたときのような、ビンッと強く響いた声に、崎岡も見習同心たちも動きを止める。

惣十郎は恐る恐る声のほうへと首をひねり、そこに仁王立ちした悠木史享の姿を認めた。

「おぬしらの声が、表にまで響いておるぞ。御番所の中で取っ組み合いの喧嘩なぞ、童でもあるまいに、呆れ果てるわ」

惣十郎は崎岡の衿を摑んでいた手を、そっと放す。崎岡もまた、手を引いた。見習同心たちは火の粉が飛んでくるのを避けるように、それぞれの文机に向かった。

「例繰方の詰所にまで聞こえておったゆえ、吟味方や年番方にも、おぬしらの諍いは知れたであろうな。厄介の種と目されれば、いずれおぬしらが憂き目に遭うのじゃぞ」

史享は、他所に聞こえぬよう、声を落とした。役所というのは、内々に厄介の芽を摘むことにかけては長けている。善し悪しにかかわらず、血気盛んで熱心な者ほど、その網の目に引っ掛かる。同心ひとりを役替することも無役にすることさえも、理由があればたやすく行える。

崎岡が蒼くなって、

「与力衆にお詫びに回ったほうがよろしゅうございましょうか」

と、史亭に訊いた。こういうとき律儀に保身に走るのもまた、崎岡らしい。

「いや、さようなことをすれば、かえって大事になろう。わしからそれとなく、捕物の仕方で議論を戦わせていただけだとお伝えするゆえ、二度とこのような騒ぎを起こすでない」

史亭が取りなし、崎岡が背骨を抜かれでもしたような、頼りない辞儀をした。惣十郎も続いて、

「申し訳ございません」と頭を下げたところで、

「服部」

史亭の冷たい声が降ってきた。

「今宵、うちに寄れ」

それだけを言い、彼は背を翻した。珍しいこともあるものだ、と惣十郎は訝る。郁が逝ってから、互いの屋敷の往き来はほとんど絶えていたからである。

「お前だけ、改めて雷を落とされるんじゃあねぇか。騒ぎの発端だからな」

今の今まで蒼くなっていた崎岡が、まさに童同然のはしゃいだ声をあげた。

三

その晩惣十郎は、風呂敷に包んだ重箱と酒徳利を提げて地蔵橋（じぞうばし）を渡った。八丁堀組屋敷の中でも南茅場町に近い北の端に建つ、史亭の屋敷へ向かっている。

重箱には、お雅が作った利休卵が入っている。粘りが出るまでよく練った白胡麻に卵を割りほぐし入れ、酒と醬油を合わせてから蒸した、ふんわりと柔らかな逸品だ。寒卵の時季になると、

風邪を引かぬようにとお雅はこれを作るのである。

「悠木様は甘い物がお好きだと伺いましたので、砂糖も加えて作りました。お酒のあてにでもお持ちくださいませ」

奉行所から一旦帰り、史亨の屋敷に行く旨伝えたところ、お雅は慌ただしく厨に入り、手早くこしらえた利休卵を重箱に詰めたのだ。

「悠木様の好物なぞよく知ってるな」

意外に思って訊くと、

「ええ。お母様から」

と、お雅は竈の火加減を見つつ答えた。

四方山話にさらりと語ったようなことまで、漏らさず覚えているのがお雅である。そういえば史亨は、よく目を細めて郁の作った饅頭を頬張っていた。あのような史亨の健やかな笑顔には長らく接しておらぬな、と惣十郎は胸苦しくなる。

頬をさする風が、めっきり冷たくなった。堀端の藤袴が頼りなく揺れている。

お雅はこの時季になると、やたらと藤袴を摘んでくるのだ。花瓶に挿しては、座敷や母の部屋に飾っている。菖蒲や牡丹、菊といった華やかな花を楽しむ者が多い中で、彼女は至って控えめな花を好む。藤袴も、惣十郎には花だか蕾だか見分けすらつかぬ地味な姿である。一度そんな感慨を漏らしたとき、お雅はがっかりしたような顔でこちらを見上げ、

「派手な見目や大輪の花は目を引きますが、時に押しつけがましさも覚えて、蝕まれます。けれど藤袴は、けっしてあたしを脅かしませんもの」

静かにそう答えたのだ。蝕まれる——いったいなにが蝕まれるのだろうかと、そのとき惣十郎

は不可解に思ったのだが、理由を訊いても、お雅は心許なげな笑みを浮かべただけだった。

――郁は、どんな花が好きだったろう。

史享の屋敷の前まで来たところで、ふと思った。必死に覚えをたどったが、思い出せるものはなにもなかった。また己を責めつつ、木戸門をくぐる。

史享はすでに勤めを終えて戻っており、惣十郎を座敷に誘（いざな）った。部屋は隅々まで掃き清められていたが、長火鉢と仏壇があるきりで、清浄というよりも寒々しく感じられた。

「御番所でのこと、まことに申し訳ございません。頭に血が上ってしまいまして」

まずは手を突いて詫びてから、徳利と重箱を史享の前へと滑らせる。

「うちの者が持って行け、と」

「お多津様かね」

「いえ、お雅という下女にございます。母から、悠木様は甘いものがお好きだと聞いたそうで、菓子ではないのですが、利休卵を。少し甘めに味付けしております」

ほう、と史享は喉を鳴らし、重箱の蓋を開け、これは見事じゃ、と目尻を下げた。

「こうした手の込んだ料理はとんとご無沙汰でな。ありがたくいただこう」

言うや自ら厨に入り、箸と猪口、それから豆腐や佃煮の載った膳を運んできた。惣十郎は恐縮しつつも訊いた。

「あの……朝夕の膳の支度は、いつもどのようになさっておるのですか」

以前は、郁とともに服部家に入って下女として仕えたお光佐が、たびたび御菜を届けていたのだ。が、郁が亡くなり、お光佐に暇を出してこの方、史享は下女を雇い入れることもせず、家のことはひとりですべて担っている。多津が時折差し入れをしていたが、「かえって気を遣うから」

と、彼はそれも断ったのだった。

「わしとて飯くらい炊ける。それに長屋の女房が、御菜を分けてくれることもあってな。不便はないわ」

他の同心屋敷同様、史享も敷地の一部に長屋を建てて人に貸している。主に儒者や医者が住んでいるが、その女房たちが折に触れ世話を焼いてくれているらしい。惣十郎は幾分安堵する。と同時に、郁の話になるのは辛いから役目より他の往き来はならぬ、という史享の言いつけに愚直に従ってきた己の不義理を悔いた。

「お光佐をこちらに戻せば、不便はなかったですな」

惣十郎はつい、心の声を漏らしてしまう。郁が亡くなったのち、そんな話も出たのだが、お光佐が故郷に帰ると言って聞かなかったのだ。

悠木様のお屋敷に戻れば、ご新造様のことを思い出して辛くなりますから——。

郁が十三になった頃から仕えていた下女だけに、半ば姉妹のように過ごした日々のかけらが史享の屋敷にはあまた息づいているのだろうと察し、惣十郎は無理強いをしなかった。あのときは史享もまた、「しばらくは、ひとりでいたい」と、お光佐のみならず惣十郎をも遠ざけたのだ。

「なに、ひとりのほうが気楽さ。お光佐を雇う前は、母の手も借りつつ郁とふたりでなんとかやっておったしな」

郁は十になるかならぬかのうちに母を亡くし、以来、史享の母親に教わりながら少しずつ台所仕事を覚えた。もっとも菓子作りばかり熱心で、嫁いで間もない頃は、飯の炊き加減さえうまく計ることができなかったのだ。焦がしたり、反対に水気が多かったりしたため、多津が付きっきりで教えなければならなかった。

見かねたお光佐が手伝おうとするのを、多津はいつも、

「ご飯だけは、誰の手も借りず、うまく炊けるようにならないといけませんよ。郁のためにもね。朝餉も夕餉も、家族の命を繋いでくれる大切なものなのですから」

そう言って、制していた。いわゆる嫁姑の剣呑な間柄とまでは見えなかったが、はじめて嫁を迎えて、母にも構えるところがあったのだろう。一度、消沈する郁を、お光佐が慰めていたのを、惣十郎は襖越しに聞いてしまったことがある。

「気にしちゃいけませんよ。お姑さんというのは、ご新造様にはきつく当たるものと決まってるんです。どこも同じですよ」

言葉尻を跳ね上げるようなその口吻といい、母を通り一遍の見方しかしておらぬ様といい、胸の内が薄暗く濁ったのを未だ惣十郎は覚えている。母も珍しく、お光佐には隔てを置いていて、お雅に接するときのようなくつろいだ顔は、けっして見せなかったのだ。

惣十郎の持参した酒を史享はぬる燗にして、膳に置いた。徳利を取り上げた惣十郎に、「わしは少しでいいぞ」と、彼はいつもの台詞を口にする。

甘い物好きは下戸が多いと言われる通り、史享もまた酒に弱い。この晩も、ふたつみっつ杯を重ねただけで、顔が熟柿のようになった。

「御番所でのこと、向後は気をつけねばならんぞ。必ずおぬしの出世に響くゆえの」

利休卵をさも満足そうに堪能してから、史享は不意に厳しい顔を作った。惣十郎はひらに謝るよりない。議論ならともかく、奉行所内での取っ組み合いの喧嘩なぞ目も当てられぬのは承知している。

「昨年夏に南の御番所内で起きた刃傷沙汰のこともある。あれからというもの、お歴々も役人の

不祥事にはいっそう目を光らせておる。おぬしと崎岡にとっては、親しい者同士のじゃれ合いかもしれぬが」

「いや、あれはまことの諍いにございます。あんな奴とじゃれ合うほど、私は頭が弱くはございません」

歯を剝いて言い返すや、史亨から思うさま睨(ね)め付(つ)けられた。惣十郎は頭(こうべ)を垂れる。

「あの刃傷沙汰の責めを負う形で、矢部様は南町奉行を退かれることになった。その後のことは、おぬしも耳にしておろう」

昨年末まで南町奉行を務めた矢部駿河守定謙(するがのかみさだのり)は、失脚ののち桑名松平家にお預けとなり、ほとんど食をとらぬまま、この七月に亡くなっている。処分への不満を募らせた挙げ句の憤死だったと、惣十郎は聞いている。

南町奉行所内で起きた刃傷沙汰は当初、吟味方同心、佐久間伝蔵(さくまでんぞう)の乱心だと、北町奉行所に伝わっていた。佐久間はその日、見習同心、堀口貞五郎(ほりぐちさだごろう)に突如として刃を向け、斬殺。止めに入った物書役、高木平次兵衛(たかぎへいじべえ)に深手を負わせたのち、自刃(じじん)して果てたのである。

奉行所内での斬り合いという前代未聞の醜聞は、当然ながら幕閣の耳に入る。一件の詳細な経緯(いきさつ)を探る者もあったのだろう。結果、この件が単なる佐久間の乱心ではなく、六年前に行われたお救い米買付の際の不正が発端になっていると知れるまでに、さほど刻はかからなかった。斬殺された堀口貞五郎は、かつて佐久間と同役にあった堀口六左衛門(ろくざえもん)の倅(せがれ)だったのだ。

天保に入って間もなく、飢饉に見舞われた民を救うため、当時年番方同心を務めていた佐久間と堀口六左衛門は、仁杉五郎左衛門(ひとすぎごろうざえもん)指揮のもと、各所に掛け合い、米を集める役目を担っていた。その際、米問屋からの金品授与をはじめ不正があったことを、南町奉行となる以前、西の丸留守居役にあった矢部は独自に調べ、老中、水野忠邦に内通したという。

矢部の聴取に応じたのが堀口で、彼は不正の罪をすべて、仁杉と佐久間になすりつけたらしい。これを漏れ聞いた佐久間が堀口への意趣返しを試みたのが、南町奉行所で起きた刃傷沙汰である。ただ不運なことに一件当日、六左衛門は普段より出仕が遅れた。焦れた佐久間は、すでに詰所に入っていた彼の倅を誅殺(ちゅうさつ)したのである。

佐久間が刃傷沙汰を起こしたことで、お救い米に関わる不正が行われていたこと、また、刃傷沙汰に至った発端を矢部が把握しながら、「佐久間の乱心」として不問に付そうとしたことが、明らかになってしまった。

「それにしても、矢部様はなにゆえ、佐久間殿の乱心として処理するよう指示したのでございましょうか」

惣十郎が訊くと、史享はわずかに頬を歪めた。

「それはわからぬ。矢部様はすでに西の丸留守居役を解かれて南町奉行になっておられたゆえ、御番所内の不正を公にすることをはばかったのかもしれぬ。ただ、事実を封じて、安易に片付けようとしたのは悪手であったろう。これを御老中に衝かれて、矢部様は失脚の憂き目を見たゆえな」

矢部は遠山共々、水野の改革にはなにかと異を唱えてきただけに、この一件を機に、役目を追われたのだ。次に南町奉行の座に就いたのが、鳥居耀蔵である。

「鳥居様が矢部様の追い落としにこの件を用いたと噂する者もおりますが……」

訊いた惣十郎に、史享は曖昧な笑みを浮かべ、杯を干した。

一件の全容が明るみに出たことには、佐久間伝蔵の妻女が老中、水野忠邦に駕籠訴(かごそ)したことが大きく働いている。夫が命を懸けて身の潔白を証そうとしたのに、矢部が「乱心」として真相を揉み消したと訴えたのである。

これを伝え聞いた役人たちは一様に、いかで夫の死を悼んでの行いであれ、一同心の妻女がさように大胆な手立てをとるものだろうか、と怪しんだ。矢部失脚ののち、南町奉行に座ったのが鳥居耀蔵だったために、妻女をけしかけ、水野を動かして矢部を退けるよう糸を引いたのは鳥居なのではないか、との憶測も呼んだ。

「矢部様はこの処遇に、食を絶って抗議なさった。となると、佐久間殿の妻女が駕籠訴した事柄も、まことかどうか」

惣十郎は、史亨の支度してくれた佃煮をつまみながらつぶやく。

「どうであろうな。佐久間殿は、仁杉様の汚名を雪ぐと言うておったようじゃが、そう短絡なことではないのかもしれぬな」

「御番所内には、私のような下役には計り知れぬ厄介な動きがあるのでしょうな」

安易に答えたからか、史亨は物言いたげな面持ちになった。

「なにか……」

訊くと彼は、「いや」と目を逸らし、素早く話を崎岡との諍いの件に戻した。

「奉行とは治政に関わる肝要な役目よ。その座を狙う方も多々ある。遠山様を引きずり下ろすため、わずかなほころびにも目を凝らしておる方がな。ゆえにわしら下役は、御奉行の足を引っ張るようなことをけっしてしてはならんのじゃ」

お役目の話はそれきりになり、多津の足の具合やお雅や佐吉の働きぶりなぞ日々の事々を語らううち、いつしか虫の声が高くなっていた。

「長居をしました。そろそろお暇を」

惣十郎が腰を浮かすと、史亭が言った。

「ひとつの件にあまり深入りするでないぞ」

てっきり重蔵の一件かと思ったが、

「おぬしはもう、下手人を挙げたであろう」

と、彼が続けたところを見ると、興済堂のことを言っているのだろうか。確かに、崎岡のように深く入れ込まず、手早く事件を片付けたほうが手柄にはなる。一件の背後にある事柄すべてを明らかにしないと気が済まぬ己の悪癖を指摘されたようで、

「はあ、面目次第もございません」

返す言葉もなく惣十郎は深く頭を垂れた。


史亭は結局、なにを伝えたかったのか——夜道を行きながら、惣十郎は顎をさすった。崎岡と派手にやり合ったことをこっぴどく叱られるのだろうと構えていたが、矢部定謙失脚の話題に終始した気もする。一同心の不手際によって奉行にまで累が及ぶこともある、という一例として挙げたのかもしれぬが、史亭は元来、そうしたまわりくどい話運びをする質ではない。

釈然とせぬまま夜空を仰ぐと、上弦の月が浮かんでいる。あと五日もすれば、日蓮聖人の忌日だ。毎年この日に行われる御命講には、郁が小枕餅を作っていた。細長い形の五色餅で、色の塩梅といい、器への盛り付け方といい、すべて趣味がよかったことを惣十郎は覚えている。だが、どんな風味だったか、いかに頭の中を探ってみても、どうにも思い出せない。

——確かに俺は、郁の小枕餅を食ったはずなのにな。

郁は、どんな姿で餅を作っていたのか。こちらが食すのを、どんな顔で見守っていたのか。すべてが、まことに在ったとは思えぬほどにおぼろだった。

道の先から、提灯がゆらゆらと近づいてくる。

「あ、旦那」

耳慣れた声が響く。

「お迎えにあがるのが遅くなって、申し訳ございません」

「なに、同じ八丁堀だ。目を瞑っても往き来できるさ」

惣十郎の少し後ろに回って道を照らす佐吉に、訊いた。

「で、お隆はどうだったえ」

昼間のうちに、完治を伴ってお隆に昨晩の様子を訊いてくるよう、佐吉には命じていたのだ。

「へえ。昨日は暮れ六ツには帰ったそうです。いつも通り、重蔵の阿母さんを寝かしつけてから、家を出たと言ってました。その段には、特に変わったことはなかった、と。今朝方も平素と同じ刻に重蔵の長屋に行ったようなんですが……」

すでに長屋は大騒ぎになっており、番太郎が崎岡を呼んできたところだった。事情を聞いて怖くなり、そのまま家に帰ったのだと、お隆は語ったらしい。

彼女は、金六町の裏店に祖父とふた親、まだ幼いふたりの弟と暮らしているという。裏店と言えど重蔵の店よりだいぶ広く、暮らしに詰まっているようには見えなかったと佐吉は続ける。重蔵の母親の介添を買って出たのは、小遣い稼ぎのためではなく、単に水茶屋が閉まって暇を持て余していたからだ、とお隆も語ったらしい。

「お幸さんが亡くなって、重蔵がお縄になったことを話しましたら、ぽろぽろと涙をこぼしましてね。見てるこっちまで、胸が締め付けられるようでしたよ」

提灯の明かりに浮かんだ佐吉の顔が、今にも泣き出しそうに歪む。

「昨晩お隆は、重蔵とは会ってねぇのだな」

「へえ。重蔵の帰る前に長屋を出たそうで」

となると、そこから重蔵の帰った刻までに変事が起きたということか。

「お隆の親に訊いても、昨晩はいつも通りの刻に戻って、お隆の様子に変わりはなかったと言いますからね。ただ……」

佐吉はそこで言い淀んだ。

「ただ、なんだえ。気に掛かることがあるのか」

「ひとつ、わかったことがありましてね」

惣十郎は足を止め、声を抑えろ、というふうに手の平を上下させたのちに、小さく頷いて、佐吉に先を続けるよう促した。

「あっしはてっきり、重蔵とお隆はできちまってると見当してたんですが、どうやら、そういう仲じゃねぇようで。ただの手伝いとして、お隆は重蔵の店に出入りしていたようですな」

惣十郎は、目をしばたたく。佐吉は一件の鍵となる真相でも暴いたような得意顔である。

「……だから、なんだ」

冷ややかに返すと、彼は己の述懐が十分ではなかったとでも思ったのか、

「いや、なにしろお隆ってなぁ可憐な娘でしてね。片腕で抱えられそうなくれぇ華奢で、肌もつきたての餅みてぇに真白で、どこもかしこもふわふわと柔らかそうでしてね。それに十七と若ぇし、よくよく見れば見るほど、重蔵とはどうあっても釣り合いが取れねぇとわかりまして」

慌てた様子で、お隆の容貌について詳述しはじめたのだ。ぜんたい、なにを調べに行っていたのだ、と惣十郎は呆れ果てる。

先だって朝餉の席でお隆のことを話題にした折は、茶汲女としては人気だったが器量はさほどでもない、とむしろ冷ややかに佐吉は語っていたのである。それが、どうだ。お隆と間近に接するや、やけに熱っぽい口振りになっている。重蔵と同じ長屋に住む次郎吉も、「掃き溜めに鶴」なんぞとお隆を評していたし、男好きする風情があるのかもしれぬ。

「完治はなにか言っていたか」

「いえ、あっしにはなにも。ただ、しばらくお隆を張る、と。見張ったところで、聞いたより他のこたぁ出ねぇと思いますけどね。なにかお隆が思い出しゃあ別ですが」

完治がお隆を張ると言っているならば、なにかしら違和を嗅ぎ取ったのだろう。

「それも気掛かりなんですがね……」

佐吉は不服面である。

「完治の動きが、か」

「ええ。あいつぁ女好きですからね。しょっちゅう吉原に出入りしてますよ。下手な手出しをしなきゃいいんですが」

惣十郎は、神妙な面持ちで語る佐吉を打ち捨てて歩き出した。慌てて佐吉は従い、惣十郎の前を照らす。

「重蔵に詳しく話も訊きてぇが、大番屋に送られちまったあとだ、受持でもねぇ俺が出張るわけにもいかねぇ。吟味方が念入りに聞き取りをしてくれりゃいいが、ろくに調べもしねぇで伝馬町に送られるようなことがあっちゃやり切れねぇ。崎岡が一件証文を書いてたから、急ぎ動かねぇとなり得るかは難しいところだった。

重蔵の罪を晴らすには、凶器を明らかにすること、また、お幸の亡くなった刻と重蔵の戻った刻を明らかにすることだ。それには梨春の検屍の結果を用いるよりないのだが、吟味方を説くだけの材料となり得るかは難しいところだった。

——うまいこと無駄なく進めねぇとな。

己に言い聞かせるそばから、「ひとつの件にあまり深入りするでないぞ」と告げた史享の、威厳というよりも不安の勝った顔が目の前に浮かんだ。

気になるとよその受持でも首を突っ込むのは己の悪癖だとわかってはいるが、手を引く塩梅が計れない。仕事の範囲など他人に定められるものではなかろうと、開き直りに似た反骨が、胸の深くに湧いている。

怪我をした覚えはないのに、体のひとところが疼くことがある。検めても、痣はおろか、かすり傷ひとつない。一見変わった様子もないのに、まるでそこだけ、異物が巣くっているようで落ち着かない——。

これと似た名状しがたい違和を、他人に覚えることがある。仕草も話し方もまったくおかしなところはないのに、肌が勝手に粟立つような。佐吉がお隆に事情を訊くのに立ち会った完治は、そうした得体の知れぬ薄気味悪さに囚われたのである。

お幸とやらが殴られて死んだらしいことを佐吉が告げると、お隆は涙を流しながら、「あたし、とっても慕ってたのに。毎日お婆さんに会うのを楽しみにしてたのに」と、舌ったるい口調で繰り返した。

「あたしが行くとね、お婆さん、とっても嬉しそうな様子でね。きっとあたしが来るのを心待ちにしてくれてたんです。なのに、こんなことになっちまって」

佐吉はなぜか、殺しのあった当夜のことより、お隆と重蔵との関わりについてしつこく訊いていた。

「お父っつぁんが重蔵さんを贔屓にしててね、あたしも湯屋に行くたび挨拶はしてたんだ。そのうち重蔵さん、あたしを見付けては話しかけてくるようになって。あたし、お見世に立ってたときも、一番よく話しかけられてたんだよね、お客さんから」

——さっきから「あたし」の話ばかりじゃねぇか。

そのあたりで完治は体がむず痒くなっていたのだが、佐吉は熱心に耳を傾けていた。

重蔵から母親の話を聞いていたお隆は、勤めていた見世が閉まって暇を持て余しているから、とお幸の介添を買って出た。

「重蔵さん、大喜びでね。あたしのこと、弁天様みたいだなんて言ってくれて」

「重蔵とは夫婦の契りでも交わしたのかい」

そこで佐吉が場違いな問いかけをした。完治は眉をひそめたが、お隆は「やだっ」と声を跳ね上げた。

「そんなはずないよ。重蔵さん、ずっと年上だし。あたしはまだ縁づくのは早いと思ってるもの。もっとも、向こうはどんな心づもりだったか知れないけど」

佐吉がほっと息を吐いたその横で、完治は猛烈な痒みに襲われ、首筋から鎖骨のあたりをむやみとかきむしる羽目になった。

服部の旦那に子細を報じると言って佐吉はとっとと引き上げたが、翌日から完治は金六町に足を運び、お隆の様子を窺った。

彼女の父親は近所の煮売り屋で働いており、母親もまた四文屋の店番をして日銭を得ているらしい。加えて先頃までお隆が水茶屋に勤めていたとなれば、一家の実入りはそれなりだろう。彼らが留守の間、幼子らの子守りは家に残った祖父が一手に担っているようだった。

朝一番にまず父親が出掛けていく。四半刻ほどあとに母親が出る。帰りは共に、暮れ時である。ふた親は、おそらく惣十郎とさして変わらぬ歳だろうから疲れ知らずで、晩は幼子らと戯れる声が賑やかである。父親が煮売り屋で余ったものを持って帰るのか、煮炊きの湯気はほとんど立たない。暮れ六ツ半には揃って湯屋に出掛け、帰るや半刻も経たずに灯りが消える。

お隆も日中出歩いている。働き口を失えば口入屋にでも周旋を頼みに行きそうなものだが、安穏と小間物屋などを冷やかし、飽きると長屋に帰って、幼いきょうだいとあたりもはばからずきゃっきゃと遊んでいる。家事は祖父に任せきりなのか、進んで竈の前に立つ様子もない。これを毎日飽かずに繰り返している。誰に会うこともなく、なにかにおびえる様子も、落ち込む様子も見えない。至ってあっけらかんと、さして起伏のない日々を過ごしているのだ。

――わっちの勘繰り過ぎか。

三日張り込んだところで、完治はお隆の長屋を離れ、赤根の行方を探る仕事に戻った。ただ念のため、お隆のことはしばらく与助に見張らせることにした。

「あの小娘が、重蔵とやらの阿母さんを手に掛けたと、親分は睨んでるんですか」

与助は訝しげな顔になった。

「いや、物盗りでも企んで、誰ぞを手引きしたんじゃねぇかと思ったんだが、そんな素振りもねぇからさ」

「盗みならわざわざ裏店なぞ狙わねぇでしょう。行李（こうり）や茶箪笥をひっくり返したところで、埃が出てくるのがせいぜいです」

「……まぁ、そうだな」

答えながらも完治は、お隆に覚えたむず痒さをうまく払うことができずにいる。

四

文机に向かっていた梨春は、ふと手を止めた。どこからか、団扇太鼓（うちわだいこ）の音が聞こえてくる。夜に備えて音合わせでもしているのだろうか。御命講のこの日、人々は万灯（まんどう）を立て、太鼓を打ち鳴らして、夜通し町を練り歩くのだ。

昨日から梨春は、お幸の容體書の清書に取りかかっている。重蔵が伝馬町に送られるのを阻むため吟味方に詳細な検屍の結果を示したい、と惣十郎に頼まれたのだ。

重蔵は、まだ大番屋に留め置かれている。一旦お縄にした者が捕違いであったとなれば、これを捕らえた同心が責めを負い、時にお役御免となる。ゆえに大番屋の取り調べは、無理矢理にでも罪を自白させるべく苛烈な手段がとられることもままあるという。その点でも惣十郎は気を揉んでいた。

お幸の傷や痣の位置は、検屍をした日にあらかたまとめておいた。ただし、もっとも肝要な、彼女の体にできた死斑から亡くなった刻を計った結果を証拠として用いることについては、吟味方に突っぱねられたと惣十郎は肩を落として告げたのだ。

――お幸さんの背中にできた死斑の様子からすりゃ、早桶に入れる半日前には亡くなってたことになるだろ。となりゃ、重蔵が湯屋から帰る前だ。吟味方にそう説いたんだが、半日で斑が動かなくなるってぇ証はどこにもねぇとさ。けんもほろろだったよ。

斑の様子で亡くなった刻を計った例がこれまでなかったことが、その理由だという。

——例繰方の悠木様にも頼み込んで調べてもらったんだが、過去にそこまで詳しい検屍の判例もなくてよ。

一件のあった晩、重蔵は町木戸が閉まったあとまで湯殿の掃除をしていたと、湯屋の主人が明らかにしたらしい。それを聞いた梨春は、これで重蔵の疑いが晴れると安堵していたのだが——。

重蔵が大番屋でいたずらに痛めつけられている様を想像するだに、なんとかせねばと気が急いた。あれほど熱心に取り組んでいた三助という仕事を、未来永劫取り上げられるのは受け入れがたいだろうし、なにより、重蔵自身、母親の死んだ真の理由を知りたいはずなのだ。

傷の多くは足に集まっていた。いずれも、お幸が暴れてできたものであることは、その痕が臑に固まっていたことからも察せられた。きっと重蔵に抱えられた折などに派手に足掻いて、どこかにぶつけたものだろう。他人に蹴られたり撲たれたりしたのなら腿や腹部にも痕がありそうだが、そこは見事に無傷だった。背中と腕にあった痣は、おそらく重蔵が抱えたときについたもので、手荒に扱った様子は見えない。

いずれにしても、重蔵が日頃から母親を故意に痛めつけていた、という証拠にはならぬはずだった。あとは、お幸の命を奪った頭部の傷が、どのようにしてついたのか、証すことができればよいのだが、凶器らしきものは部屋には見当たらなかったのだ。あの鋭い突き傷は、いったいなにによって生じたものか——。

「先生、おいでですか」

容體書を睨んでいると、戸口からひょいと顔を出した者がある。須原屋の冬羽である。梨春が応えるより先に、

「ああ、よかった。往診にお出になってたら、出直さないとならないでしょ。また亭主に嘘ついて出掛けるのも億劫だからね」

ひと息に言うや、「へへっ」と茶目っ気たっぷりに笑った。

「おひとりでいらしたんですか」

驚いた梨春に、彼女はかぶりを振る。

「小僧をひとりつけられましたよ。今は角を曲がったところの団子屋で休ませてんの。鉄砲洲に来たことは誰にも言うんじゃないよって釘刺したから、その口止め賃」

ここへ来ることを伊八には告げずに出てきたらしい。冬羽はたびたび、こういう突拍子もない行いをするのだ。

江戸に来て驚かされたのは、女たちの身軽さだった。因習におとなしく従っている故郷(くに)の女に比べて、さまざまなしがらみから解き放たれているように、梨春には見えた。中でも冬羽は、世の習いなぞどこ吹く風で、己の信じた道を常にまっすぐ歩んでいる。見ているこちらまで胸がすく。

伊八に内緒で出てきたということは、おそらくフーフェランドの訳本について、なんらかの相談があるのだろうと、梨春は構えつつ彼女を座敷に招き入れた。

「このお茶、妙なにおいがしますね」

煎じた茶を出すと、冬羽はひと口すすって顔をしかめた。

「柿の葉茶にございます。冷えに効きますから、寒い時季にはよろしいですよ」

へーえ、と彼女はおざなりな相槌を打って、湯飲みを置いた。

「今日は、先生に早くお伝えしたいことがあって参りました。坪井先生が序文を書いてくださるって。これで、いっそう多くに読まれる書になりますよ」

目を輝かせて、彼女は告げた。去年のうちから須原屋は、堀内素堂が翻訳を手掛けたフーフェランドの小児医療書の序文を、蘭方医、坪井信道に依頼していたのだ。

「それは、まことにありがとうございます」

梨春は、高らかに鳴り出した鼓動を落ち着けようと、胸を二度ほど叩く。

坪井信道は医を仁術と心得て道を究めている医者で、自身の塾も、広く門戸を開くために束脩(そくしゅう)を極めて少額にしていると聞いたことがある。有望な知恵者を育てつつ、蘭方医学を究めんとする彼の姿勢を、梨春も常々崇めている。

「訳文を読んでいただくまでは、少し刻がかかったんですけどね、とても感心してらしたそうですよ。この書が疱瘡から童を守る一助になれば、こんな素晴らしいことはない、って。やっぱり坪井先生にお願いしてよかったですよ。伊東先生だったら、受けていただけたとしても、いくら取られたか」

最後のほうは声を落とし、冬羽はおどけたふうに笑ってみせた。

伊東玄朴は、江戸で坪井と双璧をなす蘭方医だが、金勘定に細かいことでも知られている。彼の営む象先堂の束脩は高額で、診療の際の薬礼も相場よりだいぶ高い。ために世間では、坪井の評判がよく、広く親しまれているのだが、伊東は必ずしも金の亡者というわけではないのだろうと梨春は感じている。

医療には元手が要る。いかに的確に症状を見極められても、それに見合う薬や道具がなければ患者を救うことはできないのだ。考究を進めるにも、十分な書物を揃えねばならぬ。佐賀の貧農から身を起こした伊東は、理想をかなえる上で金が入り用であることを、身をもって知っているのだろう。

「素堂先生にも、坪井先生が序文をお引き受けくださった件、早速便りを致します」

そうなると、医学館が蘭方医学書の板行をどう判じるか、いっそう案じられたが、梨春はそれをおくびにも出さず冬羽に深く頭を下げた。彼女が熱意をもって、この小児医療書の板行に尽力していることは十分承知しているからだった。

「米沢藩をあげての一書ですものね。いい書物にしなきゃいけないよね」

冬羽も、こちらを不安にさせるようなことは口にしない。「きっと板行する」と宣したからには、やり遂げるまで不安も迷いも抱かぬのが、彼女の潔さだった。

ここ数年、より進んだ種痘法が異国から入ってきたことにより、諸藩、この方面の考究に血道を上げている。ことに長州や肥前といった西国雄藩が種痘に強く関心を示しているのは、医術におけるなにがしかの利権を得んとする思惑が潜んでいるからではないか——そう見る向きも蘭方医には少なくなかった。素堂もかつて、顔を曇らせて語っていたのだ。

——有用な種痘法を打ち立てることがかなえば、疱瘡という厄介な疫病を押さえ込むことができる。藩の垣根を越え、手を携えて行えればよいが……。

「牛痘種痘が早く広まればよいのですが。この手法を得るために諸藩が競うのではなく、今は日ノ本が一丸となって、種痘の技を会得するときにございます。それにはまず、書物を出し、多くが学べるようにし、それとともに牛痘への偏見を取り払うのが一番早いと私は信じております」

梨春が焦燥を抑えつつ告げると、冬羽は眉根を寄せた。

「もしかして、種痘ってのが、政(まつりごと)の道具にされるかもしれないってことですか」

「いいえ。弊藩ではさようなことはございません。ただ、舎密(せいみ)や医術というのは、新たな技をよそには秘して抱え込むようなことも頻々に行われるものですから」

「……まぁそうだよね。料理屋や菓子屋にだって、秘伝の技があるんだもん。おかしなことじゃあないですよね」

深刻な話の折にも、どこか呑気なふうを漂わせる冬羽の口調に、梨春は常々救われている。思わず笑みを漏らすと、

「いけない、いけない、あたしったら。医術だけは抱え込んじゃいけないんだって、前に先生に言われてたのに」

と、両手の平で口を覆った。

「ええ。医術というのは、広く誰にでも最上の技が届くようにせねばならぬものです。ですから、政の道具になることや、一部に利益がもたらされる仕組みが作られることは、防がねばなりません。ただ一方で、なんの利もなければ、財政を握る藩吏は、この考究のために費用を捻出することをためらうでしょう。新たな治療法を確立する段、相反するその道理をどう両立させるかが難しいところでございます」

「それこそ坪井先生と伊東先生だよね。金にこだわらず知識を広めるか、金に物言わせて医療の充実を図るか。まぁ金に物言わせて、ってのは言い過ぎですけどね」

肩をすくめた冬羽に笑みを返しつつ、治痘から種痘へと移りゆく中で、次々と有能な蘭方医が出ている現状に梨春は思いを馳せる。

越前の笠原良策(かさはらりょうさく)、越後の桑田立斎(くわたりゅうさい)、陸奥(むつ)の大槻俊斎(おおつきしゅんさい)。薬研堀(やげんぼり)に和田塾を開いている佐藤泰(さとうたい)

然(ぜん)や、以前惣十郎が口にした日野鼎哉もまた、そのひとりだ。

興済堂の火付けを指揮した赤根が、京では日野の塾生だったと惣十郎は語っていたが、日野自身が一件に関わっているとは思えない。赤根は岩国(いわくに)領周防大島の出、日野は豊後の産である。それに、災禍を受けたのが漢方の薬種問屋となれば、いっそう接点がなさそうに思える。

「……先生、どうかなさいましたか」

「いいえ。坪井先生がどのような序文をお書きになるか、想像すると心楽しくて」

慌てて取り繕うと、

「きっと心して書いてくださいますよ。なにせ、うちの亭主が直々に頼みに伺いましたからね」

冬羽は誇らしげに答えた。たびたび意見を違えては侃侃諤諤(かんかんがくがく)やり合っている夫婦だが、冬羽は伊八を深く尊敬している。彼女が夫の話をする端々から、その信頼が、いつも健やかに伝わってくるのだ。


惣十郎は墨を磨る手を止めた。

「えっ、悠木様が」

梨春の仕上げた容體書に添える一書をしたためるため、惣十郎はこの日、朝から北町奉行所の詰所に入っていた。ところへ崎岡が現れ、

「重蔵の入牢証文が下りねぇのだ」

と、不服面で突っかかってきたのである。重蔵を伝馬町の牢に送るべく、崎岡は早々に文書を調えたのだが、例繰方から待ったが掛かった。死因を明らかにできぬ限り殺しと定めることはできぬ、さような前例はないというのがその理由で、これを申し立てたのが史享であるらしかった。

「お前、あの晩、悠木様に呼ばれた折に、余計なことを言ったのだろう。縁戚だからと汚（きたね）ぇ手を使いやがって」

崎岡とやり合った日、確かに史亨の屋敷に呼ばれた。重蔵の一件について話もした。が、ただそれだけである。

「俺が、さような邪（よこしま）な真似をするように見えるか。だいたい悠木様は義理の親子だとて、役目の上で贔屓をするような方ではあるまい」

史亨は、惣十郎の意を汲んで申し立てをしてくれたのかもしれぬと感じはしたが、自身にやましいことは一切ないため泰然と返した。崎岡は目の玉を上に向け、こめかみのあたりをつつく。

「まぁお前はともかく、なるほど悠木様は常に正しきを重んじる方だ。お前が低俗な陰口を叩いたとて、たやすくなびく方ではあるまいが」

俺は愚痴こそのべつ幕なしに垂れ流すが、陰口なぞ叩きはしない、と抗弁しかけたが、さもしいからよした。

崎岡もかつて史亨の教えを受けただけに、その清廉な性分は承知している。もっとも、「人が罪を犯す前にその芽を摘め」と後進を導いてきた史亨に反して、わざわざ町人たちが罪を犯すよう仕向けては引っ捕らえて己の手柄としているのが崎岡で、指南意図をまともに解しているとは思えぬが——。なんにせよ史亨が、重蔵の一件を改めて調べるよう申し入れてくれたのなら御（おん）の字（じ）だ。

「例繰方は判例を扱う役目だからな。曖昧に事を運べば、のちのち書面の書き直しとなる。その面倒を避ける目当てであろうよ」

惣十郎は、当たり障りのない答えを放った。

入牢証文はすんなり下りると思ったんだがなぁ、とぼやきながら崎岡が詰所を出たのち、惣十郎は懐にしまってあった梨春の容體書を取り出した。

——下手人は他にいるのだろうが。

あの日、お幸と接したのは、おそらくお隆だけだろう。が、完治は、「殺しのような大事に手を染めたにしちゃ、影が見えねンで」と、決めかねている。罪を犯した者は、後ろめたさやおびえから来る影のようなものをまとっていると彼は言うのだ。惣十郎は罪を犯した者に接し、その身に空洞らしきものを見ることがある。確かにそこにいるのに、体にぽっかりと大きな穴が空いているように感じると言えばいいか。きっと完治が見ている影と、それは同じなのだろう。

お隆にはしかし、その影が見られぬらしい。今は引き続き与助が張っているが、毎日遊び歩いているばかりで、怪しい動きもないという。

「だが、遊び歩くばかりってなぁ、どうだろうね」

惣十郎はひとりごちる。

それまで水茶屋に勤めていたのは、生計(たつき)の足しにするためでもあったろう。その実入りがないのに、遊んでいられるのはなぜか。暮らしに詰まっておらぬとはいえ、一家総出で働きに出ていたくらいだ、そこまでの余裕はなかろう。

お幸の指に刺さっていた木片のことも、惣十郎の内にずっと引っ掛かっている。仮になにかを引っかいた折に木のささくれが指に食い込んだのなら、よほど強い力だ。何者かに襲われて、抗った折に刺さったのだろうか。となれば、下手人が振り下ろした棒かなにかを、よけたときだろうか。

「服部様、墨が……」

不意に耳元でささやかれ、思案に暮れていた惣十郎は肩を跳ね上げた。傍らに座した見習同心が文机を指している。墨に浸した筆を手に考え込んでいたからだろう、紙に墨の溜まりができている。

「やっ、いけねぇ」

慌てて筆を置き、改めて書きかけの書面に目を落とす。墨の溜まりよりも、己の筆跡のまずさに溜息が出た。

気を取り直して新たな紙を支度し、「重蔵の一件について今一度精査をしていただきたい」と請うた添書を半日かけて仕上げ、容體書とともに吟味方に届けた。年番方にも出すつもりだったが、己の悪筆ぶりにやり直しを命ぜられるのは目に見えているため、こたびは控えることにした。史享が、重蔵の入牢を引き延ばしてくれているのなら、ここで念を入れることもなかろう。

一旦八丁堀に戻ったのち、佐吉とともに亀島町の湯屋へと向かう。重蔵ひとりいなくなっただけで、湯殿は妙にがらんと広く見える。番台に座した主人は、惣十郎に会釈をしたのち、詫びるように眉尻を下げた。重蔵が捕らえられた段には、「なにかの間違いです」と詰め寄ってきたものだが、一件から十日も経つと諦めが勝ってくるのか、惣十郎や佐吉を見付けても、なにを言うこともなくなった。

かけ湯をしてから湯船で体を温め、背中は佐吉に流してもらったが、当然ながら重蔵とはあまりに塩梅が違う。かえって疲れが増した体で湯屋を出ようとしたとき、

「あ、お隆ですよ」

佐吉が、幼子を連れた娘を指さしたのだ。これから湯に入るのか、ちょうど暖簾をくぐるところである。じっと見ていると向こうが気付いて、「あ、佐吉さんだっ」と声を弾ませ、駆け寄っ

てきた。

「こんばんは。もう上がったんですか」

言うなり、佐吉の腕に触れ、

「あったかーい。いいお湯だったんですね」

と、笑みを弾けさせた。佐吉は造作もなく、首まで真っ赤にしている。お隆はそれからこちらに目を向け、小首を傾げるようにして「こんばんは」と微笑んだ。

「こ、こちら服部の旦那だ」

慌てて佐吉が引き合わせる。

「まぁ、御番所の。偉いお役人様ですね」

お隆は目を丸くしてみせたが、さして驚きも感心もしていないことは、一見して明らかだった。背は低く華奢で、十七という歳よりだいぶ幼く見える。黒眼がちの目や形のいい唇は好ましいが、顔の真ん中に居座った大きな鼻がすべての長所を台無しにしている。そうした少し崩れた造作にも、男たちは親しみやすさを覚えるのだろう。

お隆の足下には幼いきょうだいがまとわりついている。惣十郎は童らに笑んでから、

「お幸さんの件は、残念だったな」

お隆に言う。彼女はきょとんとして、唇を少し突き出すようにした。横から佐吉が、

「重蔵の阿母さんだよ」

ささやくと、ようやく「ああ」と眉を開き、素早く悲しげな顔を作った。

「ごめんなさい。あたし、いっつもお婆さんって呼んでたもので。元気だったのに、あんなことになっちまって。あたし、とっても寂しいんです。まるで、胸にぽっかり穴が空いたみたい」

それにしちゃあ、今の今まで忘れてたような受け答えだったがな、と惣十郎は鼻白む。

「お前さん、今は勤めにゃ出てねぇのか」

「ええ。長く働いてた水茶屋も閉めてしまいましたから。倹約令ですか。そういう御触れを守らないといけないんですって」

しょんぼりした顔を作ったお隆に、

「だけど、富誉屋（とみよや）は近頃、芝口（しばぐち）にまた見世を出したって噂に聞いたけどな。お隆さんは呼ばれなかったかえ」

佐吉が訊いた。富誉屋というのが、お隆の働いていた見世らしい。薬種屋通いが収まったと思ったら、水茶屋を渡り歩いているのかと、惣十郎は訝りの目を向ける。佐吉が気付いて、

「いや、人づてに聞いたもんで」

と、言い訳がましく付け足した。

「芝口は遠いから、あたしは遠慮したんです。小さい子たちの面倒も見なきゃいけないし」

お隆もまた動じた様子で早口に返し、

「いけない。この子たちを早く湯に入れないと」

と、それまでの愛想笑いを急に仕舞って、惣十郎に一礼すると、そそくさと女湯の戸口をくぐった。

「いい娘（こ）でしょう。礼儀正しいし、明るいですし」

脂下（やにさ）がった佐吉に、惣十郎は訊いた。

「芝口の富誉屋の店主は替わってねぇか」

「へえ。同じ者だと思いますが」

「そうか。お前、今から田原町まで走って、完治に、少し富誉屋を調べてみろと伝えてくれるかえ」

佐吉と別れて屋敷に戻ってから、惣十郎は多津の部屋に顔を出した。まだ暮れ六ツと早いから、母の就寝を邪魔することにはならぬだろう。

母は珍しく、部屋の隅に置かれた文机に向かい、書き物をしていた。

「起きていてもよろしいのですか」

このところ臥した母しか見ていなかっただけに、驚いて訊くと、

「ええ。ずっと寝ていると、かえって腰や足が痛くなるようでね。たまにこうして起き出しては、あれこれと姿勢を変えてみているんですよ」

母は、鬢の後れ毛をなで付けながら答えた。文机には帳面らしきものが置かれている。惣十郎の視線に気付いたのか、

「お料理の手順をね。思い付いたものだけ、整理して書き留めておこうと思って」

と、こそばゆそうに告げた。母は前から料理帖をつけていたのか、それとも近頃思い立ってつけはじめたのか、それすら知らぬ惣十郎は、「結構なことです」と、通り一遍の返事をするよりない。

「お義母様……あなたのお祖母様が厳しかったでしょ、一度しか教えないっておっしゃるから、毎日教わったことを書き留めてたんですよ。それで、すっかり癖になってね。大変だったけど、おかげで料理が身についたのね」

懐かしげに目を細めた母を見るうち、惣十郎が八つのときに亡くなった祖母の、厳格な横顔が

目に浮かんだ。それとともに、家の者を怒鳴り散らす姿も。幼い頃の惣十郎は、なにもないのに突如声を荒らげる祖母を厳しい人なのだと見ていたが、今にして思えば、祖母もまた、重蔵の母親と似たようなことになっていたのだろう。

「お祖母様にはよく『盗るな』と叱られました。共に膳に向かうときなど、お祖母様に目を向けただけで、御菜を盗もうとしてると疑われたものです」

いい思い出も多々あるのに、そんなことばかり浮かぶのは、重蔵の一件が頭の隅にこびりついているからかもしれぬ。

「そうだねぇ……」

母が困じたふうに庭に目を流したのを見て、もう亡い者を腐した己のはしたなさを、惣十郎は省みる。

なにゆえ、なにかを盗られると恐れるようになってしまうのか。近しい者までも疑うようになるのか。祖母もお幸も同じような幻影に脅かされていることに、惣十郎はこのとき不審を抱いた。

「惣十郎がお祖母様の膳に手をつけたことなどないのにね。あのときは、私もあなたを庇ってやれなくて、申し訳ないことをしました。お祖母様に否やを唱えると、いっそうお怒りが激しくなるから……」

多津は、そこでしばし言い淀んだ。

「あの頃は、お祖母様が『盗るな』とおっしゃる理由がよくわからなかったの。立ち居振る舞いや礼儀には厳しいお姑さんだったけれど、贅沢もしなければ、物やお金への執着もほとんどなかったでしょ。頂き物をしても、進んで家の者に分けていたし、亡くなったあとに整理した持ち物もほんのわずかで。でもね、今になると、お祖母様の振る舞いの理由が、少しわかる気がするんだよ」

「なにかを盗られると恐れる理由が、でしょうか」

じぃぃっと感情の昂ぶりを懸命にこらえているかに鳴く地虫の声に促されるようにして、母は話を続けた。

「私はね、歳をとるということは、大切なものを積み上げていくことと同じだと、ずっと思ってきたんだよ。けれど、実は逆さなのかもしれないってことに気付いてね」

「逆さ、といいますと……」

「そうね、こう言うと救いがないのだけれど、奪われていくことなのかもしれないと感じてね」

惣十郎は答えに詰まる。どういうものか、史享の顔が浮かんだせいでもあった。

「この歳になると、これまでできていたことが、少しずつできなくなっていくでしょう。あんなに速く歩けていたのに、どんなに忙しく働いても一晩寝れば疲れがとれていたのに、物覚えだってはるかによかったのに——昔を振り返るたびに、確かに手にしていたものが奪い取られていったようで、心許なくなってね」

「体はいくらか衰えるやもしれませんが、さまざまな事柄を経てきた分、母上は私が及ばぬほどの見識を身につけておられます。奪われてなぞおりません」

惣十郎はうろたえつつも励ました。「ありがとう」と微笑んでから、多津はひとつ溜息を吐いた。

「でもね、やっぱり少しずつ自分でなくなってしまうような怖さもあるのですよ。それに、長く生きれば、出会いと同じだけ別れも多く経ることになるでしょ」

母は視線を宙にさまよわせた。

「お祖母様が『盗られる』と恐れていたのは、けっして強欲さから来るものじゃなかった気がするんですよ。自分を繋ぎ止めるための呪文だったんじゃないかしら」

「呪文……」

「自分はもう、なにひとつ失わないっていう強い意志が宿った呪文。少しでも正しい自分で、この美しい現世（うつしょ）に留（とど）まる呪文」

惣十郎は言葉もなくうつむいた。母の顔は見えなかったが、着物の上から足をさする、染みと血道の浮かんだ手の甲が見えた。胸が絞られたようになったのをごまかすために咳払いをしたとき、廊下に物音が立った。これを潮に惣十郎は、

「そろそろ夕餉が調う頃だ。どら、見て参りましょう」

と断って、腰を上げる。襖を開けると、足早に廊下を行くお雅の後ろ姿が見えた。もしかすると、今の会話を襖越しに聞いていたのかもしれぬ。

気になって厨を覗いた。お雅は膳に器を並べていた。生姜の香りが漂っている。

「旨そうなにおいだ」

惣十郎は、最前までの湿気を払おうと、明るい声を掛けた。

「栗が手に入ったものですから、牛蒡（ごぼう）や木耳（きくらげ）と合わせて湯葉で巻いた揚げ物を作ってみたんです。味付けはけんちん酢で」

お雅は背を向けたまま答えた。醬油と酢と生姜を混ぜ合わせたのが、けんちん酢である。

「ほう、そいつぁ楽しみだ。佐吉もそろそろ戻ってくるだろう。飯にするか」

はい、と答えて振り向く刹那、お雅は素早く袖で目元を拭った。それでもこちらに向けられた目は、幾分潤んで見える。

「母上の足、今度梨春に見てもらうか。病ってぇわけじゃあねぇからためらってたが、蘭方でいい薬があるかもしれねぇ」

ひとり言めかしてつぶやいてみると、お雅は胸の前で拝むように手を合わせ、強く頷いた。

五

芝口の富誉屋は、一見したところ、質素な茶店といった見世構えである。間口が狭く、奥に細長い造りは、華やかに着飾った女が表の縁台で茶を饗する水茶屋とはだいぶ趣が異なる。薄暗い奥の間まで進んで、ようやく女たちが現れる仕組みだった。

「なんですか、窮屈なご時世で」

御上に見咎められぬよう水茶屋を続ける苦労を、店主は溜息交じりにぼやく。

惣十郎から命ぜられ、完治は与助を伴って富誉屋を訪うたが、ここで聞き込んだとて出物はなかろうと、店主との話は与助に任せ、見世の中を窺うにとどめている。

三人いる茶汲女はいずれも若く、むやみと愛想がいい。茶を注ぐ際に鬱陶しいほどにこちらの目を見詰めてくるのは、店主にそうしろと指図されているからだろう。

「水茶屋の取り締まりはそこまで厳しくはないのですが、先の御触れで矢場も禁止になりましたでしょう。うちはそこそこ繁盛してましたから、変に目立ってお縄になるのも御免だと思いましてね」

矢場は表向き、小さな楊弓で七間半離れた的を射る遊び場だ。が、客の目当てはもっぱら矢取女で、彼女らは客の射た矢を集めるだけでなく、春をひさぎもする。吉原とは異なり手軽に遊べるとあって人気を博すも、この改革の網に引っ掛かった。

「水茶屋にも、矢場と同じような色茶屋が存外ありますからね。ただうちは客をとらせるようなことはしてねンで、前の見世を畳むこともなかったんですが、用心にゃ越したこたねぇと思いまして」

店主の口調が妙に言い訳がましいのは、完治が十手持ちだと風体で察したからだろう。ためにあえて完治は、

「まぁ、そこまで縮こまることたねぇさ。町触れにゃ振り回されるが、こんなことがいつまでも続くはずねぇからな」

と、軽やかに返した。店主は幾分くつろいだ表情を見せたが、すぐに面を引き締めた。しれっと鎌を掛けるのが、岡っ引のやり方だと用心しているのだろう。

「そういや前に、お隆ってぇ娘がいたと思うが、ここにゃ出てねぇのかね」

与助がそれとなく、肝心の話を振った。

「ああ……お隆ですか」

店主は、酸っぱいものでも含んだように、口をすぼめた。

京橋で見世を開いていた時分は、お隆の人気がもっとも高かったという。人懐こくて機転も利くから客あしらいが巧みで、容貌というよりその人柄で好まれていたと店主は続けた。

「客がどんなにつまらねぇ話をしても、いかにもおかしそうに笑うんで、みな気持ちよくなるんでしょう。一時はお隆目当ての客ばかりでしたよ。その上、他の茶汲女ともうまく付き合うんで妬まれることもなくてね。ただ、もうこの見世には……」

「辞めちまったのかえ。見世の看板だったのに、残念だな。あっしも一度顔を拝みてぇと思って

わざわざ来たんだが」

与助がそう受けると、店主は虫歯の痛みでもこらえているように頬を歪めた。

「いや、まぁ、なんですか。手前がここにゃ呼ばなかったもので」

完治は眉をひそめ、店主に向いた。確かお隆は、芝口は遠いから自ら辞めたと、佐吉に語ったのではなかったか。

「なぜ声を掛けなかった。人気があったんだろ」

完治が訊くと、

「いや、これという理由もないんですが」

と、店主は素早くお茶を濁した。

「そうあからさまに隠されると、いっそう気になるのが人情だ。見世の内幕に首ぃ突っ込むのは野暮だが、ここだけの話にしとくから吐き出しちまいな」

むしろ店主は、胸奥に沈めていた鬱積を誰かと分かち合いたいのではないか――そんなにおいを嗅ぎ取ったがために、完治は促してみたのだ。案の定、店主はしばしためらったのち、

「確かなことじゃあねぇので、話半分に聞いてくだっし。てめぇで雇った娘を疑うってなぁ、どうも剣呑でお恥ずかしいンですが」

鬢のあたりをかいてから続けた。

「なくなるんですよ、なにかしら。見世にあったはずの金とか物が。そんなことが再々で、そこにゃお隆がいたってことが幾度となく重なりましてね」

はじめは、誰もお隆を怪しまなかった。確かに彼女がひとりで見世番をしたときに限って金品が失せたのだが、いずれも些少な被害であったし、お隆自身もあっけらかんとして、後ろ暗いと

ころがあるようには見えなかったからだ。

　のみならず、お隆は先に立って失せ物探しを手伝っていたのだという。

「一度、他の娘の櫛がなくなったことがありましてね。梳るための櫛じゃなく、髪に挿す飾り櫛です。その娘の祖母さんかなにかの形見らしくて、大騒ぎになりました。大事な櫛なのに、って大泣きしまして」

　御守り代わりの櫛だという。髪に挿すことはおろか、誰に見せることもなく、彼女はそれを後生大事に手拭いに包み、いつも持ち歩いている巾着に忍ばせていたという。

　奉公人総出で探すも、いっかな見付からない。見世を開ける刻も迫っていたため、店主は困じつつも、一旦櫛探しはよして支度をするよう茶汲女たちに指図した。

「そしたら、お隆がその娘に言ったんですよ。諦めちゃいけないよ、あんたの大事な鼈甲の櫛だもん、見付かるまで必ず探してやるからね、って。力強く励ますような口調でね」

　店主はこれを聞き流したが、あとでその娘から耳打ちされた。

　お隆ちゃんは、なんであたしの櫛が鼈甲だって知ってるんだろう。誰にも見せたことはないし、櫛のことを話したこともなかったのに――。

「なんですか、そのとき手前の中で符牒が合ったっていうんですかね。ああ、これまでのこともお隆かもしれねぇと確からしく思えたんですよ」

「その鼈甲の櫛は見付かったのかえ」

　完治は訊いた。そういえば、佐吉とともに聞き込みに行った折、お隆は髪に櫛を挿していた。あれは鼈甲ではなかったか。

「いや、それがついぞ見付かりませんで。そうなると怖くなっちまいましてね。もともとお隆の、常に人をじっと窺ってるような目つきが手前はちょいと苦手だったこともありまして、ここで縁を切ろう、と。心機一転、河岸を変えたのに、また厄介の種を抱え込むのは御免ですからね」

間近にお隆に接してきた店主が、自分と同じく言いようのない薄気味悪さを彼女に感じていたことに、完治はかすかな安堵を覚える。

「その、櫛を盗まれた娘は、ここにゃいねぇのかえ」

鼈甲の櫛がどんなものだったか子細を訊きたかったのだが、盗難を機に見世を辞めたのだという。

「共に働く仲間に盗人がいたんじゃ、気が気じゃねぇものなぁ」

与助が同調すると、店主は不意に我に返ったふうに顔を引き締め、

「手前としたことが、口が滑ったようです。お隆が盗ったと決まったわけじゃないですし、見世の評判にも障りが出ますんで、今のこたぁここだけの話にしてくだっし。茶汲女はお隆の他にもおりますんでね、どうぞこれからもご贔屓に」

と、泡を食って話を終った。完治と与助はこれを潮に富誉屋を出た。

「重蔵の家で婆さんとふたりきりのとき、お隆はまことに、なにかくすねてたのかもしれねぇな」

道すがら、完治はつぶやく。

「金、ですかねぇ」

「どうだろうな」

完治は一件のあと、気になって重蔵の長屋に足を向けたが、表から眺めた限り、潤沢な蓄えがあるようには見えなかった。

「手癖の悪さってぇのは、病と同じだからさ。巾着切をしてたわっちが言うのもなんだが、盗もうと思って盗む奴はまだ改心の余地がある。厄介なのは、そこにあるとつい、てめぇの懐に入れちまうってぇ輩だ」

もしかするとお隆は、そういう厄介な質を秘めているのかもしれぬ。自分では「なんとなく」盗ってしまうから、悪さをした意識が薄い。中には盗ったその場を押さえても、盗っていないと本気で言い張る者もある。ふてぇ野郎だと、かつての完治は呆れたものだが、盗っていながらその自覚がない者もあるらしいと、岡っ引を続けるうちに知ることとなった。

「わっちゃ旦那のところに行くが、お前、もう少しお隆を張っちゃくれめぇか」

与助に命じてから、完治はひとり、八丁堀へと急ぐ。

その日は昼過ぎに御番所を出て、一旦屋敷に戻ったところ、折よく完治が訪ねてきた。

「重蔵の店を、わっちも一度検めてぇのですが、よろしいですか」

芝口の富誉屋で聞き込んだ話を報じたのち、お幸が「盗られた」と騒いでいたのは単なる妄言ではなく、まことになにか盗まれていたのかもしれぬ、と完治は推量を付言したのである。

「お隆か」

「いや、まだはっきりそうと決まったわけじゃねンで。ただ、重蔵の店に金かなにか蓄えていた跡があるか、まずはてめぇの目で検めてぇと思いまして」

常より先に先にと気を回して動く男だが、惣十郎がすでに調べた場を、自らも確かめたいと踏み込んでくることはめったになかった。

「けっして旦那の検分を疑ってるってぇことじゃあねンですが」

気を遣って言い添えた完治に、

「そんなこたぁ思ってねぇさ。どこになにが仕舞ってあるか、見抜く力は、お前のほうがずっと長けてるからな」

惣十郎は返した。完治は長らく巾着切として生きてきたがゆえに、金の隠し場所には人一倍鼻が利く。

「よし、したら、俺も一緒に行こう」

奥に声を掛け、出掛ける旨を伝えると、お雅が羽織を手に玄関口まで小走りに出てきた。心なし顔が明るいのは、梨春に多津の療治を施してもらったあとだからだろう。

母は、自分のために医者を呼ぶことを当初ひどく嫌がった。他人様にそこまで世話になっちゃ申し訳ないよ、と総身をすくませてうなだれたのだ。それをお雅が根気強く説き、また惣十郎も、

「梨春にも少しは仕事をやらなきゃ、食い詰めますからね」

と、とっさに重ねたのだが、あとになって、もっと気の利いた言い方があったろうにと己を責めた。

「佐吉は、今日はいねンですか」

亀島町に向かう途次、完治が訊いてきた。

「ああ。最前まで梨春が来てたからさ、鉄砲洲まで送っていったよ。母上の足を、ちょいと診てもらったのだ」

惣十郎の答えを受け取った完治は、「そうですか」と低くつぶやいたものの、多津の具合を詳しく訊こうとはしなかった。

完治は役目柄、再々屋敷を訪れるが、頑なに家内一同と近しく接しようとはしない。多津には

軽く会釈をするだけ、郁とは目さえ合わさなかったし、当時いた下女のお光佐とは、彼女が厨にこもって客前には出てこなかったこともあって顔すら知らなかったのではないか。

常に気配を消して、自分なぞ存在しないのだといった態で役目に徹している。不思議な男だ、と完治に目を流したとき、

「重蔵とやらは、蓄財の癖があったか、旦那はご存じですか」

彼は思い付いたふうに訊いてきた。江戸者は、蓄財をあたかも悪癖のように語る。世が不景気を極めても、相も変わらず、金は貯め込まずに使って回していくのが粋だという考え方が身に染みついているらしい。

「金の話は、さすがにしたこたねぇな」

「そうですか。お隆がなにか盗んだとして、金だかどうだか……。毎日ほっつき歩いてるだけで、小間物を買うわけでなし、芝居を見るわけでなし、財布の紐が固ぇんで」

「金を使う当てがねぇのなら、なにを盗むこともなさそうだがな」

「ただ、目当てても悪気もなく、他人のものを懐に入れちまう輩もありますんで」

完治の言葉に、惣十郎は頷く。これまで幾人か、そういう手合いをお縄にしたことがある。盗みを働いた動機が判然とせず、「苛立っていたから」なぞと理由にならぬ理由を口にする者まであった。日々の不満や鬱憤を、盗みを働くことで和らげる者もあるのだ。そんなことを重ねたとて、不満を拭えぬばかりか、窮地に陥る一方なのだが、一種の痼癪のたぐいで理屈ではどうにもならぬものらしい。

「となると、お隆がお幸さんを手に掛けたってぇことになるのかね」

惣十郎は首をひねってつぶやいた。お隆のあの小さな体で、お幸の頭をあそこまで強く突ける

ものだろうか。それとも盗みを見付かったがために、誰かしら手引きをして、お幸の口を封じたのか。

「殺しの経緯（いきさつ）はともかく、盗みの痕跡ならわっちゃ目星をつけられます。そっから見えてくることもあるんじゃねぇか、と」

答えてから完治は、己の眼力を自負したことを恥じ入るようにうつむいた。

梨春と検屍に当たったあとに惣十郎が番太郎に命じた通り、重蔵の店（たな）は、彼が捕縛された日のままに保たれていた。完治は敷居をまたぐや、火鉢に櫃、枕屏風と、ひとつひとつを用心深く見詰めたのちに茶簞笥を指し、

「ここを検めてもよろしいですか」

と、惣十郎に断った。こちらが頷くのを確かめてから、完治は茶簞笥上段の引き戸を開ける。中には、縁の欠けた湯飲みと古びた皿が数枚入っているだけである。珍しく当てが外れたのだろう、彼はかすかに首を傾げ、今一度部屋を見渡した。

「櫃や火鉢の抽斗も開けてみるか」

惣十郎が火鉢脇に屈むと、

「いや、そこにゃあないでしょう」

と、完治は即座に答えた。それから気を集めるように深く息を吸い込み、しばし瞑目した。あたかも僧侶が座禅でも組むのを見るようである。やがて彼は首を回しつつ、うっすらと目を開いた。そうして再び部屋の中を見回していたが、屋根の一点に目を留めた。

「あすこ、あの出っ張りはなんでしょう」

先だって検屍に訪れた折は気付かなかったが、ちょうど茶箪笥の上あたり、切妻造りの野地板の一部に、薄い箱形の板が張り付いている。下面が蓋になっているらしく、小さなつまみらしきものも見える。竈の上にはすでに煙取りの窓があるが、それとは別に造作してあるのだ。

「なんの細工だろうな。見たことねぇな」

この長屋は屋根が低いから、背伸びをすれば届くかもしれぬと、惣十郎が手を伸ばしかけたとき、

「あ、これは旦那」

と、背後に声を聞いた。見れば、隣に住む次郎吉である。棒手振が生業なのか、今日は天秤棒を担いでいる。

「またお調べですか。重蔵は帰ってこられそうですかえ」

あたりをはばかるように訊いてきたのはおおかた、重蔵を母親殺しの下手人だと信じて恐れている他の住人を気遣ってのことだろう。

「ちょうどいいところへ来た。お前さん、あの屋根にひっついてるものがなんだか、知ってるかえ」

「ああ。あれぁ重蔵の親父さんが阿母さんのために細工したもんですよ」

次郎吉は言って、懐かしげに目を細めた。腕のいい左官だったという重蔵の父親は大工仕事も得意で、明かり取りの窓を屋根に空けたのだという。

「そら、お幸さんは糸組師だったでしょ。手元を少しでも明るくするために、考えたと言ってましたよ。年取ると薄暗いとこで目が利かなくなるらしくてね」

重蔵の父親は大胆にも、杮を一部剝がして、その下の野地板をくりぬいた。おかげで陽の光が

入り、日中の暗さは解消されたが、無論穴が空いたままだから雨も降り込めば冬は寒い。ために、木箱を作ってそいつを屋根裏に打ち付け、開け閉めがかなうよう、下部に蓋を細工したのだという。

「それだって、屋根に穴が空いてりゃ、雨漏りはするだろう」

訊いた惣十郎に、

「木枠の内側にゃ、漆喰が塗ってありましてね、雨にも強ぇとか言ってましたよ。ただまぁくり抜いてますんで、どうしたって雨漏りはする。それでお幸さんが仕事を辞めたあとは、重蔵がまた屋根の穴を塞いだんですが、木箱はそのままで」

次郎吉はそう説いてから、「なにせ重蔵のふた親は夫婦仲がよかったんでね、うちと違って」と、嘆息に交ぜて漏らした。

「開けてみても構わねぇですか」

完治が、木箱に目を張り付けたまま訊いた。蓋を開けたところで単に屋根を塞いだ跡が出てくるだけだろうが、気になることはこの際すべて検めたほうがよかろうと、惣十郎は頷く。次郎吉も興味津々といった様子で、天秤を置いて土間に踏み入った。

完治は、茶簞笥の隣に置かれた頑丈そうな櫃を踏み台にして、屋根に手を伸ばす。わずかに届かず、茶簞笥に片足を掛けて、木箱のつまみを慎重にずらした。

蓋は、他愛なく開いた。完治が中を覗き込むように伸び上がる。

「なにか、仕舞ってありますす」

低く告げてから木箱の中に手を入れ、布らしきものを引っ張り出した。古びて、だいぶ汚れた巾着袋である。

「なんだえ、そりゃ」

訝る惣十郎に、

「金です、おそらく」

重みで判じたのだろう、完治は袋を開けるより先に明言した。櫃から降り、固く縛られた巾着の紐をほどく。中から現れたのは、一文銭の束である。次郎吉は目を瞠り、雉の鳴くような声をあげた。

「いつの間に、こんなに……」

そううめくや、物盗りを恐れるように戸口から首を突き出して、路地を用心深く見渡した。

重蔵が、稼ぎをここに隠していたのだろうか。贅沢ひとつせず仕事に専心していたから、自ずと貯まった金なのか。

「こいつぁ、標しかなにかでしょうか」

完治が指し示した箇所に目を遣ると、一文銭ひとつひとつに赤い糸が結わえ付けられている。

「なんだって、こんな七面倒な細工をしたんだ。おい次郎吉、お前さん、重蔵からなにか聞いてねぇか」

次郎吉は水からあがった犬のように、大きくかぶりを振った。

「この長屋にゃ、貯め込んでる者なぞいねぇと思ってましたが。その日に食うもんがありゃ御の字ってなもんで。重蔵はわけても金にゃ頓着なかったですからね。お幸さんが耄碌しちまってからは、確か稼ぎは湯屋の主人にすべて預けて、入り用な分だけそっから出して使ってるとかなんとか、言ってた気がしますけど」

それが確かであれば、この金はお幸が貯めたものなのだろうか。重蔵は、巾着の存在を知っていたのだろうか。

惣十郎は、今一度屋根を見上げる。それから、隣り合わせに置かれた櫃と茶簞笥を見詰めた。茶簞笥は背が低く、櫃を踏み台にすれば、今、完治がしたように足を掛けて上ることができる。

――ほうぼう出歩いているもので気骨は折れます。

重蔵が湯屋で、お幸のことをそんなふうに語っていた声が甦る。多津の足が悪いだけに、惣十郎はそのとき、彼の達者な母親を羨ましく思ったのだ。

「茶簞笥に乗れば、お幸さんでもあすこまで届くな」

惣十郎が木箱を見上げたまま言うと、

「この長屋は他より屋根が低いですからね。うちの嬶なんぞ伸びをするだけで、そのあたりにゃ手がつきますよ」

次郎吉が、屋根の低くなったあたりを指して頷いた。

惣十郎は茶簞笥の脇に立ち、屋根に張り付いた木箱を改めて見澄ました。箱の側面が一部、薄くめくれている。

まるで引っかき傷だ。

思うや、はたと気付いて、長らく懐に抱いていた包みを取り出した。検屍の折に、お幸の爪に刺さっていた木片が現れる。櫃を動かし、その上に乗って、木片を箱側面のめくれに当てた。

寸分違(たが)わず、形が重なった。

眉間を揉み、息を吐く。安堵の息だか、落胆の息だか、自分でも定かでない。

「旦那、腹でも痛(いて)ぇんですか」

次郎吉がひょっとこよろしく唇を突き出し、こちらを覗き込む。惣十郎はこれを受け流し、瞑目して、お幸の最期の時をまぶたの裏に描いた。

一文銭の束を詰めた巾着を、茶箪笥の上に置く。櫃を茶箪笥脇に動かし、その上に乗り、さらに茶箪笥によじ登る。屋根裏に張り付いた木箱の蓋を開け、茶箪笥の上に置いた巾着をとって、箱の中に押し込む。蓋を閉めて、茶箪笥から降りる――。

そのとき、体が揺らいだらどうなる。いかに足腰が丈夫といっても、歳が歳だ、たやすくはなかったろう。段差というのは、上るときより下りるときのほうが危ういのである。

均衡を失ったお幸は、なにかに摑まろうと手を伸ばす。木箱に指を掛けたが、側面を引っかいただけで、そのまま後ろに倒れる。彼女は背中から畳に落ちる……。

惣十郎はゆっくりと目を開き、部屋の真ん中に置かれた長火鉢に目を移す。四隅は鋭く尖っている。お幸の頭の後ろにあった深い凹みを思い浮かべる。火鉢の五徳からは鉄瓶がずり落ちている。屈んで、長火鉢の四隅を検めた。と、ひとつの角に、かすかに血痕らしきものが付いているのを見付ける。

「……この一件にゃ、下手人はいねぇのかもしれねぇな」

ひとりごちると、完治は万事察したのだろう、静かに頷きはしたが、

「ただ、金の入った巾着は、近頃までこの茶箪笥にしまっていたように、わっちゃ思うんですが」

茶箪笥上段の皿や茶碗が不自然に隅に寄っている様を指し示した。空いた場所に、巾着を置いていたはずだ、というのである。埃の様子から、存外長い間、巾着は茶箪笥の中に置かれていたように見える。もしかすると、この場所では危ないと判じて、屋根の木箱に隠すことをお幸は思い付いたのではないか、と。

「お幸さんは、再々『盗るな』と暴れていたようだが、つまりそいつは思い込みばかりじゃあなかったってぇことか」

惣十郎が答えるや、どういうものか、次郎吉が突如いきり立った。

「まさか、ここの住人をお疑いになってンですか。この長屋は貧乏所帯ばかりだが、盗みを働くような者はいませんよ。人のものをくすねて、おまんま食ってるような、みすぼらしい性根の奴はひとりもいねンです。みな、朝から晩まで汗水垂らして働いて、日銭をいただいてるんですから」

傍らでこれを聞いていた完治の顔が、かすかに歪む。

「いや、ここの住人を疑ってるわけじゃあねぇさ。今のは気にしねぇでくんな」

惣十郎は笑みでかわしてから、

「巾着は、こっちで預かっておこう」

と、完治から銭の入った巾着を受け取り、重蔵の店(たな)を出た。ところへ、杖をついた老爺が通りかかったのだ。彼は、緩慢な動きに反して鋭い目つきでこちらを射るや、

「重蔵をお調べの旦那でございましょうか。そろそろここを片して、次の店子を入れたいのですが」

と、藪から棒に訊いてきた。次郎吉が、老爺の背後から、「家主です」と口の動きだけで伝えている。自治は住人任せ、吝(しわ)ん坊(ぼう)と噂されている、ここの家主らしい。

「悪(わり)ぃが、次の店子は入れねぇでくんな。すぐに重蔵が帰ってくるからよ」

惣十郎が返すと、家主のみならず次郎吉も目をしばたたいた。

「したって、親殺しは大罪です。獄門に処されるんじゃあないんですか」

訝る家主に、惣十郎は笑ってみせる。

「殺しなぞしてねぇさ、重蔵は」

それだけを告げ、後ろ手に油障子をぴしゃりと閉めた。啞然とする次郎吉たちを残して、路地を引き返す。後ろに従った完治が、

「婆さんはその金、お隆から隠そうとしたんでしょうか」

と、苦々しげに漏らした。

「おおかたそうだろう。お隆に訊いたところで、白状するとも思えねぇが」

惣十郎は足を止め、空を仰ぐ。

富誉屋の主人が彼女に向けた、見世で盗みを働いていたのではないかという疑いには確かな証拠があるわけではない。お幸は単に、長屋の女房たちを疑ったのと同じく、疑心暗鬼を生じて巾着袋を屋根の木箱に隠したのかもしれない。ただ惣十郎は、お幸が一文銭ひとつひとつに結び付けた赤い糸が気に掛かっていた。金に標しをつけるまでするのは、よほどのことに違いないのだ。

「完治」

再び歩き出してから、惣十郎は斜め後ろに呼んだ。

「一文銭に細工がしてあるのを見たろ」

「へえ。あの、糸ですか」

「仮にあすこから持ち出した者があれば、同じ細工がされた銭を持ってるはずじゃねぇかと俺は思うのだが、どうだ」

しばし間があいた。

「……お隆の懐を探れってぇことですか」

完治のうっそりとした声音に、惣十郎は違和を覚える。巾着切の技を探索の折に用いることは、これまでも幾度かあったのだ。ことに、物盗りを捕らえる際など、隠し持っていた物証を、先に完治が取り上げて盗人に示すような荒技も、時に用いてきたのである。

「難しそうかえ」

「いや、難しくはござんせん。ただ……」

完治は、惣十郎からすいと目を逃した。

「巾着切の技を、いつまでも使うのはどうか、と。わっちゃ、御用聞きとして旦那に仕えてますんで」

そんなことを完治が口にしたのははじめてで、惣十郎はにわかに戸惑った。巾着切から足を洗ったとはいえ、彼はそういう道を経てきたことに、後ろめたさを覚えている節はなかったからだ。

「そうかえ。したら手立てはお前に任せるが、お隆のことを洗ってくれめぇか。その間に俺は、お幸さんの頭にできた傷の経緯を説いて、吟味をやり直してもらうよう仕向けねぇとな」

惣十郎は拘泥せず、さっぱり返した。屋根の木箱に巾着を隠した理由が、きっと一件の真相を解く鍵になるはずなのだ。

亀島町の湯屋には佐吉をやって、重蔵が月々の稼ぎを店主に預けていたことを、惣十郎は確かめた。

「家に置いておくと、お幸さんが余計に用心して長屋の住人たちとやり合うから、ってぇことで、だいぶ前から湯屋の主人に預けてたようです。今もそのままにしてあるから、早く重蔵を戻してくださいと主人からえれぇ剣幕で言われましたよ」

佐吉は憐れみを顔に浮かべて報じた。

「そうかえ。で、中身は検めたか」

「へえ。なんの標しもねぇ、ただの銭ですよ。しかもたいして貯まってませんでね。主人が言うには、このところお幸さんを看てもらう駄賃を、お隆に多めに払ってたからだってぇんですけどね」

となると、あの巾着はやはりお幸のものか。こたびの一件はお幸が、木箱に巾着をしまうか、出そうとしたかして、簞笥から転落し、火鉢の角で頭をしたたか打ったことで生じたのだろうと確からしい推論は立てられたが、誰もその場を見た者はなく、次郎吉夫婦の喧嘩騒ぎにまぎれて音を聞いた者もないとなれば、これを証す材がひとつもないのが難儀であった。

——証拠もないじゃあ、吟味方は動いちゃくれねぇだろう。

死斑から梨春が見立てたお幸の亡くなった刻ですら、そんな証を用いた前例はないと突っぱねられたのだ。それでも、ここで手をこまねいているわけにはいかぬ。ともかく吟味のやり直しを崎岡から願い出てもらうよりないのだが、あの虚けとまたやり合わねばならぬのかと思えば、疲れが泥土のごとく総身にのしかかってくる。

役所勤めというのは、話のろくに通じぬ輩を口八丁手八丁で丸め込まねばならぬ場面が多すぎる。まったく別種の役目を担う幕吏に対しての折衝で苦労するのならともかく、奉行所内で似たような務めをしているのに、なにゆえここまでくどくどと説かねばならんのだとうんざりもするが、背に腹は代えられぬ。

「崎岡、ちょいと話があるんだが」

詰所で見習同心相手に、自慢にもならぬ自慢を垂れ流していた崎岡を、詮方なく惣十郎は部屋の隅へと呼んで一切を語ったのである。

「……へ。茶簞笥から落ちただと。挙げ句、火鉢に頭をぶつけたってぇのかえ」

崎岡は疑心を隠さず、こちらを睨む。惣十郎は気圧されぬよう胸を反らす。

「何度も言わせるな。亡くなった婆さんが屋根裏の木箱に金を仕舞ってたのは確かなんだ。だから骸も両手を挙げてたろ。きっと屋根に手を伸ばした格好のまま、落ちたんだよ」

「だが、誰も見てねぇのだろ。そもそも、その屋根のからくりに金を隠してたのは、重蔵かもしれねぇじゃねぇか」

「だからそれをさ、大番屋にお前が赴いて、確かめてほしいのよ。重蔵は、用心のために稼ぎはすべて湯屋に預けてたってぇが、それが確かかどうかをさ。それから赤い糸で標しをつけた一文銭のことを知ってるかってぇこともさ」

「標し……婆さんがつけたってぇのか」

「ああ、おそらくな」

巾着のことを重蔵が知っているか否かも明らかにしたかった。これを確かめるという名目で崎岡が大番屋に赴けば、吟味方もこちらの言い分に耳を貸すようになるかもしれぬ。

「いいか、ただ殴られたじゃあ、頭にあそこまでの凹みはできねぇのだ。梨春もそう言ってたからな」

また口鳥か、と鼻であしらってから、

「しかし婆さんは、誰彼構わず盗人に仕立て上げて騒いでたんだろ。覚えもあやふやだったって聞くぜ。金のことだけ気が行き届いてんのも妙じゃあねぇか。そんな標しまでつけて、屋根裏の木箱に隠すってのも、ただまわりがみな盗人に見えるがゆえの妄動じゃねぇのか」

崎岡は、眉間を揉んだ。捕違いと認めては左遷の憂き目に遭うかもしれぬという恐れが、彼の目の奥に揺らいでいる。

「あの金は、きっと特別な金なのだ。俺ぁ、重蔵のために遺そうとした金じゃねぇかってぇ気がしてる」

「またお前の得意な当て推量か」

「また、たぁなんだ。俺はてめぇに都合のいいような推量はしねぇのだ。よくよく場を検めて、確からしいところまで念入りに調べた上で言ってるのだ。勝手な推量をした挙げ句、捕違いをしたのは、むしろお前のほうじゃねぇか」

「俺は重蔵が骸の傍らにいたのを、しかとこの目で見たからな」

崎岡は馬鹿のひとつ覚えで、なんの根拠にもならぬ「証拠」を繰り出す。また、くだらん堂々巡りに付き合わされるのかと、惣十郎は早くも崎岡を説けると信じた己を呪いはじめる。

「うちの親父は、実直な同心だったさ。酒も遊びもしねぇで朝から晩まで四角四面に勤めてたよ。だが、死んだときにゃ一文の金も遺さなかった」

なんの話だよ、と崎岡が茶々を入れたが、惣十郎は構わず続ける。

「他所からの付け届けもあったろうに、その頃使ってた御用聞きだの小者だのに分けちまって、きれいさっぱり、なにも遺さずに逝ったさ」

惣十郎がすでに仕官していたせいもあるが、妻子のためとはいえ金を抱え込むのは、父の美徳に反したのだろう。

「しかし重蔵の母親は、亭主に十二分な稼ぎがあったのに、糸組師として長らく働いていた。手が自在に動かなくなるまでな。その仕事が好きだったこともあろうが、我が子になにかしら遺してやりてぇという思いもあったんじゃねぇか。でなけりゃ、危ねぇ思いまでして金を隠すかね」

「だからよ、耄碌して、まわりがみな盗人に見えたからだろうよ」

崎岡が鼻を鳴らし、惣十郎は奥歯を鳴らしながらも努めて冷静に返す。

「俺は子がいねぇから、子への情には疎ぇが、親ってのはいくつになっても子のこたぁ気掛かりなものなんじゃあねぇのか」

崎岡は抗弁しかけた口を、きつく結んだ。彼には、元服を済ませた倅と、まだ十にならぬふたりの娘がある。情に訴えかけるように、惣十郎は辛抱強く言葉を継いだ。

「子が暮らしに詰まることなく、ずっと平穏に暮らしていけるよう、気を揉んでるのが親ってぇ生き物だ。うちの母にしたって、足がよくねぇのに、自分のことより俺のことを未だに案じるさ。こっちが面倒見る番なのによ」

そうして、体が弱ってもなお、けっして子に世話を掛けぬよう、常に気を張って生きている。

「無論、すべての親が、同じように子に対していると言えねぇ。中には子は子でやっていけ、と突き放している親もいるだろう。うちの親父のようにな。ただ、重蔵の母親が貯めていたあの金は、とても自分のためとは思えねぇのだ。一文銭に標しをつけるまでしたあの執着は、誰かのためと思えてならねンだよ。自分がいなくなったあとも、重蔵が健やかに生きていけるように貯めてたのじゃないのかね」

崎岡が不意に席を立ったのは、そのときだった。惣十郎が懸命に説いているさなかであるのに、あたかも幽霊が姿を消すようにして、ひと言の断りもなく、ふいっと詰所を出て行ったのだ。

「おいっ、まだ話は終わってねぇぞっ」

怒鳴ったが、崎岡は逃げたきり帰ってこない。業腹だが、奴に構っている暇はなかった。こうなったらじかに吟味方を説き、大番屋での取り調べに立ち会わせてほしいと願い出るよりない。重蔵と話ができれば、屋根の木箱に隠してあった巾着に心当たりがあるか、確かめることもできるだろう。

とはいえ吟味方与力は、日頃付き合いのない自分の話に聞く耳を持つだろうか――惣十郎は暗澹となる。佐吉がたびたび、御番所の外でも与力衆とのお付き合いをしておいたほうがなにかとよろしいですよ、とわかったふうなことを抜かすのをうっちゃってきたこれまでに、密かに臍を噛む。

――ここは、悠木様に頼んでみるか。

情けないが、史享との縁にすがって根回しするしかない。しかし、いかで義理の父子だとて、あくまで公正に役目をこなす史享が、そこまで肩入れしてくれるかどうかは危ういところだった。

文机に肘をつき、こめかみを揉んでいたところ、頭上から声が降ってきた。顔を上げると、崎岡の仏頂面がこちらを覗き込んでいる。

「おい、話の途中でどこへ行ってたのだ」

文句を言いかけた惣十郎を制すように彼は両手の平を広げ、

「志村様と話がついた。大番屋での取り調べに俺も共に行って、重蔵に今一度話を聞くよう計った」

ひどく不機嫌な顔で告げたのだ。志村兵衛門は吟味方与力である。

惣十郎は、崎岡がなにを語ったのか、とっさには咀嚼できない。ぼんやりと口を開けて奴を見上げていると、

「まどろっこしい野郎だな。重蔵は殺ってねぇのだろ。それを今、志村様にお伝えしにいったん

だよ。理由を話したら、調べ直しをするお許しが出たのだ。志村様がお呼びだ。すぐに行くぞ。ったく、仕事を増やしやがって。こんちくしょうめがっ」

　崎岡は、忌々しげに畳を蹴った。

　惣十郎は半ば狐につままれたような心地で、崎岡とともに吟味方の詰所に赴いた。志村はこちらを睥睨するや、

「服部、だったな。めったに顔を拝めぬから、てっきり同心の役を退いたのだろうと思うていたぞ」

　と、真っ先に皮肉を放ってきた。

　与力と同心の付き合いは御番所外でも頻々で、例えば師走には必ず、年の瀬の挨拶との名目で与力の屋敷を訪ね、翌年のお役目を申しつかるという習いがある。はたまた、武芸修練と称して与力が開く宴にも、下役はたいていこまめに顔を出す。いずれも同心として引き続き用いてもらえるよう、有り体に言えば上役の機嫌取りも兼ねた往き来である。

　この付き合いを惣十郎は、一貫して面倒だからと避けてきた。定町廻同心としてしかと勤めれば不足なかろうと割り切ってきたのだ。一方で崎岡は、与力との顔つなぎには捕物以上に注力してきた。このたび志村が、崎岡の申し出に耳を貸してくれたのも、ひとえに、役所内での立ち回りには恥も外聞もなく気を配ってきた、彼の努力が功を奏したものだろう。

　惣十郎は感謝と軽侮の入り交じった心境で、隣でかしこまっている崎岡に目を走らせてから、腹を括って平蜘蛛のごとく這いつくばり、志村に頭を下げた。

「お手を煩わせてまことに申し訳ございません。先だって、検屍の結果を文書にまとめ、お渡し

した通りでございまして、死んだお幸は、自らの不手際により命を落としたのではないかと存じまする」

志村はすでにその経緯も聞いているのだろう、小さく頷くにとどめて告げた。

「ただな、捕違いとなれば、崎岡はお咎めなし、とはいかぬだろう。役目を外されるかもしれんぞ」

さすがに声を呑んだ。崎岡はこまめに役所内で顔を売り、時に媚びも売り、今の立場を築いてきたのだ。惣十郎にとってそのやり方は相容れぬが、といって一概に非難すべきものではない。事実こうして、再びの吟味を志村が受け入れてくれている。

隣で硬く居すくみ、落胆の息を吐いた崎岡を見遣ってから、惣十郎は口を開いた。

「いえ。この件は私の落ち度でございます。お咎めであれば私が引き受けまする」

惣十郎は、まっすぐに志村を見据えて宣した。

「受持でもない一件に首を突っ込み、場をかき回すという、廻方としての定めをないがしろにしたのは、この私めにございますゆえ」

定町廻は、ただでさえ人数が少ない。わずか十人ほどで江戸の町を見廻っている。だからこそ、互いを邪魔立てせぬよう、また効率よく役目が果たせるよう、先人から受け継いだ決まりごとがある。こたびの惣十郎は、その禁を破って動いたのだ。

「しかしおぬしは現場を検め、重蔵なる男が罪を犯しておらぬと判じたがゆえ、さような行いに出たと聞いておるが。いわば、己の義を貫いたということではないのか」

志村は幾分声を和らげた。崎岡がなにをどう伝えたのか知れぬが、この志村という男、与力にしては話のわかる人物なのかもしれぬと惣十郎は思いはじめる。

「確かに私はこたび、己の信ずるところを通しておりまする。義といえばそうかもしれません。しかし、やはりこれは、一個のわがままに他ならんでしょう」

「ほう。なにゆえじゃ」

「正義とは聞こえのよい言葉ですが、さようなものは実はこの世のどこにもないと、私は常々思うておりますゆえ」

もっと言えば、人の数だけ義があるということで、その正体は、ひどく曖昧で多様なのではないかと惣十郎は感じている。ために自分の行いに、「正義」なる冠を掲げようとは思わぬ。単に己の意に従ったわがままに過ぎないのだ。

志村は「ふむ」と小さく喉を鳴らしたきり、沈黙した。崎岡が「つまらん禅問答をしおって。話がこじれるではないか」と言わんばかりの顔でこちらを睨んでいる。

「面倒な男じゃな」

ややあって、志村がこぼした。

「おぬしのような男がおると、役所の風紀が乱れる。なるほど、崎岡ではなく服部、おぬしがこの一件の元凶よ。取り調べを終えたあとに改めて処分があろうから、首を洗って待つことじゃ」

志村は冷ややかに言って、「もう、持ち場に戻れ」というふうに顎をしゃくった。

重蔵の店(たな)を検めたその日から、完治は再びお隆を張っている。

おそらく彼女は、お幸の金をくすねている。なんら証もないが、長らく裏道をくぐってきた完治の、これは勘だった。気まぐれに町をふらつくお隆が、左の袂に財布を入れているのも見て取った。そいつをちょいとくすね、中を検めるのは、完治の腕をもってすれば造作もないことだった。

——しかしわっちゃいつまで、巾着切ってぇ枷がついて回るのかね。

おのずと溜息が出た。陶玄に破落戸だとの評判を広められたことも、重蔵の長屋の隣人が「人のものをくすねるのは、みすぼらしい性根だ」と語ったことも、完治をむやみと苛んでいる。それまで一度も恥じたことのなかった前身が、襤褸布のごとく薄汚れて感じられるのだ。小間物屋、見世物小屋、餅菓子屋を、お隆は冷やかして歩く。財布の紐は固く、なにを買うこともない。

——金を払うのを待つしかねぇか。

己の技に頼らず事を運ぶには、それが一番安易な手立てだった。が、「重蔵を早ぇとこ大番屋から引き出さなきゃならねぇ」と惣十郎は焦りを露わにしていたから、そんな悠長なこともしておられぬだろう。

お隆はやがて、小さな神社の前で立ち止まり、社に向けて手を合わせた。ここでも賽銭箱には目もくれず、くるりと踵を返すと、日本橋の大通りへ戻って、またそぞろに歩きはじめた。

完治がうんざりと息を吐いたときだ。

お隆の前方から、御店者らしきふたり連れがしきりと話をしながら来るのが見えた。お隆は道端の見世に目を凝らしていて、ふたりに気付く様子はない。御店者は御店者で、主人か番頭の悪口でも叩いているのか、お隆の姿は目に入っておらぬふうである。

完治は息を詰め、

——ぶつかれ。

と、念じた。唐突に妙案が閃いたのだ。念が通じたのかもしれぬ。ふらふらとお隆は男らに近づき、まったく不用意に御店者のひとりとぶつかった。

「おっと、すまねぇな」

自分が悪いわけでもないのに御店者は詫び、束の間お隆を舐めるように見たが、すぐに気忙しく歩を進めた。お隆も気にする様子はなく、飽かずにのんびり散策を続ける。

完治は足を速め、ひと気が途切れたところで、

「姐（ねえ）さん」

と、お隆に声を掛けた。振り向いた彼女は束の間訝しげな光を目に浮かべたが、完治と気付いて科（しな）を作った。

「こないだ、佐吉さんと一緒にいたお方でしょ」

佐吉の聞き取りの折、完治はひと言も口を利かなかったが、こちらの面相はしっかり覚えているらしい。茶汲女は客の顔を逐一覚えることも評判に繋がるから、そうした気働きが身についているのだろう。

「なにか御用ですか」

お隆の訊き方には用心するふうはなく、むしろ、この男も自分に気があって声など掛けてきたのではないか、といった期待と自負とが入り交じったような内心を、その面（おもて）に浮かべていた。

「お前さん、今さっき、男にぶつかったろ」

女の粘ついた視線が鬱陶しく、完治は冷ややかに切り返した。少しは愛想よくしたほうが相手を懐柔しやすいのだが、その手の嘘だけはどうにも不得手だ。

「ええ。ついそこで」

答えつつも首を傾（かし）げたお隆を、表店脇の路地にさりげなく誘（いざな）い、小声で告げた。

「なにも盗られてないかえ」

訊くや、お隆の顔色がサッと変わった。慌てて袂をまさぐり、格子柄の財布を取り出すや、

「ええ。無事でしたよ。ほらね」

ほっと息を吐く。

「念のため、中も検めてみな。抜かれてねぇとも限らねぇから」

重ねて促すと、お隆はまた血相を変え、道端であるのも構わず、財布の中身を忙しなく手の平に出した。

すべて一文銭である。ひとつひとつに結ばれた赤い糸が、ひときわ鮮やかに完治の目を刺した。

「いつむぅなな……うん、ちゃんとある。盗られてませんよ」

満面の笑みでこちらを見上げたお隆の手首を、完治は乱暴に摑んだ。

「番屋まで来い」

告げるやお隆は目を瞠り、「なんでっ、あたしが」と声を引きつらせた。

重蔵に対する吟味は、志村と崎岡とによって行われた。一文銭を束ねた巾着が屋根の木箱に隠されていたと聞いて、重蔵はひどく驚いていたという。

「屋根の穴を塞いでから、すっかり明かり取りのことも忘れてたとよ。なんの金だろう、と盛んに首をひねってたさ」

取り調べの行われた翌日、八丁堀近くの飯屋で、惣十郎は崎岡からそう聞かされた。

「到底なにかをごまかしてるようには見えねぇと志村様もおっしゃってな。凶器が見付からねぇこともあるし、確かに殴られたにしちゃ、傷の様子も妙だってことになってよ。重蔵が母親を殺

めたってぇ線は、どうも薄いとさ」

梨春の容體書が役に立ったのだ。惣十郎は溜飲を下げつつも訊いた。

「で、重蔵は解かれるのかえ」

「……まぁ、そうなるだろう」

苦り切って酒を舐めた崎岡が、こうなるといくらか不憫になった。捕違いをしたとなれば、大なり小なりお咎めを受けることにはなる。が、こちらの内心を気取ったのか、崎岡はぐいと顎を上げ、

「こたびの始末はお前が引き受けるってのが約束だからな。志村様も先日、そうおっしゃってたろ。なによりお前自身が、自分の落ち度だと訴え出たのだ。お前が落とし前をつけるんだぜ」

ふてぶてしさを目一杯みなぎらせて、鼻を鳴らした。

「承知の上だ。お前が志村様に掛け合ってくれたおかげで、重蔵の罪が晴れたんだからな。ありがたく思ってるさ」

惣十郎は相手の挑発に乗らず、殊勝に頭を下げる。ともかく、重蔵が元の暮らしに戻れれば御の字なのだ。崎岡は拍子抜けしたのだろう、片眉を歪に持ち上げてこちらを見詰めていたが、ややあって「お前のような痴れ者にゃ、かなわねぇな」と、苛立たしげに返した。

「お前はきっと、悠木様の教えをしかと汲んでいるのだろうよ。上役にもへつらわねぇ、御番所内での根回しもしねぇ、常に正々堂々と、己の思うところを貫いてるさ。こないだ志村様の前で、義とかなんとか、お前が語ったようにな」

崎岡はそこで、猪口をすすってから続けた。

「どんなときでも真っ正直に役目に当たるのは、なるほど、潔いだろう。他人に頭を下げねぇで

済めば、心持ちも健やかだろう。しかしそいつぁ、人のためでもなんでもねぇ、ただただ、てめぇかわいさゆえの行いでしかねぇんだよ」

「おい、八つ当たりなら、聞かねぇぞ」

そう切り返しながらも惣十郎は、内心、ひやりと冷たいものを覚えた。平素は妙に甲高い崎岡の声音が、低く落ち着いていたせいもあるだろう。

「俺もさ、悠木様には心酔してる。教えていただいたことも、すべて正しく、その通りだと思ってきたさ。じゃあ悠木様が幸せな役人人生を送れたかってぇと、そうじゃあねぇだろ」

史亭は、廻方として抜きん出た仕事をしながら、望まぬ役目に回された。きっとこのまま、致仕するまで例繰方として勤めることになるだろう。それでも惣十郎は、これを惨めとは思わなかった。史亭は義を貫いた。そちらのほうがずっと価値あることだと思えば、崎岡の言い草に腹も立ち、歯を剝いた。

「何が言いてぇのだ。悠木様まで持ち出しやがって」

しかし崎岡は、こちらが頭に血を上らせたのを察しているだろうに、権高に張り合うこともなく、

「別段、悠木様のやり方に非を打ってるわけじゃあねぇんだ。清廉に役目に向き合ってた姿には、今も憧れてるさ。できれば俺も、あんなふうになりてぇとも思うさ」

と、やはり静かに返すのだ。

「たださ、上の覚えがめでたくなけりゃあ、貫けねぇ義ってのもあるんだよ。役所に限らず、人が集まった中で思い通りに事を運ぶにゃあ、平素の付き合いがものを言うこともある。ここぞというときに、その伝が役に立つこともある。こたび、志村様が動いてくださったようにさ」

惣十郎は、反駁（はんばく）の声を飲み込んだ。確かにこたびは、崎岡が常日頃から志村に追従（ついしょう）も厭わず接していたおかげで、大番屋での調べ直しがかなったのである。

「根回しひとつ、追従ひとつで、動くことってなぁ、組織の中じゃ山とあるんだからよ。てめぇの義だけに凝り固まると損だぜ」

上の覚えをめでたくするために、崎岡はわかりやすい手柄を挙げることに執心しているのかもしれぬ。彼のようなやり方を惣十郎はこれまで疎んじてきたが、そうすることで貫ける義がある、というのは一理あるのだろう。

「それはわかってるさ。重蔵の一件にしたって、おかげで罪を晴らすことができたからな」

そもそも捕違いをしたお前が元凶だろう、と言ってやりたい気持ちを抑えて、惣十郎は改めて謝意を口にする。

「お前のやり方が、きっと役人としては正しいのだろう。変にまわりを煩わせねぇで済むしな。志村様がおっしゃったように、俺のような同心がいると番所の風紀が乱れるってのも、その通りだろう。ただ、義を通すためにと、まわりの顔色を窺って追従を連ね、手柄を焦るうちに、己が確かに抱いていた義がなんだったのか、忘れちまいそうな気がしてよ。俺はそっちのほうが、はるかに怖（こえ）ぇのだ」

そういう役人を、腐るほど見てきた。役に就いた当初は理想を掲げ、己の信念に沿って揚々と仕事に勤しんでいた者が、いつしか長いものに巻かれるばかりになっていく様を、目の当たりにしてきたのだ。

崎岡はなにか言いかけたが、鼻から息を抜くと、鰯の丸干しを頭から齧（かじ）った。

「まぁ己の義ってぇのに、いかほどの価値があるかといえば、疑わしいンだがな」

惣十郎は、黙々と箸を進める崎岡を立てるつもりで言い添えた。崎岡は口にものを詰め込んだまま、

「狡いな、お前はよ。いつだって高みの見物だ。こっちが地面を這いつくばって、日々どうにかこうにか進んでるってぇのによ」

と、半ば吠えるように言った。そのせいで、食ったものが変なところに入ったのだろう。彼は盛大にむせ、惣十郎にもめっぽう唾が掛かった。

「おいっ、なにしやがる。汚ぇな」

着物を払いながら返すと、崎岡は咳をする間から、

「ざまを見ろ。こいつぁ俺の意趣返しだ」

言うや、ケケケと、アオゲラの鳴くような笑い声をあげた。


重蔵は早晩、大番屋から解かれることが決まった。彼が戻る前に、惣十郎にはもうひとつ、確かめねばならぬことがあった。

お隆の件だ。

糸の結ばれた銭をお隆が持っていたのを確かめた完治は、その場で彼女を捕らえ、亀島町の自身番屋で取り調べた。が、お隆は知らぬ存ぜぬの一点張りだったらしい。

「重蔵さんからいただいたお銭なんです」

と、初手は言い張っていたようだが、完治がお幸の施した標しを示して再び詰め寄っても、

「お婆さんからも、たまにお駄賃をいただいていたから」

そうごまかすだけで、けっして口を割らぬのだという。

「ふてぇ女ですよ。こっちがきつく脅しても、いっかな認めねぇ。そのうち、開き直りましてね。お婆さんの介添をしてただけなのに、こんなひどい仕打ちを受けるなんて、と泣きわめきましたよ。番太郎がまた、あの小娘にすっかり心を移しちまって、なにかと庇うんで、まともな聞き取りになりませんで」

完治は詮方なく、財布だけ預かって、お隆を一旦家に戻した。どこぞに雲隠れすることはなかろうと判じたためである。彼の見立てた通り、お隆は金六町の長屋に戻るや、なにもなかったかのように朗らかに暮らしているという。暮れてから屋敷に訪ねてきて、ここまでの釣果を報じた完治に、

「よし。俺が出張ろう。一度お隆とやらと話を詰めてぇと思ってたからさ」

惣十郎はそう返したものの、お幸から駄賃をもらったと言い張られては、それを覆す材がないのも事実だった。なにしろ、肝心のお幸が亡くなっているのだ。どう話を運んだらよかろうと思案しつつ、

「お前がお隆の財布を掏ったとき、別段難はなかったかえ」

訊くと、完治は口元を歪めた。巾着切としての腕を疑われたのが気に障ったのだろうと察して、

「いや、お前の腕なら楽に掏れたろうが、お隆が特に用心して金を持ち歩いてるふうはなかったか、ってぇことなんだが」

そう補うと、彼はきまりが悪そうに返した。

「いや、わっちゃ、こたびは巾着切の技を使わなかったンで」

「掏ってねぇというのか」

惣十郎の問い掛けに、完治はお隆の財布の中身を確かめたからくりを説いた。たまたまお隆が

御店者とぶつかったのを幸い、巾着切かもしれねぇから財布を検めろと親切ごかして告げ、中の金を出させたのだ、と。

惣十郎は眉をひそめる。

「なんだって、そんな七面倒なことをした。お前が掏ったほうが早（はえ）ぇだろう」

「そりゃ、そうなんですが」

完治はいつになく歯切れが悪い。惣十郎は急（せ）かさずに答えを待つ。

「お隆は、あちこち冷やかしながらぼんやり歩いてただけですから、多少の腕があれば容易に抜けます。ただ……」

完治はそこで、しばし口ごもった。

「ただ、わっちゃとうに、岡っ引として生きてますんで」

絞り出したような声だった。そういえば完治は先だっても、いつまでも巾着切の技に頼ることへの屈託を口にしていたのだ。彼の言葉を、惣十郎は胃の腑にしかと落とし込む。大きくかぶりを振ってから、自らの額をぺちりと撲った。

「そうだった。俺は岡っ引としてのお前の技量を買って、ここまで共に働いてきたのにな。いや、すまねぇ。迂闊（うかつ）だった」

笑い飛ばすと完治は、「小童（こわっぱ）みてぇなわがままで」と、うなじを叩いてうなだれた。

廊下に慌ただしい足音が立ったのはそのときで、襖越しに声が響いた。

「旦那、よろしいですか」

返事を待たずに飛び込んできた佐吉は、完治を認めると一瞬渋面を作ったが、ずいと惣十郎の前に進み出るや、

「お隆が金をくすねてたってのは、まことにございますか。最前、亀島町の番太郎から聞いたんですが」

と、腹立たしげに訊いてきたのだ。

「まことのことだぜ」

惣十郎が答えるや、彼は唖然とし、

「いやぁ、さすがにそんなことができる娘じゃねぇですよ。あんな可憐な娘が。番太もそう言ってましたぜ」

勢い込んで身を乗り出した。

「そもそも、お隆が盗んだってぇ証拠はあるんですか」

佐吉はすっかり、お隆に魅入られているらしい。

「まぁ、それはこれからお隆に訊くさ。白状しなけりゃ、その場を押さえたわけでもねぇから、こっちはお手上げなんだが」

これには完治が眉をひそめた。

「これだけ物が上がってるのにですか。一文銭だけじゃねぇ。お隆が髪に挿してた鼈甲の櫛も、おそらくは富誉屋で共に働いていた茶汲女から盗んだもんですぜ」

「櫛を盗まれたってぇ富誉屋の娘は、もう辞めちまってる。となりゃ、確かめようもねぇさ。てめぇで購った櫛だと申し開きをされりゃあ、どうしようもねぇ。一文銭もお幸からもらったと言われりゃ、これを突っぱねる手立てはねぇもの」

佐吉が安堵したふうに肩の力を抜いた。

「お隆のふた親が戻るのは、暮れ時だったたな」

完治に訊くと、彼は不満を眉間に漂わせたまま頷いた。

「よし、したら、明日の暮れ時、お隆を詰めよう。完治、お前も来るんだ」

命ずると横から佐吉が、

「あっしもお供します」

と、鼻息も荒く名乗り出た。

なにも雁首揃えて行くこともないとは思ったが、佐吉がどうにも引かぬから、翌夕刻、惣十郎は完治と佐吉を伴って金六町に向かったのである。

お隆の店では一家揃って膳についているさなかであり、同心が突然訪ねてきたことにふた親はひどくうろたえ、お隆は完治の姿を認めるや、にわかに震え出した。

「俺がなにゆえお前を訪ねてきたか、見当はついてるだろう」

上がり框に腰掛け、惣十郎はお隆を見据える。彼女はふた親を怖々と窺い、それから首を横に振った。

「あんた、またなにかしたのかい」

母親が甲走った声をあげる。「また」というひと言を、惣十郎は気に留めた。

「よくあるのかえ、こういうことは」

声を和らげて母親に訊くと、彼女は観念した様子で口を開きかけた。が、それを制して、父親が代わりに答えたのである。

「いや、たいしたことじゃねンです。この娘ぁ、せっかく口入屋に周旋してもらっても長く続かねぇで辞めちまうもんで、うちじゃ持て余してましてね」

とっさにお隆を庇ったのは、明らかだった。ひとり娘だ、目に入れても痛くないのだろう。が、この父親の猫かわいがりが、きっと今のお隆を作り上げてしまったのだと、惣十郎は親子という繋がりのままならなさを覚える。

「長く続かねぇのは、手癖の悪さが仇となってのことじゃあないのかえ」

言うと、母親は肩を落としてうなだれた。

「あれは、まことにお婆さんからいただいたんですよ。どうして信じてくれないんですか」

お隆は平然と言い放ち、幼い弟たちが、「姉ちゃんをいじめるな」と、口々に叫んだ。

「わかったよ。それを信じるためにもさ、お幸さんがお前に駄賃をやるとき、どっから金を出していたか言え。こっちは金の置いてあった場所をもう調べているのだ」

惣十郎が言うと佐吉が横から、「それじゃあ、そっから盗んでたってぇ証になっちまいますよ」と、耳打ちしてきた。これを制して、今一度お隆を見据えて言う。

「こっちの調べた場所と同じなら、お幸さんがそこから駄賃を出してたってことだ。お前を疑うのはよすさ」

完治の渋面が、目の端に映る。お隆は顔を真っ赤にし、大きな音で唾を飲み込んだ。

「正直に言うんだぜ。そうすりゃ疑いは晴れるんだ」

惣十郎は念を押す。お隆が覚悟を決めたような面持ちで居住まいを正した。

「わかりました。言います。お婆さんがお金を置いていたのは、茶簞笥の一番上の棚です。もう使わなくなった湯飲みや皿を置いてた場所。それを脇に寄せて、空いたとこに巾着を置いてました。そっから、『いつもありがとう』って言いながら、駄賃を渡してくれてたんですよ」

惣十郎は、詰めていた息を吐き出す。

「ほんとだよ。ほんとにお婆さんがくれたお銭なんですから」

お隆は、お幸が屋根の木箱に金を移し替えた場にはいなかったのだ——。

お隆が金を盗んだことは、まず間違いないだろう。その目の動きを見れば明らかである。が、彼女は盗みの罪を逃れるために、金の隠し場所については嘘偽りなく告げた。つまり、お幸が金の隠し場所を変えたことを、お隆は知らなかったのである。

惣十郎は、例えばお幸がお隆と揉み合うなぞして頭を打った線も捨て切れずにいたのだが、であればお隆は、屋根の隠し場所をこの段に打ち明けただろう。それに彼女の盗癖は、相手と揉み合ってまで為すようなたぐいのものではない。完治が語ったようにある種の病で、目の前にあるものを、他人のものでも構わず、罪の意識すらなく懐に入れてしまうというものだ。お幸は、お隆が茶簞笥の一番上の棚から、たびたび金を盗んでいるのを見咎め、盗人だと騒ぐとともに、金の置き場所を密かに変えることを思い付いたのだろう。そうして、お隆の手が届かぬところに金を隠したあの晩、お幸は命を落としたのだ。

「お前が盗みを働いたこたぁ、残念だがこたびは証すこたぁできねぇ。盗った場を見た者は、誰もいねぇからな」

お隆は胸に手を置き、父親もまた、そっと笑みを浮かべた。

「しかしお幸さんが、お前から自分の金を守ろうとしたこたぁ確かだ。必死で守ろうとするあまり、逝っちまったのだ。家を切り盛りしながら、糸組師として長年働いて貯めた金だ。そうやって、あの歳まで踏ん張って生きてきた人だよ。それを、相手が耄碌してるのをいいことに、お前はなにをした」

根深い怒りが、惣十郎の腹の底から沸々と湧き出す。足をさする多津の手の甲に浮かんだ染みや血道が、目の奥で像を結んでいる。

「お前のしたことは、畜生のそれに劣るよ。ただの盗みじゃねぇ。人の築いてきたものを、生きてきた姿を、汚ぇ足で踏みにじったのだ。獄門にしてもいいような罪だよ」

お隆が次第に蒼ざめていく。横から父親が、「したって、この娘が盗んだ証拠はないんでしょう」と、すがるように叫ぶ。

惣十郎は立ち上がり、汚物を拭い去るように、思うさま羽織を払った。

「これで済んだと思わねぇことだ」

捕らえることはできぬから、そう釘を刺し、お隆の店を出た。言いようのない虚しさが、肺腑のあたりに巣くっている。

六

重蔵が大番屋から解かれたのは、霜月に入り、顔見世狂言が行われているさなかのことであった。

崎岡とともに大番屋に赴いた惣十郎は、そぎ落とされたように頬が痩け、腕や足に痛々しい痣や傷をあまたこさえた重蔵の様に、収まっていた怒りが再び突き上げてくるのを抑えられなかった。

「お前のしたことだぜ、これが。捕違いってなぁ、途方もねぇ失態なのだ。いや、失態じゃあねぇ、罪悪なんだぜ」

崎岡に吠えると、彼はみなまで言うな、というふうに殊勝に頷き、平素のようなつまらん抗弁はしなかった。

役目の上でしくじることは、誰にでもある。むしろ、万事完璧にこなせる者があればお目に掛かりたいくらいだ。が、誰にでも起こりうることだからといって、過ち(あやま)が許されるわけではないのである。ひとつの手違い、見過ごしが、人の命を奪うこともあると肝に銘じて臨まねばならぬのは、いずれの役目でも同じだろう。

――私は故郷(くに)にいた時分、吉田元碩先生という名医のもとで修業をしていたのですが、一度、患者に処方する薬を間違えそうになったことがございます。

梨春がまだ、惣十郎の屋敷の敷地内に建つ貸店(かしだな)に住んでいた頃、不意に打ち明けてきたことがある。

――幸い患者が口に含む前に、吉田先生が気付いて大事には至りませんでしたが、あのときほど恐ろしい思いをしたことはございません。

吉田なる医者の叱り方がよほど手厳しかったのだろうと惣十郎は早合点をしたのだが、梨春はむしろ、患った者を治す役目を担うはずの自分が、その対極にある、人を殺めるという行いに図らずも手を染めかけた事実に震撼したらしかった。

人の命を救うはずの医者は、一歩間違えば人を殺めてしまう危うさと隣り合わせにある。町人を守るはずの同心は、手抜かりひとつで無辜(むこ)の者を窮地に陥れてしまうかもしれぬ。のみならず、己のささやかな意地のために捕違いを認めず、自白を強要せんと躍起になっている間に、真の罪人を逃すことにもなりかねぬのだ。

惣十郎は、同心という役目の重みを嚙みしめつつ、大番屋の番人から引き渡された重蔵を支えるように手を添えた。隣で崎岡が、「すまぬ」と蚊の鳴くような声で言ったのを、「もっとしっか

り詫びろ」と肘で小突く。崎岡は鼻の頭に皺を刻むも、

「すまなかった。俺がよく調べもしなかったのが悪かった」

膝に付きそうなほど深く頭を下げた。重蔵はけれど腹を立てるどころか、おぼつかない足取りで崎岡に歩み寄ると、「頭をお上げになってくだせぇ」と、困じた様子で声を掛けたのだ。

「先だって崎岡の旦那が改めてお取り調べをしてくださったこと、ありがてぇと思ってンです。それから、阿母さんの死んだ経緯（いきさつ）を細かに教えてくだすったことも。服部の旦那も、お調べになってくだすったそうで、まことに……」

ひと息に語ったから息苦しくなったのだろう、重蔵は咳き込み、しばし誰かの姿を探すように宙に目をさまよわせた。やがて咳が収まると、額に手を当ててしんみりと告げたのだ。

「けど、阿母さんを殺しちまったのは、まことは、あっしなんですよ」

「えっ」と崎岡が声を裏返し、惣十郎は息を詰めて次の言葉を待つ。

「大番屋で仕置きを受けるうち、あっしはどうも、そんな心持ちになってきたんです。こんまい頃、悪さをして阿母さんから折檻されたときのことが、おのずと思い出されたんでしょう。どうもお役人様じゃあなく、阿母さんから撲たれているような気になりましてね。この親不孝者が、ってぇ声まで聞こえてきて」

「馬鹿言っちゃいけねぇ。お前さんはお幸さんの世話を懸命にしていたさ。次郎吉もそう言ってたぜ」

惣十郎の言葉を受けて、重蔵は苦しそうにかぶりを振った。

「いえ。あっしは幾度も思っちまったんです。ああ、阿母さんさえいなけりゃな、って。そしたらなんの気兼ねもなく、存分に三助の仕事に励めるのに、ってね。これまで育ててもらった恩も

忘れて、阿母さんのせいで、あっしはてめぇの人生を生きられねぇと思ったことすらあったんですよ」

「重蔵っ。お前って奴ぁ、親に対してなんてぇ言い草だ。この罰当たり（ばちあ）がっ」

なぜか突然、崎岡がいきり立ったものだから、

「お前は、偉そうに言える立場じゃねぇだろっ」

惣十郎は即刻どやしつけた。童のようなふくれっ面を作った崎岡に、重蔵は申し訳なさそうな様子で会釈を送ってから、

「崎岡の旦那のおっしゃる通り、まことに罰当たりなことでございます」

そうつぶやいて肩を落とした。

「三助なんてぇ仕事は、いくらでも代わりがいるってなぁわかってンです。背中のひとつやふたつ、誰でも流せますからね」

いや、さすがに俺の垢はお前でないと落とせねぇぜ、と言いかけたが、惣十郎はこらえて、重蔵に思いを吐き出させる。

「けど、あっしはどうにもこうにも、湯屋での仕事が好きなんですよ。親父から左官仕事も教わって、そっちの技を磨こうと考えてた時期もあったんですが、三助のほうがずっと性に合ってましてね」

「よかったな。これぞというもんがめっかって。一生懸けても、てめぇにぴたりとはまる職にゃなかなか会えねンだからよ」

惣十郎の相槌に、重蔵は頷いた。

「三助を極めろと言ってくれたのは、阿母さんなんですよ。親父は左官のほうがずっと実入りが

いいからって、あっしが湯屋に勤めるのを嫌がったんですが、阿母さんが味方になってくれまして」

お幸は自らも糸組師として、手の動きが思うに任せなくなるまで働いていた。それだけに、必ずしも金を得るためだけではない、仕事の愉しみを解していたのだろう。

「あっしが三助として研鑽できたのは、阿母さんのおかげなんだ。それも忘れて、阿母さんを仕事の邪魔だと思っちまった。ここまで、てめぇの力だけで歩んできたような気になってね。まったく救いようのない馬鹿ですよ」

崎岡がなにか言いかけたのを目で制し、

「疲れてくりゃ、そう思っちまうこともあるさ。勝手に出歩いちまうお幸さんを捜して連れ戻すようなことだって、一度や二度じゃなかったはずだ」

お幸の足にあった傷を思い出しながら、惣十郎は重ねて言った。だいぶ手荒な真似もしましたよ、と重蔵は背中を丸めた。

「連れ戻そうとすると、阿母さんがひどく暴れますんでね。長屋の他の店(たな)に乗り込んじゃあ、盗んだのなんだのと、ひでぇ言いがかりをつけることも二六時中でしたから、迷惑掛けまいとこっちも必死になっちまって。羽交い締めにしたり、時に引きずったりすることもございました」

梨春に検屍を頼んだ際、それらの傷は見ていたから、惣十郎はただ頷くにとどめた。

「このままだと、あっしは阿母さんに手を上げちまうんじゃねぇかと怖くなりまして。そんなとき、折良くお隆が介添を買って出てくれたんで思い切って任せることにしたんです。人当たりのいい娘(こ)ですから、阿母さんも気が落ち着くだろう、と」

お隆が盗みを働いていたらしいことも、重蔵には伝えてある。彼が、お隆に介添を託した己を責め苛むのではないかと案じはしたが、お幸の言動が妄念ばかりではなかったことを報せたかったのだ。

「けどね、そいつは体のいい言い訳で、結局あっしは逃げたんです、阿母さんから」

崎岡が「……逃げる、か」と反復して、眉間を揉んだ。

「足腰の丈夫なお幸さんと毎日追掛っ競じゃ、お前さんもたねぇものな」

あえて冗談めかして惣十郎は受けるも、重蔵はいっそう苦しげに顔を歪めた。

「疲れよりなにより、阿母さんを忘れちまいそうなのが、あっしは怖かったんですよ。竈の前に立って手際よく飯を作ってる姿や、糸を編んでる仕草や……。コロコロとよく笑う人だったんですが、その笑い声すら忘れちまいそうで。阿母さんが阿母さんだった頃のこと、なにひとつ思い出せなくなっちまいそうで、それがなにより怖かったんですよ」

遠くに、百舌鳥の鳴く声がする。冬を生き延びる縄張りを守るため、この時季の鳴き声は、ことさら鋭さを増す。

重蔵の長屋には、佐吉を待たせていた。ひと通り詫びを済ませた崎岡を大番屋を出たところで放免し、惣十郎は重蔵とふたり、亀島町へと向かう。

長屋の連中には前もって次郎吉が、重蔵は無実であったと言い渡してあるはずだが、小路に踏み入るや、洗い物や立ち話をしていた女房たちは一様に、幽霊でも見たように顔をこわばらせて目を逸らした。重蔵の変わり果てた姿にうろたえたこともあろうし、解かれてもなお母親殺しの疑いを拭い切れぬ者もあるのだろう。

「みな、あっしを怖がってるようだ」

重蔵の声はわずかに震えている。

「んなこたねぇさ。久しぶりに会ったんで、気恥ずかしンだろう」

惣十郎はそう慰めながらも唇を噛む。

一度捕らえられた者は、終生白い眼で見られるものなのだ。またなにかしでかすのではないか、と隔てを置かれもする。実際罪を犯した者であれば、その責め苦を背負いつつ、自らの力で新たな道を拓くよりない。が、冤罪は、負わなくていい責め苦を生涯負う理不尽に苛まれる。

「佐吉、いるかえ」

重蔵の店の油障子を開けて、惣十郎は目を瞠った。部屋が隅々まで掃き清められ、整えられていたからだ。倒れた枕屏風も長火鉢の五徳からずり落ちた鉄瓶も直されている。土間の水瓶にはなみなみと水が張られていた。

「旦那、お待ちしておりやした」

中で待っていた佐吉は、重蔵のやつれた顔を見て束の間息を呑んだが、すぐに笑みを作り、

「まぁ、あがってゆっくりしなせぇ」

と、自分の家でもないのに、重蔵を中へと誘った。

「お前が掃除をしたのかえ」

佐吉にしては気が利くと驚くも、

「いやぁ、隣の、次郎吉の女房が、重蔵が帰ってくるなら掃除をしておこうと言いましてね」

と彼は肩をすくめた。夫婦喧嘩のたび、次郎吉を半殺しの目に遭わせている女房のことだろう。

「もっとも女房は、次郎吉を顎で使って掃除をさせただけで、自分は指一本動かさなかったんですけどね」

重蔵は、あたかも異界に迷い込んだように、部屋の中を物珍しげに見渡していた。やがて、

「こんなに広かったんだな」

と、つぶやいた。土間に六畳の座敷があるきりの店である。

「大番屋は狭い牢に大勢押し込めるからな。よっぽど窮屈だったろう」

申し訳なさが先に立って惣十郎がねぎらうと、重蔵はゆっくりかぶりを振った。

「いや、今までは阿母さんがいたもんで」

凍雨を思わせる声だった。惣十郎は、返すべきうまい言葉が浮かばず、座敷に上がると、茶簞笥の上に置いてある巾着を取って重蔵に手渡した。

「お幸さんが貯めてた金だ。崎岡から聞いたろ。はじめはこの棚にしまってたらしいが、知らなかったかえ」

茶簞笥の一番上の棚を指し示すと、

「阿母さんが厨に立てなくなってからは、うちで煮炊きをすることも稀になりまして。たいがい煮売り屋で買ってきたものや、長屋の女房たちが差し入れてくれるもので済ましてたんで、使う器も限られてまして、その竈の脇の棚に」

重蔵は、土間の壁に作り付けられた棚に目を向けた。

「洗ってはそこで乾かしてまた使うような具合で、茶簞笥はめったに開けませんでした。それにその棚は、もう使わなくなった器を入れておく場所でしたから」

欠けたり割れたりした器を収めていたのは、お幸が捨てるのを拒んだからだという。なにかに使うこともあるかもしれないからもったいないと言っては、なんでも蓄える癖があったのだと、重蔵は愛おしげに説いた。

「組紐の仕事をしていたときも、糸屑や端布を、まだ使えるからと、その櫃の中に溜めてたくれぇで」

茶箪笥脇の櫃の蓋を重蔵が開けると、布切れや糸屑がごっそりと現れた。この中から赤い糸を選って、お幸は一文銭に標しをつけたのだろう。

重蔵はそれから、巾着の汚れを払い、しげしげと見詰めていたが、

「あっ」

と、うめくなり、座敷にへたり込んだ。

「この布……」

巾着に付いた汚れを払うと、なにかの模様が現れた。緑がかった青い生地はだいぶ黒ずんで、そこに施してある刺繍糸とすっかり色味が馴染んでおり、ほとんど見分けがつかなくなっている。ために惣十郎はこれまで、その文様を特に気にすることはなかったのだ。

「あっしが童の頃に着てた袷です。阿母さんが縫ってくれて」

重蔵に言われ、よくよく見ると、刺繍は籠目紋を象ったもののようだった。

「背守りか」

惣十郎の声に、重蔵はうなだれるように頷いた。子の無事を祈って、着物の背中に施す刺繍だ。魂は背中から出入りすると言い伝えられているため、子の魂が盗まれぬよう、背中に魔除けを縫い付けるのである。お幸はその着物を、巾着に仕立て直したのだろう。

「自分がいなくなったあとも、お前さんを守るための金だ。お幸さんは、だから背守りの中に、大事に仕舞っておいたのかもしれねぇな」

「……こんな金、遺さなくたって、てめぇの食い扶持くれぇなんとでもなるのに」

重蔵が弱く笑った。

「贅沢ひとつしねぇで切り詰めて。その上、盗まれねぇように最期まで気を張って。ったく、馬鹿だよ、阿母さんは」

巾着を、彼は顔に押し当てた。その肩が細かに震えている。惣十郎は佐吉を目で促し、音を立てぬよう表に出て油障子をそっと閉めた。

木枯らしが、足先をかすめていく。琥珀(こはく)色の空を仰いで息を吐(つ)いたとき、隣の店(たな)の障子がやにわに開いて、戸口に頭がつかえそうなほど大きな女が現れた。上背も横幅も惣十郎よりはるかに勝っている。思わず見上げると、女は一礼し、重蔵の店を顎でしゃくるや、

「戻りましたかえ」

と、藪から棒に訊いてきた。

「重蔵か。ああ、戻ったぜ」

気を呑まれつつ返した惣十郎に、

「よござんした」

女は短く返し、無遠慮に重蔵の店の油障子を引き開けた。

「重(じゅう)さん、ようお帰り。まぁまぁそんな薄暗(うすぐれ)ぇとこにいないで、こっちへ出てきなせえ」

重蔵が泣いているのが目に入ったろうに、女は有無を言わさぬ口調である。

「あれが次郎吉の女房ですよ」

佐吉が惣十郎に耳打ちする。重蔵は命ぜられるがまま、巾着を置いて路地に出てきた。女は、遠巻きに見ている長屋連中をちらと見遣ってから、

「疲れが溜まってんだろうからね、今日はゆっくり休みなせえ。掃除はきっちりしといたから、

体も癒やせるはずだよ」

誇らしげに言った。

「掃除は、次郎吉がしたんですけどね」

佐吉がまた耳打ちしてきたが、重蔵は、

「ご迷惑をお掛けしました」

と、あたかも大親分に接する三下のように小さくなって辞儀をした。

「それからね、竈に溜まってた灰は灰買いに売りましたよ。そのお銭はあたしがいただきました。掃除をしてやった駄賃ってことだから。よろしいね」

横柄にまくし立てる女房を、「重蔵は出てきたばかりだ、少しは加減をしてやれ」と、さすがに惣十郎が制しかけたとき、彼女は長屋中に響き渡るような声で言ったのだ。

「家主への話もつけてあるからね。重さんはなんの罪も犯しちゃいないんだから、いなかった間の店賃は払わなくてもいいようにしてもらったよ。それとね、これからあんたを妙な目で見る者があったら、すぐにあたしに言ってちょうだいよ。まぁ、この長屋にゃ、そんな貧しい根性の者はいませんけどね」

怖々とこちらを窺っていた女房たちが、顔を見合わせてからばつが悪そうに一斉にうつむいた。家主がなにひとつせぬこの長屋の自治も、口さがない女たちの手綱も、次郎吉の女房が握っているらしい。こみ上げてきた笑みを惣十郎が飲み込んだとき、

「重蔵っ」

と、甲高い叫び声がして、天秤を放り投げた次郎吉が一散に駆けてくるのが見えた。

「帰ったのか。よかった、まことによかったなぁ」

重蔵に飛びついた次郎吉の襟首をやにわに摑んだのは、その女房である。

「おまいさん、商いの道具を粗末にするなと、あたしは口が腐るほど言ってきたはずだよ」

声は低いが銅鑼のようなしぶとい響き方だ。地獄の閻魔は、きっとこんな声だろうと惣十郎は怖気立つ。次郎吉は歓喜を仕舞い、天秤を自分の店にきちんと片付けてから、改めて重蔵に駆け寄り手を取った。

「よかったなぁ。もう会えねぇかもしれねぇと思うと、夜寝るのが怖くってなぁ。それにしても、だいぶ傷めつけられたんだな。こんなに面相が変わって。ひでぇことをしやがるな。阿母さんを亡くした上に、折檻されるだなんて」

言ううち、みるみる涙があふれてきた。

「泣く奴があるか。もう終わったことだ。旦那のおかげでこうしてまた陽のもとに立てたんだから、しかと生きるさ」

答える重蔵の声は、もう最前までの悲嘆を脱ぎ去っている。

「湯屋の主人も、早く帰ってきてほしいと言ってたぜ」

横から佐吉が伝えると、

「えっ、また、あすこで働けるんですか」

重蔵は声を跳ね上げた。とうに他の三助を雇い入れたと思い込んでいたらしい。

「そりゃそうさ。なんの罪も犯してないんだ。それに今まで稼いだ金も預けてンだろ。ちゃんと取ってあると言ってたぜ」

「それじゃ元通りに……また三助として勤められンですね」

重蔵の顔がくしゃくしゃに歪む。喉がしゃくり上げそうになったところで、

「重さんを待ってるお客が山といますからね。張り切らなきゃいけませんよ」

次郎吉の女房が野太い声を放った。驚いて涙が止まったのだろう、重蔵は口を引き結んで力強く頷いた。

「その通りだぜ、重蔵」

言って惣十郎は、重蔵の背を思うさま叩く。彼が背中を流したあとにする、厄除けのまじないを真似たのである。

「背筋が伸びてりゃ、悪運は寄ってこねぇ、ってな」

お幸が重蔵に口癖のごとく語っていたという言葉を告げた。「はい」と喉で答えて、重蔵は垂れてきた洟(はな)をすすり上げた。

師走に入ってすぐに、惣十郎は吟味方与力の志村に呼ばれた。

――ついに来たか。

重蔵の一件について責めを負うと言い出したのは自分であるから、観念して詰所で志村と対座した。今日を限りに廻方を外されるのだと思えば、崎岡が恨めしい。ギリギリと奥歯が鳴りはじめるも、

――いや、重蔵がもとの暮らしに戻れたんだ、ありがてぇと思わなきゃならねぇ。

胸の内でそう唱えて、自らを落ち着かせる。

重蔵は三日ほど休んでから、湯屋に戻った。今は痩けた頬も幾分戻り、朝から晩まで仕事に精を出している。湯屋の客もこれまで通り接してくれるようだし、長屋連中も次郎吉の女房のひと吠えが功を奏したのだろう、平素の付き合いが戻ったという。

「なにゆえ呼ばれたか、もう察しはついておろうな」

志村は顎を上げ、こちらを睥睨した。

「無論、承知の上でございます」

「覚悟はできておろうな」

惣十郎は口中に溜まった唾を飲み込み、しかと頷いた。

「自ら言い出したことであるからな、覆してはならぬ」

志村は厳しい面持ちで告げてから、なぜか口の端に笑みを浮かべた。

「しかし崎岡は、自らの言を翻しおったぞ」

また奴が詭弁を弄して保身に走ったのか、と惣十郎は身構える。

「崎岡は捕違いを認め、こたびは服部ではなく己が責めを負う、と言い出しおったわ」

志村の意外な言葉に、惣十郎は身を硬くする。まさか、あの崎岡が……と、ありがたさよりも先に疑念が湧いた。新たな点数稼ぎの手管か。それともなにか、妙なものでも食ったのか。

「あの、詳しい事情は測りかねますが、ともかくこたびのことは、私めが責めを負うと決めましてございますゆえ」

崎岡の魂胆に呑まれまいと、とっさに声をあげた。と、志村はやや鼻白んだふうに、

「同役の者を、そう疑うものではない」

首をゆるりと横に振ったのだ。

「崎岡は、まことに己の失敗を省みて、そう申し述べたのじゃ。このところ、とみに手柄を急いていたからな」

崎岡は元来、仕事の出来は数でしか計れぬと考えているような節があったが、なるほど、ここ

一年ほどは前にも増して拙速に事を運んでいる気もする。

「あの男は、師走晦日（みそか）の挨拶もけっして欠かさぬ。主立った与力の屋敷には余さず足を運んでいたはずじゃ」

廻方は同心のみの組織で、吟味方や例繰方、年番方とは異なり、一隊を束ねる与力はいない。それをいいことに、惣十郎は厄介な付き合いを極力避けてきたのだが、崎岡は志村のみならず他の与力にも挨拶回りに出向いていたのかと、その貪欲さに啞然とした。おおかた、元服を迎えた倅に同心としての席を引き継ぐため、顔つなぎにも熱を入れているのだろう。

「崎岡は子息がございますゆえ」

憶測のままを声にすると、志村は眉根を寄せた。同心は表向き一代抱席だが、与力に取り入ることでたいがいの世襲がかなうという不文律を嘲ったように聞こえたろうかと、惣十郎が危ぶんだところで、

「おぬし、知らぬのか」

志村は、薄くなったまぶたに幾筋もの皺を寄せたのだ。

「崎岡の倅に会（お）うたことはないのか」

「はあ。幼い時分に一、二度、見かけたきりにございますが」

同じ八丁堀に屋敷を構えているとはいえ、往き来はないに等しい。奉行所で顔を合わせて役目の話をするのがせいぜいで、互いの家のことを踏み込んで語らう機会もこれまで乏しかったのである。

「崎岡も、妙なところで意地を張る奴じゃ」

志村は口中でつぶやいたのち、続けた。

「あれの倅は、同心は勤まらんじゃろう。わけても廻方は難しい」

「……なにゆえにございますか。確かすでに元服を迎えているか、と」

「なに、慢驚風とでも言えばいいのかのう。ろれつがうまく回らず、前触れもなく倒れることもあると申しておったわ」

惣十郎は声を呑んだ。慢驚風は、たびたび引きつけを起こす慢性の病である。役目をこなすことはおろか、座すにしても長い刻は難しかろう。しかし崎岡からは、一度としてそんな話を聞いたことはなかった。

——それでか。

はたと思い当たった。先だって、お幸が重蔵のために金を遺した、いくつになっても親は子を案じるのではないか、と惣十郎が訴えた途端、彼はそれまでの頑なな姿勢を覆し、志村に吟味のやり直しを願い出たのだ。子の行く末を案ずる親心が、その胸に響いたのだろうか。

「だが崎岡は、今も望みを捨てておらんのよ。生涯見習でも構わぬから、子息を御番所に置いてもらえぬかと折を見て頼んでくる。師走晦日の挨拶にも、ために熱心に通うてくるのじゃ」

志村が語るのを聞きながら、崎岡は己のためではなく、倅のために躍起になって手柄を集めているのだと惣十郎は解する。同心として名をあげれば、倅の仕官にも便宜を図ってもらえるかもしれぬと、彼は一縷の望みにすがっているのだろう。

「私は、なにも存じませんで……」

そう絞り出すのが精一杯だった。

「誰しも、大なり小なりなにかを抱えておるものじゃ。だからといって役目の上で斟酌はせぬ。ただし神通力でもない限り、わしらに見えるのは他人の上辺だけよ。廻方として勤めるからには、それを常に心に留めねばならん」

志村は、それだけ告げると背を向けた。

「あの……お咎めは」

恐る恐る訊くと、彼は「去ね」というふうに手を払い、こちらを見ずに言った。

「重蔵から、崎岡を罰することなきようと申し入れがあった。わしはその意を尊ぶ所存よ。崎岡もおぬしも、いっそう励め」

廻方の詰所に戻ると、崎岡が神妙な面持ちで駆け寄ってきた。

「志村様に呼ばれたのだろう。どうだ、江戸払いにでもなったか」

冗談口を叩いてはいるが、頬が緊張に引きつっている。こちらを案じているらしい彼の顔を、惣十郎はある種の感慨をもって見詰めた。

「な、なんだえ、薄気味悪ぃ」

肩を引いた崎岡に、惣十郎は暗い声を作って告げた。

「とんでもなく残念なことになった」

崎岡がいっそう顔をこわばらせる。

「廻方を外されりゃ、お前の顔を見なくて済むと、せいせいしてたってのになぁ」

言って惣十郎は、思うさま伸びをした。

庭に咲いた水仙を手折って、お雅は花瓶に挿した。清い香りを楽しんでから、多津の部屋へと持っていく。

「まぁ水仙。今年は早くに咲いたこと」

布団の上で半身を起こしていた多津は、目を細めた。

「ここ数日、暖かかったですから」

お雅はそう返し、花瓶を文机の上に置いた。先月までは、時折起きてこの机に向かい、料理帖をしたためていた多津だが、寒い日が続くと次第に起き上がれる日が少なくなってしまった。口鳥先生が五日置きに訪ねてきて、痛みを和らげる薬を煎じてはくれるのだが、足を完全に治すのは外科術を用いない限り難しいかもしれない、と惣十郎に話をしているのを耳にして、お雅は点りかけた灯を吹き消されたような心持ちになったのだ。

――暖かくなれば、きっとよくなる。また一緒に厨に立てるようになる。

そう信じて、多津の前では努めて明るい顔をしている。

「それにしても、密やかな花が好きだねぇ。先だってもなずなを摘んできたものね」

なずなも女郎花(おみなえし)も藤袴も美しい花だ。それなのに、人々は藤や菊といった見栄えのする鮮やかな花を愛でる。いずれも同じく咲いているのに、見た目のよさを誇って人を惹きつける大輪の花が、お雅にはあざとく、浅ましく見えて仕方がないのだ。さしたる中身もなく、できることも乏しいのに、ただ見目だけでもてはやされてきた自分を見るようで、蝕まれるのだ。

「正月には、久しぶりに花弁餅(はなびらもち)を食べたいねぇ。あんた、また作っておくれな」

多津が言って、目尻を下げた。

「花弁餅、ですか」

お雅はこれまで作ったことがない。菓子作りは不得手なのだ。

「でしたら正月料理に加えましょうか。くわいきんとんやなますも支度しないと」

すると、多津は眉間に深い皺を刻んだのである。見たことのない、険しい面持ちだった。

「無理をしちゃいけないよ。料理は不得手なのに。いつもお光佐に頼りきりだろ。私はあんたの菓子が食べたいんだから、それを作ってくれればいいんだよ、郁」

第四章　言問わぬ木すら

一

　天保十四年の正月は、あたかも忌日のごとく静かに過ぎていった。倹約令が布かれている中では、華やかに着飾ることも、物日のごとく騒ぐこともはばかられるのだろう。江戸の町が元来帯びていた活気が、根こそぎ刈り取られたようで、完治はうそ寒さを覚える。

　――ここまで窮屈にしちゃあ、この世直しも早晩終わるだろう。

　小石川の伝通院境内で一服しつつ、空を見上げる。鶫鷦が、澄み切った青を一線に裂いた。ない金まで使うのが江戸者なのだ。それであるのに、金を使うな、贅沢をするな、と再々御触れを出されては息が詰まる。町人たちの性に合わないことを四角四面に押しつけるような政は、必ずほころびが生ずる。さほどかからず、消えていく。

〽白川気取りで見下げた大馬鹿
　一体生まれが違うているのに
　心がつかねぇ大罰当たり

町を行けば、寛政の改革を率いた松平定信と引き比べて、水野忠邦を大胆に腐したちょぼくれが聞こえてくる。

　完治には御上のすることはわからぬが、町に漂うにおいのようなものは嗅ぎ取れた。おととし、改革とやらがはじまってから、膿んだような悪臭が日に日に濃くなっている。ここまで来ると、あとは治政の軸が、朽木のように倒れるのを待つだけである。倒木の下敷きになるのを避けさえすれば、刷新された世の中でまた生き続けることができる。

　もっとも、ひとつ壊れて、また生まれても、どうで似たり寄ったりの政なのだろうと、はなから期待はしていない。親はとうになく、きょうだいも伴侶も子もいない。独りの身であれば、どうとでもなると思えば気楽なものである。

　煙管をしまい、完治は首を鳴らした。

　赤根数馬が江戸で使っていた平埜の名で医学塾を総ざらいしたものの、案外なことに、知る者が出なかったのだ。すぐに見付かるだろうと高を括っていただけに戸惑った。江戸では塾に入らず、誰の弟子にもならなかったのだろうか。それとも、周到な男らしいから、江戸で塾に入った折はまた別の名を騙っていたのか。

　詮方なく完治は、大火事のあとようよう形になりつつある小石川、小日向辺を今一度虱潰しに当たることにしたのである。

　以前、この伝通院の境内で偶然出会った大工は、平埜こと赤根について、京で日野鼎哉の塾にいたことと、小日向で医者の看板を掲げていたこと、蘭方医だったらしいことしか知らなかった。

　火事のだいぶ前にふいっといなくなっちまったみたいでしてね。そうですな、二年ほど前だったかな。まぁ、医者といっても流行ってるふうでもなかったですから、他所へ移ったんでしょうが――。

そう語っていたのである。興済堂四代目藤一郎が述懐した、「数年前に小日向の住まいを引き払い、姿を消した」という赤根の動きと辻褄が合う。小日向を去った二年前から、彼は一件に繋がる動きをなにかしらしていたのかもしれぬ。

大工の男が接した赤根は、総髪で短軀、ずんぐりとして、よくいる町医者の風体だったらしい。興済堂一件の際、斎木という浪人者を張っていた与助が目にしたのは、いかにも格の高そうな剃髪の医者である。それが赤根だとすれば、ここ数年の間に、彼の立場を変えるなにごとかが起ったのか――。

完治は境内を出て、神田川沿いへと足を向ける。

「前にここらに平埜ってぇ医者がいたろ。今、どこにいるか、知らねぇか」

長屋の狭い路地を覗き込んでは、そこに集まっている女房たちに逐一声を掛けて回るのだ。彼女らは岡っ引と気取るや、疎ましげな顔で黙って首を横に振る。

「この近くで医者の看板を掲げてた者だ。名前くれぇは聞いたことがあんだろ」

重ねると、女たちは顔を見合わせ、

「あたしたち、この間の火事のあとにここへ越してきたんです。古い話をされても、よくわかりませんよ」

申し合わせたようにそう答える。住人たちの多くが、火事を境に入れ替わっているのは確かなのだが、とりつく島もない。平埜という糸口が見付かったのに、その糸を引っ張った途端、プッツと切れてしまったような徒労感が増していく。

八幡宮を抜け、音羽町の町家を流していたときだ。

「あの、親分さん」

後ろから声が掛かった。振り向くと、細面の女が立っている。年の頃は三十になるかならぬかといったところか。控えめな笑顔は品があったが、こめかみあたりに連なって浮かんだ染みが、所帯やつれを訴えていた。

「うちの亭主が早桶を作ってましてて」

前置きもなく、女は切り出した。最前そこの路地で親分さんが、平埜さんのことを訊いていたのを、あたし、部屋にいて耳に挟んで、それで飛んできたんですけど」

女は気忙しげにあたりに目を配りながら、ひと息に言った。

「平埜を知ってるのかえ」

「ええ。親しく付き合ってたわけじゃあないんですけどね、うちの亭主がよく頼まれてたんですよ」

「……早桶を、か」

訊くと女は小さく身震いして、頷いた。

「厄介な病人を進んで診てたのかね、ってうちのともよく話してたんです。早桶を頼まれて行くと、平埜先生が仏前におられることが多いんでね。でもお年寄りじゃなくて、まだ年端もいかないお子や、若い方、そうですね、二十歳にもなってないような方が多かったようで、亭主も気味悪がりましてね」

藪だったということか。それで居づらくなって、姿を消したのだろうか。しかし、早桶屋の女房の覚えに残るほど葬式を出したとなると、単に「藪だった」で済む話なのかと懐疑が湧く。

「お前、名は」

「荘八の女房で、よねと申します。櫻木町に店を構えております」

「亭主は今、いるかえ」

「今は出てまして。注文がないと、早桶屋仲間と飲んだり、打ったり……」

言いかけて、女は相手が岡っ引だということを思い出したのだろう、

「打ったりってことはないですけどね。つい語呂合わせで言っちまいましたけど」

と、見え透いた嘘を吐いた。博打はこんな時世でなくとも、下手すればお縄になる。完治はしかし、これを受け流して訊いた。

「荘八は、何刻帰ってくる」

「木戸が閉まる頃にはいつも帰ってきます。亡くなった人があると夜半に叩き起こされることが多いですから。その分、朝は遅いんですけどね」

よねからそう聞いて、翌朝早く、完治は櫻木町に足を運んだのだ。

荘八は夜着にくるまって寝こけていたが、よねが揺り起こすとのっそり半身を持ち上げ、顔がめくれるほどのあくびをした。昨夜のうちによねがあらまし話しておいてくれたのだろう、完治が名乗るや荘八は、平埜との縁をすんなりと語りはじめた。

「平埜先生が小日向に住んでおられたときは、まことに繁く呼ばれましたよ。医者はたいてい病人のところへ赴いて診るでしょう。けど、先生はご自分の長屋にお呼びになるようで、しかもしょっちゅう死人が出る。亡くなる人がここまで多いのは、疫病に罹った者を診てるからだって噂もありましてね。そうすっと、他の早桶屋は嫌がるもんで、あっしが一手に引き受ける格好になってたんですよ」

早桶屋というのは因果な商売で、疫病が出るとこっちまで避けられちまうんです、と荘八は続

けた。疫病で亡くなった人を棺に入れたとなれば、早桶屋から伝染（うつ）されるとみな恐れをなすらしい。時には丸桶を運んでいるだけで不浄なものを見るような目で見られるのだと、彼は鼻の頭に皺を寄せる。なるほど、町人たちは早桶に出会えば、息を詰め、顔をうつむけて、通り過ぎる。嫌なものを見せるな、と言わんばかりの迷惑顔で。

「あっしの役目は、この世になくちゃならねぇものなんですよ。だって誰しも一度は必ず死ぬんだから。それだってのに、ねぇ」

単に己の仕事をしているだけで疎まれるとあっては、やり切れぬだろう。岡っ引という役目もその点似たようなものだ、と腹の中で同調しつつも完治は話を元に戻した。

「平埜って医者が診てたのは、なにかしらの流行病（はやりやまい）だったってぇことかえ」

荘八は「はて」というふうに、頭を斜めに倒した。

「それが、よくわからねンですよ。疱瘡でも麻疹でもねぇようで。ただ、幼子の亡骸（なきがら）を納めるとき、その親が、人殺しだのなんだのと先生に食ってかかってる場には、何度も遭いましたよ」

仮に疫病であれば、ほうぼうで死人が出て、ことによっては棺が間に合わぬほどの混乱になるし、当然ながら町人たちの間でも騒ぎになる。ところが、平埜の店（たな）近くで他に罹った者があるような話をまったく聞かなかったことに、荘八は長らく不審を覚えていたという。

「仏の様子はいずれも似通ってましてね、なんですか、水ぶくれみてぇなものが、顔や体にできてることが多かったですな。といって、疱瘡とも違うようで。腕に針かなにかで刺したような傷がある仏も多かったですよ。なんの傷なんだか、薄気味悪くてね」

当時の光景を目に浮かべてでもいるのか、荘八が恐ろしげに語ると、流しで皿を洗っていたよねが大きく身震いした。

「あっしもさすがに、平埜先生からの仕事は受けたくねぇな、と思いはじめていたところで、ひょんといなくなっちまったもんで、あぁよかったとほっとしたんですよ。こう言うと冷てぇようですけどね」

「今、どこにいるか、知ってるかえ」

「さぁ。いきなりいなくなりましたから。ただ、小日向にいるときから浅草へはよく行ってたようですけどね」

浅草、と完治は口の中で繰り返す。

「ええ。なんですか、向柳原に大きな医学塾がございますでしょう。そこに出入りしているようなことを、聞いたことがございますが」

「向柳原……医学館か。まさかな」

官立の医学塾である。代々督事を担っている多紀家は、奥医師も務める家柄だ。昨年七月に出された町触れで、向後板行する蘭方医学書の検閲も医学館が担うことになったと、惣十郎が案じ顔で語っていた。

「ああ、確かそんな名でしたよ。なんでも御公儀と係りのある塾だとか、自慢げに話してらっしゃいましたから。それでかな、総髪だった御髪（おぐし）を、あるときされいに剃ったんですよ。奥医師がこうしているから同じようにするんだ、って」

奴が公儀と係りのある医学塾に出入りしているはずはないと、完治ははなから医学館は調べずにいたのである。己の未熟な思い込みに苛立ち、小さく舌打ちをする。

完治から、赤根はどうも医学館に出入りをしていたらしいと意外な報（しら）せを受けた惣十郎は、出入りの者を調べるべく、直々に医学館に出向いた。が、応対に出た事務方は、一同心なぞ相手にしておられるか、といったぞんざいな態度で、

「ご存じのように、うちは医官子弟のみの受け入れにございます。今年から陪臣医と町医も講書（こうしょ）に出られるようになりましたが、これまで町医の出入りを許しておりませんでしたから、その、なんとかいう町医はここには通うておらぬと存じますが」

と、切って捨てるように返したのだった。そもそもなんのお調べか判然とせぬ段に協力はできぬ、という権高な真意が透けて見えた。

「塾生の記名帳が入り用でしたら、御奉行様からお伝えくだされば、相応に手は尽くしますゆえ。昨今受診の枠を広げましたので、なにかと慌ただしゅうしておりまして、お力になれず申し訳ございません」

詫びてはいるが形だけで、鼻であしらわれているのは明らかだった。惣十郎は腹も立ったが、ここで事を荒立てても詮方ないと一旦退くことにしたのである。

「受診者の枠も広げるようですし、近く塾生のための寄宿寮を作るってぇ聞きますよ。そんなに塾生を集めてどうすンですかね」

医学館を出るや、佐吉が言った。

「勢いづいてやがんな。虎の威を借る狐ってやつさ」

悔しまぎれに嘯（うそぶ）くと、佐吉は「いやぁ狐たぁ言えませんよ」と、大真面目に返した。

「医学を学ぶ者にとって目指すべき塾であるこたぁ確かです。御公儀が後ろ盾についてるだけじゃなく、金も権威もある。刃向かっては、こちらが返す刀でやられます」

やむなく惣十郎は、医学館を出たその足で須原屋を訪（おとな）い、医学館の塾生をさかのぼって把握す

るにはどうしたらよかろう、と伊八に相談を持ちかけたのだが、彼は困惑の態で眉間を揉み、

「医学館の塾生一覧……ですか。さすがに私どもも、そこまでは存じませんなぁ。仲間に訊いてみてもよござんすが、こたびの町触れが出される前までは、私ども書肆は医学館とはさほど付き合いもございませんでしたから」

　頼りなげに答えを差し出したのだった。

　板間に置かれた文机に向かって校合摺を睨んでいた冬羽が、不意にこちらに首をひねった。珍しく、周囲の声が耳に入ったらしい。今日はいつにも増して、髪も着物も乱れている。頬には墨まで付いていた。

「あすこはたくさんのお弟子さんがいらっしゃいますからね。だけど、由緒正しい家柄にしか門戸は開かれないと聞きますけど……どなたをお捜しなんですか」

　訊かれてしばしためらったが、一件の子細をすべて語るわけでなし、障りはなかろうと、惣十郎は平埜の名を出してみた。

「平埜先生、ですか。存じませんねぇ。蘭方、漢方問わず、名医と称される方ですと、あたしたちも商売柄、お名は耳に入るんですけど」

　医学書を多く出している須原屋であれば、そうだろう。坪井信道や伊東玄朴をはじめ、名だたる医者と往き来があるのだ。

「京では日野鼎哉ってぇ蘭方医の塾にいたらしいんだが、どうもよくわからねぇのだ。医学館に出入りがあるとなれば、漢方だろうしなぁ」

　惣十郎は上がり框に腰掛けて、懐手した。師走、睦月は暖かかったのに、如月に入ると一転、底冷えするようになった。紙を扱う店だけに用心で火鉢も置かぬせいか、冬羽の鼻の頭も鶏頭の

ごとく色付いている。

「医学館は蘭方には厳しいですからね。敵とまでは言いませんけど、容易に認めないって構えですよ」

　梨春が関わっている小児医療書についても、医学館に一刻も早く通すよう冬羽は方策を練っているが、伊八は未だ、「時機を待て」と制しているらしい。幾度も夫婦喧嘩になっているし、訳本に関して相談事があるときは冬羽がお忍びで鉄砲洲に訪ねてくると、梨春が語っていたのである。

「奥医師にも蘭方医学の大家はおられるんですけどね。桂川(かつらがわ)家は代々、蘭方の医術を用いておられます。反目せずに、せめて医学書だけは垣根なく出せればいいと願っておるのですけれども」

　伊八が、冬羽の不満をなだめるように、穏やかな口調で言い添えた。

「桂川家か……」

　初代は元禄の頃から将軍家に仕え、以降奥医師として代を重ねている。今は六代目桂川甫賢国寧(ほけんくにやす)が奥医師を担っているはずである。

　初代の桂川甫筑邦教(ほちくくにみち)は、百年以上前にすでに蘭方外科術を会得していたと梨春から聞いたことがある。四代目甫周国瑞(ほしゅうくにあきら)は『解体新書』の翻訳を手伝っている。また五代目甫筑国宝(ほちくくにとみ)は、医学館の多紀家から養子として迎え入れられた人物だ。

「桂川家六代目の甫賢様は、坪井先生や伊東先生にも教えを請うておられたそうですよ。とても熱心な方。ですからね、けっして御公儀が漢方しか用いないってことじゃないんですよ。蘭学の祖ともいえる方が代々侍医を務めてらっしゃるんですもの。そのあたりを医学館がわかってくださると間口も広がるんですけどね」

どうも頭の硬い連中が、と冬羽が続けようとしたのを、伊八が咳払いで遮り、

「これから外科術が広く流布すれば、おそらく医学館も蘭方医学を認めていくことでしょう。ともかく蘭方医学書の板行を為すためにも、今は医学館の機嫌を損ねちゃなりません」

と、釘を刺すように言った。冬羽が童のように口を尖らせたのが目の端に映り、思わず頰が緩みそうになるのを惣十郎はとっさにこらえた。

「医学書を多く出してる須原屋だ、もし平埜ってぇ名に突き当たったら報せつくんな。梨春もこのところ、よくうちに通ってっから、言伝(ことづて)てもらってもいいからさ」

惣十郎が話を終(しま)おうとすると、冬羽がひゅっと首を伸ばして、こちらを見た。まるで内面まで見透かしてくるような、濁りのない眼だ。

「どなたか、お悪いんですか」

遠慮がちに訊いてくる。

「いや、別段そういうわけじゃねんだが」

佐吉がなにか言いかけたのを素早く目で制し、とっさに惣十郎はごまかした。

「でしたら、よかった。検屍の折は、旦那が口鳥先生のお宅に足を運ばれると伺っていたもので、お役目とは異なる用向きかなと、つい勘繰ってしまいました。不躾(ぶしつけ)なことで、お許しくださいまし」

さっぱりと返し、それきり冬羽は話を変えた。勘のいい女だ、こちらの内意を察して、重ねて訊くことをよしたのだろう。

梨春は今も五日に一度は八丁堀を訪(おとな)い、多津に足の痛みを和らげる薬を煎じてくれる。おかげ

で寝ておられぬほどの痛みは消えたようだが、おかしなことを口走る回数は徐々に増えている。これまでは、足さえ治ってくれれば、と折に触れ念じていたのに、今は、母の病が足だけであれば、と惣十郎はつい願ってしまう。

この手の病を治す薬があればよいのですが、蘭方医学でも外科術でも、明らかにされておらぬことでございまして――。

まるで自身が罪科を犯したように悄然として、梨春は語っていた。どういう仕組みで覚えが怪しくなってしまうのか、それすらつまびらかにされていないのだという。お幸の一件があったあとだけに、惣十郎はいっそう恐怖と不安に見舞われている。

「完治は医学館にゃ当たらなかったんですかねぇ」

須原屋を出るなり、佐吉が非難がましい口振りで訊いてきた。

「医学館は町医にゃ門戸は開いてなかったからさ、よもやそこに出入りしているとは思わなかったんだろう。もっとも当たったとて門前払いを食わされたろうがな」

同心が行ってもあの態度だ。御用聞きが訪ねたところで、まともに取り合うことはないだろう。

「しかし赤根はどんな療治をしてたんでしょう。完治の話じゃ、疱瘡に似た病を診ていたようだってぇことですが、町場で疱瘡が流行ったような噂も聞きませんしねぇ」

佐吉はしばしば、疱瘡にまた罹ったら今度こそお陀仏だ、とおののいている。それを梨春が「佐吉さんはおそらく、再び疱瘡に罹ることはございませんよ」と、打ち消すのだが、そのたび佐吉は、「口鳥先生はああ言ってくださいますが、きっとあっしが怖がらねぇよう、作り事を語ってくだすってンですよ」と首をすくめるのだ。

「ただの病だったとしても、再々早桶屋が呼ばれるってなぁ妙な話だよなぁ」

そう答えた刹那、惣十郎はふと、ひとりの男を思い出した。威勢のいい声と俊敏な動きが鮮やかに像を結ぶ。

「おい、佐吉。お前、才の字に少し当たってくれめぇか。早桶屋同士繋がりがあるってぇから、なにか知ってるかもしれねぇ」

重蔵の母親を埋葬する折、やって来た早桶屋が才太郎だ。奴の性分なら、きっと顔も広かろうし、機転も利くから心当たりがあればその者に訊いてくれもするだろうと、惣十郎は考えたのである。

「あの口の悪い男ですか」

しかし佐吉は途端に渋面を作った。

「まぁ、そう言うな。あいつはなかなか如才ないぜ。早桶屋ゆえの噂も耳にしていようから、平埜に繋がる話も出るかもしれねぇ。才の字を呼んだのは次郎吉だ。あいつに訊きゃあ所在がわかるだろう」

佐吉はそれでも気が乗らぬふうである。

「完治に任せるより、お前のほうが才の字から話を聞き出すにゃよかろうからさ」

やむなくひと言添えると、彼は途端に不服顔を仕舞い、

「したらあっしはこの足で、次郎吉を訪ねます」

そう断るや、八丁堀へと入る手前でさっさと小路を左に折れた。

初午を経ても日の入りはまだ早く、空は暮れ初んでいる。惣十郎は足早に屋敷までの道をたどり、敷居をまたぐやそのまま多津の部屋に顔を出した。

「ただいま帰りました」

声を掛けても、多津はこちらに目を向けるだけで、体を起こすことはない。瞳には薄い膜が張っているようで、まことに見えているのだろうかと疑わしくもなる。

「お加減、いかがですか」

「ええ。今日は足も痛くないですよ。口鳥先生が煎じてくだすったお薬が、よく効いているんですよ。先生にはお礼を申し上げないといけませんね」

「それはよかった。もう少し暖かくなれば、きっと起き上がれるようになりますよ」

今日は話がしかと通じる。惣十郎は幾分救われた心持ちで、笑みを浮かべた。と、多津はわずかに首を起こして言ったのだ。

「もう少し暖かく……今は夏じゃなかったかね」

自分の鼓動が容赦なく鼓膜を打ちはじめる。それを落ち着かせるため、胸を叩いてから、

「いえ。まだ如月にございますよ」

惣十郎は柔らかに告げた。

「如月。そうかえ。正月の支度はうまくできたかねぇ。私が厨（くりや）に立てなかったから」

お雅が精魂込めて作った正月の節句料理を堪能したことを、母はもう忘れてしまったのだろうか。

「ええ。うまくできましたよ。ご案じ召されますな」

惣十郎はそう返すのが精一杯だった。多津は安堵した様子で、「よかった。それなら大丈夫だね」と、なにも大丈夫なことはないのに、大きく息を吐いて再び目を閉じた。

惣十郎はそっと部屋を出て、居室に向かう。いつもするように、仏壇の前に座って手を合わせ

る。願いたいことは確かにあるのに、どう願えば届くのかわからずに、「どうしたもんかねぇ」と不甲斐ない吐息だけが口から転げ出る。

「お帰りになってたんですね。お出迎えも致しませんで申し訳ございません」

廊下からお雅の声が掛かった。普段は佐吉が「帰りましたよー」と玄関口で大きく呼んで、お雅が迎えに出るため、今日に限っては気付かなかったのだろう。

「佐吉は少し遅くなるかもしれねぇから、先に湯屋に行くよ」

告げると、

「はい。すぐに支度を致します」

お雅は部屋の箪笥に手を掛けた。

「母上と今、話をしたよ」

「そうですか。このところお加減がとてもよさそうで、だいぶ治ってらしたようにお見受け致します。膳のものもよく召し上がりましたし」

「そうか、それはよかった」

節句料理を食べたかどうかも忘れていたとは、とても言えなかった。

「それに今日はお母様、あたしのこと、お雅ってちゃんと呼んでくだすったんですよ。きっと一時、間違えただけだと思うんです。うちの父だって、たまにあたしを姉の名で呼ぶときがございますもの。勘違いは、誰にだってあることですもの」

惣十郎から羽織を受け取りながらも、お雅の口は回り続ける。目の当たりにしている忌まわしい現をすべて、打ち払おうとでもするように、彼女はこのところ、とみに多弁なのだ。お雅は、多津の変わり様をけっして受け入れようとしない。そういう姿もいたたまれなくて、惣十郎は早々に湯屋へ逃げた。

湯に浸かったのち重蔵を呼んで、背中を流してもらう。三助としての彼は、今やすっかり元の通りで、日々仕事に精を出している。

「お前さんに擦ってもらわねぇと、どうも垢が落ちた気がしねぇやな」

惣十郎が声を掛けると、「それは重畳」といつもの台詞が返ってきた。

「ただ、しばらく擦ってなかったんで、すぐには勘が戻らなくて慌てましたよ。いやぁこの仕事は、毎日やらねぇと鈍るんですな。体の流れを見付けるのがうまくいかねぇようになりまして、難渋しました」

「……そうか。すまなかったな」

もう言いっこなしですよ、と重蔵は笑い、

「崎岡の旦那から、口鳥先生の人体図も返していただきましたから」

と、朗らかに告げた。

「当たり前だよ、んなこたぁ。あいつにゃもっと省みてもらわなきゃな」

崎岡をけっして処罰しないでくれ、と重蔵が大番屋を出るとき土下座までして頼んだということを、惣十郎はあとから聞いた。志村はこれを受けて、崎岡も惣十郎も役替することなく済ませたという。結局、ふたりとも重蔵に救ってもらったのだ。

「そういや、おとついの晩でしたか、お隆の母親が来ましてね」

重蔵が小声で告げた。お隆一家はかつてこの湯屋の常連だったが、あの一件以来ふっつりと姿を見せなくなっていたという。

「湯はくぐらなかったんですが、金を返すって、一文銭を袋に詰めて持ってきたんですよ」

「赤い糸の結んである一文銭かえ」

「へえ。さいです。お隆が持ってた金のようで。金を返して済むことじゃあないけど、って深々と頭を下げられましてね」

お隆の母親は、あのとき一家がお隆を庇う中で、唯一、咎めるような目を娘に向けていたのだ。

「どうも調子が狂っちまって、ついこっちも頭を下げちまいました。お隆に介添を頼んだばっかりに迷惑掛けてすまないことです、って詫びましたよ」

「お前さんが詫びるってのも妙な話だね」

惣十郎は笑みを漏らす。

「いやぁ、お隆に言われるがまま介添を頼んだあっしが浅はかでしたよ。あの娘(こ)はとかく愛想がいいんですが、総身に霧が掛かったようで正体が見えねぇってンですかね。あの娘自身、誰とも本当のところで通じ合えたことがないんじゃねぇか、と。そう怪しんでたのに、機転の利く娘だから阿母(おっか)さんの介添はうまくこなせるだろうと、てめぇの負担を軽くするために安易に頼んじまって……」

佐吉は、重蔵がお隆に恋慕していたようなことを言っていたが、とんだお門違いだったわけだ。

「それに、なんですか、あの母親はこれからもずっとお隆の母親で、そっから逃れられねンだと思ったら、いささか憐れも覚えましてね。憐れってのは、失礼な言い草ですけど、家族ってのは、近所付き合いみてぇに、面倒になったから引っ越してあばや、ってなわけにゃいきませんから。難儀な係り合いにゃあ違いございません」

　重蔵の言を聞きながら、あの母親はきっと、お隆に対する夫の甘さに業を煮やしながらも、文句を言うこともできずにきたのだろうと思いなした。そういう己を、今も日々、責めているのかもしれぬ。身近にどうにも意を通じ得ぬ者を抱えながら生きる辛さは、並大抵ではない。胸に生じた刃の切先を、相手に向けるか、自身に向けるか——家族という小さな集まりの中で逃げ場を失った者は、そのどちらかに向かわざるを得なくなる。

「己が選んだわけじゃあねぇのに、生涯切れねぇ縁ってぇのも厄介なもんだね」

自らの家内一同を思って言ったわけでもないのだが、すぐさま重蔵から諫められた。

「そんなことを言ったら罰が当たります。旦那は、どうかあっしのように悔いを残さねぇでくだせぇよ」

惣十郎は湿っぽさを払うように、勢いよく手洟をかんでから言った。

「悔いが残らねぇ付き合いなんてものぁ、この世にゃないぜ、重蔵。いかで誠心で孝行しても、寝る間を惜しんで看たとしても、必ず、ああしときゃよかったってぇ後悔が湧くんだよ。どんな係り合いにも終いにゃ別れが待ってる限り、酷だが、そいつが運命だよ」

才太郎は、梨春の住まう鉄砲洲の近く、南紺屋町に居を構えていた。

「亀島町からは、存外離れたとっから来たんだな」

佐吉の報せを受けて惣十郎が言うと、

「八丁堀近くじゃあ、なかなか早桶屋ってのもないですからね」

担う仕事によって、おおよその住まう区分が決まっている江戸の町の律儀さを揶揄するような口振りで返した。

「で、当たりはありそうかえ」

「ええ。才太郎ってのはだいぶ若ぇように思ってたんですが、五人も子があるんですよ。また女房がえれぇ別嬪で、あんな男のどこがよくて一緒になったのか……」

「おい、才の字の女房子供を調べろと、俺は言ったじゃねぇぞ」

乱暴に遮ると、佐吉は恥じ入るように首をすくめてから暗い声でつぶやいた。

「あっしは、いつになったら所帯を持てるんですかね」

唐突に懊悩を打ち明けられ、惣十郎は戸惑う。だから、重蔵とお隆のことにも拘泥していたのか。

「仕方ねぇだろ、女の数が少ねぇんだから、男があぶれるのは道理なんだよ」

「そりゃ十分にわかってますよ。だからといって諦めるのは、なんですか、浮世に負けるようで嫌なんですよ」

佐吉は珍しく奮然と返した。

「そういう世の中なんだから仕方がねぇ、こういう身分だから我慢しろってなことを、あっしらこんまい頃から言い聞かされてきましたよ。身の丈で生きるこたぁ、もちろん大事なんですが、といって、世間から押しつけられるもんをただ呑むだけじゃあ、どうもやり切れねぇ気がしましてね」

物事をまっすぐに見るものの、深く感じ取ることとは無縁だと長らく思っていた佐吉が、そんな反骨を内に秘めていたことに惣十郎は驚きと愉しさを覚える。

「そうさな。なにも世間の間尺に合わせるこたぁねぇ。せっかくこの世に生まれ落ちたのだ、身分も役目も取っ払って好きに生きりゃあいいやな」

「え、いや、そこまで大それたことじゃあねンですが」

佐吉は急に及び腰になり、話があらぬほうへ飛躍しそうだと危惧したのだろう、

「それで才太郎に訊いたところ」

と、気忙しく本題に移った。

「噂はよく聞いていたそうですよ。しょっちゅう早桶屋の世話になってる医者がいる、って。えれぇ藪なんだろうと、仲間内で噂してたそうです」

「平埜ってぇ名だったか」

「それが定かじゃねぇそうで、近く仲間に訊いといてやる、ってぇことで。またふてぶてしい態度で請け負いましたよ」

鼻をふくらませた才太郎の顔が容易に浮かんで、惣十郎は笑みをこぼした。

「したら、近く俺も才の字を訪ねてみよう。その段には、早桶屋仲間に聞き取りを済ませてんだろ。仕事が速そうだからな」

ぷんといいにおいが漂ってきた。飯の支度が調ったらしい。佐吉が跳ねるように立ち上がり、「膳を運ぶのを手伝ってきます」と、一目散に座敷を出て行った。やがて運ばれてきたのは、鯖の煮付けと蕪菜汁である。

「こいつぁ旨そうだ」

思わず手を打つと、お雅が相好を崩した。

「いい鯖が、とても安く入ったんです。まだ寒いですから煮付けにして、味付けも少し濃いめにしてあります」

急に空腹を覚えて早速箸を伸ばすと、ほろりと崩れた身から生姜の芳香が立ち上った。口に含んだ途端、甘辛のタレと魚の旨味がじゅわっとあふれ出す。

「こいつぁ飯が進むな」

よそってもらったばかりの飯を目一杯頬張るや、お雅はぷっと吹き出した。

「お雅さんの料理は、なんでも旨いですなぁ。安い材でも、ここまで旨くしちまうんだから、手妻（てづま）みてぇだ。この蕪菜汁も出汁が利いてて、いい塩梅ですよ」

佐吉が大仰に褒めると今度は袂で口元を覆い、お雅は肩を揺らした。こんなふうに笑う彼女を見るのは、はじめてのことだ。

惣十郎は、居並んだお雅と佐吉をしげしげと見遣る。

――今まで考えもつかなかったが。

箸を動かしながらも、思案を続ける。

――年の頃もちょうどいいし、存外似合いなのかもしれねぇ。


惣十郎が鯖の煮付けをひと口食べたあと、茶碗を取り上げんばかりにして飯をかき込んだときの様子を浮かべては、お雅は思い出し笑いを繰り返している。まるで童のように目を見開き、口いっぱいに頬張って、「旨い、旨い」と喜ぶ姿は、かわいらしさすら覚えるものだった。

「ずっと歳も上なのにね」

翌朝、鯖のアラを細かく裂いたものを三毛にやりながら、お雅はひとりごつ。

「廻方（まわりかた）として立派にお勤めなさっている方を小さな子のように見ちゃ失礼なのに」

言うそばから、また笑みがこぼれ出た。

「惣十郎様に、あんなふうに自分の作ったものを食べてもらえるなんて、あたしはこの世で一番の果報者なんだよね」

自分に言い聞かせるためにも声に出すと、三毛が物言いたげな目をこちらに向けた。その小さな頭を包み込むようになでてから、お雅は立ち上がってひとつ深呼吸をし、多津の部屋へと廊下をたどった。口鳥先生に教わった按摩を施すためである。

これまでと同じように接してください。

戸惑うお雅に、口鳥先生は療治に訪れるたび、そう告げる。

お多津様はなにも変わってはおりません。根っこにあるものはそのままなのです。ただ、表れ方が異なるだけ。ですからあなたは、いつもと変わらず接していればいいんですよ。

お雅も、多津のすべてが変わってしまったとは思わない。ただ、これまで多津を心の拠り所としていただけに、どうしていいか、わからなくなるのだ。

「お母様。足をお揉みしますね」

襖を開けると、多津はうっすら目を開けた。虚ろな瞳は、あらぬほうをさまよっていたが、やがてお雅を見付けると、

「毎日悪いねぇ、郁」

と、しゃがれた詫び声が聞こえてきた。お雅はそっと肩を落とす。お雅と呼んでくれるときもあれば、ご新造様の名を言われることもある。ご新造様と間違われることそれ自体も辛かったが、どちらに対しても多津の態度が変わらぬことが、お雅にはいっそうこたえた。

――あたしのほうが、お母様と親しんでいるはずなのに。

そのたび、そんなさもしい張り合いをしてしまう自分にも苛立つのだ。

梅の花がだいぶ咲きましたよ。与助さんはもうすぐ桜草を売り歩くんですって。今年はお花見ができるといいですね。

季節の話を必ずするよう、お雅は心掛けている。多津は、今が夏なのか冬なのか、時折わから

なくなるようだからだ。ただその他はしゃっきりしていて、昔話や料理の手際は、訊けば正しく教えてくれる。

「桜草は庭に植えるとどこまでも広がるからね、囲いをして植えるといいよ」

足を揉みながら、お雅は頷く。

「梅もだいぶ枝が伸びたろうから、佐吉に切ってもらうといい。もう花をつけているなら、花が終わって梅雨の前あたりにね」

「はい。佐吉さんに伝えておきます」

こうしていると、なにも変わらないのに、とお雅は胸苦しくなる。

「そういやそろそろ、浅草八幡で富籤（とみくじ）が売り出されるねぇ。佐吉はね、こっそり買ってたことがあったんだよ」

初耳だった。富籤は当たると千両にもなるという御公儀も認める興行だ。が、去年、改革の一環で禁じられ、どこの寺社も今年は売り出していないはずだった。

「佐吉さんが富籤なんて。案外ですね」

「おや、あんたから聞いたんだよ。町廻の途中で買ってみたと打ち明けられたって。影富のようなもぐりの博打もあるし、同心に仕える者が賭け事に関わるなんてよくないんじゃないかって、えらく案じてたじゃないか」

そうでしたね、と答えながら、ご新造様は御公儀の決めごとを重んじるお方だったのだな、とお雅は思いなす。お武家はともかく、町人には御触れを軽んじたり馬鹿にしたりする者まであるのに、さすがに悠木様のご息女だと感心する一方で、だから熱心に廻方を務める惣十郎のよい伴侶となり得たのだろうと得心もする。また張り合うような気持ちが湧き出てきたから、お雅は慌

てかぶりを振り、

「佐吉さん、今年は富籤を買わないようですよ。仮に当たり籤でも、贅沢が禁じられてますから、使いようがないですもの」

軽口で場を和ませた。

「そうなのかい。したら惣十郎たちにも粗末な膳しか出せないのかい」

多津は不安げにつぶやいた。

「いいえ、そんなことはございませんよ。やりくりは工夫していますから。お母様がいつも召し上がっているものと同じです」

お雅は朗らかに返したのだが、多津は案じ顔のままである。

「もし困ったら、その簞笥の一番上に料理帖があるからね、それを見てちょうだい。私がお義母様から教わった料理の手順をまとめてあるから。ともかく倹約倹約の人でね、おかげでお金を掛けずとも、朝晩おいしくいただける料理を覚えられたんだよ。大変だったけれど、今になると、ありがたいことだったよ」

惣十郎の父親は、金を遺さぬ人だったと聞く。きっと多津は、家計のやりくりに人一倍苦労したのだろう。

「そら、すぐに見てごらんな。上の抽斗にあるから」

按摩を終えてから見ます、と断っても、多津は性急だった。お雅は仕方なく手を止め、簞笥の一番上の抽斗を開けた。鮮やかな紐で綴じられた帳面が現れた。開き見ると、春夏秋冬で分けられ、それぞれ旬の食材を用いた料理法が細やかにしたためられている。中には絵を添えて、盛り付けの仕方まで説明のなされたものもある。

多津の達筆な筆跡にも、絵の巧みさにも、お雅はすっかり魅入られ、同時に、これをしたためてからまだ半年も経っていないのだ、という現(うつつ)に動じた。

——去年の秋頃までは、足が痛むというだけで、あとはお母様のままだったのに。

多津に気付かれぬよう溜息を吐(つ)いたところで、料理帖の下にもう一冊帳面がしまわれてあるのに気が付いた。少し古びたものだ。多津のお姑さんの料理帖だろうかと、手にとってめくると、どうやら日記のようである。己亥(つちのとい)、とあるから四年ほど前のものだろう。見てはいけないと思ったが「郁」の字を見付けて、つい目で追ってしまう。

帳面は途中から白紙になっている。その直前、最後の一文を見て、お雅は息を詰める。

〈如月廿五日　郁　卒す〉

帳面を閉じかけたとき、さらにその前の記述が目に入った。

〈如月廿日　郁　診療　平埜先生〉

二

郁の墓前にしゃがみ、惣十郎は手を合わせる。毎年如月の命日には、こうして史享と共に参るのだが、郁にどう話しかけたものか惑ううちに、ふと気が逸れて目を開けてしまうのが常だった。史享は隣で、まだ一心に拝んでいる。「すまぬ」と詫びる声が低く流れてくる。

——俺と添わせたことを、悠木様は悔いてるのかもしれねぇな。

男手ひとつで手塩に掛けて育てた娘が、嫁(か)して程なく、子をなすこともなく逝ったのだ。心ある伴侶のもとに嫁いでいれば、病を得た折にもいち早く気付いてもらえたろうし、あの若さで命を落とすこともなかったのではないか——そんな悔悟が、「すまぬ」という言葉となって漏れ出しているように、惣十郎には思えてならなかった。

長い息を吐いて、史享はようよう目を開いた。立ち上がり、羽織の裾を軽く叩いてから惣十郎に向き直った。

「お多津様の中では未だ郁が生きておると思えば、少しは救われる気がするわ」

ここへ来る道々、惣十郎が打ち明けたことを受けて、彼はこちらを励ますように明るい声を出した。

「郁が作ってくれた菓子を、お雅に所望することもよくあるそうで。きっと郁との暮らしがよほど楽しかったのでしょう」

「郁」と呼ばれるたびに消沈するお雅の顔がよぎったが、史享の手前そう返す。

「頭の中のすべてがあやふやになっているわけではなく、事細かに覚えていることもあるのです。ことに心楽しかったことは鮮明なようで。ただどうにも、忘れていることも多いものですから」

史享は目尻をわずかに下げて、頷いた。

「心安まる思い出だけが残っておるならば、それは嘆くことではなかろう。辛い記憶に苦しめられ続けるより、ずっといい。お多津様は幸運じゃ」

そうでしょうか、と惣十郎は曖昧に返すことしかできない。苦楽が交じり合ってこそ、己の歩みが成り立つのではないか。楽しいだけの道のりはむしろ平板で味気ないと感じるのは、長らく同心として浮世の裏側を見詰めてきたせいかもしれぬ。

「忘れたいことを忘れられれば、どれほど楽かと、わしはよく思うわ」

史享は、再び郁の墓に目を落とした。

「しかし、忘れたいと思うていることほど、忘れられぬものよ。常に肩や首筋のあたりに重石となってくっついて、脅かされる。生涯逃れられぬのであろうな」

逆縁を経た者は、かような苦しみを負って生きていくのかと、惣十郎は掛ける言葉もなく、うなだれる。史亭が気付いて、

「湿っぽくなった。たまには、飯でも食うていくか」

さっぱりと笑顔を見せた。

「この近くに、旨い天ぷらを食わせる見世がございます」

「天ぷらか。久しく食うてないのう」

「しからば、ご案内致しましょう」

惣十郎は剽(ひょう)げた口調で告げ、先に立って歩き出す。

「それにしても、今年は如月に入ってから寒気が来ましたなぁ」

話しかけたが返事がない。振り返ると、史亭はまだ墓前におり、佇んだままなにかを語りかけていた。風がこちらから向こうへと吹いているせいで、惣十郎には史亭の言葉が聞き取れなかった。

天ぷら屋で揚げたての鱚(きす)や海老に舌鼓を打つ間は、政(まつりごと)の話に終始した。

こののち、蘭学者にはいっそう厳しい世になろう、蛮社の獄で伝馬町に繋がれておる高野長英は『戊戌(ぼじゅつ)夢物語』を著(あらわ)して御公儀の異国への政策を批判したというから、御老中のお怒りも至当じゃ――。

「しかし、まさか御奉行が退かれるとは思いもよりませなんだ」

この二月、北町奉行の遠山左衛門尉景元が、突然奉行の職を解かれたのである。与力同心にと

っても寝耳に水の出来事で、奉行所内は大いに混乱した。民への執拗な押さえつけと化した町触れが次々と出されるたびの改革に、遠山は一貫して逆らってきた。芝居や床見世といった市井の者たちの楽しみごとを倹約令の名の下に禁止することに、否やを唱えてきたのである。

「遠山様がおられたおかげで、廻方も無用の取り締まりをせずに済んだのですが、こののちはどうなりましょうか」

「奉行を解かれたとて、大目付になられるのじゃ。御出世には違いなかろう」

あたかも他人事といった冷ややかな史亨の返しに、惣十郎は違和感を覚える。この日、彼が珍しく飯に誘ってきたのは、奉行交代という大事を語らいたかったのではないかと見当していたためでもあった。だいいち、大目付は確かに奉行より地位こそ高いが、実質いわば閑職である。誠心で仕事をしてきた遠山にふさわしい役目とは思えなかった。それを知らぬ史亨でもなかろうが。

「鳥居様が陥れたのではないかと、詰所では噂になっておりましたが」

老中、水野忠邦の懐に入り込み、その改革を徹底して遵守しているのが鳥居である。奢侈（しゃし）や蘭書の取り締まりについて、南町奉行所はより厳しい精査を日々行ってきた。

「噂を鵜呑みにしてはならん」

史亨はやはり素っ気なく制したのち、猪口に目を落としてつぶやく。

「組織の中で己の思うままに動くのは、危ういことなのかもしれんな。己の居場所を失う羽目になる行いなのかもしれぬ」

注がれた酒に映った自分の顔に語りかけているように、惣十郎には見えた。

「お役目の上で、なにか、ございましたか」

例繰方（れいくりかた）の年若い与力から、また無体を働かれているのだろうかと案じ、鬱憤があれば聞こうと

惣十郎は水を向けたのだが、

「なに、勤めというのは、どこにおっても気苦労が絶えぬものよ」

それとなくかわされてしまった。こうなると、こちらも愚痴を言うことがはばかられ、さして踏み込んだ話もできぬままに見世を出て、史亭とは海賊橋を渡ったところで別れた。

屋敷へと戻る道すがら、同役であった頃とはだいぶ隔てができたように感ずる史亭との関わりを思う。

——郁のことだけが理由だろうか。

悶々としつつ組屋敷の木戸門をくぐるや、

「あ、旦那。お待ちしてましたよ。あいつはあっしの手にゃ負えませんよ」

駆け寄ってきた佐吉が、途方に暮れた様子で訴えたのだ。

この日、才太郎を再び訪ねた佐吉は、彼が仲間内への聞き取りを済ませているのを知り、これを訊き出そうとした。が、才太郎は勢いよく膝を叩くや、

「よし、したら今から旦那のお宅へ伺おう」

と、草履を突っかけたのだという。

自分は同心付きの小者ゆえ、一存で八丁堀の屋敷に他人を呼ぶことはできぬからここで聞き取る、と佐吉は即座に断ったらしいが、才太郎は強引で、

「じかに旦那と話したほうが早(はえ)ぇさ。人の口から口へ伝わると、話ってなぁ変わっちまうからさ。噂話なんぞ、そうだろ」

一方的に急(せ)き立て、ここまで付いてきたらしかった。

「まったく図々しい野郎ですよ。母屋に通すのはなんですから、ひとまずあっしの店(たな)に通しまし

たが……。勝手なことをして申し訳ありません」

腹立ちを露わにしつつも詫びる佐吉に、

「構わねぇさ。なにも番所に入れろってんじゃねンだ。話を聞くから母屋に通せ」

惣十郎は命じた。

「え。母屋にですか。よろしンですか」

鼻の穴を押し広げた佐吉に構わず玄関をまたぎ、お雅に茶を支度するよう頼んで座敷で待った。程なくして、佐吉に従ってきた才太郎は、「旦那。お久しぶりです」と相変わらず陽気な声を響かせた。

「同心ってなぁどんなとこに住んでんだろうと前から気になってたんですが、存外質素な暮らし向きですな」

無遠慮に座敷を見回して、彼は正直すぎる感慨を述べた。

「お前、たいがいにしろよっ」

佐吉が横から小突く。才太郎はいっかな気にするふうもなく、

「まずは仏様にお参りさせてくだせぇ」

断るや、仏壇の前に端座して神妙な面持ちで手を合わせた。

「なにしろあっしらの商売は、亡くなる人があってのことなんでね」

一礼して顔を上げると才太郎は言って、へへへっと笑った。

茶を運んできたお雅を、「ほう、こいつぁ、また」と無遠慮に眺める才太郎の注意を、咳払いでこちらに向けてから、早々に、惣十郎は切り出した。

「それで、平埜について知ってる者はいたかえ」

「へえ。呼ばれたって者が数人ありましたぜ。小日向ばかりじゃなく、日本橋や、この界隈でも病人を診ていたようで」

ただ、完治が聞き込んだ櫻木町の荘八のように決まって呼ばれていた者はなく、いずれも一、二度の係り合いだという。

「それでも平埜って医者のことを仲間がはっきり覚えてたのは、医者自らが泡食って早桶を頼みにきたからだそうで。たいていは家の者が呼びに来ますからね」

かなりほうぼうに聞き込んでくれたらしい。才太郎の仕事は、やはり速くて的確であった。見立てた通りだと安堵しつつ、惣十郎は核心へと踏み込んでいく。

「平埜はなにゆえそこまで慌ててたのかね」

「さぁ。ただ、みなが言うには、一刻も早く埋葬してぇといわんばかりの様子だったそうで。疫病ってんなら合点がいきますが」

仏は、若者や童がほとんどだったという。この点、完治が伝えた仏の特徴と違わぬ。

「長患いだと、痩せ細ってたり肌が黒ずんでたりするんで、すぐわかるんですが、そういう様子は見えなかったそうですよ」

「腕の傷や水疱はどうだった」

「それが、もうひとりの医者が納棺までやっちまうらしくて、そこまで細かく見るこたぁできなかったそうです。早桶屋にとっちゃ手間いらずですけどね」

惣十郎は思わず身を乗り出す。

「もうひとりの医者……平埜の他にいたってことか」

才太郎は、ずずっと無駄に大きな音を立てて茶をすすってから、「さいですよ」と、それが至極当然だといった顔で頷いた。

「江田先生とおっしゃって、丁寧で温厚な方だったそうです。平埜ってのは、愛想もへったくれもねぇ、やたらえばってるだけの奴だったそうですけど、江田ってのは手間賃もだいぶ弾んでくれたと聞きました。岩国かなにかの出で、長崎で医者の修業を積んだと、身の上話の折に語ったのを聞いた者もいましたぜ」

岩国領は長州の東に位置し、周防大島の一部を領地としている。赤根は周防大島の出だ。長崎で医学修業も積んでいる。赤根と江田は、同郷の知己なのだろうか。

「その江田って医者が、今どこにいるか、知る者はいなかったか」

訊くと才太郎は、待ってましたとばかりに顎を上げた。

「そう来ると思って、もちろん訊いておきましたぜ。仲間のひとりが、たまたま江田先生がお住まいの店から出たところで行き合ったそうで」

日本橋の表店に、江田は医者の看板を掲げているという。平埜とは居を同じくしておらず、単身で住まっているらしい。

「よし、才の字。そこに案内してくれ」

赤根の尻尾を捕まえられそうだと、勢い込んで頼んだが、

「いやぁ、してもいいですけど……」

なぜか途端に才太郎は渋ったのだ。先に駄賃でも所望するつもりかと惣十郎が身構えたところ、

「一年くれぇ前に、そこを引き払って、今は行方知れずらしンで」

彼はしれっと告げたのだ。

「先にそいつを言わねぇかっ」

佐吉が横から吠える。惣十郎も大きく肩を落とした。と、才太郎が奮然と胸を反らして言い返したのである。

「あっしだってがっかりしましたよ。これじゃあ旦那への土産にゃならねぇと思いましてね、江田が住んでたってぇ表店の家主に話を聞いてきたんだ」

機転の利く男だ。惣十郎は、続けろ、というふうに顎を引いた。

「故郷（くに）に帰ると言ってたそうですよ。江戸では『しゅとう』が広められそうにねぇから、と。しゅとうってのがなんだか、あっしはわからねンですが、家主も知らねぇそうで。手刀のことですかね」

才太郎は、手の平で空（くう）を切るような仕草をしてみせた。

──種痘か。

惣十郎の頭には、梨春が携わっている訳本が浮かんでいる。江田という男が、赤根と共に種痘を試していたのだとしたら──。

「ついでに平埜とやらの住まいを知ってる者がいないか訊いたんですが、そっちは当たりがございませんで」

岡っ引にでもなったつもりか、神妙な顔で探索の経緯を述べる才太郎に対するうち、惣十郎の身を縛っていた力がいくらかほどけた。

「お前さんは、御用聞きの才があるかもしれねぇな」

途端に佐吉が大きくかぶりを振る。一緒に働くのは御免だとでもいうのだろう。しかし「勘弁してくだせぇ」と言ったのは、才太郎のほうである。

「後ろ暗い者の動きを嗅いで回るくれぇなら、命をまっとうした者を相手にしてるほうが気持ちがいいってもんですよ」

「……なるほどな。しかし己の命をまっとうしたと、どれだけの者が思えるかね」

志半ばで逝く者もあるだろう。郁のように若くして生を終える者も。

「いや、みな、まっとうしてるんですよ。そこで終わるってなぁ、生まれる前から決まってた運命（さだめ）だと、あっしはご遺族に言うことにしてンです。だからね、かわいそうな死ってなぁないの。若かろうがなんだろうが、誰しもこの世に生まれて、与えられた年限を相応に味わったんです。そう思わねぇと、早桶屋なんぞやってられませんよ」

才太郎は呵々（かか）と笑い、不意に話を変えた。

「それにしてもこちらへ伺ってよかった。眼福でしたよ」

なんのことかと首を傾げるも、「ご新造様、えれぇ別嬪で」と続けたところを見ると、お雅のことを言っているらしい。あれは下女だと打ち消すや、才太郎は目を剝いて、「もったいねぇ」と、うめいた。

「あそこまでの別嬪はなかなかいねぇですぜ。ま、うちの嬶（かかあ）にゃ負けますけどね」

「お前、たいがいにしろよっ」

佐吉がまた吠える。

「そうだ、女といやぁ、平埜って医者は助手に女を雇ってたそうですよ。白い上っ張りを着て、平埜から指図を受けながら道具の手入れをしてたそうで。医業を女が手伝ってるのが珍しいからか、仲間の頭に残ったんでしょう。まぁ、だからなんだってぇ話ですけどね」

才太郎は付け足し、

「お、茶がなくなっちまった。もう一杯いただこうかな」

と、廊下のほうへと首を伸ばした。

平埜こと赤根を手伝っていたのは、三十くらいの年増で、髪を櫛巻きにした妙に婀娜っぽい女だったと早桶屋仲間は口を揃えて告げたという。赤根は女房にでも、助手を頼んでいたのだろうか。しかし、興済堂の藤一郎も浪人者の斎木も、女については一切口にしていない。

話を聞いた礼にと才太郎にいくらか渡し、平埜について知っている者があったらまた教えてくれと頼んで帰してのち、惣十郎は佐吉を田原町へ使いにやった。

「女がいたとは、荘八からは聞きませんが。もうひとり医者がいたってぇ話も初耳で」

一刻ほどして佐吉とともに八丁堀に現れた完治は、そう言って首をひねった。

「手が足りなくて、たまたま手伝わされてたのかもしれねぇが」

「その助手とやらが仮に赤根の女なら、今も一緒かもしれませんが、江田とかいう奴に従って赤根も岩国に落ちたとすると……」

「ああ、こちとらお手上げだ」

平静を装って返したが、あぐらをかいた足先が、苛立ちで細かに振れている。皮をむきかけていた果物が、その実を取り出す前に手から滑り落ち、深い穴へとはまり込んでしまったかのような虚しさが身の内に渦巻く。一度取りかかった件を明らかにできぬのは、惣十郎にとってなにより気持ちの悪いことだった。

「失礼致します」

お雅が襖を開け、熱燗を運んできた。完治が訪ねてきた際は、酒を出すのがいつしか習いになっている。火鉢の鉄瓶に徳利を入れてから、彼女は物言いたげな顔でこちらを見た。「どうした」と、問いかけると、

「先ほどいらした方とのお話が、少し聞こえてしまったのですが」

お雅は完治を気にしつつささやいた。

「才太郎か。お前さんのことを、えれぇ別嬪だって褒めてたぜ」

お雅のことだ、自分が噂されているのを耳にして気になったのだろう。惣十郎は彼女を安心させるため軽やかに告げる。それまで黙して完治とのやり取りを聞いていた佐吉が、やけに大きく頷いた。お雅はしかし、戸惑った様子でうつむくだけだ。

――照れてやがンな。

次の言葉を待ったが、彼女は素っ気なく一礼すると、部屋を出て行ってしまった。


確かに「ひらの」と聞こえた。

お雅は厨に戻ってから、最前耳にした惣十郎と早桶屋だという男とのやり取りを反芻(はんすう)する。医者の話をしていた。ひらの、という名らしい。うっかり開き見てしまった、多津の日記にあった名も「平埜」である。

――同じ人のことだろうか。

けれどけっして珍しい名ではないだけに、これを惣十郎に告げるのはためらわれた。なにより、多津が密かにしたためていた日記を勝手に読んだことを打ち明けるのは、はばかられたのだ。郁という名に引っ張られて、目で追ってしまった自分の浅ましさを、惣十郎に軽蔑されはしまいかと恐れたのだった。

それでもお役目の助けになるのならと、意を決して切り出したのに、話がおかしな向きにずれて、うやむやにしてしまった。

翌朝になってもお雅は逡巡の靄の中にいて、惣十郎と佐吉を送り出してから猫まんまを手に裏庭に出るなり、大きな溜息を吐くことになった。早速皿に顔を埋めた三毛の頭をなでながら、

「あたしはなんの役にも立てないねぇ」

と、ひとりごちる。落ち度があってはいけない、しくじってはいけない、親が誇れる娘でいなければならない――頑なに自分を律してきたせいで、未だにその思念にがんじがらめになっている。だから、なにか事を起こす前にひどく躊躇してしまうのだ。

「かわいい猫ですね」

急に背後に声が立って、お雅は身をすくめた。恐る恐る振り向くと、口鳥先生が三毛を見詰めて微笑んでいる。唯一自分が素直にいられる隠れ家の戸をこじあけられたような絶望が、身を震わせた。

「……玄関で声を掛けたのですが」

動揺がよほど面に出てしまっていたのだろう、口鳥先生は困じたふうに言った。お雅は心持ちを立て直し、

「気が付かずに、申し訳ございません」

跳ねんばかりにして立ち上がるや、玄関口へと歩を進めた。

「お多津様、今朝は足の痛みも少ないようですよ」

内心の波立ちを抑え、いつものように先生を多津の部屋へと案内する。声を掛けて襖を開けると、多津は嬉しげに目を細め、首だけで一礼した。

「お手間をお掛けします。よろしくお願い致しますね」

口鳥先生に接するときの多津は、同じ話を繰り返すことも、人の名を間違うこともない。足の

具合についても、自ら細かに伝えられる。お雅は、そのことに安堵とやり切れなさとを覚える。

処方された煎じ薬をひと口含み、湯飲みを掌で包みながら多津は満足そうに笑んだ。

「先生の煎じ薬は、いい香りがいたしますねぇ」

「甘草(かんぞう)に山梔子(くちなし)を加えてありますから。それに、白檀(びゃくだん)を少々」

「まぁ白檀。高価なものを。私は果報者です。先生のような立派な方にこうして診ていただけて」

「立派だなぞと……まだまだ修業の身の町医にございますよ」

珍しく、おどけた口調で口鳥先生は答えた。

「いえ、立派にございますよ。先生は書物をお書きになっておられるのでしょ。惣十郎から聞きましたよ。童を救う書だとか」

「いえ、私が書いたものではございません。異国の医者が積み重ねた考究を、弊藩の藩医が訳したのです。それを書物にする手伝いをしておるだけにございます」

前に座敷で惣十郎と話していた、須原屋さんで板行するという訳本のことだろう。お雅は多津の背を支えながら、聞くともなしにふたりが語らうのを聞いている。

「よろしいですね。先生のお役目は、多くの方を救うんですから。それに引き替え私ときたら、役立たずの上、お荷物になるばかり。惣十郎に申し訳なくてね」

多津は、そっと肩を落とす。

「そんなことございませんよ、お多津様」

お雅はとっさに声を掛けたが、長くここに置いてもらいながらさしたる役に立っておらぬ自らを省みて、心苦しくなる。

「私は、救ってなぞおりません。医者の立場で申し上げることではないかもしれませんが、誰かを救おうと力むと、かえってうまくはいかぬのです。ですから、ただ引き受けることにしております」

「引き受ける……」

お雅はつい、反復してしまう。口鳥先生がこちらを見遣って、柔らかに頷いた。

「ええ。役目の上でなにが起こったにせよ、逃げずに引き受けるということです。無論、すべての病人を救いたいとは思うておりますが、どれほど手を尽くしても助からぬ命もございます。けれどだからといって、患者を前にして逃げるわけにはいきません。ただ引き受けて、最善を尽くすよりないのです。結果におびえているうちは、なにもできませんから」

まことにそうですねぇ、と多津がのどかに相槌を打つ。その傍らでお雅は、息を詰めて居すくんでいる。

多津の療治を終えた口鳥先生を、お雅は玄関口まで送った。

「今度、佐吉さんに手伝ってもらって、お多津様と庭を歩いてみましょうか」

朗らかに言われ、お雅は戸惑う。多津は歩くことはおろか、自力で立ち上がることも難しいのだ。厠（かわや）にも、お雅の支えなくして行くことはできない。

「佐吉さんと私で両腕を支えれば、危ないことはないでしょう。あの部屋から同じ景色だけ見ているより、心が動くはずです。心が動けば、思い出すこともきっと多くなりましょう」

眺める景色を変えるだけで回復が見られるのだろうかと怪しむ気持ちを、口鳥先生がそうおっしゃるなら大丈夫だろうと信じる心が、またたく間に凌駕（りょうが）する。

「はい。暖かくなりましたら」

お雅が答えると、口鳥先生は、懐から一枚の紙を取り出した。

「それからこれを、服部様にお渡しいただけますか。長らく追っておられる、浅草の火付けの下手人を探る一助になるかもしれぬと、先だってふと思い付きまして」

差し出された紙には、「本町三丁目　唐物問屋いわしや藤右衛門」としたためられている。

「唐物問屋ですか」

「ええ。外科術に用いる道具を扱う見世です。数年前から江戸にも同様の問屋ができておるのですが、まだ数は少ない。蘭方医の多くは、いわしやで道具を調達しております」

「はあ……」

お雅にはなんの話だかうまく汲めない。

「医学塾よりも、外科道具を扱う道具商を当たるほうが近道かもしれない、そうお伝えいただきたいのです」

「そのような大事な言伝を、あたしが請け負ってもよろしいのでしょうか」

ただの伝言とはいえ、捕物に関わることに女の身空で首を突っ込むのはためらわれた。

「無論です。あなたは服部様を支えてこられた方ですから、安心してお任せできます」

口鳥先生はいつになく強い口調で告げると、いたわるように微笑んだ。

その晩、口鳥先生に託された紙を渡すと、

「いわしや、か。日本橋のだな」

惣十郎は顎をさすった。

「おい、佐吉。完治にここを調べるよう、伝えてきつくんな」

「えっ、これから夕餉ですぜ」

不平を鳴らした佐吉に構わず、惣十郎はお雅に向いた。

「夕餉は佐吉が戻ってからにしよう」

お雅は、「はい」と短く応える。今日は木綿豆腐が安かったから、骨董豆腐にするつもりで下ごしらえは済ませてあった。

佐吉が渋々出掛けるのを見送ってから、お雅は座敷に戻り、惣十郎の前に端座した。夕餉の支度をするため厨に入ると思っていたのだろう、惣十郎は少し驚いたふうにこちらを見遣った。

「あの……お叱りを受けるかもしれないのですが」

心ノ臓が大きく跳ねている。首筋から耳まで鼓動がしぶとく響いている。

「先だって、お母様の帳面を勝手に開き見てしまったんです」

「ああ、例の料理帖か。あれはお前さんの役に立つようにと、母上が整えたものだから別にいいさ」

「いいえ。料理帖ではなくて、日記をつけてらしたようで、てっきり料理のことが書いてあるのだろうと、断りも入れずに見てしまったのですが」

思い切って打ち明けても、惣十郎の日に非難の色は浮かばなかった。「そうかえ、日記なんぞつけてたんだねぇ」と穏やかな声が、お雅の罪の意識を幾分軽くする。

それでも郁の名を出すときには声がかすれた。ご新造様への嫉妬を見透かされやしまいかと総身がこわばった。お雅は、ひとつ気吹をする。「安心してお任せできます」と言ってくれた口鳥先生の言葉が、背骨を支えている。

「ご新造様が亡くなった日で日記は終わっているのですが、その幾日か前に、お医者様のところをお訪ねになってらっしゃるように書かれているんです。そのお医者様のお名が、平埜、と」

惣十郎の顔色が変わった。こんなに険しい顔を見るのは、はじめてだった。お雅は戸惑いながら、膝に置いた拳を握る。

多津はいつものように臥していたが、惣十郎が襖を開けるとこちらに目を向け、「おかえり」と最前帰宅の挨拶をしたにもかかわらず、そう言って微笑んだ。

「母上、平埜という医者をご存じですね」

座すなり性急に訊いたからだろう、母の目におびえが浮かんだ。まずは落ち着かねばならない。瞑目し、呼吸を整える。後ろに従ったお雅が多津に事情を話し、了承を得た上で、簞笥の抽斗から「己亥」と表紙に書かれた帳面を取り出して惣十郎に手渡した。

開き見ると、確かに、〈平埜〉とある。

「母上、郁を診せておった医者は平埜という名でございましたか」

日記を示しつつ訊く。

「……ひらの」

多津は鸚鵡返しをしたものの、

「郁はどこか悪いのかえ」

と、見当違いな返事をするばかりなのだ。

郁は、下女と他行した夜から高熱に苦しみ、四日ののちに亡くなった。その身には、水疱らしき痕があった——惣十郎はこめかみを揉む。医者に寄ったとは聞いていたが、名まで検めることはしなかった。「熱は出てよいのです。すぐに引くから安静にしていればよいと言われております」との郁の言葉を鵜呑みにして安穏と様子を見ていたのだ。郁が息をしておらぬことに気付いたのは、熱が引き、人心地ついた翌朝だった。

「平埜という医者がどこの者か、おわかりになりますか。うちが掛かっていた医者には、平埜という者はおらぬはずですが」

郁が熱を出した翌日、当時掛かりつけだった松藤という医者に診せたが、病名はわからぬと首を傾げていたのである。その彼もおととし、卒中で亡くなっている。

「母上、郁が病を得た日のことを、なんでもよろしいですから教えてください」

言いながら、自分もその日のことをよく覚えていないという事実に愕然とする。多津は、惣十郎の後ろに控えるお雅に目を遣り、

「どこも悪くないだろ、郁。同心の妻としてこれから精進するって言ってたものね」

細い声で確かめたのだ。

「惣十郎が与力になれるよう私が支えてまいります、って、あんたは事あるごとに、そう言ってるものね」

「与力……私を与力にすると、郁が言ったのですか」

怪しんだ惣十郎に、多津は目をたわめて頷いてみせた。

「そうですよ。廻方で立派な働きをすれば、必ず与力になれるんだ、って。私がそうしてみせるって、張り切って」

お雅のほうを向いて、相槌を求めるように多津は「ねぇ」と言う。お雅が困じた様子で、こちらに目を走らせた。

同心から与力に身上がりする例は、さほど多くはない。そもそも惣十郎はそのような出世を願ったことはなかったし、無論、郁に話したこともなかった。

──なにゆえ俺を与力にしたかったのか。

不可解だったが、母がなにか思い違いをしているだけかもしれぬと惣十郎はそれ以上子細を聞き出すことを諦めた。

代わりに、江田の名はないかと母の日記に隅々まで目を通したが、日々の出来事が一行ほどで簡易に記されているばかりで、手掛かりになるような記述は見当たらなかった。江田の名はおろか、平埜と書かれているのも一度きりだったし、その以前に医者通いをしていた記述すらない。

こめかみを揉んでいると、佐吉の「戻りました―」という呑気な声が玄関から響いてきて、

「いけない、膳の支度を。お母様も召し上がりませんとね」

お雅が慌てて腰を上げた。それを潮に、惣十郎も立ち上がる。

「これを少しお借りしてもよろしいですか」

帳面を掲げて見せると、母はゆったり笑んで、顎を引いた。

部屋を出てから、

「たまに訊いてみてくれめぇか」

惣十郎はお雅に頼んだ。

「平埜ってぇ医者のこと、それから郁が医者に掛かった理由も知りてンだ」

非情な男と思うだろう。妻が命を落とした病について、なにも知らぬのだ。

「あたしでよろしければ」

しかしお雅はキッと口を引き結んでから、しかと返した。その顔に、軽蔑の色は浮かんでいない。

「あたしでお役に立てるなら」

彼女は改めて言い、力強く頷いた。

三

いわしやを当たっていた完治が結果を運んできたのは、弥生も半ばの夜半である。

「赤根も平埜も知らねぇってことでしたが、店主が江田のことを覚えてましたぜ。聞き込んだ当初はこっちを怪しんで、知らぬ存ぜぬの逃げ口上に徹してたんで手間取りましたが、ようやく口を割りました」

蘭書の取り締まりが厳しくなり、蘭方医学書を医学館が検閲することが決まるや、外科道具を扱う唐物問屋に対する風当たりも強くなった。医学館に通う塾生から嫌みを言われること再々で、御上にも目を付けられているのだろうと用心していたらしい。ところへ岡っ引が聞き込みにきたから、見世を閉めろと命じられるのではないかと、いわしや藤右衛門は言を左右にして、客の出入りや売れ行きを語ることを避けていたのだという。

「江田は見世の常連で、だいぶ羽振りもよかったそうです。真鍮鋏やしのぎ鍼とかいう夷狄の道具を買っていったそうで、中には四十匁もする品もあったとか。わっちにゃ何に使うものか、さっぱりわからねンですが」

無論、惣十郎にも見当がつかぬ。道具の子細は、あとで梨春に訊くよりなかろう。

「江田って医者の来歴は知れたかえ」

「へえ。おおまかなところですが」

完治が鬢をかきつつ語ったところによれば、江田は岩国の産、藩医ではないものの、家格の高い家の出であり、長崎で医学を学んだという。ここまでは、才太郎が聞き集めた江田についての報と一緒だ。

「蘭方医学の研鑽に熱心だったってなことも言ってました。歳の頃は二十七、八で、人当たりもいいし、金に糸目を付けず買い込んでくれるから上客だった、と。それに、身につけているものがすべて上物だったそうですよ。舶来ものなのか、珍しい品も多く持っていたとか」

「誰かを連れてきたようなことはなかったかえ」

「いえ。必ずひとりで通ってきていたそうです。医学塾に出入りしてたとも言っていなかったし、親しい医者仲間がいるような話も聞かなかった、と」

　ここでも、江田と赤根とのはっきりした繋がりが浮かび上がってこない。惣十郎は、顎をさする。その拍子に、完治の告げた一語が内耳に甦った。

「舶来もの、と言ったな。江田が持っていた道具の子細を訊いたか」

「ええ。玻璃の容れ物や解体人形、象牙の根付に羽織留め。珍しい外科道具も多々持ってたそうで。他に金の入れ歯を見せてもらったこともある、と」

「象牙の根付……入れ歯」

　惣十郎は記憶をたぐるために瞑目した。火事の日の、唯泉寺の湯灌場が暗がりに浮かび上がる。検屍をしていた梨春が告げた言葉も。

　完治はなにも言わない。こちらが不意に黙しても、考えを集めているのを察して控えてくれる。これが佐吉であれば、「旦那、どうなすったんですか」と、泡を食って呼び掛け、思案を妨げるだろうと頭の隅で想像した途端、場違いな笑みがこぼれた。

　目を開けると、完治が怪訝な顔でこちらを見詰めている。惣十郎は咳払いでごまかし、膳に置かれた猪口を手にして一気に飲み干した。

「俺ぁ、明日にでも梨春のとこに行って、外科道具について詳しく話を聞いてくるさ。お前さんは、例の女のことを少し探ってくれめぇか」

「赤根の助手らしいという女ですか」

完治は珍しく、困じたふうに首をひねった。めぼしい手掛かりがないだけに、戸惑うのは致し方ないだろう。赤根の住んでいた小日向の店(たな)で一緒に暮らしていた気配すらないのである。どこをどう当たれば、女にたどり着くのか、惣十郎にもまるで見当が付かない。

「女は、櫛巻きにして白い上っ張りを着ていたと、そうおっしゃってましたね」

才太郎が伝え聞いたところによれば、その通りである。完治は惣十郎が頷くのを確かめてから、ぐるりと首を回し、さっぱりと返した。

「女のことは承知しやした。江田は当たらなくてよろしンですか。長州屋敷に探りを入れることも、できなくはねぇと思いますが。ここ一、二年で故郷(くに)に帰った者があるかどうか。医者なら藩士とも繫がりがあるかもしれませんし」

「いや。江田は故郷にゃ帰ってねぇさ。赤根も、まだ江戸近くに潜んでやがるだろう。手柄を逸(はや)ってるだろうからさ」


翌朝早く、惣十郎は佐吉を伴い、鉄砲洲を訪(おとの)うた。梨春は留守にしていたが、しばらく待っていると、豆腐を入れた桶を手に戻ってきた。

「これから朝飯か」

訊くと彼はかぶりを振った。

「もう済ませました。これは夕餉の分で。絹ごしを扱っている豆腐屋が近くにあるのですが、昼前には売り切れてしまうもので、こうして早めに」

豆腐はたびたび膳にあがるが、惣十郎も紅葉印の入った木綿しか口にしたことはない。江戸に出てきた梨春が、この世にこれほど旨いものがあるのかと驚いたのが絹ごし豆腐らしく、以来、格別によいことがあった日の贅沢に食すのだと嬉しげに語っていたのは、もう二年も前のことになる。

「なにかいいことでもあったかえ」

「ええ。フーフェランドの書の訳文をすべて須原屋さんにお渡ししまして、検閲に出していただく運びになったもので」

「ほう。そいつぁよかったな」

滞っていた板行が動き出したのだろうと、惣十郎は笑みを向けたが、梨春の面にはまだ不安の影がさしている。

「これからが正念場となりましょう。冬羽さんが尽力してくださってはいますが」

「それなら大事ないさ。冬羽さんはやると言ったらやるからよ」

腕まくりして伊八を説得している冬羽の姿を思い浮かべ、おのずと頬が緩んだ。梨春もようやく口の端で笑んで、頷いた。

「したら、その豆腐は前祝いだな」

「はい。それから題簽にしたためる書名が決まりましたので、それを祝おうと」

梨春は豆腐の泳ぐ桶を置いて、文机の前に端座した。そうして筆を執るや、さらさらと走らせ、その紙を惣十郎に示した。

〈幼幼精義〉

そう、書かれている。

「ようようせいぎ、ですか」

それまでさして興味もなさそうに話を聞いていた佐吉が、一音一音確かめるように読み上げた。

「ええ。素堂先生がそのように。とても美しい書名になりました」

梨春は言って、愛おしげに紙面を見詰めた。

「あとは医学館がどう見るかだな」

惣十郎は、座敷に腰を下ろす。

「医学館の池田痘科は種痘に否やを唱えておりますので、たやすく受け入れることはないだろうと、覚悟はしておるのですが。先般も須原屋さんが『泰西名医彙講』という蘭方医学書を検閲に出したのですが、医学館は不許可としたらしく」

「督事の多紀安良は蘭方医学を疎んじてると聞くが、多紀家は御典医の桂川家と懇意だろ。桂川は蘭方医学を取り入れてるさ」

「ええ。ことに多紀元堅様は、桂川甫賢様と親しい間柄と伺っております」

多紀元堅は、かつて医学館督事を担った元簡の第五子で、七年程前に奥医師をを拝命している。その座にあぐらをかくことなく熱心に医学を研鑚し、それだけでなく、町人のことも分け隔てなく往診してきたのだと梨春は説いた。

「貧しい者からは一切薬代をいただかぬとかで、献身的に病の者と向き合っておられるのですから、ご立派です」

「そいつぁ、お前さんと一緒だろ」

惣十郎が言うと、

「いえ。あの地位をもってして、なかなかできることではございません」

梨春は恐縮しつつ返した。

「それに池田痘科の中にも、種痘を是とする方がおられます。佐井聞庵とおっしゃるお医者なぞは、『種痘証治録』に序文を寄せておると聞きますから」

『種痘証治録』は、いち早く人痘種痘に着手した緒方春朔の遺書である。数年前、これに序文を寄せたのが池田流治痘術を学んだ佐井だったことは、蘭方医の間でだいぶ話題になったという。

種痘は、健やかな者をわざわざ害することであり、神の領域に踏み入る仕業だとして、初代池田瑞仙はこれをよしとせず、現医学館教授の池田霧渓もその遺志を継いでいる。

「佐井ってなぁ医学館にはいねぇのか」

「私が聞いたところによると、京におられるとか。池田氏はもともと京で医業を営んでおりましたそうで、未だ上方に足場がございますので」

「京か……」

赤根も京で日野鼎哉の医学塾にいたのだ。

「日野鼎哉と、その佐井という医者に、繋がりがあるかどうか知らねぇか」

「さぁ、そこまでは。ただ日野先生も種痘についての考究を重ねておられるようですから、互いの成果を話し合う場などを持たれたかもしれません」

「種痘とやらは、まだ確からしい手法を見出せるところまではいってねぇのだろ」

「ええ。人痘はどうしても危険を伴います。人を感染せしめたものは相応に毒が強い。牛痘であれば、強さの質が異なりますから、人に植えても重篤に陥ることにはならず、免疫を得ることがかないます」

梨春はおそらく丁寧に説いてくれているのだが、痘を植えて免疫を作る仕組みが、惣十郎にはよくわからぬ。それ以上に佐吉が、「牛痘なんぞ植えられたら一巻の終わりだ」と震え出したから、種痘の話を一旦脇に置き、ここを訪ねた目当てを告げる。

「去年の火事のあと、お前さんに預けた巾着があるだろ。あれを借りてぇのだが」

「興済堂の焼け跡に落ちていたというものですね」

惣十郎が頷くと、梨春はすみやかに文机脇の小抽斗（こひきだし）を開け、ところどころ焼け焦げた革の巾着を取り出した。

「お前さんが教えてくれたいわしやに、やはり出入りがあったよ。助かったぜ」

「赤根さんとおっしゃるお医者ですか」

「いや、もう一方だ」

江田のことはまだ梨春に伝えていなかったから、彼は怪訝な顔になった。惣十郎は、巾着から銀管を取り出して、梨春に掲げてみせる。

「その男は、いわしやで道具を購（あがな）ってンだが、こいつもそのひとつじゃねぇかと思ってさ」

巾着は、焼け跡から見付かった骸の帯に挟まれていた象牙の根付についていたものではないか——これが見付かったときから惣十郎はそう推量しているのだ。

「ただ、珍しい形ですので、いわしやさんで扱っている道具か、どうか……」

「前にこいつを見せたとき、種痘に使う道具のようだと、お前さん、言ってたろう」

「ええ。旱苗（かんびょう）種法といって、痘痂（とうか）を鼻に吹き込む種痘法に使う銀管と、よく似ている気がいたします。まことに種痘に使われていたものかどうかは、計りかねますが」

「やっ」

と、佐吉が頓狂な声をあげたのは、そのときである。

「この巾着は、あの丸焦げの骸の持ち物かもしれねぇと、旦那はおっしゃってましたよね。ってこたぁ、なんですか、あの骸が江田とかいう医者だと、旦那は見当してらっしゃるんですか。けど、江田は赤根と組んで患者を診てたんですよね。言ってみりゃ、赤根の同志じゃねぇですか」

「お前は浮世をわかってねぇな。一緒に勤めてりゃ反目しねぇとは限らねぇだろうよ。俺なんざ、番所の中で消してぇ野郎が、両手の指じゃ足りねぇほどいるよ」

惣十郎が乱暴に言い返すと、梨春が困じたふうに苦笑いをした。

そういえば梨春は、誰かを責め苛んだことがないな、と改めて気付く。漢方医学に肩入れする公儀に対して不満を口にすることはあるが、それも、理想を形にするために蘭方医学への偏見をどう取り払えばよかろう、という煩悶に過ぎず、誰かを悪し様に言うものではない。

「人痘種痘ってなぁ、鼻から吹き込むものと相場が決まってるのかえ」

「いえ。痘衣種法と申しまして、罹患した方の着物を壮健な方に着せて予防とする法もございます。もっともこれは、あまり効果が見られず、今ではほぼ潰えてしまった手法なのですが」

佐吉がまた、ぶるりと震えた。

「例えば、腕を傷つけて、そこに痘を植えるような方法はあるか」

荘八が完治に語ったという、仏の多くに腕の傷があったという述懐が、惣十郎は気に掛かっている。

「腕種法というものもございます。痘痂を粉にして水に溶いたものを腕に植えるのです。緒方春朔翁は、この手法は効果なしと書いておりますが、鼻種法より安全という説もある。ただ牛痘ならともかく、人痘で、痘液や膿を用いたとなれば危険極まりないことです。予防をしたがために、命を落としては元も子もございません」

梨春は、いつになく険しい口調で説き、

「一刻も早く牛痘を仕入れて、これを用いた種法がかなえばよいのですが」

焦燥を抑え込むようにして告げた。

「いずれにしても、こいつが誰の持ち物か、いわしやに訊いたほうがよさそうだ」

巾着をかざして惣十郎が言うと、梨春は静かに頷いた。

「自分の使いやすいように道具を作る医者も多いですから、この銀管も、独自に注文したものかもしれません」

梨春が勧めたドクダミ茶を丁重に断って、惣十郎は佐吉と共に本町へ向かった。

「赤根と江田で種痘とやらを行っていて、ふたりが仲間割れをして、江田が殺められたってぇことですか」

佐吉は、鼻頭を人差し指で弾いている。

「となると、手柄の取り合いですかねぇ」

「それなら話が早ぇが、どうだろうな」

仮に奴らが行っていたのが種痘であり、その方法が大成していたとすれば、すでに医者の間に知れ渡っているはずだ。少なくとも、梨春や須原屋といった疱瘡予防に身を砕いている者の耳には入っていてもおかしくない。が、噂にすらなっていないところを見ると、赤根たちの種痘法はうまくいっていたとはいえないのだろう。

多津の日記にあった、「平埜」の文字が頭をよぎる。郁もまた、種痘を施されたのだろうか。しかしそんな話は一切していなかった。そもそも、郁はどうして平埜を知ったのか。誰に勧められたのか。

多津ではなかろう。郁が高熱を出した晩、「昼間、お医者様に寄ったというから、どこか具合が悪かったのかねぇ」とうろたえていたのである。おそらく平埜の名だけ聞いていたのだ。

郁の他行に付き添った下女のお光佐に子細を訊いた折も、

「少しご気分が優れぬとのことで、念のためお医者様に脈をとっていただいただけです。しばらくお休みになればすっかりよくなりますよ。ご案じ召されませぬよう」

と、笑顔で答えたきりだった。惣十郎も、よもや種痘が絡んでいるとは思わぬから、あのときは掛かりつけの医者に診てもらうことで済ませてしまったのだ。

多津の日記を見付けてのち、史亨にも平埜を知っているかと惣十郎は訊いている。もっとも、郁を診た「平埜」が赤根という確証はないため子細は語らなかったが、「そのような医者は知らぬ」と淡泊な返事があっただけだった。

母上が当時のことを、どうにか思い出してくれればいいが――そう願ったところで、「あ、あすこじゃねぇですか」と、佐吉が前方を指さした。

「いわしや」と大きく彫られた看板を確かめ、暖簾をくぐると、薄暗い店内には金製の道具がまた並んでいた。形は鋏や篦、鋏とよく似ているが、一見しただけではなにに使うものか見当もつかない。

出迎えた手代に主人を呼ぶよう頼み、奥から出てきた短軀で恰幅のよい男に惣十郎が名乗ると、

「田原町の親分さんの。さいですか」

藤右衛門というこの見世の主人は、たちまち腰を低くした。

「江田先生は、うちじゃ一番のお得意さんでございました。長崎におられたとのことで、異国の外科道具にお詳しゅうございましてね、こちらが教えを請うていたくらいで」

江田は単身訪れては、道具を購っていったと主人は語る。

「いつもおひとりでふらりといらっしゃいましたよ。お若い方で、修業の身ゆえ、まだ女房子供は持てないと、よくそんなこともおっしゃっておいででした」

月に四、五度は必ず見世を訪れていたのに、一年ほど前からふっつり姿を見せなくなった。案じていたところ、完治が話を聞きにきたのだと藤右衛門は続けた。

「なにか、御用になるようなことをなさったんでしょうか」

「いや、そんなこともねンだが」

惣十郎は言葉を濁し、袂から巾着を取り出して、中の細い管を藤右衛門に示した。

「こいつに覚えはねぇか」

「ああ、これは、江田先生のものですよ。うちで扱ってる品じゃあございませんが、こんなものを作ってくれないか、と見せていただいたことがございます」

長崎で買い求めたものだ、とそのとき江田は語っていたという。いわしやで扱っている「カテイテル」という管に似ているから同じものを作れるだろう、との注文を受けて、鍛冶と相談を進めていたのだが、それきり江田が顔を見せなくなったため頓挫しているのだと藤右衛門は説き、傍らの棚に置かれていた、長さ十五、六寸の細い銀管を手に取った。

「これが、カテイテルという外科道具です」

「なにに使う道具だ」

訊いた惣十郎に、

「陰部に差し込みまして、石など詰まった折に尿道を広げるのに用います」

事もなげに藤右衛門は答え、「いっ、痛ぇ」と佐吉は内股になる。

「江田先生がお持ちのその管も銀でできておりますが、カテイテルとは異なり、鼻に用いるものだと伺っております。ただ、鼻の手術に使うようには見えませんで、私どもも、どのように使うのかと不思議に思っておりました」

「江田はなにに使うか言わなかったのか」

「ええ。なんでも、この銀管とコロンメスを併用して、どちらがよいかを試すとかなんとか、おっしゃっていましたが」

「コロンメスってのは……」

道具の並んだ棚に目をさまよわせる惣十郎に、藤右衛門は手の平に収まりそうな小さな刃物を手に取って示した。

「切開に使うものでございます」

仏の腕にあった傷は、この道具によるものだろうか。赤根と江田は競い合って、それぞれの種痘法を試していたのか。

「ここは医学館とは係りはねぇのか」

赤根と医学館との関係を確かめるために、惣十郎は訊いた。

「外科術に用いる道具が主ですから、漢方のお医者様とはあまり……。ただ、多紀元堅先生は往診の帰りに、一度いらしたことがございます。なにしろ腰の低い方で、お付きの方に言われるまで、多紀家の方とは思いも寄りませんで」

蘭方医学に与した見世を出しおってと咎められるのではないかと、そのとき藤右衛門は身構えたらしいが、元堅は至って穏やかで、「わしらも向後、外科術を会得せねばならぬかもしれんのう」と、つぶやいただけだった。それをお付きの者が、「体を切り刻むなどとんでもない。治る者も殺めることになりましょう」と強く諫めていたという。

「外科術が人殺しと同様に語られるのは、私ども道具商としても口惜しいのです。切れば治る病も多くございますのに……。御公儀がこれ以上、蘭学や蘭方医学を排することがないよう常々祈っておるのですが」

藤右衛門はこぼして、手にしていたコロンメスを懐から取り出した布で隅々まで拭き上げた。

「あっしは仮に病を得ても、蘭方医に掛かるのは絶対に御免です。漢方で結構だ」

いわしやを出るなり、佐吉はなぜか憤然として言った。

「体に管を入れられたり、切り刻まれたりしたくねぇですよ。それに、あの藤右衛門っていう店主は食わせ者ですぜ。蘭書の検閲は御番所の役目と知ってるだろうに、御公儀が蘭学や蘭方医学を排することがないように、なんぞとさりげなく旦那に進言して、ったく抜け目ねぇったら」

蘭方医学が主流になって、事あるごとに外科術が用いられるようになるのがよほど怖いのだろうと、惣十郎は佐吉の剣幕を面白く眺めている。

「蘭方医学書は、蘭書とは取り締まりの流れが違うからな」

公儀は蘭書を厳しく規制しているが、蘭方医学書についてはその限りではないとしており、蛮社の獄を率いた南町奉行の鳥居耀蔵も同様のことを公言している。

――蘭方医学を阻んでいるのが医学館なら、蘭学排斥は誰が主導しているのか。

奉行所前で佐吉を帰し、惣十郎は詰所に入った。幸い崎岡が文机に向かっている。忍び足で近づいて背後から覗き込むと、したためているのは一件証文である。

「また捕違いじゃねぇだろうな」

声を掛けるや、彼は大きく肩を跳ね上げ、その拍子に筆がおかしな方向に走って紙面を汚した。

「なにすんだっ、あと少しで書き終わるとこだったってのにっ」

こめかみの血道を波打たせ、崎岡はこちらを睨み上げる。

「隠富(かくしとみ)をやってた者をとっ捕まえたんだよ。改革で富籤がなくなったのを幸いとばかりに、陰で勝手な興行をやる者が結構出てンだぜ」

「そりゃあ、ここまで楽しみが奪われちゃ、陰でやる奴も出てくるさ。政(まつりごと)ってなぁ、くさいものに蓋をすることじゃねンだよ。くさいものの正体を洗い出して、知恵で組み立て直すことなのによ」

顎を上げて惣十郎が返すや、崎岡は慌ててあたりを見回した。

「お前、どこでそんなことをほざいてんだよ。ここは御番所だぜ。向後いっそう締め付けが厳しくなるって噂もあるんだ。物言いに気をつけねぇと、とばっちりを食うぜ」

背を丸め、口をすぼめて崎岡は言う。図体は大きいのに、小心者を絵に描いたようなその姿についい笑みを漏らすと、

「笑いごとじゃねぇぞ」

と彼は面(おもて)を厳(いか)めしく歪めた。

「上知令(じょうちれい)が近く出されるって噂があるんだ」

「蝦夷(えぞ)に出されたってぇ、あれか」

寛政の頃、蝦夷地を幕領とする上知令が出された。松前藩が激しく抗い、のちに領地が返還されたこともあり、施策の評判は必ずしもいいとは言えない。

「今度は蝦夷じゃねぇのだ。江戸、大坂の大名、旗本地だと。そら、五、六年前にモリソン号とかいう異国船が浦賀沖まで来たろ。つまり、海防のためよ」

先年、清に英国が攻め込み、一部領地を奪われたとの報も伝えられている。幕閣は同じ轍を踏むことを恐れており、ために江戸と大坂の海防を目当てとして、十里四方にわたって領地を幕府に返上させ、代わりに替え地や金を与えると決めたらしい。

「いくら払うのか知らねぇが、領地替えってなぁとんでもねぇ金が掛かるんだろ。大名旗本が、すんなり受け入れるとは思えねンだが」

腕組みをして見立てを述べる崎岡を、惣十郎はしげしげと見詰める。

「幕閣でもねぇ一同心の立場で、よくそこまで内々の噂集めに力を注げるな」

素直に感心したのだが、崎岡は馬鹿にされたと思ったのだろう。

「俺たちは公儀の末端にいるかもしれねぇが、係り合ってくるんだよ、どんな政も。実際、奢侈だの蘭語だのの取り締まりにしたって、御番所の仕切りになったろう」

「その蘭語だが」

惣十郎は声を低くする。

「蘭学をそこまで厳しく排除するまことの意図が、俺にはよくわからねンだが」

「そりゃお前、異国の法をむやみと取り入れれば、国法が脅かされるからだろう」

「御老中のお考えだろうかね」

改革を率いる老中首座の水野忠邦が、この件も先導しているのだろうかと惣十郎は怪しんだの

だ。崎岡は「どうだかねぇ」と首をひねるも、

「大炊頭様は蘭癖らしいが」

と、相変わらずどこでどう仕入れてくるのか、そんな噂を口にする。

土井大炊頭利位は下総古河藩主であり、老中として水野の改革を助けている。進んで異国の技術や知識を取り入れんとする開明的な人物だと、惣十郎も聞いたことがある。顕微鏡なる舶来の器具を用い、雪の結晶を考究して一書にまとめたというから、学者肌の人でもあるのだろう。

「御老中のご意向かは知れねぇが、意見を上申できる立場にあるとすれば、鳥居様か、あとは天文方の渋川様だな。ご両人とも蛮社の獄に関わってるらしいからな」

「渋川様……か」

渋川敬直は、父親に従い、二十歳にならぬうちに天文方見習として出仕した才人である。確かまだ三十前後といった若さだが、暦学者として秀でた功績を残しており、昨年からは書物奉行も兼任している。異国についての知識が巷に出回るのをよしとせず、幾度となく水野に取り締まりを進言していると、まことしやかにささやかれているという。

「そら、御老中の三羽烏ってのを聞いたことがあるだろ。鳥居様と、それから後藤三右衛門ってぇ金座銀座を仕切ってる商人と、渋川様がその三羽だっていうぜ」

後藤庄三郎家十三代目にして、天保通宝を鋳造した商人である。一枚百文とする小判型の貨幣だが、多くは八十文前後で取引され、市場に混乱をきたしている。後藤は他に、天保小判など改鋳を手掛けるも、悪貨だとして今はほとんどが巷から消えている。

「そうやって水野様に取り入るお歴々はさ、建前の上じゃ世直しのための助力だとかなんとか言うんだよ。けどよ、実のところは己の利を求めてのことさ。鳥居様はご自身の出世のため、後藤

は儲けのため。結局誰しも、てめぇが一番大事だからよ」

崎岡がしたり顔で語る。彼の言う通りだとすると、渋川の狙いはどこにあるのか。天文方が蘭書や蘭学を排することで得られる利とはなんなのか。もしくは、蘭学が巷に広まることで、都合の悪いことでもあるのだろうか——。

「まぁ天文方としちゃ、蘭書が出回るのは疎ましかろうよ。異国の知識を学ぶ者が増えるってことだからな」

崎岡は得意げに続ける。

「その疎ましさってなぁ、どっちの意味だ」

惣十郎が返すと、崎岡は首を傾げた。

「つまり、蘭学のような不確かなものを広めれば人心を惑わすだけだと危惧しているからか、それとも異国の優れた知識を天文方で独占するためか」

巷には多くの知者がいる。自在に蘭書が出回り、その者たちが研鑽を重ね、天文方の仕事を凌駕する成果をあげることもあるだろう。これを危ぶむ動きがあってもおかしくはない。

「天文方のお歴々は、そこまでケツの穴ぁ小さくなかろうよ。中にはおかしな蘭書もあるからさ、そういうもんが出回るのを案じてのことだろう」

崎岡が鼻を鳴らすのを横目に、惣十郎は、蛾の羽ばたきを思い浮かべている。

いかなる事柄であれ、それを司る「始」と「末」が、きれいな均衡で成り立っているとは限らないのだ。例えば、たったひとりのかすかな心の触れが、世を震撼させる大事を引き起こすようなこともある。

「医学館に蘭方医学書の取り締まりを任せたのも、渋川様のお考えだろうか」

惣十郎がつぶやくと、「さぁ、そうかもしれねぇな」と、崎岡はぞんざいな相槌を打った。

「医学館は多紀家の築き上げた漢方医学の権威を守りてぇだろうし、天文方は独自に作り上げた暦が異国の暦に取って代わられるのを避けてぇだろう。水野様はこの改革を成功させてぇだろう。それぞれに思惑があるんだよ。なんだかんだでさ、てめぇが生きてる間は、甘い汁を吸いてぇってのが人情だ。世の中にとって、いいか悪いかは二の次さ。聖人君子なんざ、この浮世にそうそういるもんじゃねぇしな」

崎岡は、うすら寒い真理を衝いてから、

「そういや天文台は浅草蔵前にあんだろ。お前の受持じゃねぇか。去年、九段坂上(くだんさかうえ)にもまた新しい天文台を作ったそうだが、あれも確か、敬直様のお父上、景佑(かげすけ)様の差配で作られたんじゃなかったかね」

そう続けて、ひとつあくびをし、また文机に向き直った。


与助にも手伝わせ、完治は市中で仲條流(ちゅうじょうりゅう)を営む医者を片っ端から調べていった。仲條流は女の病を診る医者で、その多くが女医である。惣十郎から赤根の助手をしていた女を調べろと請われ、医術の知識がある者ならば、と完治はまず女医をさらうことにしたのだった。が、手掛かりとなるものは浮かばない。もっともこのたびの改革で、堕胎が厳しく禁じられたばかりだったから、仲條流はこれを謳うこともできず、医者たちの口もいっそう堅くなっているのかもしれぬ。

「仲條流だと、患者はお忍びで通ってきますから、たいがい医者ひとりでやってまさぁね。応対に出た女医で、櫛巻きだの三十路前後だの婀娜っぽいだのってぇ様子の医者はいなかったですけどね」

完治の店を訪ねてきた与助は、売り物だという瓜を切り分けながら告げた。

「赤根の助手をしてたといっても、医術の心得がある者たぁ限らねぇか」

完治は、与助から手渡された瓜にかぶりつく。たっぷりの水気が喉を潤していく。

白い上っ張りを持っているのならば、どこぞで医者の看板を掲げている者かもしれぬと判じたが、そう単純なことでもないのだろう。口元からあふれた瓜の汁を手の甲で拭い、完治は首を回して言った。

「明日早く、内藤新宿まで行くから付き合ってくれねぇか」

「……新宿、ですか」

与助は、訝しげに繰り返す。

惣十郎から助手の女の特徴を聞かされたとき、完治の頭に浮かんだ者があったのだ。とはいえ、あれは藤一郎の馴染みだったはずだと、そのときは即座に打ち消した。与助と共に藤一郎を引っ捕らえた折も、女はただ取り乱し、泣きながら奴にすがるばかりであったし、故郷から江戸に上る折に深間になった女だと藤一郎本人も述懐していた。ために完治は、ただの情婦なのだろうと、引くことはしなかったのである。

「まだあすこに見世を構えてるとは思えねぇが、行けば女の足取りを追えるかもしれねぇ」

ひとりごちても、未だ与助は怪訝な顔のままである。

藤一郎が潜んでいた新宿の富坂は、まだ残っていた。が、店主はあのときの女ではなく、若い男に変じていた。

「一年ばかし前に、お由さんから引き継いで手前がここを借りることになったんですよ。居抜きでそのまま商いができたんで、だいぶ安く見世をはじめられました」

庄平と名乗るその男は、得意げに語った。もとは葛籠に小間物を詰めて、飯盛女に売り歩く商いをしていたという。お由とは商売柄顔馴染みだったが、去年、桜の咲く前に「ここを出るから、あんた借りないかい」と話を持ちかけられた。売れ残っていた小間物もすべて無料で譲ると言われ、ためらうことなく飛びついた。

「女がどこへ移ったか、知ってるか」

完治の問いかけに、「はて」と庄平は、目玉をくるりと一回転させた。

「はっきり訊くこたしなかったんですが、お由さんが馬子に荷を託すとき、佃島までと頼んでたのは耳にしましたな」

「佃島……」

完治と与助は同時につぶやいた。大川の河口である。

「ええ。海っ端に越して、今度はどんな商いをするんだろうと気にはなりましたけど」

赤根と落ち合うために、女は佃島に向かったのだろうか。

「そら、ここで大捕物があったっていうでしょ。手前は詳しく存じませんが、情夫かなにかが捕まったとか」

完治は与助と顔を見合わせる。庄平は、その大捕物をした当人が目の前にいるとは思いも寄らぬ様子である。

「さすがにここで商いを続けるのは、気まずかったんじゃないですかね」

女の出自についても、庄平は知らぬという。

「言葉尻を跳ね上げるような訛りがあったんで他国者だと思いますが、江戸にゃ長く住んでるってな話は聞きましたよ。ここで小間物屋を出したのは四年ほど前で、それまでは売り子だの女中奉公だの、だいぶ転々としたとか」

宿の飯盛女たちにも話を聞いたが、お由の消息を知る者はなかった。「いい人だったから残念だよ」と彼女らは口を揃えたが、常に人が来ては去る宿場町だからか、その不在に拘泥する者はおらぬようだった。

新宿をあとにし、完治が次の手を思案しながら東へと道をたどっている途次、

「お、青蛙だ」

与助が急に足を止めて屈んだ。見れば、街道脇の塀を青蛙がよじ登ろうとしている。

いかつい体に似合わず、与助は常に生き物や草花へと目を向ける。商売柄もあるのだろうが、人より他のものに関心が行くのはきっと、胸の内に余裕があるからだろう。事件を探りはじめると、そのことだけに頭の中が占められてしまう自分とはまるで違うな、と童のような表情で青蛙を眺めている与助を見遣って完治は思う。

「斎木のもとに出入りしてた男を見たのは、お前だけか」

つぶやくと、与助が身を起こした。

「あの浪人者の店を訪ねた剃髪の男ですな」

「富坂に踏み込んだとき、お前、お由とかいう櫛巻きの女を見たろ。顔は覚えているかえ」

「へえ。いい女だったんで」

与助は照れくさそうに、小鼻の脇をこすった。

「したらお前、佃島のあたりをさらってくれめぇか。剃髪の男とあの女がいねぇか、虱潰しに当

たるんだ」

女が赤根と組んでいるとしたら、佃島に越したのは奴のもとに身を寄せるためだろう。赤根が試している種痘とやらの手伝いを、こののちも続けるという目当てがあるとすれば、居を移した場所にも、なにがしかの意味があるはずである。

――宿場町と海っ端。

いずれも、遠路からの荷の受け渡しには都合がよさそうだ。佃島あたりまでは、廻船（かいせん）も出入りができる。

「承知しやした。そろそろ朝顔が出回る頃ですから、あっしはそいつを売りがてら、佃島を探ってみます。赤根らしき男の根城があれば、すぐにお報せしやしょう」

与助はすみやかに応じ、「今年は一段と暑くなりそうだ。疫病に罹らねぇよう、茅（ち）の輪（わ）をくぐっておかなきゃならねぇですね」と陽の照りつける空を仰いだ。

「夏越（なごし）の祓（はらえ）か。わっちゃ茅の輪くぐりってのをしたこたねぇな」

返すと与助は目を瞠った。

「駄目ですよ、親分。疫病ってなぁ見境なしなんです。日頃の行いだの心根だのの善し悪しに関わりなく襲ってくるんですから」

四

上知令というものが出されたとかで、惣十郎はこのところ、奉行所に詰める日が増えていた。

「崎岡の野郎は江戸、大坂の十里四方なんぞと言ってやがったが、蓋を開けりゃ最寄地だけなんだと。御料所内にも私領が入り組んでるから、それを上知するってんだが、抗する者が番所にも押しかけてよ」

佐吉相手にそんな話をしていたのを、お雅は耳に挟んでいる。

「私領とひと口に言っても、そこにゃ商人や農民も住んでる。急に領地替えと言われりゃ戸惑うさ。なんとかならねぇかと訴えに来るんだが、これぱっかりは御奉行様にもどうにもできねぇしなぁ」

鮎の南蛮漬けを食みながら、彼はうんざりしたふうに語っていたのだ。

あれからお雅は、多津の足を揉む際に「平埜」の名を口にするようにしている。けれど多津は、詳しいことを思い出せないようだった。ただ名前には覚えがあるらしく、「郁が掛かっていたお医者だね」と返ってくることもある。それでも、平埜の住まいや、なぜご新造様が医者に掛かったのかは、いかに訊いても確かな答えが得られることはなかった。

「郁はなにをするにもお光佐と一緒だったからねぇ。お光佐の言うことはすべて正しいんだって、えらく信じていたものねぇ」

そう言って、微笑むだけなのだ。

佐吉も、郁の医者通いを知らなかったという。「具合が悪そうにゃあ見えなかったんですけどね」と、先だってもお雅の前で首をひねっていた。

「お光佐さんなら詳しく知っていましょうが、今は所在が知れねぇし。ただ、お光佐さんってのはあっしは苦手でしてね。なにしろ陰気な女で、人の目を見て話すってことさえないんだから」

お光佐は、ご新造様と姉妹のように仲がよかったと聞くけれど、佐吉だけでなく、惣十郎や多津にも頑なに隔てを置いていたという。その割に、常に周囲を用心深く窺っているふうがあって、どうにも落ち着かなかったと佐吉は付言し、「今はお雅さんが来てくれたんで、まことによかったよ」と、相好を崩した。

久方ぶりに与助が八丁堀を訪ねてきたのは、水無月の末だった。お雅が出迎えると、彼は誇らしげに朝顔の鉢を掲げ、

「下谷で朝顔市をやってましてね、そこでひとつ購ってきました。あっしが売る分の仕入れもあったんで、ついでに」

首筋を流れる汗を拭って言った。どうして急に鉢なぞ持ってきたのだろうと戸惑っていると、彼は朗らかに説いた。

「先だって、親分がこちらに伺った際に、庭の景色が変わるようなものを仕入れられねぇかと、旦那に頼まれたそうですよ。鉢ひとつじゃ、景色はたいして変わらねぇと思いますが」

多津のためだろうと、お雅は察する。部屋から見える景色がいつも同じでは辛かろうと、惣十郎はきっと気に病んでいたのだ。

「ありがとうございます。お多津様はお喜びになりましょう」

「あと、これを旦那に。親分から頼まれたんですが、渡せばわかるってぇことで」

手拭いに包んだものを与助は手渡した。手の平ほどの大きさの割に、持ち重りがする。

「確かにお預かりしました。お帰りになりましたら、お渡し致します。これから売りに回られるんですか」

与助の担いできた桶に置かれた色とりどりの朝顔を打ち見て、お雅は訊く。

「へえ。佃島まで」

「まぁ、海を渡られるんですね」

商いがあるのにわざわざ立ち寄って届けてくれたことに改めて礼を言い、与助が天秤を担いで木戸をくぐるのを見送ってから、朝顔の鉢を多津の部屋の縁側に据えた。

「まぁきれいだこと。いかにもあんたが選びそうな花だ」

「いえ、これは与助さんが見繕って持ってきてくだすったんですよ」

言い終わらぬうちに多津は、

「朝顔は誰もが大事に愛でるし、とかく目立つ花だけれど、けっして派手じゃなくて、楚々としてるだろ。そういう花だって、あるんだよ」

こちらを見据えて言ったのだ。その目に映っているのは、郁なのか自分なのか——お雅は惑い、こわばった笑みを浮かべる。

門口に「旦那、おいでですか」と険しい声を聞いて、多津に会釈を送り、急いで玄関口まで出たお雅は、棒立ちになった。

父の嘉一がしとどの汗を流し、佇んでいたのだ。

「あ、お雅っ。旦那は、旦那はいらっしゃらねぇか」

ここまで動じている父を見るのははじめてで、お雅もつられてうろたえてしまい、喉が詰まって言葉が出ない。

そのとき、佐吉が折良く木戸をくぐってきた。彼は父を見付けるや、

「やぁ、嘉一さん」

と呑気な声を掛けた。奉行所まで惣十郎を送ってのち、一旦戻ってきたらしい。

「珍しいですな、八丁堀までおいでになるなぞ。時節柄ってわけでもござんせんのに」

阿部川町で家主をしている父は、毎年暮れに、地元を受け持つ同心に付け届けをしている。佐

吉が「時節柄」と言ったのはそのことだろうが、父の慌てぶりは、なにか変事が起きたことを如実に物語っていた。

「旦那は今、御番所ですよ。言伝があれば、申しつかりますが」

佐吉が言い終わらぬうちに、

「口鳥先生のおところを伺いたくて参ったのです」

父が性急に告げた。

「口鳥先生……どなたかお悪いですか」

「いや、疱瘡が。うちの店子のひとりが、疱瘡に罹ったようで」

お雅も総毛立ったが、佐吉はさらにおののいたのだろう。鶏が絞められたときのような悲鳴をあげた。

「近くの医者にはあらかた声を掛けたんですが、いずれも、どうにもならぬ、運を天に任せるよりない、と。旦那から、口鳥先生のお話はたびたび伺っておりますもので、助けていただけないか、と」

佐吉はカクカクとからくり人形よろしく小刻みに頷き、「よ、呼んで参ります」と声を裏返すや一散に駆けていった。

「すまねぇな。厄介ごとを持ち込んで」

お雅は黙して、首を横に振る。

「正次(まさじ)ってぇ、まだ若ぇ(わけ)店子だ。五日ばかり前に川浚(かわざら)えをしてたらしンだが、そっから調子を崩したようでな」

父は呼吸(いき)を整えてから、「いや参った」と拳を額にこすりつけた。

佐吉から報せを受けて阿部川町に駆けつけた惣十郎は、長屋の路地いっぱいに、鉦(かね)や太鼓を打ち鳴らす行者があふれているのを見付けて暗然となった。中には源為朝(みなもとのためとも)の描かれた赤絵を手に、経文を唱える者もある。疱瘡患者が出ると、どこで聞きつけるのか、呪文だの念力だので治すと言い張るこの手の輩(やから)が群がってくるのだ。

「どきな。具合が悪(わり)ぃのに、近くでうるさくされたんじゃかなわねぇやな」

惣十郎は嘆息に交ぜて言う。けっしてがなったわけではなかったが、行者たちは同心と見て幾分勢いを収めた。人垣をかき分け、一軒の裏店(うらだな)を覗くと、薄い敷布の上に若い男が臥せっている。

「旦那、いらしてくだすったんですか」

嘉一が現れ、枯れ枝を思わせる体を直角に折った。

「梨春は今、佐吉が呼びに行ってるから、すぐに来ると思うぜ。だいぶ若そうだな」

惣十郎は病人のほうへ顎をしゃくる。

「へえ。今年で十九かと。正次と申します」

「ここは、ひとり住まいかえ」

「いえ。正次の父親と妹がおりますが、ひとまずうちで預かっております」

これまで呼んだ医者はいずれも、ろくに診もせず退散したが、ただひとり、医学館から来た塾生が療治に当たってくれた。その際、人払いするよう命ぜられたという。

「医学館から……なんて名だった」

「お名前までは……。うちで呼んだお医者ではなかったもので。なんでも、池田痘科で疱瘡を考究しているそうで。医学館は近くですから、噂を聞きつけていらしたんでしょう」

暗がりの向こうにかすかな火が熾ったように、惣十郎は感ずる。

「どんな風体だった、その塾生とやらは」

「そうですな、歳は三十半ばか四十近く。頭にさらしを巻いておりまして、口元も布で覆っておりましたので、面相ははっきりとはしませんが、白の上っ張りを身につけて、塗りの薬籠を携えておりました」

池田痘科で学んでいるというその男は、人払いをしたのち四半刻ほど療治に当たったのだという。やがて店から出てくると「大事ありません。二、三日すれば熱は引くでしょう」と見立てを述べた。今から二刻ほど前のことらしい。

「そうは言っても正次が苦しそうなので、口鳥先生にお願いしようと」

嘉一が申し訳なさそうにつぶやいたとき、「旦那っ」と甲高い声が聞こえた。不器用な身のこなしで行者たちにぶつかりながら、佐吉が近づいてくる。その傍らに梨春を見付けて、惣十郎は眉を開いた。

「悪ぃな。急に呼び立てて」

梨春はかぶりを振る。が、いつもの柔らかな面差しは影を潜めている。

「これまで頼んだ医者は、みなお手上げだと。難しいかもしれねぇが」

「できる限りのことはいたしましょう」

それから惣十郎は、あからさまな及び腰で側に控える佐吉に向き、低く命じた。

「佐吉、お前、今すぐ田原町に走って、完治を呼んできつくんな」

完治と聞けば必ず渋る佐吉だが、今日に限っては疱瘡患者のそばから離れられると内心快哉を叫んだのだろう、頷く間も惜しむようにして走り去った。

「では、診療をはじめます」

梨春が油障子に手を掛けたときだ。

「もう結構ですよ。倅はね、おっ死んだほうが世のためなんだ」

剣呑な声が、すぐ近くに立ったのだ。初老の男が、正次の店を睨んでいる。

「あんな奴に手を尽くすこたねンです。生きてたって他人様に迷惑掛けるだけだ」

権左さん、と嘉一が男の腕を取る。これが正次の父親なのだろう。

「口鳥先生にも来ていただいたんだ。そんなわがままを言うもんじゃないよ」

嚙んで含めるように嘉一が説く。

「あいつのせいで、こっちはどんだけ……今までさんざっぱら迷惑かけて、死ぬ間際までこうしてまわりを煩わせて。正次こそ疫病神なんですよ」

轟然と吠える権左を前にしても、梨春は顔色ひとつ変えることなく、

「正次さん、とおっしゃるのですね」

患者の名を確かめてから、権左に向いた。

「正次さんにおっしゃりたいことがあるようでしたら、治りましてからじかにお伝えください。医者は病を癒やすのが、役目にございます。苦しんでいる病人が目の前にいるのに、治療をせぬという道理はございません」

梨春は厳しい顔で告げてから、まわりを見渡して声を張った。

「疫病は、患者に触れずとも、伝染ることがございます。みなさん、ここから離れてください。できれば両隣の方も、よそへ移っていただいたほうがよろしい」

物見高く見物していた住人たちは途端にバタバタと銘々の店に逃げ込み、油障子をぴしゃりと

閉めた。だが行者たちは、互いに顔を見合わせるだけで退く気配を見せぬ。

「権左さんも、うちに戻ってくれ。ここは口鳥先生にお任せするんだ」

嘉一が促すと権左は顔を歪めはしたが、おとなしく従った。梨春は今一度惣十郎に会釈を送り、正次の店へと入っていく。深々と頭を下げてそれを見送った嘉一は、顔を上げると総身を絞るようにして息を吐いた。

「ごたついて、申し訳ございません。親子喧嘩はいつものことでしてね。正次はめったに家にゃ寄りつかねぇくせに、帰ってくると金の無心をするもので」

十五になるかならぬかの頃からあたりの与太者と付き合っていた正次は、賭場や岡場所にも出入りするようになった。酒場の手伝いなどで日銭を稼いではいるらしいが、懐が寂しくなると実家に戻り、金をせびる。権左は出職の鋳物師で、その留守を狙って、妹のお美祢に金の在処を聞き出しては、ごっそり持ち去ることがたびたびなのだという。

「お美祢のためにもならねぇから店を変えちゃどうだと、私も幾度か勧めました。家主が店子に引っ越しを持ちかけるってのも、妙な話ですけどね」

しかし、息子が現れるたびに青筋立てて憤る権左は、嘉一の助言に頷きはするものの、いっかな行いを起こす気配を見せぬのだった。どうしたものかと案じていたところ、このたびの騒ぎになったというのが経緯らしかった。

「とんだ荒くれ者だな」

惣十郎は、梨春が療治に入った店の油障子に目を遣る。

「しかし梨春が来たからにゃあ、権左とかいう親父の望みはかなわねぇだろう。恨むなら、梨春を呼んだ俺を恨めと、あとで伝えておいつくんな」

行者たちの経文が、外からしつこく聞こえてくる。「疱瘡神退散」と叫ぶ声に、太鼓を打ち鳴らす音が交じる。

「うるせぇな。人の不幸につけ込みやがって。暇人が」

上がった息の下から、かすれ声が響く。

「すぐに鎮めていただくよう言いますから、もうしばらく辛抱してください」

梨春は正次の水疱の場所を検めつつ、彼をなだめる。熱が高く、体にも痺れが出ている様子なのに、口だけはよく回る。発疹は主に鼻から下にできており、紫がかった色味で、順証に見える。舌にも逆証となる黒いできものは見当たらない。

――助かる。

声には出さず、梨春は己に言い聞かせる。まずは神功散（しんこうさん）と十神解毒湯（じっしんげどくとう）で症状を抑えるのがよさそうだが。

「これまで幾人かお医者が診たようですが、なにか処方された薬はございますか」

傍らに置いた桶で手を洗いながら、正次に訊いた。

「藪ばっかりよ。ちらと診ただけで、あとは神仏の差配だとよ。なにもできねンだから、表で経文を唱えてる連中と同じさ」

町医の疱瘡療治となれば、たいがいは「当人の気力」と言われるだけだ。

「まずは熱を下げましょう。柴胡剤（さいこざい）という薬を煎じますから」

「金ぁ出しませんぜ。頼んでもねぇのに、あんたが勝手に療治をするんだから」

「ええ、結構ですよ」

わずかな淀みもなく梨春が答えたからだろう、正次は訝しみの目を向け、

「医者ってなぁ物好きが多いな。金にもならねぇことに骨を折るなんざ」

息を切らしながらも、こちらを嘲るように嗤った。

「さっきの医者もそうだぜ。馬鹿丁寧に膿を拭き取って、玻璃（はり）の器に入れて持ち帰ったさ。薬のひとつも出さねぇで、体を拭きゃあ治るとでも思ってんのかね」

梨春は、浮かしかけた腰を下ろした。

「玻璃の器に……どこのお医者かおわかりですか。お名は訊かれましたか」

「医学館から来たって医者さ。名は訊かなかったが、どっかで会ったような気がする。顔を布で覆ってたから、はっきり面（つら）を見たわけじゃねンだけどよ」


「旦那」と、低い声を肩の後ろに聞いた。路地で行者らを追い払っていた惣十郎は、

「よぉ、来たか。早かったな。疱瘡患者が出たこた聞いただろ」

と、正次の店（たな）を顎でしゃくった。

「赤根が現れたかもしれねンだ。医学館の塾生と名乗る者が診察をしたらしいんだが、今し方、梨春が出てきて言うには、膿を玻璃の器に集めてたらしくてな」

「種痘とやらに使うためですか」

完治が間を置かずに答える。惣十郎は、話の通りの良さに安堵の息を漏らした。

「二刻ほど前にここを出たらしい。塗りの薬籠を持ってたそうだ。あたりを探ってくれめぇか」

完治は「へえ」とひとつ頷き、

「わっちも旦那の屋敷へ伺うところでした。与助が最前、コロンメスを八丁堀に届けたと思うん

ですが」

あたりをはばかりながら告げる。佐吉が奉行所に呼びに来て、惣十郎は直接ここまで来たため、屋敷には寄っていない。

「改めて市中の唐物問屋を当たったところ、医学館の医者で自分の手に合うようにコロンメスを注文した奴がいましたぜ。そいつの名が、平埜と」

たまち屋という本町外れにある小さな唐物問屋だという。一見(いちげん)だったが、医学館の医者だと言うし、先に金を入れたこともあって、たまち屋は注文通りにコロンメスを作った。仕上がったものを確かめた男はしかし、持ち手に傷がついているのを見付けて作り直しをさせた。完治が手に入れたのはその、柄に傷のあるコロンメスだという。

「形はまったく同じだそうで。なにかの証になるかもしれねぇと、お持ちしました」

惣十郎は完治に向き、鋭く光る切れ長の目を真正面から見据える。

「お前を御用聞きに引き入れたことが、俺の同心としての一番の手柄かもしれねぇな」

完治の瞳が、戸惑うように揺れた。なにを言い出したのかと、すぐには咀嚼(そしゃく)できなかったのだろう。やがて彼は困じたふうに目を逸らし、

「したら、ここへ現れたってぇ医者を追います」

告げるや背を翻して、またたく間に人垣の向こうへ消えた。

完治と入れ替わるようにして、佐吉が足音もかしましく駆けてくるのが目に入る。

「あ、旦那。すいません。完治を捕まえて、旦那が呼んでると伝えたんですが、あとで行くから、と逃げられちまいまして。追ったんですが、まかれました。あいつにゃ、てめぇに与えられた役目ってもんが、わかってねンですよ。今頃どこをほっつき歩いてんだか」

憤懣やるかたなしといった態で報じたから、惣十郎はせり上がってくる笑いを噛み殺し、

「そうかえ。したら、気長に待つか」

と、おざなりに返す。油障子が開いたのはそのときで、梨春が再び顔を出した。

「すみませんが、どなたか水を汲んできていただけませんか。水瓶の水が尽きそうで」

「あっしが汲んできやしょう」

すぐに佐吉が井戸へ向かった。店の中からは、「よせ、よせ。どうせ治らねンだ」と怒鳴り声が聞こえてくる。

「親子揃って、治すなってンだから、質が悪ぃな」

惣十郎は呆れ、梨春が苦く笑う。

「薬を飲ませようとすると正次さんが暴れるもので、なかなか手を焼いています」

「誰か押さえつけてくれる者がいりゃいいんだがな」

水を目一杯張った桶を抱えて戻った佐吉に梨春は礼を言い、不意に、

「そうか、佐吉さんなら平気だ」

つぶやいて、顔を明るくした。

「申し訳ありませんが、佐吉さんを少しお借りしてもよろしいですか」

惣十郎に断ってから彼は、

「中で私を手伝っていただけますか」

と、佐吉に請うたのである。

「え……じょ、冗談でしょ」

「いえ、冗談ではありません。正次さんが暴れるもので、押さえていただければ」

佐吉の顔から音を立てて血の気が引く。

「いや、だって、疱瘡患者ですよ」

「平気です。佐吉さんは私と同じく一度疱瘡に罹っておられるから」

「また疱瘡に罹れ、ってンですか」

「梨春が平気と言うんだから、平気なんだろう。そう案ずるこたねぇさ。手伝ってやれ」

惣十郎が後押しするや、佐吉は震え出し、

「旦那まで……あっしを殺す気ですかっ」

物騒な悲鳴を長屋中にとどろかせた。


阿部川町を出て、完治はまっすぐ向柳原への道をたどる。医学館の門前に着くと、通りを隔てた飼鳥屋敷(かいどりやしき)の板塀に身を寄せた。

赤根とおぼしき男が二刻も前に阿部川町を出たのであれば、あたりをやみくもに捜し回ったところで埒は明かぬ。奴が医学館に出入りしていたのは早桶屋らの話からも確からしいし、今し方、疱瘡患者の膿を採取したのであれば医学館に持ち込むためかもしれぬと、完治は山を掛けたのである。

与助は根気強く佃島を探っているが、今のところ当たりはない。お由が越していったのは一年も前だから、もう他所へ移ったのかもしれぬと、完治は思いはじめていた。となれば、これは赤根を捕らえる千載一遇の好機となるかもしれなかった。

――しかし、興済堂の目と鼻の先をうろついてるたぁな。

赤根の肝の太さに怖気(おぞけ)立つ。惣十郎は捕らえた罪人の末路を御用聞きには一貫して明かさぬが、興済堂への火付けと番頭殺しに手を染めた藤一郎と斎木は、すでに刑に処されているだろう。赤根は、一件に巻き込んだ彼らへの負い目すらないのだろうか。

ひっきりなしにまとわりつく蚊を払いながら、辛抱強く待つ。浅草寺の鐘が鳴り、あたりが藍に沈んだ頃、塾生たちがちらほらと門から出てきた。いずれも口鳥と同じような総髪だ。目を凝らし、剃髪の男を捜す。

――与助を連れてくりゃよかったな。

赤根の面相を知らぬ完治には、剃髪という特徴の他、赤根と判じる手立てがないのだが、あの一件から一年半が経った今も、奴が剃髪のままでいるとは限らないのだ。

さらに半刻が経った。向柳原は人の行き交う賑やかな地だが、戌の刻を過ぎるとさすがに寂しくなる。

――当てが外れたか。

待乳山（まつちやま）にかかった月を見上げたとき、正門脇のくぐり戸がすいと開き、薬籠を手にした男がひとり、出てくるのが目の端に映った。長屋門の灯りが、剃髪の頭を青白く浮かび上がらせる。

完治の総身が、一気に熱を帯びた。気を落ち着けるために首を回し、影となって男のあとを滑るように追っていく。

医学館を出た男は、大名旗本屋敷の間を縫う七曲がりをたどり、天王橋（てんのうばし）から御蔵前へ進んだ。特段慌てている様子はなく、ひと仕事終えた安堵がその背に宿っているように完治には見えた。諏訪町（すわちょう）を抜け、広小路に並ぶ蕎麦や寿司の屋台に群がる者をよけ、男は傳法院（でんぼういん）から大川へと歩を進めた。

吾妻橋（あづまばし）の側まで来ると男はあたりを見回してから、土手を降りていった。橋脚に寄せて一艘の猪牙舟が停まっている。舟には、すでにひとり乗っている。暗くて判然としないが、薄い月明かりに浮かんだ影は女のようである。

――ここでしょっ引いちまうか。

舟で行くとなれば、これ以上は追えぬ。が、男が赤根である確証はない。舟で待っている女がお由だと見定められれば即座に縄を打てるが、自分ひとりで赤根とお由をしょっ引くのは、抗われればかなわぬだろう。ここで仕掛けて逃せば、赤根は用心して姿を消す。となれば、奴を捕らえる機を永遠に逸することになりかねぬ。

考えが千々に乱れた。次の手を惑うのは、完治にはめったにないことである。その間にも、男は着実に舟に近づいていく。

――仕方ねぇ。一か八かだ。

迷ううち、変に肝が据わった。まずは男を落とすことだ。

完治は足を速めて、男に追いつく。

「この舟ぁ、どこまで行くんだね」

音もなく近づいて背後から声を掛けたから、男はよほど驚いたのだろう。短い悲鳴をあげ、引きつった顔をこちらに向けた。

「驚かしてすまねぇ。佃島あたりまで行くようなら、わっちも乗せてもらえねぇか。そろそろ木戸が閉まる頃合いだからよ」

あえてのんびり告げたところ、男はいくらか緊張を解いたらしい。

「いえ。あの……この舟は佃島までは参りませんので」

と、しどろもどろになりながらも答えた。藤一郎と似たような訛りがある。手には、塗りの薬籠を提げている。

完治はさりげなく、舟の女へと目を走らせた。櫛巻きにしたその髪も、派手さを覚える目鼻立ちも、衿を抜いた着方も、はっきり覚えがあった。

「そうかえ。残念だが仕方ねぇ。したら、少し番屋で話してぇのだがいいかい」

完治が、最前ののどかな口振りのままに伝えたからだろう、男は笑みを貼り付けたまま目をしばたたいている。

異変に気付いたのは、女のほうが早かった。

「あんた、あのときのっ」

うめくや、

「乗って、早くっ」

金切り声で男を呼んだのだ。男は声に引っ張られるようにして後じさる。が、一瞬早く、完治が男の腕を摑んだ。

「なにも取って食おうってんじゃねンだ。逃げるこたねぇだろ。なぁ、赤根よ」

耳元でささやくや、男の総身が波打った。「お、お人違いじゃございませんか。赤根なぞという方は存じませんが」と悪あがきをしていたが、「なら、平埜か」と続けると、顔を赤黒くして押し黙った。

猪牙舟が滑るように河岸を離れたのは、そのときである。完治は赤根の腕を摑んだまま土手を降り、舟を押さえかけたが、女は遮二無二櫓を操って岸から離れていく。

「お由っ、お前……」

悲痛な声が、すぐ傍らであがる。完治は舌打ちしたが、赤根に根城を聞き出したのち、すぐに与助をやって女を引けばいいと切り替えた。

「ひでぇ女だな。てめぇだけ助かりゃいいってよ。故郷から一緒に出てきたってのになぁ」

赤根と女との係り合いを知っているわけではなかったが、当て推量を口にする。図星だったのだろう、彼は獣のような咆哮を放った。

「邪魔するなやっ。わしが種痘術を打ち立てるんじゃ。池田痘科はわしが継ぐんじゃっ。誰も邪魔したらいけんのじゃっ」

赤根は、完治の腕を振りほどこうと身をひねる。必死に耐えるが、すさまじい力に振り払われそうになる。

「おーい、喧嘩かえ」

騒ぎを聞きつけたのだろう、船着き場近くにいた船頭たちが数人、こちらへ向かってきた。

「もう逃げられねンだ。おとなしくしろ」

完治の声も、赤根には届かぬようだった。「邪魔するな」という叫び声が、しぶとく闇を揺さぶっている。

五

須原屋の敷居をまたぎ、「これは旦那」と笑みで迎えた伊八に「よ」と手を挙げ、惣十郎は板間に目を走らせた。いつも文机に向かい、うんうん唸っている冬羽の姿がない。かすかに肩を落としたとき、

「重いったらありゃしない」

と威勢のいい声がして、振り返ると小振りの笹を抱えた冬羽が、暖簾をくぐるところである。

「あら、旦那」と目を瞠り、

「吹き流しを見に行ったら、存外いい笹が出てたんで買ったんですけどね、これが途中で音（ね）を上げましてね」

後ろに従った、線の細い小僧を目で指して、彼女は口を尖らせた。暑い中、笹など背負ってきたからだろう、単衣（ひとえ）が汗で湿って背中や胸元に張り付いている。

「無理しねぇで手伝いを呼べばよかろう」

伊八が鼻から息を抜く。

「そっちのほうが面倒ですよ。自分でなんでもやったほうが早いもの」

冬羽はさっぱりと返して、同意を求めるようにこちらを見遣った。

女にある柔らかさのようなものが、その風貌には見当たらない。顎の線は鋭角で、肩のあたりも骨張っている。言葉付きにも甘さのかけらも交じらない。

いつもの冬羽だ。

惣十郎は安堵して、用向きを切り出した。

「出物があったんで、これから元鳥越の番屋に行くんだが、その前に梨春からの言伝を預かったんで寄ったのだ。例の訳本の件、しばらくここには来られねぇから、草稿の校正についての返答は少し待ってくれ、だとよ」

「どなたかお悪いんですか」

冬羽が案じ、

「なぜまた、口鳥先生の言伝を旦那が……」

伊八が訝った。

「阿部川町で疱瘡患者が出ただろ。梨春が療治に当たってる。しばらくは人に会わねぇほうがいいから、ってさ。まぁそうたやすく伝染る(うつる)とも思えねぇけどな」

告げた惣十郎に、冬羽はかぶりを振った。

「いえ。たやすく伝染ると聞きますよ。同じ座敷にいるだけでもいけない、って。まだ伝染る仕組みは、はっきりわかってないようですけど」

勘弁してくだせぇ、と泣かんばかりにして訴えながらも、梨春に説かれ、半ば強引に正次の店(たな)に引き入れられた佐吉の、恨みがましい顔が浮かぶ。

――根に持つだろうな。人身御供(ひとみごくう)にされたと思ってるに違ぇ(ちげぇ)ねえ。

惣十郎はうなじを叩いた。

「口鳥先生は治痘術も心得ておられますから、きっと治してくださいますよ」

冬羽は言い、手にしていた笹を掲げると、

「短冊に書きますよ、疫病退散、って」

宣して笑んだ。七夕の折、家々の屋根より上に笹があがると、遠目には緑の海原が町を覆ったように見える。天文台に上って眺めたらきっときれいでしょうね、と冬羽はこの時季になるとうっとり目を細める。

「七夕の頃になると、ご新造様を思い出しますよ」

不意に冬羽が言ったから、惣十郎は眉根を寄せた。郁について彼女が話題にしたことは、これまでほとんどなかったからだ。

「一度旦那と一緒にいらしたとき、偶然行き合ったことがございましたでしょ」

どこへ向かうときだったか、郁を連れてこのあたりまで来たとき、やはり笹を手にしていた冬羽に行き合った。そのとき彼女は、今日と同じように天文台のほうを見遣って言ったのだ。あすこに上れば、きっと素晴らしい眺めだろう、と。

「そしたら旦那が、連れてってやろうか、っておっしゃったんですよ。あたし、嬉しくなって、はい、って答えたんですけど、そのときのご新造様のお顔がね……」

ひどく怒っているようだった、と遠慮がちに冬羽は付け足した。図々しくご厚意に与かろうとしていたから気に障ったのだろうと、ずっと気に病んでいるという。

「お前はまわりが見えねぇからな」

伊八が咎めて、こちらに頭を下げた。

「いやぁ、気のせいだろ」

ふたりの手前、笑い飛ばしたが、惣十郎は背に冷たい汗を滑らせている。

郁は、気付いたのかもしれぬ。自分の夫が誰に懸想しているか。いや、そこまで鋭い女だったろうか。まだ幼く、おっとりした箱入り娘のふうだったが。

店の門口から空を見上げる。天文台はここからは見えぬ。代わりに不穏な雷雲が、西のほうから湧き出している。


元鳥越の番屋に入るや、閃光が散って雷鳴がとどろいた。すぐに、バタバタと礫が屋根に叩きつけるような音が立ち、それがザーッと物々しい響きへと変わる。くすんだ土のにおいが、狭い番屋に満ちていく。

番太が手前に控え、その奥に完治と、おそらく完治が呼んだのだろう、与助の姿もあった。板間には、剃髪の男が縄を打たれて座している。

「斎木の店に現れた男だと、与助が検めました」

完治の耳打ちに、惣十郎はひとつ頷き、男の前に立った。

「赤根数馬だな」

男は諦念を滲ませた目で、こちらを睨み上げる。が、首を縦には振らぬ。

「お前が斎木を使ってたのは、この与助が見てるんだ」

赤根は唇を噛み、目を逸らす。

「藤一郎を興済堂の店主にし、奴と共謀して番頭を殺し、興済堂に火を付けた。すべてお前の仕業だな」

さようなことはしておらぬ——事件の子細に話が及ぶと、たいがいの咎人はそんなふうに声を荒らげる。だが赤根は肯んじることも否やを唱えることもせず、外界のすべてを遮断するように目を閉じた。

「おいっ」

乱暴に赤根の肩を小突いた与助を制し、惣十郎は懐から、手拭いに包まれた品を取り出す。完治が、たまち屋で手に入れた小型のコロンメスだ。座敷に置かれた塗りの薬籠に目を移すと、完治が気付いて、その蓋を開けた。中を探ってコロンメスを取り出し、惣十郎に手渡す。

「見ろ、まったく同じ型だ。柄に傷があるかねぇかの差しかねぇ。たまち屋でこいつを注文したのが、医学館の塾生だそうだ。平埜ってぇ名だ。お前が江戸で用いてる偽名だろ」

興済堂に程近い医学館に堂々と出入りし、平然と平埜の名を使い続ける。鈍いのか、図太いのか、惣十郎は測りかねる。

「医学館にゃどう取り入った。医官でなけりゃあ、容易にゃ入れねぇはずだが、誰に口を利いてもらった」

惣十郎はじっと黙して、赤根の言葉を待った。完治も与助も息を詰めている。ザンザンと雨の音ばかりが小屋を埋めていく。

やがて赤根は、長い息を吐いた。述懐をはじめるかに見えたが、その口は再び堅く閉じられた。

――藤一郎のように柔(やわ)じゃねぇか。

惣十郎は額をかいてから続ける。

「お前、昨日、阿部川町で患者を診たろ。医学館なら治痘術を心得てるだろうに、お手上げだったかい」

挑発しても、奴は薄笑いを浮かべたきりで声を発することはない。与助が袖をまくり上げ、「なんとか言え」と怒鳴るのを、完治が鋭くかぶりを振って制した。

「まことは治痘じゃあなく、正次にできた水疱の膿が目当てだったんじゃねぇのか」

赤根の頬が、ぴくりと跳ねる。

「医学館に持ち込んだのは、人痘種痘とやらを試すためか。このコロンメスもおおかたそのための道具だろ。池田痘科はしかし、種痘を禁じてると俺は聞いたぜ」

咎人を追及する段、惣十郎は常より、動機については後回しにしている。相手の心情に踏み込み過ぎると、かえって全容を見失うからだ。人は、そうたやすくわかり合えぬ。咎人の心裏をなぞって万事解した気になるのはたやすいが、近寄りすぎると見落としが生じる。ひとつひとつの行いを引いた目で検めてこそ、浮かび上がってくる真実があると信じてきたのだ。

「周防大島から出てきて、種痘術を大成できれば、池田痘科を継げると考えたか」

赤根捕縛の段、奴がそう口走ったことは、昨晩完治が報じている。赤根の顔が朱を注いだようになった。だんまりを決め込んではいるが、感情を封じ込めるのは得手ではないらしい。頬や目の動きで、その胸の内がつぶさに読み取れる。

――内心が、容易に顔に出ないようせねばなりません。患者を診て、これは助からぬと察しても、泰然としておらねばならぬのです。療治に当たる者が動じてしまっては、患者はいっそう不安になりますから。

梨春はよく、そんなふうに言っている。家族も持て余すほどの厄介者である正次を診ている今も、彼はきっと顔色ひとつ変えずに療治を進めているのだろう。

惣十郎は眉間を揉んでから言った。

「赤根。おめぇはどうやら、医者にゃあ不向きなようだ。もともと、その才もねぇのに手柄を逸ったがために、幾人も人を殺めるってぇ馬鹿をしでかすことになったのだろう」

郁のことが頭をよぎった。お前は郁になにをした――詰問がせり上がってくる。が、その言葉を惣十郎は飲み込んだ。私怨が絡むと、やはり本筋を見誤る。そう危惧しながらも、己を見失うほどの憤怒が湧かぬことにも戸惑っている。

「江田を殺ったのも、お前だね」

代わりに惣十郎は、赤根とともに種痘を試していたらしい男の話へと転ずる。赤根がようやくこちらを見た。驚きと訝りがその顔に浮かぶも、ややあってそれは、薄ら笑いに覆われてしまった。その笑みの意味を、惣十郎は測りかねる。

――江田殺しにゃあ係り合ってねぇのか。

しかし、藤一郎も斎木も、骸を運ぶよう指示したのは赤根だと明かしている。

「興済堂から出た骸が江田だってこたぁ、入れ歯と持ち物からはっきりしてンだ」

言い募ると、赤根は鼻を鳴らしてそっぽを向いた。際の際まで追い詰められているはずなのに、余裕が見え隠れするのが不可解だった。苛立つ心を抑えて、惣十郎は「完治」と呼び、共に外へ出た。

ひどい降りだ。軒下にいても、地面に跳ねた雨が長着の裾を濡らす。

「江田殺しの線はねぇのか」

「いや、濡れ衣ってぇことなら、申し開きをしそうなものですが……」

藤一郎が出任せを伝えたことに意味はなく、江田の名を出したときの赤根の動じようからしても、あの黒焦げの骸に関わっているのは確かだと見える。

「ここで粘っても、奴は当面だんまりだろう。お前、お由とかいう女を捜してくれ。そっから崩すほうが早(はえ)ぇかもしれねぇ」

同時に惣十郎は医学館を当たる腹づもりだった。ただ、正面から攻めても以前同様、門前払いを食わされるだろう。誰か、医学館に伝(つて)のある者を探す必要がある。

赤根は、自身番屋に留め置くわけにはいかぬから、大番屋に送る。そこから入牢証文をすみやかに得ることだ。それには、しかと証拠を揃えねばならない。

「奴の行状を余さずあぶり出さなきゃならねぇ。いたずらに種痘を試す輩が、こののち出ねぇようにするためにもな」

惣十郎は、江戸の町に巣くった澱(おり)を洗い流すように振り続ける雨に向かって、つぶやいた。

赤根を大番屋に送るよう完治と与助に命じ、惣十郎は一足先に番屋を出た。雨は最前よりは勢いを弱めたが、四半刻も歩かぬうち濡れ鼠になった。横殴りに吹き付けるせいで、番太に借りた傘も役に立たぬ。

北町奉行所の門をくぐったときには、足袋も着物の裾も絞れるほどに水を含んでいた。これで詰所に上がるのははばかられたが、悠長に構えてもいられない。

雪駄と足袋を脱ぎ、手拭いで総身を拭いてから廊下をたどるさなか、史亭と行き合った。

「えらく降られたのう」

史亭は目を丸くし、惣十郎は「ちょうどよかった」と口中でつぶやいた。

「悠木様は、医学館と繋がりはございませんか。どなたかお知り合いがいれば、引き合わせていただきたいのですが」

廻方を長く勤めた史亭は顔が広い。多紀家でなくとも、教授方のひとりやふたり、知っているのではないか。そこから繋いで内情を訊くことができるかもしれぬと、惣十郎は思い付いたのだった。

「医学館、か。なにゆえじゃ」

史亭が神妙な面持ちになった。

「出物がございましたもので、子細を探るに内部の者に話を訊きたいと考えておるのですが、なかなか伝（つて）がなく」

「出物か。どの一件だね」

「興済堂火付けの一件にございます」

刹那（せつな）、史亭の頬が、大きく歪み、それきり虚空を睨んで黙り込んでしまった。あれほど「ひとつの件に深入りするな」と、釘を刺されていたにもかかわらず、まだこの件に関わっていることに呆れているのだろうかと、惣十郎は上目遣いに覗き込む。

「あの……悠木様」

すると、ようよう史亨はこちらに目を戻した。

「火付けに係り合った者を挙げたのか」

「はい。主導したと思われる者に、ようやっとたどり着きまして」

一件の全容がまだ知れぬため、史亨には、捕らえた男が郁を診た平埜だということは伏せた。

「その者は、すべて白状したのかね」

「それが、頑なに口を割らぬのです。ために、医学館に話を聞いて、そちらから崩していこうと考えておるのですが、なかなか壁が厚うございまして」

史亨は、しばし考えるふうをした。

「心当たりは、なくはない。当たりをつけるゆえ、少し刻をくれ。改めて報せる」

惣十郎は「助かります」と礼を述べ、捕物書を書くために足早に詰所へ向かう。

六

どうして母までここへ寄越したのか――お雅は苛立ちを抑えかねていた。

阿部川町で疱瘡患者が出て、父の嘉一が家主として、裏店の住人をしばらく家に置くことにしたとは聞いている。患者の父親と妹も同じく実家に身を寄せていたが、周囲への申し訳なさが勝ってか、「あんな奴、おっ死んだほうがいいんだ」と猛って厄介だから、こっちで預かることにしたと惣十郎から二日前に告げられたのだ。

「少し立て込んでるんで、俺は当面帰りが遅くなる。飯はいらねぇから、代わりに権左たちに支度してやっつくんな。佐吉の店の隣が空いてるだろ。そこに居てもらえば世話はねぇさ」

今朝方、惣十郎が勤めに出たのち程なくして、嘉一に連れられて権左とお美祢父娘が木戸をくぐったのだが、そこになぜか、母のお蔦も加わっていたのだ。

「悪ぃな。急に阿母さんも世話になることになってな。旦那には許しを得てる。母屋に置けばいいとおっしゃってたよ」

父は言い訳がましく言って、肩をすぼめる。権左とお美祢が恐縮しきりといった様子で小さくなっているその横で、

「いかで店子だっていってもさ、家ん中に他人が大勢いるんじゃ休まらないからね。あたしもここへ移ることにしたんだよ」

母は忌々しげに吐き捨て、伸び上がって母屋を覗き込んだ。

佐吉も口鳥先生の手伝いとかで当面戻れないようだから、膳の支度はなんでもないことだ。けれど、母とひとつ屋根の下に暮らすのは、総毛立つほど嫌だった。それでも権左父娘の手前である、

「それじゃ、ご案内しますね」

お雅は慣れぬ笑みを浮かべて、ふたりを庭の空店へと誘った。ほとんど毎日風を通してあるから、居心地は悪くないだろう。

「あとで夜着をお持ちします」

告げると権左は、「なにからなにまで申し訳ござんせん」と、畳に額をこすりつけんばかりにした。その横でお美祢が戸惑いを浮かべ、硬く居すくんでいる。まだ十二、三だろうか。家内の事情は知れないが、この娘もまた、家族のことで煩っているのだろうと不憫を覚える。

お雅はふたりに会釈をしてから、丹田に力を込めて母屋へと引き返す。「穏便に頼むぜ」と拝まんばかりに告げて嘉一が帰ったのち、遠慮も見せずに母屋に上がった母の前に立ちはだかり、お雅は玄関脇にある三畳間の襖を開けた。

「こちらを使ってください。膳も部屋にお持ちしますので、他の部屋にも厨にもけっして立ち入らないでください」

「なんだい、あたしを一間に押し込めようってのかい。お多津様にご挨拶も申し上げないとならないだろ。まずは奥へ通しておくれな」

「いいえ。服部の旦那から、そうするように言われてますから」

お雅はぴしゃりと返した。惣十郎は無論、そんな指図はしていない。けれど母に、他人の家で身勝手に振る舞うことはならぬのだ、という道理を説いたところで、素直に従うとは思えなかった。妙な理屈を引っ張り出して、かえってこちらを責め苛むに決まっている。

多津は、もっとも奥まった南側の部屋で休んでいる。どうあっても、母を多津には会わせたくなかった。お雅が大切に慈しんでいる存在を、汚されるようなことがあっては耐えられないと恐れたのだ。

「ともかく、二、三日のことでしょうから、こちらで過ごしてください」

厳しく釘を刺し、お雅は立ち上がる。後ろ手に襖を閉めたとき、

「まったく、かわいげのない。誰に似たのかねぇ」

と、母が鼻を鳴らすのが聞こえた。お雅が嫁す前、ふたりの姉を差し置いて、「この娘はあたしと一番似てるんですよ」と、隣近所に吹聴していた母の姿が思い浮かんだ。お雅は濁った息を吐いてから、「さて」と声に出して気持ちを切り替える。そろそろ、口鳥先生が処方してくれた

薬を湯に溶いて、多津に飲ませる刻なのだ。

廊下を行きかけたとき、ふと視線を感じて玄関へ向き直る。そこに、お美祢が佇んでいるのを見付け、

「なにか入り用なものがありますか」

と、お雅は声を掛けた。お美祢は慌てた様子で、かぶりを振った。

「あの、お手伝いできることがあれば、と思って伺いました」

鈴の音を思わせる声で彼女は言った。

お美祢は爾来、朝晩の膳の支度から買い物や掃除まで手伝ってくれるようになった。奥向きの仕事をする折などに、彼女はぽつぽつと家族のことを語る。

「あたし、ずっと兄さんが消えてなくなれば、って願ってたんです」

竈の火を熾しながら、お美祢は言った。米を研いでいたお雅はそちらに向いた。

「兄さんさえいなければ、うちは穏やかに暮らせたんです。お父っつぁんが汗水流して働いて稼いだお銭を盗られることもなかったし、阿母さんが思い煩って体を壊すこともなかったんだ」

お美祢の母親は、一年前に逝った。正次の非行を周囲に詫び続けた人生だった。

「親がちゃんと躾けないから兄さんが荒れたんだって言う人もいて。でも、そんなことないんだ。お父っつぁんも阿母さんもちっとも悪かないのに」

そうだよね、とお雅は頷いてみせる。お美祢のふた親の性分を知っているわけではないが、子の言動の因由がすべて親にあるはずもないのである。

正次が無心に来るのはたいがいお美祢がひとりで家にいる刻で、抗うとひどく撲たれるのだという。そのたび、父親の稼いだ金を護れなかった悔悟に、彼女は苛まれた。なにひとつ悪いこと

をしていないのに、折檻され、罪を覚えるのだ。

「だから兄さんが疱瘡に罹ったって聞いたとき、ほっとしたんです。ほんとにいなくなってくれるかもしれない、って」

竈の火がお美祢の顔を赤黒く照らす。

「でもそのうち、あたしが願ってたから現になったんだ、って怖くなって」

「そんなことはないよ。たまたまさ。それに、胸の内にそういう思いが湧くのは、別段おかしなことじゃない」

なるたけ静かにお雅は答える。

家族からは逃げられないから苦しいのだ。そう思った刹那、自分の内にある暗がりが、堰を切ってあふれ出てしまいそうになる。

「家族のことを、いつも一番に考えなくたっていいんだよ。お美祢ちゃんは家族のものじゃない。あんた自身のものなんだから」

自らに言い聞かせるように告げると、内に巣くっていた澱が少し流れた気がした。お美祢は竈の火を睨んだまま、身を硬くしている。

「あたし、少し奥に行くから、火加減は任せたよ」

研いだ米を羽釜に移して竈に載せ、無理矢理明るい声を出す。

「はい」

お美祢もまた、気分を切り替えるように、ぎこちない笑みを浮かべて頷いた。

お雅は厨を出て、そのまま多津の部屋へと向かう。

「お母様、足をお揉みしますね」

「すまないねぇ、郁」

床の中から多津に微笑みかけられ、お雅はそっと肩を落とす。ご新造様と間違えられることには、いつになっても慣れない。

「口鳥先生は、このところいらっしゃらないねぇ」

「ええ。浅草に重い病の方がいて、しばらくそちらの療治に当たるんですって」

「浅草に……そう」

多津はうつ伏せになっているから、どんな表情(かお)をしているか、脛(はぎ)を揉むお雅の位置からはよく見えない。ただその気配で、多津がなにかしら思案にふけっているのは感じ取れた。

「浅草に天文台があったねぇ」

だいぶ経ってから、多津は言った。お雅の実家(さと)からさほど離れていないから、天文台の様子は知っている。昔から、景色に馴染まぬその設えを奇異に感じていたのだ。

「あんたはなんだって、あすこに上りたがったんだえ。星だの暦だのに興味があるような話も聞かなかったけれど」

ご新造様が、天文台に上りたいと言ったのだろうか。

「天文方のお役に立てば、きっと天文台に上げてくれるって言ってたね。惣十郎と一緒に上がるんだって。蘭学は天文方の敵だから、世の中からなくなるのがいいんだろ。もしかすると、平埜先生のところへ寄ったのは、そのためかい。どこにいらした先生なのか、教えてくれなかったけど」

平埜の名が出て、お雅は手を止めた。

「蘭学をなくすために、平埜先生に掛かったんですか」

つい気色ばんでしまったからだろう。多津はこちらに顔を向け、「ああ、お雅」と、この日はじめて名を呼んでくれた。

「あんたも郁から聞いたろ。蘭学ってのはいけないものだ、って。そら、茅町にある須原屋は蘭書をたくさん出してるから悪い書肆なんだって、さんざん言ってたろ。天文方の敵なのに、図々しく天文台に上がろうとしてるって、えらく怒ってたろ」

多津は同意を求めるように、「ねえ」とこちらに呼びかけた。

ご新造様は天文台に上がりたがっていた。蘭学や須原屋さんを忌み嫌っていた。蘭学をなくすために、平埜という医者の診療を受けることにした――。

その晩遅くに帰ってきた惣十郎に、茶漬けと香の物を載せた膳を運んだ際、お雅は朝方、多津から聞いた話をそのまま伝えたのだった。

「……天文台か」

惣十郎は心当たりがあるのか、しばし黙り込んだ。

「蘭学の話は、したこたねぇけどな。郁は書物を手にとることもめったになくてな、せいぜい黄表紙をめくるくれぇで」

白瓜の酢漬けを齧り、彼は眉間に畝を作る。

「だいたい蘭学嫌いが、どうして平埜の診療を受けることに繋がるんだ」

惣十郎はひとりごつ。かえって混乱させてしまったろうかと、お雅は困じた。こちらの戸惑いを気取ったのだろう、

「まぁ少し調べてみるさ」

惣十郎はカラリと言って、茶漬けを流し込み、「いい出汁だ」と笑んだ。

事件の子細は知れないが、大事な局面に差し掛かっているらしい気配は、毎日一緒にいればお雅にも察せられた。けれど惣十郎はそんなときでも、細かなことによく気付く。役目に没頭し、緊張をその身に漂わせながらも、事件の渦中にただ飲み込まれてしまうことはないのだろう。

「お蔦さんもここで一緒に食うようにしたらどうだ。ひとりで食うのは味気ねぇだろ。佐吉もしばらく阿部川町だしよ」

そこまで目が行き届いていることには嘆ずるが、こればかりはお雅にとって余計な気遣いだった。

「いえ。置いていただいているだけで申し訳ないことですのに、そこまでしていただかなくとも結構です。それに母は、ひとりのほうが落ち着くと申しておりますから」

出任せが口を衝いた。母に、この家での自分の振る舞いを見られたくなかった。唯一の居場所であるここでの暮らしを、邪魔されたくなかったのだ。

正次が快癒して、母が早く阿部川町に戻るようにと願う。けれどそれはお美祢にとって、酷な現(うつつ)なのだとも思う。


療治に入って六日目、正次の熱がようよう引いた。二日目に引きつけを起こしたときは肝を冷やしたが、「大事ないですよ」と梨春は落ち着いた声を掛け続けた。膿疱(のうほう)が日に日に乾いていき、痂皮(かひ)に変じていく。それに従い、いっときは荒い息しか聞かれなかった正次の口から、再び罵声や雑言が吐き出されるようになった。

「余計なことしやがって、おめぇのような藪に掛からなくたって、あっしは自力で治せたのによっ」

童のような強がりに、梨春は漏れそうになる笑みをこらえる。

「少し水を飲みましょうか。そろそろ重湯から粥に変えられそうですね」

土間の隅にへばりついている佐吉に向かい、梨春は水を所望する。療治の手伝いを頼んだがためにすっかり面やつれした佐吉のほうが、今や病人のようである。返事をする気力すら湧かぬふうだったが、佐吉はのろのろと瓶に近づき、湯飲みに水を汲んで梨春へと差し出した。正次の半身を起こして与えると、彼は息をする間も惜しいといった様子で飲み干した。

「汗を拭きますね」

再び佐吉に頼み、桶に水を汲んでもらう。これまでは膿疱を潰してはよくないからと、顔まわりや首筋の汗を押さえる程度にとどめたが、腕や背中も拭こうと着物を剝いだ。

「佐吉さん、正次さんの体を少し支えていただけますか」

頼むと佐吉は、崖から蹴り落とされでもしたような悲鳴をあげて後じさった。

「大丈夫です。佐吉さんはもう、疱瘡には罹りませんから。私がお約束します」

「約束って……神仏でもねぇのに」

ぼやきながらも彼は座敷に上がり、正次の背に恐る恐る手、というより指を数本添えた。梨春は礼を言い、正次の背中から首、腕へと手拭いを動かしていく。

左腕を拭こうと肘を持ち上げた。と、肘の少し上に小さな切り傷があるのが目に入った。正次は、両の上腕に墨を入れているため、文様にまぎれてうっかり見落とすところだった。

「この傷は、どうなさいました」

「これか。大川浚いをしてたとき、金になるってんで引き受けたんだよ。そいつ、こないだここへ来た医学館の医者と似てるってことに、うなされるうちに思い当たったんだ。あっしの水疱から膿をとって、玻璃の器に集めてた奴だよ」

佐吉が乱暴に木戸を開けたのは、梨春の手伝いに出して七日目の早朝だった。

「熱もございませんし、行水で身を隅々まで清めましたんで大丈夫だと口鳥先生のお墨付きをいただいてます」

彼は玄関口に立つなり惣十郎に告げたが、用心のため座敷には上がらないという。

「奥にゃ、お雅さんやお多津様がいらっしゃいますからね」

殊勝に告げてから、正次の語った一部始終を伝えたのだ。

大川浚いをしていたとき、女に声を掛けられたこと。医者のもとに連れて行かれ、医術の考究のためにと助力を請われたこと。ちょいと腕に標しをするだけで、一両の駄賃をもらえたということ。

「そのとき、居所を明らかにするよう言われたそうです。正次はここんとこ実家にゃ寄りつかなかったらしンですが、それで思い立ってしばらく帰ることにした、と」

女は櫛巻きにしており、三十前後の年増だったという。赤根とお由は、腕種法を試す者をそうやって募っていたのだろうか。

「正次はどこで腕に傷をつけられたか、訊いたか」

「へえ。佃島の舟に案内されたそうで」

「舟……」

「屋根舟だそうですよ。といっても、川開きのときに浮かぶ涼み船みてぇな豪勢なものじゃあなく、猪牙舟に小屋を置いただけってぇ見た目の、粗末なものだとか」

与助がさんざん佃島の長屋や船宿を洗っても、女と赤根にたどり着けなかったわけだ。惣十郎は顎をさすってから、

「完治のとこへ行って、今の話を伝えてくれ。女を捜しに出てるはずだから、店にゃいねぇかもしれねぇが、書き置きを残しゃわかるだろう」

へえ、と佐吉は頷き、すみやかに踵を返した。

座敷に戻って着替えを済ませると、お雅が朝餉の膳を運んできた。焼いた鰯に甘辛の味噌を絡めた品が、香ばしいにおいを漂わせている。ひと口食むと、唐辛子の辛みが味噌の甘みと相まって、いい塩梅だ。思わず顔をほころばせた惣十郎に、

「この鰯焼きの味噌和え、お美祢ちゃんが手伝ってくれたんですよ」

お雅は楽しげに告げた。ほんの数日ですっかり打ち解け、お雅とお美祢はまるで姉妹のように睦んでいる。

療治の妨げになるからと、権左とお美祢をこちらに呼ぼうと言い出したのは惣十郎だ。店子を預かったためにお蔦が参っていると嘉一が話してもいたから、ついでにお蔦もうちに来ればいいと声を掛けた。これを機にお雅と母親が少しでも歩み寄れればと気を利かせてのことだったが、お雅は彼らが着いた晩、「阿母さんもお世話になってよろしいンですか」と迷惑顔を隠さずに訊き、「たまにゃ親孝行もよかろう」と惣十郎がいなすや、悄然とうなだれたのだった。

「正次の熱が下がったようだぜ。まだ予断を許さねぇらしいから、権左たちにゃもう少し様子を見てから伝えることにするが」

告げると途端に、お雅の顔が曇った。

「不都合でもあるかえ」

「いえ、お美祢ちゃん、兄さんのことでだいぶ煩ってきたようなので……」

それは権左も同じなのだ。倅はね、おっ死んだほうが世のためなんだ、と油障子越しに罵声を浴びせていたくらいだ。

家族ってのは、近所付き合いみてぇに、面倒になったから引っ越してあばや、ってなわけにゃいきませんから——いつぞや語っていた重蔵の声が甦る。

「治ってほしくねぇのだとしたら、梨春に診せたのが運の尽きだ。あいつぁ、相手が誰であれ、手を抜くこたぁできねぇからさ」

難しい患者を前にすると「助からぬ」と先に告げて逃げ道を作る多くの医者とは反対に、梨春は「治します」と請け合って、患者も家族もまず安心させる。それで助からなかったらどうするのだ、と惣十郎が以前訊いたとき、彼は淡々と返したのだ。

「恨む相手ができれば、いくらかでも楽になるでしょう」

病を得た直接の原因は、判然としないことが多い。同じような暮らしぶりでも、風邪ひとつ引かぬ者もあれば、次々と病に見舞われる者もある。命の火が消えれば、遺された者は「なぜあの人が死なねばならなかったのか」と答えの出ない問いに苦しみ続けねばならない。

そこで医者のせいだと思えれば、少しは苦しみが逸れるでしょう。理由のない事象に巻き込まれたとき、人は誰かのせいにしたくなる生き物ですから——梨春はそんなふうに語っていた。

彼は、幼い頃に家族全員を疫病で失っている。なぜ自分の家が、という問いに、きっと長らく苦しめられてきたのだろう。

答えのない問いを持ち続ける辛さは、惣十郎にも痛いほどわかる。役目の上でも一件の全容が知れぬうちは、べたついた体を洗えずにいるような気持ち悪さにつきまとわれるものだ。

赤根の件は医学館を調べねば解き明かせそうにないのだが、史享は未だ「心当たり」を告げてこない。多忙なのだろうが、頼み事には間を置かず応えてくれるのが常だけに、こたびの動きは不可解に思えた。

惣十郎は朝餉を済ますと、早々に奉行所へ向かった。史享に進捗を訊こうと、早足で外堀を越え、御門をくぐり、供侍所を経たあたりで、どことなく中の様子が平素と異なるのを感じ取った。

——大捕物でもあったかね。

玄関を上がり、詰所に向かう。やはり人の往き来が慌ただしい。と、詮議所のほうから崎岡が血相変えてやってきた。彼は惣十郎を見付けるや、「おいっ、大変だぞ」と一声放ち、腕を引かんばかりにして廻方の詰所に引き入れた。

「なんだえ、騒々しいな。俺ぁ興済堂一件を詰めるので忙しいのだ」

剣突を食らわすと、「それどころじゃねぇよ」と、崎岡が吠えた。一年以上も追った事件が片付くかどうかの正念場だ。あろうことか「それどころ」と言われ、惣十郎は「お前は、刻をかけて事件を追わねぇから、そう言うけどな。ここに至るまでにどんだけ苦労があったと」と気色ばんだが、崎岡は再び「だから、それどこじゃねンだって」と遮るのだ。

「どうせ、新たな御触れでも出るんだろう」

惣十郎はうんざりして、おざなりに返す。が、崎岡は、喉に餅でも詰まったように目を白黒させて告げたのである。

「上知令に否やを唱える声を、お歴々まで挙げはじめたぜ」

老中の土井利位、堀田正睦はじめ、今年北町奉行を退いて大目付に転じた遠山景元、書院番頭

の土岐頼旨らが、上知令に反意を示したのだという。瞠目する惣十郎に、

「こりゃあ、ひっくり返るかもしれねぇぞ」

高揚と不安が入り交じったような歪な表情を浮かべて、崎岡は大きく震えた。

「なんでも、土井様の古河藩は、摂津と播磨に飛地領があるんだが、そこも上知令の範囲になるらしくてな。反対派のお歴々を鳥居様は姦臣とまで言って抑え込もうとしてるらしい。ただ、いかんせん分が悪い。阿部様も鳥居様に助勢しているようだがな」

阿部遠江守正蔵は白河藩阿部家分家の出で、先年まで大坂西町奉行をしていた人物である。この二月、遠山景元に代わって北町奉行に収まったが、今のところ影は薄い。

仮にここから風向きが変わるとなれば、天文方の渋川が盛んに訴えているらしい蘭学排斥の動きにも変化が出るのだろうか。

しかし、自分たちにはどうともできぬ幕政の話を、今ここでしていても詮無い。

「俺はまず、てめぇの抱えてる一件を片付けるさ」

そう切り替えて例繰方の詰所に向かいかけた惣十郎に、崎岡は呆れ顔を向ける。

「まったくお前は。そんなこっちゃ、いずれ言われるぜ。『下ばかり見ていてはいかん。上をしかと目に入れるのじゃ』ってな」

「誰の言葉だ」と訝しむと、崎岡は、意外そうに目をしばたたいた。

「志村様さ。悠木様に言ったらしいぜ」

「悠木様に……」

「ああ。悠木様が廻方のときにな。事件を未然に防ぐよう腐心しておられた姿勢を、たしなめられたと聞いたが」

初耳だった。また雪駄の裏の革が破けた、と史享はよく詰所で笑っていたのだ。それほどまでに町を歩き回り、怪しい動きをいち早く察知しては、燻り(くすぶり)を消すことを常としていた。

「志村様が助言を施したあとすぐに、悠木様は例繰方に役替になったからな。一件を未然に防ぐやり方は、御番所の内じゃ認められねぇのさ」

崎岡は言い、「俺は敬ってたけどな」と、とってつけたように嘯いた。

赤根を大番屋に送り込んでのち、完治は与助とともに佃島をさらっている。

青物市場(あおものいちば)から蔵屋敷を抜け、鉄砲洲を経て海端に出る。西本願寺の参道あたりは出店や参拝客で賑わっていたが、十軒町(じっけんちょう)まで来ると、諸肌脱ぎ(もろはだぬぎ)の漁師たちが行き交うばかりになった。海には帆船がのどかに浮かんでいる。白魚漁は時季が過ぎて、鯒(こち)や鱸(すずき)の漁が盛んな頃だ。

佃島までは猪牙舟で渡る。船頭は櫓を動かしながら、この四月に大火事を出した玉屋の悲運を盛んに嘆いた。鍵屋より花火の出来は上だったのに惜しいことだ、まさか火事のせいで江戸払いになるとは思わなかった、と。両国辺を巻き込んだ大火事になったこともあるが、たまたま公方様の日光参詣出立前夜と重なったことが、玉屋の罪を重くした。同じ罪を犯しても、時世や治政で処罰は変ずる。いかに法を定めても、裁くのが人となれば不均衡も生ずる。結局、役人の心ひとつで決まるなら、つまらぬ法で人々をがんじがらめにすることもなかろうよ、と改革がはじまってからこっち、完治はたびたび思っている。

「このあたりで、船を住まいとしてる者はあるかえ」

四方山話(よもやまばなし)が途切れたところで、船頭に訊いた。

「ときどき現れますな。猪牙舟に筵(むしろ)だけ敷いて寝起きしてる者もおりますし、屋根のついた舟で暮らしてる者もありますねぇ」

「その、屋根のついた舟は、どのあたりにいる」

「住吉さんから近い川辺につけている者が多いですなぁ。近頃は、医者まで舟で診療してましてね、そこそこ流行ってるようでしたよ」

完治は素早く与助と目を交わした。

「その医者の舟を教えてくれねぇか」

「それが、ここんとこ留守だそうですよ。あっしの仲間が貸してる舟なんですがね、医者の女房が荷物をまとめて出て行ったそうで、離縁か逃げるかしたんだろうと。医者のほうが帰ってくるまで、そのままにしておくってぇことですが」

完治は船頭に頼み、医者が使っていたという屋根舟に案内してもらったが、そこはすでにもぬけの殻だった。

舟の持ち主だという漁師に聞き込むと、女が出て行ったのはおとといだという。

「渡し場から船松町（ふなまつちょう）へ出たみたいですけどね、そっからは徒（かち）で行ったようですぜ」

男は赤銅色（しゃくどういろ）のうなじを撲（う）ちつつ呑気に告げた。お由は赤根が戻らぬため、これを見切って逃げたのだろう。舟には赤根のものらしき書物や外科道具が残されていた。胴巻きに似た容れ物の中には、金（かね）製の小さな匙が四本収まっている。

――種痘とやらの道具だろうか。

積まれている書物を手に取る。間に、帳面が挟まれているのを見付ける。開き見ると、日付の下に歳と体の特徴が書かれた、台帳のような内容である。

〈当夜高熱　三日後没〉

〈翌朝熱　五日後平癒〉
〈翌々日高熱　四日後没〉

肌が勝手に粟立った。「没」の字がやたらと目に付く。

「こんなに大勢死んでるってなぁ……」

帳面を覗き込んでいた与助がつぶやき、身震いする。

「お前、ここにあるものを一式、旦那のとこに届けてくれねぇか」

「へえ。親分はどうなさるんで」

「女の足弱（あしよわ）だ。そこまで遠くにゃ行ってねぇだろう」

徒で逃げたのだとすれば、日光道中を目指すか、東海道へ向かうか——。

お由が赤根と同郷ならば西を目指すのではないか、という気がした。女がどんな思いで故郷（くに）をあとにしたのかは知れぬ。ただ、罪を犯した者が、あたかも自分の在処（ありか）を確かめようとするように生まれ育った地に立ち戻ろうとする姿を、これまで幾度となく見てきたのだ。

「わっちゃ品川へ向かう。うまく追いつけりゃいいけどな」

他人事のように完治は言って、草鞋（わらじ）の紐をきつく結んだ。

「二、三日のうちには戻る。旦那にそう伝えつくんな」

与助と別れしなに言い置いて、一路南に向かった。高輪を過ぎると、あたりは野っ原と畑が広がるばかりになる。首筋を汗が伝うに任せて、いっそう足を急がせる。

惣十郎は厄介な文書を仕上げ、年番方の詰所に持参した。応対した同心は生煮えの田楽でも口にしたような顔で、これに目を通したのち、

「おぬしの文書を正しく読むには、神通力でもなければ難儀じゃのう」

と、こめかみを揉んだ。惣十郎は聞こえぬふりで澄ましている。内心、書き直しをしている暇はないのだから早く通せ、と遮二無二念を送っている。

「書き直せ……と言いたいところじゃが、書き直したところで、おぬしが達筆になるわけでもないからのう」

年番方同心はぼやいたのちに、雑物蔵まで付き添うよう惣十郎に命じた。「かたじけない」と、いかにもそれが当然だという態で返したが、安堵のあまり力が抜けた。

年番方とともに蔵まで赴き、下番に、保管してもらっていた品を出すよう頼む。

——雑物はよく失せるってぇが、外科道具じゃあ売っ払う奴もいねぇだろう。

与助が昨夜、佃島の屋根舟から見付かった、赤根のものらしき道具入れと台帳を届けたのである。その道具入れに収まっていた匙と、黒焦げの骸の帯に挟まれていた外科道具との差に違和を覚え、これを照らし合わせんと惣十郎は考えたのだった。

骸の帯に挟まれていた容れ物を見付けた梨春は、外科術に使う道具だと語っていた。中には小型の刃物数本と、しのぎ鏟、鉗子などが収まっていた。赤根の舟から見付かった道具入れには、小さな匙が並んでおり、骸から出た道具とは用途が異なるように思われた。

——江田はまことに、種痘を試していたのだろうか。

内に湧いた疑念を確かめるためにも、雑物蔵に預けた品が入り用だったのだ。

「興済堂の火事で出た雑物じゃな。昨年睦月の末に預けたもので間違いござらんか」

だいぶ経って奥から出てきた下番は、雑物帳を睨んで首を傾げている。外科道具を預けた時期はその通りである。

「確かに預かったところに控えも残っておるのじゃが、見当たらぬのじゃ」

「控えに記載があるのならば、蔵にあるはずにございます。私はこれまで、持ち出しを頼んではおりませんから」

おおかた下番の見落としだろうと、今一度捜すよう惣十郎は請い、下番もこれに応えて蔵に戻ったのだが、いかに棚を捜しても出てこないという。

「他の誰かが持ち出したのではござらんか」

怪しんだ惣十郎に、

「持ち出す者があれば、記名をさせるが、その帳面にもなんら記されておらぬ」

下番は冷ややかに返し、蔵にないものは出せぬと終いには突っぱねたのである。

「こっちは確かに預けたのだ。ないという法はござらん」

一本調子で「見付からぬ」と言い張る下番に苛立ち、やや強い調子で突っつくと、彼はむっと鼻の穴を押し広げ、「しかし、ないものはないのじゃ」と、絵に描いたような役人然とした対応をした。

——てめぇの管理が甘（あめ）ぇせいでこうなってんのに、開き直りやがって。

腸（はらわた）が煮えくり返ったが、ここでやり合えば余計ややこしくなると、鍋からの吹きこぼれに蓋する様を頭に描いて、どうにかこらえる。

「では、見付かりましたら、お報せくださいますよう。くれぐれも迅速に」

下番を睨（ね）め付け、惣十郎は念を押す。「承知した」とひと言返せばいいところを、「ないものはないがのう」と下番が繰り返したから髪が逆立ちかけたが、これを察した年番方に袖を引かれ、詮方なく土蔵を出る。

「高価なものか。おぬしが預けたのは」

いささか同情を催したのだろう、詰所へ戻る途次、年番方同心が訊いてきた。値の張る品が雑物として預けられると、こっそり持ち出して売り払い、金を懐に入れる不届き者があるからだろう。

「世の中に多く出回っているものではないので、相応に値は張りましょうが」

おざなりに答えながら惣十郎は、今一度いわしやを訪ねるよりなかろう、と腹の中で算段している。どのみち、いわしやには近く寄らねばならぬ用向きがあるのだ。

「熱心なのは結構じゃが、咎人を捕らえたのなら深追いしても詮無いぞ」

考えを煮詰めていたところ、年番方同心がしたり顔で言い、惣十郎をいっそう苛立たせた。


いわしやに足を踏み入れるや、店主の藤右衛門は安堵したような笑みを作った。

「ちょうどよございました」

そう言って一枚の紙を手渡す。開き見ると、米谷幸允と名が書かれている。

「池田痘科のお医者様にございます。明日、昼過ぎ、ここにいらっしゃるそうです。これからお報せに上がろうかと存じておりましたところでございます」

「助かった。かたじけねぇ」

惣十郎は片手拝みをする。

史享も医学館への伝を探ってくれてはいるが、うまくわたりがつかぬのか、進捗を訊くたび「すまぬ」と詫びられる。そうなるとこちらが無理難題を強いているようで申し訳なく、不甲斐なさも募った。そもそも己の仕事を人頼みにしたこと自体が間違いなのだ。

史享には、郁を診た平埜とおぼしき人物を捕らえたと告げることは控えている。彼の悲しみに鑑みて、全容を明らかにしてから一切を説くべきだと判じたのだ。ために史享にとって医学館の伝を手配することは、例繰方の仕事を脇に置いてでも急がねばならぬものではないのだろう。

惣十郎が医学館への聴取に頭を悩ませていることを聞きつけた崎岡は、

「あすこの事務方は、御奉行の命なら聞くと言ってんだろ。ならば、上に話を通して、そのように計らやいいじゃねぇか」

と、詰所で顔を合わすたびに勧めてくる。確かに、かつて赤根の件で医学館に聞き込んだ折、応対に出た事務方は権高にそう告げたのだ。

「馬鹿言うな。御奉行から医学館に内実を明らかにせよと命じていただくまでに、番所の中でどんだけややこしい手続きを踏まなきゃならねぇと思ってんだよ。下手すりゃ年が明けるぜ」

勢い返した惣十郎に、

「まぁな、お前の字じゃな」

と、崎岡は嗤ったが、それだけではない。御奉行に命じていただくにふさわしい事項か否かを、各所で判じられるのである。御奉行に撥ねられるのならともかく、頭の固い上役に精査されることも、そこで無用の足止めを食うことも、疎ましかった。

いわしやからはかつて、医学館の多紀元堅が立ち寄った話を聞いていたこともあり、仮に池田痘科の者が道具を誂えにきたら引き合わせてほしいと頼んでおいたのだった。

大番屋に送られたのちも、赤根はだんまりを決め込んでいる。一刻も早く明瞭な証を挙げねば、下手すると嫌疑が十分でないとして町内預けになりかねないと、惣十郎の内心はとみに急いていた。

「したら、明日の昼過ぎ、顔を出すよ。米谷って医者にそのこと伝えておいてくれ」

惣十郎が頼むと、藤右衛門は「承知しました」と小腰を屈めた。

「それと、こいつを見てほしいんだが」

懐から、赤根の舟で見付けた道具入れを取り出す。

「この匙ぁ、ここで扱ってる品か」

「いえ、うちのものではございません。これは……鉄でできておりますな。うちはほとんどの道具を銀で作っておりますから」

「江田のものじゃあないかね」

「ええ。私が知る限りは。江田先生はコロンメスや鉗子といった、いわゆる外科術一般に使う道具を購っていかれました」

それが、骸の帯に挟まっていた一式だろう。

「例のカテイテルに似たってぇ銀管を注文したときとは別の折か」

「はい。あの注文は、先生がこちらに姿を見せなくなる少し前のことでしたから」

江田は、種痘に用いる道具を、革袋に収まっていた銀管程度しか所持していなかったのかもしれぬ。赤根はどこで道具を誂えたのか。たまち屋でコロンメスを注文した際は「一見だった」と語っていたが。

「こういう匙を、江田から注文されたこともなかったかえ」

「ございませんねぇ。江田先生は、外科術、ことに手術の技を身につけるのが、江戸に出てきた最たる目当てだと、よくおっしゃっておりましたので。この匙は、薬種を調合するときに用いるものとよく似ておりますね。うちではその手のものは扱っておりませんので」

「薬種か……」

まことに赤根と江田は同じ志を抱いて、種痘を試みていたのだろうか。才太郎が聞き込んできた、「江戸では種痘が広まらぬから故郷（くに）に帰る」と江田が口にしていたらしいのは、どういった意味なのか。

疑問を抱えたまま、翌昼過ぎ、いわしやに顔を出すと、三十手前と見える男がひとり、帳場の傍らに佇んでいた。

「米谷先生にございます」

藤右衛門から引き合わされ、惣十郎も自らを名乗ったのち、米谷を本町はずれの一膳飯屋に誘った。

「平埜さんについてお訊ねごとがあると伺いましたが、どうかなすったのですか」

いわしやにはこたびのお調べの子細を打ち明けてはいない。米谷もまた、赤根が大番屋に送られたことを知らぬようだった。

「少し平埜の来歴を調べる入り用がありましてな。米谷さんは痘科におられるとのことで、詳しく伺えぬかと」

「確かに、平埜さんは四年ほど前から当方に出入りしておりますが」

米谷は言って、主人が運んできた番茶を旨そうにすすった。同心が直々に聞き込みにきたとなれば、なにかしら事件がからんでいると察してはいようが、変に動じることも詮索することもない、淡々とした物腰がありがたかった。

「平埜は、誰の口利きで医学館に入ったのか知りたいのだが。ご存じかな」

医者相手だと平素のような伝法なやり取りができず、どうも調子が狂う。

「佐井先生の書をお持ちでした」

池田瑞仙の教えを受けたのち、京で医学塾を開いている佐井聞庵のことだろう。

「京では日野鼎哉の塾にいたそうだが」

「さよう。日野先生とは長崎で知己となり、京の塾に学ぶことになった、と語っておりましたな。その縁で、佐井先生とも知り合われたのでしょう。平埜さんは、疱瘡について考究しておられましたから。ただ、佐井先生の書は、平埜さんを医学館へ推すといった内容ではなく、京で一度か二度、佐井先生の塾での聴講をしたという証書のようなものでして……」

つまり、佐井は別段、平埜の才を買って、医学館の池田痘科で学べるよう計らったわけではなかったのだ。おそらく赤根が、佐井の書いたものであれば伝になると判じて利用したのだろう。

「ただ、佐井先生の書だけでは入塾が難しかったのです。今年になってうちは門戸を広げましたが、以前は医官の家筋しか受け入れぬという決まりがございましたので」

「となると、平埜はいかようにして入塾に至ったのでしょう」

「それは江田さんの口利きです。江田さんは昨年でしたか、故郷に帰るとのことで退塾された方ですが、同郷のよしみで」

「江田も、ご存じなんですね」

惣十郎が訊くと、米谷は顎を引いた。

「江田さんは、そうですな、平埜さんより二年ほど前でしょうか、岩国領からの書状を携えて入塾されたはずです。長崎で学んだのちに江戸に出てこられたとかで、非常に博識でした。岩国では疫病医でしたし、士席医の家柄でございましたので入塾にも枷はなかったか、と」

「江田が平埜の口利きをしたということは、両人は、岩国にいた頃からよく知る間柄だったということですか」

「いやぁそれが、江田さんは平埜さんのお顔を見た覚えがうっすらある程度で、名も知らぬとおっしゃっていました」

一方で赤根は江田を知っていたらしい。医学館に学ぶ江田のもとに日参して、入塾の口利きを頼み込んだという。

「江田を知っていたということは、平埜も岩国で疫病医だったということですか」

しかし疫病医同士であれば、名さえ知らぬというのも妙である。

「いえ、江田さんは序病医(じょびょうい)でしたが、平埜さんは疱瘡医だったようですね。私どもにははっきりとは言いませんでしたが」

「序病医と疱瘡医は違うのですか」

「ええ、異なるようです。もっともこれは岩国ならではの仕組みらしいのですが」

米谷は前置きしてから湯飲みを手に取り、再び喉を湿らせた。

「岩国には、『遠慮』という風習があるそうなのです。ために、かの地では疱瘡が広く蔓延(まんえん)することを避けられている、と」

「遠慮」というのは、罹患した者を城から遠ざける岩国独自の仕組みだと、米谷は続けた。序病医が領民を細かに診て、罹患した者や兆候のある者は城から離れた寒村へと遠ざける。規定の日数を疱瘡村と名付けられたかの地で過ごさせる定めが功を奏して、大流行には至らないのだという。

「疱瘡に罹患した者は、『穢(けがれ)』と称され、家族は無論、言葉を交わした者まで疱瘡村に送られると聞きます。街道筋からも遠い、人里離れた村に」

惣十郎は息を詰めた。罹患者のみならず、まわりの者全員が疱瘡村に送られるとなれば、田畑は誰が担うのか。商いはどう続けるのか――生計の道が絶たれることにもなりかねぬ。

疫病患者隔離の地は常に六、七箇所設けられていたという。その中のひとつに、赤根は常駐していたらしい。

「平埜さんはその寒村で、疱瘡医をされていたようです。序病医は疱瘡を見付けるのが役目で、城下に住まい、他の診療もする。一方で疱瘡医は、隔離の地に住まい、罹患した者を診る。必ずしも、治痘の術を心得ている者を選んで充てていたわけではなく、身分の低い地下医が命ぜられることもままあったとか」

米谷は言い、つまみとして出された佃煮を箸でつつきはしたが口には運ばず、箸を置くと、小さく息を吐いた。

「いかに疱瘡の療治に当たるとて、町から離れたさような寂しい場所に居を構えて、来る日も来る日も疱瘡患者を診るというのは、なかなかに辛抱のいることだったのではないでしょうか」

赤根が、種痘に拘泥する理由が見えるような気がした。予防法として広まれば、領主を守るために領民が「遠慮」することもなくなるのである。

「序病医と疱瘡医、か」

口中でつぶやく。赤根は、江田に対してなにかしらの屈託があったのだろうか。しかし江田は、赤根が医学館で学べるよう橋渡しをした。恩はあっても、仇となるような仕打ちをするとは考えにくい。

「平埜は池田痘科で、治痘ではなく種痘の考究をしていたように私は見ておるが、その点、いかがかな」

丁重な言葉を操っているると、口のあたりが摺り下ろした山芋を食べたときのように、痒くてたまらなくなる。

「ええ。治痘術を学ぶ傍らで、種痘に熱心に取り組んでおられました」

「しかし、池田痘科では種痘は禁忌だと、聞いたことがありますが」

以前、梨春が語っていたことを惣十郎は口にする。種痘によって壮健な者をわざわざ害することはないというのが、その理由だとも聞いた。

「おっしゃる通りでございます。しかし種痘の考究については、相応に気に掛けている部分もございまして」

きまりが悪そうに米谷は、口ごもる。

「痘科の中でも、昨今、種痘を是とする者が出てまいりました。当初それを率いていたのが江田さんなのです」

江戸の町では避痘はかなわぬ。これだけ多くの者が狭い地域に固まって住んでいるのだ。一度疫病が出れば、すさまじい速さで広まってしまう。治痘だけでは間に合わぬと、彼は唱えていたという。

「ただ、医学館は漢方医学を究めておりますゆえ、やりにくいところもあったか、と。江田さんは漢方、蘭方双方に通じておりまして、それぞれのよいところを柔軟に用いるべきだとのお考えを持たれていました。いわしやにも医学館に籍を置いていることを秘して、外科術を追究していたようで」

米谷は用心深くあたりを見回しつつ語った。近くで井戸替えをしているのか、男らの威勢のいい掛け声が聞こえてくる。

「江田は実際に種痘を行っていましたか」

訊くと、米谷は「治験ということですか」と用心深く訊き返した。

「牛痘種痘の方法については、書物を訳してみなに説いておられました。が、牛痘を入手することはかないませんから、実際には行っておらぬかと存じます」

「人痘はいかがでしょう。近頃も平埜が持ち込んだようですが」

米谷は、そんなことまで知っているのか、とでもいうように動揺を露わにした。

「平埜さんのやり方は強引でして、実を申せば、科内でもこれを危ういと見る向きが多いのです。先日、人痘が持ち込まれた折も教授方がたいそうお怒りになりまして」

赤根は正次を診たのち、玻璃に入れた人痘を携えて医学館へ入った。そこで教授方から、確からしい種痘法もない中で、危うい橋を渡るな、と叱責を受けたという。

「江戸でも、佐賀藩医の伊東玄朴先生が、人痘種痘に成功したとは我々も耳にしております。平埜さんは坪井信道先生を藩医に迎えた長州も引き合いに出して、西国雄藩は種痘を考究していると訴えておりましたから、これに続かんとしていたのでしょう」

諸藩も種痘には興味を示しているから、いずれ熾烈な競争が起こる。その前に、種痘術を確立することだ。蘭方ではなく漢方医学として術を打ち立てれば、医学館は蘭方医の隆盛に打ち勝てる――赤根は、激しい口吻で幾度となく訴えていたという。

「痘科を築いた初代池田瑞仙先生は、周防のお生まれですから、平埜さんも医学を志す中で、たびたび瑞仙先生のお名を耳にされておったのかもしれません」

米谷の話に、赤根の野望のおおもとが露わになった気がした。漢方医として種痘の術を大成させれば、名だたる蘭方医たちを抑え込めると彼は考えたのではないか。池田痘科のように公儀の後ろ盾がある医学塾に潜り込めば、盤石だと目論んだのだろう。

「平埜はしかし、種痘術の確立にはいたらなかった、と」

「ええ。人痘を用いるのはもってのほかでございますし、我が痘科としては、長年考究してきた治痘術を第一に据えておりますから、種痘に舵を切ることは難しく」

江田が「江戸では種痘を広められそうにない」と見切ったのは、池田痘科の理念に抗いがたいと痛感したからかもしれぬ。

「ちなみに、昨年焼けた興済堂はご存じですか」

惣十郎はそれとなく本題に入る。米谷は、無論だというふうに頷き、

「蘭方医が火を付けた薬種問屋ですな」

と、おそらく赤根が広めただろう嘘言を口にした。

「あすこは平埜さんが以前から使っていた店で、先代とは懇意だったそうです。火事の折はだいぶ嘆いておりましたよ。蘭方医が漢方医学を排するための嫌がらせだと、えらく憤っておりました」

よもや火付けの張本人がその平埜だとは思いも寄らない様子で、彼は語る。

「興済堂は、医学館からも近かったので重宝だったのですが。薬種問屋はここ本町に固まっておりますでしょう。わざわざ出張らずとも興済堂で調達できるので、よく使っておりました。ただ先代が亡くなって若い店主になってからは、どうも質が悪くなったようで、みなの足が遠のいていたところ、あの火事で。平埜さんも、店主が代わってからは一切行かなくなったんじゃないかな。江田さんは、薬種も本町の一流どころでしか購いませんでしたし」

米谷は言い、「江田さんは家柄のせいか金回りがよございましたからね」と、幾分皮肉を孕ん

だ調子で付け加えた。

　赤根が故郷(くに)で疱瘡医として、いかな暮らしを送っていたかは知れぬ。ただ、己の役目に不満を抱き、上を目指したのは、米谷の話からも確からしかった。

　長崎、京と学び、相応の地位を得んと励んでいたのだろう。名だたる蘭方医のもとで、種痘を考究していた。そこから漢方医学に転じたのはきっと、池田痘科の存在が大きかったのだ。蘭学の取り締まりが厳しいさなか、漢方医としてなら堂々と種痘を究められると考えたのかもしれぬし、著名な蘭方医に先んじて漢方医として有用な種痘術を編み出すほうが得策だと考えたのかもしれぬ。いずれにせよ、己の功名のために、赤根は逸ったのだ。

　藤一郎を興済堂に推したのも、医学館教授方の出入りが多いと知ってのことだったろうか。ただ藤一郎は勤めに身を入れなかったし、彼が店主になってから赤根は興済堂に現れなかったというから、その目論見のほどは知れぬ。もともと火を付けるつもりで藤一郎を店主にしたとは考えにくいが、蘭方医に嫌がらせを受けていると手代や小僧までが思い込んでいたところをみると、なにかしらの細工が行われていたのか。

　江田の件も謎である。序病医と疱瘡医という立場の違いはあろうが、医学館に口を利いてくれた恩人を手に掛けるだろうか。

　いずれにせよ、大番屋に赴き、今一度赤根に厳しく問いただされねばならぬ。

　米谷と別れ、本町から一旦奉行所への道をたどり、門をくぐったところで、

「あっ、服部様。これから、お迎えにあがるところでした」

　見習同心が、玉砂利を蹴散らさんばかりにして駆け寄ってきた。

「お報せがございます」

彼は、面皰（にきび）を散らした顔を上気させ、息を整えるように、乱暴に胸を叩いた。

「なんだえ、今度は溜間詰（たまりのまづめ）のお歴々でも、上知令に否やを唱えはじめたかえ」

惣十郎がうんざり返すと、見習同心は、頭がもげそうな勢いで首を横に振った。

「赤根というのは、服部様の扱いにございますよね」

彼のただならぬ形相に、惣十郎の総身はおのずと硬くなる。

「今朝方、仮牢（かりろう）内で死んでいるのが見付かったそうにございます」

第五章　松が枝(え)の土に着くまで

一

「助かった……んですか」

権左が訝しげに、口鳥先生を見上げている。

阿部川町に疱瘡患者が出たと騒ぎになって十四日目のことだ。暮れ時、八丁堀に立ち寄った先生に請われ、お雅は庭の貸店(かしだな)に案内した。そこで先生は、正次は快癒したから、もう店(たな)に戻っても障りはないと、権左父娘に告げたのだった。

「明日までは佐吉さんに番をしていただきます。長く寝ていたので、体が元に戻るまでにはもうしばらく掛かりますから、ご家族で面倒を見て差し上げてください」

権左の後ろに控えていたお美祢が、膝に置いた手を揉み合わせてうつむいた。厄介者の兄さんが助かって、素直に喜ぶという気持ちにはなれないのだろう。父娘にとっては再び辛苦の日々がはじまるのだ。

と、権左の口から犬の遠吠えに似たうめき声が漏れた。お雅は息を呑む。真っ赤な顔で、彼は肩を小刻みに震わせている。あんな奴は死んだほうがいいと唱えていたらしいから、怒り出すのではないかとお雅は身構えたが、権左がつぶやいたのは意外な言葉だった。

「よかった……正次が死なんで済んだ。正次が生きてくれた」

お美祢が虚を衝かれた様子で、瞠(みは)った目を父親に向けた。

「先生、まことにありがとうございます。助けてくださって、まことに……」

権左の総身が大きく波打ち、しゃくり上げるような息遣いとなる。

「他人様(ひとさま)からすりゃどうしようもねぇ野郎ですけどね、あれでもあっしにゃ大事な息子なんでさ。かわいくってしょうがねンだ。疱瘡と聞いたときからずっと、生きた心地がしませんでしたよ。あいつが先に逝ったらと思うだけで、身を切られるようで」

権左の、これが本音なのか。

お雅は、お美祢に目を戻す。彼女(かれ)はただ呆然と、父親の震える肩のあたりを見詰めている。その面(おもて)には、濃い失望の色が滲(にじ)んでいた。隣を歩いていたはずの父親が、まったく違う道にひとり歩を進めるのを見送っているような、言いようのない寄る辺なさに、お美祢の身が覆われていく。

「旦那にご挨拶して、ここを片して、明朝には阿部川町に戻ります」

顔をごしごしこすりながら権左は告げ、居住まいを正すや、

「薬礼はいかほどになりますでしょうか」

と、神妙な口振りで訊いた。口鳥先生は束の間考えるふうをしてから答える。

「私は服部様の言いつけで療治をしましたから、薬礼は服部様からお伝えいただきましょう」

権左は当惑を顔に浮かべるも改めて礼を述べ、神仏を拝むように手を合わせた。

「お多津様は、いかがしておられますか」

お美祢の様子を窺っていたお雅は、先生から声を掛けられ、背筋を伸ばす。

「先ほど、お休みになられました。お休みになる刻がこのところ早いもので、お多津様だけ夕餉(ゆうげ)を先に差し上げてるんです」

「そうですか。薬はまだございますか」

「ええ。十分に」

「そうしましたら、改めて伺いましょう。起こしてはいけませんから」

口鳥先生は言って、表に出た。

「今年は、笹の海原を見逃しました」

夕空を仰いでつぶやく。そういえばお雅も、母との暮らしに気を張りすぎて、七夕に星空を仰ぐことすら忘れていた。

「最前、薬礼のことで服部様のお名前を出してしまいましたが、正次さんの療治は無償で構わぬとお伝えくださいますか」

「え、でも……」

「薬礼はいらぬと言ったところで、権左さんは聞かないでしょうから、あのように」

確かに権左の性分では、借金をしてでも過分な額を支度しかねない。惣十郎はここ数日、とみに忙しそうで、屋敷に戻らない日もあるから、権左父娘が阿部川町に帰ってしまえば、薬礼のことはきっとうやむやになるだろう。

「でも、口鳥先生は、薬礼をいただかなくてよろしいンですか」

「私は藩医の仕事を手伝っておりまして、そこから頂戴している分がありますので」

木戸まで見送りに出たところで、折良く惣十郎が通り向こうから歩いてくるのが見えた。彼は先生を見付けるや足を速め、

「梨春。少し見てもらいてぇもんがあるんだが、いいか」
と、性急に告げた。目の下に青黒い隈が貼り付いている。

梨春は惣十郎に促され、母屋の座敷に通った。常に飄然としている彼には珍しく、余裕がない。総身から漂うにおいが、疲れの嵩んでいることを物語っている。

「こいつを見てほしいんだ」

一旦奥の部屋へ下がった惣十郎は、一冊の帳面を手に戻ってきた。だいぶ黒ずんでいる上、ところどころ擦り切れている。

「拝見して、よろしいのですか」

惣十郎が頷くのを確かめてから、梨春は紙を繰った。

〈十四　女　三日後発熱　六日後快癒〉

〈十九　女　当日発熱　四日後没〉

〈八　男　二日後発熱　三日後没〉

指先が凍えていく。これがなにを示しているか、梨春には即座に判じられたからだった。

「これは、例の興済堂の火付けの……」

「ああ。赤根が寝起きしてた舟から見付かった。この匙と一緒にな」

胴巻きに似た容れ物を、惣十郎は開いて見せる。おそらく膿を採取するときに使っていたのだろう。鉄製の、耳かきほどの小さな匙が四本収まっている。

「腕種法を手当たり次第、試してたようだ。人痘は罹患者からとって、それを接いでいたんだろう。ために宿場町や海っ端を根城にして、疱瘡患者が出たってぇ噂が、すぐ耳に入るようにしてたんじゃねぇかと俺は見てるんだが」

「その赤根さんとやらは、どのように言っておるのですか」

すると惣十郎は、やにわに頭を抱えたのだ。不思議に思った梨春の耳に、「死んだ」と、かすれ声が響いてきた。

「え……」

惣十郎は鬢のあたりをかきむしり、大きな溜息を吐いた。

「大番屋の仮牢で死んでたのが、数日前に見付かったのだ。お前さんを呼ぶまでもなく、石見銀山と知れたよ。おおかた、隠し持っていた猫いらずでも飲んだんだろう。自身番屋でも持ち物はすべてこっちで預かったし、大番屋に入所の折にもよくよく調べたはずなんだがな。見落としなんぞ、あるはずもねぇのにな」

梨春は相槌を打つこともできぬまま、今一度、赤根の帳面を手に取った。

列記されているのは、主に幼子で若い男女も見える。そのうち、四割ほどに〈没〉の字が窺えた。疱瘡の流行ならば噂にもなろうが、密かに種痘を施し、経過を見ていただけであれば死因を明らかにせぬまま暗々裏に片付けられて終いだろう。

天然の疱瘡は、水疱を生じることで病名が判じられ、相応に治療を施すことがかなう。けれど種痘の場合は、必ずしも正次のようにはっきりと水疱が現れるとは限らない。症状が高熱だけに終わった者は、見合った療治を受けられぬまま命を落とすことになったのではないか。

「赤根は五、六年前から、人痘種痘を施していたんだろう。それがうまくいかねぇで、このところは、我流で人痘を次々に植えちゃあ、患者の様子を見に行って、そっからまた膿をとることを繰り返してた」

ひと息に語ってから、惣十郎は「なんで気付かなかったのかねぇ」と、己をなじるようにうなじを叩いた。

「そこに『十九　女』とあるだろ。時期から見ても郁じゃねぇかと思う。なんだってまた、赤根のところへ行ったのか。種痘と知らずに受けたんじゃねぇかと思うとな」

梨春は、〈十九　女〉と書き殴られた文字を、人差し指でなぞった。刹那(せつな)、帳面の上に水滴が落ちたから驚いた。

「梨春……」

こちらに向いた惣十郎の顔が変に潤んで見えてはじめて、自分が泣いていることを知った。

「池田痘科が種痘を禁じておるのは、健やかな者をあえて害すことの無益を唱えておるからです。この考え方は、私とは相容れません。しかし牛痘が手に入らぬ今にあって、池田痘科の考え方は、必ずしも間違っているとは言えぬのです」

喉が震えそうになるのをこらえて、梨春は言葉を継ぐ。

故郷の景色が目の前に浮かんだ。目早(めばや)として忙しく立ち働く父や厨(くりや)に立つ母、遊びに連れ出してくれた兄、年端もいかぬ妹たち、なにがあっても梨春を慈しんで、頼もしい味方でいてくれた祖母。確かに在った温かな者たちの顔を、梨春はもう、はっきりと思い出すことができない。

「いずれすべての人に種痘を施すことで、疱瘡をこの世から消し去りたいと、私は願っております。それゆえ今は、慎重にその手法を吟味すべきなのです。人々が種痘を怖がらぬよう、予防をしたがために命を奪われる者がないよう、丁寧に順を追って事を運ばねばならぬのです。それであるのに、かように手当たり次第に……」

亡くなった人があるのに、同じ手法で試し続けた。人痘種痘の危うさを把握しながら、それを公にすることからも逃げた。失敗を、疱瘡考究に当たる他の医者の糧となるよう計らうことすらせず、隠蔽に徹した。頑迷に同じ手法を続ければ、いずれ成功するとでも思ったのか。

「牛痘種痘が安全な予防法として、異国では認知されつつあります。今は、どうにか牛痘を仕入れられぬかと、各所で模索がはじまっておるときです。御公儀はしかし容易に動いてくださらず、蘭方医の多くは焦(じ)れております。無論、私も」

諸藩もまだ、牛痘については手をこまねいている。ために、堀内素堂は『幼幼精義』を板行し、種痘についても広めんとしているのではないか。

「赤根は岩国で疱瘡医だったらしい。疱瘡患者を診る中で、種痘法を大成させれば確かな地位を築けると思ったんだろうが……」

「ならば尚のこと、軽率に種痘を行うべきではなかった。疱瘡の怖さを知っているのですから」

別段惣十郎が赤根の肩を持ったわけでもないのに、つい厳しい口調になってしまった。

「同じ医者として悔しいのです。医術に通じておらぬ町人にろくな説明もせぬまま、半ば騙すようなやり方で種痘を施すなど。医者は己の名誉や営利にのみ動かされてはならぬのです。薬や療治の法には、往々にして利権が絡むこともございますが、目先の利潤を求めることで、正しい医術を見極める道が絶たれることもある。赤根という人の行いで、種痘そのものが忌むべきものとして排斥されるとすれば、耐えがたいことにございます」

惣十郎はただ黙して聞いている。梨春は、家族を亡くしてから今日まで抱えてきた怒りとやり切れなさが、慟哭(どうこく)となってあふれ出すのを止めることができなかった。

久方ぶりに鉄砲洲に帰るという梨春を通りまで送ってから、惣十郎は座敷に戻った。あんなふうに取り乱す梨春を見たのははじめてのことで、未だ動揺に見舞われている。

赤根のやり方は梨春から見れば、疱瘡根絶へと積み上げてきた塔を乱暴に蹴散らす行いに等しいのだろう。「己の利のために動くと、医術においてはまず間違いを起こします」と、屋敷を出るそのときまで険しい顔で繰り返していたのだ。

赤根が藤一郎を興済堂に送り込んだのも、「利権」を見越してのことだったのだろうか。しかし赤根は、興済堂店主としての藤一郎に一切接触しなかった。利権もなにもあろうはずがない。赤根に問いただしたいことは山とあるのだ。一年余りの長きにわたる探索を経てようやく捕らえたというのに、奴をみすみす死なせてしまった後悔が覆いかぶさってくる。

「いいじゃねぇか。赤根ってのが、興済堂を焼いたのは確かだろ。一件落着さ」

崎岡あたりは呑気な顔でそんなふうに言うが、惣十郎は全容をつまびらかにするまで、この件を終わらせるつもりはなかった。江田を殺ったろうと赤根を問い詰めたときの奴の表情が、引っ掛かっている。あのとき赤根は、助かった、と言わんばかりに体の力を抜いた。仕草というのは、時に言葉よりも正直に本音を語る。

――江田殺しの下手人が捕まってねぇってことが、知れたからじゃあねぇか。

ただの濡れ衣であれば、自分ではないと申し開きをするだろう。江田殺しの経緯を知っているならば、殺った者を明らかにするだろう。安堵を浮かべた意味が、どうにもうまく推量できない。

いずれにしても完治がお由を捕らえることが、今や唯一の望みだった。

二、三日で帰ると言っていたらしい完治は、八日が過ぎても姿を現さない。与助も案じて、品川辺までは行ってみたようだが、それらしい姿は見出せなかったという。

――自身番屋でもっと赤根を詰めりゃよかったものを、たやすく大番屋に送っちまった俺の失態だ。

そこに拘泥していても詮方ないのに、ふとした拍子に己の判じを恨む気持ちが湧き出す。

「あの、夕餉ができておりますが、いかが致しましょう」

悔恨を嚙み殺していると、襖の外に控えめな声が立った。

「すまねぇが、あとでいいかえ。もう少しやることがあるからよ」

惣十郎はおざなりに返し、再び瞑目して考えに籠もる。


お雅は惣十郎の仕事を邪魔せぬよう厨に戻り、手伝いをしてくれたお美祢にふたり分の膳を託した。惣十郎の分は、あとで様子を見て持って行くことにする。多津は早めに夕餉をとってもう休んだ。あとは、母の分か、とお雅はうんざり息を吐く。けれどこれも、今宵限りの辛抱だ。

「今日でおしまいですね」

振り向くと、お美祢が肩を落としていた。

「明日の朝には、帰らないと。お雅さんとたくさんお話しできて楽しかったです」

「こっちこそ。毎日お手伝いありがとう。ほんとに助かったよ。明日から寂しくなるな」

返すや、たちまちお美祢の目に涙がふくらんだ。

「前の暮らしに戻んなきゃいけないなんて。お父っつぁんは、あたしと同じ気持ちでいると、ずっと信じてたのに」

正次を持て余していたはずの権左は、命が助かったと聞いて感謝の涙を流した。どんな子であっても先立たれるのは、親にとって身をもがれるような辛さなのだろうとお雅は察したが、お美祢には、自分と同じように正次を憎んでいたはずの父に裏切られたと感じられるのだろう。

「きっとあんたの兄さんも、これで改心するよ。いっぺん死の淵をさまよったんだ」

慰めながらも、人というのはそうたやすく変わらないことを、お雅は知っている。

「あたし、兄さんじゃなくて、お雅さんみたいな姉さんが欲しかったな」

「こんなかわいい妹がいたら、あたしも毎日が明るくなったよ」

三人姉妹の一番下だったにもかかわらず、姉たちに甘えることができなかったお雅の、それは本音だった。

「でも、ここにお雅さんがいるんだってこと、もう知ってるから、これから少しは頑張れると思う」

お美祢は体の脇で強く拳を握っている。お雅は近づき、彼女の拳を両手で包んだ。少しだけ、お美祢の総身のこわばりが解ける。温かなものが手の平を伝って、お雅の内に流れ込んできた気がした。

「きっと大丈夫だから」

お美祢に言っているのか、自分に言っているのかわからなくなった。お美祢はひとつ頷いて、ふたり分の膳を手にした。改めて深い辞儀をして顔を上げたときには、力強い笑みが浮かんでいた。

玄関脇の三畳間の前に立ち、お雅は大きく息を吸い込んだ。心を鎮めてから、襖を開ける。

「すまないねぇ、毎度。言ってくれりゃ、手伝うのにさ」

母は膳を運ぶたび、同じ台詞を口にする。台所仕事を一切してこなかったこれまでを、すっかり忘れているような口振りは、きまってお雅を虚しくする。

「おや、凝(こご)りだ。手が込んでるねぇ」

今日は椎茸とししとう、沙魚(はぜ)を出汁(だし)で煮て、寒天で固めた凝りにした。お美祢たちがここで過ごすのは今宵が最後だから、餞別(せんべつ)のつもりで腕によりをかけたのだ。琥珀(こはく)の寒天の中に浮かんだ具材が灯りに煌(きら)めいて、うっとりするような碗の眺めにお雅は密かに満足していた。

「権左さんたちは明日の朝、帰るそうですから、阿母(おっか)さんも一緒に出ますよね。荷物をまとめておきましょうか」

箸に手を伸ばしたお蔦を横目に、お雅は手早く、手拭いだのぬか袋だのをまとめていく。

「そう急(せ)かすもんじゃないよ。まるで追い出すみたいじゃないか」

母は仏頂面になったが、凝りをひと口含むや、顔をとろけさせた。「ああ、あんたの料理を食べられて、数日だったけどありがたかったよ」と、しんみりつぶやく。感謝されるとお雅もわずかにほだされ、「余ったらお父っつぁんにも持って行けるように詰めますよ」と、突(つ)っ慳貪(けんどん)な口調ではあるけれど素直に返した。

「女中奉公もいいけどさ、あたしはあんたに嫁(か)してほしい。親だからね。どうしたって娘の幸せを願うさ」

お雅はうつむく。権左が正次を想うように、母も親として当たり前の心配をしているだけなのかもしれない。出戻ってからこっち、頑なに心を閉ざしているのは自分のほうなのだ。けれど、かつて嫁いだ先で三行半(みくだりはん)を突きつけられたおかげで、自分のまことの心に従って生きてみようと思えたのだから、人がどう思おうと、今の自分は幸せなのだとお雅は信じることにしている。

「そうですね。ご縁があれば」

母には適当な答えを返した。自分にとっての幸せは、親の願うそれとは隔たりがあって、説いたところで容易にはわかってもらえないだろうと諦めているのだ。

お雅の返事を受け取ったお蔦は、「相変わらず気がないねぇ」とぼやいたが、凝りの出汁をすすってから、「そうだ」と首を伸ばし、道端で瑠璃(るり)でも拾ったように目を輝かせた。

「ねえ。そういや、なんだい、ありゃあ」

なんのことかわからずに、お雅は片付けの手を止め、首を傾(かし)げる。

「いやさ、昨日の朝方、庭を少し歩かせてもらったんだよ」

「勝手にうろつかないでって言ったのに」

「だって、ずっとこの部屋にいるのも退屈だろ。毎日せいぜい、湯屋(ゆうや)に行くくらいしかできないんだからさ」

母は、ふくれっ面を作った。

「そしたらさ、縁側にきれいな朝顔の鉢があったから、近くで見ようとしてさ」

嫌な予感がした。与助が持ってきた朝顔は、多津の部屋の縁側に置かれている。

「お部屋で寝てる方がいらしたんで、遠慮して戻ろうとしたらさ、『お雅かい』って声を掛けられてさ」

お雅は、手先が細かく震え出すのを止められなかった。なんの震えかわからぬままに、息を詰めて聞いている。

「だから詮方なく、ここへお世話になってるご挨拶をさ、遅まきながらしたんだよ。あれ、お多津様だろ。ずいぶん前にお目に掛かったことはあるけど、だいぶ面変わりしちまったんで、わかんなかったよ」

お蔦は話す合間に、凝りをまたすすった。

「そしたらさ、お多津様、なんて言ったと思う。雪が降りそうだから、干してあるものを取り込んでちょうだい、って、そう言ったんだよ。あたしゃもう仰天してさ。だって、縁側で朝顔が咲いてんだよ。ちょっと散歩しただけで汗が噴き出るのにさ」

さも可笑（おか）しそうに母は嗤（わら）った。

「ねぇ、いつからあんなになっちまったんだい。あんたも苦労だねぇ。いくら雇い主だって、面倒見るのは骨じゃないか」

心ノ臓が押し潰されていく。喉のあたりが絞められたように息苦しくなる。お雅、と呼ぶときの、多津の柔らかな微笑みが、目の前に鮮やかに浮かぶ。

「あたしも気をつけなきゃ。あんなんなったらお終いだものねぇ。あんたも奉公先を変えたほうがいいんじゃないかえ」

刹那、お雅の右手が勢いよく振り上げられた。その手が、凝りの乗った膳を激しく弾く。ガシャンと物騒な音を立て、碗がひっくり返り、畳や壁に汁が飛んだ。

お蔦が呆然と飛び散ったものを見ている。お雅もまた、自分がなにをしたのか判じ得ずに、その体勢のまま居すくんだ。

「どうした。開けるぜ」

ややあって襖向こうに惣十郎の声を聞き、お雅は我に返る。途端に、畳や壁を汚してしまった、との恐怖に見舞われた。

「いけない……」

うめいて、割れた土器（かわらけ）を集めはじめる。襖の開いた気配があって、

「膳を運んでて転んだのか。怪我はないかえ」

と、呑気な声が降ってきた。

「この娘がね、いきなりやったんですよ。わざと膳をひっくり返したんですよっ」

金切り声で母が言い付けた。

「……申し訳ございません」

それだけ言うにも、せり上がってくる嗚咽をこらえるのがやっとだった。頬の震えをごまかすために、惣十郎に背を向けたまま手拭いで畳を拭く。

「お雅。そこはいいから、こっちへ来な」

「早く拭かないと染みになります」

お雅は力を込めて手拭いで畳を擦る。こんな拭き方では染みが広がるばっかりなのに、腕に込める力を和らげることができない。

と、やにわにその腕を摑まれた。恐る恐る顔を上げると、惣十郎の困じ顔が目に入った。その拍子に、こらえていたものが、どっとあふれてしまった。

「あんた、なに泣いてんだい。泣きたいのはこっちだよ。すみませんね、旦那。こんな乱暴な娘に育てた覚えはないんですよ」

お蔦が言うのに、

「たいしたことじゃねぇさ。悪ぃがお蔦さん、あとの片付けを頼んでもいいかい」

惣十郎が朗らかに返す。「なんであたしが」と母は言い掛けたが、さすがに惣十郎に口答えするわけにもいかなかったのだろう、渋々頷くのが、お雅の目の端に映る。

「そら、お雅。来るんだ」

惣十郎に促され、お雅は三畳間を出た。廊下を行く惣十郎の背が、滲んで見える。喉がはしたなくしゃくり上げるのを、お雅は止めることができずにいる。

「なにがあったかは訊かねぇが、穏やかじゃねぇな」

お雅の涙が落ち着くのを待って、惣十郎が言った。

「申し訳ございません。お部屋を汚した上に、お碗も割ってしまって。お代は、お支払い致します」

「そんなこたどうでもいいさ。ただ、いつも沈着なお前さんが珍しいと思ってな。まぁ、俺はむしろ安堵したけどな。たまにゃ吐き出したほうがいいんだ」

理由を訊かず、説教もせずに、惣十郎は緩やかに言葉を継ぐ。けれどお雅は、もっとも見られたくない姿を、一番見られたくない人に見せてしまった絶望に覆われて、うまく応えることができない。

「俺ぁ近頃、長らく追ってた咎人をみすみす死なせるってぇ大失態をやらかしたよ。ここだけの話だ、他には言うなよ」

急にお役目の話になったから、お雅は戸惑い、目を上げた。燭台の炎が、惣十郎の灰がかった瞳を翠(みどり)に染めている。

「常に推量が確かでよ、素早く咎人を捕らえて、難なく一件落着に持ってく、ってな同心でありてぇが、そいつぁ芝居(しばや)か読本(よみほん)の中だけのことかもしれねぇな。これでも必死に努めてんのに、しくじることも、報われねぇことも多いさ。たまにゃ腐りそうにもなる」

苦り切った様子で、彼は額をかいた。

「与えられたこの生で、俺ぁなにを成せるのかってなことを考えて焦(じ)れた頃もある。ただ、あるとき気付いたんだよ」

話がややこしくなってきて、なんとかついていこうと、そちらに気を取られるうち、最前まで激しく波打っていたお雅の心は鎮まってきた。

「俺たちゃそもそも、恥をかくために生きてンだってことにさ。そいつが、人に与えられた一番の仕事だってのを思い出したのだ。完璧なんてもんは幻想でしかないからな。生きて、恥かいて、また生きてってのを、死ぬまで繰り返すのが本来の役目なんだと気付いたら、俺の歩んできた道もあながち間違っちゃいねぇと思えてな」

惣十郎は冗談めかして言うや、不意にお雅の手をとった。

驚いて、声が出た。

が、彼はなんら邪心のない様子で、「血が出てる。土器を片付けるときゃ気をつけな」と笑み、手拭いで優しくその血を拭った。

二

惣十郎はこのところ、大番屋に日参している。赤根が死んだときの様子を訊いて回っているのだ。番人たちはしかし、おしなべて覚えがないと言う。仮牢には大勢押し込むため、ひとりひとりの様子に気を配る余裕もないのだろう。

同じ仮牢にいる咎人が語るには、赤根は晩飯ののち牢の隅でうずくまるように寝そべった、という。声を掛けると「胸が悪い」と返事があった。それきり寝入ったものだと思っていたが、朝になって息絶えているのが見付かった――。

手ずから石見銀山を含んだにしては妙だと、これを聞いて惣十郎は感じたのだった。ために、晩飯の前後でなにか変わったことはなかったかと番人らに訊くのだが、彼らは辟易した顔で、「手間が減ったのだからよろしいではないか」と、返すのである。吟味の手間をはしょって罪人を刑に処せたとしか、見ていないのだろう。

——雑な仕事をしやがって。

番人たちのぞんざいな態度に奥歯をギリギリ鳴らしていたとき、こちらを窺っている視線に気が付いた。それとなく見遣ると、二十歳そこそこといった若い番人が、物言いたげな顔で仮牢前に佇んでいる。惣十郎は懐手（ふところで）して、ゆらゆらと彼に近づく。まわりに他の番人がいないことを確かめ、ニッと笑んで見せてから言った。

「聞くぜ。赤根のことで、心当たりがあるんだろ」

すると若者は、素早くあたりに目を走らせてのち、ささめいたのだ。

「あの日の暮れ方、赤根という男と話をしていた方がございました。御番所のお役人……同心の方でございます」

「俺の他にか」

「ええ。お名前は伺いそびれましたが、だいぶお年を召された方で、大番屋の様子を文書にまとめるためにいらしたようです」

「吟味方かね」

惣十郎は、問いながら訝しむ。吟味にかかる折は、惣十郎にも報（しら）せがあるはずだが、そのような話は聞いていない。

「いえ。確か、例繰方（れいくりかた）だとおっしゃっていました。御白洲（おしらす）の取り調べとは異なりますから、大番屋においでになるのは珍しいことだと気になっておったのです」

惣十郎の背に、冷たいものが走った。

「例繰方、と言ったのは確かか」

「ええ。大番屋の牢にどのくらい余裕があるかを調べにおいでになったとおっしゃっていましたから、別段赤根の取り調べを目当てとしていたわけではないのでしょう。ただ赤根が、その方を知っているような口を利いていたので頭に残っておるのです」

若い番人が語った内容に、惣十郎はしばし声を呑んだ。

「……まさか。同心と知り合いだってのか」

「はっきりとはわかりかねますが、その方が牢を見廻っていたとき、赤根のほうから呼び止めたのです。しばしおふたりで話をされておりました。なにを話されていたのかはわかりかねますが、だいぶ打ち解けた様子で、赤根は笑みを浮かべておりました」

例繰方の役人は、仮牢の柵越しに赤根と短い会話を交わしたという。ちょうど時分時になり、雑穀粥が配られはじめた。それを潮に役人は立ち上がり、牢を離れた。が、晩飯をよそっている掛かりのところへ行くや、椀をひとつ手にして、赤根のところへ持って行った。

「赤根に、じかに椀を渡したのか」

訊き返しつつも、己の心ノ臓が歪な音を立てはじめたことに惣十郎は惑っている。

「ええ。話を聞かせてもらった礼だ、と。囚人に対してさように丁重な物腰の方はおりませんので、驚きまして」

「椀を渡したのち、その同心はどうした」

「ただ椀を渡しただけにございます。すぐにここをお出になりました。たいしたことではございませんので、これまで申し上げるのをはばかっておったのですが、服部様が毎日のようにおいでになるので、こんなことでもお役に立てばとお伝えしたまででございます」

若い番人は、恐縮の態（てい）で付け加えた。いや、途方もねぇお手柄だ、と彼の機転を称えたかったが、言葉が喉に貼り付いたきり、声にはならない。

――なにゆえ。

考えようとするが、頭の中が黒い靄（もや）に覆われていく。

――郁を診た平埜が赤根だと、どこかで勘付いたからか。

葉月（はづき）も近いのに、粘ついた風が惣十郎の首筋をさすっていく。


六郷川の手前でようやく女を捕まえた。二、三日で戻るつもりが、女の行方がようとして知れず、東海道と目星をつけたのが間違いだったかと完治は焦ったが、十日目にどうにか宿から出てきたお由を見付けることができたのである。

櫛巻きを解いて丸髷に結い直しており、眉を剃り歯も染めていたから、危うく見落としかけたが、用心深くあたりを窺う抜け目ない仕草が悪目立ちしていたおかげで勘付いた。西へと足を急がせるお由の前に立ちはだかると、女は抗いもせず、その場にくずおれた。

故郷（くに）までの路銀も、関を越える手形もなく、街道沿いの宿でお運びでもしてしのごうかと思い惑っていたという。疲れの滲んだその顔から、偽りではなかろうと完治は判じ、縄を打たずに江戸へと連れ帰ったのだ。

女は逃げる素振りも見せず素直に従ったが、道々なにを訊いても一切答えない。ただ、「水を飲むか」と声を掛けたときに小さく頷いたきりである。

――番屋でしかと調べりゃいいだろう。

完治は早々に諦め、休みもとらず歩き通しで元鳥越までたどり着いたのだった。番太に見張りを任せ、八丁堀まで走って惣十郎に告げたときには、暮れ六ツを過ぎていた。座敷には佐吉も控えている。

「ご苦労だったたな。よし、今から行って話を聞こう」

惣十郎の受け答えが、いつになく鈍いように感じた。薄暗い靄に取り込まれているように、体の輪郭までぼやけて見える。灰がかった目は相変わらず、なにを見ているのか知れぬが、ここまで重々しい気配をまとっている惣十郎を完治は見たことがなかった。

ために、彼の支度が調う（ととの）のを外で待つ間、側にいた佐吉に詮方なく訊いたのだ。

「なにか、あったのかえ」

が、佐吉は、そのどんぐりに似た目を三角にし、「なにかどころじゃねぇぜ。疱瘡療治を手伝って、死にそうな目に遭ったのだ」と、自分のことを訊かれたと勘違いして、憤然と答えた。奴に訊いたのが間違いだった。完治は首を横に振り、眉間を揉んでから口をつぐむ。

ややあって、お雅から手渡された羽織に袖を通しながら、惣十郎が玄関をまたいだ。その背に従い、元鳥越町までの道を黙々とたどる。

自身番屋の戸を開け、惣十郎と佐吉を中へ促したところ、佐吉がいきなり頓狂な悲鳴をあげたから完治は一驚した。おかしな行いばかりする佐吉に苛立ち、舌打ちをしかけたが、見れば惣十郎もまた、亡霊にでも出くわしたような顔で立ちすくんでいる。やがてその口から、うめき声が漏れた。

「……お光佐」

女が唇をきつく噛んで、うつむく。

お光佐というのは確か、惣十郎の屋敷で下女として勤めていた者ではなかったか。ご新造様が生きていた時分、完治は御用聞きになり立てで、惣十郎の屋敷にはめったに出入りしなかったため、お光佐の顔は知らぬ。ひどく陰気な女で、客人があっても厨から出ることなく、茶や膳を運ぶのはご新造様自ら担っていたと、だいぶ前に佐吉が語っていたのを聞いたことがある。

——お由が、お光佐だったたってぇことか。

完治はぞっと身震いした。去年新宿に赴いた折に飯盛女が語ったところによれば、三年ほど前からお由はあの地で小間物屋を営んでいるということだった。となると、ご新造様が逝ったのちか。下女をよして、新宿に移ったのだろうか。

「いつから赤根とつるんでたのだ」

惣十郎が口火を切った。思いのほか、落ち着いた口振りである。女は、かつて仕えていた主人の顔をまともに見られぬらしい。板間に目を落としたきり、答えない。

——そういや佐吉は、藤一郎を捕らえる段、共に新宿に出張ったじゃねぇか。

完治ははたと気付く。興済堂の手代、信太が告げた新宿の富坂を惣十郎に示され、佐吉と一緒に行けと命じられて渋々同道したのだ。ただし奴は、見張りのためにとった宿の二階でくつろぐばかりで、小間物屋を見に行くこともしなかった。斎木が現れた段も、死んだと思っていた藤一郎が二階の障子を開けたものだから腰を抜かしただけで、女には注視していない。

完治は眉間を揉んだ。

佐吉があのとき小間物屋を検めていれば、この一件はもっと早くに片が付いたはずだ。いや、しかしそうであったなら、赤根は江戸に残ることなく、早々に京か長崎に遁走していたかもしれぬ。となれば、彼を捕縛することはかなわなかったということになる。

完治が考えを巡らせていると、

「赤根は死んだよ」

惣十郎がお由に告げたから、唖然となった。自分が江戸を留守にしている間になにが起こったのかと動じ、惣十郎の様子がどこか虚ろである点に得心がいく。

「殺された……あの人は殺されたんだっ」

お由が低く唸（うな）った。潮風に長らくさらされたような、ひどいしゃがれ声だ。握った拳を、女は乱暴に板間に打ち付ける。「よさねぇか」と制しつつも、完治は鼻白む。

――てめぇは赤根を置いて、とっとと逃げたってぇのにな。

「心当たりがあるのかえ。赤根を殺した奴が誰か、お前は見当がついているのか」

お由はしかし、かぶりを振った。ただ、自分たちはずっと付け狙われている気配があった、怖かったとつぶやいたのだ。

「ずっと、ってなぁ、いつからだ」

惣十郎を差し置いて完治は訊いた。自分が赤根の根城にたどり着いて、まだひと月足らずだ。その以前から、奴らの足取りを摑んでいる者があったとすれば、御用聞きとして面白くなかった。

「藤一郎が捕まってから、ずっとだよ」

お由は、こちらを睨み上げた。この女の前で藤一郎に縄を掛けたのは、完治自身なのだ。

「あの人は気のせいだ、って。藤一郎が火付けの罪人になって裁かれたんだから、もう一件は済んだって、平気で今までと同じように種痘のことばっかりで」

「赤根が江戸へ出て、種痘をはじめたのはいつからだ」

惣十郎の問いに、お由はすっかり開き直ったらしく、「さぁね」と、元の雇い主に対するものとは思えぬ、ひどくぞんざいな口を利いた。佐吉がすかさず、「お前、旦那にそんな態度で……」と咎めたが、もう奉公人ではないのだと言わんばかりに、お由は鼻を鳴らしてから続けた。

「あたしはあの人より先に江戸に上ってたからね。こっちで落ち合ったときにはもう、種痘を大成させるんだ、って励んでたんですよ。京や長崎で学んだから、あとは医学館に認めてもらうだけだ、ってね」

完治はてっきり、お由と赤根は手を携えて江戸に上ってきたのだろうと見当していたが、そういうわけではないらしい。

故郷の周防大島で同じ村に育ち、長じて深間になった。が、お由が岩国に奉公に出て、それきりになっていたところ、江戸で再会したという。

「お前はどうして江戸に出てきたのだ」

惣十郎が訊くと、

「岩国で奉公してた先の旦那様が江戸で修業をなさるってんで、お供を申しつかったんだ」

相変わらず不貞腐(ふてくさ)った態度で女は答える。

「その旦那はどうしてる」

「とっくに死んださ。歳がいってたからね。江戸に来て、医学館に通ってたけど、卒中でぽっくり逝ったさ」

「医学館……医者だったのかえ」

「そうだよ。赤根と組んでた江田って医者の父親だよ。岩国じゃ名医として知られてた。もっと医術を究めたいし、自分の技も伝えたいからって、江戸に出ることにしたらしいよ」

「江田はそのあとに出てきたのか」

「そう。あたしが旦那様の死んだことを故郷(くに)に報せたからね。代わりに修業をするためだろうよ」

お由はしかし、訃報を書き送っただけで江田には仕えなかった。惣十郎が理由を訊いたにもかかわらず彼女が言を左右にするのを見て、江田の父親の、単に下女というより側女(そばめ)のような立場でお由は江戸まで付いてきたのかもしれぬと完治は察する。ために江田も、お由を父親から引き継いで雇うことをしなかったのだろう。彼は日本橋でひとり住まいをしていて、修業の身ゆえ妻子はとれぬと、いわしやの主人にも語っていたと聞く。

「悠木様のお屋敷に奉公に上がったのは、なにゆえだ」

訊いた惣十郎の顔が、険しく歪んでいく。画策をもってご新造様に近づいたのかもしれぬと思えば、完治の身もまたこわばった。が、お由は軽く鼻を鳴らし、

「なぜ、って……単に口入屋に勧められたからですよ」

と、拍子抜けする答えを放ったのだ。その横顔は騙(かた)っているとは見えなかった。

主人に死なれて行く当てもなく、故郷に帰る金もなく、江戸で奉公先を探していたところ、悠木家に世話になることが決まったという。医学館に通う医者のもとで勤めていたというお由の前歴が、彼女の評価を図らずも高めたのだろう。ご新造様とは姉妹のように仲がよかったらしいが、単に馬が合ったのか、まだ幼い娘に女が巧みに取り入ったのか。

「赤根と再び見(まみ)えたのはいつだ」

惣十郎の問いかけはいつになく性急だ。赤根を尋問した折にはあった余裕が、一切失われている。

「悠木様のところでお世話になって、しばらくしてからです。ちょうど、江田先生のところに伺

ったら、そこにいたんですよ」

上府した江田に、預かっていた父親の遺品を渡すため日本橋を訪れたところ、京から江戸に下ってきたばかりの赤根に偶然会ったとお由は言う。互いの居所を教え合い、そこから時折顔を合わせるようになった。お由ははっきりとは言わぬが、焼けぼっくいに火が付いたのだろう。ために赤根は、種痘法を確立し、池田痘科を継ぐなぞという大それた野望をお由に語り、これを手伝わせていたのだ。

赤根は江田に頼み込む格好で、医学館に出入りするようになった。もっとも正規の塾生ではなく、初手は江田の助手のような形でまぎれ込んだ、とお由は続ける。

「その縁で、赤根は江田とともに種痘を行ってたってことか」

惣十郎の声に、彼女はしばしためらいを見せたが、すぐに首を左右に振った。

「江田先生はずっと、人に施してはいけないって言ってたんだよ。種痘の技は学びたいけど、人の膿を使えば、命を落とすこともあるから、って」

「だが、幾人もの早桶屋が、お前と赤根、江田に呼ばれて仏を埋葬したと言ってるんだ。種痘を試していたんだろ」

「赤根は確かに種痘を試してましたよ。若い人なら誰でも、手当たり次第にね。江田先生ははじめ、赤根の声掛けで、種痘の経過を見に来てました。うまくいったことも、幾度かあるからね。けど、容態が悪くなる人がほとんどで。患者がよくないときに、赤根は江田先生に助けを請うてたんですよ」

つまり江田は、種痘についての知識は蓄えつつも、実際人に試すのは躊躇していたということか。赤根の行いを止めることもなかったが、共謀することもなかった。が、多くの者が種痘によって命を落とす様を目の当たりにし、考究を断念して故郷に帰ろうとしたのだろう。「江戸では種痘が広まりそうもない」と、江田が家主に告げたことを、才太郎とやらがすでに聞き込んでいる。いわしやで銀管を注文した折は、己もいずれ種痘を実践せんと、考えていたかもしれぬが。

——しかしそうだとすれば、赤根が江田を殺す理由なぞねぇだろう。

完治が怪しんだとき、惣十郎が鬢をかきつつ、力なくしゃがんだ。その姿は、下女として雇っていた女の本性をなぜ見抜けなかったのかと、己を責め苛んでいるように見えた。

「郁を赤根のもとへ連れて行ったのも、お前だな」

お由は、最前までの開き直ったふてぶてしい態度を急に仕舞い、うつむいた。

「お前が、郁を赤根に供したのかと訊いている」

「あんなことになるなんて、思わなかったから……。あの頃はまだ、種痘ってのは悪いものじゃないと、あたしも信じてて」

完治は、急にしおらしくなって申し開きをはじめたお由の言葉の、どこまでがまことか、見極めんと目を凝らす。

「それに、郁様が蘭学を毛嫌いしてらしたでしょう。赤根は種痘を、漢方医学として広めると躍起になってたからさ、そんな話をしたら、役に立ちたいって、郁様から言い出したんだよ」

「役に立つってなぁ、種痘の考究にか」

「ええ、そうですよ。赤根がよく、池田痘科で種痘を大成させれば、蘭方医はひれ伏すだろうってあたしに言ってたからさ、それをそのまま、郁様にも伝えたんですよ」

「俺には蘭学を嫌ってたようなこたぁ言わなかったのにな」

惣十郎の声音は、疑いではなく、不安げな響きを宿していた。誰か他に、ご新造様の蘭学嫌いを告げた者があるのかもしれぬと完治は密かに了簡する。

「なんでも、悠木様のためだってことも言ってらしたけど……。あと、蘭学は天文方のお役目を邪魔するからいけないんだってこともおっしゃってましたよ」

完治は惣十郎に目を流す。彼は黙然として、事実を咀嚼でもするように眉間を人差し指で突いている。

「だけど妙だな」

不意に声を発したのは、それまでただただ呆然とお由を見詰めていた佐吉だった。

「したらどうして、お前は名を変えたンだ。お由のまま勤めなかったのだえ」

「奉公先も変わったし、気持ちを改めるためですよ。よくあることでしょ」

お由は疎ましげに答える。赤根に再会する前に悠木家に奉公に上がったのなら、確かにさしたる意味はなかろうが……。

「いや、それだけじゃねぇ。お光佐さんは、旦那に客があってもけっして出ようとしなかったろ。茶を出すのもご新造様に頼んでさ。あれは、赤根に頼まれて種痘を試す人集めの役目を担ってたから、誰彼なく顔をさらすのを嫌がったんじゃねぇのか。つまり、その頃から種痘が危ねぇもんだと知ってたんだろ」

お由は目を逸らし、

「あんなことになるなんてねぇ……」

と、最前の台詞を繰り返した。

佐吉の言う通り、お由は、種痘の危うさを承知していた。ご新造様を罠に掛ける気まではなかったかもしれぬ。ただ、ご新造様が蘭学を毛嫌いしているのを知り、危ない目に遭わせると知りながら、これを利用することにしたのだろう。

「郁が逝ったのちか、新宿に移ったのは」

惣十郎の灰がかった瞳が、虚ろに空をさまよう。お由は素直に頷いた。

仮に疱瘡の噂があったら、すぐに人痘を受け取れる場所に一軒構えようと赤根から提案されたらしい。それで宿場町の新宿で小間物屋を開くことにした。時折京から届く書物や標本を受け取っているうち、近く江戸に出てくる甥に富坂を教えてある、しばらく面倒を見てほしい、と赤根から頼まれた。

「藤一郎は、お前を馴染みと言ってたぜ」

佐吉が、なにに怒っているのか、口を尖らせる。お由は鼻で笑ってはぐらかす。

「なに、いっとき同じ屋根の下にいただけで、そんな仲じゃないですよ」

「興済堂店主に藤一郎を据えたのは、赤根だろ。どうしてそんな動きをしたのか、聞いてるかえ」

惣十郎は立ち上がり、お由に近づいて問う。上から睨み据えられたお由はおびえを頬に浮かべ、音を立てて唾を飲んだ。

「生計を立てるためですよ。興済堂の先代に跡継ぎの相談を持ちかけられたとき、赤根は藤一郎を推したんですよ。赤根は先代と親しく付き合ってましたからね、信を置かれたんでしょ」

「藤一郎は、興済堂には馴染めなかったと言ってたぜ。当人の望みでもねぇのに、なにゆえ店主に据えた。なにか狙いがあってのことだろう」

「……まぁ藤一郎はねだればいくらでも、店の金を持ち出してくれましたからねぇ」

女が吐き捨てるように言った言葉に、完治は赤根の築いた仕組みの一切が見渡せたような気がした。
種痘の考究にも金が掛かるのだろう。赤根の出自からして、十二分な資金があるとは思えない。たまたま江戸に出てきた藤一郎を興済堂の店主に据え、金を横流しするよう仕向けた。ただ、自分が出入りすれば足がつく。医学館の教授方や塾生も多く通う薬種問屋だ。代わりに「馴染みの女」に無心をさせた。小間物屋を回すのに入り用だとでも言って、お由は再々、藤一郎に金をせびったのだろう。

完治がそこまで考えたとき、惣十郎が、大きく息を吐いてからつぶやいた。

「番頭を殺ったのは、火付けの計が露見したからだと思っていたが、金をくすねていたのが知れたからか」

なるほど、藤一郎は藤一郎で、追い詰められていたのだ。ために赤根に手を貸した。番屋では、赤根に頼まれたとしか言わなかったが、興済堂を焼くことに助力したのは己の負い目もあったからなのだ。

だが、この一連の流れに、江田がどう係り合っていたのかが今ひとつ見えてこない。彼は興済堂を使っていたふうもないし、藤一郎と顔見知りだったわけでもない。

それからもうひとつ。ここ最近の赤根の金の出所だ。種痘を施されたらしい正次は、赤根から一両の金をもらった、と語っていた。興済堂が燃えた今、その金はどこから出ているのか。他に金蔓があるのか。

ふと、いわしやに聞き込んだ折の、店主の言葉が耳の奥に甦った。江田は金回りがよく、常に高価なものを身につけていた、と彼は語っていたのである。

江田の金が目当てだったのか。種痘法に対する考えを違えていたようだから、邪魔者を消して、金をせしめた――。

完治はそう推量もしたが、しかしそれはあまりに浅慮に感じられた。

さらに問い続けると思われた惣十郎は、

「お前はすぐに伝馬町行きだ。俺は入牢証文をとらなきゃならねぇ」

と、お由の罪状は疑いようがないという事実を告げた。一旦大番屋に預け、入牢証文が下り次第、お由は伝馬町の牢に送られる。御白洲に控えさせられたのちに刑が言い渡されることになる。

完治が縄に手を掛けようとしたときだった。

「最後に訊くが、郁が種痘を受けた日のことを、正直に話してくれ。その日のことを、できるだけ詳しく話すんだ」

惣十郎が腰を落として、お由に告げた。彼女は訝しみの目を向けたが、牢に送られることが決して、諦念が勝ったのだろう。

「あの日のことははっきり覚えてますよ」

抗うことなく語りはじめた。

漢方医学で疱瘡を治すための考究をしている医者がいて、治験者を募っていると告げたときから、ご新造様は「力になりたい、引き合わせてほしい」と幾度となくお由に頼んできた。お由は、そこまで言うならと、赤根のもとに連れて行った。人痘が手に入った折に報せるからと、そのときは帰され、実際に種痘を受けたのは、ひと月が過ぎた日のことだった。

その日の朝、ご新造様はお多津様に出掛ける旨を伝えた。平埜という医者のところへ行く、と。疱瘡考究に助力するためだと言ったところで混乱させるだけだから、「不調がないか、念のため診てもらう」とだけ語った。お多津様が案じて、「どこか悪いのか」と訊くと、ご新造様は「いえ。ただ丈夫なお子を産まないといけませんから」と、ごまかした。昼過ぎに赤根のもとで腕に種痘を施し、そのまま屋敷に戻った。熱は出るが、すぐに収まると言われていたのに、四日ののちに逝ってしまった。

お由はその段、赤根に詰め寄ったらしい。誤った方法だったのではないか、と。五年ほどの歳月を姉妹のように過ごしたから、ご新造様には相応に情があったのだろう。赤根はしかし、過ちではないと突っぱねた。ご新造様の体が弱かっただけだ、と。疱瘡は避けられても、いずれなにかの病で夭逝した虚弱者だったと彼は告げ、お由もそれ以上追及できなかった――。

すべて聞き終えた惣十郎は、天を仰ぎ、

「結局お前も、赤根に使われてたのだな」

そうつぶやいた。お由の顔が大きく歪む。

「てめぇの大事な女なら、藤一郎を色でたらし込んで、金を引っ張るような真似はさせねぇだろ。種痘を手伝わせるってぇ危うい橋も渡らせねぇさ」

「ば……馬鹿をお言いでないよっ」

女が吠える。

「こっちがあいつを利用してやったんだ。赤根は金を持ってたからね」

「江田の縁者が送ってくる為替か。江田の死を、お前は故郷に報せてねンだろ。金の受け取り先だけを変えた。興済堂が焼けてから、赤根はその金を種痘の考究に充ててた。お前にゃびた一文使わねぇで」

お由は拳を握り、唇を嚙む。

「それと、お光佐って名だ。最前佐吉が訊いたときゃ、気持ちを改めるためだなぞと理由を語ってたが、赤根が江戸に出てくる前から、どうでお前らは通じてたのだろう。種痘のことも聞いていた。いずれ江戸でそいつを手伝うことになると知って、用心のために名を変えたんじゃねぇのか」

遠地への書状は高額だ。ために完治はお由の自白を信じかけたが、江田の父親の金を自在に使えたならば、長崎や京の赤根とやり取りするのも、なるほど難くはない。

お由は鼻を鳴らし、「さて、どうですかね」と開き直った笑みを浮かべた。

「まぁね、まことの情がない係り合いは、なんにしても虚しいもんですよ。表向きは添っててもさ。旦那もご存じでしょ」

すかさず佐吉が、「旦那は係りがねぇだろう」と、声を荒らげた。すると女は、訝しげに眉をひそめたのだ。

「あんた、あすこに一緒に住んでて、なにも気付かなかったのかえ」

「気付くって、なににだえ」

お由は「呆れた」と吐き捨てる。

「男ってのは、女がなんにもわかってないと思い込んでるんだから、おめでたいよ」

そう言って、甲走った声で嗤った。

お由を大番屋に送るよう完治と佐吉に申し付け、惣十郎は北町奉行所にあがった。入牢証文をとる手続きのためだ。こたびは珍しくすんなり証文が下り、夜半にお由は伝馬町の牢に移された。

八丁堀に戻るもまんじりともせず、空が白んできたのを潮に、惣十郎は多津の部屋を訪ねた。母は日に日に早起きになり、昨今は暗いうちに日を覚ましてしまう。お雅がそれに合わせて起き

出しては、朝餉を支度するのがかわいそうで、

「無理することたないんだぜ」

と、折に触れねぎらってきたのだが、

「誰か看ていたほうがよいですから」

お雅は遠慮がちに返すのだ。ひとりにしておくのが不安というのは確かにその通りで、惣十郎はすまないと感じつつも、お雅を頼りにしてしまう。

「おや惣十郎、今朝は早いこと」

存外しっかりした口振りで、母はこちらに笑みを向けた。

「このところ、取り込んでおりまして、顔も見せずにおって申し訳ございません」

「こちらは気にしないでいいのですよ。郁がよくやってくれていますから」

惣十郎は小さく頷き、呼吸を整える。

「郁があの日、平埜のもとを訪ねたのは、私の至らなさのせいでございました。母上とは係りのないことにございます」

母は、息子の言葉を解しようとするように、一心にこちらを見詰めている。

「悠木様には、まことに申し訳ないことをいたしました。これは私が、生涯負わねばならぬ責めにございます」

「惣十郎」

母の声を久方ぶりに聞いた、と思った。優しくも、芯に強さの宿る、あの母の声であった。

「その人の選んだ行いは、いかなることでも、他の誰かのせいということはないのです。さまざまな因果があるにせよ、最後に行く道を決めたのは、その人自身なのですから」

束の間、正気が戻ったように見えた。母はひとつ息を吐き、縁側に目を遣ると、「朝顔が枯れたねぇ」と肩を落とした。

「秋なんだから、仕方ないねぇ」

そうつぶやいて、すっかり高くなった空を仰ぐように首を伸ばした。

三

史享と、話をしなければならない。

しかしその前に、吟味方与力の志村に訊きたいことがあった。彼は朝一番に、亀島町の湯屋に行くのを習いにしている。誰もいない女湯に通してもらい、男湯の会話に耳を傾け、町の噂を把握するのだ。

朝餉の支度が調う前に、惣十郎はひとり、屋敷を出た。湯屋の前には、志村が雇っている小者が佇んでいる。

「いらっしゃるかえ」

訊くと、「へえ、そろそろお出になる頃にございますよ」と、彼は気さくに答えた。

中に入り、番台の親父に「少し待たせてもらうぜ」と断る。すぐに「珍しいこともあるもんで」と剽げた声が返ってきた。日頃、与力がいると、挨拶を面倒がって早々に退散する惣十郎を見てきたからだろう。

志村は、重蔵に背中を流してもらっていた。先に重蔵がこちらに気付いて会釈を送る。やがて洗い上がると、志村は岡湯をかけ、手拭いで素早く拭いて長着を羽織った。

「危急のことでもあったか」

彼はちらとこちらを見、鷹揚に問うた。

「朝から申し訳ございません。ちと伺いたいことがございまして参りました」

「御番所でよかろう」

「お役目のこととは異なりますもので。悠木様の件にございます」

志村が手を止める。

「悠木……例繰方のか。なにかあったか」

惣十郎は喉が詰まって、言葉が束の間潰えた。

「志村様はかつて悠木様に、『下ばかり見るな、上をしかと目に入れろ』と伝えられたと伺いましてございます。そう仰せになった契機が、なにかあったのかと気になりまして」

志村はしばし考えるふうをした。覚えが鮮明ではないのだろうか。確固たる意図をもって、告げたわけではなかったのか。

「確かに申したわ。そうじゃ、悠木が廻方を外されると聞いたときじゃ」

ややあってから、志村は記憶をたどるようにして語りはじめた。

「実直な仕事ぶりだとかねてより見ていただけに、不憫に思うてのう。たまたま廊下ですれ違うたとき、こののちは御番所の内にも気を配ったほうがよかろうと、いらぬ口出しをしたのよ」

「つまり、志村様がお話しになる前に、悠木様の役替は決まっておったのですか」

惣十郎の問いに、志村は頷く。

「内々に決まっておった。悠木は入牢証文を得ることもめったになかったゆえ、吟味方の間では、ろくな働きをしておらぬと見る者が多かったのよ。が、受持の町をよく見廻り、危うきには当たりをつけ、手早く説いて改めさせていると噂に聞いてのう、もったいないことじゃと思うてな。まわりにその働きは、知れぬからのう」

方法は間違っていない、と志村は言う。犯罪が起こらぬに越したことはないのだ。しかし、それであるならば、己の功績を御番所内に知らしめる手間も掛けねばならぬ。黙っていても誰かが己の仕事をつぶさに見ていてくれるとは限らぬからな——。

「悠木様はそのとき、どのようにお答えになられましたか」

「『恐れながら、出世のために働いているわけではございませぬゆえ』と返したわ」

見かけによらず頑固な男よ、と志村は顔をほころばせる。

「わしもそう言われると、形無しでのう。さような諭告をした理由を告げたのよ。例繰方では与力と組んで動くことになる。上役の意向に黙って従わねばならぬことも多々あるぞ、とな」

「悠木様はそこではじめて、役替を知ったことになりましょうか」

「おそらく。不本意であったろう。わしはてっきり臨時廻になると思うていたが」

役替とは必ずしも、正確な精査の上になされるわけではない。欠員があれば、そこに適当な者を回す。史亭も別段、内部の確執の果てに動かされたわけではないのだろう。反対に、彼の能力をしかと見極めた上で、新たな役が与えられたわけでもない。

「いずれ悠木は、廻方に戻すべきじゃと思うておる。ただ、いつその機が来るか……。わし自身、いつどうなるかわからぬ駒のひとつじゃからな」

志村は自嘲気味に、弱く笑った。

「私も悠木様に、廻方に戻っていただきたい、臨時廻として再びご指導をいただきたいと願(ねご)うておりました。しかし、その望みは、もうかなわぬかと存じます」

怪訝な顔を向けた志村に、惣十郎は黙したまま深く頭（こうべ）を垂れる。

志村に事情を訊いたその足で、惣十郎は史亭の屋敷を訪（おとな）うつもりだった。が、もう出仕している刻だろうと己に言い訳をし、取りやめた。その時が来るのを、半日でも先延ばしにしたいという本音が、おのずと動きを鈍らせたのかもしれぬ。

晩になってようやく、惣十郎は史亭の屋敷へと足を向けた。佐吉も完治も率いず、単身、彼と語らうつもりだった。屋敷の門口に立ち、深々と息を吸い込む。なぜか、鼻の奥がつんと痛んだ。声を掛けると、史亭が奥から現れた。羽織をまとっていたから、奉行所から戻って間もないのだろう。

彼は、無言で佇む惣十郎を見るや息を詰め、それから虚ろな笑みを浮かべた。

「中で話すか」

史亭に誘（いざな）われ、奥の間に通る。惣十郎はまず仏壇に手を合わせ、それから彼に勧められるがまま座敷に端座した。

「すまぬな。かようなざまになった」

惣十郎は、応えられずにうつむく。

「じゃが、受持がおぬしだったのは幸いであった……いや、縁の薄い廻方のほうが気が楽だったかもしれんな」

しばし座敷は静まった。虫の声が至るところから立ち上っている。渡る風は、場にそぐわぬ健やかさを保っている。

「赤根を手ずから始末なさるようなことがなければ、私が気付くことはなかったやもしれません。

なにゆえあのような早計を」

ようやく発することのかなった声は、己のものとは思えぬほど無惨にかすれていた。

「赤根は、わしが救うてくれるものと思うておったろう。恩を返してくれようと、おそらく信じておったのだろうが」

燭台の灯心が、ジジッと苦しげな声で鳴いた。

「恩……にございますか」

そういうことか。惣十郎の中で、一件のすべてが繋がった。瞑目し、息を吐く。それを見て史亭は、目尻に皺を刻んだ。

「わしはもう逃げはせぬ。ゆえに、おぬしの見立てを聞かせてくれぬか。この期に及んで、さようなわがままが許されればじゃが」

惣十郎は膝に置いた拳を握る。これが史亭とじっくり語らう最後の機になろうと思えば喉が干上がったが、意を決して頷いた。

あの日郁は、「平埜」のもとを訪ねることを、なんらかの形で史亭に報せていた。ただ史亭は、「平埜」という医者も種痘のことも詳しく知らなかったのだろう。知っていれば、郁が熱でうなされているときに、相応の対処をすべく動いていたはずだ。

彼は郁が逝ってのち、自力で「平埜」の居所を突き止めた。そこで赤根は、郁に種痘なるものを施したのは江田だと、罪をなすりつけた。史亭はそれを鵜呑みにし、郁の仇(かたき)として江田を討った。激するままに動いたゆえ、あとの始末を考えていなかったのだろう。もしくは、正直に奉行所に名乗り出るつもりだったのかもしれぬ。

が、赤根が江田の骸を処理することを請け負ったのだ。当時、藤一郎が興済堂の金を使い込んでいたことが番頭に露見していた。これを揉み消さんと、江田を藤一郎の身代わりにし、店に火を付けた。番頭が気付いたとあっては、もうあの店を金蔓として使うことはできぬと見切ったのだろう。

江田は独り身で、周囲には故郷(くに)に帰ると話していた。彼の不在を気に掛ける者は江戸にはいない。一方で赤根はお由を使い、故郷には江田が生きているように偽って、折々に為替を送らせた。奴はそれを、種痘考究の資金として用いていた。宿場町にお由を置いたもうひとつの目当ては、おそらくそこにあったのだ。

史亨は、興済堂一件ののち、赤根の動きに不審を覚えるようになった。だが、そのときにはすでに、惣十郎が事件を追っており、下手な手出しができなかった——。

そこまで聞いて、史亨は嘆息した。

「郁が逝ってから三年近くを要した。『平埜』が、小日向で医業を営む者と知るまでに」

小日向辺が大火に巻き込まれる以前である。史亨は、古くからの住人たちに聞き込んで、赤根の足取りを追うことがかなったのだろう。

「もっとも奴は、その頃すでに小日向を引き払い、四谷に移っておったが」

完治がかつて、四谷の医学塾に周防から出てきた男がひとりいたらしいと報じたが、それが赤根だとすれば、すでに四谷には地の利を得ていたのかもしれぬ。

「奴は、郁を診ておらぬと言うた。同胞が種痘なる療治を施した患者だろうと告げ、江田の日本橋の住まいを教えたのよ」

「しかし、私にはわからぬことがございます。悠木様ほどのお方が、赤根の口車にやすやすと乗せられ、なにゆえ検めもせずに江田に刃を振るったのか」

惣十郎は、史亨の動きについていくつかの疑問を抱いている。これは、その最たるものであった。

「検めたさ」

史亨は、そっと言葉を置いた。

「日本橋の店（たな）を訪ねて行ったのは、そもそも子細を訊くためじゃった。当時は、種痘がなにかもようわからなかったゆえ」

もうすぐに藪入りという日の夜だった。江田は他行していたが、少し待っていると行李（こうり）をひとつ背負って帰ってきた。史亨を部屋に通して、行李を畳に置き、通っていた医学塾に置いていた荷を引き取ってきたのだと彼は語った。そうして、大事な道具はここに、と彼は帯を指し示した。部屋を見渡すと、まことにここに住んでいるのだろうか、と不審に思うほどにものがなかった。おおかた、二、三日のうちに故郷（くに）に帰る手はずになっていたのだろう。

同心と聞いても江田は恐れるふうもなく、はじめはくつろいだ様子で愛想よく応対していた。が、史亨が種痘という言葉を出すや、あからさまな迷惑顔を作り、

「種痘のことをお訊きになりたいのなら、他を当たっていただきたい」

と、ぞんざいに答えたという。江戸での種痘考究が実を結ばず、捨て鉢になってでもいたのだろうか。

史亨は江田に、郁のことを訊いた。経緯を検め、事によっては、罪を償わせるつもりだった。ところが江田は、郁を覚えていなかった。種痘を施したのが赤根であれば、江田に覚えがないのは当然だ。が、そうとは知らぬ史亨は、「そんなはずはない」と迫った。すると江田は、疎ましげに返したという。

「疱瘡をこの世からなくすためには、種痘が欠かせぬのです。これを大成させるためには、多少の犠牲もやむを得ません」

江田が、どんな意図でそう告げたのかは知れぬ。人痘種痘を危ぶんでいた彼は、郁の件としてではなく、種痘なるものの広義の意として、そう説いたのではないか。いずれにせよ、早々に江戸を去るつもりだった江田にしてみれば、覚えのない一件について、種痘の知識も乏しい同心から詮議されることそれ自体が煩わしかったのだろう。話を終いにすべく簡便な持論を述べた。

が、この言葉は、史享にとって許しがたいものだったのだ。

――多少の犠牲。

手塩に掛けて育てたひとり娘を、他に代わりのない大切な存在を、そのような乱暴な括り(くく)で語られて、自失したのだ。

気付いたときには、刀を抜いていた。

「疱瘡根絶のための考究は入り用だと、わしも頭ではわかっておる。しかし、だからというて、考究のために犠牲を出してよかろうはずがない。それを江田は、あたかも己が、人命を自在に操れる神仏であるかのように、平然とそう述べたのじゃ」

史享の身が痛ましげに震えている。顔に寄った縮緬(ちりめん)様の皺が、彼の抱えるさまざまな懊悩を一斉に訴えているようだった。

江田を手に掛けてすぐ、史享は赤根にその事実を伝えた。同胞である赤根に詫び、奉行所に罪を自白するつもりであった。ところが赤根は嘆くことはおろか驚くことすらせず、「骸は片付けておきます。ご案じ召されず」とすみやかに動いたのだ。幸い、江田の住まいは堅固な表店(おもてだな)の上、史享も一太刀で仕留めたため、刃傷沙汰に気付く者はいなかった。夜のうちに赤根は江田の店(たな)を片付け、骸を別の場所に移したらしい。その翌日夜半に、あの火事が起きた。

藪入りの日を選び、番頭を殺めて、江田の骸を運び込み、火を付けたのはすべて、赤根の算段だろうと史亭は言う。

「番頭の件はわしのあずかり知らぬことで、あの火事が単に江田の骸を隠すためだけのものではないと勘付いた。妙だと感じはじめたのよ。赤根と江田はいわば輩じゃ。であるならば、江田が殺められて赤根は動じるはずであろう。自身番屋に告げてもおかしゅうない。だが彼は、骸を巧みに始末し、わしに恩を売るようなことを言うた」

「赤根は、なんと言ったのです」

「けっしてわしの罪が明らかにならぬようにするから、向後自分になにかあれば助けてほしい、と。同心を引き入れれば、種痘を試すに都合がいいと考えたのだろう」

しかし赤根からはその後、なんら接触はなかった。一方で史亭は、興済堂一件ののち、暗々裏に赤根を洗いはじめた。が、奴の行方はようとして知れなかった。早々に、四谷の店を引き払っていたからだ。

「雑物蔵に預けていた、江田の外科道具が持ち出されておるのですが、あれも……」

惣十郎の問いに、史亭は顎を引く。

「あの日、江田が帯に挟んでいた品であろうと思うてな。しかし、彼の所持品は外科道具だけだったな」

一方で赤根は、たまち屋で誂えたコロンメス以外の種痘道具を、興済堂で調達するなどしていたのかもしれぬ。あの匙は薬種屋で使われているものとよく似ている。

「しかし、お光佐が絡んでいたとはのう」

史亭はうなだれ、首を横に振った。

藤一郎が新宿で捕らえられたと聞き、史亭は、近くに赤根が潜んでいるのではないかと、かの地を虱潰しに当たったという。

「おぬしの捕物書にも目を通した。ただ、富坂は閉まっておって、中を検めることはかなわなかったが」

お由は一件ののち、居抜きで見世を譲るまで、身を隠していたのだろう。

「私に訊いてくだされば……」

そう告げながらも、あの段にそこまで踏み込んできたならば、間違いなく史亭を疑っていたろうと惣十郎は感ずる。史亭もまたそれと察して、独自に動く道を選んだのだ。お由は先だって、藤一郎捕縛のあとからずっと誰かに見張られている気がした、と漏らしていたが、身辺を嗅ぎ回る史亭の気配を感じ取っていたのだろうか。

「長らく、なにゆえ郁が平埜を知ったかわからぬままじゃった。そこだけが謎であったが、お光佐が導いたのじゃな。入牢証文が下りたと聞いて、文書を見たときには、息が止まったわ」

史亭は必ずこたびの文書を検めるだろうと、惣十郎は「お由」「お光佐」と女の使っていたふたつの名を記したのである。

「私にはもうひとつ、わからぬことがございます。郁が『平埜』のもとを訪ねたことを、悠木様はなにゆえ、郁が病みついておるときにお伝えくださらなかったのか」

目に入れても痛くない娘が苦しんでいるのだ。医者の所在を知らずとも、手掛かりになればと、平埜の名だけでも惣十郎に告げるのが至当ではないか。

「郁の書き置きを見付けたのは、七七日が過ぎたあとだったのよ」

風が吹き込んだのか、灯が大きく揺れた。史享の顔に映った影が、頼りなげに歪む。

「郁は、わしには秘したまま、挑む所存であったのだろう。書き置きを、そこの敷物の下に挟んでおった」

彼は仏壇前に据えられた経机を指し、それからやにわに立ち上がった。一旦隣室に下がり、小さく折り畳んだ紙を手に戻ると、惣十郎の目の前に差し出した。

「……拝見してもよろしいのですか」

史享が頷くのを確かめてから、黄ばんで、頼りない手触りのそれを開き見る。仮名の多い柔らかな文字が、行儀よく並んでいる。

〈お父上様のお働きを郁は尊んでおります
こたびのお役替は屹度(きっと)間違いにございます
どうぞ蘭学がなくなるよう天文方に御助力くださいませ
郁も蘭方医学に負けぬよう平埜先生のお役に立つことお願い致しました
旦那様のためにも屹度なりましょう
郁はお父上様や旦那様を支えるために在るのでございます
このお役目は他の誰にも代わることは叶いません
郁の大事なお役目にございます
これを叶えて認めていただきとう存じます〉

惣十郎は、顔を上げられなかった。

郁はやはり、自分が冬羽と交わした会話を気にしたのだ。七夕の町を高いところから眺めるのに天文台に上らせてやる、といった軽口だ。無論、そんな目当てで天文台に上がれるはずもなく、惣十郎は天文方にはなんの伝(つて)もない。冬羽もまた、冗談として受け流していたろう。けれど世間ずれしていない郁だけが、これをふたりの約束だと真に受けた。自分が、邪魔者扱いされたと感じた。ゆえに、己の価値を示さねばと焦ったのではないか。

そんなこととはつゆも思わず、惣十郎はひたすら役目にのみ没頭していた。そうして、冬羽に寄せる仄かな想いを捨て去る気概さえ持たなかった。郁と暮らしながら、彼女の存在をないがしろにし続けた。

「わしが例繰方になったことは、郁には言わんかった。お役目の話は、もとよりめったにしてこなかったゆえ。ただ、雪駄の替えがなかなかなくならぬことを、郁は不思議がっておってのう」

廻方は頻繁に雪駄の裏の革が破ける。ことに史亭は、ひと月持たぬことも珍しくなかった。すでに服部家に嫁いでいた郁は、惣菜を史亭に届けにいく中で、父親の様子が変じたことを気取(けど)ったのだろう。

「わしが廻方を誇りとしていたのを知っておったゆえ、郁なりに気に掛けたのであろう。繁く顔を見せるようになってな。ここで、蘭書を取り扱っておる書肆(しょし)を一巻にまとめておったのを見られた」

史亭が、そのような仕事を負うていたことは初耳だった。訝る惣十郎に、

「例繰方の仕事ではない。与力衆から内々に頼まれたのよ」

史亭は詫び声で打ち明けた。

蘭学が隆盛していた、まさにさなかの頃だった。渡辺崋山や高野長英といった著名な蘭学者が書物を板行し、それに感化される者が多くあった。一方公儀は異国船打払令のもと、排外的な姿勢を貫いた。双方に軋轢(あつれき)が生じる中で、目付の役にあった鳥居耀蔵は、のちに蛮社の獄を率いて

渡辺や高野を投獄する。

鳥居同様、「水野の三羽烏」のひとり、天文方の渋川敬直が蘭書排斥を唱えはじめたのはその少し前らしい。当時は、改革がなされる以前であり、北町奉行は大草安房守高好（おおくさあわのかみたかよし）が担っていた。彼は蛮社の獄の折、渡辺崋山を吟味しているが、鳥居の強硬策には賛同しかねるふうであったから、蘭書の取り締まりについては御奉行直々の下知ではなかったかもしれぬ。

が、世の動向に鑑み、また、蘭書流通に異を唱える天文方の声を受けて、与力衆は、蘭書を主に扱う書肆を内々に探りはじめていたのだという。

「株仲間解散令の以前じゃ。書物問屋仲間もまだあった頃よ。天文方の渋川様が蘭書取り締まりの意見書を御老中に上げる支度をしていると聞こえてきての、蘭書を扱（あつこ）うておる書肆を洗い出す動きがあったのじゃ。おぬしは気付いたかどうか、例繰方も年番方も、与力衆は、向後出されるであろう御触れになにかしらの形で関わらんと血眼になっておった。無論、己の覚えをよくするためにな」

渋川が水野に、蘭書訳本の統制を上申したのは確か、郁が亡くなって間もなくであった。その一年以上前から、この動きは奉行所に伝わっていたということになる。

「しかし天文方はなにゆえ、そこまで蘭書排斥に躍起になっておるのでしょう」

疑問を口にした惣十郎に、

「暦よ」

史享は端的に答えた。

「渋川家は昨年、太陰太陽暦をさらに改暦した天保暦を編み出したであろう。長い歳月、この考究をしておった。ところが、異国は太陽暦なる暦を用いておる。わしはそれがどのようなものか、よう知らぬが、閏（うるう）月もなく、毎年同じ日数で年が変わる点では至極優れたものだと聞く」

蘭書が巷に広まれば、太陽暦への理解や評判も広がりかねない。自分たちが研鑽してきた成果が覆されると案じたのか。

惣十郎は、息を吐く。よりよいものを広く考究しているはずの識者たちですら、仮に優れたものであっても、己の地位を脅かす存在からは目を背ける。それまで培った土壌を、けっして手放そうとしないのだ。赤根が頑迷に、己の信ずる種痘を試し続けた姿と、それは酷く重なる。

かつての史享であれば、蘭書を取り締まるべきか否かを、自分なりに吟味したろう。単に上役の言いなりには、きっとならなかった。役目のことを詳しく知らぬ郁が案じるほど、蘭書扱いの書肆を挙げることに躍起になりはしなかったろう。

「お光佐は平埜、いや赤根のことを、漢方医学として種痘を確立し、蘭方医学を封じ込めるとでも、郁に吹き込んだのであろう。さようなものに力を貸したとて、わしが廻方に戻る一助になるはずもないのにな」

「……郁のことは私に責めがございます」

惣十郎は己の悔悟を口にしかける。が、史享に一部始終を伝えることは控えた。彼をさらに苦しませると知りながら、言い出すことができなかったのだ。

「郁の書き置きが見付かった段に、なにゆえ私にお報せくださらなかったのか」

代わりに、そんな無念が口を衝いた。

「おぬしは廻方として嘱望されておる。身内の件で煩わせるわけにはいかぬと思うた。それに『平埜』を捜しはじめた段ではまだ、御番所で扱うような事柄とは思えなかったからな」

興済堂一件ののちも、種痘を施したのが赤根だとの確信にまでは至らなかったため、史享は単身行方を追っていた。ところへ、惣十郎が赤根を挙げたと聞こえてきた。

仮牢に赴いた史亭に、赤根は「ここから出してくれ」と請うたらしい。

捕らえた段、惣十郎から江田殺しの嫌疑を掛けられた赤根は、史亭の罪が未だ露呈していないことを悟った。自分が牢に繋がれたと知れば、史亭はあの日のことが明るみに出るのを恐れて、「口を割るな」と釘を刺すため、きっと会いにくると、奴ははなから踏んでいたのだ。そのときに、真実を打ち明けぬ代わりに自分を逃がすよう計らってくれと頼むところまで、おそらく肚(はら)の中で算段していたのだろう。

「逃してやる代わりに、まことの経緯を話すよう、わしは赤根に条件を出した。郁が死んでもう四年も経つゆえ、すべて水に流すと騙ってな」

切羽詰まっていた赤根は、容易に史亭の言葉に従った。ただし、種痘を試したのは己だと白状しながらも、郁から頼まれたのだ、と自らを守ることも忘れなかった。

史亭はこれを聞いて迷わず、懐に忍ばせていた毒を粥の椀に盛り、赤根に手渡した。赤根が死んだと翌朝聞いて、ようやく仇(かたき)を討てたと安堵した。同時に、ひどい虚しさに襲われた。

「わしは廻方として、長らく罪を犯す者を間近に見てきた。役目を与えられたばかりの若かりし頃は、罪人とはすなわち悪人だと思うておったわ。悪人を見付けて、お縄にすればよいと信じ込んでいた」

どこからか舞い込んできた蛾が、燭台の近くを飛び回っている。

「しかし、罪人と接するうち、まことの悪人なぞいないと知った。なに、実はいずれも根はいい奴だなぞと甘いことを思うたわけではない。根から腐った奴も山ほど見てきたわ」

惣十郎はそっと頷く。先を聞かずとも、史亭の言わんとすることはわかる。善悪は紙一重だ。

どこを軸に見るかで、容易にその位相は変じる。が、どちらも、その奥底には確固たる意思が宿っている。しかし、他者を脅かし、殺めるような愚かな罪を犯す者は、その善か悪かという域にすら至っておらぬことがほとんどなのだ。

「悪事を働いてお縄になる者の根本にあるのは、単なる怯懦よ。怖れ、おびえる、弱さが引き起こすものでしかない。素町人であれ、施政者であれ、それは同じじゃ。中には、罪を犯すことを愉楽としておる者もあろうが、其奴らもまた、己の居場所がないという寄る辺なさと恐怖とが、その背にベタリと貼り付いているように、わしには見えておった」

ひと息に語ってから、史享は地鳴りにも似たうめき声を漏らした。

「そうした者らの心裏を、わしは自らの行いによって、身をもって知ることになってしもうた。同心として勤め上げた最後にな」

彼は、自らの膝元に向けて続ける。

「罪を犯すことが、かように辛いものとは思わなんだ。毎日、飯を食うことも、息をすることさえも、後ろめたかった。しかしそれよりも苦しかったのは、嘘を吐くことじゃ。興済堂一件を知らぬ顔で通した。おぬしに、この件を執拗に探らぬよう、暗に釘を刺した。赤根の件が確かになるまで、郁の思い出さえも語らうことを阻んで、すべてを欺き続けた」

掌で、彼は額を力任せにこすった。

「ひとつの嘘を守るために、次々と嘘を重ねた。そうやって常に次の嘘を考えている己が、虚しゆうて仕方なかった」

廻方としての史享は、まさに正義の人であった。役所内には、保身のために平然と嘘を重ねる者が少なくない。己の失敗を下役になすりつけ、澄ました顔をしている者もある。単なる隠蔽やごまかしを、「清濁併せ呑む」なぞと、たいそうな言葉で包み込み、仕事のケツを持つことさえも巧妙に避ける上役もある。

史亭は、そうまでして己の立場を保とうとする者を、かつては疎んじていた。さように取り繕って働かずとも、役目を真っ当にこなせば、己にふさわしい道が拓けるのだと胸を張っていた。

「のう、惣十郎」

史亭が、顔を上げる。

「己が正しいと信じてきた仕事が認められなかったとき、それどころか、己のやり方が間違いであったと判じられたとき、人は、どのように心を保てばよいのかのう」

「志村様のお言葉でしたら他意はなく」

慌てて告げると、史亭は目を瞠った。

「……おぬしらしいのう。先に周囲を洗ったか」

それから、彼は首を左右に振った。

「さようなことは重々承知の上じゃ。志村様は、浅慮なお方ではない。だいいち、上役のひと言でへこたれるほど、わしは若くもないわ」

惣十郎は、申し訳なさにうなだれる。

「ただわしは、先の役替が、長年勤めてきた己への唯一の答えだと思うたのよ」

「……さようなことは」

言いかけた惣十郎を、史亭は遮る。

「わしは、出世のために働いておったわけでも、誰かに認めてほしゅうて懸命に務めていたわけでもない。己の道を信じておればいいのだと、役替になった当初は、気持ちの波立ちを抑えんとした」

惣十郎は、ただ頷くことしかできない。

「じゃが、例繰方で我が子ほどの年若い与力に日々怒鳴られるうち、足下が揺らいだ。培ってきたはずのものがすべて、まやかしだったのではないかと思えてきたのだ。己の信じていたところには、まことはなにもなかったのではないか、と」

惣十郎はまだ、己の役目を、これまでたどってきた道を、振り返ったことはない。次々起こる事件に対処するだけで手一杯なのだ。この日々が最後に何をもたらすのか、想像したことすらなかった。

「のう、惣十郎。なにが正しかったのかのう。組織の中で己のままに生きるには、どうすればよかったのかのう」

蛾がまき散らした鱗粉(りんぷん)が、妙な煌めきを放っている。

正しさとはなにか——。

惣十郎の内にも正義はある。ただ、それ自体、実態のないものだという気もする。かつて重蔵の一件で志村と話をした折、惣十郎は己の義を通したことを、「正義ではなく、一個のわがままだ」と唱えた。それこそが、確かに手にしている感触であった。志村には志村の、崎岡には崎岡の正義がある。己の信念は、他者に解してもらおうとするものでも、他者と比べるものでも、他者に押しつけるものでもない。ただ淡々と、偽りない己を率いていく指針にすべきものなのだろうが——。

「明らかな失態の挙げ句、役替になったのなら得心もいったろう。しかしわしは、仕事の仕方それ自体を否やと評された」

史亨の膝に置いた拳が震えている。

「他の者に己の仕事を万事解してもらおうとすることが、甘い考えなのは承知じゃ。だがわしはあのとき、例繰方の己を認めることができなかった。どんな役目でも、自分らしく務めることはできたはずであるのに、一刻も早くここから抜け出すことだけを考えて、逸（はや）った。これを最後の役目にしとうなかった。お役を退いてから己の務めてきた道を振り返るたび、苦い思いを抱くことになるのを恐れたのじゃ」

蛾の羽ばたきほどの出来事が、それまで在った地平を大きく揺るがすことがある。史亨の役替、志村の指南、冬羽と惣十郎の軽口、天文方の思惑、医者として名を挙げんとする赤根の宿志。次元の異なるさまざまな思いが幾重にも絡んで、これまでの景色を掃いて捨てるような荒風に変じた。

惣十郎は一度瞑目したのち、口を開く。

「私は、悠木様の仕事を尊んでおります。こうなった今も、その心は変わりませぬ。悠木様のやり方に倣い、自分なりに工夫を重ね、廻方として務めております。悠木様は今、『最後の役目』と申された。確かに形の上では、さようなことになるやもしれません。しかし、悠木様が編み出し、信じ、貫いた仕事を、あとに続く者が受け継いでいたならば最後と言えましょうか」

史亨が、にわかに首を起こした。

「直々に教えを請うた者のみならず、いずれ悠木様の仕事を伝え聞き、己の内に取り込む者があるかもしれません。誰かが信じ、努め、貫いたことは、必ずどこかに残り続けると私は信じております」

惣十郎は、膝の上に置いた拳を、いっそう強く握る。

「私どもは往々にして、思いがけない出来事や道理の通らぬ事柄によって、道を変じられることがあるものです。しかし、こと役目においては、その仕事を正しく見ておらぬ者の判じによって奪われるものなぞなにもないと、私は思うております。悠木様の、廻方として歩んできた道程も、実はなにひとつ損なわれてはおらぬのです」

そのとき、あたりを舞っていた蛾が、まるで吸い寄せられるように燭台に近づいた。あっという間もなく羽に火が移り、一瞬で灰になった。同時に燭台の灯も消えた。

「わしは馬鹿じゃ。己より他の者を、信ずることをしなかった」

月明かりだけになった部屋では、史享の顔がいっそう青白く見える。

「己の正義だけを頼みに、生きてしまった」

嘆息が虫の音の狭間を縫っていく。しばし沈黙になった。ややあって彼は背筋を伸ばすと、

「郁のこと、よろしゅう頼む」

と、頭を下げた。

「わしは向後、位牌に手を合わせることも、墓に参ることもできなくなるゆえ」

「私は郁のこと、終生償っていく所存にございます」

惣十郎の答えた言葉の裏まで、史享は読み取れなかったろう。不可解を浮かべてこちらを見詰めていたが、やがて両手をついて「頼む」と畳に額をこすりつけた。

「万事、おぬしに、任せる」

はっきりと告げ、顔を上げた。廻方で共に働いていた時分となんら変わらぬ笑みが、そこには咲いていた。

四

　赤根殺しの下手人が史亭であったと知れるや、当然ながら奉行所内は騒然となった。例繰方与力は、自分たちの仕切りの甘さを突かれぬよう、「悠木に泥を塗られたわ」と声高に唱えている。史亭が惣十郎の義父と知る者は、無遠慮に好奇の目を向けてきた。

が、意外にも、もっとも騒ぐだろうと思われた崎岡は、この件には触れぬ。こちらを慮ってくれたのかと感謝したのも束の間、

「そろそろ、ひっくり返るぜ」

と、単に彼は、幕閣の動向にひたすら注意を向けているのだった。

「鳥居様が手の平返したってぇ噂だ。あんなに御老中にへつらってたのになぁ」

　上知令反対の声が幕閣内で高まるにつれ、強硬な改革を率いてきた老中首座、水野忠邦への非難が高じた。鳥居はほんのひと月前まで、そうした幕閣を姦臣と唱え、抑え込もうとしていたが、反水野の筆頭に立つ老中、土井利位に寝返ったらしい。

「恐ろしいな、政ってなぁ。昨日まで己に与してた者が、今日にゃあ敵になるってんだから、油断がならねぇ」

　崎岡は言って、大きく身震いした。鳥居は水野の施政を心底から支持していたわけではなかったのか。それとも保身のために、宗旨替えをしたのだろうか。

「思うに、締め付けすぎたんだよ、御老中は。町人たちに負担を掛けるだけ掛けて、ちっとも世の中、よくならねンだもの」

再々出される町触れに疑問を呈することなく従い、奢侈を厳しく取り締まっていた崎岡は、自分のしてきたことを忘れたのか、したり顔でそうほざいた。

「御老中には御老中の正義があって、動いておられたのだろうよ」

面倒になって適当に答えた惣十郎に、彼は案外そうな目を向けた。

「珍しいな。やけに物わかりのいいことを言うじゃあねぇか」

「俺はもともと、物わかりはいいぜ」

返すや崎岡は、「誰より頑固なお前が、よく言うぜ」と、せせら笑った。

閏九月に水野忠邦が失脚するや、史享のことを話題にする者もなくなった。三羽烏の鳥居は生き残ったが、天文方、渋川敬直の治政への関与は向後薄まるだろうと、与力衆は安堵した顔で噂していた。


十月に入って間もなく、惣十郎は完治を屋敷に呼び、興済堂一件の働きを改めてねぎらった。落着にここまで日数を要す件も珍しく、他の事件を扱いながらも江戸中を探った完治はよほど気骨(きぼね)が折れたに違いなかった。それでも、ねぎらいの宴だと告げれば彼は遠慮するだろうからと、頼みたい件があると言って暮れ時に呼び出したのだ。

お雅が腕によりをかけて拵(こしら)えた料理は、滅多なことでは驚かぬ完治の嘆じ声を引き出した。もっとも改革の反動で値上がりの激しいさなかであったから、豪勢な支度はできない。お雅はしかし、安価な豆腐や鰯を工夫して華やかに皿を彩った。

「お前さんは手を抜かねぇな。どんな注文でも、こちらが思うより上の出来に仕上げるんだから偉(えれ)ぇもんだ」

思わず感じ入った惣十郎に、お雅は、

「近頃、料理の愉しさがわかってまいりましたので」

と、気恥ずかしげに答えた。

「料理は十になる前からしてきてんだろ。それなのに、『近頃』ようやくかえ」

「ええ。実家（さと）にいた頃は、父と母のためにこさえましたが、ここでは違いますから」

意を汲みかねて惣十郎が首を突き出すや、お雅は目を逸らし、うつむいた。耳のあたりが薄く染まっている。詳しく話を訊こうとしたところで、お運びを手伝っていた佐吉がお櫃を手に入室した。

「酒をやるから、飯はまだいいよ」

惣十郎は断ったが、

「いや、あっしは飲めませんからね、先にいただいて、休みますよ。今宵は特別に、夜も飯を炊いたんですから」

佐吉はその言葉通り、惣十郎と完治が杯を重ねる横で慌ただしく飯をかき込み、早々に自分の店（たな）へと引き上げた。

「しかし、こんな顛末になるたぁな」

座敷にふたりきりになってから、惣十郎はつぶやいた。

「わっちも、迂闊（うかつ）でした」

史享が赤根を追っていたことに気付けなかった己を、完治は悔いているのだった。

「人ってなぁ元来弱（よえ）ぇ生き物だが、悠木様は強くあろうとしすぎたのかもしれねぇな。番所の中じゃ、理に適わねぇことが繁く起こる。日和見（ひよりみ）も多いしな」

「わっちゃ、御番所に属したことはござンせんし、政もわかりませんが、外から眺めると、役回りってなぁなるべくしてなっていることも多々あるような気がしやす」

完治はそう返して、杯を干した。

「理不尽たぁ言いがたいかえ」

「まあ理に適わねぇこともあるんでしょうが、わっちにゃそもそも理ってぇのも、さしたるものじゃねぇように思えるんでさ。御老中が代わっただけで、世の中の理なんぞ簡単に変じますからねぇ。逐一真に受けちゃいられませんよ」

「したらお前さんは、なにを基に動いてるのだ」

完治は少し考えるふうをした。

「まぁ、勘ですかねぇ」

「……勘か」

「へぇ。人の懐を狙うにゃ、その動きを見なきゃなりません。動きを見ると、人となりが透けて見える。そうすっと、人品骨柄を嗅ぎ分ける鼻が利くようになるんですよ。もっともそいつぁ、己からして、まっとうか否かってぇことでしかねンですが、刀と一緒で、反りの合わねぇ鞘に収まるこたぁできませんから」

惣十郎は刃のように切れ長な完治の目を見て、ふっと笑みを漏らす。

「お前はいつも抜き身で、鞘なんぞにゃあ収まらねぇだろう」

完治は口角をひねり上げ、気まずそうに額をかいた。

「これからまた、新たな治政がなされる。正しい軸がねぇこの浮世をどう生きるかってのは、いつの世も難儀な仕事だな」

惣十郎の言葉を完治は受け流し、不意に、

「この出汁は、いつも同じ味ですな」

〆の茶漬けをすすって、つぶやいた。

「前にこの茶漬けをいただいたのはえらく寒い頃で、今はまだ羽織なしでも過ごせます。昆布や鰹節から出る出汁は時季によって味が変わると聞きますが、そういう様子も計って、煮る刻や加減を定めてンでしょうかね」

惣十郎は虚を衝かれ、しばし完治を見詰めた。それから、ふっと肩の力を抜き、

「なるほどな」

と相槌を打った。碗を手にし、日頃当たり前に口にしてきた出汁を、心して味わう。


年が明けて夏を迎えた頃、ついに『幼幼精義』板行の運びとなった。梨春はよほど嬉しかったのだろう、わざわざ朝早くに八丁堀まで駆けつけて、役目に出る前の惣十郎に、これを報じたのだった。

「須原屋さんもなるべく多く摺るとおっしゃっております。これを先駆けに種痘についての書物が出回れば、いっそう考究も進むでしょう」

童のように声を弾ませている。翻訳に長い歳月が掛かり、さらに板元探しの道のりも長かった。ようやく須原屋が引き受けたところで、蘭書の取り締まりが厳しくなり、書物問屋仲間は解散させられ、医学館で検閲を受けるよう命ぜられたのだ。

「めでてぇな。しかし、医学館がよく首を縦に振ったたな」

「それが、医学館は蘭方医学書については不許可を唱え続けておるのです。冬羽さんは私に黙っ

ていたようなのですが、『幼幼精義』も長らく医学館に留め置かれまして」

惣十郎は片眉を上げた。板行の許可が下りぬと、草稿はそのままお取り上げになるという決まりごとがあるのだ。

「訳書は手元に戻らなかったかえ」

「いえ、草稿取り上げには及ばず、とのことで、返してはいただけたそうです。冬羽さんがおっしゃるには、写しで広まる分には構わぬ、という医学館の判じではないか、と。ただそれでは多くに読まれぬと、須原屋さんが南町奉行に嘆願の書をあげてくだすったそうなのです」

「鳥居様に、か」

「ええ。御奉行様が医学館の下した判じを差し戻したと耳にされたそうで」

鳥居はかねてより、蘭書については厳しい取り締まりを命じながらも、医学書についてはその限りではないとしてきた。ために、蘭方医学であるのを理由に、書物の板行を阻む医学館の判じには得心がいかなかったのだろう、『幼幼精義』の草稿を昌平坂（しょうへいざか）学問所に持ち込んだらしい。そこで御公儀お抱えの儒者たちに内容を精査させたのである。と同時に、時の老中、水野忠邦にも医学館の判じを「偏屈」だと訴え、検め直すべく計らったという。

「鳥居様がねぇ……」

巷で耀甲斐（ようかい）とあだ名されるだけあって、どこか得体の知れぬお人だと怪しんでいたが、医学書の検閲については公正な判じを求めたらしい。水野も鳥居の意を容れ、また学問所の儒者たちも『幼幼精義』の内容に問題はなしとして、めでたく板行の認可が須原屋にもたらされた。

「ただその判じに対する医学館の返答がなく、まだまだ気は抜けぬようなのですが、まずは三集分の上梓はなせそうだ、と冬羽さんが」

「そいつぁ、絹ごしを食わなきゃな」

惣十郎の声に、梨春は照れたように笑むも、すぐに真顔に戻った。

「しかしこたびのことで、医学館はいっそう態度を硬化させるかもしれぬと思えば、気が重いのです。なにしろ御公儀の言いつけで医学書の精査を担ったのに、その判じを反故(ほご)にされ、医学に通じておらぬ儒者の意見が用いられたのですから」

「まぁ、偏屈とまで言われちゃ形無しか」

向後、医学館が精査する蘭方医学書は、より厳しい検閲のもとに置かれるかもしれぬ、『幼幼精義』がその契機を作ったと思えば申し訳ない、と梨春はうなだれた。

「いや、かえって、ここから拓けていくかもしれねぇぜ。冬羽さんが頑張ってくれたんだ、素直に喜びゃいいさ」

冬羽、と口にしたときの体を巡る歓喜を、惣十郎は感じぬように努める。史享が、はじめて郁を連れてきた日の景色が、目の前をよぎった。

「冬羽さんは板行が決まるまでの厄介ごとを、私に一切伝えませんでした。『必ず板行します』としか言わなかった。逐一経緯を聞かされていたら私は不安で、他のなにも手につかなかったかもしれません。その配慮にも助けられておるのです」

惣十郎は、頷いた。頷きはしたが、冬羽の凄さを共に語ることはしなかった。

折良く茶を運んできたお雅に、

「お多津様をこれから診させていただきます」

梨春は笑みを向ける。

「今朝はとてもお加減がよろしいですよ」

お雅が柔らかに応える。

「よろしく頼む」

惣十郎はふたりに向け、頭を下げた。

梔子色（くちなしいろ）の光が町に満ちている。

「そろそろ御命講ですな」

町廻をしていると佐吉が言った。

「ああ。郁が毎年、小枕餅を作ってたな」

惣十郎は答える。ふと浅草橋の方角を仰いだ。ここからでは天文台は見えない。

「あ、旦那」

茅町に差し掛かったところで、声が掛かった。須原屋の伊八と冬羽が小僧をひとり連れて、こちらに会釈を送っている。小僧が担いでいる荷を見遣り、

「仕入れかえ」

惣十郎が訊くと、

「ええ、紙をいくらか。改革が終わって、また値上がりしそうですから、先に多めに仕入れておこうと思いまして」

伊八が揉み手をして答える。

「御老中が退かれた途端の値上がりですからね、現金なもんですよ。紙代が上がれば、書物の値付けにも響いてきますから、うちにゃ痛いんです」

冬羽が見事に口を尖らせる。文句ばかり言っているようだが、一番の困難は自分の中に閉じ込

めて、すべて引き受け背負っていくのが冬羽なのだ——そう思いかけて、惣十郎はかぶりを振った。

——冬羽の仕事ぶりを、俺は単に崇めているだけなのだ。

自らにしかと言い聞かせる。

「梨春が嬉しそうだったぜ」

告げると、伊八も冬羽も顔を明るくした。

「お聞きになりましたか」

「ああ、あんなにはしゃいだ梨春を見たのははじめてだ」

「ただ、医学館は渋ってますんでね、板行までもう一押ししないといけません」

神妙に語る伊八に反して、冬羽の鼻息は荒い。

「跋文を杉田立卿先生が書いてくださるんですよ。序文は坪井先生と豪華な造りですから多くの方に読まれましょうし、必ず後世に残る一書になりますよ」

「お前、また大風呂敷を広げて……」

伊八が眉を曇らせた。

「大風呂敷じゃないですよ、まことに価値ある本なんだから、ねぇ旦那」

惣十郎は苦く笑う。「そうだな」と、肯んじ、一旦瞑目して呼吸を整えてから、ふたりを交互に見遣って告げた。

「似合いだな」

意を解しかねたのだろう、伊八と冬羽が、同じ拍子で同じ向きに首を傾げた。惣十郎は小さく吹き出してから、続ける。

「まったく似合いの夫婦だ。なぁ、冬羽さん、いい旦那に巡り会えてよかったな」

これまで口が裂けても言えなかったことを、思いがけずすんなり声にできて、惣十郎は安堵とともに、心の中の大事な部分を切り落とされたような寂しさを覚える。

「なにをおっしゃるんです、旦那。喧嘩ばっかりですよ」

冬羽が頬をふくらまし、伊八も頷いた。

「雨降って地固まると言いますからね。こないだ見た芝居でもそう言ってたもの」

佐吉がしたり顔で横入りしたのを潮に、

「さて、行くか」

惣十郎は切り替え、会釈を送る冬羽たちに背を向けた。地面を足指で摑むようにして歩を進めるうち、内に巣くった痛みが、少しずつ霧散していくのを感じた。

「こないだ聞いたんですがね、水野様のお屋敷に石を投げ込む者まであったそうですよ。改革の恨みですかねぇ」

「あれだけ徹底してやればな。ただ、誰からも恨まれねぇ政はねぇからな。ひとつも間違いのねぇ仕事なんぞねぇのと同じだ。俺だって軸が揺らいでばっかりだからさ」

佐吉は、「そんなもんですか、仕事ってなぁ」と、鼻頭を指で弾いた。

「お前は違うかえ」

二六時中しくじってばかりだってのに、と事実を口にするのは控えた。

「さいですな。軸というものがあるとすりゃ、あっしの目当ては常に定まってますからね、揺らぐことはございません」

「へ……そうかえ。お前の仕事の目当てとやらを、そういや聞いたことなかったな」

すると佐吉は高らかに返したのだ。

「そいつぁ決まってますよ。明日の飯を食うためです」

惣十郎はしばし声を失う。が、すぐに腹の底から笑いがせり上がってきた。

「いいな、いい。そいつぁ傑作だ」

佐吉の肩をぽんと叩き、惣十郎は再び、地面を足先で弾くようにして歩き出した。

渡る風が柔らかに背を押した。

どこからか、御命講の団扇太鼓と一心に念仏を唱える声とが漂ってきている。

主要参考文献

『江戸時代 犯罪・刑罰事例集』 原胤昭・尾佐竹猛 解題 柏書房 一九八二年
『江戸町奉行事蹟問答』 佐久間長敬 著 南和男 校注 人物往来社 一九六七年
『江戸時代医学史の研究』 服部敏良 吉川弘文館 一九九四年
『種痘という〈衛生〉 近世日本における予防接種の歴史』 香西豊子 東京大学出版会 二〇一九年
『伝播する蘭学 江戸・長崎から東北へ』 片桐一男 勉誠出版 二〇一五年
『江戸書籍商史』 上里春生 名著刊行会 一九七六年
『旧事諮問録 新装版』 旧東京帝国大学史談会編 三好一光校注 青蛙房 二〇〇七年
『蘭学の家 桂川の人々』 今泉源吉 篠崎書林 一九六五年
『藤岡屋日記』（全十五巻） 藤岡屋由蔵 著 鈴木棠三・小池章太郎 編 三一書房 一九八七〜一九九五年
『江戸町触集成』（全二十二巻） 近世史料研究会 編 塙書房 一九九四〜二〇一二年
『天保雑記』 藤川整斎 内閣文庫

文献の引用に際しては、表記について若干の修正を加えました。

一部協力 原 史彦（名古屋城調査研究センター）
金子 拓（東京大学史料編纂所）

装画　五十嵐大介

装幀　川名　潤

初出　『読売新聞』　二〇二二年十月二十一日～二〇二三年十一月二十四日

書籍化にあたり、加筆・修正を行いました。なお、本作品はフィクションであり、実在の人物、事件等を事実として描写したものではありません。

木内昇（きうち・のぼり）

一九六七年、東京都生まれ。二〇〇四年『新選組　幕末の青嵐』で小説家デビュー。一一年に『漂砂のうたう』で直木賞を、一四年に『櫛挽道守』で中央公論文芸賞、柴田錬三郎賞、親鸞賞の三賞を受賞。他の作品に『笑い三年、泣き三月。』『よこまち余話』『光炎の人』『球道恋々』『火影に咲く』『万波を翔る』『剛心』『かたばみ』などがある。

惣十郎浮世始末

二〇二四年 六 月一〇日　初版発行
二〇二四年 七 月二五日　再版発行

著　者　木内　昇
発行者　安部順一
発行所　中央公論新社
〒一〇〇-八一五二
東京都千代田区大手町一-七-一
電話　販売　〇三-五二九九-一七三〇
　　　編集　〇三-五二九九-一七四〇
URL https://www.chuko.co.jp/

ＤＴＰ　平面惑星
印　刷　大日本印刷
製　本　大口製本印刷

Published by CHUOKORON-SHINSHA, INC.
Printed in Japan　ISBN978-4-12-005790-8 C0093

定価はカバーに表示してあります。
落丁本・乱丁本はお手数ですが小社販売部宛お送り下さい。
送料小社負担にてお取り替えいたします。

浮世女房洒落日記　木内 昇

お江戸は神田の小間物屋、女房・お葛（かつ）は二十七。お気楽亭主に愛想つかし、家計はいつも火の車。それでも風物たのしんで、美顔の探求余念なし。ひとの恋路にゃやきもきし、今日も泣いたり笑ったり。あっけらかんと可笑しくて、しみじみ愛しい、市井の女房が本音でつづる日々の記録。

中公文庫

よこまち余話　木内昇

お針子の齣江が、皮肉屋の老婆トメさん、魚屋の少年・浩三らと肩寄せ合う長屋では、押し入れの奥に遊女が現れ、正体不明の「雨降らし」が鈴を鳴らす。ここは、「この世」の境が溶け出す場所――秘密を抱えた路地を舞台に繰り広げられる、追憶とはじまりの物語。

中公文庫